Terra virgem

PHILIPPA GREGORY

Terra virgem

Tradução de
ANA BORGES

2ª edição

EDITORA RECORD
RIO DE JANEIRO • SÃO PAULO
2025

CIP-BRASIL. CATALOGAÇÃO-NA-FONTE
SINDICATO NACIONAL DOS EDITORES DE LIVROS, RJ

G833t
    Gregory, Philippa, 1954-
    Terra virgem / Philippa Gregory; tradução de Ana Borges. – 2ª ed. – Rio de Janeiro: Record, 2025.

    Tradução de: Virgin earth
    ISBN 978-85-01-08355-5

    1. Romance inglês. I. Borges, Ana Luiza. II. Título.

10-3206
    CDD: 823
    CDU: 821.111-3

Título original em inglês:
VIRGIN EARTH

Copyright © Philippa Gregory, 1998

Texto revisado segundo o novo Acordo Ortográfico da Língua Portuguesa.

Todos os direitos reservados. Proibida a reprodução, no todo ou em parte, através de quaisquer meios.

Direitos exclusivos de publicação em língua portuguesa somente para o Brasil adquiridos pela
EDITORA RECORD LTDA.
Rua Argentina, 171 – Rio de Janeiro, RJ – 20921-380 – Tel.: 2585-2000
que se reserva a propriedade literária desta tradução.

Impresso no Brasil

ISBN 978-85-01-08355-5

Seja um leitor preferencial Record.
Cadastre-se e receba informações sobre nossos lançamentos e nossas promoções.

EDITORA AFILIADA

Atendimento e venda direta ao leitor:
sac@record.com.br

Para Anthony

Inverno de 1638, no mar

Ele despertou com o som do navio em movimento, o estalar das vigas e a visão inquietante das velas enfunadas, o chocalhar abrupto de uma roldana enquanto uma vela era rizada, o bater das botas no convés logo acima do seu rosto, aos berros uma ordem e o golpear contínuo do mar — a pancada das ondas contra a proa e o rangido que a pequena embarcação emitia ao escalar uma onda, e logo partir para enfrentar outra.

Por seis longas semanas, ele acostumou a dormir e a acordar com esse alarido incessante, que agora se tornara familiar, até mesmo tranquilizante. Significava que o pequeno navio prosseguia avançando pela extensão aterradora de vento e água, sempre rumo ao oeste, confiante de que a terra nova estaria nessa direção. Às vezes, J. imaginava o progresso do navio como uma gaivota deveria enxergar a embarcação lá do alto, a vasta extensão de mar e o frágil navio com suas lanternas acesas ao escurecer, rumando confiante para onde haviam visto o sol pela última vez.

Ele partira por estar sofrendo profundamente, na intenção de fugir desse sofrimento. Mesmo agora, sonhava com sua mulher bem próxima, vívida e alegre, sonhava que ela subia a bordo do navio e, rindo, queixava-se de que não havia necessidade de ele partir, nenhuma necessidade de ele fugir sozinho para a Virgínia. E ali estava ela a bordo, e tudo não passara de um jogo — a peste, os muitos dias que ela passou agonizando, o terrível sofrimento de sua filha —, tudo aquilo fizera parte dos jogos de primavera, e ali estava ela, forte, saudável, e quando voltariam para casa? Então, os sons do navio eram uma interrupção terrível e J. cobria o rosto com o cobertor úmido e tentava se aferrar ao sonho com Jane e à certeza de que ela estava viva e de que estava tudo bem.

Não conseguia. Precisava despertar para a triste realidade de que ela estava morta e seus negócios praticamente falidos, seu pai tendo ficado para cuidar da casa, do jardim e da coleção de curiosidades, contando com a sorte e o amor de seus amigos, enquanto J. desempenhava o papel do filho cujas falhas eram relevadas — fugindo de tudo, chamando isso de aventura, de oportunidade de enriquecer, mas sabendo, no fundo, que era uma fuga.

À primeira vista, não era lá uma fuga invejável. A casa em Lambeth era imponente, situada no meio de seus 8 hectares de plantação, famosa pela coleção de curiosidades de todas as partes do mundo. Seu pai, John Tradescant, dera-lhe o nome de Arca e prometera que ali estariam seguros, independentemente das tormentas que abalassem o país, com rei, Igreja e Parlamento tomando rumos diferentes e opostos. Tinha meia dúzia de quartos e o grande gabinete para as curiosidades, uma sala de jantar, uma sala de estar e a cozinha. Um filho pequeno, Johnnie, para herdar tudo isso, e sua irmã mais velha, Frances, para insistir em suas próprias reivindicações. J. tinha trocado esse conforto por um beliche de 1,52m por 11cm, embutido na parede úmida do navio. Não havia espaço onde se sentar na cama, mal havia espaço para se virar de barriga para baixo. Tinha de ficar deitado de costas sentindo o movimento das ondas imensas erguendo-o e deixando-o cair, como madeira flutuante, olhando para as tábuas do beliche acima dele. À sua direita, de encontro ao forro do navio, ele sentia as ondas baterem e o murmúrio da água encapelada. À sua esquerda ficava a porta de ripas, razão para ele ter pagado um pouco mais pelo pequeno espaço e pela privacidade que lhe oferecia. Os outros, pobres emigrantes, dormiam uns ao lado dos outros no chão da entrecoberta, como animais em um celeiro. Tinham sido carregados como bagagem para o poço do navio com os alojamentos da tripulação na popa, atrás deles, e a minúscula cabine do capitão e a cozinha e a cabine do cozinheiro — uma coisa só — na proa, à frente deles.

O capitão não permitia passageiros no convés, exceto por breves momentos, e de má vontade, quando o tempo estava bom. A tripulação que comprimia o quarto passava pisando nos passageiros e, quando retornava às redes que partilhava na popa, os encharcavam. Os emigrantes estavam sempre no caminho, eram regularmente xingados, eram menos que uma carga.

Suas trouxas e caixas ficavam empilhadas no meio deles, em desordem. Mas à medida que os dias se tornaram semanas, as famílias improvisaram seus próprios pequenos assentos e beliches com caixotes de galinhas e sacos de roupas. O mau cheiro era espantoso. Havia dois baldes, um com água para se lavar, outro para excremento; e havia uma escala de serviços rigorosa para o esvaziamento do balde no mar. O capitão não permitia que fosse feito mais de uma vez ao dia, e quando era a vez de J. carregar o balde transbordando para a amurada, seu estômago revirava.

Havia muito pouca água potável, era quente e com gosto de barril. Pouca comida. Um mingau granuloso como café da manhã, a mesma coisa no almoço, um biscoito e uma fatia de queijo velho à noite.

A viagem teria sido um pesadelo se não fosse movida pela esperança. O navio estava cheio de jogadores, algumas poucas famílias que tinham lançado a sorte em uma terra que nunca haviam visto e cujos perigos e promessas mal podiam imaginar. J. achava que eram as pessoas mais temerárias, impulsivas, valentes que ele já vira. E não sabia se devia temê-las como malucas ou admirá-las como heroínas.

Tiveram sorte. Depois de setenta dias de viagem, quando a temperatura estava aumentando e as crianças choravam e gritavam por água para beber e ar fresco para respirar, avistaram Barbados e deslizaram para o porto para uma bendita semana de descanso, enquanto o capitão vendia seus produtos ingleses e adquiria rum, açúcar, comida e água potável. Tiveram permissão de ir a terra firme para permutar provisões e, pela primeira vez em mais de dois meses, comer frutas frescas. Quando o navio estava pronto para partir, retornar ao confinamento pútrido foi demais para muitos deles. Vários emigrantes abandonaram o navio, porém, a maioria se conteve e se submeteu ao trecho seguinte, J. inflexivelmente entre eles. Foram mais quarenta dias no mar até um marinheiro abrir uma escotilha e gritar:

— Preparem-se! Terra à vista.

Nem mesmo então tiveram permissão para subir ao convés. J. juntou-se aos outros, olhando, de maneira suplicante, para cima, para a escotilha aberta.

— Esperem aí embaixo — disse ele. — Não tem espaço para todos vocês!

Anoitecia. J., acostumado com o mau cheiro da entrecoberta, sentiu um perfume novo no ar: o de terra molhada, que de repente lhe evocou, de maneira pungente, o jardim em Lambeth depois da chuva e o cheiro úmido das folhas.

— Terra — disse a mulher ao seu lado, sua voz acalmada pela admiração. — Terra. A nova terra. A nossa nova terra.

J. percebeu, pelo ruído dos passos apressados e pelas ordens gritadas, que estavam baixando as velas. As ondas pararam de jogar o navio para o alto e para baixo, e sentiram, em vez disso, as batidas insistentes de um rio. Então foram gritadas saudações e respostas dos marinheiros, e seguiu-se uma sacudidela quando o barco encostou no cais. Depois, uma estranha regularização de seu movimento, quando os cabos o puxaram.

— Graças a Deus — murmurou J.

A mulher ao seu lado suspirou.

— Amém.

As mulheres solteiras a bordo, que esperavam encontrar marido tanto quanto ouro na nova terra, ajeitaram o cabelo e colocaram toucas limpas, guardadas para esse momento. As crianças que não estavam enfraquecidas pelas doenças não puderam ser contidas: pulavam sobre os caixotes, sacos de roupas e barris e levavam sopapos indiscriminadamente sempre que tropeçavam em alguém parado. Maridos e mulheres se entreolhavam apreensivos ou esperançosos. J. admirou-se da frieza no seu coração. Não sentiu alívio por ter chegado ao fim da viagem, nenhuma excitação com a ideia de um novo país, de uma nova terra, de um novo horizonte. Percebeu que era como se tivesse esperado que o navio afundasse e o levasse, junto com sua tristeza, para debaixo das ondas, para Jane. Então, sacudiu a cabeça diante de seu pecado de egoísmo ao desejar uma má viagem por causa de sua própria dor.

O marinheiro se pôs, finalmente, diante da escotilha aberta.

— Subam! — gritou ele. — Bem-vindos ao paraíso.

Houve um momento de hesitação e, depois, a pressa ao subir a escada de madeira estreita, e então os primeiros emigrantes saíram para o convés. J. seguiu-os.

Era noite. O céu estava de uma cor que J. nunca tinha visto, uma cor malva bem clara, com riscas como gaze acima do rio imenso que refletia as cores em cor-de-rosa, azul e púrpura. O rio estava quieto, como um espelho prateado embaçado, e J. observou-o escurecer, agitar-se repentinamente e depois se aquietar de novo, quando um imenso cardume passou. Ele nunca tinha visto uma extensão de água tão grande, exceto o próprio mar. Indistintamente, atrás do navio, conseguia ver apenas a margem distante ao sul, como uma sombra escura de árvores. Por toda parte à sua volta havia o lustro suave da água do rio, e quando ele olhou para a terra, para longe do mar, pareceu-lhe que prosseguia sem fim, fluindo indefinidamente, sem fazer concessões aos barrancos estreitos, extraordinariamente ampla, rica e bela.

J. olhou na direção da costa. Os emigrantes desembarcavam com pressa. Uma corrente humana tinha se formado, jogando seus pertences na terra, que caíam, descuidadamente, nas docas. Metade de Jamestown tinha ido receber o navio: houve pedidos gritados de notícias da Inglaterra, requisições do capitão pelas incumbências concluídas, contas pagas, e então, passando por todos eles, surgiu o governador, Sir John Harvey, majestosamente maltrapilho em um velho casaco ajeitado para a ocasião, com um galão dourado surrado, movendo-se no meio dos colonos com a cabeça virada, como se os desprezasse.

J. viu os muros do forte original, ainda guardado por homens, com canhões de prontidão. Mas as casas da cidade tinham se espalhado para além do perímetro reduzido do forte e este servia apenas como o ponto final do que teria sido, na Inglaterra, uma pequena cidade agrícola. As casas maiores e mais bonitas eram de pedra, umas ao lado das outras, em um estilo que não teria envergonhado Londres, e atrás delas havia uma série de estilos que iam de estruturas de edifícios inacabados a pequenos barracos de taipa. Geralmente eram construídos de madeira, pranchas em estado natural, tábuas serradas grosseiramente, colocadas umas sobre as outras, o telhado coberto de maneira tosca por esteiras de palha.

Nenhuma horta ou jardim, J. notou imediatamente. Mas por toda parte, em cada pedaço do solo, em cada canto, até mesmo na margem da estrada, havia plantas altas e canhestras com as folhas largas e chatas, como as de tulipas, pendendo.

— Que planta é essa? — perguntou J. a um homem que estava empurrando a prancha de embarque para receber um recém-chegado.

Ele mal olhou.

— Tabaco, é claro — disse ele. — Vai aprender a reconhecê-la logo.

J. assentiu com a cabeça. Já vira a planta antes, mas não tinha achado que a cultivariam, excluindo tudo o mais, até mesmo nas ruas da cidade.

Pegou o seu saco e desceu a prancha para o cais apinhado de gente.

— Tem pousada aqui?

— Uma dúzia delas — replicou uma mulher —, mas só se tiver ouro ou tabaco para pagar.

— Posso pagar — disse J. com determinação. — Tenho um documento assinado pelo rei da Inglaterra.

Ela desviou o olhar como se não tivesse se impressionado com a sua patente.

— Então é melhor falar com o governador — disse ela, indicando, com a cabeça, as costas largas do homem —, se ele se dignar a falar com você.

J. suspendeu o saco, jogou-o sobre o ombro e avançou na direção do homem.

— Sir John? — perguntou ele. — Permita que me apresente. Sou John Tradescant, filho do jardineiro do rei. Ele me enviou para coletar plantas raras, raridades de toda espécie. Aqui está sua carta. — Ele se curvou e mostrou uma patente marcada com o selo real.

Sir John não a pegou. Meramente balançou a cabeça.

— Qual é o seu título?

— Esquire — respondeu J., ainda incomodado com a mentira que estabelecia seu direito de ser um cavalheiro, quando, na verdade, ele não passava do filho de um trabalhador e neto de um trabalhador braçal.

O governador virou-se e lhe estendeu a mão. J. apertou os dois dedos estendidos.

— Procure-me amanhã — disse o governador. — Tenho de coletar minhas cartas e algumas faturas com o capitão. Procure-me amanhã e terei tempo livre para recebê-lo.

— Então, vou procurar um hotel — falou, inseguro.

O governador já tinha lhe dado as costas.

— Faça isso. As pessoas são extraordinariamente hospitaleiras.

J. esperou, para o caso de ele oferecer alguma coisa a mais. Mas o homem se afastou e não restou a J. fazer outra coisa que pegar o seu outro saco, ainda mais volumoso, que havia sido baixado ao cais, e fazer o estirão colina acima, passando pelas muralhas do forte, em direção à pequena cidade.

Encontrou a primeira hospedaria pelo cheiro forte de cerveja tipo *ale* choca. Parou à porta e ouviu o latido de um cachorro grande e um grito estridente mandando-o se calar. Bateu de leve à porta e entrou.

Dentro estava escuro; o ar, turvo de fumaça, quase irrespirável para um estranho. Os olhos de J. arderam e ele sentiu dificuldade para respirar.

— Bom-dia — disse uma mulher bruscamente, do fundo da sala. J. tentou afastar as lágrimas dos olhos irritados e a enxergou melhor: uma mulher de aproximadamente 50 anos com a pele coriácea e o olhar duro de uma sobrevivente. Calçava tamancos de madeira, e vestia uma saia tecida em casa, presa de maneira a não atrapalhar seus movimentos, uma camisa que devia ter pertencido a um homem com o dobro do seu tamanho e um xale bem amarrado ao redor dos ombros.

— Acabo de chegar de Londres — disse J. — Quero um quarto para passar a noite.

— Não pode ter um só para si mesmo. Você agora não está em Whitehall.

— Não — disse J., cortesmente. — Terei de dividir um quarto?

— Vai dividir uma cama, e olhe lá!

— Muito bem — replicou J. — Alguma coisa para comer? Beber?

Ela assentiu balançando a cabeça.

— Vai pagar em ouro ou tabaco?

— Onde eu conseguiria tabaco? — perguntou J., dando vazão, finalmente, à sua irritação. — Desembarquei há cinco minutos.

Ela sorriu, como se gostasse de ele ter mordido a isca.

— Como eu poderia saber? — perguntou ela. — Talvez tivesse tido a ideia de perguntar em Londres como as coisas funcionam aqui. Talvez tivesse tido a ideia de comprar um pouco no cais, ao ver como os plantadores da colônia estavam vendendo lá, hoje. Talvez fosse um agricultor retornando a seus campos. Como eu poderia saber?

— Não sou agricultor e não fui aconselhado a trazer tabaco para a Virgínia — disse J. — Mas estou com fome, com sede e exausto. Gostaria também de me lavar. Quando o meu jantar vai estar pronto?

A mulher mudou de tom subitamente.

— Pode se lavar na bica que há no quintal — respondeu ela. — Não beba daquela água, é um poço raso e está sujo. Vai dormir no sótão, junto com todos nós. Vai dividir um catre com meu filho ou com quem mais passar por esta porta. O jantar vai estar pronto assim que for preparado, que será mais cedo se eu puder cozinhar agora.

Deu as costas para ele e mexeu alguma coisa em uma panela que pendia sobre a lareira. Depois, ela foi até um barril no canto e lhe serviu um caneco de cerveja *ale*.

— Pronto — disse ela. — Quatro canecos por 1 penny. Vou colocar na conta.

— Tenho certeza de que vai — disse J., a meia-voz, e foi para o quintal se lavar.

A mulher não precisava ter avisado para não beber a água. Ela correu da bica em um jato marrom, salobra, fedendo terrivelmente. Ainda assim, era melhor do que o suor, de modo que J. se despiu e lavou o corpo todo. Depois vestiu o calção, sentou-se em uma pilha de madeira serrada e se barbeou, sentindo a pele com a ponta dos dedos para guiar a lâmina.

O solo continuava a se elevar, desconfortavelmente, sob seus pés, como se estivesse ainda a bordo do navio. Mas sabia que seu pai tinha sentido a mesma coisa quando desembarcara na ilha de Rhé ou na Rússia, depois de uma longa viagem pelo Mar do Norte. Ele dissera que era sempre a mesma coisa depois de uma viagem longa. Por um momento, J. pensou em seu pai, em casa, e nos dois filhos. Por um momento, teve a ilusão deliciosa de que Jane também estava lá, cuidando deles, aguardando o seu retorno. Parecia tão mais provável que ela estivesse lá, esperando por ele, do que morta e que ele nunca mais a veria. O momento foi tão forte que teve de lembrar a si mesmo da estufa e do catre, e da determinação em seu rosto lívido de que deveria morrer sozinha, e não transmitir a peste a ele e às crianças. Pensar nisso provocou um sofrimento tão grande que sentiu náusea; encostou a cabeça nas mãos, enquanto o crepúsculo indiferente da Virgínia o envolvia na escuridão, e ele então percebeu que tinha navegado para o novo mundo, para a nova terra, mas que levara junto seus três anos de aflição.

Primavera de 1638, Virgínia

J. abriu os olhos e viu, em vez das paredes e teto caiados de branco de sua casa em Lambeth, um teto de taipa, próximo ao seu rosto. Debaixo de si, tábuas de madeira, nem mesmo um colchão de palha. A um passo, um jovem ainda dormia profundamente em um catre. Percebeu lentamente o cheiro aquoso de algo cozinhando, o desconforto do chão duro e a comichão irritante de uma recente picada de pulga. Sentou-se com cuidado, com a cabeça girando. O sólido piso de madeira do sótão ergueu-se sob seus olhos, com a ilusão de movimento.

— Andem logo ou vai esfriar! — gritou a dona da hospedaria. Em um movimento fluido, o garoto ficou de pé e desceu a escada para a cozinha. J. calçou as botas, passou a mão no calção, vestiu o colete sobre a camisa imunda e desceu atrás dele.

A mulher estava pondo uma mistura amarelo-clara, de uma panela suspensa sobre um fogo mísero, em quatro tigelas de madeira. Colocou-as bruscamente sobre a mesa e apoiou a cabeça sobre as mãos calejadas, para uma breve oração. Outro homem, que dormira no chão ao lado do fogo, puxou um banco, pegou uma colher e comeu com apetite.

— O que é isto? — J. perguntou, cautelosamente.

— Mingau de milho — replicou ela.

— Vai ter de se acostumar — disse o homem. — Milho é praticamente tudo o que comemos.

J. sorriu.

— Eu não estava esperando leite e mel.

— Muitos esperam — disse a mulher, com impaciência. — E muitos ainda morrem esperando.

Houve um breve silêncio.

— Veio fazer comércio? — perguntou o homem.

— Não — respondeu J. — Sou jardineiro, coleciono plantas. Vim coletar plantas. Autorizado pelo próprio rei Carlos. — Hesitou por um momento, se perguntando se deveria lhes contar sobre a grande horta em Lambeth e a reputação de seu pai de maior jardineiro que já tinha existido, conselheiro do duque de Buckingham, jardineiro do rei e da rainha, um dos maiores colecionadores de curiosidades do mundo. Olhou para a expressão amarga da mulher e decidiu que não.

O homem balançou a cabeça.

— Vai ver o homem quando voltar? Se voltar — acrescentou ele.

J. assentiu com a cabeça e tomou uma colherada de mingau. Era leve, o milho tinha a consistência de uma pasta.

— Sim. Trabalho para ele, em seu jardim no Palácio de Oatlands.

— Pois então lhe diga que não toleramos esse governador — disse o homem, rudemente. — Diga-lhe que *não vamos* tolerá-lo, e isso é fato. Já temos preocupações suficientes sem um idiota gordo vindo da Inglaterra. Precisamos de uma assembleia geral com voz para todos os plantadores. Precisamos de garantia dos nossos direitos.

— Na Inglaterra, você seria preso se falasse dessa maneira — disse J., com delicadeza.

— Por isso não estou na Inglaterra — replicou o homem, laconicamente. — E não pretendo viver como se estivesse lá. O que é mais do que pode ser dito pelo governador, que espera viver como um lorde, com criados, em uma terra a que homens e mulheres vieram para ser livres.

— Não sou conselheiro do rei — disse J. — Falo com ele, quando chego a vê-lo, sobre plantas e seu jardim e sua horta.

O homem balançou a cabeça.

— Então quem o aconselha?

J. pensou por um instante. Parecia tudo muito distante e de pouco interesse para esse novo país.

— A rainha — replicou J. — E o arcebispo Laud.

O homem fez uma careta e virou a cabeça para cuspir, mas interrompeu o movimento ao perceber o olhar irritado da mulher.

— Perdão. Então ele não convocou um parlamento?

J. sacudiu a cabeça.

— Ele espera governar sem parlamento.

— Soube que ele está a meio caminho de se tornar um papista.

— Nunca soube nada disso.

— Ouvi falar que arrecadou e acumulou tanto dinheiro e bens para si mesmo que não precisa convocar um parlamento para votar impostos, que permite que sua mulher adore abertamente como uma papista, e que diariamente há homens e mulheres no campo exigindo mudança — disse o homem, de maneira precisa.

John hesitou diante da exatidão e malícia da descrição.

— Achei que, na Virgínia, fossem monarquistas.

— Nem todos nós — replicou o homem, com um sorriso opressivo.

— Onde vai procurar suas plantas? — interrompeu a mulher. — Rio acima, rio abaixo, nada mais é cultivado a não ser tabaco.

— Certamente o povo planta outros produtos, não?

Ela sacudiu a cabeça.

— Criamos animais... bem, pelo menos, eles criam a si mesmos. Mas com os peixes pulando no rio e os animais na floresta, não vale a pena o trabalho de fazer outra coisa que não pescar e caçar. Além do mais, podemos negociar qualquer coisa com os índios. Eles podem lavrar a terra para nós. Todos aqui podemos ser nobres rurais.

— Pensei em rodar a região — falou J. — Alugar um cavalo e sair por aí, ver o que descubro.

Os dois olharam para ele e rudemente riram na sua cara.

— Alugar um cavalo! — exclamou a mulher. — Não há mais que um punhado de cavalos na colônia inteira. Podia muito bem pedir uma carruagem puxada a quatro cavalos.

J. reprimiu a impaciência.

— Vejo que tenho muito a aprender.

Ela levantou-se da mesa e foi para perto do fogo.

— Manhã escura — disse, com irritação. Curvou-se sobre o fogo e acendeu o que pareceu um tição. Para surpresa de J., inflamou-se com uma chama brilhante na ponta, como uma vela fina feita especialmente. Ela o pôs em um pequeno suporte, na lareira de pedra, justamente com esse propósito, e voltou para a mesa.

— O que é isso?

Ela relanceou os olhos para trás, sem interesse.

— Chamamos de árvore-da-cera — respondeu ela com impaciência. — Compro dos índios, todo outono.

— Mas que tipo de madeira?

— Árvore-da-cera — replicou ela, com impaciência.

— Mas de que árvore?

Ela olhou para ele como se fosse um idiota, por estar perguntando o que não interessava a ninguém.

— Como vou saber? Pago os índios para buscarem para mim. Acha que vou me embrenhar na floresta para catar minhas próprias plantas para cera? Acha que faço minhas próprias colheres da pau-de-colher? Acha que faço o meu próprio açúcar da árvore-do-açúcar ou meu sabão do pau-sabão?

— Árvore-da-cera? Pau-de-colher? — J. teve um delírio momentâneo, pensando em uma árvore onde cresciam velas, uma onde cresciam colheres, uma planta onde crescia sabonete. — Está querendo me fazer de bobo?

— Não mais do que você já é. De que outra maneira eu poderia chamá-las se não pelo que são?

— O que você quer — disse o homem, pacificamente, afastando sua tigela vazia, pegando um cachimbo e o enchendo com belas folhas douradas de tabaco — é um índio, um selvagem. Um índio para você usar como seu. Para levá-lo à floresta e lhe mostrar todas essas coisas. Para levá-lo em uma canoa pelo rio e lhe mostrar as coisas que você quer conhecer.

— Nenhum dos plantadores sabe essas coisas? — perguntou J. Ficou assustado diante da ideia de ser guiado por um índio. Falava-se muito, em Londres, de homens morenos armados com facas de pedra que entravam furtivamente em sua casa e cortavam a sua garganta enquanto dormia.

A mulher pigarreou e escarrou no fogo.

— Eles mal sabem plantar! — disse ela. — Tudo o que sabem aprenderam com os índios. Pode procurar, você mesmo, um índio para lhe dizer o que é o pau-sabão. Os civilizados daqui não se interessam por nada a não ser por ouro e tabaco.

— Como vou achar um índio para me guiar? — perguntou J. Sentiu-se, por um momento, tão desprotegido quanto uma criança, e pensou nas viagens de seu pai: à Rússia, ao Mediterrâneo, à Europa. Nunca lhe perguntara se sentira medo, ou, pior do que o medo: o queixume infantil de alguém perdido, sem amigos em uma terra estranha. — Onde eu acharia um índio em quem confiar?

— Não tem essa coisa de índio em quem confiar — disse a mulher bruscamente.

— Calma! — disse o colega inquilino de J., em tom tranquilo. — Se está a serviço do rei, deve ter documentos, salvo-conduto, esse tipo de coisa.

J. sentiu com a mão, dentro da sua camisa, a preciosa ordem real envolvida em oleado.

— É claro que sim.

— Então, o melhor é procurar o governador — propôs o homem. — Se foi mandado pelo rei e tem alguma relação na corte, ele terá tempo para você. Só Deus sabe como ele não tem tempo para trabalhadores honestos que estão tentando viver aqui.

— Ele tem uma corte? — perguntou J.

— Bata à sua porta — disse a mulher, com impaciência. — Uma corte, realmente! Ele tem sorte de ter uma garota que lhe abra a porta.

J. levantou-se da mesa.

— Onde fica a casa dele?

— Além da estrada secundária — replicou o homem. — Deixe eu lhe mostrar o lugar agora.

— Antes preciso me lavar — disse J., nervosamente. — E pegar meu chapéu e meu casaco.

A mulher bufou, de maneira afrontosa.

— Depois ele vai querer se pintar e empoar — disse ela.

O homem sorriu.

— Vou esperá-lo lá fora — disse ele, e saiu, fechando a porta delicadamente atrás de si.

Não havia nem jarra nem bacia no sótão, tampouco um espelho. Tudo o que precisava ser trazido da Inglaterra tinha um preço alto na nova colônia. As coisas mais triviais na Inglaterra eram, ali, um luxo. J. lavou-se sob a bica no quintal, retraindo-se aos borrifos gelados e, inconscientemente, fechando com força a boca, receando beber a água fétida.

Seu colega de hospedaria o esperava do lado de fora da casa, à sombra de uma árvore, bebericando um caneco de *ale*. O sol caía sobre a poeira ofuscante ao seu redor. Balançou a cabeça ao avistar J. e se levantou devagar.

— Não se apresse — aconselhou ele. — Um homem pode morrer se se apressar neste clima.

Seguiu na frente pelo caminho entre as casas. A estrada não era mais empoeirada do que uma estrada secundária em Londres, mas, de alguma maneira, parecia pior, com o calor do sol batendo e a luminosidade intensa que deixou J. tonto e o fez estreitar os olhos. Galinhas cacarejavam na terra e, a cada esquina, recuavam assustadas com os passos. Todo jardim, toda vala de esgoto, estavam repletos dos brotos desajeitados e das folhas pendentes de tabaco.

O governador, quando J. conseguiu ser admitido na pequena casa de pedra, não fez nada além de repetir o conselho da mulher da hospedaria.

— Vou escrever uma carta — disse ele, languidamente. — Poderá ir de uma plantação a outra, e os plantadores o receberão bem, se é o que quer. Não há nenhum problema nisso. A maioria das pessoas que você conhecer vai ficar feliz com a sua companhia, com uma cara nova.

— Mas como vou me orientar? — perguntou J. Receou parecer humilde, como um tolo.

O governador deu de ombros.

— Tem de conseguir um criado índio — disse ele. — Para levá-lo em uma canoa. Para armar o acampamento quando não achar onde ficar. Ou você pode permanecer aqui em Jamestown e dizer às crianças que quer flores da floresta. Elas trarão coisas diferentes, acho.

J. sacudiu a cabeça.

— Preciso ver onde as coisas crescem — disse ele. — Ver as espécies novas de uma mesma família. Preciso de raízes e sementes, preciso coletá-las eu mesmo. Preciso ver onde germinam.

O governador balançou a cabeça, desinteressado, e tocou uma sineta de prata. Ouviram a criada atravessar apressada o pequeno vestíbulo e abrir a porta mal colocada.

— Leve o Sr. Tradescant ao Sr. Joseph — ordenou o governador. Virou-se para J. — É o magistrado daqui de Jamestown. Frequentemente coloca índios no tronco ou na prisão. Ele vai saber, com certeza, o nome de um ou dois. Talvez liberte um da prisão, para ser seu guia.

— Não conheço as maneiras da região... — replicou J., hesitante. — Preferiria ter um guia que obedeça às leis...

O governador riu.

— São todos tratantes e criminosos — replicou ele, casualmente. — Todos pagãos. Se quer penetrar na floresta com um deles, terá de cuidar de si próprio. Se eu tivesse liberdade para agir, nós os teríamos repelido para o outro lado das Blue Mountains, para o mar ocidental. Para o outro lado daquelas montanhas distantes, lá... nós os teríamos mandado de volta à Índia.

J. se assustou, mas o governador, em seu entusiasmo, ficou de pé.

— O meu plano — prosseguiu ele — é plantar de um rio ao outro, do rio James ao rio Potomac, e então, construir uma cerca sólida e empurrá-los para trás dela, expulsá-los do Éden, como se fôssemos arcanjos com espadas flamejantes. Que levem seus pecados para outro lugar. Não haverá paz para nós até nos firmarmos como donos incontestes de toda a terra que a nossa vista alcança. — Interrompeu-se. — Mas pode escolher, Sr. Tradescant. As únicas pessoas que sabem alguma coisa sobre plantas e árvores na Virgínia são os índios, e eles podem cortar a sua garganta assim que estiver na floresta com eles. Fique aqui, seguro, dentro da cidade, e volte para casa de mãos vazias. Ou assuma o risco. Para mim, não faz a menor diferença. Não poderei salvá-lo, quando estiver na floresta com eles, independentemente do que o rei me pedir, independentemente dos salvo-condutos que você carregue no bolso.

J. hesitou. Teve um momento para avaliar a ironia de ter pensado que poderia morrer durante a viagem e ter acolhido com prazer a ideia de sua própria morte, que ele achava ser a única coisa que aliviaria o seu sofrimento. Mas o pensamento de enfrentar a morte violentamente e com medo, em uma floresta desconhecida, morte pelas mãos de pagãos assassinos, era uma história bem diferente.

— Falarei com esse Sr. Joseph — disse ele, por fim. — Vou ver o que ele aconselha.

— Como quiser — replicou o governador, languidamente. — Espero que aprecie sua estada na Virgínia. Por favor, assegure à Sua Majestade que fiz tudo o que estava ao meu alcance para lhe dar assistência, quando retornar. Se retornar.

— Obrigado — disse J., sem modulação na voz. Então fez uma mesura e saiu da sala.

Até mesmo para acompanhá-lo em uma distância tão curta quanto até a casa do Sr. Joseph, a criada amarrou um xale ao redor dos ombros e pôs na cabeça um chapéu de aba larga.

— Está fresco — protestou J. — E o sol ainda nem está alto.

Ela lhe lançou um olhar rápido e defensivo.

— Há insetos que mordem, um sol que derruba a gente e o calor que se desprende dos brejos — alertou ela. — O cemitério está cheio de homens que acharam que o sol da Virgínia ainda não estava alto ou que a água era boa para beber.

Depois disso, não falou mais nada e guiou-o pelo caminho até a casa do magistrado, passando pelo forte, onde os soldados entediados assobiaram e a chamaram, subindo uma estrada rústica de terra, até chegarem a uma casa imponente para os padrões da Virgínia, mas que não passaria do chalé de um pequeno proprietário rural na Inglaterra.

— A casa do Sr. Joseph — disse ela, simplesmente, depois se virou e foi embora, deixando-o só diante da grosseira porta de madeira.

J. bateu e abriu a porta ao ouvir uma voz mandá-lo entrar.

A casa era dividida em duas partes. A sala maior, onde estava J., servia como cozinha e sala de jantar. Não havia uma sala de estar separada. No fundo da sala, havia uma escada que levava aos quartos de dormir no sótão. Uma leve divisória de madeira, que mal podia ser chamada de parede, separava o cômodo principal, no térreo, do resto da casa. O Sr. Joseph estava sentado à mesa tosca na sala, fazendo anotações em um livro contábil.

— Quem é você?

— John Tradescant, da Inglaterra — respondeu J., e mostrou a carta do governador.

O Sr. Joseph a leu rapidamente.

— Não tenho nenhum guia nativo disponível — disse ele abruptamente. — Tampouco espero a chegada de mensageiros. Terá de esperar, senhor.

J. hesitou.

— Estava pensando se não haveria uma pessoa branca para ser meu guia, de vez em quando. Quem sabe um criado ou um trabalhador braçal pudesse ser dispensado de seu trabalho — Olhou para a expressão desestimulante do homem. — Quem sabe por apenas algumas horas?

O Sr. Joseph sacudiu a cabeça.

— Há quanto tempo está aqui? — perguntou ele.

— Acabo de chegar.

— Quando estiver aqui há mais tempo, vai se dar conta de que nunca há uma hora de sobra — disse o homem, inflexivelmente. — Nunca um momento de sobra. Olhe ao seu redor. Cada coisa que vê tem de ser arrancada desta terra. Lembre-se do seu navio. Na carga vinham casas carga? Arados? Padarias? Barracas de mercado? — Fez uma pausa para enfatizar o que tinha dito e sacudiu a cabeça. — Não viu, e isso porque não podemos encomendar nada. Tudo de que precisamos tem de ser feito, germinado ou forjado aqui. Tudo. Das telhas finas do telhado ao gelo na adega. E isso por gente que não veio lavrar terra nem criar animais. Mas que veio na esperança de extrair ouro do litoral, esmeraldas dos rios, ou pérolas das ostras. Portanto, não só estamos arando com relhas de arado de madeira que nós mesmos temos de construir, como estamos lavrando com trabalhadores que nunca viram uma relha de arado antes, seja de madeira seja de metal! Temos de aprender cada passo, ensinado por homens que saíram de minas de ouro e se viram plantando tabaco. De modo que não há ninguém, nem homem nem mulher nem criança, que tenha um momento sequer para fazer outra coisa que não trabalhar.

J. não disse nada. Pensou em seu pai, que havia viajado pela metade do mundo e que nunca retornara sem os bolsos cheios de tesouros. Pensou nas dívidas em casa, que deviam estar crescendo, e somente seu pai e dois filhos muito jovens para cuidar das plantas e curiosidades.

— Então, vou ter de ir sozinho. Por conta própria. Pois devo retornar com plantas e raridades.

— Posso lhe dar uma menina indígena — disse o homem bruscamente. — Sua mãe está na prisão por calúnia. Só ficará detida por um mês. Pode ficar com a menina por um mês.

— Que utilidade terá uma criança? — perguntou J.

O homem sorriu.

— É uma criança *indígena* — corrigiu ele. — Do povo powhatan. Passa pelas árvores tão silenciosamente quanto uma corça. Atravessa rios profundos pisando em pedras que não se pode nem mesmo ver. Ela é capaz de retirar seu próprio alimento do território: bagas, raízes, a própria terra. Ela conhece cada planta e cada árvore até 150 quilômetros daqui. Pode ficar com ela por um mês, depois, traga-a de volta.

Jogou a cabeça para trás e gritou uma ordem. Do quintal veio uma resposta, a porta dos fundos se abriu e uma criança foi jogada na sala, as mãos ainda cheias do linho que tinha estado mordendo.

— Leve-a! — disse o Sr. Joseph, de modo irritado. — Ela compreende o inglês o bastante para cumprir suas ordens. Não é surda, mas é muda. Pode emitir ruídos, mas não formar um discurso. Sua mãe é uma prostituta para os soldados ingleses, ou criada ou cozinheira, ou qualquer outra coisa. Está na prisão há um mês por ter-se queixado de ter sido estuprada. A menina sabe o suficiente para compreender o que diz. Fique com ela por um mês e a traga de volta daqui a três semanas, na quinta-feira. Sua mãe sairá da prisão e vai querê-la de volta.

Fez sinal para a menina ir para perto de J. Ela avançou devagar, de má vontade.

— E não a estupre — advertiu de maneira direta. — Não quero um bebê mestiço daqui a nove meses. Apenas ordene que descubra suas plantas e o traga de volta em um mês.

O magistrado fez sinal para que os dois saíssem da sala, e J. se viu à porta, no sol forte da manhã, com a menina como uma sombra, ao seu cotovelo. Virou-se e olhou para ela.

Era uma mistura estranha de criança e mulher; essa foi a primeira coisa que viu nela. O rosto redondo, o olhar franco dos olhos escuros era o de uma criança, uma criança bonita e curiosa. Mas o nariz reto, os ossos malares altos, a força do maxilar, a tornariam uma bela mulher em alguns anos. Sua cabeça ainda não chegava ao ombro dele, mas as pernas longas e os pés finos e compridos indicavam que cresceria. Estava vestida segundo a convenção de Jamestown, com um camisão de segunda mão, que batia na barriga das pernas e ficava folgado nos ombros. Seu cabelo era longo e escuro, caindo solto de um lado de sua cabeça. Mas no outro lado, ao redor da orelha direita, estava raspado, conferindo-lhe uma aparência curiosa e exótica. A pele de seu pescoço e dos ombros, visível sob sua veste folgada, estava tatuada de faixas azuis. Estava olhando para ele com apreensão, mas não com um medo franco. Olhava para ele como se estivesse avaliando a sua força, e pensando que, independentemente do que acontecesse, ela sobreviveria.

Foi esse olhar que disse a J. que ela era uma criança. Uma mulher teme a dor: a dor dentro do seu corpo e a dor da ordem de um homem. Mas ainda assim era uma garota, pois tinha a segurança, típica de garotas, de que podem sobreviver a tudo.

J. sorriu para ela, como teria sorrido para a sua filha de 9 anos, Frances, deixada tão longe, em Londres.

— Não tenha medo. Não vou lhe fazer mal — disse ele.

Anos depois, ele se lembraria dessa promessa. A primeira coisa que ele, um homem branco, tinha dito a uma índia: "Não tenha medo. Não vou lhe fazer mal."

J. levou a garota para a sombra de uma árvore no centro do que na Inglaterra seria um parque, mas que ali era um pedaço de solo de terra árido entre o rio e a estrada secundária. Duas vacas pastavam, pessimistas, ao redor deles.

— Preciso encontrar plantas — disse J., devagar, atento a quaisquer sinais de compreensão no rosto dela. — Árvore-da-cera. Pau-sabão. Pau-de-colher.

Ela balançou a cabeça, assentindo, mas ele não poderia afirmar se ela o compreendia ou se estava simplesmente querendo agradá-lo.

Ele apontou para a árvore.

— Quero ver árvores. — Apontou para onde o contorno denso da floresta orlava o rio, para além do deserto de solo estéril que os colonos tinham deixado ao redor da pequena cidade, tocos de árvores ainda à mostra nos novos campos, a terra sendo soprada das vias cobertas de tabaco.

— Você me levaria para a floresta?

Ela olhou para ele com uma repentina perspicácia, e se aproximou. Pôs a mão no peito dele, depois se virou e imitou um andar: uma mímica vívida, maravilhosa, que fez J. rir no mesmo instante. Era o andar inglês, o gingado de um homem presunçoso com sapatos inadequados. Ela balançou os quadris como os ingleses fazem ao andar e pegou os pés como os ingleses fazem quando as bolhas estão machucando seus dedos. Ela balançou a cabeça para ele quando viu que ele tinha compreendido, então se virou e apontou para além das árvores derrubadas, para o muro escuro, impenetrável, da floresta. Parou por um momento, abriu os braços e, com um leve arrepio do topo da cabeça aos pés descalços, fez com que ele visse — visse o inexprimível: uma árvore alta com os grandes galhos. Foi uma ilusão, como um truque de um charlatão, mas por um instante, ao observá-la, J. deixou de ver uma garota e viu apenas uma árvore. Viu o movimento do vento nos galhos, viu a oscilação do tronco. Depois, ela parou a mímica e olhou para ele com curiosidade.

— Sim — disse ele. — Árvores. Quero ver árvores. — Ele balançou a cabeça, sorriu para ela e assentiu novamente. Então, chegou para mais perto dela e apontou para si mesmo. — E flores — acrescentou. Abaixou-se e fez a mímica, fingindo descobrir alguma coisa no chão, pegando-a e cheirando.

Foi recompensado com um sorriso radioso e um leve risinho meio reprimido.

Ele imitou o ato de colher e comer cerejas, imitou estar juntando nozes e cavando raízes na terra. A garota balançou a cabeça; ela tinha entendido.

— Vamos já? — perguntou J. Fez um gesto na direção da floresta e se pôs a andar para mostrar que estava pronto.

Ela olhou para ele, de suas pesadas botas de couro à sua cartola. Não disse uma palavra sequer, mas J. sentiu que suas roupas, suas botas, seu andar, até mesmo seu próprio corpo — tão pesado e enrijecido — lhe pareciam uma carga impossível de ser levada à floresta. Mas então, ela deu um suspiro, e com um ligeiro levantar de ombros pareceu abandonar a dificuldade de conduzir um homem branco pesadão e excessivamente vestido à floresta. Ela se adiantou e fez um gesto com a mão para ele vir atrás dela. E assim seguiu em direção à floresta com um passo rápido, mas delicado.

O suor empapou J. antes da metade do caminho pelos campos cultivados do lado de lá dos muros semiabertos de Jamestown. Uma multidão de mosquitos e mariposas estranhas, que davam ferroadas, giraram ao redor de sua cabeça e picaram e beliscaram cada pedacinho exposto de sua pele. Enxugou o rosto com a mão, que se sujou com as asas e pernas de pequenos insetos sanguessugas, e sentiu dor. Chegaram à sombra da entrada da floresta. Mas não adiantou. A cada passo, uma pequena nuvem de insetos afogueava-se ao redor de seus pés grandes e se prendiam a cada pedaço de pele avermelhada.

J. batia no rosto e pescoço e mãos, os enxugava e alisava, fazendo milhares de movimentos desajeitados a cada passo ágil dela. Ela se movia rapidamente como um animal, sem desperdiçar energia. Seus braços pendiam do lado, relaxados, a parte superior do corpo imóvel, somente seus pés davam passos miúdos e ligeiros, firmes um atrás do outro em uma trilha estreita. Ao observá-la correr, o primeiro pensamento de J. foi o de uma criança correndo. Mas então percebeu que não conseguia acompanhá-la na travessia dos campos, em direção às árvores.

A margem da floresta era como o rosto de um amigo com a metade dos dentes arrancados. A menina olhou os cepos irregulares ao seu redor como se sofresse pela perda do sorriso de alguém. Em seguida, fez aquele seu leve movimento com o ombro que dizia, de maneira tão eloquente, que não havia explicação para o que o homem branco podia fazer, e então avançou em sua corrida lenta, bem lenta, apenas mais rápida do que o andar normal de J. e lenta demais para a corrida dele. Ele andava, corria para alcançá-la, e voltava a andar.

Assim que ultrapassaram as árvores derrubadas, ela se afastou da trilha, olhou em volta, escutou atentamente por um instante e então foi até uma árvore oca na margem do caminho. Com um movimento ágil tirou a camisa pela cabeça, dobrou-a cuidadosamente e a escondeu nas raízes da árvore.

Ficou praticamente nua. Uma tanga de camurça cobria suas partes íntimas na frente, mas deixava suas coxas longas e seu traseiro expostos. Seus seios eram os de uma jovem, pontudos e firmes como um músculo. J. se sobressaltou, não com desejo, mas com temor, e olhou em volta. Por um momento, pensou que pudesse ter caído em uma cilada armada por ela e que alguém apareceria para testemunhar que ele estava com ela, olhando para a sua nudez vergonhosa, e ele seria severamente castigado.

A floresta estava silenciosa, não havia ninguém além deles dois. No mesmo instante, J. imaginou que ela o estivesse atraindo, seduzindo; e ele não podia negar que ela era quase desejável. Foi quando percebeu que ela nem mesmo estava prestando atenção nele, cega à sucessão rápida de seus medos e pensamentos. Sem medo, sem nenhuma noção de sua própria nudez, sem a vergonha que deveria sentir, ela curvou-se para o pé da árvore e apanhou uma pequena jarra preta. Enfiou os dedos dentro e retirou um punhado de uma substância oleosa e avermelhada. Passou-a por todo o corpo, como uma mulher rica passaria perfume no corpo, e sorriu para J., quando se aprumou com a pele reluzindo.

Ele pôde ver como as tatuagens azuis e vermelhas que circundavam a articulação de seus ombros desciam por suas costas em espirais desordenadas. Somente seus pequenos seios e barriga não estavam tatuados. O unguento acrescentou um tom mais vermelho à sua pele e um brilho mais escuro às tatuagens. Ela pareceu mais estranha e mais velha do que no parque em Jamestown. Seu cabelo pareceu mais comprido e mais grosso, seus olhos mais escuros e mais selvagens. J. observou, com uma admiração cada vez maior, a transformação de uma criança usando roupas de segunda mão em uma jovem no esplendor de sua própria pele reluzente. Ela tinha mudado de uma criada — a filha de uma criada criminosa — para uma criatura da floresta, que parecia pertencer à floresta, e cuja pele, salpicada de luz pela coberta móvel de folhas, ficava quase invisível na luz pontilhada no solo.

Ela estendeu o pote para ele pegar um pouco da graxa.

— Não, obrigado — disse J., sem jeito.

Ela ofereceu-o de novo.

J. recusou sacudindo a cabeça.

Com paciência, ela apontou para a nuvem de insetos ao redor do rosto e pescoço dele, e J. notou, pela primeira vez, que não havia mosquitos nem mariposas ao redor dela. Ela empurrou o pote para ele.

Com uma certa aversão, ele pôs a mão dentro do pote e retirou um pouco da substância oleosa com as pontas dos dedos. O cheiro era rançoso, como suor antigo e carne pendurada. J. não conseguiu evitar a expressão breve de nojo ao sentir o cheiro forte, e limpou a mão em uma folha e novamente recusou com um movimento da cabeça. A garota não se ofendeu. Simplesmente encolheu os ombros, depois tampou o pote com um feixe de folhas, e o colocou em uma bolsa trançada que tirou de debaixo do tronco da árvore, junto com uma pequena aljava feita de bambu, contendo meia dúzia de flechas e um pequeno arco.

Levava a aljava pendurada do lado, o arco sobre o ombro, a bolsa trançada de pano macio a tiracolo, pendendo sobre o outro quadril. Então balançou a cabeça rapidamente, para indicar que estava pronta. Apontou na direção do rio — ele queria seguir o litoral?

J. apontou para as árvores mais ao fundo, à esquerda deles. Ela assentiu com a cabeça, foi à frente dele, fez aquele leve gesto confiante que dizia para ele seguir atrás dela e pôs-se a guiar o caminho.

Ela movia-se tão silenciosamente quanto um animal por entre as sombras e as árvores. Nem mesmo as flechas na aljava chocalhavam. Cada passo na trilha minúscula, quase invisível, era bloqueado por um tronco caído ou por uma faixa de vegetação rasteira se estendendo de uma árvore à outra. Saltava rapidamente uma e passava por baixo do outro sem nunca interromper seu avanço determinado. J., sem fôlego, quebrando galhos e chutando pedras com seus sapatos pesados, enfiando-se por baixo de trepadeiras, roçando o rosto na viscosidade desagradável das largas teias de aranhas e vespas com seus ferrões, perseguindo-a com seus passos pesados, como um cavalo puxando uma carroça.

Ela não olhava em volta. "Bem, ela não precisa olhar para saber que a sigo", pensou J. Bastava o ruído para alertar toda Virgínia. Mas ela nem mesmo olhava de relance, para ver se estava tudo bem com ele. Simplesmente prosseguia com seu trote lento e uniforme, como se, incumbida da tarefa de levá-lo ao fundo da floresta, não precisasse mais consultá-lo até entregá-lo ao seu destino.

Seguiram nesse passo lento e ritmado por aproximadamente meia hora, com a respiração de J. oscilando do arquejo à falta de ar, recuperando o fôlego com dificuldade, até finalmente alcançarem uma clareira, onde ela fez uma pausa e se virou. J., que havia observado cada passo do caminho traiçoeiro, embora ofuscado por seu próprio suor e pela nuvem de insetos, deixou-se cair no chão e arfou buscando ar. Cortesmente, ela se agachou ao seu lado, sentando-se nos calcanhares, e esperou, tranquila e em silêncio, que o homem branco parasse de arquejar e enxugar o rosto, de pôr a mão no seu lado, onde sentia dor, e no tornozelo, que tinha distendido.

Aos poucos, J. silenciou. Os barulhos da floresta, que tinham sido encobertos por seus passos pesados, cresceram por toda parte ao seu redor. Havia sapos coaxando no rio atrás deles, grilos cantando. Havia pássaros cantando no espesso dossel de folhas acima, pombos arrulhando, gaios chamando e um entrelaçamento de sons que J., rapaz urbano, não reconhecia.

O som áspero de sua respiração diminuiu e ele se virou para olhá-la. Ela estava calada e tranquila.

J. deu-lhe um ligeiro sorriso, quase um pedido de desculpas, depois levou a mão à gola de sua camisa de linho grossa e a sacudiu para mostrar seu calor. Ela balançou a cabeça compreendendo e apontou para o seu paletó grosso.

J., sentindo-se um perfeito idiota, tirou-o e o passou para ela. Ela dobrou-o cuidadosamente, como faria uma dona de casa na Inglaterra, e o pôs do lado deles. Espalhou um punhado de folhas e musgo sobre ele. Desapareceu no mesmo instante. J. se sobressaltou. Não conseguiu ver nem mesmo o seu contorno. Ela o tinha escondido completamente.

Ela virou-se e apontou para o seu calção e suas botas. J. recusou sacudindo a cabeça.

Mais uma vez, ela apontou para o calção e fez uma mímica para ele baixá-lo. J., sentindo-se uma virgem idosa aferrando-se ao recato, segurou o cinto com mais firmeza. Percebeu a insinuação de um sorriso no rosto dela, mas então, seu rosto assumiu a expressão de impassibilidade. Encolheu os ombros ligeiramente, o que dizia, de maneira tão eloquente quanto qualquer palavra, que ele ficasse de calção, se preferisse o calor e o desconforto, e ficasse de botas, se quisesse alertar a floresta toda com o barulho de seus passos pesados.

Ela fez um pequeno gesto com a mão que disse: "Pronto. Árvores." Depois se sentou sobre os calcanhares e olhou para ele, expectante.

As árvores eram frondosas. J. olhou em volta admirado com a altura delas, com a abundância da folhagem, com as trepadeiras que se enlaçavam e se retorciam em volta delas. Reconheceu algumas como árvores inglesas, e se pegou balançando a cabeça para elas como um homem saudando a visão bem-vinda de um conhecido em uma terra estrangeira. Viu sabugueiros, carvalho, carpino, cerejeira, nogueira e corniso, e experimentou a sensação de alívio. Mas também havia uma mistura, uma abundância de folhagens e troncos, cortiças e pequenas flores, que ele não sabia nomear, que ele não conseguia identificar, e que se amontoavam sobre ele, todas belas ou interessantes, grandes ou com formas diferentes, chamando sua atenção e rivalizando uma com a outra. J. passou a mão no rosto suado. Ali havia trabalho para a vida inteira de um colecionador de plantas. E ele tinha prometido a seu pai voltar para casa no começo do verão.

Relanceou os olhos para a garota. Ela não o estava observando: estava sentada sobre os calcanhares, esperando pacientemente, tão firme e quieta quanto as árvores ao redor deles. Quando ela sentiu seu olhar, ergueu os olhos e lhe deu um breve sorriso tímido, um sorriso de criança, como se para dizer que estava orgulhosa de sua própria inteligência ao levá-lo ao coração da floresta, feliz por esperar até poder demonstrar sua habilidade levando-o de volta para casa. Foi um sorriso a que nenhum pai poderia ter resistido. J. lhe sorriu de volta.

— Bom trabalho — disse ele. — Era exatamente o que eu queria.

A garota só o levou para casa ao anoitecer, e sua pequena bolsa estava cheia de mudas que J. tinha cavado no solo da floresta. J. carregava seu chapéu como uma tigela, cheio até a borda de pequeninas mudas de árvores, cada uma com não mais de duas folhas, um caule branco e pequenas raízes. Havia mais plantas nos bolsos de seu calção. Ele tinha querido colocar algumas na aljava dela, mas ela as recusara sacudindo a cabeça, determinada, e quando ele insistiu em oferecer as plantas, ela recuou afastando-se dele para mostrar por que recusava.

Em um movimento ligeiro tirou o arco do ombro, com a outra mão, tirou uma flecha da aljava e a firmou no arco. Em momentos, ela estava preparada com a ponta afiada da flecha de bambu. Ela balançou a cabeça; estava claro o que queria dizer. Não podia perder tempo se atrapalhando com plantas em sua aljava.

J. tentou esconder o sorriso diante da seriedade dessa criança com um brinquedo infantil. Certamente ela era habilidosa, mas o arco era pequenino e as flechas eram tão leves quanto seu voo: feitas de bambu com a extremidade apontada.

— Posso ver? — perguntou ele.

Ela soltou a flecha do arco e a passou para ele. No mesmo instante, ele percebeu seu erro. A flecha que tinha na mão era uma lâmina mortal. O junco na ponta estava afiado como uma navalha. Passou-o no polegar e não sentiu dor, mas um fio sutil de sangue brotou com o toque.

— Maldição! — praguejou ele, e chupou o dedão. Podia ser feito de junco, podia ser tão leve que uma menina era capaz de carregá-la o dia inteiro, mas a ponta da flecha era mais afiada do que uma faca.

— O quanto a sua mira é exata? — perguntou J. Apontou para uma árvore. — Pode atingi-la?

Ela andou na direção da árvore, mas apontou para uma folha, que se movia ligeiramente com o vento, no tronco. Recuou, firmou uma flecha no arco, e a disparou. A flecha silvou suavemente no ar e bateu no tronco da árvore. J. avançou para olhar. Havia vestígios da folha ao redor da haste da flecha: ela tinha atingido uma folha em movimento, a vinte passos.

J. fez uma reverência para ela, um gesto sério de respeito.

Ela sorriu, aquele lampejo de orgulho de novo, e então puxou a flecha do tronco da árvore, descartou a ponta quebrada e a substituiu por outra, pôs a flecha na aljava e guiou o caminho no seu passo de sempre.

— Mais devagar — mandou J.

Ela relanceou os olhos para ele. O cansaço o fazia desajeitado, os músculos das pernas doíam, e se desequilibrava com o peso das mudas. De novo percebeu aquele leve sorriso, e depois ela se virou e seguiu na frente dele com o passo ágil, apenas um pouquinho mais devagar. Fez uma pausa breve na clareira onde ele tirara o paletó e o pegou, limpou-o das folhas e o passou para ele. Em seguida, guiou o caminho de volta à arvore oca, na orla da floresta. Escondeu o arco e a flecha no tronco e retirou o camisão de criada.

J., depois de um longo dia correndo atrás de seus flancos mosqueados, tinha se acostumado com a nudez dela. Descobriu que gostava mais do brilho da sua pele do que do pano amassado do camisão. Achou que a roupa a diminuía, que parecia menos recatada do que em suas tatuagens orgulhosas e tanga de camurça. Ele encolheu ligeiramente os ombros para mostrar sua sensação de ela estar voltando a uma espécie de coerção artificial, e ela balançou a cabeça, com a expressão grave, entendendo sua solidariedade.

— Você vai passar a noite na minha hospedaria — disse J., apontando para Jamestown, onde já se via luzes e a fumaça das chaminés.

Ela nem balançou nem sacudiu a cabeça, ficou paralisada, sem tirar os olhos do rosto dele.

— E amanhã iremos, de novo, à floresta. O Sr. Joseph disse que você poderia sair comigo todos os dias durante um mês, até a sua mãe ser libertada.

Ela balançou a cabeça, consentindo nisso. Depois, foi na direção dele e apontou as pequenas plantas em seus bolsos e indicou o rio. Com gestos imitou uma canoa sendo remada na direção do mar. Sua mão indicou a direita, poderiam ir para o sul, ela fez com a mão, bem distante, insistiu, muito, muito distante. Então recuou e com os braços abertos e os ombros curvos, imitou uma árvore: uma árvore com galhos que arqueavam para baixo, até a água parada. Abriu os dedos: com galhos que penetravam na água.

J. ficou extasiado.

— Podemos conseguir uma canoa?

A garota balançou a cabeça confirmando. Apontou para si mesma e estendeu a mão, apontando para a palma, a mímica universal para dinheiro. J. deu-lhe uma moeda de prata, ela sacudiu a cabeça. Ele mostrou sua bolsinha de tabaco. Ela balançou a cabeça e pegou um bom punhado. Em seguida, virou o rosto dele na direção de Jamestown, olhou nos olhos dele de novo, como se estivesse relutante em confiar que um homem tão idiota soubesse voltar para casa. Então, balançou a cabeça e virou-se para o mato coberto de arbustos.

Em um segundo, tinha desaparecido. Desaparecido sem deixar qualquer vestígio. J. viu os pequenos ramos do mato estremecerem e, então, ela tinha desaparecido, nem mesmo um vislumbre da bata de criada no escuro. Esperou por um momento, forçando a vista na luz que começava a faltar, tentando localizá-la, mas tinha desaparecido tanto quanto um pequeno cervo desapareceria simplesmente se imobilizando.

J., percebendo que nunca a encontraria se ela não quisesse, sabendo que tinha de confiar nela, virou-se para Jamestown como ela tinha mandado e caminhou, penosamente, de volta para casa.

Quando a mulher da hospedaria soube que ele tinha passado o dia inteiro com a garota indígena na floresta, e passaria noites fora com ela, foi sarcástica.

— Um homem que acaba de chegar da Inglaterra bem que poderia passar sem — disse ela. Pôs na frente dele uma tigela de madeira cheia até a borda de um mingau claro.

— "Suppawn" — o outro inquilino disse, adivinhando a pergunta de J. — Fubá de milho indígena e leite.

— Mais milho? — falou J.

Ele confirmou com a cabeça, austeramente, e comeu uma colherada em silêncio.

— Devia ter trazido uma mulher da Inglaterra, já que a sua necessidade é tão urgente — disse a mulher. — Só Deus sabe como a cidade precisa de mais mulheres. Não dá para fazer uma plantação só com soldados e idiotas.

J. baixou a cabeça e tomou uma colher de mingau.

— Não tem uma mulher sua, que pudesse trazer? — perguntou a mulher.

A dor foi como uma punhalada na barriga de J. Ergueu o olhar, e algo na sua expressão a fez parar de implicar.

— Não — replicou ele bruscamente.

Houve um breve silêncio constrangido.

— Desculpe — disse ela — se falei alguma coisa que não devia...

J. empurrou a tigela, o sentimento familiar de sofrimento asfixiando-o da barriga à garganta.

— Tome — ofereceu o homem. Tirou uma garrafa de couro das dobras de seu calção e verteu um trago no mingau que J. rejeitara. — Tome com um pouco do rum de Barbados, é o que dá sabor. — Verteu uma dose no seu próprio mingau e a misturou. Fez um gesto para J. com a colher. — Coma — disse ele com rispidez. — Esta não é uma terra onde um homem pode deixar para comer mais tarde. Coma e beba também. Nunca vai saber quando será a sua próxima refeição.

J. puxou a tigela, mexeu o rum e provou. Estava muito melhor.

— A garota está me guiando na busca de plantas e árvores — disse ele aos dois. — Como já disse, sou colecionador. Nem o governador nem o Sr. Joseph tinham outra pessoa para me ajudar. Mas ela é uma boa menina. Não é muito mais velha do que a minha própria filha. Acho que não deve ter muito mais de 13 anos. Ela me leva à floresta, espera quieta e, depois, me traz de volta.

— A mãe dela é uma prostituta — comentou a mulher, com maldade.

— Bem, ela não passa de uma menina, ainda virgem — replicou J. com firmeza. — E não sou o tipo de homem que abusaria dela.

A mulher sacudiu a cabeça,

— Eles não são como nós. Ela é tão virgem quanto a minha cadela mastim. Quando estiver pronta, vai copular como um animal. Não são como nós, são metade animais selvagens.

— Fala mal deles por causa de sua perda — disse o companheiro de J., razoavelmente. — A Sra. Whitely perdeu o marido e seu filho na insurreição dos índios em 1622. Ela não esquece. Ninguém que estava aqui, na época, se esquecerá.

— O que aconteceu? — perguntou J.

A mulher sentou-se no banco no lado oposto dele e apoiou o queixo na mão.

— Vinham e iam de Jamestown toda noite e dia — disse ela. — As crianças ficavam em nossas casas, nossos homens caçavam com eles. Teríamos morrido de fome se não tivéssem comercializado conosco: comida, peixes, caça. Eles nos ensinaram a plantar milho e o resto. Ensinaram como colhê-los e cozinhá-los. Teríamos morrido se eles não nos vendessem alimentos.

O vigário ia fazer uma escola indígena. Íamos ensinar a eles as nossas maneiras. Maneiras cristãs. Eles se tornariam súditos do rei. Não houve nenhum sinal de alerta, nenhum indício. O chefe era o líder há anos, entrava e saía de Jamestown tão livre quanto um homem branco. Tínhamos o seu próprio filho como refém, não temíamos nada. Nada.

— Então por que mantinham reféns? — perguntou J.

— Não reféns — ela corrigiu-se rapidamente. — Crianças adotadas. Afilhados de batismo. Crianças aos nossos cuidados. Nós as estávamos educando nas nossas maneiras. Resgatando-as da selvageria.

— E o que aconteceu? — perguntou J.

— Eles esperaram e planejaram. — Sua voz baixou, os dois homens inclinaram-se à frente para escutá-la, houve algo receoso na maneira como os três rostos brancos chegaram para mais perto uns dos outros, e a voz dela se tornou um sussurro assombrado. — Esperaram, planejaram, e certa manhã, às 8 horas, escolheram, em sua blasfêmia, a manhã de uma sexta-feira santa, surgiram da mata, por todos os lados, em cada pequena fazenda, em cada pequena família, em cada homem solitário, eles apareceram e mataram todos. Planejaram matar cada um de nós sem nenhum aviso. E teriam conseguido, se não fosse um menino indígena renegado que disse a seu patrão que havia recebido ordens de matá-lo, e o homem correu a Jamestown e acionou o alarme.

— O que aconteceu?

— Abriram o arsenal e mandaram os colonos entrar. Todo aquele que estava perto o bastante entrou, e a cidade foi poupada, mas para cima e para baixo do rio, em cada fazenda isolada, havia um homem e uma mulher brancos com o crânio destroçado por um machado de pedra.

Ela virou sua face desolada para J.

— A cabeça do meu marido foi partida em dois, com um machado de pedra — disse ela. — Meu filhinho foi perfurado no coração com uma flecha. Eles nos atacaram sem armas adequadas, se lançaram contra nós com caniços, conchas e pedras. Foi como se a própria terra se levantasse e nos atacasse.

Houve um longo silêncio.

Ela levantou-se da mesa, empilhou as tigelas, de novo empedernida.

— Por isso não tenho tempo nem mesmo para a mais nova de suas meninas — prosseguiu ela. — Para mim, são como pedras, caniços e árvores. Odeio cada pedra, cada caniço, cada árvore desta terra, e odeio todos eles. Odeio-os pela destruição e morte. Esta terra nunca será o meu lugar, até todos eles terem desaparecido.

— Quantos de nós morreram? — perguntou J. Ele disse "nós" sem pensar. Essa era uma guerra de florestas escuras contra homens brancos. É claro que se incluiu entre os plantadores.

— Quatrocentos — respondeu ela, com tristeza. — Quatrocentos homens e mulheres que não queriam nada além de viver em paz em uma pequena parte desta terra imensa. E então, veio a fome.

— Fome?

— Tivemos de abandonar a produção nos campos, estávamos amedrontados demais para ir buscá-la — explicou ela. — Nós nos amontoamos em Jamestown, homens se posicionaram junto às armas nos muros de madeira. Foi um inverno rigoroso, e não havia o bastante para se comer. Não podíamos comprar deles, como sempre fazíamos. Sempre negociamos produtos que tinham armazenado para o inverno, eles sempre tinham muito e sempre nos vendiam parte. Mas de repente estávamos em guerra com o povo que nos tinha alimentado.

J. esperou que ela prosseguisse.

— Não falamos desse tempo — disse ela, com irritação. — Desse inverno. Comíamos o que podíamos, e não tem como culpar os que conseguiam encontrar algo.

J. virou-se para seu colega de pensão, esperando uma explicação.

— O cemitério — disse o homem a meia-voz. — Desenterraram seus mortos e os comeram.

O rosto da mulher estava impassível.

— Comíamos o que conseguíamos — disse ela. — E vocês teriam feito o mesmo. Não há essa coisa de comportamento cristão quando se está morrendo de fome. Fizemos o que tínhamos de fazer.

J. sentiu o mingau de fubá subir para a sua garganta, ao pensar em que gosto teria aquela comida.

— Sobrevivemos — disse ela casualmente.

— Tenho certeza... — gaguejou J.

— E quando o tempo esquentou um pouco, aqueles que não tinham morrido dos ferimentos recebidos ou de sofrimento ou de fome, morreram da peste — prosseguiu ela. — Nós todos nos juntamos nesta pequena cidade, todos nós tremendamente aflitos e com medo. Centenas morreram nesse inverno, e tudo por culpa dos índios. Assim que pudemos reunir homens e suprimentos, nós os atacamos. Criamos uma lei e fizemos um juramento solene: nenhum homem ou mulher seria deixado vivo.

O homem balançou a cabeça.

— Nós os perseguimos como cães e os empurramos para cada vez mais longe. Era uma ordem: matar todos os homens e mulheres e escravizar as crianças. Durante algum tempo, fingimos fazer a paz e os observamos plantar e se dedicarem aos campos, e então, só então, invadimos e destruímos a sua safra. Fizeram uma caniçada para a pesca, coisas intricadas e inteligentes, e destruímos todas que encontramos. Afugentamos os animais de caça, para que morressem de fome quando tentassem caçar, incendiamos suas aldeias, para que ficassem sem casas, pisoteamos suas plantações para que conhecessem a fome como nós tínhamos conhecido. Nós nos vingamos.

— Fizemos uma boa caçada — disse a mulher, relembrando. Pôs três canecos de *ale* na mesa. — Lembro-me dos soldados do forte chegando com as cabeças dos selvagens e, então, colocando-as ao longo do portão, como um couteiro espeta em uma estaca uma fuinha morta.

— E agora, eles terminaram? — J. percebeu o nervosismo na própria voz.

— Ah, sim — replicou o homem. — Isso foi há 16 anos, não se esqueça, e, desde então, não houve nenhuma agressão da parte deles. Não podem viver sem a extensão de terra para caçar e plantar, e nós os empurramos cada vez mais para o interior, em direção às montanhas. Eles costumavam viver se deslocando: no inverno, fixavam-se por lá, no verão, rumavam para perto do mar, na primavera, estabeleciam-se nos campos. Depois que construímos nossas casas e derrubamos a floresta nós os expulsamos e afugentamos como um rebanho de cervos para um pasto estéril.

— Devem nos odiar, como seus piores inimigos — disse J.

Nenhum dos dois respondeu. O homem encolheu os ombros e baixou o rosto para o caneco.

— Vencemos, e isso é o que importa — disse a mulher com firmeza. — Agora a terra é nossa, e se quiserem viver aqui, têm de nos servir. Não há mais escolas para a educação deles. Não há mais paz e promessas de amizade. Se querem permanecer em nossas fronteiras, têm de fazer o que são mandados fazer. Têm de ser nossos escravos, ou seu sangue banhará os campos. Nada mais.

Ao amanhecer, J. desceu para o cais. Atrás dele, Jamestown estava silenciosa, e somente o fulgor do fogo nos fornos para o pão mostrava que alguém estava acordado.

A garota chegou antes dele. Tinha uma pequena piroga balançando na água escura. J. examinou-a com apreensão. Assemelhava-se demais à árvore que tinha sido não fazia muito tempo. A cortiça tinha sido removida e os lados talhados grosseiramente, de modo a assumir a forma de uma ponta nos dois extremos, o interior tinha sido chamuscado e depois raspado. Mas continuava parecendo uma árvore pequena: sem a cortiça, modelada e tornada oca.

Ela estava sentada na proa, um remo na água, esperando por ele. Ao vê-lo, ergueu o olhar e fez um gesto, com um levíssimo movimento autoritário, para que ele ocupasse o lugar atrás dela.

— Não vai afundar? — perguntou J.

Ela repetiu o pequeno gesto.

J. supôs que ela soubesse nadar, e lembrou a si mesmo que a canoa estava atracada ao longo do píer e que o navio que o trouxera da Inglaterra estava ancorado na enseada, a uma pequena distância.

Pôs sua pequena mochila na embarcação e subiu. Imediatamente, ela balançou e quase virou.

J. caiu de joelhos e percebeu que a canoa se estabilizou no mesmo instante. Na sua frente havia um remo. Pegou-o tomando cuidado para não fazer nenhum movimento brusco demais, e o pôs na água, ao mesmo lado do dela.

Ela relanceou os olhos por cima do ombro, a cara séria de criança, e sacudiu a cabeça. J. transferiu o remo para o outro lado e foi recompensado com um balançar de cabeça grave e aprovador. Então ela inclinou-se à frente e mergulhou a pá de seu remo no marulho da água do rio e se afastaram vagarosamente do píer de madeira.

No começo, J. não enxergou nada, mas todos os seus outros sentidos estavam alertas. Sentiu a canoa se deslocar suavemente na água, a correnteza do rio e a maré vazante os impulsionando para o mar. Sentiu a imensidão da água ao redor deles, um grande deserto de água, e a canoa se movendo como um peixe escuro e escorregadio. Sentiu o cheiro da terra à frente deles: a lama salgada, a profusão de ervas lavadas pela maré e a madeira apodrecida lançada à costa. De Jamestown, se distanciando atrás deles, vinha o cheiro característico da lenha queimando e o mau cheiro rançoso do lixo doméstico jogado na beira da água, para ser levado pela maré.

Aos poucos o céu foi clareando e J. viu a silhueta da garota ajoelhada na canoa defronte a ele. Ela arqueava para a frente e mergulhava o remo na água negra. J. tentava imitá-la, e a canoa deslizava suavemente quando ele fazia o movimento certo. Ela não virava a cabeça, absorta em sua própria tarefa de entrelaçar ar e água.

Ele ouvia os pássaros se agitando nos galhos nas duas margens do rio. Mil trinados, arrulhos e cantos formavam uma cacofonia que era carregada pelo vento na direção deles. Pelo som, devia haver milhares de aves na floresta, e então as aves do rio começaram a despertar. J. ouviu um estardalhaço de grasnidos e um bando imenso de patos levantou voo na margem à sua esquerda, rumo ao céu que se iluminava. Gaivotas giravam e gritavam acima e, de repente, o mundo inteiro ficou escuro quando um bando de pombos, inúmeras aves, atravessaram o céu bloqueando a luz por minutos e enchendo o mundo obscurecido com o som de suas asas e seu movimento rápido.

J. experimentou a sensação de um mundo virgem: um lugar onde o homem era um estranho, um deslocado, que não tinha deixado uma marca, um mundo onde grandes bandos de aves e manadas de animais se moviam, obedecendo à sua ordem natural, e nada poderia detê-los. Era um mundo novo, outro Éden, um paraíso para um colecionador de plantas. Pela primeira vez em anos, desde a morte de Jane, J. experimentou um forte sentimento de esperança, das possibilidades à sua frente. Se os homens se estabelecessem nessa nova terra, teriam um paraíso como seu país, fértil e exuberante. Talvez até mesmo ele pudesse se estabelecer ali, e a vida antiga em Lambeth, Londres, e as antigas perdas, poderiam ser deixadas para trás.

Remaram por uma hora e alcançaram a outra margem do rio largo. Viraram e seguiram para a margem sul a este, em direção ao mar. Embora a maré vazante os levasse rio abaixo, tiveram de remar para manter a canoa no rumo, e os músculos dos ombros e dos braços de J. se retesaram com o esforço, mas a garota continuava a se mover espontaneamente, sem esforço, como se o delicado movimento de virar o remo e afundá-lo na água para impulsionar a embarcação não fosse nada para ela.

Quando se aproximaram da margem, J. viu a floresta virgem descendo para a água e pássaros de cores vivas voaram rápido das árvores para a água e para as árvores novamente. Vez ou outra havia uma clareira na floresta e a terra sem vegetação de um campo arado. Às vezes, havia homens negros e brancos plantando lado a lado. Eles levantavam a cabeça para observar a canoa passar. J. acenava, mas a garota olhava firme à frente como se fosse uma pequena estátua, sem nenhuma curiosidade pelos seres humanos.

O sol apareceu, um sol amarelo-claro deslizando nas nuvens. A névoa se desfez e as vespas surgiram, formando uma nuvem ao redor da cara vermelha e suada de J. Ele soprou para afugentá-las de seus lábios, mas não podia tirar a mão do remo para enxotá-las. Ele sacudiu a cabeça com irritação e a canoa oscilou na água.

Esse movimento a fez olhar para trás. Viu-o vermelho, suado, irritado, e com um movimento suave virou a canoa e penetrou na sombra de uma enseada.

As árvores se fechavam à volta deles, sobre suas cabeças; estavam ocultos em um mundo de vegetação. A garota conduziu a canoa para um banco de areia e saiu. Tirou sua roupa de criada, dobrou-a cuidadosamente e a guardou na canoa. Depois, apontou autoritariamente para ele.

J. tirou o paletó, e ela apontou para as suas botas.

— Vou ficar calçado — disse J.

Ela sacudiu a cabeça. Apontou para a extensão de água, fechou os olhos e imitou alguém se afogando, puxado para baixo pelo peso das botas.

— Ah — disse J. — Então, está bem.

Sentou-se na areia molhada, tirou as botas, e ficou na frente dela de meias, calção e camisa. Ela fez um gesto indicando o resto de suas roupas.

J. sorriu, sacudiu a cabeça.

— Vou ficar vestido...

Ela puxou sua camisa com uma das pequenas mãos impaciente e, com um floreio, retirou da canoa uma tanga de camurça, como a dela.

— Calção de índio? — perguntou J.

Ela confirmou com a cabeça.

— Não posso me vestir como um selvagem — replicou J., racionalmente.

Ela apontou para a piroga, para si mesma, para a distância que tinham percorrido e a distância que percorreriam. O significado estava claro. Está viajando como um dos powhatan, com uma dos powhatan. Por que não ficar confortável?

— Serei mordido — protestou J. Fez uma pinça com o polegar e o indicador e beliscou a pele do braço, mostrou-lhe o leve inchaço e irritações na pele do rosto.

A garota assentiu balançando a cabeça e pegou o pote com o unguento que tinha usado na floresta no dia anterior, estendeu o próprio braço liso para ele inspecionar, virou seu rosto sem marcas para ele ver.

J. olhou em volta, constrangido. Mas a floresta só ressoava os cantos dos pássaros, imune à sua vergonha. Não havia ninguém em um raio de 15 quilômetros em qualquer direção.

— Ah, está bem — disse ele, sem jeito.

Tirou o calção, dando graças ao longo comprimento de sua camisa que ocultava dela a sua nudez. Ela lhe deu a tanga. J. a vestiu com dificuldades sob a camisa. Ela foi sem fazer ruído para trás dele, levantou a camisa e atou os cordões para ele. O couro macio ajustou-se a ele como uma segunda pele. O ar estava fresco em suas pernas. J. sentiu-se branco e desajeitado, um pálido leviatã do lado do corpo moreno e esguio dela. Mas também se sentiu confortável pela primeira vez desde que chegara a esse país terrivelmente úmido.

Ela fez um gesto para ele tirar também a camisa. J. tirou-a pela cabeça e ela, então, lhe ofereceu o pote. Com a sensação de não ter nada a perder, J. enfiou os dedos no pote e passou o unguento por todo o rosto, pescoço e peito. O cheiro era horrível, e a textura, tão pegajosa quanto mel.

Ela deu uma risadinha, e ele baixou o olhar e viu sua pele branca raiada de vermelho. Ela estendeu o braço para ele comparar. Contra a sua pele cor de melaço, a graxa parecia simplesmente um marrom mais escuro, mas J. estava riscado de branco e vermelho.

Ele fez uma pausa, mas ela emitiu um som, como se encorajando um animal, pegou o pote e passou por baixo de seu braço. Ele sentiu suas mãozinhas espalharem o unguento por suas costas e, contra a vontade, sentiu um leve arrepio de excitação com o seu toque. Mas então ela voltou a ficar na sua frente e ele viu aquela expressão grave de criança e a trança preta se balançando, e lembrou-se de que era uma menina virgem, não muito mais velha do que a sua filha, e de que ela estava sob a sua proteção.

J. esfregou o unguento na pele. Achou que devia estar parecendo um mascarado em um festival, pintado e vestido como um bobo. Mas pelo menos sentia um frescor. Seu constrangimento desapareceu, e se deu conta de que não estava mais sendo mordido. O unguento estava repelindo os insetos que giravam em uma nuvem sobre a água ao redor deles.

A garota balançou a cabeça para ele com uma aprovação evidente, recolheu suas roupas, dobrou-as e as guardou na canoa. Firmou a piroga enquanto ele voltava a entrar nela.

Sem o calção e as botas desconfortáveis, J. se sentiu mais à vontade. Havia um buraco cavado no chão de madeira e, sem o volume do calção e das botas, seus joelhos se encaixaram no espaço. A madeira, ligeiramente porosa, estava fria e agradavelmente úmida em suas pernas expostas, o ar fluvial soprava delicadamente em seu peito nu. Levantou o rosto e se deliciou com a brisa fresca em seu pescoço, sentindo o suor esfriar e secar. A garota lançou-lhe um breve sorriso triunfante, empurrou e subiu na canoa, acomodando-se na frente dele, ajoelhando-se com um movimento suave. A piroga mal balançou na água. Então ela se virou e remou com força, mais uma vez, para o rio principal.

Remaram até o meio-dia. J. não foi incomodado nem pelos insetos nem pelo calor, cada vez mais intenso, do sol em seu rosto. Quando o sol estava no seu auge, a garota virou a canoa na direção de uma enseada e a levou para o litoral.

No mesmo instante, a folhagem das árvores os envolveu. J. saiu da canoa e cambaleou um pouco, com câimbra nas pernas. Ela sorriu e subiu com passos firmes como os de uma corça da praia arenosa até a floresta. J. pegou sua mochila e a seguiu.

Ela lhe ofereceu a floresta com um pequeno gesto da mão, como uma princesa faria a um embaixador visitante, como se dissesse: "Minhas terras."

J. assentiu com a cabeça. A garota pegou a sua mão e o puxou um pouco na direção das árvores. Ele iria coletar tantos espécimes quanto quisesse. J. parou.

— O que você vai fazer?

Ela fez um gesto mostrando que ficaria ali. Catou algumas varetas secas e as juntou: ia fazer uma fogueira. Pegou um pequeno galho em forma de pá na bolsa em seu cinto e imitou cavar raízes: ia procurar comida. Fez um gesto na direção das árvores e imitou dormir: encontraria um abrigo onde dormirem.

— Vamos passar a noite aqui? — perguntou J., repetindo sua mímica de dormir.

Ela confirmou balançando a cabeça.

— Voltarei daqui a pouco — disse ele. Apontou para si mesmo e para a floresta, e imitou o gesto de andar com os dedos. Ela assentiu com a cabeça e então fez a mímica de ela chamando e a mímica de escutar.

— Vou ficar onde possa ouvi-la? — perguntou J., e foi recompensado com um balançar de cabeça confirmando e um sorriso.

Sentindo-se como uma criança que mandaram brincar, J. foi até a canoa, calçou as botas de couro, pegou sua bolsa e seguiu pelo litoral. Relanceou os olhos para trás.

Ela estava puxando a canoa mais para a praia, afastando-a do alcance da maré. Então, virou-se e se pôs a catar lenha. Parecia tão à vontade nessa terra selvagem como uma jovem na cozinha de sua própria casa. J. virou-se e prosseguiu pelo litoral, observando a orla da floresta, procurando árvores novas e brotos de plantas que renasciam na primavera e que podiam ser transportadas em segurança à Inglaterra.

Ele obedeceu à ordem de permanecer ao alcance dos ouvidos dela e rodeou o pequeno acampamento até emergir na costa no outro lado, a mochila estufada de mudas e amostras envolvidas em linho molhado.

Ela estava dando os toques finais no abrigo para a noite. Tinha juntado três árvores novas e as amarrado de modo a se curvarem bem baixo. Cobriu-as com algumas folhas muito largas e preencheu as paredes com junco. A canoa tinha sido puxada para a entrada da pequena cabana e virada de lado como proteção. Havia uma pequena fogueira na frente da cabana e dois peixes enfiados em varas pontiagudas, esperando para serem assados. J. chegou sem fazer ruído, mas ela não se sobressaltou ao vê-lo e ele imaginou que ela tivesse ouvido cada movimento seu desde que a deixara, ao meio-dia. Ela balançou a cabeça com gravidade ao vê-lo e apontou para a sua mochila.

— Sim, foi proveitoso — disse ele. Abriu a bolsa e mostrou a ela. A garota aprovou com a cabeça e indicou um lugar atrás dele. Tinha capinado e cavado um pequeno pedaço do solo.

J. ficou realmente encantado.

— Para as minhas plantas? — Apontou para a mochila.

Ela confirmou com a cabeça e olhou para ele, buscando entender se era o que ele queria.

— Isso é excelente! — J. sorriu, exultante. — Vou coletar mais amanhã e plantá-las aqui, e só as removerei de novo quando voltarmos para Jamestown. Obrigado!

A garota assentiu com um leve sorriso e ele percebeu que ficou satisfeita e feliz com o elogio, como sua filha Frances ficava.

— Você é inteligente, muito inteligente — disse ele, e foi recompensado com um ligeiro rubor e outro sorriso.

Ela virou-se para o fogo e jogou alguns gravetos, atiçando a brasa. Ficou de joelhos e abanou a chama com um punhado de caniços, até os gravetos ficarem em brasa. Então pegou um espeto com um peixe e deu o outro a J. Mostrou-lhe como segurá-lo acima dos gravetos em brasa, de modo que assasse no calor mas sem pegar fogo, e a virá-lo quando a pele estivesse marrom e crocante.

Quando o seu ficou pronto, virou-o em uma folha larga e o ofereceu a J. Depois, pegou o que ele tinha preparado, que tinha ficado escuro demais de um lado e ainda estava cru do outro. Baixou a cabeça sobre ele, por um momento, exatamente como se estivesse dando graças ao Senhor em um lar cristão, estendeu a mão ao céu, depois virou a palma para baixo. J. percebeu que ela *estava* de fato dando graças, do que ele quase se esquecera, e experimentou, por um momento, uma sensação desconfortável de confusão em relação a quem, dos dois, seria o pagão ignorante e quem seria o ser humano civilizado. Então, ela sorriu para ele e começou a comer.

Era um peixe branco de carne firme, a pele chamuscada tinha um gosto picante maravilhoso. J. comeu com prazer, só deixando as espinhas, cabeça, rabo e barbatanas. Quando ele terminou, ela buscou, na canoa, uma cesta com frutas secas e lhe deu um punhado de mirtilo seco. No começo, pareceram um punhado de cascalhos na sua boca, depois o sabor foi escoando aos poucos, e ele fez uma careta ao sentir seu amargor, o que a fez rir.

Começou a esfriar. O sol estava atrás deles, para o interior, atrás das árvores altas. J. pôs mais lenha na fogueira e a garota se levantou. Pegou, na fogueira, um graveto aceso, foi para a beira da água e pôs o graveto sobre uma concha aos seus pés. Tirou da bolsa na sua cintura um punhado de ervas e, sem constrangimento nenhum, desatou a tira que prendia sua tanga e a colocou do lado. Pegou o graveto aceso e o punhado de ervas e, nua, entrou na água. J. ouviu-a ofegar um pouco ao sentir a água fria.

A maré estava mudando; o rio, um misto de sal e doce, recobria a areia da praia. A garota nada mais era do que uma sombra escura contra a água cintilante. J. viu-a soprar a ponta em brasa do graveto, depois colocá-lo na mão em concha e soprar de novo. Ela estava acendendo as ervas. J. sentiu um cheiro acre, penetrante, como o de tabaco, carregado até ele pelo vento que soprava na direção da terra. Então, ele a viu espalhar a erva fumacenta na água.

Lavou o rosto e o corpo, ergueu a cabeça molhada para a lua que despontava no horizonte e levantou as mãos em prece. Depois saiu da água, voltando para a terra.

J. pensou nas orações da noite, em Lambeth, na fé de sua falecida esposa e na mulher da hospedaria que lhe tinha assegurado que os índios eram como animais. Sacudiu a cabeça diante das contradições. Tirou as botas e entrou na cabana que ela tinha construído para eles.

Dentro, ela tinha empilhado duas camas de folhas. Eram macias e perfumadas. As roupas de J. estavam cuidadosamente espalhadas em cima de uma pilha, sua capa de viagem em cima de tudo. J. enrolou-se nessa lã confortável e cheirosa e adormeceu antes de ela entrar.

J. e a garota indígena ficaram por quase um mês no abrigo que ela construíra. Distanciavam-se cada dia mais da cabana, remando a piroga de manhã, depois ela a puxava para a praia e pescava, ou colocava armadilhas para pássaros, enquanto J. vasculhava a vegetação rasteira em busca de árvores novas e brotos. Voltavam juntos para o pequeno acampamento ao pôr do sol e J. organizava sua coleção enquanto ela depenava uma ave ou limpava os peixes e preparava a refeição da noite.

Havia uma proximidade e interação oníricas. Era uma relação diferente de qualquer outra. O homem sofrido e a garota silenciosa trabalhavam juntos diariamente, com um vínculo que se fortalecia e não precisava de palavras. J. estava absorto em um dos maiores prazeres que um homem pode ter — descobrir um novo país, completamente desconhecido para ele — e ela, liberta das convenções e perigos de Jamestown, praticava suas habilidades na floresta e observava as leis de seu próprio povo, pela primeira vez sem o observador branco crítico julgando e condenando-a por cada gesto, mas somente com um homem branco que sorria gentilmente para ela e a deixava ensinar-lhe a viver sob as árvores.

Nunca trocavam palavras. J. gostaria de conversar com ela, como conversava com as mudas no canteiro que ela tinha preparado para ele, pelo prazer de ouvir a própria voz e pela sensação de fazer uma conexão. Às vezes ela sorria ou balançava a cabeça ou emitia um grunhido de afirmação ou dava uma risadinha; mas nunca falava, nem em sua própria língua nem na língua dele. J. chegou a pensar que o magistrado tinha razão e que ela era muda.

Teve vontade de encorajá-la a falar. Queria ensinar-lhe inglês. Não conseguia imaginar como ela poderia sobreviver em Jamestown compreendendo apenas um braço apontando com desdém ou um safanão na cabeça. Mostrou-lhe uma árvore e disse "pinheiro", mostrou-lhe uma folha e disse "folha", mas ela apenas sorria, ria e se recusava a repetir o que ele dizia.

— Você tem de aprender a falar inglês — disse J., seriamente. — Como vai viver se não entende nada do que lhe dizem?

A garota sacudiu a cabeça e se curvou sobre seu trabalho. Estava retorcendo gravetos flexíveis e fazendo uma espécie de rede. Ele observou-a dar o último nó e suspendê-la para lhe mostrar. J. era tão ignorante que não sabia o que ela tinha feito. A índia estava sorrindo toda prosa.

Ela pôs a pequena engenhoca no solo da floresta e recuou alguns passos. Caiu sobre os pés, curvou as costas e avançou de lado na sua direção, os braços estendidos à frente, as mãos na forma de um bico, batendo uma na outra. No mesmo instante era uma lagosta, exatamente uma lagosta.

J. riu.

— Lagosta! — disse ele. — Diga "lagosta"!

Ela pôs o cabelo para trás, que caíra do lado do seu rosto, e sacudiu a cabeça se recusando. Fez a mímica de comer, como se dissesse. "Não. *Coma* lagosta."

J. apontou para a armadilha.

— Você fez uma armadilha para lagosta?

Ela confirmou com a cabeça e a guardou na canoa, pronta para partir ao amanhecer no dia seguinte.

— Mas você tem de aprender a falar — insistiu ele. — O que vai fazer quando eu voltar para a Inglaterra? E se sua mãe for presa de novo?

Ela sacudiu a cabeça, recusando-se a compreendê-lo, e então, pegou um graveto no fogo e andou na direção do rio. J. ficou calado, respeitando o ritual de lançar tabaco na água, que acontecia ao amanhecer e ao escurecer, e que marcava a transição do dia para a noite e para o dia novamente.

Ele entrou na cabana e fingiu dormir, para que ela entrasse e dormisse ao seu lado sem medo. Era um ritual que ele tinha desenvolvido por conta própria, para manter os dois a salvo de seu fascínio, cada vez maior, por ela.

Somente na primeira noite, em que ele se sentira tão exausto de remar que não conseguira manter os olhos abertos, tinha dormido direto. Em todas as outras noites, tinha ficado deitado acordado, escutando a respiração quase imperceptível dela, desfrutando a sensação de sua proximidade. Ele não a desejava como teria desejado uma mulher. Era um sentimento mais sutil e complicado do que o desejo. J. sentia que era como se um animal precioso e raro tivesse escolhido confiar nele, tivesse escolhido ficar do lado dele. Com toda a sua sinceridade, não tinha vontade nem de perturbá-la nem de assustá-la, tinha vontade de estender a mão e acariciar aquele belo flanco macio.

Fisicamente, ela era o objeto mais belo que ele já vira. Nem mesmo a sua mulher, Jane, tinha ficado alguma vez nua na sua frente; sempre tinham feito amor em uma mixórdia de roupas, geralmente no escuro. Seus filhos tinham sido enfaixados tão apertado quanto bichos-da-seda nos casulos, desde o momento do seu nascimento, e vestidos em versões minúsculas de roupas de adultos assim que aprenderam a andar. J. nunca vira nenhum dos dois nu, nunca tinha lhes dado banho, nunca os tinha vestido. O jogo de luz na pele nua era estranho para J., e ele percebeu que quando ela estava trabalhando perto dele, a observava pelo simples prazer de ver seus membros redondos, a força de seu corpo jovem, o adorável contorno do pescoço, a curva da coluna, o mistério de seu sexo, que ele vislumbrava por baixo da tanga.

É claro que pensava em tocá-la. A instrução casual do Sr. Joseph para que não a violasse era o mesmo que admitir que poderia fazer isso. Mas J. não a machucaria, tanto quanto não quebraria uma casca de ovo em uma gaveta da coleção em Lambeth. Ela era algo de uma beleza tão simples que ele só tinha vontade de segurá-la, de acariciá-la. Achava que de todas as coisas que imaginava, o que mais queria fazer com ela era coletá-la, levá-la para Lambeth, para o gabinete de curiosidades aquecido e iluminado pelo sol, onde ela seria o objeto mais belo de todos.

J. perdeu a noção do tempo na floresta, mas certa manhã, a garota começou a remover o telhado de folhas da pequena cabana, a soltar as árvores novas, que voltaram à sua posição incólumes; somente um ligeiro arquear no tronco traía o fato de terem servido de vigas para paredes e telhado.

— O que está fazendo? — perguntou J.

Em silêncio, ela apontou na direção de que tinham vindo. Estava na hora de voltar para casa.

— Já?

Ela confirmou com a cabeça e se virou para o pequeno canteiro de plantas de J.

Estava repleto de flores e folhas de pequenas plantas. A mochila de J. estava rebentando de mudas. Com a vara que lhe servia de pá, ela se pôs a levantar as plantas, puxando delicadamente os filamentos finos das raízes e as colocando sobre um pano umedecido. J. pegou sua espátula de desencavar plantas e se pôs a trabalhar no outro extremo do canteiro. Com cuidado, colocaram tudo na canoa.

O fogo que ela tinha mantido aceso durante todos os dias de sua estada foi apagado com água e, em seguida, coberto de areia. As varetas que tinham usado como espetos para peixes, aves, carne de caranguejo e, até mesmo, na última refeição, lagosta, ela quebrou e jogou no rio. Os caniços que tinham atado as paredes e as folhas que tinham servido de telhado foram espalhadas. Em pouco tempo o acampamento tinha sido destruído e um homem branco teria visto a clareira e achado ser o primeiro a estar ali.

J. achou que não estava pronto para partir.

— Não quero ir — disse ele, relutante. Olhou para a sua expressão serena sem compreender. — Sabe... não quero voltar para Jamestown e não quero voltar para a Inglaterra.

Ela o olhou, esperando o que ele diria em seguida. Era como se ele estivesse livre para decidir, e que ela faria o que ele quisesse.

J. olhou para o rio. De vez em quando a água se agitava com um grande cardume. Nas curtas semanas que viveram na ribeira, ele tinha visto cada vez mais aves voando do sul para a região. Tinha a sensação de que o continente se estendia sem fim para o sul, sem fim para o norte. Por que deveria virar as costas para isso e retornar à pequena cidade suja na margem do rio, cercada de árvores derrubadas, habitada por pessoas que tinham de lutar por tudo, pela própria vida?

A garota não o apressou. Agachou-se na areia e olhou para o rio, disposta a aguardar uma decisão.

— Devo ficar? — perguntou J., tendo certeza de que ela não poderia compreender seu discurso rápido, de que ele não estava levantando nenhuma esperança. — Devemos construir outro abrigo e passar os dias saindo para buscar mais espécimes de plantas? Eu poderia enviá-los para o meu pai, ele saldaria nossas dívidas com eles e, depois, ele poderia me enviar dinheiro, o bastante para eu viver aqui para sempre. Ele educaria meus filhos e, quando crescessem, viriam ao meu encontro. Não preciso retornar àquela casa em Londres, nunca mais dormir sozinho naquela cama, na cama dela. Nunca mais sonhar com ela. Nunca mais ir à igreja passando por seu túmulo, nem ouvir o seu nome, nunca mais ter de falar dela.

Ela nem mesmo virou a cabeça para olhar para ele, para ver se havia sentido no que ele sussurrava.

— Eu poderia construir uma nova vida aqui, me tornar um novo homem. E neste ano, no próximo, você será uma bela mulher — disse J., sua voz bem suave. — E então...

Ela se virou ao ouvir isso, como se entendesse o tom de sua voz. Virou-se e o encarou diretamente, sem sentir vergonha, como se fosse lhe perguntar o que queria dizer — se estava falando sério. J. se interrompeu e corou. Conseguiu dar um sorriso constrangido.

— Bem — disse ele —, nada disso tem significado para você! É melhor irmos!

Ela levantou-se e apontou o rio. Sua cabeça meio inclinada perguntou: "Em que direção?" Para o interior ao sul, que nenhum dos dois conhecia, ou rio acima, para Jamestown?

— Jamestown — replicou J., apontando para noroeste. — Fiquei divagando que nem um idiota. Jamestown, é claro.

Acomodou-se na canoa e a estabilizou com seu remo. Agora era mais fácil para ele, tinha adquirido a habilidade depois de todos esses dias saindo a remar. Ela empurrou a proa e subiu na piroga. Remaram como uma equipe e a embarcação deslizou suave ao longo da costa, e então sentiram a impulsão mais forte do rio.

A uma hora de Jamestown, onde o rio começava a ficar sujo e a ribanceira salpicada de cepos de árvores derrubadas, ela fez sinal para pararem e conduziu a canoa para a praia. Devagar, com má vontade, lavaram o unguento na água do rio. Ela pegou um punhado de folhas e esfregou as costas dele, de modo que sua pele branca brilhasse através da substância escura e o cheiro familiar, que ele odiara tanto no primeiro dia, se dispersasse. Vestiram, juntos, a roupa que usariam na cidade, e ela encolheu nos limites da túnica esfarrapada e deixou de parecer uma corça ao sol, para parecer uma criada promíscua.

J., vestindo de novo a camisa e o calção, depois da liberdade da tanga, sentiu como se fosse algemado, se tornando de novo um homem, com as tristezas de um homem, e não mais um ser livre, à vontade na floresta. No mesmo instante, uma nuvem de insetos alojou-se em seus braços, ombros e rosto queimados do sol. J. afugentou-os e praguejou, e a garota sorriu com os lábios, mas não com os olhos.

— Vamos partir de novo — disse J., de maneira encorajadora. — Um dia, iremos novamente.

Ela assentiu balançando a cabeça, mas seu olhar estava sombrio.

Entraram na canoa e remaram para Jamestown. J. foi atormentado o caminho todo pelas vespas e o suor nos olhos, a camisa apertando suas costas e desconfortável nas botas. Quando alcançaram o píer de madeira, ele estava transpirando e irritado. Havia um novo navio no cais e uma multidão de gente. Ninguém dispensou mais do que um rápido olhar de relance para a índia e o homem branco na piroga.

Colocaram a canoa em terra firme, ao lado do cais, e começaram a descarregar as plantas. Da sombra do edifício das docas surgiu uma mulher que se pôs na frente deles.

Era uma índia, mas usava um vestido e um xale atado ao redor dos seios. Seu cabelo estava preso para trás como o de uma mulher branca, expondo o rosto bastante marcado, tomado de cicatrizes claras, como se alguém, muito tempo atrás, tivesse disparado um mosquete à queima-roupa em seu rosto.

— Sr. Tradescant? — disse ela com um sotaque pronunciado.

J. girou ao escutar o seu nome e se retraiu diante da amargura na expressão dela. Ela olhou para a garota e proferiu uma série de palavras rápidas, tão sonoras e sem sentido quanto o canto de um pássaro.

A menina respondeu, tão fluente quanto ela, sacudindo a cabeça enfaticamente, depois apontando para J., as plantas e a canoa.

A mulher virou-se de novo para J.

— Ela me disse que não lhe fez mal.

— É claro que não!

— Não a violou.

— Não!

Os ombros eretos e retesados de repente caíram, e ela deu um soluço abrupto, como uma tosse de vômito.

— Quando me disseram que a tinha levado para a floresta, achei que não a veria mais.

— Sou um colecionador de plantas — disse J., aborrecido. — Veja. As plantas. Ela foi minha guia. Ela armou um acampamento. Caçou e pescou para nós. Foi uma boa garota, muito boa. — Relanceou os olhos para ela e ela lhe deu um sorriso rápido e encorajador. — Foi muito prestativa. Estou em dívida com ela.

A mulher não acompanhou todas as palavras, mas viu o olhar de relance entre os dois e percebeu, com justiça, a afeição e confiança mútuas.

— É a mãe dela? — perguntou J. — Acaba de... bem... de ser solta?

A mulher confirmou com um movimento da cabeça.

— O Sr. Joseph me disse que a tinha lhe dado por um mês. Achei que não a veria mais. Achei que a tinha levado para a floresta, usado dela e a enterrado lá.

— Sinto muito — replicou J., constrangido. — Sou estranho nesta terra.

Ela olhou para ele com uma expressão pungente.

— Todos vocês são estranhos aqui — disse ela.

— Ela sabe falar? — disse ele, com hesitação, se perguntando o que significava aquilo.

A mulher confirmou com um movimento da cabeça, sem se dar ao trabalho de responder.

A garota tinha acabado de descarregar a canoa. Olhou para J. e apontou para as plantas, como se perguntasse o que seria feito com elas. J. virou-se para a mulher.

— Tenho de buscar alguns barris e preparar estas plantas para a minha viagem de volta à Inglaterra. Talvez consiga uma passagem nesse navio. Ela pode ficar e me ajudar?

— Nós duas vamos ajudar — replicou a mulher, bruscamente. — Não a deixo sozinha nesta cidade. — Ergueu um pouco a saia e desceu para a praia. J. observou as duas mulheres. Não se abraçaram, mas ficaram a apenas algumas polegadas uma da outra e entreolharam-se, como se pudessem ler tudo o que precisavam saber nessa troca de olhares. Então a mãe balançou brevemente a cabeça, ficaram lado a lado, os ombros roçando quando se curvavam juntas sobre as plantas.

J. subiu para a hospedaria, foi buscar os barris para armazenar as plantas.

Trabalharam até escurecer, e de novo no dia seguinte, envolvendo as mudas na terra e pano molhado, dispondo-as nos barris separadas por folhas e pano molhado, e as sementes foram postas em outro, na areia seca, e a tampa foi lacrada. Quando acabaram, J. tinha quatro barris de plantas que ele manteria abertos para o ar fresco e que seriam molhadas com água doce, e um barril lacrado com sementes. Gritou para o navio e dois marinheiros desceram e os carregaram para ele. Pelo menos teria espaço para cuidar deles na viagem de volta. Havia somente duas pessoas retornando à Inglaterra. O resto do espaço seria ocupado com a carga de tabaco.

— Vamos zarpar pela manhã cedo, assim que clarear — avisou o capitão. — É melhor trazer logo suas coisas hoje à noite e dormir a bordo. Não posso esperar passageiros; quando a maré baixar, partimos.

J. assentiu com a cabeça.

— É o que farei. — Não tinha a menor vontade de retornar à hospedaria e rever a senhoria amarga. Achou que se a ouvisse chamar a garota de animal selvagem, ele a defenderia, o que desencadearia uma discussão, talvez coisa pior.

Virou-se para as duas mulheres.

— Como ela se chama? — perguntou à mãe.

— Mary.

— Mary?

Ela confirmou com um movimento da cabeça.

— Foi tirada de mim quando era um bebê e batizada de Mary.

— É este o nome que usa para ela?

Hesitou, como se não tivesse certeza de se poderia confiar nele. Mas então houve um murmúrio da garota que estava ao lado dela.

— Ela se chamava Suckahanna.

— Suckahanna? — confirmou J.

A garota sorriu e balançou a cabeça confirmando.

— Significa água.

J. assentiu com a cabeça, e então, o fato de ela falar a sua língua o surpreendeu.

— Você sabe falar inglês?

Ela balançou a cabeça confirmando.

Ele teve um momento de perplexidade extrema e triste.

— Então, por que você nunca...? Você nunca...? Eu não sabia! Todo esse tempo que viajamos juntos, você ficou muda!

— Mandei que nunca falasse com um homem branco — disse a mulher. — Achei que ficaria mais segura se não respondesse.

J. abriu a boca para argumentar — era melhor que a garota fosse capaz de falar, para se defender.

Mas a mãe o impediu de falar com um gesto abrupto da mão.

— Acabo de sair depois de um mês na prisão por ter dito a coisa errada — enfatizou ela. — Às vezes é melhor não dizer absolutamente nada.

J. relanceou os olhos para o navio atrás deles. De repente, não teve vontade de partir. Saber que a menina tinha um nome e que podia entendê-lo, tornou-a muito interessante. O que ela tinha pensado durante os dias de companheirismo silencioso? O que ela talvez não lhe dissesse? Era como se ela tivesse sido uma princesa enfeitiçada em um romance e que, de repente, encontrasse a língua. Quando ele tinha-lhe confiado seus sentimentos por sua casa, seus filhos, suas plantas, ela tinha ouvido sua confissão de maneira impassível. Mas tinha entendido tudo o que ele dissera. E portanto, de certa maneira, ela o conhecia melhor do que qualquer mulher já o conhecera. E saberia que na manhã do dia anterior ele havia sentido a tentação de permanecer nessa nova terra, de ficar com ela.

— Tenho de ir. Estou sendo esperado na Inglaterra — disse ele, achando que elas talvez o contradissessem, que talvez ele não tivesse de ir, como se a quebra do feitiço que a tivesse mantido em silêncio também o libertasse.

As duas mulheres não disseram nada, simplesmente observaram a indecisão, a relutância em seu rosto.

— O que vai acontecer com vocês duas agora? — perguntou ele, como se os planos delas o afetassem.

— Vamos sair de Jamestown — disse a mulher em tom baixo. — Vamos voltar para a floresta e procurar o nosso povo. Achei que seria mais seguro ficarmos aqui, meu marido e meu pai estão mortos. Achei que poderia viver dentro dos muros e trabalhar para os homens brancos. Achei que poderia ser uma criada. — Ela sacudiu a cabeça. — Mas não podemos confiar neles. Voltaremos para o nosso próprio povo.

— E Suckahanna?

A mulher olhou para ele, seu olhar ressentido.

— Não há vida para ela — replicou. — Podemos encontrar nosso povo, mas não a nossa antiga vida. Onde costumávamos plantar nossos alimentos está semeado de tabaco, os rios têm poucos peixes e a caça, assustada com as armas de fogo, está desaparecendo. Por todos os lugares por onde passamos há a marca de uma bota. Não sei onde ela vai viver. Não sei onde ela vai encontrar um lar.

— Certamente há lugar bastante para o seu povo e plantadores — replicou J., com veemência. — Não acredito que não haja espaço nesta terra... Estivemos fora por um mês e não vimos ninguém. É uma terra poderosa, estende-se por quilômetros e quilômetros. Certamente tem espaço para o seu povo e o meu, não tem?

— Mas o seu povo não nos quer aqui. Não desde a guerra. Semeamos os campos e eles destroem a nossa safra, quando veem uma caniçada para a pesca, a rompem, quando veem uma aldeia, a incendeiam. Juraram que seríamos destruídos como um povo. Quando a minha família foi morta, escravizaram-me, e achei que Suckahanna e eu estaríamos a salvo como escravas. Mas me surraram e violaram, e os homens logo vão querê-la também.

— Ela poderia vir comigo — propôs ele em desvario. — Poderia levá-la para a Inglaterra, tenho um filho e uma filha, eu poderia criar todos juntos.

A mulher refletiu por um instante e então sacudiu a cabeça.

— Ela se chama Suckahanna — replicou com firmeza. — Tem de ficar à margem de um rio.

J. ia argumentar mas se lembrou de Pocahontas, da grande princesa Pocahontas, quando, ainda menino, tinha sido levado para vê-la como uma criança é levada para ver leões na Torre. Na época ela não era a princesa Pocahontas, e sim Rebecca Rolfe, vestida com roupas inglesas e tiritando de frio no inverno inglês. Ela morreu algumas semanas depois, no exílio, com saudades de sua própria terra.

— Voltarei — disse ele. — Vou levar essas coisas para a Inglaterra e voltarei. E na próxima vez, quando eu chegar, vou construir uma casa aqui, você será minha criada e ela ficará a salvo.

— Como ela ficaria a salvo com você? — perguntou logo a mãe. — Ela não é uma criança, embora seja tão magra. Tem quase 13 anos; quando você voltar, ela será uma mulher. Não há segurança para uma mulher powhatan na cidade de homens brancos.

J. refletiu por um momento e então deu o passo seguinte, falando sem pensar, falando do fundo do seu coração.

— Vou me casar com ela — prometeu ele. — Ela será minha mulher e a manterei a salvo. Ela terá a sua própria casa e campos. Vou construir uma casa para ela à margem do rio, e ela não precisará temer nada.

Estava falando com a mãe, mas olhando para a menina. Um rubor se propagava do decote do algodão grosseiro da bata para a sua testa, onde o unguento ainda manchava sua pele morena na linha do couro cabeludo.

— Gostaria disso? — perguntou-lhe delicadamente. — Tenho idade bastante para ser seu pai, eu sei. E não compreendo suas maneiras. Mas posso mantê-la segura, e posso fazer uma casa para você.

— Eu gostaria — replicou a menina em voz baixa. — Gostaria de ser sua esposa.

A mãe estendeu a mão para J. e ele sentiu aquela palma grossa na sua. Depois pegou a da filha e uniu-os em um aperto forte.

— Quando você voltar, ela será sua mulher — prometeu-lhe a mulher.

— Serei — disse a menina.

— Voltarei — jurou J.

A mulher soltou-os e se virou, como se não houvesse mais nada a ser dito. J. observou-a ir, depois se virou para Suckahanna. De imediato, ela lhe pareceu muito familiar, a companheira descontraída durante semanas de viagens e acampamento, e extremamente estranha, uma menina prestes a se tornar mulher, uma virgem que seria sua mulher.

Com cuidado, como se estivesse transplantando uma muda, pôs a mão na bochecha dela, passou-a pelo contorno do seu maxilar. Ela estremeceu com o toque, mas não se aproximou nem se esquivou. Deixou que acarinhasse seu rosto por um momento, mas só por um momento. E então deu a volta e fugiu dele.

— Volte logo — gritou ela, e ele mal a via no escuro, enquanto corria ligeiro atrás da mãe, só via a túnica refulgindo no lusco-fusco. — Volte na boa estação, na estação das frutas, no Nepinough, e vou lhe preparar um grande banquete e vamos construir a nossa casa antes de o inverno chegar.

— Voltarei! — repetiu J. Mas ela já tinha desaparecido, e no dia seguinte, ao amanhecer, o navio zarpou e ele não a viu.

Verão de 1638, Londres

O navio de J. chegou ao porto de Londres ao amanhecer, no começo de abril, e ele saiu, com os olhos lacrimejando, de sua cabine para o frio ar inglês envolvido em sua capa de viagem, com o chapéu bem enfiado na cabeça. Um carroceiro estava à toa no cais, remexendo no embornal de um cavalo modorrento.

— Está livre? — gritou J. para ele.

O homem ergueu o olhar.

— Estou!

— Venha pegar minhas coisas — gritou J. O homem subiu a prancha de desembarque e se retraiu ao deparar com as folhagens das árvores novas e outras pequenas árvores.

— Coisas? — perguntou ele. — Isso é uma floresta!

J. sorriu.

— Há mais ainda — disse ele.

Juntos, carregaram os barris cheios de terra molhada pela prancha de desembarque até a carroça, os galhos das árvores tremulando acima de suas cabeças. Então, J. trouxe mais um barril de sementes e nozes e, finalmente, sua pequena trouxa de roupas e um baú de curiosidades.

— Sei para onde vamos — disse o homem, subindo na carroça e golpeando o dorso do cavalo com as rédeas, para acordá-lo.

— Sabe?

— Arca dos Tradescant — replicou o homem, sem titubear. — É o único lugar no mundo a que se iria carregando metade de uma floresta.

— Totalmente certo — disse J., e se acomodou na carroça. — Quais as novidades? — perguntou ele.

O carroceiro escarrou certeiramente por cima da lateral da carroça, atingindo a estrada de terra.

— Nada de novo — respondeu ele. — Tudo muito pior.

J. esperou.

— Tudo que se pode comer ou beber é tributado — prosseguiu o carroceiro. — Mas isso já acontecia antes de o senhor ir embora, acho. Agora tem um novo imposto, um imposto absurdo, desgraçado: uma tarifa portuária arrecadada de todo mundo, por mais que se esteja afastado do mar. Os portos é que deveriam pagar essa taxa, são eles que precisam da Marinha para se verem livres dos piratas. Mas o rei está obrigando todas as cidades a pagarem, até mesmo as cidades interioranas. Minha irmã vive em Cheltenham. Por que tem de pagar taxa portuária? Que importância tem o mar para ela? Mas tem de pagar.

J. concordou com a cabeça.

— O rei, então, não convocou um parlamento?

— Dizem que ele não quer nem mesmo ouvir a palavra ser mencionada.

J. permitiu-se emitir, com prazer, um som de reprovação.

— Se ele convocasse um parlamento e pedisse para estabelecerem um imposto, lhe diriam o que pensam dele como rei — prosseguiu o carroceiro, francamente. — Diriam o que pensam de um Conselho Privado orientado por uma rainha papista francesa e uma corte governada por franceses e jesuítas.

— Não é possível — replicou J. com firmeza. — Só estive fora alguns meses.

— Todos sabem que os Tradescant servem ao rei — disse o homem, rudemente.

— É verdade — concordou J., lembrando-se das advertências constantes de seu pai para não dar ouvidos a mexericos que poderiam ser escutados por acaso e considerados traição.

— Então, não direi mais nada — falou o carroceiro. — Vamos ver se vai gostar de quando baterem na sua porta e disserem que agora existe um monopólio declarado na terra do seu jardim e que você tem de pagar uma taxa de dez por cento a algum cortesão se quiser plantar nela. Pois foi isso o que aconteceu com todos os outros comércios no reino, enquanto o rei tributa os comerciantes, mas não convoca um parlamento que poderia tributar a pequena nobreza por sua renda.

O homem fez uma pausa, esperando uma resposta indignada. J., discretamente, manteve o silêncio.

— Já deve estar sabendo que os escoceses juraram que nunca lerão as orações do novo livro.

— Mesmo?

O homem confirmou com a cabeça.

— Todos eles. Todos se opõem ao livro de orações do arcebispo Laud. Dizem que nunca lerão uma palavra sequer do livro. O arcebispo está fulo. O rei está fulo. Alguns dizem que os obrigarão, outros dizem que não podem obrigá-los. Por que um rei ordenaria o que você diz a Deus?

— Não sei — replicou J., diplomaticamente. — Não tenho opinião a respeito. — Baixou o chapéu sobre os olhos e cochilou, enquanto a carroça sacolejava pela estrada familiar até a sua casa.

Não ergueu o chapéu quando desceram a estrada South Lambeth em direção à área comunitária do vilarejo, mas olhou, com argúcia, por baixo da aba, ao seu redor. Tudo permanecia no mesmo lugar. A casa de seu pai mantinha-se imponente, recuada da estrada, a pequena ponte continuava transpondo o curso de água que acompanhava a estrada. Era uma bonita casa de fazenda no antigo estilo de madeiramento, mas do lado estava a nova ala ambiciosa, encomendada por seu pai para abrigar as curiosidades, sua grande coleção de excentricidades, das imensas às miniaturas. Nos fundos da casa estava o jardim responsável por sua reputação e subsistência, e o espaço das curiosidades dava para lá através de suas janelas venezianas. J., condicionado por um hábito muito antigo, olhou para baixo quando a carroça contornou o lado sul do edifício, para não ver o escudo de pedra que seu vaidoso pai, afixara na nova ala em desafio tanto ao College of Arms quanto à simples verdade. Não eram *esquires* Tradescant e nunca tinham sido, mas John Tradescant, seu pai, tinha desenhado e, depois, contratado um pedreiro para entalhar o seu próprio brasão. E nada do que J. dissesse conseguiria persuadi-lo a retirá-lo dali.

J. guiou o carroceiro ao passar do local das curiosidades, onde a varanda dava para os jardins ordenados, para as cavalariças, de modo que as plantas pudessem ser descarregadas diretamente lado da bomba de água. O cavalariço, olhando pela porta semiaberta, viu as copas agitadas das pequenas árvores na carroça e gritou:

— O patrão chegou! — E veio aos tropeções para o pátio.

Foi ouvido na cozinha e a criada saiu correndo pelo saguão e abriu a porta dos fundos. J. subiu os degraus da varanda e entrou na casa.

No mesmo instante se retraiu surpreso. Uma mulher que ele não conhecia, de cabelo escuro, o rosto sóbrio e um sorriso agradável, confiante, desceu a escadaria, hesitou ao vê-lo erguer o olhar para ela, e então prosseguiu com segurança.

— Como vai? — perguntou ela formalmente, e o cumprimentou com um ligeiro aceno de cabeça, como se, além de homem, fosse um igual

— Quem diabos é você? — perguntou J. abruptamente.

Ela pareceu um pouco constrangida.

— Pode me acompanhar? — disse ela e mostrou-lhe o salão. A criada estava de quatro acendendo o fogo. A mulher esperou até o fogo pegar e dispensou a garota com um gesto rápido da mão.

— Sou Hester Pooks — disse ela. — Seu pai convidou-me a ficar aqui.

— Por quê? — perguntou J.

Hester hesitou.

— Imagino que não saiba... — Interrompeu-se. — Lamento ter de lhe dizer que seu pai faleceu.

Ele arfou e se desequilibrou por um instante.

— Meu pai?

Ela confirmou com um movimento da cabeça, sem dizer nada.

J. deixou-se cair em uma cadeira e ficou em silêncio por um bom tempo.

— Eu não deveria me surpreender... mas é um choque terrível... Sei que estava idoso, mas ele sempre foi...

Ela sentou-se, sem ser convidada, no lado oposto a ele e ficou calada, retorcendo as mãos no colo. Quando J. voltou-se para a mulher, ela estava esperando, avaliando o momento para lhe contar o resto.

— Ele não sofreu — disse ela. — Foi ficando muito cansado ao longo do inverno e foi para a cama repousar. Morreu em paz, como se simplesmente adormecesse. Tínhamos levado muitas de suas flores para o seu quarto. Morreu cercado por elas.

J. sacudiu a cabeça, ainda incrédulo.

— Gostaria de ter estado aqui — disse ele. — Deus, como gostaria de ter estado aqui.

Hester fez uma pausa.

— Deus é muito misericordioso — disse ela suavemente. — No momento de sua morte, ele achou que o viu. Esperou por muito tempo o seu retorno, despertando quando a porta do seu quarto se abria, e pensou que o viu. Morreu achando que você tinha retornado a salvo para casa. Sei que ele morreu feliz, achando que o tinha visto.

— Ele disse o meu nome? — perguntou J.

Ela confirmou balançando a cabeça e falou:

— Ele disse: "Ah, você, finalmente!"

J. franziu o cenho. O antigo medo de não ser o primeiro no coração do seu pai retornou.

— Mas ele disse o meu nome? Ficou claro que ele se referia a mim?

Hester fez uma pausa e, então, olhou para a expressão delicada, vulnerável, do homem com quem pretendia se casar. Mentiu tranquilamente.

— Ah, sim — respondeu ela, com firmeza. — Ele disse: "Ah, você, finalmente!" Depois, deitou-se no travesseiro e disse: "J."

J. fez uma pausa para absorver tudo aquilo. Hester observou-o em silêncio.

— Não consigo acreditar — disse ele. — Não sei como continuar sem ele. A Arca, os jardins, os jardins reais. Sempre trabalhei ao seu lado. Perdi meu empregador, meu mestre, tanto quanto meu pai.

— Ele deixou uma carta para o senhor — disse ela.

J. observou-a quando ela atravessou a sala e pegou a carta lacrada na gaveta de uma mesa.

— Acho que é sobre mim — disse ela de modo desconcertantemente franco.

J. pegou a carta.

— Quem é a senhorita? — perguntou de novo.

Ela respirou fundo.

— Sou Hester Pooks. Sou praticamente sozinha no mundo. Seu pai gostava de mim e meu tio lhe disse que eu tinha um bom dote. Eu o conheci na corte. Meu tio é pintor, contratado pela rainha. Sou de boa família, todos artistas plásticos e músicos, todos com patronos reais ou nobres. — Fez uma pausa e sorriu. — Mas sem muito dinheiro. Seu pai achou que eu conviria a você. Queria se assegurar de que haveria alguém para cuidar dos seus netos e mantê-los aqui. Não queria que eles vivessem em Londres com os pais de sua mulher. Achou que eu me casaria com o senhor.

J. ficou de queixo caído.

— Ele me arrumou uma mulher? Sou um homem de 30 anos e ele procura uma mulher para mim como se eu fosse um menino? E a escolhe?

Hester olhou diretamente no seu rosto.

— Não sou nenhuma beldade — disse ela. — Imagino que sua mulher tenha sido muito bonita, Frances é uma menina linda e ela me disse que se parece com a mãe dela. Mas posso organizar uma casa, dirigir um negócio. Gosto muito de plantas e árvores, e de jardins, e gosto de crianças, gosto dos *seus* filhos. Independentemente de querer se casar comigo ou não, eu gostaria de ser amiga de Frances, particularmente. Seria conveniente para mim casar-me com o senhor e eu não faria muitas exigências. Não tenho grandes expectativas. — Fez uma pausa. — Seria um acordo conveniente a nós dois — prosseguiu ela. — E o deixaria livre para jardinar no palácio real de Oatlands ou para viajar ao exterior, novamente, sabendo que está tudo bem aqui.

J. olhou dela para a carta.

— Isso é ultrajante! Mal chego em casa e fico sabendo que meu pai está morto e que uma mulher, que nunca vi antes na minha vida, está, de certa maneira, comprometida comigo. E de qualquer maneira... — Interrompeu-se. — Tenho outros planos.

Ela balançou a cabeça com sobriedade.

— Teria sido mais fácil se ele tivesse vivido para explicar pessoalmente — disse ela. — Mas não está comprometido comigo, Sr. Tradescant. A decisão será inteiramente sua. Vou deixá-lo só para que leia a carta. Quer que eu acorde as crianças e as traga para verem-no?

Ele estava distraído.

— Os dois estão bem?

Ela confirmou com um movimento da cabeça.

— Frances, especialmente, sofre por seu avô, mas estão, os dois, com perfeita saúde.

J. sacudiu a cabeça, perplexo.

— Traga-os a mim quando acordarem — disse ele. — Não é preciso acordá-los mais cedo. Vou ler a carta de meu pai. Preciso de tempo. Sinto realmente... — Interrompeu-se. — Ele me controlou durante toda a minha vida! — exclamou em uma explosão súbita de irritação. — E logo quando penso que me tornei independente com a sua morte, descubro que ele também tinha a minha vida futura nas mãos.

Ela parou à porta, sua mão na campainha de bronze.

— Ele não tinha intenção de ordenar — disse ela. — Ele pensou que eu o libertaria, e não que seria uma carga. E me disse muito claramente que o senhor tinha enterrado o seu coração junto com a sua mulher e que nunca me amaria nem a nenhuma outra mulher de novo.

J. sentiu uma pontada profunda de culpa.

— Nunca amarei uma mulher no lugar da minha esposa — disse ele cautelosamente. — Jane nunca será substituída.

Ela balançou a cabeça, pensou que ele a estava advertindo. Não percebeu que ele estava falando consigo mesmo, reprovando a si próprio por aquela sensação incontrolável de liberdade, a sensação de alegria com a menina na floresta, tão longe de casa, das responsabilidades, das leis normais da vida.

— Não espero amor — disse Hester, simplesmente, despertando-o na sala escurecida. — Achei que poderíamos nos ajudar mutuamente. Achei que poderíamos ser... companheiros.

J. olhou para ela e a viu pela primeira vez, ali em pé à porta, emoldurada pela madeira escura. Viu o rosto simples e comum, a touca branca de tecido macio, os olhos escuros e inteligentes e a força do seu maxilar.

— Quem pode ter metido isso na cabeça dele?

— Acho que fui eu — replicou ela com uma insinuação de sorriso. — Isso me conviria perfeitamente. Quando tiver passado o choque da surpresa, talvez venha a achar que lhe convém também.

Ele observou-a fechar a porta atrás de si, e então abriu a carta de seu pai.

Meu querido filho,

Fiz um testamento deixando toda a Arca para você. Espero que ela lhe proporcione muita alegria. Espero que Baby John o suceda, como você me sucederá, e que o nome Tradescant sempre signifique algo para pessoas que amam seus jardins.

Estarei morto quando você retornar, portanto deixo-lhe minha bênção e meu amor. Estou indo para junto da sua mãe e dos meus dois senhores, Sir Robert e o Duque, e estou pronto para partir. Não sofra por mim, J. Tive uma vida longa e que muitos homens invejariam.

A jovem chamada Hester Pooks tem um dote considerável e é uma mulher sensível. Falei de você para ela e creio que ela será uma boa esposa para você e uma boa mãe para as crianças. Ela não é outra Jane, porque nunca haverá outra Jane. Mas é uma jovem franca e penso que você precise de alguém como ela.

É claro que a decisão é sua. Mas se eu vivesse o bastante para ver seu retorno, eu a apresentaria com minhas recomendações mais calorosas.

Adeus, meu filho, meu querido filho,
John Tradescant.

J. permaneceu sentado, muito quieto, observando a lenha no fogo arder e se transformar em um cordão fino e emaranhado de cinzas secas. Pensou na determinação e desvelo do pai, que se revelavam na estufa e no canteiro de sementes meticulosos, na capinação, e na eterna poda e torção de suas amadas trepadeiras, e também ali, ao prover uma esposa para o seu filho adulto. Sentiu a irritação por ver a sua independência frustrada se dissolver diante do afeto por seu pai. E ao pensamento de os jardins terem sido deixados para ele na confiança de que seriam legados a mais um John Tradescant que viria depois deles dois sentiu a raiva dentro de si se dissolver, escorregou para o chão, apoiou a cabeça na cadeira de seu pai e chorou por ele.

Frances, entrando um pouco depois, encontrou o pai composto e sentado à janela, de onde podia ver a fria avenida de castanheiros-da-índia e os remoinhos de neblina na manhã bem cedo, ainda escura.

— Pai? — disse ela, com hesitação.

Ele virou-se e estendeu os braços para ela, que correu para ele. Puxou-a mais para perto e sentiu os ossinhos leves de seu corpo e o cheiro quente e fresco de sua pele e cabelo. Por um momento, pensou vívida e pungentemente em Suckahanna, que não era mais pesada, mas que cada músculo parecia um cordel de chicote.

— Você cresceu — disse ele. — Aposto que já bate quase no meu peito.

Ela sorriu.

— Tenho 9 anos — disse ela seriamente. — E Baby John está maior do que quando você foi embora. E mais pesado. Não consigo mais levantá-lo, agora que tem 5 anos. Hester tem de levantá-lo.

— Hester levanta, mesmo? Você gosta de Hester?

Achou que ela olhou para ele como se precisasse de ajuda para dizer alguma coisa, como se houvesse algo que ela não conseguisse dizer.

— Sim.

— Seu avô pensou que ela poderia se casar comigo, achou que ela poderia ser uma mãe para vocês.

Uma expressão de alívio passou pelo rostinho dela.

— Precisamos de uma mãe — disse ela. — Não aguento mais levantar Baby John, ele está muito grande, e nem sempre sei o que fazer quando ele chora. Se meu irmão ficar doente, como mamãe ficou, eu não vou saber como cuidar dele, e ele pode morrer... — Interrompeu-se e reprimiu um soluço. — Precisamos de uma mãe — disse ela com veemência. — Cook não é a mesma coisa.

— Sinto muito — disse J. — Eu não sabia.

— Achei que o senhor ia trazer para nós uma família da Virgínia, com as outras coisas na carroça — disse ela de maneira infantil.

J. pensou por um momento na garota apenas alguns anos mais velha, agradeceu a sua sorte de não ter cometido o erro de trazê-la e se sobrecarregar com ter de cuidar dela além de seus filhos.

— Não há ninguém naquele país que possa ser mãe para vocês — disse ele francamente. — Ninguém que possa ser minha esposa aqui.

Frances reprimiu as lágrimas e olhou para ele.

— Mas precisamos de uma. Uma mãe que saiba o que fazer quando Baby John faz bobagens e que ensine ele a ler.

— Sim — disse J. — Vejo que precisamos.

— Hester disse que o café da manhã está servido — disse ela.

— Baby John está à mesa?

— Sim — respondeu ela. — Venha.

J. pegou-a pela mão e a conduziu para fora da sala. Sua mão estava fria e macia, os dedos eram compridos e a palma tinha perdido a qualidade rechonchuda dos bebês. Era a mão de um adulto em miniatura, não tinha mais a maciez gorducha de uma menininha.

— Você cresceu — observou ele.

Ela lançou-lhe um sorrisinho furtivo.

— Tio Alexander Norman disse que eu logo serei uma moça, uma jovem dama — disse ela com satisfação. — Mas eu respondi que vou ser a jardineira do rei.

— É o que você ainda quer? — perguntou J. Ela confirmou balançando a cabeça e abriu a porta que dava para a cozinha.

Estavam todos esperando por ele em seus lugares ao redor da mesa de madeira escura: o jardineiro e os dois ajudantes, a cozinheira, a arrumadeira e o garoto que trabalhava na casa e no estábulo. Hester estava no outro extremo da mesa com Baby John ao seu lado, ainda sonolento, seus olhos mal aparecendo acima do tampo da mesa. J. extasiou-se ao vê-lo: o menino amado, o herdeiro Tradescant.

— Ah, papai! — disse Baby John, não muito surpreso.

J. levantou-o, abraçou-o, sentiu o cheiro quente e agradável da criança sonolenta, abraçou-o com mais força e sentiu o coração se enternecer com o seu menino, com o filho de Jane.

Esperaram ele se sentar para se acomodarem nos bancos em volta da mesa; então, Hester baixou a cabeça e disse a oração de graças nas palavras simples aprovadas pela igreja do arcebispo Laud. Por um momento, uma tensão se apoderou de J. — que tinha passado a vida de casado nas certezas independentes e inabaláveis de sua mulher e escutando suas preces improvisadas, de grande força —, mas então, baixou a cabeça e ouviu o ritmo e o simples conforto da língua.

Ergueu o olhar antes de Hester dizer "Amém". A criadagem estava ao redor da mesa perfeitamente ordenada, seus filhos estavam cada um de um lado de Hester, os rostos lavados, as roupas limpas. Uma refeição consistente estava sobre a mesa, mas não havia nada rico, ostentoso ou esbanjador. E — foi o que o fez decidir — no peitoril da janela havia um vaso de campânulas azul-violeta e brancas que alguém se dispusera a desenraizar e transplantar do pomar pelo prazer de sua cor viva e seu cheiro suave e agradável.

Ninguém, exceto o pai de J., John Tradescant, tinha levado flores para a cozinha ou para a casa por prazer. Flores faziam parte do trabalho da casa: cuidadas na estufa, florescendo no jardim, expostas no gabinete de curiosidades, preservadas em açúcar ou pintadas ou esboçadas. Mas o amor de Hester pelas flores lembrava o de seu pai, e o fez pensar, ao vê-la sentada entre seus filhos, as flores no peitoril, que as grandes lacunas dolorosas na sua vida, antes preenchidas por sua mulher e seu pai, poderiam ser sanadas se essa mulher vivesse ali e trabalhasse ao seu lado.

J. não poderia levar os filhos para a Virgínia, não conseguia nem mesmo imaginar que ele próprio fosse capaz de retornar para lá. O tempo que passara na floresta parecia um sonho, algo que tivesse acontecido com outro homem, um homem livre, um novo homem em uma nova terra. Nos meses que se seguiram, meses agitados e apreensivos, durante os quais John Júnior se tornaria John Tradescant, o único John Tradescant, ele mal pensou em Suckahanna e em sua promessa de retornar. Parecia uma brincadeira, um jogo que ele tinha jogado, uma fantasia, absolutamente fora do plano real. De volta a Lambeth, no velho mundo, a antiga vida se fechou ao seu redor e ele achou que seu pai provavelmente estivesse certo — como geralmente estava — e que ele precisaria de Hester para dirigir os negócios e a casa.

Decidiu que pediria a ela para ficar. Sabia que nunca pediria a ela para amá-lo.

J. só pediu Hester formalmente em casamento no fim do verão. Durante os primeiros meses só pensou em saldar as dívidas provocadas pela queda no mercado de tulipas. A Tradescant, pai e filho, tinha investido a fortuna da família na compra de bulbos de tulipas raras, certos de que o mercado estava em alta. Mas na época em que as tulipas floresceram e produziram mais bulbos no seu solo perfeito, em vasos de porcelana, houve a queda do mercado. J. e seu pai foram deixados com uma dívida de quase mil libras com seus acionistas e obrigados por seu senso de honra a saldá-la. Com a venda das novas plantas da Virgínia e um belo lucro, e assegurando que todos conhecessem a sua nova avenca-americana, uma variedade sofisticada que todos queriam ver, J. duplicou e reduplicou o negócio da estufa e começou a recuperar o investimento da família.

A avenca-americana não era o único butim que os visitantes do jardim procuravam. J. ofereceu-lhes um jasmim de uma variedade que nunca tinham visto antes, que subia e se retorcia ao redor de uma vara como uma trepadeira, como uma madressilva-coral, exalando o mesmo perfume doce, mas florescendo em uma bela prímula. Uma nova columbina, uma columbina americana, e a melhor das árvores novas que sobreviveram: um plátano, um plátano americano, que John achou que ficaria do tamanho de um carvalho no clima temperado da Inglaterra. Não tinha mais do que meia dúzia de cada, não venderia nada. Aceitou encomendas com depósitos em dinheiro e se comprometeu a entregar as mudas assim que se propagassem. A acerácea americana, que ele trouxera com tantos cuidados, não vingou no jardim de Lambeth, embora John a tivesse tratado como uma mãe, e também perdeu o único espécime que tinha de um tulipeiro e quase tinha saído no murro com o amigo do pai, o famoso horticultor John Parkinson, quando tentara descrever a glória da árvore que crescia na floresta americana, que não passava de um graveto seco no jardim de Lambeth.

— Estou dizendo que cresce até ficar do tamanho do carvalho, com grandes folhas verdes e oleosas e uma flor do tamanho da sua cabeça!

— Sei — retorquiu Parkinson. — O peixe que escapa é sempre o maior.

Alexander Norman, cunhado de John e testamenteiro de John Tradescant, assumiu algumas das dívidas Tradescant como um favor à jovem família.

— Para o dote de Frances — disse ele. — É uma mocinha tão bonita.

John vendeu alguns campos que seu pai possuía em Keny e saldou a maior parte das outras dívidas. As que restaram somavam 200 libras — exatamente o dote de Hester. Certo dia, com o livro contábil na sua frente, se viu pensando que o dote de Hester poderia ser seu apenas com um pedido, e a contabilidade Tradescant demonstraria lucro mais uma vez. Com esse pensamento nada romântico, largou a pena e foi procurá-la.

Vinha observando-a durante todo o verão, quando ela sabia estar sendo testada duplamente: para ver se era boa o bastante para o nome Tradescant e se ficaria à altura de Jane. Ela nunca demonstrou um sinal sequer de nervosismo. Observou-a lidando com os visitantes de curiosidades. Mostrava as plantas com um orgulho tranquilo, como se estivesse feliz por fazer parte de uma casa que possuía tais prodígios, mas sem bazófia. Tinha aprendido a se locomover pela sala cheia mais rápido do que se poderia imaginar e ia das redomas à parede pendurando, ordenando, mostrando, discutindo, com uma segurança descontraída. Seu treinamento na corte lhe dera desembaraço para lidar com todos os tipos de pessoas. Sua formação artística a tornara confiante quando cercada de objetos de beleza.

Relacionava-se bem com os visitantes. Pedia-lhes o dinheiro, sem constrangimento, à porta, e os introduzia no gabinete. Não lhes impunha a si mesma como guia. Sempre esperava que a procurassem quando tinham um interesse em particular. Se quisessem desenhar ou pintar uma exposição ela rapidamente providenciava uma mesa próxima às grandes vidraças das janelas, onde a luz era melhor, e depois tinha o cuidado de deixá-los a sós. Se fossem os muitos dos meros visitantes curiosos que queriam passar a manhã no museu e depois se gabar para os amigos que tinham visto tudo o que era para ser visto em Londres — os leões na Torre, os aposentos do próprio rei em Whitehall, as exposições na Arca Tradescant — ela lhes mostrava as coisas extraordinárias, a sereia, a ave incapaz de voar, a boca de uma baleia, o esqueleto de um unicórnio, que descreveriam durante todo o caminho de volta às suas casas — e todos os que os ouviam falar se tornavam visitantes potenciais.

Ela os guiava suavemente aos jardins quando terminavam de ver o gabinete de curiosidades e ele percebia que ela sabia os nomes de todas as plantas. Sempre começava pela avenida de castanheiros e, ali, sempre dizia a mesma coisa:

"E estas árvores, cada uma delas, vieram de mudas das primeiras seis árvores do Sr. Tradescant. Ele as obteve em 1607, há 31 anos, e viveu tempo suficiente para vê-las florescer nesta bela avenida." Os visitantes recuavam um pouco e olhavam as árvores esguias e fortes, agora, no verão, verdes e frondosas com o brotar de suas folhas palmadas.

"Suas folhas são belas, com galhos bem arqueados, mas as flores são lindas, como um buquê de flores da macieira. Eu as vi florirem no começo da primavera, e perfumaram a sala com uma leve fragrância de narciso, uma fragrância tão doce quanto a dos lírios."

— Quem acelerou o amadurecimento dos castanheiros? Meu pai? — perguntou J., depois que alguns visitantes tinham gasto uma pequena fortuna em mudas e partido em suas carroças carregadas de pequenos vasos.

Ela virou-se para ele, pondo as moedas nos bolsos de seu avental.

— Mandei o jardineiro fazê-los florescer para o seu pai, quando ele adoeceu — replicou ela casualmente.

— Ele os viu floridos?

Ela confirmou com a cabeça.

— Ele disse que estava deitado em uma campina florida. Tínhamos falado nisso certa vez. Ele ficou no meio de um belo canteiro de perfumes e cores, com tulipas ao seu redor, e acima de sua cama, grandes galhos de castanheiros-da-índia floridos. Ficou muito bonito de se ver. Ele gostou.

J. pensou por um momento nas outras mortes na casa: na da sua mãe, no quarto enfeitado com narcisos e o barco carregado de rosas Rosamund descendo o rio vagarosamente, em direção à City para o funeral de Jane.

— Ele lhe pediu para fazer isso?

Hester negou sacudindo a cabeça.

— Fico feliz por ter pensado nisso — disse ele. — Fico feliz por ter tido alguém aqui que fizesse isso por ele. — Fez uma pausa e pigarreou. — A propósito do seu plano de nos casar...

Ela enrubesceu um pouco, mas a expressão com que olhou para ele era serena.

— Tomou uma decisão?

Ele assentiu com a cabeça.

— Fico feliz. Eu não poderia, honestamente, permanecer aqui por muito mais tempo. A sua sogra, a Sra. Hurte, vai fatalmente começar a se perguntar o que estou fazendo aqui, e os criados vão comentar.

— Pensei sobre isso — disse ele, soando tão neutro quanto ela. — E concluí que podemos nos dar bem.

Ela olhou rapidamente para ele.

— Quer se casar comigo?

— Se assim desejar — respondeu ele friamente. — Como meu pai disse na carta que escreveu para mim, tenho dois filhos e um trabalho a fazer. Preciso ter alguém de confiança em minha casa. Eu a tenho observado nestes últimos meses e você é claramente afeiçoada às crianças e trabalha bem, não consigo imaginar uma esposa melhor para mim, especialmente por eu não ter nenhuma preferência em relação a mulheres.

Ela baixou a cabeça. Por um instante, ocorreu-lhe o pensamento sentimental estranho que, ao aceitar a proposta sem amor de Tradescant, estaria eliminando todas as outras possibilidades que talvez se abrissem para ela. Certamente haveria homens, ou apenas um homem que a amasse por ela mesma, e não porque era boa com seus filhos e digna de confiança para gerir seus negócios, não haveria? Certamente haveria um homem que lhe faria a proposta e esperaria a sua resposta com o coração batendo forte, não haveria? Não haveria, certamente um único homem que colocaria a mão dela nos lábios dele para que sentisse não um beijo cordial, mas a respiração repentina e quente que revela desejo?

Ela encolheu, ligeira e imperceptivelmente, os ombros. Esse homem ainda não tinha aparecido e ela estava quase completando 30 anos. O acordo com John Tradescant era o melhor que tinham lhe oferecido em um país onde o sucesso era medido em termos de intimidade com a corte. O jardineiro do rei e favorito da rainha era um bom partido, mesmo para uma solteirona com um dote de 200 libras.

— Não tenho preferência por um tipo de homem — replicou ela, em um tom tão neutro quanto o dele. — Eu me casarei com você, John.

Ele hesitou.

— Ninguém nunca me chama de John — disse ele. Sempre fui J. Meu pai que era John.

Hester concordou com um movimento da cabeça.

— Sei disso. Mas agora o seu pai está morto, e você é o chefe da família e não mais um filho. Vou chamá-lo de John. Você é o chefe da família, você é John Tradescant.

— Acho que sou...

— Às vezes é difícil quando se perde o pai ou a mãe — disse ela. — Não é apenas a morte deles que causa o nosso sofrimento, mas o fato de deixarmos de ser criança. É o estágio final da idade adulta, da nossa passagem para sermos um homem ou uma mulher. Minha mãe costumava me chamar por um apelido afetuoso e depois de sua morte nunca mais ouvi esse nome. Nunca mais o ouvirei. Agora sou adulta e ninguém me chama de outra maneira que não Hester Pooks.

— Está dizendo que devo assumir a minha condição de homem adulto.

— Agora é o chefe da casa. E eu serei a sua mulher.

— Faremos correr os proclamas agora mesmo, então — disse ele. — Na St. Mary.

Ela sacudiu a cabeça ao pensar nele passando pelo túmulo de sua única esposa amada para o seu casamento.

— Sou residente da St. Bride's na City — disse ela. — Irei para casa e farei os proclamas correrem lá. Vamos nos casar já?

Ele pareceu indiferente.

— Seria mais conveniente para mim — replicou ele, cortesmente. — Mas talvez você tenha de encomendar roupas, não? Ou tenha de providenciar outras coisas.

— Algumas coisas. Podemos nos casar em outubro.

Ele concordou balançando a cabeça como se fosse uma data para a conclusão de um trabalho rotineiro de jardinagem.

— Em outubro, então.

Outubro de 1638

John se perguntava se deveria se sentir desleal em relação à sua promessa a Suckahanna, mas não se sentia. Não conseguia se lembrar dela direito, somente de detalhes frívolos, como o orgulho em seu sorriso ou o aperto frio de sua mão quando ele jurou que voltaria. Uma noite, sonhou que estava com ela na floresta e que ela estava preparando uma armadilha para peixes. Quando acordou, admirou-se da força da imagem dela curvada sobre o riacho preparando sua armadilha de vime entrelaçado. Mas então Baby John entrou com determinação no quarto e o sonho desapareceu.

Ocasionalmente, se perguntava o que teria acontecido com ela, se ela e sua mãe estariam a salvo na floresta, como tinham planejado. Mas a Virgínia estava tão distante, a dois meses de viagem, e exigia muito de sua imaginação mantê-la em mente. Cercado pelas preocupações com os negócios e as obrigações da casa, J. não conseguia reter a imagem de Suckahanna. A cada dia ela parecia mais exótica, mais se parecia com uma história de viajante. Ela era uma sereia, um ganso barnacle que nadava sob a água e depois se libertava da sua concha, um ser com a cabeça debaixo dos ombros, um tapete voador. Uma noite, quando estava bêbado, tentou contar, a um colega jardineiro, que tinha colhido suas plantas na Virgínia com uma menina indígena coberta de tatuagens e que não vestia nada além de um avental de camurça e o homem caiu na gargalhada e pagou outra rodada de *ale* exaltando a invencionice obscena de John.

A cada dia ela recuava para mais longe dele. Independentemente de ele falar dela ou ficar calado, sonhar com ela ou deixar sua imagem desaparecer, a cada dia sua imagem parecia menos plausível, a cada dia ela mais se distanciava no rio da sua memória, em sua pequena canoa, sem nunca olhar para trás, para ele.

Em 1º de outubro, Hester foi se instalar em seu quarto na City para se preparar para o casamento: comprar algumas peças de renda para coser em suas anáguas e camisa íntima, fazer suas malas, avisar o senhorio de que não precisaria mais do pequeno quarto, pois ia se casar com o jardineiro da rainha, o Sr. John Tradescant.

O tio de Hester, John de Critz, a conduziu, e a família dele e as relações com os de Neve causaram uma boa impressão na pequena igreja. Foi uma cerimônia discreta. John não queria muito estardalhaço e a família de Critz era refinada, de artistas, sem o menor desejo de jogar arroz ou espigas de milho ou gritar e fazer algazarra à porta do quarto.

Os recém-casados foram, sobriamente, para casa em Lambeth. Antes de partir, Hester ordenou tivesse cortinas novas para o grande quarto de dormir, que havia sido de John e Elizabeth, cortinas novas, e que fosse varrido e limpo, e bastante arejado. Ela preferia dormir na cama em que John Tradescant tinha morrido a dividir a cama que tinha pertencido a John e Jane. Frances mudou-se para o antigo quarto de seu pai e sua mãe, e Baby John ficou com um só para si mesmo.

John não tinha feito nenhum comentário sobre os novos arranjos, exceto dizer que tudo deveria ser feito como ela desejasse. Não demonstrou nenhum sofrimento ao se mudar do quarto de sua primeira mulher, tampouco fez objeção ao custo da substituição das cortinas e tapeçarias nas paredes.

— Têm 10 anos — disse Hester, justificando a despesa.

— Não parece tanto tempo — replicou ele, como uma constatação.

As crianças agitavam-se no muro do jardim, esperando-os descer a estrada de Lambeth.

— Estão casados? — perguntou Frances. — Onde está o seu vestido novo?

— Vesti este mesmo.

— Devo chamá-la de mamãe? — perguntou Frances.

Hester relanceou os olhos para John. Ele tinha-se abaixado para pegar Baby John do muro e o estava carregando para dentro de casa. Ele teve o cuidado de não responder.

— Pode me chamar de Hester, como sempre fez. Não sou sua mãe, que está no paraíso, mas vou fazer o possível para amar e cuidar de vocês tão bem quanto ela teria feito.

Frances concordou balançando a cabeça com indiferença, como se não estivesse muito preocupada, desceu do muro e seguiu na frente para casa. Hester balançou a cabeça, não estava desapontada com a falta de calor de Frances. Ela não era uma criança que pedisse para ser confortada com facilidade. Mas nenhuma outra criança precisava mais de amor do que ela.

A nova família entrou no salão e Hester sentou-se na cadeira do lado da lareira oposto a John. Baby John sentou-se no tapete, em frente ao fogo, e Frances hesitou, sem saber bem onde se sentaria.

Sem olhar para Hester, caiu de joelhos diante do calor do fogo e, bem devagar, inclinou-se para trás, encostando-se no braço da cadeira de Hester. Hester deixou sua mão cair delicadamente na nuca de sua enteada e sentiu os músculos finos e retesados de seu pescoço relaxarem ao sentirem o toque. Frances deixou a cabeça relaxar mais para trás ao toque de sua madrasta, à sua carícia.

— Vamos ser felizes — prometeu Hester, a meia-voz, à sua valente pequena enteada. — Vai ficar tudo bem, Frances.

Na hora de dormir, a casa se reuniu para as orações da noite e John leu passagens do livro de orações da Igreja Anglicana, deleitando-se com o ritmo da língua e a sensação de segurança propiciada pelo uso das mesmas palavras na mesma hora todos os dias. A criadagem, que havia rezado em voz alta, falando livremente e com a mesma sinceridade do tempo de Jane, agora baixava a cabeça e escutava. Quando as preces foram concluídas, retomou seu trabalho, trancando as portas para a noite, apagando a lareira e as velas.

Hester e John, pela primeira vez, subiram a escada juntos para o quarto grande. A arrumadeira estava esperando por eles.

— Cook achou que poderia precisar da minha ajuda com seu vestido, Srta. Hester... Sra. Tradescant, eu devia dizer!

Hester recusou sacudindo a cabeça.

— Posso fazer isso sozinha.

— E Cook mandou esta bandeja para os dois — insistiu a criada. Tinha havido, evidentemente, uma forte ideia na cozinha de que deveriam fazer mais para marcar a ocasião. — Ela preparou a *ale* para a noite de núpcias — disse a criada. — E tem um pouco de bolo e um delicioso pudim de amoras.

— Obrigada — disse Hester. — E agradeça também a Cook.

John agradeceu com um movimento de cabeça e a criada saiu do quarto.

O casal se entreolhou, o constrangimento tendo se dissolvido com a intervenção da criada.

— Claramente acham que devíamos estar cantando e nos embriagando — disse John.

— Talvez achem que *deviam* estar se embriagando — observou Hester, astutamente. — Imagino que nem toda a *ale* para as núpcias esteja nestes dois canecos.

— Quer beber um pouco? — perguntou John.

— Quando tiver me trocado — respondeu ela, mantendo o tom tão fútil e inconsequente quanto o dele. Foi para a cama, subiu nela. Não puxou o cortinado para impedir que ele a visse, mas conseguiu, no escuro, se despir e vestir a camisola sem constrangimento. Apareceu com o cabelo ainda trançado e colocou seu vestido no armário aos pés da cama.

John estava sentado em sua cadeira diante do fogo, bebendo uma cerveja *ale*.

— Está bom — recomendou ele. — E também comi um pouco do bolo.

Ela pegou o caneco e se sentou no lado oposto a ele, enroscando os pés por baixo da camisola. Bebericou a *ale*. Estava forte e doce. No mesmo instante uma sensação inebriante de relaxamento se espalhou por ela.

— Isto *é* bom — disse ela.

John riu.

— Provavelmente cumpre seu propósito, acho — replicou ele. — Eu estava mais nervoso do que no meu primeiro dia de aula, e agora estou me sentindo o galo do lugar.

Hester corou com a irreverência espontânea, acidental.

— Ah.

John enfiou a cara no seu caneco, tão embaraçado quanto sua nova esposa.

— Vá para a cama — disse ele, abruptamente. — Irei daqui a um minuto.

Ela pôs seus pés finos e alvos no assoalho e foi, com seu andar rápido e de menino. John não se virou quando ela subiu na cama. Esperou até ela se acomodar e então se levantou e soprou a sua vela. Despiu-se na semiescuridão e pôs seu camisolão.

Ela estava deitada no travesseiro, iluminada somente por uma única vela e pela luz bruxuleante do fogo. Tinha destrançado o cabelo que se espalhava escuro e perfumado sobre o travesseiro. Uma aflição repentina de saudades de sua falecida mulher e do desejo apaixonado que tinham partilhado o dominou. Tinha prometido a si mesmo que não pensaria nela, tinha achado que seria fatal, nessa noite, pensar nela, mas quando viu Hester na cama dele, não se sentiu como o esposo, e sim como um adúltero contra a vontade.

Era um contrato de negócios e devia ser cumprido. John dirigiu sua mente para as ultrajantes pinturas de mulheres seminuas da antiga corte do rei. Tinha-as visto no New Hall, quando era pouco mais do que um menino, e ainda se lembrava delas com um misto erótico de reprovação e desejo. Manteve o pensamento nelas e se moveu na direção de Hester.

Ela jamais tinha sido tocada por um homem apaixonado por ela, ou teria percebido imediatamente que John estava lhe oferecendo a moeda falsa de seu corpo, enquanto sua mente estava em outro lugar. Mas ela também sabia que o contrato de casamento só seria concluído com a consumação. Ficou deitada imóvel e prestativa debaixo dele enquanto a perfurava e, depois, movia-se brutalmente na ferida. Ela não se queixou, não comentou. Ficou em silêncio enquanto a dor persistia e, subitamente, cessou, quando ele deu um suspiro e saiu de cima dela.

Ela se levantou, reprimindo a dor e envolveu sua fenda com um pano bem apertado. Havia apenas um pouco de sangue, ela achou, a sensação provavelmente era pior que o dano. Achou que teria suportado a coisa toda melhor se fosse mais jovem, mais impetuosa, mais ardente. Tinha sido uma investida fria e uma aceitação fria. Estremeceu no escuro e voltou para o lado do seu marido, na cama.

John tinha se virado e deitado de lado, de costas para ela, como se fosse apagar a visão dela, apagar o pensamento nela. Hester voltou furtivamente para baixo das cobertas, com cuidado para não tocar nele, para não romper o espaço entre eles e reprimiu a dor e o rancor da decepção. Não chorou, deitou-se bem quieta, os olhos secos, e esperou pela manhã, quando a sua vida de casada teria início.

— Irei a Oatlands nesta semana — falou John nessa mesma manhã, durante o desjejum. Hester, sentada ao lado de Baby John, ergueu o olhar, surpresa.

— Nesta semana?

Ele a encarou com uma incompreensão indiferente.

— Sim.

— Já?

— Por que não?

Uma dúzia de razões para um marido não deixar sua casa na primeira semana de casado lhe ocorreram. Reprimiu-as.

— As pessoas podem achar estranho — foi tudo o que ela respondeu.

— Podem achar o que quiser — retorquiu John, bruscamente. — Nós nos casamos para eu poder ficar livre para fazer o meu trabalho e é isso o que estou fazendo.

Hester relanceou o olhar para Frances, sentada à sua esquerda, em frente a Baby John. Sua cabeça, coberta com uma touca branca, estava baixada sobre a sua tigela. Ela não olhou para o pai, fingiu ser surda.

— A plantação dos bulbos da primavera tem de ser concluída — disse ele. — E a poda e o planejamento para o inverno. Tenho de me certificar de que o casulo do bicho-da-seda está em condições de enfrentar o clima. Ficarei mais ou menos um mês fora. Se precisar de qualquer coisa pode mandar me chamar.

Hester baixou a cabeça. John se levantou e foi para a porta.

— Estarei no pomar — disse ele. — Por favor, faça a minha mala e diga ao garoto que vou querer um cavalo hoje à tarde. Vou até o cais ver se chegou alguma coisa para a coleção do rei.

Hester assentiu com a cabeça e ela e as duas crianças ficaram em silêncio até a porta se fechar atrás de John.

Frances olhou para cima, com o lábio inferior curvado para baixo.

— Achei que ele ficaria em casa o tempo todo agora que se casaram.

— Não tem importância! — replicou Hester, com uma animação simulada. — Vamos ter muito o que fazer. Temos de construir a fogueira para a Noite de Guy Fawkes, depois teremos de fazer os preparativos para o Natal.

— Mas eu achava que ele ia ficar em casa — insistiu Frances. — Ele vai vir para o Natal, não vai?

— É claro — respondeu Hester com segurança. — É claro que virá. Mas ele precisa trabalhar para a rainha em seus belos jardins. Ele é o jardineiro real! Não pode ficar em casa o tempo todo.

Baby John ergueu o olhar e limpou o bigode de leite na manga.

— Use o guardanapo — corrigiu-o Hester.

Baby John sorriu largo.

— Vou para Outrands — disse ele com determinação. — Pantá, panejá e podá. Eu vou.

— Com certeza — disse Hester e enfatizou a correção da pronúncia. — Plantar, planejar e podar são muito importantes.

Baby John concordou balançando a cabeça, com dignidade.

— Agora vou ve minhas raidades.

— Posso receber o dinheiro dos visitantes? — perguntou Frances.

Hester relanceou os olhos para o relógio no canto da sala. Ainda não eram 9 horas.

— Só vão começar a chegar daqui a mais ou menos uma hora — replicou ela. — Vão, vocês dois, pegar o dever da escola e fazê-lo durante esse tempo, e depois poderão trabalhar no gabinete de curiosidades.

— Ah, Hester! — queixou-se Frances.

Hester sacudiu a cabeça e começou a empilhar as tigelas vazias e as colheres.

— Os livros primeiro — disse ela. — E, Baby John, quero ver os nomes de nós todos escritos direitinho no seu caderno.

— E depois vou pantá — disse ele.

Hester fez as malas de John e acrescentou algumas jarras de frutas da estação engarrafadas na cesta que seguiria na carroça. Acordou cedo no dia de sua partida para vê-lo se afastar da Arca.

— Não havia nenhuma necessidade de você se levantar — disse John, sem jeito.

— É claro que havia. Sou sua mulher.

Ele virou-se e apertou a cilha em seu grande cavalo baio para evitar falar. Os dois estavam cientes que depois da primeira noite não tinham mais feito amor, e agora ele partia por tempo indeterminado.

— Por favor, tenha cuidado na corte — disse Hester, delicadamente. — São tempos difíceis para homens de princípio.

— Devo dizer em que acredito, se me perguntarem — disse John. — Não vou me arriscar, mas não negarei.

Ela hesitou.

— Não precisa negar suas convicções, mas pode não dizer nada e evitar o tópico completamente — propôs ela. — A rainha, principalmente, é muito suscetível em relação à sua religião. Ela mantém a fé papista e o rei sofre cada vez mais a influência dela. E agora que ele está tentando impor o livro de orações do arcebispo Laud na Escócia, não é um momento propício a nenhum pensador independente, seja ele batista ou presbiteriano.

— Está querendo me aconselhar? — perguntou ele com uma insinuação de advertência na voz, para lembrar a ela que a mulher ocupava sempre o segundo lugar em relação ao homem.

— Conheço a corte — replicou ela com firmeza. — Passei minha mocidade lá. Meu tio é um dos pintores oficiais da corte. Tenho vários primos e amigos que me escrevem. Conheço realmente a situação, meu marido. Sei que não há lugar para um homem que pensa por si mesmo.

— Provavelmente não se importam com o que um jardineiro pensa — replicou ele com escárnio. — A propósito, um jardineiro de posição inferior. Ainda não fui designado para o posto do meu pai.

Ela hesitou.

— Importam-se tanto que dispensaram Archie, o bufão, simplesmente por ter feito uma piada sobre o arcebispo Laud. Certamente se importam com o que você pensa. Eles se arrogam o direito de se preocupar com o que cada homem, mulher e criança pensa. É disso que trata toda a discussão. O que cada indivíduo pensa no fundo do seu coração. Por isso cada escocês tem de assinar seu próprio acordo com o rei e jurar usar o livro de orações do arcebispo Laud. Preocupam-se precisamente com o que cada homem pensa. — Ela fez uma pausa. — Podem realmente interrogá-lo, John, e então vai precisar ter uma resposta pronta que os satisfaça.

— Tenho o direito de falar com meu Deus da minha própria maneira! — insistiu John, obstinadamente. — Não preciso decorar o que dizer, não sou uma criança. Não preciso de um padre para ditar minhas preces. Certamente não preciso de um bispo cheio de si e riqueza para me dizer o que pensar. Posso falar com Deus francamente quando estou plantando Suas sementes no jardim e colhendo Suas frutas de Suas árvores. E Ele fala comigo nessas horas. E eu O honro então. Uso o livro de orações bastante... mas não creio que essas sejam as únicas palavras que Deus escuta. E não acredito que os únicos homens que Deus atende sejam bispos envoltos em sobrepelizes, e não acredito que Deus fez Carlos rei nem que servir ao rei é o mesmo que servir a Deus. E Jane... — Interrompeu-se, de repente consciente de que não deveria falar à sua nova esposa de seu amor constante por sua antecessora.

— Prossiga — disse Hester.

— A fé de Jane nunca vacilou, nem mesmo quando ela estava morrendo, sofrendo dor — disse John. — Ela nunca renegaria sua crença de que Deus falava simples e claramente com ela e que ela podia falar com Ele. Jane teria morrido por sua convicção, se tivesse sido preciso. E por ela, se por nada mais, não renegarei a minha fé.

— E os filhos dela? — perguntou Hester. — Acha que ela ia querer que você morresse pela fé dela e deixasse seus filhos órfãos?

John parou.

— Não vai chegar a esse ponto.

— Quando estive em Oatlands, há apenas seis meses, só se falava da fé de cada homem e até onde cada um deles iria. Se o rei insistir que os escoceses sigam o livro de orações, fatalmente insistirá nisso na Inglaterra também. Se declarar guerra aos escoceses para obrigá-los a obedecer, e dizem que ele é capaz disso, quem pode ter dúvidas de que fará o mesmo na Inglaterra?

John sacudiu a cabeça.

— Isso não significa nada — replicou ele. — Bobagens e preocupação por nada.

— Significa sim. Estou avisando — disse Hester, com determinação. — Ninguém sabe até onde o rei irá quando tiver de proteger a rainha e a sua fé, e ocultar sua apostasia em direção ao papado. Ninguém sabe até onde irá para fazer todos se conformarem à mesma igreja. Ele meteu na cabeça que uma única igreja fará uma nação, e que terá a nação na palma de sua mão e governará sem dar a palavra a ninguém. Se insistir na sua fé ao mesmo tempo que o rei insiste na dele, não pode imaginar quantos problemas terá de enfrentar.

John refletiu por um momento e então assentiu.

— Talvez você tenha razão — disse ele, com relutância. — Você é uma mulher extremamente cautelosa, Hester.

— Você me designou uma tarefa e vou realizá-la — disse ela, sem sorrir. — Designou-me a tarefa de criar seus filhos e ser uma esposa para você. Não tenho o menor desejo de ser uma viúva. Não tenho o menor desejo de criar órfãos.

— Mas não vou comprometer a minha fé — advertiu-a.

— Simplesmente não a ostente.

O cavalo estava pronto. John amarrou bem sua capa no pescoço e pôs o chapéu. Fez uma pausa. Não sabia como deveria se despedir de sua nova esposa tão criteriosa. Para sua surpresa, ela estendeu a mão, como um homem faria, e apertou a dele como se fosse um amigo.

John sentiu-se estranhamente reconfortado pela franqueza do gesto. Sorriu para ela, levou o cavalo ao cepo em que se apoiou e montou.

— Não sei em que estado estarão os jardins — observou ele.

— Com certeza vão designá-lo para o posto de seu pai quando retornar à corte — disse Hester. — Foi somente a sua ausência que os fez atrasar isso. Se ficar longe, imediatamente esquecem você. Quando retornar, vão insistir em ter o seu serviço de novo.

Ele balançou a cabeça.

— Espero que não tenham entendido errado as minhas ordens enquanto estive fora. Se um jardim é abandonado por uma estação, regride um ano.

Hester avançou e acariciou o pescoço do cavalo.

— As crianças vão sentir a sua falta — disse ela. — Quando devo dizer que vai voltar?

— Em novembro — prometeu ele.

Ela recuou e o deixou ir. Ele sorriu para ela quando passou pelas cavalariças e tomou o caminho que levava ao portão. Ao atravessá-los experimentou uma sensação súbita de liberdade — a sensação de poder se afastar de casa ou a ela retornar, de que tudo seria administrado sem ele. Esse foi o último presente de seu pai — que também o casara com uma mulher que podia ficar bem em sua ausência. John virou-se em sua sela e acenou para Hester, que continuava em um canto do pátio onde podia vê-lo.

John agitou seu chicote e virou o cavalo na direção de Lambeth e da balsa de travessia. Hester observou-o ir e depois voltou para a casa.

A corte chegaria a Outlands no fim de outubro, de modo que John ficou ocupado assim que chegou, plantando e preparando os pátios que cercavam os apartamentos reais. Os jardins geométricos sempre pareciam bem no inverno: as nítidas formas geométricas das cercas vivas ficavam maravilhosas afinadas e branqueadas pela geada. Na fonte, John manteve a água jorrando na velocidade mais baixa, de modo que pudesse formar cascatas de gelo nas noites mais frias. As ervas ainda pareciam bem, a angélica e a sálvia se transformaram em um rendado branco quando o gelo tocou em suas folhas leves atrás da cerca viva. Nos muros do pátio do rei, John estava manipulando as novas plantas introduzidas na Arca: o jasmim da Virgínia que florescia no inverno. Nos dias quentes, o seu perfume ascendia até as janelas abertas e a sua cor espalhava uma luz cor-de-rosa viva no jardim cinza, branco e preto.

A estufa da rainha parecia uma selva, entulhada de plantas machucadas que não sobreviveriam ao inverno inglês. Alguns dos arbustos e árvores pequenas mais bonitos estavam plantados em recipientes com alças para serem carregados com varas, e os homens de John os transportaram para o jardim da rainha assim que o dia nasceu, e os trouxeram de volta ao escurecer, de modo que, mesmo no inverno, ela sempre tivesse algo bonito para ver de suas janelas. John colocou um limoeiro e uma laranjeira, ambos podados de modo a formarem belas esferas, um de cada lado da porta de seus apartamentos, como sentinelas aromáticas.

— São bonitas — disse-lhe ela, certo dia, de sua janela, quando ele estava supervisionando a colocação cuidadosa de algumas pequenas árvores no jardim embaixo.

— Perdoe-me, Sua Majestade — replicou John, tirando o chapéu, reconhecendo imediatamente a voz com o sotaque acentuado da rainha Henrietta Maria. — Deveriam estar colocadas antes que as visse.

— Acordei muito cedo, não consegui dormir — disse ela. — Meu marido está preocupado, portanto também fico insone.

John fez uma reverência.

— O povo não percebe como, às vezes, é tão difícil para nós. Veem os palácios e as carruagens e acham que a nossa vida é dedicada ao prazer. Mas é só preocupação.

John fez outra mesura.

— Você entende, não entende? — perguntou ela, debruçando-se à janela e falando de maneira clara, para que ele ouvisse lá embaixo. — Quando faz os jardins tão belos, sabe que são uma trégua para mim e o rei, enquanto somos consumidos por nossas apreensões e luta para tornar este país um grande reino.

John hesitou. Obviamente seria uma descortesia dizer que o seu interesse na beleza dos jardins seria o mesmo se ela fosse uma papista vaidosa e ociosa — o que ele acreditava que era — ou se fosse uma mulher dedicada a seu marido e a seu dever. Lembrou-se do conselho de Hester e fez mais uma reverência.

— Quero muito ser uma boa rainha — disse ela.

— Ninguém reza por qualquer outra coisa — disse John prudentemente.

— Acha que rezam por mim?

— Têm de rezar, está no livro de orações. Têm ordens de rezar por Sua Majestade duas vezes todos os domingos.

— Mas em seus corações?

John baixou a cabeça.

— Como posso saber, Majestade? Tudo o que conheço são plantas e árvores. Não posso ver dentro do coração dos homens.

— Gosto de pensar que você pode me oferecer um vislumbre do que os homens comuns estão pensando. Estou cercada de gente que me diz o que acha que eu gostaria de ouvir. Mas você não mentiria para mim, mentiria, jardineiro Tradescant?

John sacudiu a cabeça.

— Não mentiria — replicou ele.

— Então, me responda. Estão todos contra os escoceses? Todos percebem que os escoceses devem fazer o que o rei quer e assinar o acordo do rei e usar o livro de orações que lhes damos?

John, com um joelho no solo frio, amaldiçoou o dia em que a rainha gostou dele, e refletiu sobre a sabedoria de sua mulher que o havia alertado para evitar a todo custo essa conversa.

— Sabem que é a vontade do rei — replicou ele, com tato. — Não há um só homem, mulher ou criança no país que não saiba que esta é a vontade do rei.

— Então não será preciso mais nada! — exclamou ela. — Ele é o rei ou não?

— É claro que é.

— Então a sua vontade é uma ordem para todos. Aqueles que pensam diferente dele são traidores.

John pensou em Hester e não disse nada.

— Rezo pela paz, como Deus sabe — replicou ele francamente.

— E eu também — disse a rainha. — Gostaria de rezar comigo, jardineiro Tradescant? Autorizo meus criados favoritos a usarem minha capela. Vou agora à missa.

John se esforçou para não se retrair e rejeitar seu catolicismo ímpio perigoso. Convidar um inglês para assistir à missa era um crime punido com a morte. As leis contra os católicos romanos eram bem claras e muito brutais, e visivelmente escarnecidas pelo rei e pela rainha em sua própria corte.

— Estou todo sujo, Sua Majestade. — John mostrou as mãos sujas de terra e manteve a voz inalterada, embora estivesse com muita raiva de seu escárnio casual da lei, e profundamente chocado com ela por ter achado que ele aceitaria tal convite à idolatria e inferno. — Não poderia ir à sua capela.

— Uma outra vez, então. — Ela sorriu para ele, satisfeita com a sua humildade, e com a própria elegância. Ela não fazia ideia de que ele estava a um passo de se afastar do jardim, em um acesso de fúria moralmente justificada. Para John, uma capela católica romana era o mesmo que as portas do inferno, e uma rainha papista estava a um passo da danação. Ela o havia tentado a renegar sua fé. Havia tentado seduzi-lo ao pior pecado do mundo: a idolatria, a adoração de imagens esculpidas, a renegação da palavra de Deus. Era uma mulher em pecado e que tinha tentado arrastá-lo junto.

Ela fechou a janela no ar frio sem se despedir, sem dizer a ele que podia se levantar. John permaneceu de joelhos até ter certeza de que ela tinha desaparecido, e que a audiência tinha terminado. Levantou-se e olhou para trás. Os dois jardineiros assistentes estavam ajoelhados onde tinham sido pegos quando a janela se abriu.

— Podem se levantar — disse John. — Ela já foi.

Levantaram-se com dificuldade, esfregando os joelhos e se queixando do desconforto.

— Queira Deus que ela não olhe pela janela de novo — disse o mais jovem. — Por que ela não o deixa em paz?

— Ela acha que sou um criado leal — replicou John, com amargura. — Acha que direi o que o povo pensa. O que ela não percebe é que ninguém pode dizer a verdade já que qualquer palavra de discordância é traição. Ela e o rei nos causam apreensão, e o que quer que façamos, pensemos ou falemos está errado. Isso faz um homem querer se libertar.

Viu os jardineiros olharem para ele surpresos.

— Ah, chega de perder tempo! — disse John, com brusquidão e impaciência. — Já nos ajoelhamos o bastante por um dia.

Inverno de 1639

A corte sempre passava a longa celebração do Natal em Whitehall, de modo que John pôde deixar os jardins reais no adormecido Palácio de Oatlands em novembro, sob uma geada intensa, e retornar a Lambeth, para passar o Natal em casa. As crianças tinham feito, elas mesmas, presentes para o pai, para o Dia de Reis, e ele lhes deu doces e lembranças compradas na feira de inverno de Lambeth. Para Hester, ele deu uma peça de seda cinza para um vestido.

— Também tinha seda azul, mas fiquei sem saber do que você gostaria mais — disse ele. Teria sabido exatamente o que Jane teria preferido, mas raramente observava o que Hester vestia. Tinha apenas uma impressão geral de elegância recatada.

— Gosto desta. Obrigada.

Depois que as crianças foram se deitar, Hester e John ficaram perto da lareira, bebendo *ale* e quebrando nozes, companheiros em uma paz doméstica.

— Você tinha razão em relação a tomar cuidado em Oatlands — disse John. — Em Lambeth, só se fala na possibilidade de uma guerra contra a Escócia. Os condados do norte estão armados e em prontidão, e o rei convocou um conselho de guerra. Dizem que a milícia também será convocada.

— Realmente acham que o rei vai declarar guerra por causa de um livro de orações? Realmente acham que ele pode obrigar os escoceses a rezarem com as palavras do arcebispo Laud?

John sacudiu a cabeça, discordando.

— Trata-se de mais do que um livro de orações. O rei acha que tem de fazer uma única igreja para todo o seu reino. Acredita que uma única igreja unirá todo mundo, nos sujeitará, nós todos, à sua vontade. Ele meteu na cabeça que se os escoceses recusarem seus bispos, recusarão seu rei.

— Você não vai precisar ir, vai? — perguntou Hester, indo direto ao que interessava.

John fez uma careta.

— Talvez eu tenha de pagar um substituto para se alistar no meu lugar. Ou talvez não recrutem bandos treinados em Lambeth. Talvez eu seja isentado por já servir ao rei.

Hester hesitou.

— Você não se negaria a lutar publicamente, por uma questão de consciência?

— Certamente iria contra a minha consciência disparar contra um homem que não fez nada mais grave do que declarar que quer adorar seu Deus à sua própria maneira — disse John. — Tal homem, seja ele escocês, galês ou inglês, não está dizendo mais do que aquilo em que acredito. Não pode ser meu inimigo. Deus sabe como me afino mais com um protestante escocês do que com o arcebispo Laud.

— Mas se recusar pode ser forçado a servir, e se resistir à pressão, podem acusá-lo de traição.

— Estes são tempos difíceis. Temos de nos manter fiéis à nossa consciência e ao nosso Deus.

— E tentar não sermos notados — disse Hester.

John, de súbito, percebeu o contraste de suas opiniões.

— Hester, minha esposa, você não acredita em nada? — perguntou ele. — Nunca ouvi uma palavra sua que mostrasse uma crença ou convicção. Tudo o que diz é sobre sobreviver e evitar perguntas inoportunas. Agora faz parte de uma família que serve lealmente ao rei e seus ministros desde o começo do século. Meu pai nunca ouviu uma palavra contra seus patrões durante toda a sua vida. Eu não concordava com ele, não era o meu jeito, mas sou um homem de consciência. Acredito piamente que um homem deve encontrar o próprio caminho para Deus. Tenho sido um homem de convicção independente desde que tive idade o bastante para pensar por mim mesmo, rezando com as palavras de minha escolha, um protestante, um verdadeiro protestante. Mesmo quando vacilei em minha fé, mesmo quando tive dúvidas, dúvidas profundas, fiquei feliz por tê-las e enfrentá-las. Nunca corri para um padre para que me dissesse o que eu devia pensar, para que falasse com Deus por mim.

Ela encarou-o com seu olhar franco.

— Você tem razão. Acredito em sobrevivência — disse ela casualmente. — Isso é tudo, realmente. Esse é o meu credo, o caminho mais seguro para mim é obedecer ao rei, e se eu, por acaso, penso diferente do que ele ordena, guardo o pensamento para mim mesma. Minha família trabalha para senhores nobres e reais, fui criada na corte. Sou leal ao meu rei e leal ao meu Deus. Mas como qualquer cortesão, o meu primeiro interesse é sobreviver. E receio que o meu credo vá ser tão completamente testado como qualquer outro nos próximos meses.

John não foi pressionado, mas recebeu uma carta do prefeito de Londres. Teria de pagar uma taxa exigida pelo próprio rei para financiar a guerra contra os escoceses. O rei estava marchando para o norte e precisava desesperadamente de dinheiro para equipar e armar seus soldados. E mais soldados estavam vindo, soldados da Irlanda e mercenários da Espanha.

— O rei está buscando papistas para lutarem contra os protestantes? — perguntou John, escandalizado. — O que mais pode acontecer? Soldados franceses do país de sua mulher? Ou o exército espanhol? Que sentido teve derrotarmos a Armada, combatendo para permanecermos livres das potências papistas, se agora os convocamos para lutar?

— Cale-se — disse Hester. Ela fechou a porta da sala de modo que os visitantes no gabinete de curiosidades não escutassem o grito de ultraje de seu marido.

— Não vou pagar!

— Espere para ver — aconselhou Hester.

— Não vou pagar — disse John. — É uma questão de princípio para mim, Hester. Não darei dinheiro para um exército de papistas marchar contra homens que pensam como eu, cujas consciências são tão sensíveis quanto a minha.

Para sua surpresa, ela não contestou, mas se conteve e baixou a cabeça. John olhou para o alto da sua touca e teve, finalmente, a sensação de ser o chefe em sua própria casa e de impor à sua mulher a importância do princípio moral.

— Está decidido — disse ele, com firmeza.

— Sim, de fato — replicou ela em voz baixa.

Hester não discordou de John, mas nesse mesmo dia, e nos dias que se seguiram, roubou da pequena coleção de moedas que os visitantes pagavam até ter o bastante para pagar o imposto de John sem ele perceber, caso o coletor de impostos voltasse.

Não voltou. O Lord Mayor, o nobre prefeito de Londres, com as figuras eminentes apoiando-o, não estava mais disposto do que John a entregar milhares de libras em ouro para a guerra do rei contra um inimigo que era um aliado natural. Especialmente quando o rei estava exigindo dinheiro sem a concordância de um parlamento.

1640

Na ausência total de dinheiro voluntário, o rei foi obrigado a convocar um parlamento. Pela primeira vez em dez anos, a pequena nobreza e os lordes retornaram a Westminster com a convicção de que, agora, reassumiriam sua tarefa de aconselhar o rei e dirigir o país.

Hester foi procurar John no pomar com a notícia do novo Parlamento. Os botões nas macieiras estavam se desenvolvendo, se dividindo e exibindo pétalas brancas e cor-de-rosa tão amassadas quanto fitas apinhadas em um bolso.

— Talvez o rei ouça a voz do povo — disse John, esperançoso.

— Talvez — disse ela. — Mas está ouvindo o velho conde Strafford e a rainha. Duas vozes em vez de uma única. Ouvirá a voz do povo e não a da sua própria esposa, que está tentando reunir um exército de papistas ingleses e um exército espanhol para ele?

John refletiu por um momento.

— Não — replicou ele. — É claro que não.

Hester concordou com um movimento da cabeça.

— Os recibos para os jardins se reduziram — advertiu ela. — As pessoas não estão encomendando plantas e sementes. Este deveria ser o momento mais agitado do negócio, mas está tão parado quanto no inverno. Ninguém pode pensar em jardins com o rei praticamente em guerra com os escoceses e com um parlamento repleto de homens que discordam dele.

— Podemos subsistir por algum tempo — disse John.

— Ganhamos mais na primavera do que no resto do ano — disse ela. — Andei dando uma olhada no livro contábil. Temos de fazer dinheiro na primavera. Uma guerra declarada nessa estação é a pior coisa que poderia nos acontecer. Se a incerteza prosseguir até junho ou julho, não teremos lucro neste ano.

— E as curiosidades?

— Há mais visitantes porque há mais gente na cidade — replicou Hester. — A pequena nobreza que veio do campo por causa do Parlamento está curiosa para ver a Arca Tradescant. Mas se a questão entre o rei e os escoceses se agravar, acho que também eles pararão de vir. Um negócio como o nosso depende de as pessoas se sentirem seguras o bastante para gastar dinheiro com o que lhes dá prazer: visitas, curiosidades e seus jardins. Um país em guerra não planta jardins.

— Ainda tenho o meu posto em Oatlands — salientou John. — E vou suceder o meu pai como jardineiro-chefe, e receberei seu salário.

Hester balançou a cabeça.

— Se o pior acontecer, poderemos viver do seu salário.

— Na pior das hipóteses, poderemos fechar a Arca e viver em Oatlands — disse John. — A casa lá é pequena, mas daríamos um jeito por algum tempo, se não pudermos manter a Arca aberta.

— Não tenho muita certeza se gostaria de viver no terreno de um palácio real em tempos como estes — disse Hester, com prudência.

— Pensei que você fosse uma monarquista convicta.

— Não quero tomar partidos — replicou Hester. — Não quando não sei exatamente quais serão os lados. Não quando não sei que lado vencerá.

Os lados tornaram-se rapidamente mais claros depois que o exército do rei, sem entusiasmo e mal pago, foi derrotado pelos escoceses que avançaram para ocupar Newcastle e Durham e negociar a paz com o rei, forçando-o a convocar um novo parlamento na Inglaterra. Ficou claro para todo o país, exceto talvez para o rei e a rainha, que os escoceses e os livres-pensadores ingleses consideravam o rei detido. Hester começou uma correspondência com a Sra. Hurte, mãe da primeira esposa de John, que mantinha olhos e ouvidos atentos ao que se passava em Londres e era tão cética quanto Hester e, com razão, se preocupava com a segurança dos netos.

> *O novo Parlamento vai fazer uma acusação a Strafford, exatamente como o antigo estava impaciente para acusar Buckingham. Se J. chegou a ter algum negócio com o conde ou se seu pai manteve qualquer correspondência com ele, tudo deve ser escondido ou, melhor ainda, queimado. Dizem que Strafford é um traidor que se prepara para declarar guerra contra o próprio país em benefício do rei e da rainha. Vão acusá-lo de traição — traição contra o povo da Inglaterra, e quando um servidor real é acusado quantos outros não serão incriminados?*

Hester subiu ao sótão e abriu o antigo baú de documentos de John. Os Tradescant tinham fornecido sementes e árvores novas ao conde, mas não havia cartas incriminadoras, sobras dos anos em que John Tradescant era conhecido como um homem judicioso que visitava a Europa regularmente e a quem era confiada uma carta ou mensagem com segurança.

O conde era um velho indiscreto e sem atrativos que andava torto por causa do mal da gota e estava perdendo a visão. Tinha sido uma força persistente na Irlanda, impondo a vontade protestante em um povo católico. Mas agora estava velho. O rei o havia chamado de volta à Inglaterra apenas pela clareza inescrupulosa de seus conselhos e por estar em dívida com ele pela sugestão de que se as cidades não enviassem dinheiro suficiente para o exército do rei, o edil de cada uma deveria ser enforcado para deixar clara a urgência da situação. O conde tinha passado por John várias vezes nos jardins de Oatlands e nunca perdera tempo em lhe lançar mais do que um olhar de relance.

Os Tradescant estavam a salvo de qualquer acusação de cumplicidade com o rei. Mas muitos criados reais escaparam para o exterior ou se retiraram para suas propriedades no campo. Outros não foram tão rápidos ou prudentes. Em dezembro, o arcebispo Laud foi detido e preso na Torre, para aguardar a vontade do Parlamento.

Hester não usou nenhum livro de orações nessa noite, mas leu uma passagem da Bíblia do rei Jaime, único texto que não definia a casa como pró ou contra o rei.

— Nenhuma oração? — perguntou John, baixinho, quando a criadagem cumpria suas últimas tarefas do dia e Hester distribuía as velas para a hora de se deitar.

— Já não sei mais que palavras Deus iria preferir — replicou ela secamente. — E ninguém sabe o que o homem deseja.

Primavera de 1641

No dia em que Strafford foi chamado para depor em Westminster, não houve um visitante sequer na Arca. Todos que podiam pagar ou conseguir um passe para ver Strafford encurralado diante de seus acusadores estavam na cidade. Até mesmo as ruas estavam desertas.

No silêncio excepcional da casa em Lambeth, houve uma batida estrondosa na porta da frente. Frances correu para abri-la, mas Hester se precipitou para fora do gabinete de curiosidades e a pegou no saguão.

— Frances! Não atenda!

A menina se deteve no mesmo instante.

— Dê a volta e vá procurar seu pai nos jardins. Diga-lhe para ir aos estábulos, selar um cavalo e esperar até eu mandar uma mensagem.

Frances percebeu o tom de apreensão na voz de sua madrasta, assentiu com a cabeça, o rosto pálido, e correu. Hester esperou até ela ficar fora de vista, ajeitou o avental e a touca e abriu a porta.

Era um cavalheiro, funcionário da casa real. Hester introduziu-o na sala.

— Meu marido não está no momento — disse ela, deliberadamente em tom vago. — Posso lhe enviar uma mensagem, se for urgente.

— O rei está em Whitehall e deseja vê-lo.

Hester assentiu com um movimento de cabeça.

— Vou ter de lhe escrever em Oatlands — disse ela. — Ele é o jardineiro do rei em Oatlands, sabe. Posso dizer a ele por que o rei quer vê-lo?

O homem ergueu os sobrolhos.

— Pensei que seria suficiente dizer-lhe que está sendo chamado — replicou ele rudemente.

Hester fez uma ligeira mesura.

— É claro — disse ela. — Mas se o rei quer algumas plantas ou sementes, precisamos saber para que possamos providenciá-las. Ou se quer que alguma curiosidade seja entregue...

— Ah — disse o homem. — Entendo. O rei está comprando um pavilhão de caça para a rainha, em Wimbledon. Querem que o Sr. Tradescant projete o jardim.

Nenhum vestígio do alívio de Hester transpareceu em seu rosto.

— Vou mandar chamá-lo imediatamente — disse ela. — Talvez ainda nem tenha chegado a Oatlands. Partiu esta manhã. Podem alcançá-lo na estrada e lhe dizerem para retornar.

O cavalheiro concordou com a cabeça.

— Aceita um refresco? — perguntou Hester. — Um copo de vinho?

O cavalheiro sacudiu a cabeça, recusando.

— Tenho de retornar a Whitehall — disse ele. — Estes são tempos difíceis.

— Muito difíceis — concordou Hester, emocionada. Conduziu-o à porta e depois foi para o estábulo, ao encontro de John. Ele estava apoiado na bomba no pátio, aproveitando o sol quente da manhã em seu rosto.

— Frances apareceu correndo como se todos os demônios do inferno estivessem à porta — disse ele com displicência. — Por que você está tão assustada?

— Achei que talvez fossem os recrutadores ou o coletor de impostos, ou que fosse uma mensagem da corte que seria mais seguro você não receber — explicou ela. — Não sei *o que* temi, só sei que estou apreensiva, temo por nós. Se o próprio conselheiro do rei pode ser julgado, então o rei não é capaz de proteger ninguém. Na verdade, são os empregados leais ao rei os que correm mais perigo. E somos conhecidos como empregados reais há duas gerações. Não quero esta família de repente sendo chamada de inimiga do povo da Inglaterra por termos recebido ouro real. Todos temos de cuidar de nossa própria segurança nos dias de hoje.

John pôs a mão no ombro dela. Foi o seu primeiro gesto de afeição. Hester ficou imóvel, como se tivesse sido abordada por um animal selvagem precavido e não quisesse afugentá-lo. Sentiu-se inclinar-se, muito ligeiramente, ao seu carinho.

— Você é muito cuidadosa comigo — disse ele. — Sou muito grato.

Ela poderia ficar assim, no pátio ensolarado, com a mão dele em seu ombro, para sempre. Mas John retirou a mão.

— Então, o que houve?

— Era uma mensagem da corte. O rei está comprando uma propriedade para a rainha e quer que você projete o jardim. — Fez uma pausa. — O conselheiro do rei e seu primeiro-ministro está acuado diante de seus inimigos e sua vida ou morte está em julgamento. E ainda assim o rei tem tempo de mandar chamá-lo para fazer um novo jardim.

— Bem, pelo menos isso resolve o problema da venda de sementes e plantas — disse ele. — Se vou fazer um novo jardim real, precisaremos de todo o nosso suprimento. Voltaremos a ter lucro, Hester. Devo ir já?

— Eu disse que você estava na estrada, a caminho de Oatlands, antes de saber qual era a mensagem. Portanto pode ir hoje ou amanhã.

— Então nossos problemas acabaram! — exclamou John com felicidade. — Um novo jardim para projetar, e todas as nossas mudas e plantas compradas pelo rei.

— Não acredito que nossos problemas acabem assim tão rapidamente — replicou Hester, com prudência. — Tome muito cuidado, John, quando se encontrar com o rei e a rainha.

Quando John chegou a Wimbledon, não viu o rei nem a rainha.

— Suas Majestades estão caminhando, privadamente, no jardim — disse-lhe um dos cortesãos. — Mandaram que fosse encontrá-los lá. Pode abordar Suas Majestades.

John, habituado com as maneiras da corte, esperava encontrar vinte a trinta pessoas acompanhando o rei e a rainha em seu passeio privado, mas pela primeira vez estavam realmente sozinhos, somente os dois, ela com a mão no braço dele e suas saias de seda bordada roçando nas pernas dele, enquanto caminhavam juntos.

John hesitou, pensando que por uma única vez pudessem ter preferido ficar a sós e que estivessem desfrutando sua privacidade. Mas quando se viraram à margem do gramado e o viram, a rainha sorriu e o rei fez sinal para que se aproximasse. Embora desejassem transparecer a todos que estavam apaixonados, preferiam a companhia um do outro diante de uma plateia. A rainha gostava de ser vista publicamente tendo prazer com a adoração do rei, ainda mais do que desfrutava um momento privado.

— Ah, jardineiro Tradescant! — disse a rainha. John fez uma reverência profunda e caiu sobre um joelho. O rei moveu o dedo autorizando-o a se levantar. No mesmo instante percebeu que não estavam dando uma volta despreocupada pelo jardim. A rainha estava corada e suas pálpebras estavam vermelhas, o rei parecia pálido e tenso.

— Suas Majestades — disse John, precavido.

— O rei me deu esta casa linda para desviarmos um pouco a nossa mente de tantos problemas — disse a rainha com seu sotaque cadenciado. — Estamos com muitos problemas, jardineiro Tradescant. Queremos relaxar.

John fez uma mesura.

— Pode ser um belo jardim — disse ele. — O solo é bom.

— Quero tudo novo — disse a rainha, ansiosamente. — Um estilo bonito para combinar com a casa. — Fez um gesto indicando a mansão. Era uma casa bonita e recém-construída de tijolos vermelhos, com dois lances de escada em arco que descia da varanda e jardins com patamares no terreno inclinado. — Quero muitas árvores frutíferas. O rei e eu viremos para cá no meio do verão, para fugir do barulho e da confusão da corte, e comeremos frutas tiradas das árvores e uvas das vinhas, melões do... — Interrompeu-se.

— Do solo — sugeriu o rei. — Cr-crescem no s-solo, não é, Tradescant?

— Sim, Sua Majestade — respondeu John. — Meu pai aprendeu a maneira de cultivá-los suculentos quando estava com Sir Henry Wootton, em Canterbury, e me ensinou como fazer. Posso plantar aqui melões e todos os tipos de frutas.

— E flores bonitas — acrescentou a rainha. — Flores azuis e brancas no jardim sinuoso.

John baixou a cabeça assentindo, mantendo o rosto oculto. Brancas e azuis eram as flores da Virgem Maria. A rainha estava pedindo um jardim papista nas cercanias de uma Londres à beira de uma revolta.

— Precisamos de um lugar aonde nos retirarmos nestes tempos conturbados — disse o rei. — Um pequeno jardim oculto, Tradescant. Um lugar onde possamos ser nós mesmos.

A rainha afastou-se um pouco para olhar o curso de água abandonado, erguendo o vestido de seda com cuidado para não tocar no chão molhado.

— Entendo — disse John. — Passarão aqui somente o verão, Majestade? Vai me ajudar saber. Se não estiverem aqui no outono, não precisarei plantar para essa estação.

— Sim — disse o rei. — Um lu-lugar para o ve-verão.

John assentiu com um movimento da cabeça e aguardou novas ordens.

— Quero dar-lhe uma bonita casinha, só para ela — disse o rei, observando a rainha no extremo do terraço. — Tenho um trabalho importante a fazer... Tenho de de-defender minha coroa de homens selvagens e perversos que querem me de-derrubar, tenho de de-defender a igreja contra os igualitários e s... e s... e sectários e independentes que pretendem desfazer a estrutura do país. Cabe a mim fazer tudo. Só eu posso preservar o país da loucura de alguns homens cruéis. Custe o que custar, tenho de fazer isso.

John sabia que não devia dizer nada. Mas havia um misto estranho de certeza e dramatização na voz do rei que o fez dizer:

— Tem certeza de que tem de fazer isso tudo? — perguntou John em voz baixa. — Conheço alguns sectários, são homens tranquilos, que se satisfazem deixando a Igreja em paz, contanto que possam rezar à sua própria maneira. E certamente, ninguém no país quer lhe fazer mal ou à rainha ou aos príncipes.

Carlos assumiu uma expressão trágica.

— Que-querem — replicou ele simplesmente. — Avançam cada vez mais, sem se i-importarem comigo, sem s-se i-importarem com o país. Querem me ver diminuído, reduzido ao tamanho de um pe-pequeno príncipe, como o d-doge de Veneza ou uma marionete do Parlamento. Querem ver o p-poder que meu pai me deu, que sua tia lhe d-deu, reduzido a nada. Q-quando este país f-foi realmente grande? No reinado do rei Henrique, da rainha Elizabeth, e do meu pai, rei Jaime. Mas eles não se lembram disso. Não querem se lembrar. Terei de combatê-los como traidores. É uma ba-batalha mortal.

A rainha tinha ouvido a voz do rei aumentar e se aproximou.

— Marido? — perguntou ela.

Ele virou-se imediatamente, e Tradescant sentiu-se aliviado por ela vir consolar o rei.

— Estava dizendo como aqueles loucos no Parlamento não vão sossegar até terem destruído a minha I-Igreja e destruído o meu poder — disse ele.

John esperou a rainha acalmá-lo dizendo que nada de ruim estava sendo tramado. Esperou que ela lembrasse a ele que o rei e a rainha que ele mais admirava — seu pai, Jaime, e sua tia-avó, Elizabeth — tinham passado a vida inteira compondo conciliações e alternando acordos. Os dois tinham enfrentado parlamentos argumentativos e os dois tinham usado todo o seu poder e toda a sua sedução para conformarem os acordos segundo o seu próprio desejo, dividindo a oposição, seduzindo seus inimigos. Nenhum dos dois jamais tinha divergido frontalmente de uma força que comandasse qualquer poder no país. Os dois teriam esperado e destruído as bases do inimigo.

— Temos de destruí-los — disse a rainha simplesmente. — Antes que nos destruam e destruam o país. Temos de conquistar e, depois, manter o controle do Parlamento, do Exército e da Igreja. Não poderá haver acordo até reconhecerem que Igreja, Exército e Parlamento são todos nossos. E nunca cederemos nisso, não é, meu amor? Nunca fará nenhuma concessão!

Ele pegou a mão da rainha e a beijou, como se ela lhe tivesse dado o conselho mais sábio e sensato.

— Vê como sou aconselhado? — perguntou, sorrindo, a Tradescant. — Vê como ela é s-sábia e determinada? É digna de suceder a rainha Elizabeth, n-não é? Uma mulher que poderia derrotar de novo a Armada es-espanhola.

— Mas esses não são espanhóis — salientou John. Quase ouviu Hester mandando-o se calar, quando ele assumia o risco e falava. — São ingleses, obedecendo às suas consciências. Esse é o seu próprio povo... e não um inimigo estrangeiro.

— São traidores! — interrompeu bruscamente a rainha. — E portanto são piores do que os espanhóis, que podem ser nossos inimigos, mas pelo menos são leais ao seu rei. Um homem traidor é como um cachorro com raiva. Deve ser morto sem se pensar duas vezes.

O rei balançou a cabeça concordando.

— E fi-fico triste, jardineiro Tradescant, ao saber que simpatiza com eles. — Houve uma advertência clara, apesar do ligeiro tartamudeio.

— Apenas desejo paz e que todos os homens de bem possam encontrar o caminho para a paz — murmurou John.

A rainha olhou fixamente para ele, afrontada por uma dúvida repentina.

— Você é meu empregado — disse ela, de modo direto. — Não pode haver dúvida de que lado está.

John tentou sorrir.

— Não sabia que estávamos assumindo lados.

— Ah, sim — respondeu o rei rispidamente. — Certamente estamos a-assumindo lados. E lhe pago um s-salário há anos, e trabalha na minha casa ou na casa do meu querido du-duque desde que era menino, não? E o seu p-pai trabalhou a vida toda para os meus conselheiros e empregados, e os conselheiros e empregados de meu pai. Come do nosso pão desde que desmamou. De que lado está?

John engoliu em seco para aliviar o aperto na garganta.

— Sou pelo bem do país e pela paz, e defendo que Sua Majestade desfrute o que lhe pertence — replicou ele.

— O que *sempre* me pertenceu — disse o rei.

— É claro — concordou John.

A rainha, de súbito, sorriu.

— Mas este é o meu caro jardineiro Tradescant! — disse ela alegremente. — É claro que está do nosso lado. Você seria o primeiro a se oferecer para o combate com seu ancinho, não seria?

John tentou sorrir e fez uma mesura, sem responder.

A rainha pôs a mão em seu braço.

— E nunca traímos aqueles que nos são fiéis — disse ela, com ternura. — Estamos ligados a você como você está ligado a nós e nunca trairíamos um criado leal.

Balançou a cabeça para o rei, como se o chamasse para aprender uma lição:

— Quando um homem está preparado para nos jurar fidelidade, encontra em nós um patrão leal.

O rei sorriu para a sua mulher e o jardineiro.

— É claro — disse ele. — Do empregado de posto mais elevado ao de posto inferior, não esqueço nem lealdade nem traição. E recompenso as duas.

Verão de 1641

John lembrou-se desse juramento no dia em que o conde de Strafford foi levado para a Torre de Londres e jogado na prisão de traidores para ser executado quando o rei assinasse o *Act of Attainder* — decretando a perda dos direitos civis com a sentença de morte.

O rei tinha jurado a Strafford que nunca o trairia. Tinha-lhe escrito uma nota e dado a palavra de rei de que Strafford nunca sofreria dano "em vida, honra ou fortuna" por seu serviço prestado — foram exatamente estas as suas palavras. Os membros mais prudentes e astutos do Conselho Privado fugiram do país quando perceberam que o Parlamento estava atacando o Conselho, não o rei. A maioria também percebeu rapidamente que, independentemente do que o rei prometia, ele não levantaria um dedo para salvar um empregado leal de morrer defendendo sua causa. Mas o bispo de Ely e o arcebispo William Laud foram vagarosos demais, ou confiantes demais. Também eles foram aprisionados por conspirarem contra a segurança do reino, junto com seu aliado Strafford, na Torre.

Durante todos os longos meses da primavera, o Parlamento tinha se reunido para discutir o caso Strafford e ouvir que ele havia recomendado introduzir um exército de soldados irlandeses papistas para reduzir "esse reino". Se o rei tivesse interrompido o julgamento para insistir que Strafford estava se referindo ao reino da Escócia, poderia tê-lo salvo do carrasco. Mas não. O rei permaneceu em silêncio na pequena antecâmara, e ouviu o julgamento. Ele não insistiu. Propôs, sem muita convicção, nunca mais aceitar o aconselhamento de Strafford enquanto o velho vivesse, se poupassem a sua vida. O Parlamento disse que não podia poupar a sua vida. O rei lutou com sua consciência por um breve e doloroso momento e, então, assinou o mandado de execução de Strafford.

— Ele mandou o pequeno príncipe Carlos lhes pedir misericórdia — disse Hester, atônita, a John quando retornou de Lambeth em maio, com a carroça cheia de compras e a cabeça cheia de notícias. — O coitadinho só tem 10 anos e o rei o mandou a Westminster se apresentar a todo o Parlamento e pedir pela vida do conde. E eles recusaram! Que coisa horrível de se fazer com uma criança! Ele vai levar a vida toda achando que o conde foi morto por culpa sua!

— Enquanto a culpa é do rei — disse John, simplesmente. — Ele poderia ter negado que Strafford o tivesse aconselhado. Poderia ter testemunhado a seu favor. Podia ter arcado com a decisão. Mas deixou que Strafford assumisse a culpa por ele. E agora, vai deixar Strafford morrer por ele.

— Será executado na terça-feira — disse Hester. — As mulheres do mercado estão fechando suas barracas e subindo a Tower Hill para ver a sua cabeça ser decepada. E os aprendizes terão o dia livre, uma celebração extra da primavera.

John sacudiu a cabeça.

— É o fim da lealdade do rei. São maus tempos para os seus empregados. Alguma notícia do arcebispo Laud?

— Ainda na Torre — respondeu Hester. Levantou-se e se segurou no lado da carroça para descer, mas John estendeu os braços e a baixou. Ela hesitou por um momento, estranhando seu toque. Foi quase um abraço, as mãos dele na cintura dela, suas cabeças bem próximas. Então, ele a largou e foi para a parte de trás da carroça.

— Comprou o suficiente para um cerco! — exclamou ele, e quando suas próprias palavras se calaram, virou-se para ela. — Por que comprou tanta coisa?

— Não quero ir ao mercado por uma semana ou mais — disse ela. — E tampouco quero mandar as criadas irem.

— Por que não?

Ela fez um ligeiro gesto de impotência. Ele achava que nunca tinha visto antes qualquer movimento dela que não fosse seguro e determinado.

— Está um clima estranho na cidade — começou ela. — Não consigo descrevê-lo. Desconfortável. Como o céu antes de uma tempestade. As pessoas falavam nas esquinas e se interrompiam quando eu passava. Todos se olham como se lessem os corações uns dos outros. Ninguém sabe quem é amigo e quem não é. O rei e o Parlamento estão dividindo o país ao meio, como ervilhas se abrem quando maduras, e todas as nossas ervilhas estão se abrindo e rolando, sem saber o que fazer.

John olhou para a sua mulher tentando entender, pela primeira vez em sua vida de casado, o que ela podia estar sentindo. Então, de súbito, compreendeu.

— Parece com medo.

Ela virou-se como se houvesse do que se envergonhar.

— Jogaram uma pedra em mim — disse ela, a voz bem baixa.

— O quê?

— Alguém jogou uma pedra quando eu estava saindo do mercado. Bateu nas minhas costas.

John ficou estarrecido.

— Você foi apedrejada? Em Lambeth?

Ela sacudiu a cabeça.

— Um golpe de raspão, não foi jogada para me machucar. Acho que foi um insulto, um aviso.

— Mas por que alguém no mercado de Lambeth a insultaria? Ou alertaria?

Ela encolheu os ombros.

— Todos sabem que você é o jardineiro do rei, homem do rei, e seu pai, antes de você. E essa gente não investiga o que você pensa e sente, no fundo do seu coração. Pensam em nós como empregados do rei, e o rei não é bem considerado em Lambeth e em Londres.

A cabeça de John estava girando.

— Machucaram você? Está ferida?

Ela fez menção de dizer "Não", mas engasgou com a palavra e John, sem pensar, abraçou-a e deixou-a chorar em seu ombro, quando a torrente de palavras foi derramada.

Ela estava com medo, muito medo, e tinha sentido medo todos os dias que fora ao mercado desde que o Parlamento tinha sido convocado e o rei tinha voltado da guerra, derrotado pelos escoceses. As mulheres nem sempre a serviam, cobravam-lhe mais caro e inclinavam mais a balança ao pesarem a farinha. Os meninos aprendizes corriam atrás dela e a xingavam, e quando a pedra a atingira, achou que seria a primeira de muitas outras, que a atingiriam na carroça e a derrubariam na rua.

— Hester! Hester! — John abraçou-a enquanto ela libertava seu pranto. — Minha querida, minha querida esposa, minha mulher!

Ela interrompeu o choro no mesmo instante.

— Como me chamou?

Ele próprio não percebera.

— Você me chamou de sua mulher, e de sua querida... — disse ela. Esfregou os olhos, mas manteve a outra mão firme no colarinho dele. — Chamou-me de querida, você nunca me chamou assim antes.

A antiga cara fechada voltou a tomar o rosto dele.

— Estava chateado pelo que lhe aconteceu — disse ele, como se fosse um pecado chamar a própria mulher de querida. — Por um momento, me esqueci.

— Esqueceu-se de que foi casado antes. Tratou-me como uma esposa por quem... tem afeto — disse ela.

Ele assentiu com a cabeça.

— Fico feliz — disse ela baixinho. — Eu gostaria que sentisse afeição por mim.

Ele soltou-se delicadamente.

— Eu não devia ter me esquecido de que fui casado antes — disse ele com firmeza, e entrou em casa. Hester ficou ao lado da carroça, olhando a porta da cozinha se fechar atrás dele, e percebeu que não tinha mais lágrimas para derramar, mas apenas solidão, decepção e olhos secos.

Verão de 1641

Hester não voltou ao mercado por todo o verão. E estava certa ao temer o clima na aldeia de Lambeth. Os meninos aprendizes fizeram a maior algazarra certa noite e a febre contagiou as mulheres do mercado e os frequentadores sérios da igreja, que formaram um bando misturado, desordeiro e determinado e marcharam pelas ruas gritando: "Abaixo o papado! Abaixo os bispos!" Os mais arruaceiros e audaciosos gritavam: "Abaixo o rei!" Jogaram alguns tições acesos nos muros do palácio vazio do arcebispo, e fizeram uma tentativa, pouco entusiasmada, nos portões, e depois quebraram as vidraças ao longo da High Street, de cada casa que não mostrou uma luz na janela pró-Parlamento. Não prosseguiram até a Arca, e John agradeceu a Deus a boa sorte dos Tradescant, que mais uma vez os colocou à margem dos grandes acontecimentos e, ainda assim, os poupou por um triz.

Depois disso, John mandou o ajudante do jardineiro e o garoto do estábulo juntos ao mercado e apesar de com frequência confundirem a encomenda e pararem para um *ale* nas tavernas, pelo menos impedia que qualquer comentário sobre o jardineiro do rei fosse dirigido a Hester.

John teve de ir a Oatlands e antes de partir ordenou que fossem feitas venezianas de madeiras para todas as janelas da casa, especialmente para as janelas de vidro veneziano no gabinete de curiosidades. Contratou mais um garoto para ficar de vigília à noite e observar a estrada South Lambeth, para o caso de uma turba tomar esse caminho, e ele e Hester saíram no escuro, uma noite, com lanternas para limpar a antiga casa de gelo e colocar a trava nas pesadas portas de madeira, e transformá-la em um esconderijo para as curiosidades mais valiosas.

— Se vierem nos atacar, você vai pegar as crianças e deixar a casa — ordenou ele.

Ela se recusou sacudindo a cabeça, e ele admirou sua coragem tranquila.

— Temos uns dois mosquetes — disse ela. — Não vou deixar que a minha casa seja tomada por um bando de aprendizes que não têm o que fazer.

— Não deve se arriscar — advertiu-a ele.

Ela lhe deu um sorriso determinado.

— Tudo é um risco nos dias de hoje — replicou ela. — Vou fazer com que superemos tudo isso em segurança.

— *Tenho* de deixá-la — disse John, com apreensão. — Fui chamado a Oatlands. Suas Majestades chegarão na semana que vem e tenho de cuidar para que os jardins estejam em sua melhor forma.

Ela balançou a cabeça.

— Sei que tem de ir. Manterei tudo seguro, aqui.

John foi a Oatlands preparado para encontrar a corte toda, mas a rainha chegou sozinha. O rei e metade da corte não apareceram, e dizia-se que ele tinha ido para o norte negociar com os escoceses pessoalmente.

— Ele está em Edimburgo e tudo será acertado — disse a rainha, com seu sorriso complacente, ao se deparar com John removendo as rosas mortas. Dissimulava seu aborrecimento da melhor forma possível. Estava acompanhada apenas por algumas damas, o antigo séquito artístico, galanteador e ocioso tinha-se dissolvido. Os homens mais ambiciosos e aventureiros tinham ido com o rei. Sentia-se o cheiro de oportunidade e deslocamento na corte de um rei em guerra, de homens jovens fartos da paz e de uma corte devotada ao amor marcial por tanto tempo.

— Vai ser tudo resolvido — prometeu a rainha. — Quando se reencontrarem, vai cativá-los e convencê-los de que erraram ao marchar contra ele.

John balançou a cabeça.

— Espero que sim, Majestade.

Ela aproximou-se dele e baixou a voz.

— Só voltaremos a Londres quando estiver tudo acertado — confiou-lhe ela. — Nem mesmo à minha pequena propriedade em Wimbledon. Não iremos a lugar nenhum perto de Westminster. Depois da morte de lorde Strafford...

— Interrompeu-se. — Disseram que *me* julgariam depois do conde! Julgar *a mim* por ter dado um conselho traidor!

John teve de resistir à tentação de pegar uma de suas pequenas mãos alvas. Ela parecia genuinamente assustada.

— Ele deveria ter resistido — sussurrou ela. — Meu marido não deveria ter deixado que levassem Strafford, nem Laud. Se permitir que eles nos escolham, um depois do outro, estaremos todos perdidos. Ele será deixado completamente só e terão experimentado o gosto de sangue. Ele deveria ter defendido William Laud, deveria ter defendido Strafford. Como posso ter certeza de que me defenderá?

— Majestade, a situação não vai chegar a esse ponto — disse John, para confortá-la. — Como Sua Majestade mesmo diz, o rei vai retornar e tudo será resolvido.

Ela animou-se no mesmo instante.

— Ele pode distribuir alguns baronatos pelo Parlamento, e posições na corte — disse ela. — São todos homens modestos, homens do povo vindos das províncias. Não têm nem instrução nem berço. Esquecerão essa insensatez se o preço for alto o bastante.

John sentiu a onda familiar de irritação.

— Majestade, acho que são homens de princípios. Não decapitaram lorde Strafford por capricho. Acho que acreditam no que estão fazendo.

Ela sacudiu a cabeça.

— É claro que não! Estão conspirando com os escoceses, ou com os holandeses, ou com qualquer outro que concorde com seus próprios objetivos. A Câmara dos Lordes não está com eles, a corte não está com eles. São homens humildes vindos do campo, cocoricando feito pequenos galos sobre sua própria estrumeira. Só precisamos torcer seus pescoços, como de um galisco.

— Desejo que o rei encontre uma maneira de fazer um acordo com eles — disse John, com firmeza.

Ela lançou-lhe seu sorriso encantador.

— Ora, e eu também! Ele fará todo tipo de promessas e então votarão a favor dos impostos de que precisamos e do exército de que precisamos para esmagar os escoceses. Depois, poderão retornar aos seus monturos, e voltaremos a governar sem eles.

Outono de 1641

Talvez não tivesse feito diferença para o rei ou a rainha, mas fez para o seu quarto reino da Irlanda. A notícia da morte de Strafford se propagou pela Irlanda como fogo no mato. Strafford havia controlado esse país com um misto de rigor legal e um extremo abuso de poder. Tinha governado como um velho soldado cínico e sua única lei tinha sido a do poder militar superior. Uma vez morto, os irlandeses papistas se sublevaram com uma violência extrema e desafiadora contra seus senhores protestantes. Strafford os havia sujeitado brutalmente, mas agora estava morto. Os rumores tinham-se propagado pelo reino da Irlanda até cada homem que se considerava homem pegar uma enxada ou foice e se lançar contra os colonizadores protestantes recém-chegados e os gananciosos lordes grileiros protestantes, sem poupar nenhum deles, e nenhuma de suas mulheres e crianças.

As notícias do que tinha acontecido, medonhamente floreadas pela imaginação aterrorizada de uma minoria em um país que não era seu, chegaram a Londres em outubro e fomentaram um ódio mil vezes maior contra os papistas. Até mesmo Hester, normalmente tão criteriosa, abandonou a discrição naquela noite e rezou alto, na hora das orações familiares, para que Deus aniquilasse os terríveis irlandeses selvagens e preservasse Seu povo eleito, assentado nessa terra bárbara. E as crianças Tradescant, Frances e Johnnie, com os olhos arregalados de horror com o que tinham ouvido na cozinha e na estrebaria, sussurraram um assustado "Amém".

Os rebeldes papistas estavam trespassando as crianças protestantes com suas estacas e as assando em fogueiras, comendo-as diante do olhar angustiado de seus pais. Os rebeldes papistas estavam pondo fogo em casas e castelos com seus donos protestantes trancafiados dentro. Todos tinham uma história de um horror inimaginável para contar. Nenhum relato era contestado. Era tudo verdade, era tudo o pior dos piores pesadelos. Era tudo pior do que o que se contava.

John lembrou-se, por um breve momento, da mulher amarga que tinha a pensão na Virgínia e de como ela chamava os índios de pagãos e animais selvagens, e de como, também ela, contava histórias de esfolar e comer vivo. Por um momento, tomou distância do terror que dominara a Inglaterra, por um momento se perguntou se as histórias seriam tão verdadeiras quanto as pessoas afirmavam ser. Mas só por um momento. As circunstâncias eram persuasivas demais, as histórias eram vigorosas demais. Todos diziam isso; tinha de ser verdade.

E havia coisa ainda pior. Nas ruas de Lambeth e em Londres, não a chamavam de rebelião irlandesa, a chamavam de rebelião da rainha, com a certeza absoluta de que todas as histórias horripilantes da Irlanda eram a verdade evangélica, e que a rebelião era incitada por Henrietta Maria com o apoio dos demoníacos papistas. O que a rainha queria era uma Irlanda católica romana livre e, assim que conseguisse isso, ela despacharia seus comparsas papistas da Irlanda para a Inglaterra, para que assassinassem e comessem também os bebês ingleses.

Primavera de 1642

O Parlamento, ainda em sessão, se aproximava cada vez mais de acusar a rainha. Era uma aproximação contínua e aterradora, que não oscilava, não vacilava. Acusaram 12 bispos de traição, um depois do outro, até exatamente 12 terem se apresentado ao tribunal, com suas vidas em risco. Dizia-se que a rainha seria a próxima da lista.

— O que vai fazer? — Hester perguntou a John. Estavam no conforto do gabinete de curiosidades, onde uma grande lareira mantinha a coleção aquecida e seca, apesar da saraivada de neve que batia nas imponentes vidraças. Hester estava polindo as conchas e as pedras preciosas, para que brilhassem em seu estojo forrado de veludo preto, e John estava etiquetando a nova coleção de marfim esculpido que acabara de chegar da Índia.

— Não sei — respondeu ele. — Vou ter de ir a Oatlands providenciar o planejamento dos jardins, na próxima estação. Lá me informarei melhor.

— Vai planejar jardins para uma rainha que será decapitada? — perguntou Hester em voz baixa.

John encarou-a, a boca retorcida de apreensão.

— Estou seguindo o seu credo, minha mulher. Estou tentando sobreviver nestes tempos. Não sei o que há de melhor a fazer a não ser nos comportarmos como se nada tivesse mudado.

— Mas John... — começou Hester, e foi interrompida por uma batida na porta da frente, que fez os dois se imobilizarem. John percebeu a cor de Hester se esvair de seu rosto e a mão que segurava o pano de pó estremecer como se ela sentisse um calafrio. Ficaram em completo silêncio, e então escutaram a criada atender e o tinido tranquilizador de uma moeda quando um visitante pagou para ver a coleção. Hester escondeu rapidamente o pano no bolso do seu avental e abriu as belas portas duplas para receber o visitante. Era um homem bem-vestido, um homem do campo, pela aparência do terno marrom e o rosto curtido pelo clima. Ele se deteve à entrada e olhou em volta, a sala imponente e a lareira acolhedora.

— Bem, é uma beleza — disse ele, com a sonoridade do oeste rural.

Hester chegou à frente.

— Seja bem-vindo — disse ela, cortesmente. — Este é John Tradescant, e eu sou sua mulher.

O homem curvou a cabeça.

— Sou Benjamin George — disse ele. — De Yeovil.

— Veio visitar Londres?

— Estou aqui a negócios. Sou membro do Parlamento, representante do burgo de Yeovil.

John adiantou-se.

— Minha mulher vai lhe mostrar as curiosidades — disse ele. — Mas antes, pode nos contar o que há de novo?

O homem pareceu cauteloso.

— Não posso afirmar se é bom ou ruim — replicou ele. — Estou voltando para casa e o Parlamento foi dissolvido. É tudo o que sei.

John e Hester trocaram um olhar rápido.

— O Parlamento foi dissolvido?

O homem confirmou balançando a cabeça.

— O rei em pessoa chegou para prender cinco dos nossos membros. Nunca se poderia imaginar que ele um dia entrasse no Parlamento com seus próprios soldados dessa maneira. Se ia prender os nossos membros por traição ou aniquilá-los no mesmo instante, não sei!

— Meu Deus! — exclamou John, pasmo. — Ele empunhou a espada na Câmara Baixa?

— O que aconteceu? — perguntou Hester.

— Ele chegou de maneira muito cortês, apesar de ter seus soldados à sua volta, pediu uma cadeira e se sentou na do presidente da Assembleia. Mas todos tinham desaparecido. Os homens que ele queria. Tinham escapado meia hora antes de ele chegar. Fomos alertados, é claro. Portanto procurou-os com os olhos, fez um comentário, e saiu de novo.

John estava se esforçando para ocultar a irritação com a lentidão do discurso do homem.

— E por que ele foi, se deixou ficar tarde demais para prendê-los?

O homem encolheu os ombros.

— Acho que foi um grande gesto, mas ele não soube fazê-lo.

Hester olhou rapidamente para John, que prosseguiu impaciente.

— Está dizendo que o rei entrou com sua guarda na Câmara para prender cinco membros e fracassou?

O homem confirmou com a cabeça.

— Ele pareceu realmente aborrecido — comentou.

— Dá para imaginar. O que ele vai fazer agora?

— Quanto a isso... não posso afirmar nada.

— Mas então, o que o Parlamento vai fazer?

O homem sacudiu a cabeça devagar. Hester, ao ver o marido à beira de um acesso de raiva e o homem ainda refletindo sobre a resposta, teve de se conter para ficar calada, ela também.

— Quanto a isso... também não posso afirmar nada.

John deu um passo rápido até a porta, depois voltou.

— Então o que está acontecendo na City? Está tudo tranquilo?

O cavalheiro rural sacudiu a cabeça diante da velocidade atordoante da mudança.

— Bem, a milícia do Lord Mayor vai ser chamada para manter a paz, os homens do rei se esconderam, todos eles, a City está preparada para uma rebelião ou... algo pior.

— O que poderia ser pior? — perguntou Hester. — O que poderia ser pior do que uma rebelião na City?

— A guerra, acho — replicou ele, com o sotaque arrastado. — Uma guerra seria pior do que uma rebelião.

— Entre quem? — perguntou John. — Uma guerra entre quem? O que está dizendo?

O homem encarou-o, lutando com a gravidade do que tinha a dizer.

— Uma guerra entre o rei e o Parlamento, acho.

Houve um silêncio breve e perplexo.

— Chegou a esse ponto? — perguntou John.

— Portanto vim ver a maior atração de Londres, que prometi a mim mesmo ver antes de partir. Depois, voltarei para casa. — George olhou em volta. — Há muito mais do que pensei.

— Eu lhe mostrarei tudo — prometeu-lhe Hester. — Perdoe a nossa fome de notícias. O que vai fazer quando chegar em casa?

Ele fez uma mesura cortês para ela.

— Vou reunir os homens da minha casa, treiná-los e armá-los para que possam lutar para salvar seu país do inimigo.

— Mas vai lutar pelo rei ou pelo Parlamento?

Ele fez outra mesura.

— Senhora, lutarei pelo meu país. Lutarei pelo que é certo. A única questão é: gostaria de saber qual é o lado certo.

Hester mostrou-lhe as principais peças da coleção e então, assim que pôde, deixou-o só, para que abrisse as gavetas e examinasse as coisas menores por si mesmo. Não encontrou John na casa nem na estufa. Como temia, ele estava no estábulo, usando sua capa de viagem, esperando sua égua ser selada.

— Você não vai para a corte! — exclamou ela.

— Tenho de ir — replicou ele. — Não suporto ter de esperar por fragmentos de notícias como essas.

— Você é jardineiro — disse ela. — Não é um cortesão nem um membro do Parlamento. O que tem a ver com o rei estar ou não brigando com o Parlamento?

— Estou à margem de tudo isso — replicou John. — Sei demais para ficar calmamente sentado em casa alimentando a minha ignorância. Se eu os conhecesse menos, talvez não desse tanta importância. Se eu me informar melhor poderei decidir melhor o que fazer. Estou no meio do caminho entre o conhecimento e a ignorância e preciso me estabelecer em um lado ou outro.

— Então seja ignorante! — disse ela com uma paixão repentina. — Vá para o seu jardim, John, e separe as sementes para Wimbledon e Oatlands. Faça o trabalho para o qual nasceu. Fique em casa, onde está seguro.

Ele negou com a cabeça e pegou as mãos dela.

— Não vou me demorar — prometeu ele. — Vou atravessar o rio até Whitehall e saber as notícias, depois voltarei para casa. Não se atormente tanto, Hester. Tenho de saber o que está acontecendo, depois voltarei. É melhor para nós se souber em que direção o vento está soprando. É mais seguro para nós.

Ela deixou as mãos nas dele, gostando do calor de suas palmas calejadas.

— Você diz isso, mas é como um menino partindo para uma aventura — disse ela, com perspicácia. — Quer estar no cerne das coisas, meu marido. Não negue.

John deu-lhe um sorriso matreiro e a beijou rapidamente nas duas bochechas.

— Perdoe-me — disse ele. — É verdade. Parto com a sua bênção?

Ela ficou sem respirar com o beijo casual, repentino, e sentiu que corava.

— Com a minha bênção — repetiu ela. — É claro que tem a minha bênção. Sempre.

Ele montou e conduziu o cavalo para fora do pátio. Hester pôs a mão na bochecha, onde os lábios dele a tinham tocado por um breve momento, e o observou partir.

Em Lambeth, ele teve de esperar por um lugar na balsa para cavalos. No lado da City, o tráfego do rio estava mais difícil do que nunca. Havia centenas de pessoas pelas ruas estreitas, querendo saber as notícias, parando vendedores de baladas e de jornais para perguntar o que sabiam. Havia grupos de homens armados descendo a estrada, empurrando as pessoas para o lado e mandando que gritassem "Hurra! Viva o rei!". Mas em outra via, vinha outro grupo gritando "Hurra! Viva Pym! Abaixo os bispos! Abaixo a rainha papista!".

John recuou conduzindo seu cavalo para uma rua secundária, com receio de ser pego na disputa, quando viu dois desses grupos indo um na direção do outro. Mas os monarquistas desviaram rapidamente para um lado, como se tivessem uma incumbência urgente que os afastasse dali, e os outros tomaram o cuidado de não vê-los, e nem persegui-los. Observou-os ir e percebeu que, assim como ele, os outros ainda não estavam preparados para um confronto. Não queriam nem mesmo uma briga, muito menos uma guerra. Pensou que o país deveria estar cheio de homens como ele, como o franco representante de Yeovil no Parlamento, que sabiam que estavam vivendo tempos importantes e queriam participar disso, que queriam fazer a coisa certa, mas que estavam longe, muito longe de saber qual era a coisa certa.

O pai de John teria sabido. Teria ficado a favor do rei. O pai de John tinha uma fé franca, uma fé que o filho nunca conheceria. John fez uma careta de reprovação ao pensar nas certezas do homem e nas suas dúvidas, que o deixavam agora pranteando uma mulher, meio apaixonado por outra e casado com uma terceira, servindo a um rei enquanto seu coração estava com a oposição, sempre dividido, sempre à margem de tudo.

A multidão cresceu ao redor do Palácio de Whitehall e guardas armados pareciam sinistros e assustados, com suas lanças cruzadas diante das portas. John conduziu sua égua para uma hospedaria e a deixou no estábulo, voltando em seguida para o palácio, empurrando e sendo empurrado durante todo o caminho. A multidão era a mesma mistura estranha de pessoas. Havia mendigos e miseráveis e arruaceiros maltrapilhos e em librés velhos e esfarrapados que estavam lá para gritar e, talvez, ganhar alguns trocados pela lealdade comprada. Havia trabalhadores e trabalhadoras, jovens aprendizes, artesãos e gente do mercado. Havia os pregadores sérios, com suas roupas pretas, das igrejas independentes, e sectários, e havia mercadores bem-sucedidos e homens da City que não lutariam em pessoa, mas cujos corações estavam na luta. Havia marinheiros dos navios no porto, gritando a favor do Parlamento, já que culpavam o rei e sua mulher francesa pelos riscos com os piratas Dunkirk, e havia membros das milícias de Londres, alguns deles tentando impor a ordem e procurando seus homens, e outros correndo feito loucos e gritando que morreriam defendendo os direitos do Parlamento. Essa multidão incongruente entoava brados incongruentes, que iam de vaias daqueles que não sabiam bem o que defendiam, a brados regulares dos que conheciam sua causa: "Abaixo os bispos! Abaixo a rainha!" E o novo grito que tinha surgido desde que o rei empunhara uma espada na Câmara Baixa: "Privilégio! Privilégio!"

John abriu caminho até a frente da chusma, alcançando os portões do Palácio de Whitehall e gritou, acima do barulho, para o guarda:

— John Tradescant! O jardineiro do rei.

O homem se afastou ligeiramente, John passou por baixo da lança e entrou.

O antigo Palácio de Whitehall era o mais desorganizado de todos os palácios reais, uma mixórdia de edifícios, pátios e jardins, pontilhados de estátuas, fontes e infestado de pássaros canoros. Esperando esbarrar com alguém conhecido, John se dirigiu aos apartamentos reais, mas se deteve ao fazer uma curva e quase colidir com a rainha em pessoa.

Ela estava correndo, sua capa esvoaçando atrás, sua caixa de joias nas mãos. Atrás dela vinha o rei, carregando sua própria escrivaninha portátil com documentos e uma dúzia de criadas e criados, cada qual carregado de tudo o que tinha conseguido pegar. Atrás deles, vinham as duas amas de leite correndo com os dois bebês reais nos braços, a princesa Elizabeth, de 5 anos, esbaforida tentando acompanhá-las, e os dois príncipes, Jaime e Carlos, se atrasando atrás de todos.

John deixou-se cair sobre um joelho ao vê-la, mas ela correu para ele, que ficou de pé com um pulo, quando foi-lhe estendida a caixa de joias.

— Jardineiro Tradescant! — gritou ela. — Pegue isto! — Virou-se para o rei. — Temos de esperar! — insistiu ela. — Temos de enfrentar a ralé! Temos de intimidá-los!

O rei sacudiu a cabeça e fez sinal para ela não parar. Contra a vontade, ela prosseguiu na frente dele.

— J-já disse que eles enlouqueceram! — disse ele. — Temos de sair da C-City! Não há sequer um coração leal aqui. Todos ficaram malucos. Temos de ir para Hampton Court e p-pensar no que fazer! Temos de reunir s-soldados e pedir seu conselho.

— Estamos fugindo como bobos da nossa própria sombra! — gritou ela. — Temos de enfrentá-los e sujeitá-los ou passaremos o resto das nossas vidas fugindo.

— Estamos p-perdidos! — gritou ele. — P-perdidos! Acha que quero vê-la ser arrastada a um tribunal e a-acusada de traição? Acha que quero ver a sua ca-be-beça em uma estaca. Acha que quero ver a ralé le-levá-la e as crianças, le-levarem vocês agora?

John juntou-se ao séquito de criados que corriam atrás deles e os seguiu até as cavalariças. O caminho todo, a discussão entre o rei e a rainha foi se tornando cada vez mais desarticulada, com o sotaque francês dela se acentuando com a sua irritação e a gagueira dele se agravando com o medo. Quando chegaram às cavalariças, ela estava fora de si.

— Você é um covarde! — cuspiu-lhe ela. — Vai perder esta cidade para sempre se abandoná-la agora. É mais fácil fugir do que reconquistar. Tem de mostrar a eles que não tem medo.

— E-e-eu não tenho medo de nada! — Ele se deteve. — N-na-nada! Mas tenho de pôr v-você e as crianças a-a salvo antes de a-a-agir. É a sua segurança, senhora, que me p-preocupa agora. Não estou preocupado comigo. N-nem um po-pouco!

John abriu caminho e colocou a caixa de joias no chão da carruagem. Ocorreu-lhe a estranha mistura de timidez e bravata do rei. Até mesmo agora, com o povo batendo nas portas do palácio, os dois estavam desempenhando seus papéis em uma mascarada. Nem mesmo agora pareceram completamente reais. John olhou em volta, os criados funcionavam como a plateia em uma grande peça de teatro. Ninguém estimulava um curso de ação, ninguém falava. O rei e a rainha eram os únicos atores, e o enredo era um grande romance envolvendo perigo e heroísmo, causas perdidas e fugas repentinas. John sentiu o coração bater mais forte ao ouvir o barulho da multidão lá fora e percebeu o medo profundo, visceral, de uma turba. Teve a visão momentânea deles derrubando os portões e entrando aos trambolhões nas cavalariças. Se deparassem com a rainha ao lado de sua carruagem com a caixa de joias, tudo podia acontecer. Todo o poder da família real, que a antiga rainha Elizabeth tinha cultivado de maneira tão cuidadosa, dependia da criação e conservação de distância, magia e glamour. Se o povo visse a rainha xingando o rei como uma vendedora de rendas francesa, o jogo estaria encerrado.

— V-vou deixá-la se-segura em Hampton Court e depois voltarei e esmagarei es-esses traidores — jurou Carlos.

— Vai esmagá-los agora! — ganiu ela. — Já, antes que se fortaleçam. Vai enfrentá-los, desafiá-los e destruí-los ou juro que abandonarei este reino e nunca mais o verei de novo! Na França, sabem como respeitar uma princesa de linhagem real!

No mesmo instante o clima da cena mudou. O rei pegou a mão dela e se curvou, seu cabelo sedoso caiu, ocultando seu rosto.

— Nu-nunca diga isso — falou. — Você é a rainha d-deste país, rainha de t-todos os corações. Este é um país leal, eles a-amam você. Eu amo você. Nunca nem m-mesmo p-pense em me deixar.

Houve mais gritos na porta. John esquecendo-se de que deveria ficar calado, não conseguiu suportar a possibilidade de eles serem pegos, ali no pátio, como dois criados fugitivos.

— Majestade! — incitou. — Ou se preparam para um cerco ou partem na carruagem, já! Em um instante, a multidão vai cair em cima de Suas Majestades!

A rainha olhou para ele

— Meu leal jardineiro Tradescant! — exclamou ela. — Fique conosco.

— Su-suba atrás — ordenou o rei. — V-vai nos escoltar até estarmos seguros. — John ficou boquiaberto. A única coisa que tinha pretendido era acordar os dois para a urgência da situação.

— Majestade? — perguntou ele.

O rei ajudou a rainha a entrar na carruagem onde os dois pequenos príncipes, Carlos e Jaime, estavam esperando, lívidos e em silêncio, os olhos arregalados de terror. Depois, as amas de leite, os bebês entrouxados e o rei subiram. John bateu a porta. Queria lhes dizer que possivelmente não iria com eles, mas as vozes da multidão nos portões aumentavam, e receou que discutissem com ele, mandassem que lhes servisse, questionassem sua lealdade, e atrasassem ainda mais.

John recuou esperando que a carruagem partisse. Mas ela não se moveu. Ninguém faria nada sem uma ordem específica, e o rei e a rainha estavam discutindo de novo, lá dentro.

— Ah! maldição! Vão! — gritou John, assumindo o comando na ausência de qualquer autoridade e pulando para cima, para o lado do lacaio que se segurava na parte de trás.

— Para o oeste, para Hampton Court. E não parem. Pelo amor de Deus, não atropelem ninguém. Mas não parem!

Até mesmo então, o lacaio hesitou às portas do estábulo.

— Abram as portas! — gritou John, a ponto de perder o controle.

Correram a obedecer a primeira ordem clara que tinham recebido durante o dia todo, e as grandes portas de madeira se abriram.

Imediatamente, os homens e mulheres que estavam na frente da multidão recuaram, quando as portas foram abertas e a carruagem passou. John percebeu que foram pegos de surpresa com o súbito movimento das portas, com a passagem dos belos cavalos, e a riqueza e exuberância do dourado na carruagem real. A carruagem do rei enfeitada com plumas nos dois lados da capota e os imensos e imponentes cavalos árabes com arreios de couro vermelho e tachas douradas mantinham a aura de poder, do poder divino, mesmo com uma rainha papista traidora dentro. Mas os que estavam na frente não conseguiram recuar para muito longe. Foram parados pelo peso da multidão atrás que os empurrava para a frente.

A multidão segurava lanças, mas as usavam como estandartes e ainda não como armas. Em cada uma havia uma bandeira branca amarrada com a palavra "Liberdade!" e as sacudiam nas janelas da carruagem. John rezou para a rainha baixar a cabeça e, por uma única vez na sua vida, ficar calada. O prestígio do rei poderia garantir que atravessassem em segurança a turba, se ela não os hostilizasse.

John ouviu o choro de uma criança assustada dentro da carruagem.

— Prossiga! — ordenou ao cocheiro, gritando acima do barulho da chusma. — Não pare! — E gritou o mais alto que pôde: — Abram caminho para o rei! Para o rei legítimo!

— Liberdade! — gritou alguém, impulsionando, perigosamente, uma lança para perto do seu rosto.

— Liberdade e o rei! — replicou John, e ouviu outra voz ecoar imediatamente o novo slogan. O lacaio ao seu lado se retraiu quando alguém cuspiu.

— Fique quieto, seu idiota, ou o derrubarão — murmurou John.

A qualquer momento, o humor da multidão poderia mudar de um protesto turbulento para assassinato. John olhou por cima da capota da carruagem as ruas que se estreitavam na direção da saída da cidade.

— Abram caminho para o legítimo rei! — gritou John.

A multidão se adensou nas encruzilhadas.

— Prossiga! — gritou John ao cocheiro. Tinha certeza absoluta de que se parasse por um único instante, as portas seriam abertas e a família real seria arrastada para fora e feita em pedaços ali mesmo, na rua. Se o populacho soubesse que podia deter o rei em sua carruagem, também saberia que poderia fazer o que quisesse. A única coisa que ainda os continha era a crença supersticiosa no poder do rei, na divindade do poder monárquico que o rei Jaime tinha pregado e em que Carlos, tão apaixonadamente, acreditava. A multidão continuava a cercar a carruagem, que avançava devagar, mas nenhuma mão a tocava, como se temessem ser queimados pela tinta dourada. Se tocassem e pegassem nela só uma vez, então saberiam, todos, que o rei não era um deus, um deus vingativo. Se reunissem coragem para tocar nela uma única vez, pegariam em tudo.

— Afastem-se — gritou John. — Abram caminho para o rei!

Tudo dependia da carruagem manter o ritmo terrivelmente lento, sem frear, sem parar, sempre para o oeste, onde o sol brilhava na água dos canos de esgoto aberto, como uma seta na direção da segurança.

Alguém puxou o seu casaco, quase desequilibrando-o. John agarrou-se com mais força na alça do lacaio e olhou para baixo. Era uma mulher, o rosto contorcido de raiva.

— Liberdade! — gritou ela. — Morte aos papistas! Morte à rainha papista!

— Liberdade e o rei! — John gritou de volta. Ele tentou rir para ela e sentiu seus lábios grudados sobre seus dentes secos. Contanto que a rainha mantivesse o rosto oculto! — Liberdade e o rei.

A carruagem sacolejava sobre a pavimentação de pedras. A multidão crescia, mas a estrada adiante estava desimpedida. Lançaram um punhado de lama na porta da carruagem, mas a multidão estava densa demais para começar a jogar pedras, e apesar de as lanças se sacudirem ao brado de "Liberdade", não eram apontadas para as janelas.

À medida que a estrada prosseguia, para fora da cidade, a multidão se reduzia, como John previra. A maior parte dessas pessoas tinham casas, barracas no mercado ou até mesmo negócios na City, não ganhariam nada seguindo a carruagem para o oeste. Além disso, estavam esbaforidos e exaustos com a manifestação.

— Vamos abrir as portas! — exclamou alguém. — Vamos ver essa rainha, essa rainha papista. Vamos ouvi-la rezar, suas preces são tão fervorosas que devemos aprendê-las!

— Vejam! — gritou John o mais alto que pôde. — Um irlandês! — Apontou para trás, de onde tinham vindo. — Entrando no palácio! Um padre irlandês!

Com um uivo, a turba deu meia volta e correu, escorregando nas pedras do calçamento, de volta ao palácio, perseguindo seus próprios pesadelos.

— Agora, siga em frente! — gritou John para o cocheiro. — Deixe-os ir embora!

A carruagem sacolejou e deu uma guinada brusca quando o cocheiro açoitou os cavalos, que avançaram sacolejando pelo calçamento de pedras. John agarrou-se como uma craca na traseira da grande carruagem, balançando nas alças de couro, e baixou a cabeça quando o vento varreu a rua e carregou seu chapéu.

Ao alcançarem os limites de Londres, as ruas estavam silenciosas, as pessoas ou dentro de casa rezando pela paz ou vagando sem rumo pela cidade. John sentiu a tensão em sua garganta relaxar, desapertou o punho na alça da carruagem, e balançou com o movimento do carro o caminho todo até Hampton Court.

O rei não era esperado em Hampton Court. Não havia nada preparado para a família real. As camas reais e os móveis, tapetes e quadros, estava tudo em Whitehall. A família desembarcou diante das grandes portas do palácio, solidamente fechadas, e não apareceu nem mesmo um único criado para abri-las para eles.

John experimentou a sensação de que o mundo inteiro estava desmoronando à sua volta. Hesitou e olhou para o seu monarca. O rei encostou-se na roda empoeirada da carruagem, como se estivesse exausto.

— Não esperava esse tipo de acolhida! — disse Carlos, queixosamente. — As portas do meu próprio palácio fechadas para mim!

A rainha olhou súplice para Tradescant.

— O que vamos fazer?

John sentiu um senso irritante de responsabilidade.

— Esperem aqui — disse ele. — Vou achar alguém.

Deixou a carruagem real diante das portas imponentes e deu a volta para os fundos. As cozinhas estavam em seu estado de desordem costumeiro. A criadagem sempre tirava férias na ausência do rei.

— Acordem — disse John, pondo a cabeça pela porta. — O rei, a rainha e a família real estão lá fora, esperando para entrar.

Foi como se ele tivesse lançado um brulote no meio de escaleres em Whitby. Houve um silêncio atônito e, em seguida, um tumulto instantâneo.

— Por Deus, abram a porta da frente e o deixem entrar — disse John, e voltou para o pátio.

O rei estava recostado na carruagem, examinando os telhados altos e imponentes do palácio como se nunca os tivesse visto antes.

A rainha continuava sentada na carruagem. Nenhum dos dois tinha se mexido desde que John os deixara, embora as crianças estivessem choramingando e uma das amas estivesse rezando.

John forçou um sorriso, avançou e fez uma reverência.

— Lamento a pobre acolhida — disse ele. Enquanto falava, as grandes portas se abriram rangendo e um lacaio, com a expressão assustada, espiou.

— Há dois cozinheiros e uma criadagem — tranquilizou-os John. — Providenciarão para que Sua Majestade fique confortável.

Ao ver um criado, a rainha se animou. Levantou-se e esperou que o lacaio a ajudasse a descer da carruagem. As crianças a seguiram.

O rei virou-se para John.

— Obrigado pelo serviço que nos prestou hoje. Ficamos felizes com a sua escolta.

John fez uma mesura.

— Fico feliz por Sua Majestade ter chegado a salvo — disse John. Pelo menos podia dizer isso com a consciência limpa, achou. Estava realmente feliz por tê-los tirado a salvo de Londres. Não poderia ter assistido à rainha e aos príncipes serem puxados para fora da carruagem por uma turba, assim como não conseguiria ter assistido a Hester e às crianças serem insultadas.

— Vá ver se há qua-quartos p-prontos para nós — ordenou o rei.

John hesitou.

— Preciso voltar para casa — disse ele. — Darei ordens para que tudo seja providenciado como deseja e depois voltarei para a minha casa.

O rei fez aquele pequeno gesto com a mão que significava "Não".

John hesitou.

— Fi-fique até as coisas aqui estarem um pouco em ordem — disse o rei calmamente. — Mande que preparem nossas câ-câmaras privadas e um jantar.

John não pôde fazer outra coisa a não ser uma reverência e se afastar cuidadosamente e cumprir a ordem.

Não havia muito o que pudesse ser feito. Havia somente uma cama decente na casa para eles, e portanto o rei, a rainha e os dois príncipes foram obrigados a se deitar juntos em um único leito, na única roupa de cama arejada em todo o palácio. Houve um jantar farto, mas não real. E nenhum prato e taça dourada. Os adornos da monarquia — tapeçarias, tapetes, baixela de ouro e joias, até mesmo a roupa de cama bordada que sempre acompanhava o rei nas viagens pelo país — ainda estavam em Whitehall. Tudo o que restava nos palácios vazios eram itens de segunda, e Hampton Court não era nenhuma exceção. A rainha comeu de pratos de estanho com um ar de desdém perplexo.

O jantar foi servido pelo pessoal da cozinha e pelos cavalheiros humildes da casa que mantinham o palácio na ausência do rei. Eles o serviram como deviam, com o joelho flexionado, mas nem toda a cerimônia do mundo conseguiria ocultar que se tratava de pão comum e carne em pratos de latão sobre uma mesa de tábua comum.

— Vai escoltar a rainha e a mim até Windsor, amanhã — disse o rei, quando terminou de comer. — E de lá para Dover.

Tradescant, que estava sentado em uma mesa mais baixa, levantou-se de seu banco e ajoelhou reverencialmente no piso sujo.

— Sim, Majestade. — Manteve a cabeça baixa, de modo a não demonstrar nenhuma surpresa.

— Providencie p-para que os cavalos estejam prontos ao a-amanhecer — ordenou o rei.

A família real deixou seus lugares à mesa elevada e saiu do salão pela porta nos fundos da plataforma. Seu quarto retirado estaria frio e enfumaçado, com uma lareira que não funcionava adequadamente.

— Estão fugindo? — perguntou um dos guardas quando John se levantou. — Todos eles?

John pareceu estarrecido.

— Não podem fazer isso!

— Precisaram fugir de Londres? Como covardes?

— Como podem julgar? A ralé que cercou Whitehall estava enfurecida. Houve momentos em que temi por suas vidas.

— A ralé! — escarneceu o homem. — Bastava terem jogado uma bolsa com moedas de ouro para dominarem o populacho em um instante. Mas se fugiram de Londres, vão fugir do país? Por isso estão indo para Dover? Para pegar um navio para a França? E o que vai ser de nós, então?

John sacudiu a cabeça.

— Nesta manhã mesmo eu estava no meu estábulo, em Lambeth, me despedindo da minha mulher. Eu mal sei onde estou, muito menos o que será do rei, da rainha e de seus reinos.

— Bem, aposto com você, que escaparão — disse o jovem animadamente. — Que bons ventos os levem — acrescentou a meia-voz, estalou os dedos para o seu cachorro e saiu do salão.

A viagem para Dover foi longa e fria, a família real estava agasalhada no interior da carruagem, mas John estava de pé atrás, no lugar do lacaio, se segurando na alça. Quando chegaram ao castelo de Dover, os dedos de John estavam azuis, e escorriam lágrimas de seus olhos por causa do vento frio em seu rosto, cada osso de sua face doendo como se ele estivesse com sezão. De seu lugar atrás da carruagem, tinha ouvido, acima do ruído das rodas, a rainha se queixar sem parar durante o caminho todo pelas estradas gélidas.

Nessa noite, dormiram no castelo de Dover, com conforto, e aí se demoraram, sem nada decidir, por uma semana. Primeiro, esperaram notícias, depois decidiram pegar o navio para a França, mas perderam a maré, mudaram de ideia, esperaram mais notícias. Cortesãos foram aos poucos se reagrupando, vindo dos tumultos em Londres; nobres foram chamados de suas mansões rurais. Cada um tinha um conselho diferente a dar, cada um foi escutado com cortesia pelo rei, ninguém concordava, ninguém agia. A princesa Mary, de 11 anos, que viajava em um navio para ir viver com seu noivo na Holanda, uniu-se a eles na semana de hesitação, ficou entre uma escolha e outra e percebeu que a rainha, sua mãe, estava muito ressentida por ela se casar com um protestante e abandonar a família nessa aflição. A princesa Mary não deu respostas desrespeitosas à sua mãe, mas ficou emburrada em um silêncio eloquente.

Duas bolsas pesadas chegaram, ao amanhecer, da Torre de Londres, e John presumiu, mas não fez perguntas, pela expressão austera do guarda, que não tirava os olhos delas, que o rei estava mandando o tesouro do país para além-mar, com sua esposa, e que mais uma vez as pedras mais preciosas da Inglaterra percorreriam os agiotas na Europa.

Finalmente, o rei e a rainha tomaram a decisão de se separar. A princesa Mary partiria para a Holanda em um navio; a rainha e três bebês zarpariam para a França em outro: o *Lion*. Os dois príncipes — Carlos e Jaime — e o rei ficariam na Inglaterra, e ele acharia uma solução para as exigências do Parlamento. John e os outros subordinados esperaram a distância, no cais, enquanto o casal real se forçava a uma despedida. O rei pegou as mãos dela e as beijou ternamente.

— Não vai ceder nem um milímetro a eles — disse a rainha, sua voz exigente e penetrante de modo que todo homem no cais pudesse ouvir como o rei da Inglaterra era atormentado. — Não fará nenhuma concessão. Eles têm de ser subjugados. Têm de saber quem é o seu senhor. Não vai nem mesmo falar com eles sem me manter informada.

Carlos beijou suas mãos de novo.

— Não — prometeu ele. — M-meu amor, m-minha querida. Não terei nem mesmo um instante em que não pense em você.

— Então pense que eu não voltarei até que o traidor Pym seja executado por traição — disse ela com ferocidade. — E pense em seu filho e em sua herança, que deverá ser transmitida inteira a ele. Levantarei um exército na Europa e se eles não concordarem, serão destruídos! Portanto não faça nenhuma concessão, Carlos, eu não permitirei!

— Que-querida, m-meu amor — disse ele em tom baixo.

Ele levantou a cabeça e ela o beijou em cheio na boca, como se para ele selar um voto.

— Não se esqueça! — disse ela apaixonadamente. — Já perdemos demais por causa de sua fraqueza! Nenhuma concessão sem o meu consentimento. Tem de lhes dizer que *eles* terão de ceder a nós: Igreja, Exército e Parlamento. Sou uma rainha e não uma comerciante de mercado para pechinchar o preço. Nenhuma concessão.

— Que Deus a proteja, m-meu amor — disse ele com ternura.

Ela sorriu para ele, finalmente.

— Que Deus o abençoe — disse ela. Sem pensar no efeito que surtiria nos criados do rei, ela fez o sinal da cruz, o terrível gesto papista, sobre a cabeça dele. E Carlos baixou-a sob o sinal do Anticristo.

Henrietta Maria ergueu as saias de seda e subiu, com cuidado, a prancha de embarque.

— E não se esqueça — gritou ela, elevando a voz. — Nenhuma concessão!

— Não, meu amor — replicou o rei, com tristeza. — Antes morrer do que decepcioná-la.

O navio afastou-se do porto e o rei pediu seu cavalo. Montou e cavalgou sozinho, pelos rochedos íngremes atrás da pequena cidade, mantendo o navio da rainha à vista, acenando com seu chapéu até a embarcação desaparecer na névoa que cobria indolentemente as ondas e não havia nada que o monarca ungido por Deus pudesse fazer a não ser cavalgar devagar e melancolicamente de volta ao castelo de Dover e escrever à sua mulher prometendo que sempre faria o que ela achasse melhor.

John afastou-se, com cuidado, dos homens que cercavam o rei ao retornarem para quebrar o jejum no Castelo de Dover. Providenciou um cavalo na taberna e quando estava pronto para partir, foi ver o rei.

— Com a permissão de Sua Majestade, voltarei para a minha casa — disse ele, com cautela. Um olhar de relance foi o bastante para perceber que o rei estava em um de seus humores dramáticos. John não queria ser plateia para um dos discursos trágicos. — Prometi à minha mulher que só ficaria fora por algumas horas, e isso foi semanas atrás. Tenho de retornar.

O rei balançou a cabeça.

— Pode viajar comigo, pois irei a Londres.

— Vai voltar à City? — John estava pasmo.

— Ainda vou ver. Vou ver. Talvez não se-seja tarde demais. Talvez possamos chegar a um acordo. A rainha ficaria feliz, não acha?, se minha próxima carta para ela fosse remetida do meu palácio em Whitehall.

— Tenho certeza de que todos ficarão felizes se Sua Majestade puder reaver seu palácio por meio de um acordo — disse John, com tato.

— Ou eu poderia ir para Bri-Bristol — disse o rei. — Ou para o norte?

John fez uma mesura.

— Rezarei por Sua Majestade.

— Espero que faça... mais do que isso. Espero que vá comigo.

Houve um silêncio constrangido.

— Nestes tempos difíceis... — começou John.

— Nestes tempos difíceis, um homem tem de se despedir de sua mulher e, depois, cumprir o seu dever.

John fez uma mesura.

— Pode ir se despedir dela e depois volte.

John fez outra reverência, pensando rapidamente uma maneira de escapar de seu serviço.

— Sou apenas um jardineiro — disse ele. — Não creio que possa assistir Sua Majestade melhor do que mantendo a beleza em seus palácios. E quando a rainha retornar, quero que seja recebida por um belo jardim.

O rei abrandou ao ouvir isso, mas ele tinha a ansiedade carente típica do homem que odeia ficar só. A perda da rainha fazia com que se aferrasse a qualquer um, e a presença de John era um lembrete tranquilizador dos dias de jardins e mascaradas, das viagens reais e discursos leais.

— Você vai ficar comigo — disse ele. — Eu o mandarei de volta ao jardim quando tiver mais homens comigo. Nesse meio tempo, vai escrever sua d-despedida à sua mulher e se unir a mim. Estou separado da minha mulher... Não vai querer ser mais feliz do que o seu rei, vai?

Tradescant não viu saída.

— É claro que não, Majestade.

Enviou uma carta breve a Hester antes de deixar Dover.

Querida Hester,

Recebi ordem de Sua Majestade para permanecer até ele se estabelecer em algum lugar, seja lá qual for. No momento estamos viajando para o norte e voltarei para casa assim que tiver permissão; se não puder, escreverei. Por favor, mantenha meus filhos e as curiosidades a salvo. E preserve a sua própria segurança. Se achar melhor, guarde as curiosidades você sabe onde e leve as crianças para Oatlands. Estes são tempos conturbados e não posso aconselhá-la a essa distância. Queria estar com você. Se eu estivesse livre do meu dever com meu rei, estaria com você.

Não se atreveu a dizer mais por medo de alguém roubar e abrir a carta. Mas esperou que ela lesse as entrelinhas e compreendesse a sua relutância em viajar com o rei e os dois príncipes, e a profunda apreensão por nenhum deles, muito menos o rei, saber aonde deveriam ir ou o que deveriam fazer agora.

Rumaram para o norte, ainda indecisos. O rei distraiu-se instantaneamente com o prazer de estar na estrada. Gostava de montar e de estar livre da formalidade da corte. Falou do tempo em que ele e o duque de Buckingham tinham atravessado a Europa a cavalo — da Inglaterra à Espanha — sem um cortesão ou criado no meio dos dois. Falou da viagem atual como se fosse uma aventura divertida do mesmo tipo, e os dois príncipes foram contagiados por seu humor. Pela primeira vez em suas vidas, os príncipes Carlos e Jaime tinham permissão de cavalgar do lado do pai, como seus companheiros, e o povo do campo se alinhava à beira das vias quando entravam em cidades comerciais e pedia a bênção do belo rei de cabeça descoberta e dos dois garotos encantadores.

Os cortesãos, retornando de suas casas no campo e de Whitehall, uniram-se ao séquito, e a viagem tornou-se uma aventura: cavalgada pela região rural na primavera, passando cada noite em um pavilhão de caça ou uma mansão Tudor.

Uma corte formou-se ao redor do rei e vários dos cavalheiros leais usaram sua fortuna para apoiá-lo, tentando não regatear o custo da caça, dança e música que o rei deveria ter aonde quer que fosse. Ainda assim, havia muitas dívidas que permaneceram sem serem pagas. Vários cavalheiros ficaram em casa, apesar de serem chamados mais de uma vez. Muitos não mandaram dinheiro. Quando o rei, cansado dos menestréis provincianos, mandou chamar os músicos da corte, eles responderam com uma carta cortês dizendo que iriam se pudessem, mas como não recebiam seus salários há meses, não tinham como atender à Sua Majestade sem o pagamento adiantado. O rei teve de ficar sem seus músicos pela primeira vez em sua vida. Não havia dinheiro para pagá-los, nem adiantado nem os atrasados.

John não disse nada e não lembrou o rei de que seu salário não era pago desde o fim do verão anterior, quando tinha sido designado como jardineiro de Oatlands no lugar de seu pai além de receber a incumbência do jardim de Wimbledon. Afinal, não estava acompanhando o rei por ouro. Tampouco por amor ou lealdade. Não era nem mercenário nem cortesão. Ele o estava acompanhando porque o rei se recusava a dispensá-lo, e John ainda não estava pronto para insistir na sua liberdade. O hábito da obediência estava arraigado nele, ele ainda não estava preparado para se rebelar. Lealdade ao rei era como honrar seu pai cuja lealdade nunca vacilara. Honrar seu pai era um dos dez mandamentos. John estava preso pelo hábito e pela fé.

Não parou de tentar se libertar. Falou com o rei nas cavalariças de um belo pavilhão de caça que tinham confiscado para a semana. Carlos estava caçando em um cavalo emprestado e parecia de bom humor. John verificou se a sela estava bem firme e olhou para o rei.

— Majestade, tenho sua permissão para ir para casa?

— Pode ir conosco para Theobalds — replicou o rei, casualmente. — Era um dos jardins de seu pai, não era?

— O seu primeiro jardim real — disse John. — Não sabia que a corte iria se transferir de novo. Vamos voltar a Londres?

O rei sorriu.

— Quem sabe? — replicou, em tom misterioso. — O jogo ainda nem começou, John. Quem pode dizer que movimento deve ser feito?

— Não é um jogo para mim — explodiu John, imprudentemente. — Nem para os homens e mulheres que foram induzidos a ele.

O rei lançou um olhar gélido para ele.

— Então será um jogador relutante — disse ele. — Um p-peão e-emburrado. Pois se estou pronto a jogar o meu futuro com ousadia, então espero que os homens de posição inferior lancem tudo de si por mim.

John se conteve.

— Especialmente aqueles que nasceram e cresceram ao meu serviço — acrescentou o rei enfaticamente.

John fez uma reverência.

A estada em Theobalds os levou para mais perto de Londres, mas não de um acordo. Quase todos os dias um mensageiro chegava e partia do palácio em Theobalds para o Parlamento em Westminster, mas nenhum progresso era feito. O rei estava certo de que o país o estava apoiando — em sua viagem de Dover para o norte, pessoas tinham levado inválidos para ele a cada parada, e o mero toque de sua mão os tinha curado. Cada discurso leal em cada hospedaria e posto de troca lhe assegurava que o campo era solidamente dele. Ninguém tinha coragem de lhe dizer que qualquer um que se opusesse ao rei provavelmente seria afastado da viagem e ninguém lembrava ao rei que em todas as principais cidades também tinha havido petições do povo comum e da nobreza rural pedindo-lhe para reconhecer os direitos do Parlamento e substituir seus conselheiros, e viver em paz com os escoceses e com o seu Parlamento.

De Londres, chegaram os rumores de que a milícia do Lord Mayor estava se exercitando e praticando todos os domingos, e que lutariam até a morte para defender a liberdade do Parlamento, a liberdade da cidade de Londres. A cidade estava firmemente posicionada a favor do Parlamento e contra o rei e estava se preparando para um cerco, entrincheirando o oeste e o norte. Cada trabalhador recebeu ordem de cavar grandes fossos por toda a cidade, e mulheres, garotas e até mesmo damas consideravam seu dever patriótico montar seus cavalos nos domingos e feriados para irem ajudar os homens a cavar. Havia uma grande onda de entusiasmo a favor da causa parlamentarista e contra o rei impulsivo, arrogante e possivelmente papista. Havia um grande medo de um exército vir da Irlanda para levá-lo à sua capital e forçar o catolicismo romano de volta a um país que ficara livre da maldição por menos de cem anos. Ou se o rei não introduzisse os irlandeses, introduziria os franceses, pois era sabido que a sua mulher estava, abertamente, recrutando um exército francês para subjugar a cidade e os que a apoiavam. Caótica, excitada e amedrontada, Londres se preparava para o sítio contra as probabilidades impotentes e decidiu escolher uma morte de mártir.

— Vamos para York — decidiu o rei. John esperou para ver se seria dispensado do serviço real.

O olhar de pálpebras pesadas do rei passou rapidamente pelos homens nas cavalariças, selando seus cavalos para a viagem.

— Vocês todos também virão — disse ele.

John montou seu cavalo e o conduziu, passando pelos cortesãos, até ficar do lado do rei.

— Gostaria de ir a Wimbledon — disse ele astuciosamente. — Quero ter certeza de que tudo está bem lá. Para que a rainha fique confortável quando voltar para casa.

Carlos sacudiu a cabeça e John, olhando de lado, viu que o rei estava radiante: estava gostando do senso de ação e aventura, o fim da rotina afeminada de mascaradas, peças e poesia da corte em tempos de paz.

— N-não temos tempo para ja-jardins agora! — Riu. — Va-vamos, Tradescant!

John se perguntou, por um momento, se haveria algo que pudesse fazer para escapar da pequena comitiva, mas então deu de ombros. Era um capricho do rei manter Tradescant a seu lado, mas capricho passava, como todos os caprichos reais. Quando a sua atenção fosse atraída para outro lugar qualquer, Tradescant pediria e obteria permissão para partir.

John posicionou-se, em seu cavalo, na retaguarda do séquito real, e desceram trotando a grande avenida do parque Theobalds, atravessando o mar de narcisos dourados entre as árvores. Por um momento, pensou no pai e em como ele gostaria do vento frio encapelando as inflorescências amarelas. Logo em seguida percebeu, com um sorriso, que o pai provavelmente tinha tomado parte na plantação dessas flores. Quando o grupo atravessou os grandes portões, John olhou para trás, para a avenida de árvores e a douração ao redor de seus troncos, e lhe ocorreu que o legado de seu pai ao país talvez durasse mais tempo do que o do senhor real a quem ele tinha servido.

Quando chegaram a York, em meados de março, o rei e seus amigos mais próximos se instalaram no castelo, enquanto os outros cortesãos e súditos dependentes procuraram alojamento em todas as hospedarias e tavernas da cidade. John ficou em um catre no celeiro. Passados alguns dias, como não tinha sido chamado, achou que o rei o tinha dispensado e que ele poderia ir para casa. Foi procurar o rei no edifício principal do castelo. Encontrou-o em suas câmaras privadas, com livros e mapas espalhados à sua volta.

— Majestade, com licença? — disse John, pondo a cabeça pela porta.

— Não mandei chamá-lo — disse o rei gelidamente.

John não se aproximou mais.

— Chegou a primavera, Majestade — disse ele. — Vim pedir sua permissão para ir supervisionar a plantação dos jardins da rainha. Ela gosta de ver as flores de Oatlands desabrochadas e quer frutas da mansão de Wimbledon. Têm de ser plantadas logo.

O rei abrandou assim que ouviu a menção à esposa.

— Eu odiaria desapontar Sua Majestade, a rainha.

— Poderá ir — decidiu o rei. Refletiu por um momento. — Depois de tomarmos Hull.

— Hull, Majestade?

Fez sinal para Tradescant entrar e fechar a porta atrás de si, para evitar bisbilhoteiros.

— A rainha me ordenou assumir a guarnição de Hull — replicou ele. — De modo que eu tenha um porto fortalecido para os nossos aliados mandarem suprimentos. Ela comprou metade dos exércitos da Europa, e seu irmão, o rei da França, vai nos ajudar.

John fechou os olhos brevemente ao pensar nos soldados franceses papistas marchando contra o Parlamento inglês protestante.

— Quer que tomemos Hull para ela, e faremos isso — disse o rei simplesmente. — Depois, você poderá ir para casa.

John abaixou-se sobre um joelho.

— Majestade, posso falar francamente?

O rei deu aquele seu sorriso suave.

— É claro — replicou. — O meu povo pode falar abertamente comigo, e em segurança. Sou o seu pai, o seu verdadeiro amigo.

— Um exército francês, um exército papista, não contribuirá para a causa de Sua Majestade — disse John, sinceramente. — Há muitos homens e mulheres no país que não compreendem qual o lado certo e qual o errado nessa disputa entre Sua Majestade e o Parlamento, mas verão um exército francês como seu inimigo. Falarão mal da rainha se acharem que ela convocou os franceses contra o seu próprio povo, o povo inglês. Aqueles que a amam e o amam agora não aceitarão um exército francês. Sua Majestade perderá o amor e a confiança do povo.

Carlos pareceu refletir, como se nunca tivesse recebido um conselho desse tipo antes.

— Acredita nisso, jardineiro Tradescant?

— Conheço essa gente — insistiu John. — São pessoas simples. Nem sempre compreendem os argumentos, é frequente não saberem ler. Mas podem ver a evidência com seus próprios olhos. Se virem um exército francês marchando para o Parlamento inglês, acharão que estamos sendo invadidos e que devem combater os franceses. Meu próprio pai foi com seu amigo, o duque de Buckingham, à guerra contra os franceses. São nossos inimigos há anos. O povo do campo vai pensar que os franceses nos invadiram, e pegarão em armas contra eles.

— Não vi dessa maneira. — Carlos parecia indeciso. — Mas preciso ter um exército, preciso de munição, e H-Hull tem o maior arsenal de armamentos fora de Londres...

— Somente se tiver de lutar em uma guerra — disse John persuasivamente. — Só precisa de armas se lutar. Se pudesse chegar a um acordo...

— An-anseio por um acordo — replicou o rei. — Mandei u-uma mensagem a-atrás da outra oferecendo negociações e concessões.

John pensou nas exigências tempestuosas da rainha de que os membros do Parlamento deveriam ser enforcados como condição para ela retornar à cidade.

— Vou tomar Hull e depois poderei fazer concessões — disse o rei peremptoriamente.

John experimentou a sensação de frustração que todos os conselheiros do rei estavam aprendendo a sofrer.

— Se fizer um acordo, não precisará tomar Hull — salientou ele. — Se chegar a um acordo com o Parlamento, o país terá paz e não haverá necessidade de um forte, seja Hull ou outro qualquer. Não haverá necessidade de uma posição de força.

— Ela quer que eu tome Hull — disse o rei, com obstinação. — E é meu de qualquer maneira. Não estou reclamando nada que não seja meu por direito.

Tradescant fez uma mesura. Quando o rei começava a falar de seus direitos qualquer avanço ficava difícil. Por direito, qualquer coisa nos quatro reinos era seu. Mas na prática, as regiões eram governadas por todo tipo de concessão mútua. Quando o rei assumia a voz que usava em suas mascaradas e falava pomposamente de seus direitos, nada podia ser conciliado.

— Quando iremos para Hull? — perguntou John, com resignação.

O rei sorriu para ele, com um lampejo da velha alegria em seus olhos.

— Vou mandar o p-príncipe Jaime a Hull, em visita — replicou ele. — Não podem recusar uma visita do príncipe. Ele i-irá com seu primo, o eleitor Palatine. E depois e-eu... o seguirei. Não podem separar pai e filho. E uma vez lá dentro, ele abrirá as portas para mim. E quando eu entrar... — Estalou os dedos. — Hull será meu! Tão fácil e pacificamente assim.

— Mas e se...

O rei sacudiu a cabeça.

— Não. S-sem críticas, Tradescant — interrompeu ele. — A cidade de Hull está toda a meu favor. Abrirão os portões ao verem o príncipe Jaime, e então, quando estivermos instalados, poderemos fazer o acordo nos termos que quisermos com o Parlamento.

— Mas Majestade...

— Pode sair, agora — disse o rei, animadamente. — Irá comigo amanhã ao m-meio-dia para Hull.

Partiram atrasados, é claro, e seguiram morosamente pela estrada. Quando finalmente chegaram a uma pequena elevação antes da cidade, fazia aquele frio penetrante de uma tarde de primavera no norte, e escurecia, aproximando-se a hora do jantar. O homem levara trinta cavaleiros segurando seus estandartes e bandeiras, e dez jovens cavalheiros cavalgavam com ele, além de Tradescant e uma dúzia de criados.

Ao se aproximarem da cidade, Tradescant viu os grandes portões se fecharem, e seu coração se sobressaltou.

— O que é isso? — perguntou o rei.

— Um maldito insulto! — um dos jovens gritou. — Vamos para os portões e ordenar que abram.

— Majestade... — disse Tradescant, aproximando um pouco o seu cavalo. Os jovens cortesãos fizeram cara feia para o jardineiro que se imiscuía entre eles. Tradescant ignorou. — Talvez devêssemos prosseguir viagem, como se não tivéssemos nenhuma intenção de entrar.

— E do que isso adiantaria? — perguntou o rei.

— Dessa maneira, ninguém nunca vai poder dizer que uma cidade inglesa fechou os portões para Sua Majestade. Não fecharam porque não queríamos entrar.

— Bobagem! — replicou o rei complacentemente. Um ou dois dos rapazes riu alto. — Essa é a maneira de lhes ensinar a i-intrepidez. O grupo do príncipe Jaime abrirá os portões, se o governador de Hull não abrir.

O rei tirou o chapéu e conduziu seu cavalo para a cidade. Os sentinelas na muralha olharam para ele e John viu, sentindo uma náusea deprimente, que estavam apontando casualmente suas bestas para ele, seu monarca, como se fosse um assaltante de estradas comum se dirigindo aos muros da cidade.

— Queira Deus que nenhum dispare por acidente — disse John ao segui-lo.

— Abram os portões para o rei da Inglaterra! — gritou um dos cortesãos às sentinelas.

Houve uma certa movimentação indigna e o governador de Hull, Sir John Hotham em pessoa, apareceu no alto das muralhas.

— Majestade! — exclamou ele. — Não fomos informados de sua vinda.

Carlos sorriu para ele.

— Não i-importa, Sir John — disse ele. — Abra os portões e nos deixe entrar.

— Não posso, Majestade — replicou Sir John, desculpando-se. — Vocês são muitos para a capacidade de alojamento da minha pequena cidade.

— N-não nos importamos — disse o rei. — Abra os portões, quero ver o meu filho.

— Vocês são muitos, é um grupo grande demais e belicoso para que eu os deixe entrar a esta hora — replicou Sir John.

— Não somos belicosos! — exclamou Carlos. — Apenas um pequeno grupo a passeio.

— Estão armados — salientou o governador.

— Apenas a minha g-guarda pessoal de sempre — disse o rei. Ele continuava a sorrir, mas John percebeu a lividez ao redor de sua boca e sua mão tremendo ligeiramente nas rédeas. O seu cavalo se agitou incomodado. A guarda real olhava fixo, impassível, para as sentinelas nas torres de Hull.

— Por favor, Majestade — pediu Sir John —, entre como amigo, se deve entrar. Traga somente alguns de seus homens, se veio pacificamente.

— Esta ci-cidade é minha! — gritou o rei. — E-está... e-está... negando a seu rei o direito de entrar em uma cidade que é s-sua?

Sir John fechou os olhos. Mesmo da estrada diante do portão, a comitiva do rei viu sua careta. John experimentou um profundo sentimento de simpatia pelo homem, dividido entre lealdades, exatamente como ele próprio, exatamente como todo homem no reino.

— Não nego à Sua Majestade o direito de entrar na sua cidade — disse o governador, com cautela. — Mas nego a esses homens o direito de entrar. — Com um gesto indicou os trinta guardas. — Entre com 12 homens da guarda de Sua Majestade e jantarão com o príncipe! Será uma honra recebê-los.

Um dos cortesãos aproximou seu cavalo do rei.

— Onde está a comitiva do príncipe? — perguntou ele. — Já deveriam ter aberto os portões para nós.

Carlos lançou-lhe um olhar irado.

— Realmente, onde? — Dirigiu-se de novo ao governador de Hull. — Onde está o m-meu filho? Onde está o príncipe Jaime?

— Está jantando — replicou o governador.

— Mande chamá-lo!

— Majestade, não posso. Recebi ordens de não incomodá-lo.

Carlos esporeou abruptamente seu cavalo, para que avançasse.

— B-ba-basta! — gritou o rei. — Abra os portões! É uma ordem do seu r-rei!

O homem olhou para baixo. Seu rosto branco empalideceu ainda mais.

— Não posso abrir os portões para trinta homens armados — replicou ele com firmeza. — Tenho ordens a cumprir. Como meu rei, será sempre bem-vindo. Mas não abro os portões de minha cidade para nenhum exército.

Um dos cortesãos do rei avançou e gritou para as pessoas cujos rostos curiosos espiavam por sobre os muros defensivos.

— Este é o rei da Inglaterra! Derrubem o seu governador! Ele é um traidor! Têm de obedecer ao rei da Inglaterra!

Ninguém se mexeu, e então uma voz hostil gritou:

— É, e é também rei da Escócia e da Irlanda, e que justiça eles têm lá?

O grande cavalo do rei empinou e recuou assustado quando ele puxou as rédeas.

— Que se danem! — gritou o rei. — Não me esquecerei disso, John Hotham! Não me e-esquecerei de que me impediu de e-entrar na minha própria cidade!

Girou o cavalo e partiu a galope pela estrada, a guarda estrondeando atrás dele, os cortesãos, criados e John junto. Ele só parou quando seu cavalo resfolegou exausto, e então olharam para trás. A distância, viram os portões finalmente serem abertos, a ponte levadiça ser baixada, e um pequeno destacamento de cavaleiros aparecer e vir na sua direção.

— Príncipe Jaime — disse o rei. — Dez minutos a-atrasado.

A comitiva do rei esperou os cavaleiros se aproximarem mais e mais, e então pararem.

— Onde diabos estava, senhor? — perguntou o rei a seu sobrinho, o eleitor Palatine, que conduzia o destacamento.

— Lamento, Majestade — replicou o rapaz, impassível. — Estávamos jantando e não soubemos que estava do lado de lá dos portões até Sir John, ainda agora, vir nos procurar para dizer que tinha partido.

— Vocês deveriam ter aberto os p-portões para mim!

— Não tínhamos certeza de que estava vindo. Devia ter chegado antes do jantar. Disse que chegaria à tarde. Desistimos de esperar. Achei que o governador abriria, ele mesmo, os portões.

— Mas ele se recusou! E não havia ninguém para obrigá-lo, p-porque estavam jantando, como s-sempre!

— Lamento, tio — replicou o rapaz.

— Ainda vai se lamentar muito mais! — disse o rei. — Até agora foi-me negada a entrada em uma das mi-minhas cidades e fui banido da minha City! Fez um mau, um p-péssimo trabalho hoje! — Virou-se para o seu filho. — E você, Ja-Jaime! Não sabia que o seu pai estava nos portões?

O príncipe só tinha 8 anos.

— Não — replicou ele. Sua vozinha soou quase um fio no ar frio da noite.

— Você decepcionou muito o seu pai hoje — disse Carlos, sombrio. — Queira Deus que não tenhamos ensinado a homens desleais e corrompidos que podem me desafiar e proceder de maneira... repulsiva e não temer nada.

O lábio inferior do príncipe tremeu ligeiramente.

— Eu não sabia. Desculpe, senhor. Eu não percebi.

— Foi um plano leviano, do início ao fim — disse o eleitor, melancolicamente. — De quem foi? Qualquer idiota veria que não podia dar certo.

— O p-plano foi meu — replicou o rei. — Mas requeria rapidez e determinação, e coragem, por isso fracassou. Como vou ter êxito com pessoas desse nível me servindo? — Examinou-os, como se todos fossem igualmente culpados, depois girou seu cavalo na direção de York e os conduziu de volta à cidade na noite que caía.

Abril de 1642

Ao voltarem a York, John encontrou uma carta de Hester. Tinha levado quase um mês para chegar, em vez dos poucos dias de sempre. John, ao olhar para o papel manchado, percebeu que, junto com lealdade e paz, tudo o mais também estava desmoronando: a passagem de cartas, a vigência de leis, a segurança das estradas. Foi para o seu catre no celeiro e se sentou onde uma fissura nas tábuas do telhado deixava passar a luz fria da primavera e ele podia enxergar o suficiente para ler.

Querido marido,
Lamento que tenha partido com a corte e compreendo que não tenha sido possível se despedir. Escondi as curiosidades mais preciosas onde combinamos, e mandei outras para serem guardadas no depósito dos Hurte, onde têm guardas armados.
A cidade está tumultuada. Todo dia tem treinamento, marcha e preparativos para a guerra. Todos os garotos aprendizes em Lambeth pararam de fazer arruaças nas ruas e agora formam milícias que se exercitam todas as noites.
Grandes fossas foram cavadas na periferia de Londres para a defesa contra um exército francês ou espanhol e todos os nossos jardineiros tiveram de participar do revezamento na escavação, independentemente de sua vontade.
Os alimentos são escassos pois os mercados estão fechados, já que o povo do campo não sai de suas casas, e os carreteiros têm medo de encontrar exércitos nas estradas. Alimento vagabundos que batem à porta da melhor maneira que posso, mas todos estamos vivendo com muita escassez. Todas as frutas secas e em compotas se esgotaram, e não consigo presunto para salgar nem pagando.

Os tempos estão difíceis e gostaria que estivesse conosco. Tenho mantido a coragem e cuidado dos nossos filhos, como se fossem meus, e suas curiosidades e jardins também estão a salvo.
Confio que virá para casa assim que for dispensado do seu serviço.
Que Deus o proteja,

Sua esposa,
Hester Tradescant.

John virou a carta de Hester em suas mãos. Teve um pensamento estranho e insensato de que mesmo que ela já não fosse sua mulher, ele amaria e admiraria essa mulher mais do que qualquer outra que conhecia. Ela cuidava das coisas que eram mais importantes para ele, como se fossem dela. Era um grande conforto saber que ela estava em sua casa, na casa de seu pai, e que seus filhos, suas curiosidades e jardim estavam sob a sua proteção. Sentiu uma ternura inesperada pela mulher que conseguia escrever sobre as dificuldades do momento e, ainda assim, assegurar-lhe que não desanimava. Sabia que nunca a amaria como tinha amado Jane. Achou que nunca voltaria a amar uma mulher. Mas não conseguia evitar gostar e admirar uma mulher capaz de controlar uma casa como ela tinha feito e enfrentar os tempos que viviam como ela enfrentava.

John levantou-se, limpou o feno do gibão, e foi jantar no salão do Castelo de York.

O rei e seus amigos nobres, esplendidamente vestidos, já estavam em seus lugares na mesa elevada quando John entrou discretamente no salão. Estavam comendo de uma baixela dourada, mas havia apenas uma dúzia de pratos. Estava sendo difícil para o condado saciar o apetite da corte, os cozinheiros provincianos não podiam planejar os pratos que Carlos esperava, e as fazendas e mercados estavam exauridos pela fome da corte gananciosa, ociosa e que só fazia crescer.

— Quais são as novidades — perguntou John, sentando-se ao lado de um capitão da guarda e se servindo da travessa colocada no meio da mesa.

O homem olhou para ele com uma expressão desiludida.

— Nenhuma — replicou ele. — Sua Majestade escreve cartas para todos que deveriam estar aqui, mas os homens que lhe são leais já estão aqui, e os traidores meramente ganham tempo para se prepararem. Devíamos marchar já para Londres! Por que lhes dar mais tempo para se prepararem? Deveríamos passar à espada todos eles e arrancar esse tumor do país.

John concordou com um movimento da cabeça, sem falar nada. E curvou a cabeça para sua carne e pão. Era carne de veado com um molho escuro apetitoso, muito bom. Mas o pão era duro e marrom com sementes trituradas. Os fartos depósitos de trigo de Yorkshire estavam se esvaziando aos poucos.

— Enquanto ele espera, eu podia ir para casa — disse John, pensativamente.

— Lambeth? — perguntou o capitão.

John confirmou com a cabeça.

— Você seria considerado um traidor — disse o homem. — Londres está consolidada contra o rei, você seria visto como um vira-casaca. Nunca mais plantaria sequer um bulbo para ele.

John fez uma careta.

— Não estou fazendo praticamente nada aqui.

O homem cuspiu um pedaço de cartilagem no chão e um dos cachorros se contorceu até lambê-lo.

— Estamos todos praticamente sem fazer nada aqui — disse ele. — Nada a não ser esperar. É a guerra. Só não se decidiu quando e onde.

Julho de 1642

O país esperou durante toda a primavera e o verão, como o capitão, para ver quando e onde. Todo cavalheiro que podia ordenar que homens o acompanhassem, armou-os, treinou-os, disciplinou-os e depois lutou com sua consciência, dia e noite, sem saber a que lado se unir. Irmãos da mesma casa importante podiam assumir lados opostos e dividir os arrendatários e criados. Homens de uma aldeia podiam se revelar monarquistas ardorosos, enquanto homens do povoado vizinho assumiam o lado do Parlamento. Lealdades locais seguiram suas próprias tradições: aldeões à sombra da casa de um cortesão importante que tivesse recebido os benefícios de visitas reais afiariam suas lanças e colocariam uma pena no chapéu pelo rei. Mas aldeões ao longo das estradas de Londres, onde as notícias se espalhavam facilmente, sabiam das fugas e mentiras do rei diante das exigências do Parlamento. Aqueles que prezavam a liberdade de consciência, ou que eram prósperos, livres-pensadores, diziam que abandonariam seu trabalho e suas casas, empunhariam a espada e lutariam contra o papado, a superstição e um rei que foi levado a pecar por seus maus conselheiros. Aqueles cujo hábito de lealdade tinham se aprofundado com Elizabeth, e mais ainda com Jaime, e estavam distantes das notícias de Londres, se posicionariam a favor do rei.

No começo de julho, quando a corte em York começou a se queixar do cheiro dos esgotos e a temer a peste na cidade superpovoada, o rei anunciou que marchariam para Hull mais uma vez. Dessa vez, o plano foi mais bem elaborado. O monarquista George Digby estava dentro da praça-forte e tinha forjado um plano com Hotham, o governador: a cidade abriria seus portões a uma força sitiante do rei, contanto que a força impressionasse o bastante para justificar uma rendição.

O próprio Carlos, vestido de verde como que para um piquenique, partiu no comando de um belo exército em um dia quente de verão no começo de julho. Tradescant cavalgou à retaguarda, e sentiu que era o único homem no grupo de cortesãos que conversavam e cantavam despreocupados que queria estar em outro lugar, e que tinha dúvidas sobre o que estavam para fazer.

Os defensores da cidade eram apoiados por soldados enviados pelos escoceses.

— Isso não faz diferença, fizemos um acordo — disse Carlos, satisfeito.

Os soldados da infantaria largaram as lanças e pegaram em pás. O exército real começou a cavar trincheiras ao redor da cidade.

— Eles se renderão antes de chegarmos a um pé de profundidade — garantiu Carlos a seus comandantes. — Não p-precisam cavar as linhas m-muito retas ou m-muito bem. Se não se renderem ho-hoje à noite, atacaremos ao alvorecer. Só temos de fazer o show.

Enquanto os soldados cavavam as trincheiras e Carlos quebrava o jejum com um pouco de vinho tinto, pão e queijo, uma refeição simples, como se estivesse em uma excursão de caça, os grandes portões de Hull abriram-se lentamente.

— Já? — Carlos riu. — Muito gentil! — Fez sombra para os olhos com a mão, sacudiu a cabeça e olhou com mais atenção. O pão caiu da sua mão, negligenciado, seu riso se desfez.

Um exército regular e bem treinado saiu da cidade e marchou firmemente na direção deles. A ala da frente se ajoelhou e os mosqueteiros, apoiando as armas sobre os ombros dessa fileira, miraram e dispararam diretamente contra o exército do monarca.

— Deus do céu! O que eles estão fazendo? — gritou Carlos.

— A cavalo! — gritou um dos cortesãos mais rápidos. — Selem os cavalos! Fomos traídos!

— Não pode ser...

— Salvem o rei! — gritou Tradescant. A guarda real, chamada a retomar suas obrigações, largou a comida no chão de terra e correu para seus cavalos.

— Monte, Alteza!

Houve um grito aterrador quando mais uma rajada de disparos de mosquetes pelo solo ressequido ao redor deles e alguns projéteis atingiram seus alvos.

— Retirada! Retirada! — gritou alguém.

Todas as ordens de comando foram interrompidas enquanto os homens se dispersavam, correndo como cordeiros em pânico pelos campos de feno, passando descuidadamente pelos arbustos e pisoteando o trigo que amadurecia. Os defensores de Hull continuaram avançando, a primeira fileira se abaixando e recarregando enquanto a segunda disparava por cima de seus ombros, e prosseguiam o avanço. Então, eles também se abaixavam e recarregavam enquanto os homens atrás disparavam.

Era um avanço sem obstáculos, pensou John. Os soldados do rei nem mesmo tinham os acendedores de seus mosquetes prontos. Não tinham nenhum canhão preparado, nem mesmo estavam com suas lanças. Tudo o que tinham eram pás para cavar trincheiras, e os que estavam cavando foram os primeiros a cair, derrubados em seus fossos rasos, gritando e se arrastando na terra.

Por fim, alguém encontrou um corneteiro e ordenou que desse o toque de retirada, mas os soldados da infantaria já estavam de pé e fugindo em correria das fileiras disciplinadas e letais que não cessavam, como soldadinhos de brinquedo, de surgir dos portões de Hull, disparando e recarregando, disparando e recarregando, como um brinquedo monstruoso impossível de ser detido e do qual escapar.

A guarda do rei cercou seu cavalo e, a galope, afastou-o da batalha. Tradescant, seu cavalo bufando e agitado, olhou freneticamente à sua volta, e então seguiu o rei. Sua última visão do campo de batalha foi um cavalo com a barriga aberta por um projétil de canhão disparado dos muros da cidade, e um garoto de não mais de 14 anos tentando se proteger atrás do corpo.

— É o fim — John se pegou dizendo enquanto seu cavalo exausto procurava a estrada para York e seguia a comitiva em desajeitada retirada. — É o fim. É o fim. É o fim.

Agosto de 1642

Para o rei, era o começo. A segunda humilhação fora dos muros de Hull foi determinante para a decisão. As incessantes exigências da rainha para que enfrentasse e derrotasse o seu Parlamento eram a sua motivação. Decretou que todo homem apto fisicamente se unisse ao seu exército, e em Eastcroft Common, fora de Nottingham, desfilaram três tropas de cavalaria e um batalhão de infantaria, enquanto o arauto lia a proclamação de guerra. John, atrás de seu senhor, na chuva que caía a cântaros, pensou que nunca uma campanha de guerra parecera menos promissora em toda a história.

A chuva escorria de seu chapéu. Ninguém tinha pensado em levar uma pá, e não conseguiram firmar apropriadamente o estandarte no pavimento de pedras. John pensou em seu pai e no seu último trabalho para o duque de Buckingham, quando o tinha acompanhado a Portsmouth e esperado para embarcar para a ilha de Rhé, sabendo que a batalha estava perdida e que, de qualquer maneira, era uma causa pela qual não valia a pena lutar. John pensou na cara de seu pai quando o encontrou voltando para casa na carroça do duque, na expressão praticamente de alívio em seus olhos. E compreendeu, por fim, o que era seguir um senhor contra a vontade, quando esse senhor poderia conduzi-lo para a morte por pura insensatez.

John olhou para o rei, a pena em seu chapéu pendendo na chuva forte, enquanto ele ouvia, assentindo em aprovação, o arauto gritar a proclamação ao vento, que açoitava suas palavras para longe. John pensou em como sua família tinha servido aos reis e seus favoritos por tanto tempo, e que qualquer dívida que tivessem certamente tinha sido paga agora — pela tristeza de seu pai na ilha de Rhé e agora, uma geração depois, por seu próprio medo e desesperança diante das muralhas de Hull.

Na chuva fora de Nottingham, John decidiu abandonar o rei, independentemente das consequências de sua deserção. Quando se afastaram de Eastcroft Common e voltaram para o aquartelamento em Nottingham, John rumou para o sul e, sozinho, foi para Londres, sem pedir permissão, sem nenhum aviso.

O estandarte real caiu nessa noite.

Hester, acordada com o som de uma batida na porta dos fundos, desceu a escada correndo, vestindo o quimono, o coração acelerado pelo medo. Espiou pela janela da cozinha o ar cinzento do alvorecer do verão e reconheceu a silhueta familiar da cabeça de John.

Abriu rapidamente a porta.

— John!

Ele abriu os braços para ela, como se fossem marido e mulher no coração além de no nome, e Hester correu para ele e sentiu seu abraço forte.

Ele cheirava a suor e cansaço, e um odor erótico viril se desprendia de suas roupas quando ela as esfregava. Hester percebeu que ansiava por seu toque, e o abraçou mais forte. Ele não se afastou, não soltou suas mãos. Segurou-a como se a desejasse tanto quanto ela o desejava, e não fez nenhum movimento para afastá-la.

Atravessaram a porta sem se soltarem até estarem ao lado da lareira, com as brasas lançando um fulgor aconchegante. Então ela se inclinou para trás, seus braços ainda firmemente ao redor dele, para olhar seu rosto.

Teve um choque. Os oito meses de ausência haviam deixado seu cabelo grisalho nas têmporas e bolsas debaixo dos olhos. Sua barba continuava castanho-escura, mas emaranhada e suja, seu rosto estava sujo de terra, sua testa apresentava mais linhas. Parecia tremendamente cansado. Parecia um fugitivo.

— Houve combate? — perguntou ela, tentando compreender o que significava aquela expressão muda de sofrimento.

Ele sacudiu a cabeça, tranquilizando-a, e se deixou cair na poltrona ao lado da lareira.

— Nenhum que mereça ser mencionado — replicou ele com amargura. — Quando a história deste tempo for escrita, não terá mais do que uma frase.

Cavalgamos feito tolos, achando que venceríamos sem ter de lutar. Partimos como o coro em uma de suas mascaradas: só exibição e fingimento. Podíamos muito bem levar espadas de madeira e capacetes de papel.

Hester ficou calada, chocada com a veemência de John e a amargura em sua voz.

— Você se feriu?

Ele negou sacudindo a cabeça.

— Não, somente o meu orgulho. — Fez uma pausa. — Sim. Profundamente no meu orgulho — corrigiu-se.

Ela não sabia como lhe fazer perguntas. Virou-se e jogou alguns gravetos no fogo, galhos quebrados de macieira. O carvão estava escasso em Londres, os Tradescant estavam vivendo de sua terra.

Ele inclinou-se à frente, para o fogo, como se estivesse gelado até o coração.

— O tempo todo foi como se fosse uma mascarada — disse ele, como se estivesse, finalmente, percebendo um pouco da verdade sobre o rei. Como se fosse uma bela peça com um script a que todos obedeceriam. A ameaça do Parlamento, a fuga de Londres, sua separação da rainha, quando ele cavalgou ao longo dos rochedos acenando para o navio que a levou e chorou, a cavalgada para o norte em busca da vitória. Foi tudo uma mascarada, com belas fantasias. Mas quando chegou a hora de o rei derrotar seus inimigos... — Interrompeu-se.

— O que aconteceu? — Hester ajoelhou-se diante do fogo e manteve o olhar na chama, receando interrompê-lo.

— O coro não atuou — replicou John, desiludido. — A maquinaria que mostraria Júpiter descendo ou Netuno ascendendo do mar não funcionou. Em vez de os portões de Hull se abrirem e o governador aparecer com a chave de ouro em uma almofada de veludo e alguma poesia de Ben Johnson, deu tudo errado. Os portões se abriram e os soldados apareceram e simplesmente dispararam... recarregaram... dispararam... recarregaram... como dançarinos. Mas não estavam dançando a nossa música. Estavam obedecendo a outro roteiro. E... e... — Calou-se por um momento. — Não sei qual será o fim dessa peça.

— O rei? — perguntou ela em um sussurro.

— O rei está se aferrando à sua mascarada — replicou John com irritação. — No ato dois ergueu o estandarte real. Mas não fez o tempo apropriado. Deveria haver um céu límpido e reconfortante e um cometa brilhante. Mas em vez disso chovia a cântaros e parecíamos idiotas ensopados. Ele não se dá conta de que as cenas estão erradas. Acha que é um ensaio e que haverá um grande espetáculo à noite, se tudo der errado agora.

— E você? — perguntou ela baixinho.

— Estou farto — replicou John. — Basta de lhe servir. Voltei ao seu serviço para agradar meu pai e porque tinha saudades de trabalhar os grandes jardins. Além disso, quando eu era mais jovem, não havia praticamente nenhum outro lugar onde trabalhar a não ser para o rei e para a corte. Mas morrerei a seu serviço, se continuar. Sou jardineiro e ele não me dará permissão para jardinar. Precisa ter todo mundo na mascarada, todo mundo tem de carregar um estandarte ou uma lança. Ele nunca vai parar com isso, não vai parar até estarmos todos mortos, ou todos derrotados ou todos persuadidos de que ele é o Eleito de Deus, ungido por Deus, e nada do que faz é errado.

Hester rapidamente olhou na direção da cozinha, mas a porta estava bem fechada e a criadagem ainda dormia.

— Vi meu pai partir para a morte certa, a serviço do duque de Buckingham, e o vi retornar à casa, vivo graças à morte de seu senhor — prosseguiu John. — Vi seus olhos nesse dia. Ele nunca se recuperou da morte do duque. Nunca mais voltou a ser o que era antes. A perda do duque jaz como uma sombra sobre a nossa família, e meu pai ficou dividido entre o alívio por ter sobrevivido e a dor pela morte do duque. Jurei, então, que nunca seria igual, jurei que nunca seguiria um homem até a morte, e mantenho o voto. Não serei nunca um criado desse tipo. Nem mesmo para o rei. Especialmente não para esse rei, que não sabe recompensar um serviço e nunca diz que teve o bastante. Ele não vai parar até todos aqueles que o servem serem mortos na sua frente, e então, vai esperar um milagre de Deus, o milagre de oferecer mais soldados para o seu teatro insaciável. Para mim, basta. Não suporto mais isso.

— Vai se unir ao Parlamento? — perguntou Hester, aterrorizada. — Ah, John, você não vai lutar contra o rei, vai?

Ele negou sacudindo a cabeça.

— Não sou um vira-casaca. Não vou lutar contra ele. Comi do seu prato e ele me chamou de amigo. Eu o vi chorar e beijei sua mão. Não vou traí-lo. Mas não vou representar esse papel nessa sua maldita farsa.

— Vai ficar aqui, tranquilo em casa, conosco? — perguntou ela. Sentiu uma pontada na barriga. Sabia que ele não ficaria.

— Como posso? — perguntou ele. — As pessoas sabem quem eu sou. Vão me perguntar a quem sirvo. Não o renegarei, não sou um traidor. E ele mandará me buscarem. — Balançou a cabeça. — Mais cedo ou mais tarde ele vai perceber que não estou na corte e mandará me chamar de novo.

— Então, o que faremos?

— Iremos para a Virgínia — respondeu John com determinação. — Todos nós. Embarcaremos em um navio assim que eu conseguir as passagens. Levaremos o que pudermos, e deixaremos o resto. Deixaremos a casa, o jardim, e até mesmo as curiosidades. Sairemos deste país e deixaremos que se faça em pedaços por si mesmo. Não verei isso. Não estarei aqui. Não suportaria.

Hester permaneceu sentada completamente imóvel e avaliou o desespero na voz de seu marido em relação ao seu amor por ele e pela casa.

— Quer um pouco de *ale*? — perguntou ela.

Ele ergueu o olhar do fogo, como se de repente se lembrasse de onde estava.

— Sim — respondeu. — E depois vamos nos deitar. Eu a quis na minha cama todas aquelas longas noites, Hester. Sentia a sua falta e pensava em você aqui, sentindo a minha falta. Eu a quis e amaldiçoei os quilômetros que nos separavam. E de manhã, verei meus filhos, e lhes direi que estamos partindo.

— Você me quis? — perguntou ela em tom bem baixo.

Ele estendeu a mão e ergueu o rosto dela, delicadamente.

— Saber que você estava aqui me fez suportar as noites sombrias — replicou ele. — Saber que estava aqui e que eu tinha alguém me esperando em casa. Saber que abriria sua cama para mim, que abriria seus braços para mim e que, independentemente do que tivesse dado errado à minha volta, eu tinha um lugar que podia chamar de minha casa.

Ela podia ter ido até ele, se ajoelhado diante dele enquanto ele permanecia sentado em sua cadeira, ele a teria puxado para si e para o seu colo e a teria beijado, como ainda não a tinha beijado, e teriam ido para a cama como ele queria e como ela tinha querido desde que o vira pela primeira vez.

Mas Hester controlou sua determinação, forçou-se a esperar e se afastou dele, afastou-se e tomou seu assento no outro lado da lareira.

— Espere um pouco — disse ela. — Não tão rápido, marido. Não posso sair daqui.

Por um instante, John não a escutou. Ele estava tão consciente da queda de seu roupão, de seu cabelo escuro semioculto pela touca, do movimento da luz do fogo no seu pescoço e o vislumbre do seu ombro.

— O quê?

— Não posso sair daqui — disse ela, com a voz firme. — Esta é a minha casa.

— Você não entende — disse ele abruptamente. — Eu tomei uma decisão. Tenho de partir. Não posso ficar aqui, serei destruído pelos dois: o rei e o Parlamento. O Parlamento vai me levar para cavar trincheiras e treinar para defendê-los, e o rei me chamará à corte. Não posso ser desleal aos dois. Não posso assistir ao rei cavalgar para a guerra como se fosse um baile à fantasia. Não posso permanecer na Inglaterra e vê-lo morrer!

— E eu não posso partir. — Ela falou sem titubear, como se nada fosse comovê-la.

— Você é a minha mulher — lembrou-a, John.

Ela baixou a cabeça.

— Você me deve obediência — disse ele. — Sou seu senhor perante Deus.

— Como o rei é seu — disse ela, com delicadeza. — Não é disso que se trata esta guerra?

Ele hesitou.

— Achei que você queria ser minha mulher.

— Quero. Concordei em ser sua mulher, em criar seus filhos, em cuidar das curiosidades, do jardim e da Arca. Como posso fazer isso na Virgínia?

— Pode cuidar de mim e das crianças.

Hester sacudiu a cabeça.

— Não vou levar as crianças para lá. Você sabe bem como é perigoso. Há índios selvagens, fome, doenças terríveis. Não vou pôr as crianças em risco. — Ela fez uma pausa. — E não partirei daqui.

— Esta é a *minha* casa — lembrou-lhe John. — E estou preparado para deixá-la.

— É a minha casa também.

Encararam-se como inimigos. John lembrou-se de sua primeira impressão dela: uma mulher de rosto feio, controladora que tinha sido posta na sua casa sem o seu consentimento.

— Hester, vou para a Virgínia — disse ele friamente. — E é o meu desejo que você e as crianças venham comigo.

O olhar dela não vacilou nem por um momento.

— Sinto muito — disse ela sem alterar a voz. — Não posso fazer isso. Não porei as crianças em risco e não quero deixar a minha casa. Se você for, manterei tudo a salvo para quando retornar, e será bem-vindo, quando voltar.

— O meu pai... — começou ele.

— O seu pai confiou-me o cuidado desta casa e das crianças, enquanto você estivesse fora — disse ela. — Prometi, em seu leito de morte, que manteria tudo isso seguro: plantas, curiosidades, e crianças. Não deixarei esta casa para qualquer batalhão desgarrado tomá-la e cortar suas árvores para fazer lenha. Não deixarei essa avenida de castanheiros para que eles estraguem. Não a deixarei desprotegida para que vagabundos roubem frutas ou colham flores. Não deixarei as curiosidades armazenadas em um depósito sem fazer a menor ideia de quando retornarei. E não levarei os filhos de Jane para um país distante, onde sei que lutam para sobreviver contra todas as probabilidades contrárias.

— Filhos de Jane! — gritou ele. — Jane era a minha mulher! Eles são meus filhos! Ela não é nada para você! Eles não são nada para você!

John percebeu que ela se retraiu como se ele a tivesse esbofeteado. Mas a determinação de Hester não foi abalada.

— Você está enganado — disse ela, simplesmente. — Há muito tempo penso que cuido dos filhos de Jane e tento educá-los como ela gostaria. Às vezes, acho que ela olha do céu e os vê, crescendo belos e fortes, e fica feliz. Mas também são meus filhos, eu os tenho amado há quatro anos e não vou tirá-los de casa porque você decidiu abandonar seu senhor e seu país, e a sua casa.

— Não sou desleal! — disse ele, indignado.

Hester lançou-lhe um olhar demorado, inabalável.

— Você e seu pai são os jardineiros do rei — disse ela. — Estão ao seu serviço.

— Ele não é dono da minha alma! — gritou John. — Sou seu servidor e não seu escravo! Posso me retirar do seu serviço. Posso trabalhar por conta própria, posso ir embora. Acabo de fazer isso.

Ela concordou com um movimento da cabeça.

— Então um homem tem o direito de escolher onde viver e a quem chamar de senhor?

— Sim — respondeu John sem titubear.

— Uma mulher também?

— Sim — replicou ele, de má vontade.

— Então, escolho viver aqui, e você não levará as crianças sem mim para cuidar delas.

— Quer ficar aqui e enfrentar sabe-se lá que perigos?

— Enfrentarei os perigos quando acontecerem — disse ela. — Não sou tão tola a ponto de achar que estamos seguros aqui. Estamos perto demais da cidade. Se o rei trouxer um exército papista, estaremos no pior lugar. Mas se isso acontecer, eu levarei as crianças para Oatlands, ou para o campo. Receberemos um aviso do perigo. Posso me preparar para ele. E os pais de Jane nos alertarão e protegerão as crianças. Alexander Norman sempre sabe onde o exército do rei pode ser encontrado, é ele o responsável pelos barris de pólvora. Minha própria família já planejou abrigos. Terei conselheiros, terei protetores. Mas na Virgínia, não teremos ninguém para nos proteger, a não ser você, e você não conhece o país, não é agricultor nem trabalhador braçal, e acho que somente um lavrador ou um trabalhador braçal pode se manter lá.

John ficou de pé e falou ressentido.

— Não vou discutir com você — disse ele, maliciosamente. — Porque não acho que valha a pena. Não me importa se vai comigo para a Virgínia como minha mulher ou se prefere ficar aqui como uma governanta. A escolha é sua. Irei para a Virgínia como um homem solteiro, se é isso que você prefere.

Ela sentiu uma dor mais intensa do que qualquer coisa que tivesse sofrido dele até agora. Ouviu a ameaça de infidelidade nas palavras dele, mas não permitiria que a intimidasse e obrigasse a abandonar sua casa.

— Lamento me opor a você — disse ela, com a voz firme. — Mas prometi a seu pai que protegeria suas árvores e seus netos, e não posso me esquivar dessa promessa.

John foi até a porta.

— Estou cansado. Vou dormir. Não quero ser incomodado. Estou acostumado a dormir sozinho.

Hester curvou a cabeça, sem fazer comentário sobre não ser mais convidada a se deitar com ele.

— Deite-se na sua cama — disse ela, polidamente. — Dormirei na cama do quarto de hóspedes.

— E assim que for possível, embarcarei — disse John. — Não duvide, Hester. Partirei para o novo mundo. Estou farto deste país. Estou farto desta casa. — Não disse, mas as palavras "e estou farto de você" penderam no ar, tácitas, entre eles.

Ela baixou a cabeça.

— Cuidarei das crianças e das árvores até o seu retorno.

— E se eu nunca mais retornar?

— Então cuidarei delas para o próximo John Tradescant, seu filho — replicou ela. — E cuidarei delas para o povo da Inglaterra, que vai querer as árvores e as plantas quando pararem de guerrear. E, então, se lembrarão e honrarão o nome Tradescant, mesmo que você não esteja mais aqui.

Outubro de 1642

A sorte dos Tradescant continuou a favorecer John.

Um navio estava pronto para zarpar para a Virgínia em outubro e ele conseguiu uma passagem. Alguns novos colonizadores também estavam embarcando, carregando seus bens, se preparando para uma nova vida. John estava no cais com eles quando alguém gritou que o rei tinha travado uma batalha em um lugar chamado Powick Bridge, e triunfado.

John uniu-se ao grupo que rodeou o soldado da cavalaria que trazia a notícia. Ele defendia o Parlamento e o seu conto de terror era incrementado a cada nova narrativa.

— Servíamos sob o comando do conde de Essex — disse o homem. — Mal comandados, ninguém pode negar. Pretendíamos eliminar o primo do rei, o príncipe Rupert, do exército principal. Mas quando descíamos a estrada na direção deles, começaram a disparar das sebes nas duas margens. Trabalho sujo, não dava para ver de onde vinham os disparos. Os oficiais gritaram "Conversão", mas nenhum de nós sabia como fazer uma conversão. É mais fácil falar do que fazer em vias tão estreitas. Alguns gritavam que "conversão" significava retirada, e tentaram forçar o caminho de volta por entre os que avançavam. Os que estavam na retaguarda ainda não sabiam do perigo, de modo que prosseguiam. Houve uma grande confusão, entendem? Os homens da cavalaria, os demônios do rei, atacaram como loucos, e fomos derrubados. Foi cada um por si, durante todo o caminho de volta ao nosso acampamento, e no dia seguinte, o conde decidiu providenciar para que fôssemos treinados apropriadamente, de imediato. Só que o príncipe Rupert treinou seus homens antes de atacarem. Disse-lhes o que significava "conversão" antes de jogá-los nas garras do inimigo. O príncipe Rupert aprendeu a lutar em toda a Europa. O príncipe Rupert vai vencer esta guerra para o seu primo, o rei Carlos; ele conhece todos os truques. O príncipe Rupert mudou nossos planos completamente, nos derrotou antes de começarmos.

Bertram Hobert, um companheiro de viagem de John, relanceou os olhos para ele.

— Isso muda seus planos, Sr. Tradescant? — perguntou ele.

— Não — respondeu John, discretamente. — Eu ir ou ficar não tem relação com o progresso da guerra. Tenho interesses na Virgínia, uma plantação, uma terrinha onde quero construir uma casa. E ganhei uma boa soma com as plantas que trouxe da outra vez. Vença o Parlamento ou o rei, um dia haverá paz e os homens vão voltar a querer um jardim.

— Não é a favor do rei? Não vai se unir a ele? Agora que ele está a caminho da vitória?

— Estive a seu serviço durante toda a minha vida — replicou John, ocultando seu ressentimento. — Chegou a hora de eu viajar e jardinar por conta própria. Ele não precisa de um jardineiro, ele precisa de soldados, e... você ouviu o homem... os tem.

Hobert concordou com a cabeça.

— E você? — perguntou John.

— Eu partiria independentemente do que acontecesse — replicou o homem. — Não tenho como progredir aqui. Trabalho duro como qualquer homem, mas o que os impostos não tomam, o clero leva. Quero um país onde eu possa enriquecer. Vi como um homem pode prosperar na Virgínia. Ficarei por uns dez anos, voltarei rico e comprarei uma fazenda em Essex. E você? Vai ficar lá muito tempo?

John refletiu por um momento. Era uma pergunta de que ele e Hester tinham se esquivado durante as semanas em que ela preparara as coisas para a viagem e anotara cuidadosamente as encomendas feitas por jardineiros que souberam que ele ia coletar de novo. Com a embarcação rangendo no porto e o vento soprando da terra, a maré correndo e a sensação de liberdade, John voltou a se sentir jovem e intrépido: um jovem perfeito para um país jovem, repleto de promessas.

— Farei uma casa lá — disse ele. — Minha mulher e filhos ficarão na Inglaterra e retornarei com frequência. Mas Virgínia é o país para mim. Vou construir uma casa e... — Interrompeu-se, pensando no sorriso de soslaio de Suckahanna, em sua nudez tatuada, que se tornara mais erótica para ele do que quando a vira inocentemente pela primeira vez. Pensou que agora ela seria uma mulher feita, pronta para o amor e o desejo.

— É um país em que um homem pode crescer — disse o agricultor, abrindo bem os braços. — Há terra gratuita, terra que nunca foi arada. Há uma nova vida para mim.

— E para mim — disse John.

John acolheu com prazer os dias ociosos da viagem. Acostumou-se com o movimento do navio e seu estômago parou de virar por causa do terror durante o deslocamento demorado e assustador pelos intervalos entre as ondas. O capitão era liberal com os passageiros, permitindo que subissem ao convés quase o quanto quisessem, contanto que não distraíssem a tripulação, e John passou dias debruçado na amurada observando o movimento dos músculos verdes do oceano. Algumas vezes, viu baleias perseguindo cardumes que se estendiam por quase 2 quilômetros. Uma ou duas vezes viu grandes aves brancas de que não sabia o nome, e perguntou ao capitão se poderia abater uma para empalhá-la e colocá-la no gabinete de curiosidades. O capitão sacudiu a cabeça negando. Disse que, no mar, dava azar matar aves, algo que provocaria um furacão. John não insistiu, parecia muito, muito distante do gabinete de curiosidades de Lambeth, muito longe de Hester, muito longe das crianças, e muito longe do rei e de suas guerras à fantasia.

John tinha achado que passaria os dois meses de viagem elaborando planos, tomando algumas decisões sobre o futuro. Tinha achado que anotaria seu próprio cronograma: quanto tempo levaria construindo a nova casa na Virgínia, quando mandaria buscar filhos, mesmo que Hester se recusasse a partir. Mas à medida que o navio avançava para o oeste, e ele passava todos os fins de tarde observando o sol baixar por entre as nuvens até mergulhar no mar, se deu conta de que não conseguia pensar em planos. Tudo o que conseguia era sonhar.

Não era uma viagem, era uma fuga. O negócio que John tinha herdado era uma obrigação, e quase o tinha asfixiado. Tinha ficado atado à lealdade e, até mesmo, no fim, a uma solidariedade contra a sua vontade, servindo a um rei que ele desprezava. A escolha de seu pai de uma esposa para ele tinha-lhe imposto um novo casamento, um que ele jamais teria escolhido. O trabalho opressivo e o dever com a família conspiraram para fechar seus caminhos que estavam abertos: como sebes não podadas cobrindo uma estrada. John, de súbito, experimentou a sensação estimulante de saltar um portão e iniciar o próprio caminho atravessando terras em direção ao campo aberto, onde não havia trilhas nem sendas, e nenhuma restrição. Para um lugar onde pudesse fazer a sua própria vida, construir a sua própria casa... até mesmo escolher uma esposa.

Sonhou com ela — Suckahanna — quase todas as noites. Foi como se seus sonhos estivessem trancafiados dentro dele e que só tivessem se libertado quando ele se libertara da Inglaterra, de Hester, de casa. Quando os cabos que prendiam o navio ao porto foram desatados e se arrastaram pela água fria do Tâmisa, John sentiu seus desejos balançarem como o barco, enquanto rumava para a liberdade.

Sonhou com o mês que tinham passado juntos na floresta, com a luz se infiltrando pelas folhas, malhando sua pele morena nua. Sonhou com o contorno da sua espinha quando ela se acocorava diante do fogo, na inclinação assimétrica de sua cabeça onde o cabelo era cortado rente de um lado para deixar o arco livre, e preto e solto do outro. Em seus sonhos, ele sentia o gosto da comida preparada por ela, o amargor do mirtilo ressequido, a delícia da lagosta assada, as nozes, as sementes, as raízes. Lembrou-se do gosto da água límpida e fresca, uma bebida exótica para um homem que tinha bebido *ale* e leite a vida toda. De manhã, acordava com a repentina pontada de decepção por ainda estar a vários dias de Jamestown, e despertava excitado e envergonhado. Estava no pequeno leito do camarote, mas qualquer um dormindo do lado de fora poderia ter ouvido seu gemido de desejo enquanto sonhava, e receava proferir o nome dela em seu sono.

As manhãs frias de inverno no mar foram difíceis para John. Enquanto estava em Lambeth, preso entre as exigências do rei e os deveres para com a família, tinha conseguido esquecer as últimas palavras que ela tinha-lhe dito: "Volte na Nepinough", época da colheita. Ele não tinha voltado como prometera. Talvez ela tivesse esperado, talvez sua mãe tivesse esperado com ela, e ido ao encontro de todo barco que chegava da Europa, durante todo o verão, e depois? E depois? Teriam esperado um ano inteiro, dois, quatro anos?

John esperou que tivessem sabido que a Inglaterra estava vivendo uma guerra civil. Os colonos da Virgínia eram adeptos da causa monarquista, mas boatos e temores haviam circulado na colônia. Quem sabe esse falatório todo não tivesse feito a índia e sua filha acharem que John poderia não ter escapado? Talvez nunca tivessem acreditado que ele retornaria. John lembrou-se da capacidade de Suckahanna de não falar nada por um mês inteiro, embora ele falasse com ela, risse com ela, trabalhasse ao seu lado, e observasse cada movimento dela com ternura e desejo. Ela não tinha falado nada, embora entendesse cada palavra do que ele dizia. Não tinha falado com ele porque sua mãe ordenara que ficasse calada. Talvez, depois do Nepinough vir e ir, sua mãe tivesse ordenado que o esquecesse ou a casasse com alguém do seu povo ou — o pior pensamento de todos — ela tivesse se deitado com um homem branco, para assim garantir a sua segurança. Ao pensar nisso, John calçou as botas, saiu para o convés e olhou por sobre os gurupés para o horizonte de mar e ar vazio e desencorajador, a quilômetros e quilômetros de distância.

— Nunca vi um homem com tanta pressa de ver algumas flores — observou Bertram Hobert quando, certa manhã, ao raiar do dia, foi para o lado de John na amurada, e também olhou para o oeste.

Por um instante, John pensou em se abrir com ele — seu desejo por Suckahanna, sua traição inegável a Hester — mas então, encolheu os ombros e balançou a cabeça.

— Fugindo de ou correndo para? — insistiu Hobert.

John sacudiu a cabeça, pensando na confusão de sua vida.

— As duas coisas, acho.

Depararam-se com uma tormenta apenas uma semana antes de avistarem a costa das Américas, e John passou dias ruins com enjoo e medo, enquanto o navio jogava parecendo que iria a pique entre as grandes ondas. Ele abriu a escotilha e tentou aliviar a náusea, mas se deparou com a visão de um muro de água, uma montanha imensa de água, empinando-se sobre o convés estreito, prestes a cair. Os outros passageiros, uma família jovem e dois homens, gritaram para ele fechar a escotilha, o que ele fez e ouviu a queda da onda no convés, sentiu o navio estremecer sob o impacto e vacilar sob o peso da água. Estavam tão apavorados que não falavam, exceto a Sra. Austin, que rezava constantemente, os braços ao redor dos filhos, os olhos fechados com força, e

Bertram Hobert, que mantinha sua litania sussurrada de imprecações. John, no porão, enroscado do lado dos outros, estava certo de que todos se afogariam no oceano agitado e que ele merecia esse destino, pois tinha traído não uma, mas duas mulheres, e tinha abandonado as duas.

Lentamente, de maneira terrivelmente vagarosa, as ondas foram amainando, e então o uivo aterrador do vento no mastro e no cordame diminuiu, o navio se estabilizou, e voltaram a escutar os ruídos cotidianos da tripulação no convés. A escotilha foi aberta e marinheiros encharcados e exaustos desceram ao porão e gritaram no corredor que havia pão e bebida quente, antes de se virarem e irem para as suas redes dormir, molhados pela água do mar, ainda de botas. O pão foi racionado, e a água também. O navio havia feito a viagem sem a escala usual nas Índias Ocidentais e a água e alimentos estavam acabando.

John, subindo com cuidado para o convés, deparou-se com um dia claro, glacial, e a tormenta um borrão escuro no horizonte ao norte, diante deles, cada vez mais claro, o preto e branco das florestas da Virgínia em meados do inverno.

— Em casa — disse John, como se a tormenta tivesse desfeito suas dúvidas, e o terror houvesse lhe dado o direito de reivindicar sua própria terra e seu próprio futuro. — Em casa, finalmente.

Enquanto subiam o rio, John olhava em volta, avidamente, buscando mudanças. Viu de imediato que, nos quatro anos em que estivera fora, os colonizadores haviam se espalhado ao longo do rio. A cada 5 ou 6 quilômetros, havia clareiras abertas e uma pequena casa de frente para a água, um dique flutuante de madeira que servia de cais para o carregamento da única plantação: tabaco. John pensou em como a mãe de Suckahanna tinha acertado ao prever que não haveria espaço para duas raças viverem lado a lado. Os ingleses haviam se espalhado tão prodigamente que as novas terras e casas flanqueavam o rio como uma fita imperfeita, nas duas margens.

Bertram Hobert uniu-se a John na amurada.

— É o Condado da Ilha de Wight. — Indicou com um movimento da cabeça.

— Ilha de Wight? — exclamou John, olhando a floresta densa, o verde-escuro com pinheiros e abetos, preto e branco com ramos cobertos de neve. Hobert riu.

— Parece estranho, não? Condado da Ilha de Wight ali e Condado de Surrey logo ao lado.

John olhou para a outra margem.

— E lá, Jamestown, finalmente — disse Hobert, acompanhando o seu olhar. — Vou dizer para a minha mulher se aprontar. — Virou-se e foi para baixo. Mas John permaneceu no convés, esforçando-se para ver o assentamento, observar todas as mudanças. A terra abandonada ao redor de Jamestown tinha-se alastrado naqueles quatro anos, como uma ferida infeccionando-se no solo pantanoso. Os cepos haviam sido deixados apodrecendo no solo, e os galhos não usados onde haviam caído. Mais partes do solo tinham sido desbravadas queimando-se a mata, e estavam negras e carbonizadas, prontas para serem aradas para a plantação do tabaco na primavera. Montes de neve haviam se formado ao redor da área aberta, como se a perda das árvores tivesse deixado uma abertura para ventos ferozes e o clima frio. Até mesmo a neve estava suja.

Jamestown parecia ter-se desenvolvido. O cais de pedra tinha sido estendido para receber cada vez mais navios vindos em busca de tabaco, e os armazéns tinham um andar a mais e pareciam mais largos do que antes, carregados de montes de neve suja sobre os telhados frios.

Havia uma estrada nova pavimentada que corria paralela ao rio e onde tinha sido plantada uma série de árvores para dar sombra. Atrás dessa estrada nova havia casas construídas de pedras, ainda não maiores do que os chalés de pequenos proprietários rurais na Inglaterra, porém mais bem construídas do que as de seus predecessores, com janelas de papel impermeabilizado e não venezianas. Em alguns pequenos painéis quadrados, John percebeu o brilho de vidros caros.

O cais continuava sujo de lixo e a valeta funda da nova estrada mostrava que ninguém tinha achado que valia a pena pensar em um sistema de esgoto para a nova cidade. Casas ainda entornavam a sujeira da noite na margem do rio ou no quintal, onde congelava e, depois, lixiviava no suprimento de água para beber. Continuava a ser uma cidade aonde homens, e um número cada vez maior de mulheres, estavam indo somente em busca de fortuna. Não se importavam com o tipo de vida que levariam nem com que espécie de lugar estavam construindo. A maioria ainda pensava na Inglaterra como a "sua terra".

O forte continuava lá, mas os portões estavam abertos e as armas tinham sido empurradas para trás, como se só tivessem sido mantidas no lugar porque ninguém se dera ao trabalho de tirá-las dali.

No cais, as pessoas aguardavam notícias, produtos, e receber os novos colonos. Eram grandes como ursos, todos eles, agasalhados contra o ar frio com peles grossas, cada respiração uma nuvem na frente do rosto.

— Notícias do rei? — gritou um homem ao pegar um cabo e firmá-lo. — Notícias da guerra?

— Vitória para o rei! — gritou de volta um marinheiro com grande alegria. — Partimos justo quando seu primo, o príncipe Rupert, tinha afugentado os homens do Parlamento. Um dos sobreviventes jurou que foi assim, o rei, agora, deve tê-los derrotado.

— Graças a Deus — replicou o homem. E outro gritou viva. John notou que o relato de uma escaramuça feito por um único soldado tinha agora sido elevado a uma derrota completa e ao fim da guerra, mas não disse nada. Era assim que a mascarada do rei funcionava. Somente uma única batalha era sempre representada. Não havia uma troca longa e ressentida de pequenas vitórias e pequenas derrotas, pequenos reveses e humilhações. Uma única cavalaria gloriosa comandada pelo príncipe Rupert tinha concluído a questão e os colonos poderiam voltar a cultivar tabaco e a fazer dinheiro sem preocupação.

John deu de ombros e desceu para buscar sua bagagem. Estava tão longe da Inglaterra e das notícias quanto qualquer outro ali. Não tinha motivos para pensar que a guerra seria mais longa e mais dolorosa do que acreditavam o marinheiro e os colonos. Talvez eles estivessem certos e ele estivesse errado, e o rei já estivesse de volta a Whitehall, planejando um novo triunfo: uma guerra com os irlandeses ou com os escoceses ou — já que o rei Carlos era tão inconstante quanto o clima em março — uma guerra com a Espanha ou a França. John pôs o saco com roupas e dinheiro sobre o ombro e subiu para o convés, para o alto da prancha de desembarque.

Ela não estava lá. Não entre as pessoas no cais nem à sombra das paredes do armazém onde ele a deixara. Ele sacudiu a cabeça, na verdade não tinha esperado vê-la ali, no cais. Mas não conseguiu evitar uma pontada de desapontamento pueril. Em algum lugar de sua mente, tinha visto a si mesmo descendo pela prancha e Suckahanna, um pouco mais velha, um pouco mais bonita, correndo na sua direção para se jogar em seus braços. O sonho tolo de um homem que já enterrara uma esposa e abandonara outra, um homem que sabia que amor e desejo nem sempre tinham um final feliz. Mas John procurou-a e ficou desapontado por ela não estar lá.

Observou sua caixa ser descarregada e a arrastou pela lama formada pela neve até a hospedaria onde tinha absoluta certeza de que encontraria a proprietária tão amarga e nada hospitaleira de quatro anos atrás.

A sua primeira visita foi ao Sr. Joseph.

— É claro que me lembro do senhor — disse o magistrado. — Foi para a floresta em uma canoa indígena e voltou com uma quantidade grande de plantas. Foram úteis na Inglaterra?

— A maior parte vingou — disse John. — Algumas se desenvolveram realmente muito bem. Uma delas, uma tradescância, é uma das flores mais belas que já cultivei. Tivemos uma púrpura antes, mas essa é branca como uma pequena estrela de três pétalas.

— Notícias do rei? — interrompeu-o o Sr. Joseph.

— Boas notícias. A cavalaria do príncipe Rupert teve uma grande vitória em um lugar chamado Powick Bridge — replicou John, repetindo a crença popular. — Dizem que agora nada pode detê-lo.

O Sr. Joseph balançou a cabeça.

— Bem, graças a Deus — disse ele. — Não sei como teríamos ficado se o Parlamento tivesse vencido. Somos uma colônia real. Nos tornarmos uma colônia do Parlamento? Ninguém nem pensa nisso. E o senhor? Foi jardineiro do Parlamento?

— Estou aqui porque não sei o que teria sido — admitiu John. — Não conseguia enxergar que caminho seguir.

O magistrado assentiu.

— Então, em que posso lhe ser útil? Quer outra guia indígena?

— Quero a mesma — replicou John, mantendo o tom deliberadamente casual. Pensou se o homem não estaria escutando a batida acelerada do seu coração. — Quero aquela garota de novo. Sabe onde ela está?

— Que garota?

John teve de se esforçar para falar calmamente, com firmeza.

— O senhor me encaminhou uma garota, se lembra? Seu nome de batismo é Mary. Sua mãe ficou presa por um mês, por ter acusado alguém de violá-la. A garota estava aqui, a seu serviço, não se recorda? Quando voltei, sua mãe foi ao nosso encontro e a levou embora. Disse que talvez voltasse para o seu próprio povo. Viu-a depois disso?

— Ah, a prostituta e sua filha — disse o Sr. Joseph, se lembrando. — Não. Devem ter ido para a floresta. Não as vi.

John tinha esperado qualquer coisa, menos essa recusa desconcertante.

— Mas... mas devia?

O Sr. Joseph sacudiu a cabeça.

— Não. Quer outro guia?

— Quero aquela garota!

O homem encolheu os ombros.

— Acho que não posso ajudá-lo.

John refletiu rapidamente.

— Como eu poderia encontrá-la? Sabe de outros índios que tenham vindo da floresta e que talvez a conheçam?

O Sr. Joseph sacudiu a cabeça de novo.

— Estão se assentando, finalmente — disse ele com satisfação. — Os que tinham sido postos a nosso serviço foram mantidos aqui, na cidade, ou a salvo nas plantações. Os que ficaram na floresta foram empurrados cada vez mais para longe do rio, para longe do litoral. Estamos limpando a terra deles. Nós os estamos tirando do caminho. Se ela estiver na floresta com eles, não a verá de novo. Ela pode estar nas montanhas ou na outra margem do rio York agora, se tiver bom-senso. — Interrompeu-se por um momento. — Para que a quer?

— Prometi que a poria a meu serviço — disse John suavemente. — Eu disse que quando retornasse e construísse a minha casa, ela viria trabalhar para mim. Ela é habilidosa com plantas.

— Todos são habilidosos com plantas — disse o Sr. Joseph. — Pegue outra.

Cada novo imigrante na Virgínia foi recompensado com 20 hectares de terra. John, chegando pela segunda vez, recebeu mais cerca de 20 hectares, marcados solenemente em um mapa mantido no novo edifício da assembleia dos burgueses. Seu pai tinha sido convencido a comprar cerca de 40 hectares quando a Virginia Company tinha sido fundada, de modo que ele ficou na posse de cerca de 80 hectares: terra do tamanho de uma fazenda inglesa. Ficava em um lugar subindo o rio a partir de Jamestown, não um dos sítios mais desejáveis, já que os navios de tabaco não subiam toda essa distância rio acima. As primeiras cessões tinham sido nas cercanias de Jamestown e rio abaixo. Plantadores retardatários tinham de despachar seus produtos em seus próprios barcos, rio abaixo até Jamestown e, lá, alcançarem os navios com rotas oceânicas.

John examinou cuidadosamente o mapa dos burgueses. As linhas dos rios e montanhas eram indistintas, vagas. A única parte do país que John conhecia bem era a floresta, onde vivera um mês com Suckahanna, e estava indicada com um rabisco sugerindo passagens para o interior e ilhas e solo pantanoso. Não tinha importância. Havia tanta terra a ser tomada na nova colônia que disputas por fronteiras tinham sido deixadas para trás, na superpopulosa Inglaterra. Ninguém nesse país imenso brigaria por 1 quilômetro a este ou 15 quilômetros a oeste, escala era algo diferente no vasto vazio.

Bertram Hobert estava consultando o mapa junto com John.

— Do lado da minha terra — comentou ele. — O que acha de construirmos uma casa juntos e morarmos nela, enquanto trabalhamos na outra?

John assentiu, pensativo.

— Quando podemos começar?

— Não antes da primavera. Morreríamos de fome e frio no inverno. Vamos ficar confortáveis na cidade até a primavera, e então partiremos assim que pudermos.

John olhou, pela fresta da janela, para o céu cinza-chumbo e a neve que caía, e pensou em Suckahanna, descalça na floresta gelada, onde a neve tinha metros de profundidade e os lobos uivavam à noite.

— Como alguém consegue sobreviver lá no inverno?

Hobert sacudiu a cabeça.

— Ninguém consegue — replicou ele.

Inverno de 1642-43, Virginia

Bertram Hobert alugou quartos na cidade para ele, sua mulher Sarah e seu escravo, um negro chamado Francis. Depois de John se queixar do tratamento recebido na hospedaria, Hobert disse que ele poderia ficar com eles até a primavera, e então, o grupo subiria o rio para examinar a nova terra.

John achou a cidade muito mudada. Um novo governador, Sir William Berkeley, tinha chegado da Inglaterra e equipado a residência oficial com belos móveis. Sua mulher, que já era objeto de ridículo na comunidade por sua aparência, oferecia festas, e todo aquele que pudesse passar remotamente por um cavalheiro vestia sua melhor roupa e, acompanhado de sua lady, subia a alameda até a casa do governador. As ruas, agora, estavam pavimentadas e o tabaco não crescia mais nas esquinas e em qualquer canto livre de terreno. Podia-se comprar ou vender usando-se moeda e não porções de tabaco ou notas sacadas com um mercador de tabaco.

— Tornou-se uma cidade, não é mais um acampamento — observou John.

Essas eram as mudanças positivas dos quatro anos. Havia outras que o encheram de preocupação em relação a Suckahanna e sua mãe. O rio agora estava flanqueado por plantações desde a foz até a ilha James. Diante das casas dos plantadores, a terra tinha sido roçada e os campos se estendiam até o pequeno cais e píeres de madeira. Na própria ilha James, os campos se esbarravam, não restara nada da floresta. Nas margens mais distantes, a terra estava preta onde tinha sido queimada e ainda não arada. John não conseguia imaginar como Suckahanna e seu povo poderiam ter sobrevivido em uma região que estava se transformando em campos e casas. A floresta por onde ela andava todos os dias, quilômetros e quilômetros, caçando peru ou pombo selvagem, ou procurando raízes ou nozes, tinha sido queimada até restarem apenas algumas árvores chamuscadas no meio dos campos arados. Até mesmo o rio, onde ela tinha seguido os cardumes pronta para pegá-los onde o fluxo de água fosse adequado, estava cercado por acres de terra e penetrado por píeres.

John achou que talvez fosse imaginação sua — ou quem sabe fosse o efeito do tempo gélido —, mas teve a impressão de que os bandos de aves haviam se reduzido, e não ouviu os lobos uivarem do lado de lá dos muros de Jamestown. O campo estava sendo domado e os animais selvagens e as pessoas que ali viviam estavam sendo empurradas para o interior, e para longe. John achou que Suckahanna estava com seu povo, que talvez tivesse sido afugentada para o que o mapa dos burgueses mostrava como simplesmente um espaço assinalado "floresta". Começou a recear que jamais a encontraria novamente.

Bertram ocupou-se com o comércio enquanto esperavam a mudança de clima. Como era a sua segunda visita a Jamestown, tinha avaliado bem o seu mercado. Tinha levado um pequeno estoque de luxos europeus de que os colonos sentiam tanta falta. Quase toda tarde ele era recebido nas melhores casas para mostrar seu suprimento de papel e tinta, penas e sabão, velas de verdade e não a cera verde da árvore-da-cera virginiana, conhaque francês, em vez do rum das Índias Ocidentais, renda, algodão, roupa de cama, seda, tudo que fosse esculpido com habilidade artesanal ou artística que fizesse os colonos se lembrar de sua terra onde essas habilidades seriam facilmente contratadas.

John o acompanhava nessas visitas e conheceu um novo tipo de pessoas, pessoas para quem a antiga divisão entre pequena nobreza e trabalhador já não fazia sentido, pois todos trabalhavam. Agora, o que importava era a gradação de habilidades. Um carpinteiro hábil ou um caçador competente era mais respeitado nesse novo país do que um homem com sobrenome francês ou conhecimento de latim. Uma mulher capaz de carregar um mosquete e esfolar uma corça era companheira e assistente do marido, e mais valiosa para ele do que se soubesse escrever poesias ou pintar uma paisagem. Hester teria progredido nesse lugar, onde se esperava que uma mulher trabalhasse tão duro quanto um homem, e assumisse o seu próprio quinhão de responsabilidade, e John se pegava pensando, todos os dias, em como gostaria de que ela estivesse com ele e, de maneira contraditória, ansiando por notícias de Suckahanna.

Sarah Hobert lembrava-lhe Hester. Rezava todas as manhãs e dava graças antes de cada refeição, e à noite ensinava ao escravo Francis escrever e ler e o catecismo. Quando John a via com uma galinha sobre os joelhos, depenando-a e guardando as penas para um travesseiro, ou raspando sabugos de milho do lado da lareira, depois colocando-os cuidadosamente na cesta de lenha para servirem de combustível, lembrava-se de Hester: trabalhadora, conscienciosa, silenciosa e com grande força interior.

Por um certo tempo, achou que o clima frio nunca teria fim e nunca os libertaria da vida ociosa em Jamestown, mas Hobert jurou que não subiria o rio enquanto a neve continuasse espessa no solo.

— Um homem pode morrer por lá, e ninguém nunca ficar sabendo, ninguém nunca se importar — dizia ele. — Vamos permanecer na cidade até o solo se aquecer e até podermos subir o rio sem grandes blocos de gelo flutuantes desmoronando à nossa volta. Não vou me arriscar mudando da cidade antes da primavera.

— Depois, será perigoso permanecer aqui — disse sua mulher, calmamente. — Têm febres terríveis na cidade durante o clima quente, Sr. Hobert. Vou preferir estar bem longe daqui antes de o verão chegar.

— Na hora certa — disse ele, lançando-lhe um olhar de relance sob as sobrancelhas, que a avisava para manter silêncio e não participar de conversas de homens.

— Na hora que Deus quiser — disse ela, bem-humorada, nem um pouco intimidada.

John sabia que Hobert tinha razão, mas continuou impaciente. Perguntava a todos que conheceu na cidade sobre a garota e sua mãe, mas as pessoas respondiam que os índios se pareciam uns com os outros, e que se uma garota tinha desaparecido era porque, sem dúvida, tinha roubado ou traído seu senhor e fugido para a floresta, para junto do seu povo.

— E que conforto ela teria aqui? — perguntou uma mulher, enquanto esperava sua vez na fila para o único poço de água da cidade.

— Por quê? — perguntou John, com insistência. — O que quer dizer?

— Porque a cada dia são empurrados para mais longe. Não agora, porque nossos homens não vão para a floresta no inverno, escurece cedo demais e o frio pode matar um homem mais rápido do que uma flecha. Mas quando a primavera chegar formaremos matilhas de cães e bandos de caçadores para perseguir os peles-vermelhas. Nós os forçaremos a recuar cada vez mais, para que a terra fique segura para nós.

— Mas ela é apenas uma menina — exclamou John. — E sua mãe é uma mulher só.

— Vão procriar, se os deixarmos em paz — replicou a mulher, com uma indiferença determinada. — Não quero chocá-lo, senhor, mas somos nós ou eles nesta terra. E estamos determinados a ser os vitoriosos. Sejam lobos, ursos ou índios, terão de se retirar e deixar o caminho livre para nós, ou morrer. De que outra maneira tornaremos esta terra nossa?

Era uma lógica inclemente que John não podia condenar, pois ele próprio tinha cerca de 80 hectares de terra à margem do rio e de floresta virgem, e ele mesmo já se pegara falando com entusiasmo das árvores que derrubaria e da casa que construiria, e sabia que sua terra correspondia a mais 80 hectares onde os powhatan não mais caçariam.

Abril de 1643

Teve de esperar até abril, quando então ele e os Hobert remaram rio acima e viram seus terrenos vizinhos. Era uma boa terra. As árvores desciam até a beira da água e suas copas davam sombra nas ribanceiras. Suas extensas raízes acinzentadas estendiam-se para dentro do rio caudaloso. John amarrou a canoa que tinha pedido emprestado a um tronco pendente, e saiu para pisar em sua nova terra.

— O meu éden — disse John, baixinho, para si mesmo.

As árvores pareciam viver com o canto dos pássaros, aves se cortejando e perseguindo, lutando e fazendo ninhos. Viu pássaros que pareciam de espécies conhecidas na Inglaterra, só que maiores ou de cores estranhas, viu outros completamente desconhecidos para ele, neste mundo novo e maravilhoso, aves como pequenas garças brancas como pombos, patos estranhos com cabeças brilhantes como caixas esmaltadas. O solo era rico, escuro e fértil, terra que nunca conhecera o arado, e que tinha-se feito e refeito durante séculos de folhas caindo e vegetação apodrecendo. Sentindo-se um tolo, ficou de quatro no solo, pegou um punhado da terra, esfarelou-o e levou-o ao nariz e aos lábios. Era uma boa terra escura que daria em abundância tudo o que nela se plantasse.

O barranco subia íngreme do rio, não havia inundação de seus campos, e havia um pequeno outeiro, talvez a 800 metros de distância do rio, onde construiria a sua casa. Quando as árvores fossem derrubadas, ele teria uma bela vista do rio e poderia olhar a sua própria plataforma de embarque, onde o seu tabaco seria carregado para ser transportado correnteza abaixo.

John pensou em fazer a casa de frente para o rio. Uma casa modesta, nada grande como a de Lambeth; a casa de um pioneiro com um cômodo embaixo e uma escada levando a um espaço para armazenagem sob o beiral. A lareira em uma parede, que aqueceria a pequena construção inteira, um telhado de bambus ou, até mesmo, tábuas de madeira. O chão de terra batida nos primeiros anos, talvez mais tarde John o forrasse de tábuas de assoalho. Não colocaria vidro nas janelas, mas sim venezianas sólidas de madeira para serem fechadas no inverno e em tempo ruim. Seria uma casa somente um pouco maior do que o casebre que um pobre na Inglaterra construiria, se sentindo um afortunado, em um terreno concedido pelo governo. Seria uma casa normal nesse novo mundo, onde nada podia ser tido por certo e onde homens e mulheres raramente tinham mais do que podiam construir ou ganhar por si mesmos.

Pensativamente, John estendeu a mão para uma vinha que brotava e removeu uma muda, enfiando-a no bolso. Ele a plantaria ao redor de sua porta. Poderia ser um casebre na vastidão inculta, mas ainda assim teria um jardim.

A casa não precisou de muito tempo para ser construída. Havia homens em Jamestown que trabalhavam por uma diária, e Bertram e John contrataram uma turma. Trabalhariam primeiro a casa de Hobert, depois a versão em tamanho menor para John. A turma de trabalhadores estipulou que teriam comida e *ale*, e os pregos, a parte mais cara da casa, seria fornecido: contado toda manhã e verificado ao anoitecer. Disseram a John que quando se queria construir uma casa nova, se deveria queimar a antiga e catar os pregos nas cinzas. A madeira seria obtida simplesmente limpando a floresta ao redor dos alicerces, mas pregos novos tinham de vir da Inglaterra.

— Mas então nunca têm casas à venda — observou John. — Nunca têm casas para recém-chegados.

— Eles podem construir a sua própria — replicou o homem, com a franqueza rude do novo mundo. — E se não puderem, ficarão sem casa.

Sarah Hobert cozinhava para os homens enquanto eles construíam a sua casa, assando carne em uma fogueira em espetos compridos, da maneira que os colonos tinham aprendido com os guias índios. John pensou em Suckahanna acocorada ao lado da pequena fogueira com a truta enfiada em gravetos verdes. Sarah fazia o pão com uma massa escura volumosa de farinha de centeio. Os colonos não podiam cultivar trigo nessa terra. Quando a sua casa ficou pronta e os trabalhadores se mudaram para a de John, ela continuou a cozinhar para eles, sem nunca se queixar e dizer que preferia começar a cavar seu próprio campo ou a plantar sua própria horta.

— Obrigado — disse John, encabulado, quando os Hobert embarcaram em sua canoa nativa para descer a pequena extensão de rio que levava à sua propriedade. — Eu não conseguiria construí-la sem a ajuda de vocês.

— Tampouco nós teríamos construído a nossa tão rapidamente sem você — replicou Bertram. — Virei daqui a um ou dois meses para ver como você está. Temos de ser como irmãos se quisermos sobreviver nesta terra, John.

— É curioso — disse John. Lançou a corda para Sarah que esperava com as mãos prontas. — Achei que era um país onde se viveria com facilidade, onde seria fácil construir um abrigo, fácil encontrar alimento. Mas agora tenho a impressão de que estamos, o tempo todo, no limite da sobrevivência.

Olharam para ele apaticamente, os rostos pálidos virados para ele enquanto a corrente afastava a canoa da margem.

— É claro que é uma luta — replicou Sarah, declarando o óbvio. — Deus decretou que devemos percorrer nosso caminho por este mundo difícil até a retidão.

— Mas um novo mundo... — propôs John. — Um mundo novo de virtudes, de riqueza natural?

Ela sacudiu a cabeça e a canoa balançou. Bertram pegou o remo.

— Homens e mulheres nasceram para lutar.

— Até breve — gritou Bertram acima do abismo de água que se ampliava. — Voltarei em breve, quando nos instalarmos.

John ergueu a mão se despedindo e ficou observando-os. Bertram remava desajeitadamente, sem nada da graça espontânea de Suckahanna, e Sarah estava sentada, completamente rígida na frente, como uma peixeira do Tâmisa em um bote de remos. A correnteza fluía rapidamente rio abaixo, de modo que Bertram não precisava fazer muito mais do que controlar o rumo. John ficou observando a água correr por um bom tempo depois de eles desaparecerem em uma curva do rio, e então se virou e subiu devagar a trilha que levava à sua nova casa.

A casa, uma pequena caixa de madeira verde sem adornos, ficava em uma clareira quadrada. John não derrubara mais do que as árvores necessárias para a construção da casa, e os galhos e madeira inferior descartados estavam empilhados confusamente por toda a parte em volta. Ele se deteve no caminho para admirá-la. Era uma casa quadrada, pouco mais do que um alpendre ou casebre, mas ele tinha derrubado a madeira para construí-la, planejado as pranchas da porta, colocado a moldura tosca para a janela, juntado os bambus para o telhado, e se sentiu orgulhoso.

Então olhou mais atentamente. De um lado da porta estava a muda que ele tinha colhido quando pisara na sua nova terra. Tinha-se enraizado, dava para ver a saliência verde recente das folhas do trombeteiro, que floresceria no começo do verão tão dourado e prolífico quanto o nastúrcio turco. Mas no outro lado da porta, que ele ainda não tinha tocado, alguém tinha cavado a terra, removido as pedras e plantado outra trepadeira, que ele não reconheceu, que já estava germinando e tocando a parede, de modo que em breve, talvez no começo do verão, a porta estivesse engrinaldada com alguma outra flor plantada por outro.

Seu primeiro pensamento foi que Sarah a tivesse plantado em um momento ocioso, enquanto o resto da turma da construção se encontrasse no telhado. Mas então percebeu que Sarah teria achado essa tarefa uma perda de tempo, uma futilidade — uma negligência com as tarefas do dia. Nenhum dos trabalhadores teria se dado ao trabalho de tal frivolidade. Bertram Hobert não sabia distinguir uma planta da outra, a não ser tabaco de milho. E ninguém mais se aproximara da pequena casa na floresta. John parou por um momento e então se virou para a floresta que escurecia.

— Suckahanna? — sussurrou no escuro da vegetação. — Suckhanna? Meu amor?

Ela não apareceu, embora ele tenha passado a noite acordado, deitado no chão de terra de sua casa, esperando por ela, certo de que ela estava lá fora, na floresta, esperando por ele. Ao alvorecer, ergueu o ferrolho de madeira em sua porta e saiu para a floresta, que já cantava o nascer do dia. Olhou em volta, esperando que ela surgisse das árvores e fosse até ele. Ela não estava lá.

Desceu para o rio, de certa maneira esperando vê-la na superfície da água gelada, com uma faca na mão e um punhado de moluscos em sua bolsinha. Mas a água estava escura e apenas a brisa da manhã a encapelava.

John pensou, com um calafrio de medo, que talvez ela o estivesse atormentando, dando o troco por seu atraso, para fazê-lo esperá-la como ela o tinha esperado.

— Desculpe — disse ele, falando com as árvores indiferentes, com os pássaros que cantavam alegremente nos galhos altos. — Assim que cheguei em casa soube que meu pai estava morto e havia muita coisa para eu fazer. Meus filhos precisavam de mim e tive de trabalhar... — Hesitou. Mesmo falando somente para a floresta densa, estava consciente da mentira por omissão ao não mencionar Hester. — Nunca me esqueci de você — disse ele. — Mesmo quando estava na guerra, lutando por meu rei, eu pensava em você todos os dias e sonhava com você todas as noites. — Pelo menos isso era verdadeiro em sua maior parte.

Esperou. Do rio atrás dele veio o som alto de um borrifo na água. John girou. Mas viu apenas a dispersão de um círculo de água onde um salmão saltara ou uma lontra mergulhara. Ela não estava lá. Nem no rio nem nas árvores.

John ajeitou melhor o casaco ao redor dos ombros e entrou em casa.

Abriu um saco de cereal e pôs a panela sobre as brasas na lareira. Esquentou água suficiente para se lavar, para beber e preparar mingau índio para o café da manhã.

— Tenho de caçar hoje ao anoitecer — disse ele à casa vazia. — Não posso viver só de líquido.

Lavou o rosto, mas não se deu ao trabalho de se barbear.

— Vou deixar crescer a barba e o bigode como o meu pai — disse ele para a sala vazia. — Afinal, quem vai olhar para mim aqui? — Despejou metade da água quente em um recipiente de boca larga, pôs uma colher cheia do cereal no que havia restado e mexeu até engrossar. Estava quente e ele estava faminto. Tentou ignorar o fato de que não tinha gosto de nada.

Levou a tigela, a colher e a panela para o rio e lavou-as, observando os caniços à sua esquerda, atento a qualquer movimento, para o caso de Suckahanna estar escondida ali, observando-o, rindo dele por estar fazendo trabalho de mulher. Depois, ele encheu a panela de água doce e voltou para casa.

A sala continuava vazia e silenciosa. John pegou o machado no prego acima da lareira e saiu para cortar lenha da madeira derrubada diante da casa. A grande derrubada de árvores para desimpedir a terra para a plantação teria de esperar. Lenha era o mais importante. O fogo não podia, de maneira nenhuma, apagar. Muita gente em Jamestown o alertara sobre esse perigo, e isso na cidade, onde se podia pedir algumas brasas acesas aos vizinhos e transportá-las para casa em um balde. Ali, na região erma, o fogo era, por si só, como uma centelha de vida. Se fosse extinto, talvez fossem necessárias cerca de duas horas para se conseguir reacendê-lo, mesmo com uma boa caixa de pederneira e madeira seca, e se o escuro e o frio se aproximavam, isso poderia parecer um tempo muito longo. Se uma alcateia de lobos reunisse coragem para vir até a porta, levaria uma eternidade sem luz nem fogo para afugentá-los, e sem ter como disparar o mosquete.

John cortou e partiu troncos durante quase toda a manhã, depois empilhou tudo nos dois lados da lareira para secar. Abriu a porta tosca de sua casa e olhou o rio. Estava morto de cansaço e no entanto tudo o que tinha feito era preparar um, talvez dois dias de suprimento de lenha. Não tinha nada para o jantar, a não ser mingau, e absolutamente mais nada para comer. Pôs a panela no fogo para aquecer a água e experimentou, pela primeira vez, a sensação sombria do pressentimento de que sobreviver seria uma luta nesse país que não mais parecia rico e confortável.

— Tenho de refletir — disse John no silêncio da casa. — Suckahanna e eu comemos como príncipes, todos os dias, e ela não cortava árvores todas as manhãs. Tenho de tentar viver como ela, e não como um inglês. — Raspou o resto do seu mingau na tigela de madeira e a pôs de lado. — Vou fazer uma armadilha para peixe — decidiu. — E ao cair da tarde, quando as aves retornam às árvores, matarei alguns pombos.

Sentiu água na boca ao pensar no pombo assado. "Posso fazer isso", prometeu a si mesmo. "Posso aprender a viver aqui, ainda sou jovem. Depois, quando Bertram e Sarah vierem, ela me ensinará a fazer pão."

Afastou a tigela e a colher e foi até a pilha de suas coisas para pegar um pedaço de barbante.

— Agora, a armadilha para peixes — disse ele.

John tinha visto uma armadilha em Jamestown e tinha observado Suckahanna tecer uma com os ramos de vinhas e alguns gravetos. Ela levara duas noites fazendo isso, e na terceira comeram carpa assada. John tinha comprado os aros de vime e a corda em Jamestown, tudo o que tinha de fazer era amarrar a rede que manteria os peixes dentro. Levou os aros e a corda para fora, sentou-se em um tronco ao sol da tarde e se pôs a trabalhar. Primeiro fez uma série de nós ao redor do grande aro da entrada. O peixe nadaria para dentro e passaria por uma série de aros, cada vez menores, até ficar preso em um espaço pequeno no fim do labirinto sem conseguir achar a saída. John laçou a primeira série, depois começou a trabalhar a segunda. Era um trabalho intricado, difícil, mas John era um homem paciente, e determinado. Curvou-se sobre a tarefa, retorcendo o cordão, dando os nós, passando para a segunda série. Não percebeu que o sol caía atrás das árvores até a sombra gelar suas costas. Então endireitou o corpo e deu um suspiro.

— Meu Deus, é um trabalho exaustivo — disse ele. Levou os aros e a corda para dentro de casa e os pôs do lado da lareira. O fogo queimava baixo. Pôs mais lenha e baixou seu mosquete. Carregou-o, colocando a pólvora e o projétil pelo cano, depois borrifou um pouco da pólvora na caçoleta da culatra, deixando a arma preparada para ser acesa. Inclinou-se sobre o fogo para acender a espiral de cordão untado que servia de mecha. Quando se acendeu, segurou-a entre o primeiro e o segundo dedos, bem distante da caçoleta, e saiu silenciosamente da casa.

As árvores estavam tão próximas que John poderia se agachar na entrada de casa, uma trepadeira de cada lado, e observar o céu aberto acima, atento aos pombos que retornavam. Um grande bando apareceu imediatamente e John esperou que se assentassem nas árvores. Um rechonchudo e confiante pousou em um galho que cedeu ligeiramente ao seu peso. John esperou o galho parar de se balançar e então fez uma mira cuidadosa, e encostou a mecha na pólvora.

Teve sorte. O som foi como o do disparo de um canhão nessa terra inocente e o bando de pombos fugiu das árvores em um lufa-lufa de asas. Mas o pássaro alvejado por John não pôde escapar, e caiu em espiral, uma asa quebrada, sangrando no peito. John largou o mosquete e o pavio e atravessou depressa a clareira, com apenas cinco passadas largas. A ave tentava escapar, uma asa se arrastando. John pegou-a e torceu seu pescoço rápida e piedosamente. Sentiu o coraçãozinho bater, depois parar. Voltou para a casa, deixou o pássaro dentro, do lado da lareira, junto da armadilha para peixes inacabada, e recarregou a arma.

A luz diminuía rapidamente, e esfriava. Os pombos, recuperando-se do susto, cercaram a pequena clareira e voltaram a pousar nas árvores. John mirou e disparou. Os pássaros se precipitaram de novo na direção do céu, mas dessa vez nenhum foi abatido.

— Só um — disse John. — Bem, será o bastante para o meu jantar, pelo menos.

Depenou a ave cuidadosamente, poupando as penas em um pano dobrado.

— Um dia, farão meu travesseiro — disse ele com uma animação presumida à sala obscurecida. Estripou e decepou o pássaro, jogando as entranhas na panela com água, que pôs no fogo para uma sopa. Depois partiu o pombo em quatro e espetou os pedaços em uma vara verde pontuda. Colocou-a diante do fogo com a panela embaixo, para que a carne pingasse dentro dela.

Era muito tempo para um homem com fome esperar, mas John não se apressou, nem se deixou distrair na tarefa de girar a ave enquanto sua pele dourava, depois ficava marrom, e finalmente preta crocante.

— Deus queira que tenha cozinhado por dentro — disse John fervorosamente, sua barriga roncando de fome.

Pegou o espeto e com a faca retirou os pedaços e os pôs na tábua. A carne estava chamuscada de lascas da madeira queimada. John retirou os estilhaços e experimentou uma perna. Estava maravilhoso: quente, saboroso e forte. John queimou os lábios na carne quente, mas nada o impediria de mordê-la. Comeu cada pedacinho e depois jogou os ossos, reverentemente, na panela. Pela primeira vez em sua pequena casa, olhou em volta com um quê de confiança.

— Estava bom — disse ele baixinho. Deu um arroto satisfeito. — Estava excelente. Vou caçar de novo amanhã. E tomarei a sopa no desjejum. Um homem não pode trabalhar na terra somente com mingau na barriga.

Retirou uma lasca da carne dos dentes.

— Deus, estava muito bom.

Tirou as botas, puxou sua mochila e paletó extra, dobrou-os para que servissem de travesseiro, depois se cobriu com sua capa de viagem e um tapete. Abriu um olho para ver se o fogo estava protegido e a armadilha para peixes estava segura, e então, em instantes, adormeceu.

Maio de 1643

No dia seguinte, John trabalhou na primeira armadilha por uma hora e a pôs na correnteza forte da água fria.

A carne do jantar da noite anterior estava em seu estômago de maneira mais confortadora do que o mingau, ele se sentiu mais forte e mais capaz o dia todo; mas na manhã seguinte sentiu mais fome, como se seu corpo estivesse esperando carne de novo. Tomou a sopa de ossos de pombo no desjejum e a repetiu, mais rala e menos nutritiva, no almoço.

À tarde, foi olhar a armadilha e encontrou uma pequena truta na rede.

— Louvado seja Deus! — disse John, devotamente, louvando, no íntimo, a si mesmo. Retirou a armadilha do rio, suportando seu troféu com cuidado, e esmagou a cabeça do pequeno peixe que se contorcia. Limpou-o. Não sobrou muito depois que cortou sua cabeça e rabo, mas colocou-o na panela com um pouco de água e farinha de milho para fazer um molho e o ferveu por alguns instantes. Depois deixou que esfriasse para o jantar.

Esses alimentos se tornaram sua dieta básica. A suavidade monótona da farinha de milho — como mingau, legume, molho — e o prato ocasional de peixe ou carne. Aos poucos, John adaptou-se, e só comia bem e com prazer em sonhos pungentes com os banquetes em Lambeth: grandes jantares no dia de Reis, mesas fartas na Páscoa.

Cortava lenha diariamente, e ia para a floresta ver se reconhecia algumas das bagas e nozes que Suckahanna colhia, mas os galhos não mostravam nada além de folhas verdes e as nozes tinham todas sido derrubadas pelas ventanias do inverno ou comidas por esquilos e ratos. A floresta não era tão amigável com John como tinha sido com ela. Em todo lugar que ela procurava, havia comida, ferramentas, medicamentos ou ervas. Tudo o que John via era estranho.

Depois de semanas e semanas, achou que havia experimentado o bastante de estranheza. Seu pai tinha amado o raro, o incomum, e John herdara esse amor. Suas vidas baseavam-se na alegria da diferença: plantas, flores, artefatos diferentes. Mas agora John estava em um mundo diferente, onde tudo era estranho para ele, e ele percebeu que gostava do estranho somente em comparação ao familiar. Gostava da flor exótica quando crescia em seu jardim inglês, em Lambeth. Era mais difícil admirá-la quando crescia em uma árvore exótica sob um céu estrangeiro.

— Estou angustiado — disse John, de súbito perplexo, na metade do segundo mês, e uma grande saudade de Lambeth, das crianças, e mesmo de Hester tomou-o de maneira tão violenta que cambaleou, como se estivesse doente, e teve de se firmar se segurando em um tronco. — Deus! Estou com saudades de casa. Há semanas, não, há meses vim viver aqui e não falei com nenhum homem nem vi mulher nenhuma desde que os Hobert se foram. Sinto falta da minha casa. E, meu Deus, estou solitário.

Virou-se para olhar para a pequena clareira e, vertical no centro desse espaço, a casa pequena e tosca como uma caixa de madeira feita por um aprendiz pouco habilidoso. A sensação da escala diminuta da casa e a enormidade da floresta trespassou John, deixando-o sem ar e com medo.

— Mas estou fazendo a minha casa aqui — disse ele, obstinadamente.

O vento, o vento compacto, agitou as árvores altas e sólidas como se a própria floresta estivesse rindo do orgulho falso de um homem que acreditou que poderia construir uma casa em plena terra selvagem. John poderia trabalhar ali a vida inteira e não conseguir nada além de sobreviver. Poderia nunca construir uma casa como a de Lambeth, nunca fazer um jardim como o de Oatlands. Essas eram realizações que requeriam anos de trabalho em uma sociedade rica em mão de obra. Sem essas riquezas, sem o trabalho de várias mãos e cérebros, o homem era como um animal em uma floresta — menos do que um animal, pois cada animal na floresta tem seu lugar na trama das coisas, o alimento certo, o abrigo certo, enquanto John tinha de lutar para conseguir comida suficiente nessa terra de fartura, e lutar para manter o fogo aceso para conservar a casa aquecida.

Um senso de desespero tão real quanto a escuridão que o atravessava. "Eu podia morrer aqui", pensou John, mas não mais falou alto. O silêncio da floresta pareceu grande demais para ser desafiado, calou sua pequena voz. "*Vou morrer aqui.*" Cada pensamento parecia abrir um abismo a seus pés. "Estou fazendo a minha casa aqui, longe dos meus filhos, da minha mulher, dos meus amigos. Estou fazendo um lugar onde estou completamente só. E mais cedo ou mais tarde, por um acidente ou doença ou velhice, morrerei aqui. Morrerei sozinho. De fato, se eu não conseguir, só por um dia, um único dia, me levantar, buscar água, cortar lenha, caçar ou pescar, *morrerei* aqui. Poderia morrer de fome, antes que alguém chegasse."

John afastou-se da árvore, mas viu que suas pernas mal o aguentavam. O senso de solidão e medo o tinham enfraquecido. Cambaleou de volta para casa e agradeceu a Deus ter pelo menos uma espiral de fumaça saindo pela chaminé e o mingau índio na panela. John sentiu sua garganta fechar ao pensar em comer mingau frio de novo. Caiu de quatro no chão e vomitou. "Deus, meu Deus", disse ele.

Um pouco de saliva pingou da sua boca. Enxugou-a na manga. O marrom escuro do pano tecido em casa cheirava mal. Percebeu ao levá-lo ao rosto.

— Minhas roupas estão fedendo — disse ele, surpreso. — Devo estar fedendo.

Tocou no rosto. Sua barba tinha crescido e estava embaraçada e suja, o bigode estava comprido ao redor da boca.

— Meu hálito deve estar cheirando mal, estou imundo — disse ele baixinho. — Estou tão sujo que não consigo nem mesmo me cheirar. — Sentiu-se humilhado ao perceber isso. John Tradescant, a menina dos olhos de sua mãe, único herdeiro do seu pai, tinha-se tornado um vagabundo sujo e esfarrapado, agarrando-se à beira do mundo conhecido.

Conseguiu pôr-se de pé novamente. O céu parecia vê-lo como um inseto minúsculo percorrendo seu árduo caminho por uma folha em uma árvore na floresta de um país grande demais para ser atravessado por qualquer homem.

John tropeçou na porta e a empurrou. Somente na sala exígua, pôde recuperar seu senso de escala.

— Sou um homem — disse ele às quatro paredes de madeira rústica. — E não um besouro minúsculo. Sou um homem. Esta é a minha casa.

Olhou em volta, como se nunca a tivesse visto. As quatro paredes tinham sido feitas de madeira verde recém-derrubada, e com o fogo aquecendo a sala e o tempo esquentando, a madeira tinha encolhido. John teria de remendar as brechas com argila e gravetos. Estremeceu ao entrever a floresta pelas rachaduras das paredes da casa, como se o ermo lá fora estivesse se infiltrando na sua casa para atacá-lo.

— Não posso — disse ele, infeliz. — Não posso construir uma casa, procurar alimento, lavar, caçar, abrir a clareira. Não posso. Estou aqui há quase dois meses e tudo o que faço é sobreviver, e mal consigo isso. — Sua garganta se fechou e ele achou que ia vomitar, mas em vez disso emitiu um soluço rouco.

Sentiu a cintura da sua calça. Tinha achado que, por alguma razão, seu cinto tinha alargado, mas agora percebia que emagrecera. "Não estou sobrevivendo", admitiu, finalmente, para si mesmo. "Não estou conseguindo o bastante para comer."

No mesmo instante o cansaço, que agora lhe era familiar, e a dor na barriga, que ele achara ser alguma enfermidade normal e ligeira, adquiriram um novo sentido aterrador. Ele tinha fome há semanas e sua fome o estava deixando cada vez menos capaz de sobreviver. Errava o tiro com uma frequência cada vez maior, seu estoque de lenha se tornava mais difícil de ser cortado a cada dia. Ele tinha retrocedido a catar lenha em vez de usar o machado. Isso significava que a madeira estava mais seca e queimava mais rápido, de modo que ele precisava de mais, e isso também significava que a terra ao redor da pequena casa não estava tão roçada quanto quando Bertram viera para ajudá-lo a construir no começo de sua vida no ermo, quando se sentiam confiantes e riam.

— A primavera chegou e não plantei nada — disse John embotadamente, segurando uma dobra do cós com as mãos calejadas. — O terreno precisa ser roçado e não posso roçá-lo. Não tenho tempo para isso. Só conseguir comida, água e combustível toma todo o meu tempo, e me sinto cansado... tão cansado.

Estendeu a mão para pegar sua capa, que não ficava mais dobrada no canto da sala, mas sim no lugar para onde a chutava de manhã. Agasalhou-se com ela. Hester a tinha comprado para ele quando dissera que ia partir, lembrou-se. Hester, que não tinha querido acompanhá-lo. Hester, que tinha jurado que o novo país não era para homens e mulheres acostumados com as facilidades e o conforto da vida urbana, que convinha somente a fazendeiros que não tinham tido oportunidades em seu próprio país, fazendeiros e aventureiros que não tinham nada a perder.

John deitou-se no chão de terra batida, diante do fogo e cobriu o rosto com a gola da capa. Embora fosse de manhã, teve vontade de puxar a capa para cima da cabeça e adormecer. Ouviu um som baixo, de dar dó, como Frances costumava fazer ao despertar de um sonho ruim, e então se deu conta de que era ele mesmo, chorando como uma criança assustada. O pequeno som prosseguiu, John ouviu como se estivesse muito distante de seu próprio medo e fraqueza, e então adormeceu, ainda o ouvindo.

Acordou com fome e medo. O fogo estava quase extinto. Ao ver a cinza na grade, John ficou de pé com um pulo, e arfando de medo olhou pela janela. Graças a Deus, não estava escuro, não tinha dormido o dia inteiro. Saiu, a capa agarrada aos seus pés fazendo-o tropeçar, e encheu os braços com feixes da lenha que tinha armazenado. Derrubou a lenha na grelha e os pedaços de cortiça secos. Com gravetos, empurrou a cortiça para o centro das brasas vermelhas e baixou a cabeça e soprou, delicadamente, suavemente, rezando para o fogo pegar. Demorou. John ouviu a si mesmo murmurando uma prece. Uma pequena chama bruxuleou amarela como uma vela, e então se apagou.

— Por favor, Deus! — sussurrou ele.

A pequena chama tremeluziu amarela de novo e pegou. A cortiça estalou, queimou, e foi consumida. John pôs dois gravetos em diagonal sobre ela e foi compensado com eles se acendendo imediatamente. Logo ele alimentou o fogo com gravetos maiores até estar queimando intensamente, e John estava salvo do escuro e do frio, mais uma vez.

Percebeu então que estava com fome. Na panela, havia o mingau da noite anterior, ou se quisesse se dar ao trabalho, poderia limpar a panela, pôr um pouco de água para ferver, e caçar uma ave, para ter alguma carne. Não havia nada mais para comer.

Pôs a panela mais perto do fogo, de modo que o mingau não endurecesse, e foi até a porta.

A noite caía. O sol tinha desaparecido atrás das árvores e o céu acima da casa estava velado por faixas ralas de nuvem, como o xale que a rainha usava sobre o cabelo quando ia à missa.

— Mantilha de nuvens — disse John, observando as nuvens. O céu estava descorado, da cor dos brotos mortos de lavanda no inverno, a cor da urze no verão, violeta e cor-de-rosa com todo o seu brilho drenado.

John se arrepiou. Sua admiração momentânea pelo céu mudara de repente. Voltara a parecer vasto demais, indiferente demais, era impossível que um homem pequeno como ele conseguisse sobreviver sob esse grande domo. Olhada lá de cima, da mantilha de nuvens, a casa de John não pareceria nada além de um pontinho, e ele seria menor do que uma mosca. O país era grande demais para ele, a floresta era ampla demais, o rio era fértil, frio, profundo e corria rápido demais. John teve a sensação de que toda a sua nova vida não passava de um rastejar árduo, como o de uma formiguinha, de um lugar para o outro e de que a sua sobrevivência não interessava ao céu, não mais do que a vida de uma formiga lhe interessava.

— Deus está comigo — disse John, evocando a fé de Jane.

Silêncio. Nenhum sinal de que Deus estava com ele. Nenhum sinal de que existia algum Deus. John lembrou-se de Suckahanna lançando tabaco fumegante no rio, ao nascer do sol e quando o sol se punha, e teve um pensamento blasfemo momentâneo de que talvez essa terra tivesse deuses estranhos, deuses diferentes dos da Inglaterra. E que se ele pudesse, de alguma maneira, insinuar-se furtivamente sob a proteção dos deuses do novo mundo, ficaria, então, a salvo do olhar indiferente do céu.

— Eu devia rezar — disse John, baixinho. Ele não observava domingos ali, na terra selvagem. Nem mesmo rezava antes das refeições ou antes de dormir à noite. — Nem mesmo sei quando é domingo! — exclamou John.

Sentiu o pânico crescer dentro de si ao pensar que dormira durante o dia, mas não sabia por quanto tempo. Não sabia a que distância, rio abaixo, ficava a cidade, quanto tempo levaria para chegar lá, não sabia nem mesmo em que dia da semana estava.

— Não posso ir à cidade vestido desta maneira e fedendo como um bicho! — disse ele. Mas então se deteve. Como se limparia se não fosse à cidade? Não podia lavar e secar suas roupas a menos que estivesse preparado para correr, nu como um selvagem, na floresta. E como poderia pagar para que as lavassem na cidade como um cavalheiro elegante faria? Todo o seu dinheiro seria gasto ao contratar trabalhadores para roçar a terra, comprar semente de milho, de tabaco, novos machados, mais pás.

John pensou na imponência da casa em Lambeth. Pensou nos criados que faziam o trabalho para ele: a cozinheira que preparava as refeições, a criada que cuidava da casa, o jardim e jardineiros, sua mulher, Hester, que comandava tudo isso. E em como tinha intempestiva e insensatamente decidido que nada mais daquilo era para ele e que a sua vida pertencia a outro lugar, com outra mulher. Agora, ele parecia pronto para morrer nesse outro lugar. E tinha perdido a outra mulher.

— Isso é tudo o que este lugar é para mim — disse ele baixinho. — Outro lugar. Estou vivendo em outro lugar e vou morrer nesse outro lugar, a menos que consiga voltar para casa mais uma vez.

Um cheiro acre, forte, fez com que se lembrasse abruptamente de seu jantar. Virou-se com um grito de aflição. A panela estava lançando uma fumaça escura na sala, tinha esquentado demais e o mingau tinha queimado e grudado no fundo.

John tentou afastá-la do fogo e se retraiu quando o cabo quente queimou sua mão. Largou a panela e praguejou, a mão doendo da queimadura. Despejou a água que restara na sua xícara sobre a mão. A pele levantou e ficou branca. John sentiu o suor no rosto, por causa da dor, e gritou de novo.

Virou-se e correu para fora da casa, desceu até o rio. Na pequena praia diante da casa, ajoelhou-se na água e mergulhou a mão. A água fria foi como um açoite na pele machucada, mas a dor foi cedendo aos poucos.

— Ah, meu Deus — John se ouviu a dizer. — Que idiota! Que idiota eu sou!

Quando a dor aliviou um pouco, tirou a mão da água e a examinou com receio. O cabo da panela marcara a palma com uma listra branca. A pele parecia dormente, e inchava rapidamente. John tentou flexionar os dedos. De imediato, uma dor aguda percorreu sua mão como uma lâmina.

— Agora só tenho uma única mão boa — disse ele, consternado — e um jantar queimado. — Olhou de novo para o céu. — E a noite chegando.

Devagar, andou de volta para a casa, a cabeça cheia de pensamentos e medos. O fogo ainda estava aceso, o que era uma coisa boa. Empurrou a panela virada com seu pé calçado. A panela rolou no chão de terra. Estava fria, e ele tinha ficado no rio talvez por uma hora. Não tinha percebido o tempo passar. Virou a panela para cima e espiou dentro. Não havia nada para comer. O mingau tinha virado praticamente cinzas.

John pegou a panela e desceu ao rio mais uma vez, com cuidado, sob a noite que caía com pressa como um manto jogado sobre a floresta. Deixou a panela na água enquanto examinava a armadilha para peixes. Estava vazia.

John voltou para a panela, e com dificuldades, com uma única mão, tentou raspá-la, remover os restos chamuscados e lavá-la.

Encheu-a de água e, carregando-a com a mão esquerda, subiu de novo a pequena colina da praia de volta à casa. Onde as árvores tinham sido derrubadas, a floresta já recuperava a terra. Pequenas vinhas e ervas daninhas e plantas rasteiras invadiam o espaço. Se John não roçasse a terra logo, a floresta invadiria e a sua casinha seria esquecida, marcada somente no mapa do escritório do governador como uma terra concedida, reivindicada e depois negligenciada, pronta para outro tolo assumir o desafio de fazer uma vida no ermo inculto.

Em casa, John verteu sua água de beber em uma xícara, e a sua falta de jeito ao usar uma única mão o fez derramar um pouco no chão; depois colocou um pouco de farinha de milho na água e a pôs para ferver. Dessa vez não tirou os olhos da panela, mexendo quando engrossou ao começar a ferver. Então pôs a panela de lado para esfriar antes de servir o mingau no prato. Tinha feito o bastante para comer no café da manhã seguinte. Sua barriga roncava. Não se lembrava da última vez que tinha comido fruta ou algum vegetal. Não se lembrava da última vez que comera carne que não fosse de pombo selvagem. De repente, de maneira absurda, pensou nas ameixas inglesas e em sua polpa doce. No pomar de seu pai havia 33 variedades de ameixeiras, da rara ameixa branca adamascada de Malta, que só os Tradescant cultivavam em toda a Inglaterra, à ameixa escura comum em todo pomar.

Sacudiu a cabeça. Não tinha sentido pensar na sua casa e na riqueza que o pai lhe deixara. Não tinha sentido pensar na sua herança, nas flores, nos legumes, nas ervas, nas frutas. Não fazia sentido pensar em nenhuma comida que ele não poderia ter ou cultivar nessa terra imprestável. Tudo o que havia para o jantar dessa noite e o desjejum da manhã seguinte era uma gororoba nada apetitosa de mingau de milho. E a menos que descobrisse uma maneira de pescar e caçar com uma única mão, seria tudo por um dia ou mais, por uma semana ou duas, até sua mão sarar.

Com a barriga cheia de mingau, bebeu água e tirou as botas, pronto para dormir. Não encontrou sua capa. Procurou com os olhos, amaldiçoando sua preguiça em não pendurá-la todas as manhãs. Não a viu em lugar nenhum. Sentiu um sobressalto desproporcional. Sua capa estava perdida, a capa que Hester tinha-lhe dado, a capa em que sempre dormia. Sentiu um pânico absurdo crescer dentro dele, ameaçando asfixiá-lo. Foi para o canto da sala, onde suas coisas estavam empilhadas e as virou de cabeça para baixo, derrubando tudo no chão. Sua capa não estava ali.

— Pense! — ordenou a si mesmo. — Pense, seu idiota!

Controlou-se, e a respiração que estava rouca e aflita se acalmou.

— Preciso ficar calmo — disse para si, a voz soando trêmula no escuro. — Deixei-a em algum lugar. Só isso.

Repassou os movimentos. Tinha dormido, à tarde, na capa, depois correra lá para fora quando o fogo se extinguira. Então se lembrou. A capa tinha-se emaranhado nos seus pés e ele a chutara na pressa de conseguir lenha seca para reacender o fogo.

— Deixei-a lá fora — disse ele baixinho. — Tenho de buscá-la.

Foi devagar até a porta e pôs a mão no ferrolho de madeira. Fez uma pausa. Pelas brechas nas pranchas, o ar noturno mais frio soprou no seu rosto como um suspiro gélido. Estava escuro para além da porta de madeira, escuro com uma densidade que John nunca tinha visto em toda a sua vida, uma negritude que não era disputada com nenhuma luz de lareira, de vela ou tocha, por dezenas de quilômetros em uma direção e centenas, milhares, talvez milhões de quilômetros a oeste. Uma escuridão tão potente e tão completamente destituída de luz que John sentiu um medo supersticioso, insensato, de que se abrisse a porta, a noite invadiria a sala e extinguiria o fogo. Era uma escuridão poderosa demais para ele desafiar.

— Mas quero minha capa — disse obstinadamente.

Devagarzinho, com receio, abriu um pouquinho a porta. As nuvens estavam densas entre ele e as estrelas, a escuridão era absoluta.

Com uma leve lamúria, John caiu de quatro no chão, como uma criança engatinhando na soleira da sua casa, as mãos tateando o caminho à frente, esperando tocar na capa.

Alguma coisa roçou nos seus dedos e ele se retraiu assustado, mas então percebeu que era a lã macia de sua capa. Puxou-a como se fosse um tesouro, uma das tapeçarias sacras mais belas do rei. Levou-a ao rosto e sentiu seu próprio cheiro forte, não com nojo, mas com o alívio de cheirar algo humano nessa treva vazia e gélida.

Não se atreveu a dar as costas ao vazio. Com um braço apertando a capa ao peito, recuou, ainda de quatro, para a porta, como um animal assustado retrocedendo para a sua toca, e fechou-a.

Seus olhos, arregalados no escuro, piscaram ofuscados quando ele voltou à luz bruxuleante, intermitente, na casinha. Sacudiu a capa. Estava molhada do orvalho. John não se importou. Envolveu-se com ela e se deitou para dormir. Deitado de costas, os olhos ainda arregalados de medo, viu o vapor ascendendo de si mesmo. Se não estivesse em um desespero tão profundo, teria rido da visão de um homem faminto jantando mingau, um homem gelado de frio envolvido em uma capa molhada, um pioneiro de uma mão só. Mas nada disso parecia muito engraçado.

— Meu Deus, proteja-me durante a noite e, pela manhã, me mostre o que devo fazer — disse John ao fechar os olhos.

Ele esperou no escuro o sono vir, escutando os sons da floresta do lado de lá de sua porta. Teve um momento de um terror agudo quando ouviu uma alcateia de lobos uivar a distância, e achou que poderiam sentir o cheiro da comida e cercar a casinha com seus olhos amarelos e brilhantes e os rostos magros e serenos. Mas se silenciaram, e John adormeceu.

Ao acordar de manhã, estava chovendo. Pôs a capa de um lado e colocou a panela ao lado do fogo. Mexeu o mingau, mas quando foi comer, viu que estava sem apetite. Tinha ido da fome à indiferença. Sabia que devia comer, mas o mingau cinza, sujo com as cinzas antigas dentro da panela, pareceu insosso em sua boca. Forçou-se a engolir quatro colheradas e então deixou a panela na lareira para permanecer aquecida. Se não houvesse peixe na armadilha e se não conseguisse caçar nada, então seria mingau no jantar também.

O estoque de lenha ao lado do fogo estava reduzido. John saiu. A pilha lá fora também estava reduzida e molhada da chuva. John pegou praticamente toda lenha e a empilhou dentro de casa, para secar. Foi pegar o machado para cortar mais, porém a dor na mão queimada o fez gritar. Não poderia usar o machado até a mão curar. Teria de catar lenha, quebrar o que pudesse pisando e queimar os galhos mais compridos, de ponta a ponta, empurrando-os no fogo enquanto se consumiam.

Saiu na chuva, a cabeça baixa, usando somente o casaco tecido em casa, deixando a capa para secar. Tinha visto uma árvore caída, parecida com um carvalho, alguns dias atrás, quando saíra com a arma para caçar. Foi até ela. Ao chegar, viu que alguns galhos tinham se partido do tronco. Havia madeira que ele podia usar. Usando somente a mão esquerda, separou um galho do resto da árvore, e o enfiou debaixo do braço. Foi um trabalho árduo levá-lo até a casa. A parte mais larga ficava se prendendo na vegetação, engatando nas árvores, se emaranhando nas plantas rasteiras. John tinha de retroceder a todo momento para soltá-lo. A floresta que John ganhara era densa, quase impenetrável, e ele precisou da manhã inteira para percorrer apenas 1.500 metros com o galho, depois mais uma hora para parti-lo em achas, antes de levá-las para dentro da casa para secar.

Ele estava completamente ensopado, pela chuva e pelo suor, e exausto. A queimadura na sua mão estava exsudando uma espécie de líquido. John examinou-o temeroso. Se a ferida se agravasse, teria de ir a Jamestown e se entregar ao barbeiro cirurgião que tivesse se estabelecido na cidade. John estava com medo de perder sua mão, com medo da viagem a Jamestown, de remar a canoa com uma única mão, e também com medo de ficar sozinho no casebre, caso adoecesse. Sentiu o gosto do suor no lábio superior e reconheceu o cheiro de seu medo.

Virou-se para o fogo, tentando pensar em outra coisa. O fogo estava queimando bem e a sala estava aquecida. John olhou pela janela aberta e pelas fendas nas paredes de tábuas. A floresta parecia estar um pouco mais perto, parecia ter avançado pela chuva para se aproximar da casa solitária.

— Não deixe que me destrua — sussurrou John, sabendo estar sendo ridículo. — Que eu não tenha vindo de tão longe e passado por tanta coisa só para ser coberto como se não passasse do cadáver de um cachorro.

Não havia nada para comer além do mingau do dia anterior. John não se deu ao trabalho de esquentá-lo. Quente ou frio, era igualmente ruim. Forçou-se a comer quatro colheradas, depois bebeu água. Sabia que devia sair para a floresta e atirar em um pombo, um esquilo, qualquer coisa cuja carne pudesse comer. Mas a chuva intimidava, o céu escuro ameaçava trovões. John teve a sensação de um terror profundo ao pensar em ir lá para fora, para o meio dessa natureza poderosa, com a chuva despejando mais vida, mais energia na terra ávida, e ele a única coisa que encolhia e enfraquecia a cada dia.

— Vou dormir enquanto chove — disse, tentando confortar a si mesmo. — Vou caçar ao cair da tarde, que é sempre uma boa hora.

Tirou o casaco molhado, os calções encharcados e os estendeu para secarem, depois empurrou um dos galhos grandes para o centro do fogo, envolveu-se em sua capa aquecida e adormeceu.

John sentiu como se tivesse dormido por um minuto, e levou um susto ao perceber que estava escuro. Não dava para ver a janela. O casebre todo estava escuro. Somente as brasas na lareira refulgiam, o galho da árvore tinha queimado e caído no chão.

Seu primeiro pensamento foi que uma tempestade terrível tivesse obscurecido o céu, mas então sentiu o silêncio lá fora. Tudo o que ouvia era o tamborilar da chuva nas folhas, um bater terrível, sem remorso, inclemente da chuva que caía sem parar nas folhas. Com esforço, John conseguiu se levantar. Viu que estava seminu, usando somente sua camisa e se lembrou de que há apenas alguns minutos tinha tirado a roupa encharcada e a posto para secar. Vestiu a calça e o casaco. Estavam secos, estavam secos há horas.

"É noite", percebeu de súbito. "Dormi a tarde toda e agora é noite."

Olhou em volta, como se tudo pudesse ter mudado durante seu sono longo e encantado. A pilha de suas coisas, as ferramentas que ele tinha achado que usaria para plantar em sua nova terra, seu estoque de produtos secos, estava tudo ali. E do lado, em desordem, estava a pilha de achas que ele trouxera naquela manhã mesmo.

Pôs duas achas no fogo. Quando se acenderam, sombras saltaram e tremeluziram para ele, mas a janela e as fendas nas paredes pareceram mais escuras e mais agourentas do que nunca.

John reprimiu um espasmo de infelicidade. Talvez fosse metade da noite ou estivesse para amanhecer, mas não conseguiu se deitar e voltar a dormir. Todos os seus sentidos estavam alertas, se sentiu cercado de perigo. Tinha certeza de que era à tarde, começo da tarde, e que ele deveria estar buscando lenha, verificando a armadilha para peixes, caçando ou, no mínimo, começando a roçar uma parte do solo para plantar suas sementes. Mas o escuro, a escuridão inexplicável, estranha, fora da casa era impenetrável.

— Vou ter de esperar até amanhecer. — John tentou falar calmamente, mas o tremor na sua voz o assustou e o fez se calar. Pensou então em organizar as palavras mentalmente, de modo que soassem um bom-senso tranquilo. "Vai ser bom começar cedo de manhã. Vou pegar a arma e matar pombos selvagens enquanto ainda estão nas árvores. Pegarei dois e secarei a carne. Posso pegar vários e defumá-los na lareira, e sempre ter carne para comer."

O escuro lá fora não se desfez.

John sentou-se na frente do fogo, estendeu as pernas e olhou as chamas. Passaram-se horas. Sua cabeça balançava, e ele se estendeu diante do fogo e fechou os olhos. Adormeceu. Ao nascer do dia, despertou, alertado pelo frio que indicava que o fogo estava se extinguindo, se levantou, empilhou mais lenha sobre as brasas. Dormiu de novo. Só acordou na metade da manhã. Sua barriga vazia roncava, mas não sentia fome. Sentiu-se fraco, tonto, exausto.

— Dormi novamente — disse ele. Relanceou os olhos para as venezianas fechadas da janela. Ao redor da moldura havia uma linha de luz dourada. A tempestade tinha passado e fazia um belo dia de sol.

John olhou sem interesse.

— Estou cansado — disse para a sala silenciosa. E adormeceu.

Acordou no começo da tarde. A dor em sua barriga era de fome, mas tudo o que sentia era sede. Não havia água na jarra. "Vou ter de ir até o rio", pensou, desanimado. Empilhou mais lenha no fogo e olhou para a lareira cheia de cinzas como se fosse um inimigo ganancioso. "Poderia deixá-lo apagar", pensou, rejeitando a sensatez daqueles que haviam lhe dito para nunca deixar o fogo se extinguir, que o fogo era a sua luz, sua proteção, seu salvador. "Poderia deixá-lo apagado durante o dia, e só acendê-lo à noite."

Balançou a cabeça, como se aprovando uma declaração de bom-senso, e abriu a porta. Então, parou abruptamente.

Deparou-se com uma pequena cesta, muito bem tecida com cordas coloridas. Dentro havia três ovos frescos de pata, um pedaço de pão de milho, um punhado de nozes e frutas secas envolvidas por uma folha.

John se surpreendeu e olhou imediatamente para a floresta, onde as árvores eram densas na orla da clareira. Estava tudo imóvel. Nenhuma tanga de couro se movendo para longe, nenhum brilho de cabelo escuro untado.

— Suckahanna? — chamou ele. Sua voz soou baixa, falava tão pouco, nada além de sussurrar baixinho, há tantas semanas, que achou ter-se esquecido de como gritar o nome dela. Tentou de novo. — Suckahanna?

Não houve resposta. Uma gralha crocitou e um pombo selvagem bateu asas e voou. Mas nenhum outro som.

John pegou a cesta. Seria um presente dela, ao ver sua porta fechada e percebendo a que ponto esse país o levara? Levou a cesta para dentro e a colocou do lado da lareira e, então, sentindo seu desejo por comida renascer diante da visão dos ovos, desceu rapidamente até o rio e encheu a panela de água.

Pôs os ovos para ferver, mas não esperou que cozinhassem para experimentar o resto. Partiu o pão e comeu, depois quebrou as nozes na pedra da lareira e comeu as sementes. O sumo escorreu na sua boca, o gosto de um alimento que não era mingau de milho pareceu tão estranho e gostoso que os cantos da sua boca, de repente, o machucaram como se tivesse mordido limão. Era um desejo apaixonado por comida, por um paladar diferente. Quando os ovos ferveram, John quebrou a parte de cima, tão descuidadamente que queimou a boca, e comeu as claras e chupou as gemas com avidez. A gema tinha gosto de sangue, sentiu a sua força percorrê-lo, tornando-o de novo entusiasmado, corajoso, empreendedor, transformando em pioneiro um homem que, há alguns instantes, era um garoto perdido.

— Meu Deus, como eu estava com fome! — disse ele. Comeu o último pedaço do pão, saboreando seu gosto levemente adocicado e a cor amarelo-clara. Depois, comeu um punhado de frutas secas. De imediato, sua boca se encheu de um sabor forte como o de um sorbet, tão pungente quanto groselha. Era uma fruta que ele não conhecia, enrugada como passa, mas o gosto penetrante como o de ameixa rainha-cláudia. John chupou e chupou a massa doce em sua boca, deliciando-se com o sumo penetrante.

Ficou em êxtase, a boca sentindo o sabor, como se nada no mundo inteiro pudesse ser tão bom nesse momento em que finalmente se alimentava, depois de meses de fome.

Quando acabou de comer, restavam apenas algumas das frutas. Tinha comido o resto todo. "Devia ter guardado um pouco", pensou John, arrependido. "Sou ganancioso como um selvagem por não ter poupado um pouco para o jantar." Mas então percebeu que não conseguiria se fazer parar de comer. Simplesmente não tinha tido a força de vontade, além de que sem a energia da refeição ele não teria conseguido prosseguir.

— Agora, vou verificar minha armadilha para peixes, roçar um canteiro e plantar algumas sementes — disse ele com determinação. — Graças a Deus tenho força para fazer isso.

Primeiro, abasteceu o fogo com galhos partidos, lembrando-se da regra sábia de sempre mantê-lo aceso. Depois, saiu, deixando a porta do casebre aberta para que o vento frio e limpo entrasse e varresse o mau cheiro dele vivendo como um cachorro, dormindo como um cachorro, sem nunca se limpar. Desceu até o rio, tirou a camisa e o calção, empilhou-os debaixo de pedras na água, e entrou no rio gelado, para se lavar. Ao sair, tremendo de frio, pegou suas roupas e as esfregou até a camisa ficar cinza-claro, e não suja e manchada. Depois torceu-as, ainda protegendo a mão machucada, e sacudiu-as enquanto voltava para casa, descalço. O fogo estava chamejando. Aprumou a panela e equilibrou duas varas, de modo que pudesse estender as roupas diante do fogo. Então, retornou para o lado de fora, vestindo apenas seu paletó, e se pôs a cortar lenha.

Quando conseguiu uma pilha de bom tamanho, foi buscar a pá e o machado. Fez uma pausa e olhou sua terra, sua nova terra. A ilusão provocada pela fome de que a floresta estava se arrastando desapareceu. Trilhas compridas de vinhas moviam-se como serpentes pela clareira, pontinhos de ervas daninhas surgiam como uma praga verde pelo solo onde o mato tinha sido derrubado. Nada deteria a regeneração da terra. Ao derrubar as árvores, tudo o que John tinha feito fora deixar espaço para as plantas rasteiras, que se alastravam pela clareira.

John traçou com os olhos uma linha que corria paralela à frente da casa e parava diante da porta. Seria um canteiro de legumes e tabaco alternando com plantas comestíveis. Ervas comestíveis cresceriam rapidamente, e ele também tinha sementes de batata, nabo, cenoura, alho-poró e ervilha. Plantadores, rio acima e rio abaixo, com mão de obra em parte escrava e em parte livre, tinham assumido o risco de cultivar somente tabaco, presumindo que poderiam comprar tudo o mais, comida, material de construção, roupas, com o lucro de uma única safra. Homens desse tipo tinham morrido nos primeiros anos, ou tirado dos índios e chamado isso de comércio, ou ido para a cidade descalços e mendigado. Mas quando o tabaco cresceu e seu preço começou a aumentar, o jogo, para alguns, compensou. John pensou nos pequenos jardins dos casebres na aldeia de Meopham de que sua mãe tinha-lhe falado, onde cada casa, embora pequena, tinha um pedaço de terreno nos fundos em que se cultivava alimento que evitava a fome no pior inverno. John percebeu que estava reduzido a um nível que seus pais tinham se congratulado de ter superado. Mas então pensou mais animadamente que talvez esse fosse o seu ponto de partida, como Meopham tinha sido o deles.

Ergueu o machado e o baixou ao solo. Imediatamente, a ferramenta vibrou sobre uma raiz e ele sentiu uma dor súbita quando a nova pele na palma de sua mão se abriu e dela pingou água. Ele levantou a mão e a examinou assustado. A pele que parecia morta e branca tinha levantado e exposto a ferida, de onde escorria não sangue, mas um líquido claro. A dor foi tão lancinante que a cabeça de John zuniu por um bom tempo. Então ele se abaixou devagar, pôs a pá e o machado debaixo do braço e os levou de volta para a casa. Não podia cavar com uma mão só. Seu jardim teria de esperar.

Dentro de casa, pegou uma tira de linho, que antes estava reservada para o caso de ele ser convidado a algum lugar elegante, e enfaixou a mão, apertando bem para estancar o líquido. Doeu muito e ele sentiu o pano grudar na ferida.

— A questão é — disse ele baixinho para a sala vazia — que não sei bem o que devo fazer.

John achou que esperaria sua camisa e calção secarem e depois caminharia, embora a distância fosse longa, até a plantação de Hobert, para ver o que Sarah poderia fazer por aquela queimadura dolorosa.

— Talvez ela tenha um bálsamo — disse John. — E poderei passar a noite com eles, e conversar. E eles devem ter pão.

A animação da manhã estava se esvaindo. Sentiu a camisa, ansioso por partir. Estava seca e cheirando bem, mas o calção de tecido grosso continuava molhado. John pensou em vesti-lo mesmo assim, mas então sentiu uma dor forte na barriga.

Era a comida, jogada no seu estômago encolhido, rica demais para um sistema que estava sobrevivendo ao estágio da fome.

— Ah, Deus! — exclamou John. A dor foi como uma estocada no seu coração.

Dobrou-se e correu para a porta curvado. Mal contornou a casa, evacuou, sentiu a força irromper e, depois, esvair-se aos poucos. A dor o fez se segurar na porta. Mas então sentiu as mãos, até mesmo a ponta dos dedos se enfraquecendo enquanto a dor o atacava na barriga e o sacudia, como as mandíbulas de um monstro.

— Que idiota eu sou... que idiota... — Arquejou entre os espasmos. Achou que deveria saber que seu corpo não suportaria a comida depois de semanas de fome. — Como sou idiota... que idiota.

O acesso se abrandou e John cambaleou, quase se arrastou para dentro de casa. O fedor era terrível, mas não ia conseguir descer de novo ao rio para se lavar. Envolveu-se com a sua capa e se deitou diante do fogo. Viu que não teria condições de andar até a casa dos Hobert. Não podia remar a canoa com uma única mão. Não poderia começar o jardim até sua mão sarar, e até o fluxo terrível passar ele não estaria apto para nada. Se descesse ao rio, não conseguiria subir a colina de volta. Ficou deitado no calor do fogo agradecendo a Deus ter pensado em aumentá-lo pela manhã. E então fechou os olhos. Toda vez que a dor na barriga o despertava com um espasmo, ele olhava para a porta. Se Suckahanna não voltasse com comida, água e ervas para tratar de sua mão queimada, achou que provavelmente morreria ali, deitado diante de um fogo que se extinguia, com o traseiro exposto, nauseado como um cão, e com uma mão inútil, talvez condenada, e nada adequado para comer.

Ela não apareceu. Quando a tarde caiu, John se arrastou até a porta e a fechou, com receio das criaturas noturnas. Se os lobos se aproximassem nessa noite, somente a porta fechada o separaria deles, e podiam derrubá-la facilmente. John não tinha forças para carregar sua arma. Sentiu-se suar em sua capa e, depois, experimentou uma sensação de umidade e um mau cheiro horrível, o que significava que tinha esvaziado os intestinos de novo. Não podia fazer nada a não ser se estender na sua própria imundície. Durante a noite, vomitou no chão, e o vômito se espalhou ao seu redor. O cheiro o fez sentir mais náusea, mas com o estômago vazio, só vomitou bile. Ergueu-se sobre um cotovelo e pôs mais lenha no fogo. Depois dormiu.

Despertou de manhã, sentindo dor no corpo todo e tremendo, como se estivesse com febre. Sua mão estava latejando e os dedos ficando pretos. A casa fedia como um canil e sua capa estava grudada nas suas costas com um pedaço ressequido de fezes. Rastejou até a porta e a abriu, removendo a capa das costas. Sua pele estava em carne viva, e sua visão ia e vinha, a porta aberta parecendo uma figura oblonga de luz dourada e verde oscilando.

Havia uma tigela de barro com água limpa na entrada, e outra do lado com mingau de milho quente. John ouviu sua garganta machucada emitir um leve som de gratidão. Puxou a tigela com água e bebeu com cautela. Seu estômago roncou, mas os espasmos terríveis de dor tinham passado. Girou o corpo para se sentar à porta, e levou a tigela de mingau à boca. Não era mingau como ele fazia em sua panela queimada. Era leve, ligeiramente perfumado de ervas, amarelo como manjar-branco, aromatizado com algo semelhante a açafrão. John bebeu um gole com cuidado e, apesar do ronco de fome da sua barriga, esperou, bebericou a água, fez uma pausa. Depois tomou outro gole do mingau.

Cautelosamente, comendo tão devagarzinho que o desjejum durou quase a manhã toda, John comeu o mingau e bebeu quase a água toda. Uma hora depois, viu que podia ficar em pé sem desmaiar. Com muito cuidado, se levantou e foi até a porta e pôs a capa malcheirosa fora de casa. Uma porção de terra roçada se estendia na frente da casa, do ponto em que ele dera o golpe com o machado até onde terminava, perfeitamente quadrada. John olhou e esfregou os olhos, como se fosse um sonho, uma alucinação por causa da febre e da náusea.

Não. Era real. Ela tinha vindo à noite e roçado uma extensão de terra para ele plantar suas sementes. Ela tinha vindo e visto que ele estava doente por ter comido rápido demais, e ficado à beira da morte por sua própria avidez e estupidez, e lhe deixara, não um banquete, mas uma refeição leve de mingau e água, para que ele se recuperasse. Estava cuidando dele como se ele fosse uma criança, escolhendo sua comida, fazendo o seu trabalho. John estava pronto para chorar de gratidão por ela preparar sua comida, buscar água para ele, fazer o seu trabalho. Mas ao mesmo tempo também sentia um incômodo agudo por ela tê-lo visto tão impotente, por ela ter visto que ele não era capaz de fazer nada nessa nova terra, nem mesmo sobreviver.

— Suckahanna? — sussurrou ele.

Nenhuma resposta, apenas o chamado dos pássaros e o grasnido dos patos no rio.

John pegou sua capa imunda e desceu cambaleando até o rio para lavá-la, e se abaixou na água fria, tentando se limpar. Mais uma vez, subiu com esforço a colina de volta para casa, carregando a capa molhada, seus pés sensíveis nas pedras de seu campo. Sua mão estava dolorida, a cabeça latejava e sentia o estômago muito sensível.

— Não posso sobreviver aqui — disse John ao alcançar a sua porta, depois da longa e árdua subida pela pequena colina. — Tenho de descobrir uma maneira de descer o rio até Bertram. Aqui, vou morrer.

Pensou por um momento se deveria esperá-la, se deveria se deitar diante do fogo para o caso de ela vir viver com ele, como tinham planejado. Mas tinha sido avisado pela maneira cautelosa com que ela tinha se aproximado. Não podia contar com ela para salvá-lo. Tinha de salvar a si mesmo.

— Vou descer o rio até Bertram — disse ele. — Se ela quiser, saberá onde me encontrar.

Pelo menos seu calção e sua camisa estavam limpos e secos. Demorou muito tempo para vesti-los. Calçar as botas exigiu um esforço que lhe tirou o fôlego, e teve de se curvar para aliviar a tonteira. Não pegou sua arma, pois não conseguiria carregá-la nem manter o pavio aceso na canoa. Não havia nada mais que pudesse carregar. Esse novo país, que ele antes tinha acreditado que o faria rico, tinha-o tornado mais pobre do que um miserável. Tudo o que podia carregar eram as roupas com que estava vestido, tudo o que conseguia fazer era cambalear como um bêbado colina abaixo, até onde a canoa estava, fora do alcance da maré.

Ele pensou por algum tempo que nunca conseguiria descê-la até a pequena praia e colocá-la na água. Empurrou por algum tempo, e a canoa não se moveu mais do que uma polegada. Depois teve de descansar antes de voltar a empurrar. Foi um processo que sugou quase toda a sua força e coragem. Quando a canoa finalmente balançou na água, estava quase sem energia para subir nela. Achou que seu peso a tinha feito encalhar, mas quando pegou o remo com a mão boa e conseguiu erguer o peso um pouco, a canoa deslizou para o meio do rio, para a parte mais funda.

Era maré vazante, e a correnteza ia na direção do mar. A canoa ganhou velocidade. John tentou usar o remo para levá-la para mais perto da margem, mas não conseguiu controlá-lo com uma única mão. Impulsionou o remo na água e a canoa girou. Em um segundo, se encheria de água e afundaria. Fez um movimento desesperado, apontou-a rio abaixo, e depois se agarrou no lado quando deslizou aos solavancos e serpenteou na forte correnteza, se sacudindo ao colidir com a água branca. John olhou para a margem, que parecia estar se rasgando. Nada parecia familiar, embora ele e Bertram tivessem observado atentamente, assinalando pontos de referência, de modo que pudesse fazer essa viagem, de modo que Bertram soubesse quando estava se aproximando da terra de John. Achou que reconhecia um pinheiro alto, com suas raízes se estendendo pela água e tentou virar a canoa na direção da costa. A corrente segurou o remo, John tentou recuperá-lo, mas o remo foi arrancado rapidamente de sua mão, e a canoa se pôs a girar na água do rio, e ele não conseguiu controlar o rumo nem fazer outra coisa a não ser se deixar cair no chão da canoa e achar que estava perdido.

John abriu os olhos. Acima dele havia um teto alto e redondo feito de galhos atados e coberto de folhas largas. Ele estava deitado em uma espécie de enxergão feito de ramos espalhados formando uma esteira. Virou a cabeça, esperando ver o rosto familiar de Bertram Hobert ou o sorriso contido de Sarah. O lugar estava vazio.

Não era uma casa construída por um inglês comum, isso, pelo menos, estava óbvio. Era uma cabana quadrada, forro abobadado, telhado e paredes de folhas, o piso coberto por esteiras e peles de veado espalhadas. No centro havia uma pequena fogueira com o núcleo minúsculo e vermelho que mantinha a cabana aquecida e a enchia de uma fumaça leve e acre. Nas paredes, havia peles de animais penduradas e uma cesta tecida pela metade, e outras transbordando de produtos. A única luz filtrava-se pelo buraco no telhado acima do fogo e tremeluzia nas peles que serviam de cortina na porta. John pôs os pés no chão e deu dois passos cautelosos para sair.

No mesmo instante, uma criança morena enfiou a cabeça para dentro da cabana, viu John em pé e, sem se mover, sem tirar os olhos do inglês, abriu a boca e deu um grito. John paralisou-se, ouviu passos correndo e então uma mulher se pôs atrás da criança, a mão em seu ombro, e outra mulher veio para trás da primeira, com um arco erguido e uma flecha na corda.

John deixou-se cair sentado na cama, abriu as mãos, tentou sorrir.

— Olá — disse ele. Balançou a cabeça, tentando parecer tranquilo, pacífico. — Olá.

As duas mulheres balançaram a cabeça em resposta, sem dizerem nada. Lembrando-se das semanas de silêncio de Suckahanna, John não achou que elas não o compreendessem, apesar de seus olhos permanecerem impassíveis e escuros.

— Obrigado por me trazerem para cá. A canoa era forte demais para mim. Eu estava tentando chegar na casa do meu amigo, Bertram Hobert, mas a correnteza me levou.

Balançaram a cabeça de novo, sem falarem nada.

— Jamestown fica perto daqui? — perguntou John. Pensou se não teria se afastado demais da cidade, talvez para o extremo que dava para o mar. — Jamestown? É perto? Jamestown?

A mulher com a flecha no arco sorriu brevemente.

— Nenhum lugar perto — replicou ela. Falou com uma estranha cadência galesa na voz.

— Você fala inglês! — exclamou John.

Ela não assentiu nem sorriu, tampouco relaxou a tensão na corda do arco.

— Sou um homem pacífico — disse John. — Estava tentando plantar no meu terreno, à margem do rio. Passei fome e queimei a mão. Estava indo pedir ajuda ao meu amigo. Sou de paz. Estou procurando uma garota indígena, uma mulher indígena. Suckahanna.

Nenhuma das duas mulheres reagiu ao nome.

— Quero que ela seja minha mulher — disse John. — Se ela me quiser. Voltei para a Virgínia... — Interrompeu-se. Ocorreu-lhe que talvez, na sua ignorância, não soubessem o nome do seu país. — Voltei para cá, vim de minha terra, para ficar com ela.

— Suckahanna está casada com meu irmão — disse a mulher com o arco. — Ele ia com ela, quando levava a comida para você. Não imaginamos que você comeria tudo de uma vez só... como um porco. Não queríamos que ficasse doente.

John sentiu o constrangimento queimar sob a pele de seu rosto.

— Fui um idiota — disse ele. — Estava com muita fome. — O pensamento dessas pessoas discutindo sua ganância e, talvez, observando-o evacuar e vomitar, deu-lhe vontade de fechar os olhos e estar em qualquer outro lugar, até mesmo em seu casebre, à beira da morte, em vez de ali, com a mulher olhando para ele com uma curiosidade terna.

— Por que Suckahanna não se mostrou? — perguntou ele. — Eu agora seria seu amigo, já que tem marido. — Olhou de novo para a flecha no arco. — Eu nunca a enganei — disse ele rapidamente. — Queria me casar com ela, quando achei que era virgem.

A expressão da mulher não se abrandou. Com um terror repentino, John pensou que talvez o tivessem salvado para uma execução terrível. Em Jamestown, ouviam-se histórias de homens que tinham tido suas barrigas cortadas e as entranhas arrancadas diante dos próprios olhos.

— Nunca quis fazer nenhum mal a ela — disse John. — Não quero fazer mal a nenhum de vocês.

— A sua casa está onde nós caçávamos — falou a outra mulher. — Você afugentou as aves de caça e os veados fazem outros caminhos na floresta para se afastarem de seu campo queimado e do seu cheiro.

— Desculpe — disse John. Pensou no mapa do governador e nos espaços vazios de floresta não assinalados com nenhum nome. — Achei que a floresta estava vazia.

Elas olharam para ele como se as palavras fossem simplesmente incompreensíveis.

— Vazia?

— Vazia de gente — corrigiu-se ele. — Sabia que havia animais. Mas não achei que a terra fosse de vocês.

— Os animais não possuem a terra — disse, bem devagar, a mulher que apontava a flecha para o corpo dele, como se estivesse tentando entender alguma lógica estranha.

— Não — concordou John.

— Mas você sabia que eles estavam lá, que corriam pela floresta.

— Sim.

— Nós também, nós os seguimos quando os caçamos, roçamos a terra durante uma estação, para plantar nosso alimento. Como a terra pode estar vazia?

John engoliu em seco, sua cabeça quase explodiu.

— É como nós, homens brancos, falamos — disse ele impotente.

A mulher com o arco balançou a cabeça concordando, a flecha ainda apontada para a barriga dele.

— O seu povo disse que ficaria aqui por pouco tempo, para procurar metal, e depois partiria — falou ela. — Agora vocês nos dizem que a terra está vazia e constroem suas casas nos caminhos da caça, derrubam árvores da floresta e não permitem que cresçam de novo.

— Lamento — disse John. — Não sabíamos que estavam vivendo aqui. Se me ajudarem a ir a Jamestown, eu poderia dizer ao governador...

Calou-se. De repente, ela desviou a flecha dele, como se tivesse perdido o interesse naquela conversa.

— Decidiremos o que fazer com você, quando os homens vierem para casa — disse ela abruptamente. — Até lá, ficará aqui.

John abriu as mãos, tentando demonstrar sua obediência e como era inofensivo.

— A criança vai lhe trazer algo para comer — disse a outra mulher. — Não faça cocô aqui. Para isso, vá à floresta.

John sentiu seu rosto ficar escarlate e se xingou de imbecil por estar tão envergonhado por ter diarreia quando poderia estar enfrentando estripação.

— É claro que não — replicou ele, aferrando-se à sua dignidade.

A mulher olhou para ele.

— Todos nós o vimos — disse ela. — Mas somos limpos. Somos o Povo, o powhatan. Deve fazer sua sujeira na floresta, enquanto estiver conosco, e, depois, cobri-la.

— Sim — disse John. — Tenho sede.

— A criança vai lhe trazer comida e bebida — disse a outra mulher. Pôs a flecha na aljava. — Não se empanturre.

— E Suckahanna? Está aqui? — John tentou fazer a pergunta com calma, com uma voz neutra, mas sua cabeça recomeçou a estrondear, ao pensar nela.

Olharam para ele com indiferença, viraram-se e saíram.

A criança trouxe uma panela cheia de água gelada. John bebeu-a comedidamente. A panela era preta, suave como mármore. Não imaginava como poderia ter sido feita, era tão elegante quanto uma urna funerária da coleção do rei.

Esperou. A criança, não podia dizer se era um menino ou uma menina, usando apenas uma tanga de couro, agachou-se na entrada da cabana e o observou com olhos escuros e solenes. John tentou sorrir. A expressão da criança era grave. John recostou-se na parede da cabana e esperou.

Viu as sombras se estenderem no pequeno quadrado da entrada, depois ouviu, bem distante, o som de canto.

Pela expressão alerta e silenciosa da criança, percebeu que o ouvira há minutos. Olhou para a criança e ergueu os sobrolhos, como se perguntando o que estava acontecendo. A criança estava solene como um guerreiro, e como um guerreiro poderoso, simplesmente sacudiu sua cabeça.

John recostou-se de novo e esperou.

O coro se aproximou. John escutou com mais atenção. Tinha certeza de que ouvia a voz de Suckahanna. A razão lhe disse que não era possível, que a tinha escutado falar só uma, ou duas vezes, que ele certamente não distinguiria sua voz entre várias outras. Mas seu coração continuou a bater forte e inclinou-se à frente, seus ouvidos doendo com o esforço de escutar mais claramente.

— Suckahanna? — sussurrou ele.

A criança, reconhecendo o nome, balançou a cabeça confirmando, e depois fez um gesto simples e gracioso indicando a porta, e lá estava ela, emoldurada pela luz dourada do entardecer, mais alta do que ele se lembrava, a expressão um pouco mais grave, o cabelo crescido dos dois lados da cabeça, mas ainda trançado no lado direito, usando perneiras de couro e um pequeno vestido também de couro de veado, e seus braços e bochechas estavam pintados com espirais vermelhas.

— Suckahanna! — disse ele.

Ela ficou na frente dele e o examinou, sem sorrir, e então se aproximou um pouco mais e estendeu a mão. John, com hesitação, sem saber o que devia fazer, estendeu também a sua, e solenes como parlamentares, apertaram-se as mãos.

Os dedos dela, quentes e secos, fecharam-se em volta dos dele e John sentiu um desejo extraordinário com aquele leve toque. Seus olhos se dirigiram ao rosto dela, sem acreditar, o sorriso ligeiro dela espalhou-se dos olhos para os lábios, até seu rosto todo se iluminar e se mostrar alegre.

— John — disse ela docemente, seu sotaque soando melodioso ao proferir seu nome. — Bem-vindo ao meu povo.

No mesmo instante ele se atrapalhou com explicações.

— Eu queria vir, eu falei sério quando disse que voltaria. Não queria traí-la. A minha intenção era ficar com você. Mas quando cheguei em casa, meu pai tinha morrido e meus filhos precisavam de uma mãe... — Interrompeu-se ao vê-la sacudir a cabeça e encolher os ombros.

— Sabia que falava sério — replicou ela. — Mas como não voltou, minha mãe e eu tivemos de deixar Jamestown e procurar o nosso povo. E então, estava na hora de eu me casar, e agora estou casada.

John ia retirar a mão, mas ela a segurava firme.

— Este é o meu filho — disse ela com um sorriso para a criança na entrada.

— Seu filho!

— O filho do meu marido. Sua primeira mulher morreu e agora sou a mãe desse menino, e tenho uma filha minha.

John sentiu o arrependimento tomá-lo tão dolorosamente quanto uma doença.

— Nunca pensei...

— Sim, sou uma mulher adulta — disse ela, com a voz firme.

John sacudiu a cabeça como se negasse a passagem dos anos.

— Eu devia ter voltado. Eu queria voltar.

— Sua mão está ferida? Esteve doente?

— A doença foi culpa minha — replicou John. — Passei fome por muito tempo e depois comi os ovos que me mandou... foi você?

Ela confirmou com um movimento da cabeça.

— Estavam tão bons. Mas os comi rápido demais. E queimei a mão na panela, depois a ferida abriu...

Ela pegou sua mão e examinou a ferida. John olhou para o topo de sua cabeça e sentiu o cheiro tênue, familiar de sua pele quente e do unguento de gordura de urso que afugentava os insetos, e sentiu o desejo crescer nele, até achar que devia puxá-la para si, e independentemente do que lhe custasse, devia abraçá-la, só uma vez, antes de morrer.

Ela ergueu o olhar e reconheceu o desejo no seu rosto. Não recuou como uma mulher inglesa teria feito. Mas tampouco se aproximou. Permaneceu imóvel observando-o com firmeza, percebendo o desejo, o medo e a necessidade.

— Acho que poderemos curar sua mão — disse ela com delicadeza. — Venha.

O menino à porta afastou-se para que as duas e Suckahanna levassem John para fora, para a luz do fim de tarde.

John pestanejou. Viu-se no centro de uma praça rodeada de mais cabanas compridas de madeira feitas de paredes de bambus, entrelaçados intricadamente. Em cada uma, havia uma espiral de fumaça perfumada que ascendia do telhado, e um bando de crianças brincando na porta. No centro da praça estava um grupo de homens, relaxados, conversando em voz baixa, confiantes, um deles retesando a corda de um arco, outro afiando caniços para as pontas das flechas. Relancearam os olhos para Suckahanna, que conduzia John, mas não fizeram nenhum comentário, nem mesmo acusaram a sua presença. Olharam-no como um animal olha o outro. Em um único olhar de relance, viram a maneira como andava, as marcas deixadas por suas botas no solo, seu cheiro, o cabelo emaranhado e sujo e a sua palidez doentia. Avaliaram a sua capacidade para a luta, para correr, para se esconder. Sentiram o medo que tinha deles e sua confiança em Suckahanna. E então voltaram ao trabalho e à conversa como se não houvesse nada a ser dito sobre ele ou a ele... por enquanto.

Suckahanna conduziu-o a uma pequena rua com habitações dos dois lados. No fim da ruazinha, havia uma grande fogueira e meia dúzia de panelas pretas no meio das brasas, e espetos de carnes sobre uma armação. John sentiu o estômago se apertar de fome, mas Suckahanna passou direto pela comida, seguindo para uma cabana do outro lado do fogo.

Gritou uma palavra, talvez um nome, e a cortina na porta abriu-se e uma velha apareceu.

— Suckahanna!

— Musses.

A mulher falou rápido e em uma língua fluente, e Suckahanna respondeu. Algo que ela disse fez a velha gargalhar, e lançar um olhar rápido e sorridente para John, como se ele fosse o alvo da piada. Então, estendeu a mão para ver a queimadura na palma da mão de John.

Suckahanna fez um gesto indicando que ele devia mostrar a ela.

— Ela é uma curandeira, ela vai curar a ferida.

Com hesitação, John abriu os dedos para mostrar a ferida. Estava piorando. Onde a bolha tinha rompido a carne viva estava suja, cheirando mal e exsudando. John olhou com medo para a ferida. Se estivesse em Londres, um barbeiro cirurgião amputaria sua mão, para evitar que a infecção se alastrasse por seu braço até o seu coração. Ele temia a infecção um pouquinho menos do que temia aqueles selvagens e qualquer tratamento que prescrevessem.

A mulher disse alguma coisa a Suckahanna, que riu, um risinho espontâneo, como o da menina que John conhecera. Ela virou-se para ele.

— Ela diz que você deveria ser purgado, mas eu respondi que você já tinha feito isso sozinho.

A mulher estava rindo, Suckahanna estava sorrindo, mas John, com medo e dor, só conseguiu balançar a cabeça sério.

— Mas ela diz que você ainda tem de suar para pôr para fora a doença, antes de tratarmos da ferida.

— Suar?

— Em uma... — Suckahanna não sabia a palavra em inglês. — Casinha. Em uma casinha.

A mulher concordou balançando a cabeça.

— Vamos para lá agora — disse Suckahanna. — Depois vamos colher as ervas para a ferida antes de anoitecer.

A mulher e Suckahanna o conduziram ao limite da aldeia. Havia uma cabana redonda menor na beira do povoado, o telhado ao nível do chão, e uma fumaça densa ascendia do buraco no centro do telhado.

— É muito quente — explicou Suckahanna.

John fez um movimento com a cabeça indicando que entendia, parecia quente como o inferno.

Suckahanna pôs as mãos delicadamente na sua camisa suja.

— Vai ter de tirar a roupa — disse ela. — Toda a roupa, e descer lá, completamente nu.

Instintivamente, as mãos de John seguraram o cinto do seu calção, o que o fez dar um grito de dor, quando o tecido roçou na palma da sua mão esfolada.

— Já! — disse Suckahanna, como se isso encerrasse o assunto. — Tire a roupa e entre lá.

Relutantemente, John tirou a camisa. A velha observou sua pele pálida com interesse, como se ele fosse um presunto pronto para ser defumado. John lançou um olhar rápido e assustado para a construção.

— Suckahanna... vou ser morto? — perguntou ele. — Prefiro morrer de calção.

Ela não riu de seu medo. Sacudiu a cabeça.

— Eu não o levaria para a sua morte — replicou ela, simplesmente. — Eu o mantive seguro na floresta por um mês, não foi? E depois eu disse que o amava. Nada mudou.

Foi como aquele ímpeto de desejo que tinha sentido quando a conhecera. Confiou nela sem titubear. Desatou o calção e o deixou cair no chão. Tirou as botas e as meias malcheirosas. Ficou nu na frente das duas, e sentiu sua genitália murchar diante do olhar curioso e intenso da mulher velha e a evidente falta de interesse de Suckahanna.

— Entre — disse ela, apontando para os degraus que levavam para o escuro cheio de fumaça. — Lá tem uma cama. Deite-se. Vai ficar quente, vai suar como se estivesse com febre. Quando Musses chamá-lo, poderá sair. Não antes disso.

John deu um passo à frente e hesitou. A mãozinha firme e familiar de Suckahanna o empurrou pelas costas.

— Vá — insistiu ela. — Você está sempre pensando, John. Apenas aja.

Ele sorriu ao ouvir a verdade do que ela dissera e desceu rápido os degraus, em um ímpeto de coragem momentânea, e se lançou de cabeça no escuro.

A cabana estava impregnada de uma fumaça acre herbosa e o calor era muito intenso. Percebeu que a cabana era funda como uma adega, de modo que a própria terra parecesse um forno, conservando o calor em seu interior. No centro da cabana havia uma pequena lareira com brasas vermelhas empilhadas e um pote de folhas secas ao lado. Havia espaço para um pequeno banco de pedras, tão quente que John teve de se sentar com todo cuidado, dando tempo para a sua pele se acostumar com a quentura.

— Ponha o pote de ervas no fogo! — gritou Suckahanna, lá de fora.

Com relutância, John despejou as folhas secas no fogo. No mesmo instante, a cabana se encheu de uma onda de fumaça preta que sugou o ar de seus pulmões e o fez sufocar e arquejar tentando respirar. A fumaça o derrubou, como uma árvore impotente, de modo que se estendeu sobre as pedras, e seus olhos lacrimejaram com o vapor acre. Seu nariz feriu com o calor, seus ouvidos doeram com o calor intenso e o cheiro forte e a falta de ventilação. Sentiu-se cair em um extraordinário estado onírico. Viu Frances com uma pá e um regador no jardim de Lambeth, viu o duque de Buckingham jogar a cabeça para trás e rir, viu Jane sorrindo à luz de velas na sua noite de núpcias. Viu seu pai morrendo em um canteiro de flores, viu as rosas que tinha lançado no rio para o serviço fúnebre de Jane na capela do pai dela.

De longe, de muito longe, ouviu uma voz dizer algo em uma língua estranha, e abriu os olhos. A fumaça tinha dispersado um pouco, o calor parecia menos intenso. Sua pele estava rosada como a de um bebê. Seu corpo estava completamente molhado de suor, e sua pele estava lisa como a de um lagarto aquecido pelo sol.

— Ela disse que pode sair! — ouviu em inglês. Mas não foi a ordem, e sim a voz de Suckahanna que o tirou do aturdimento, e o fez subir os degraus e sair para a luz do sol.

— Ah — disse a velha com prazer, gostando da sua aparência. Ela balançou a cabeça para Suckahanna, depois pôs um manto de couro de veado ao redor dos ombros de John para abrigá-lo do ar frio do fim de tarde.

John procurou suas roupas com os olhos. Tudo tinha desaparecido, exceto suas botas. Suckahanna estava em pé no meio de um pequeno grupo de mulheres, todas olhando para a nudez dele com uma curiosidade animada.

Suckahanna se adiantou e estendeu uma trouxa de roupa para ele. Quando John a pegou, viu que era um trapo — uma peça de pano para retorcer entre suas nádegas e atar em uma tira ao redor de sua cintura — um saiote e uma camisa de pele de veado. Retraiu-se.

— Onde estão minhas roupas?

Suckahanna sacudiu a cabeça firmemente.

— Cheiravam mal — replicou ela. — E tinham piolhos e pulgas. Somos um povo limpo. Não pode usar aquelas roupas em nossas casas

Ele sentiu-se envergonhado e sem argumentos.

— Vista isto — disse ela. — Estamos todos esperando por você.

Ele amarrou as tiras de pano ao redor da cintura e se sentiu melhor com sua nudez oculta de tantos olhos pretos e intensos.

— Por que estão todas aqui?

— Para procurar as ervas para a sua mão — respondeu ela.

John olhou para a palma da mão. A ferida estava mais limpa, mas ainda havia uma crosta de carne apodrecida no centro.

Vestiu a camisa, e ajeitou o saiote. Achou que deveria estar com uma aparência ridícula, com suas pernas brancas e compridas sob a saia belamente bordada, e calçando suas botas pesadas. Mas nenhuma das mulheres riu. Moveram-se, uma atrás da outra, com a velha na frente e Suckahanna atrás de todas. Ela relanceou os olhos para John.

— Venha — foi tudo o que disse.

Ele então se lembrou do seu passo regular insuportável no tempo que passaram juntos na floresta. Todas as mulheres se moviam com o passo rápido demais para ele andar e lento demais para ele correr. Ele andava e depois corria atrás dela, em esforços curtos que lhe tiravam o fôlego. Suckahanna nunca olhava para trás, para ver se ele acompanhava seu passo firme e regular, como se não houvesse espinhos nem pedras sob seus leves mocassins.

A velha na frente estava correndo e observando as plantas nos dois lados do caminho. John reconheceu uma conhecedora de plantas quando ela parou e apontou uma pequena senda na floresta. Tinha localizado a que queria, correndo, ao anoitecer. John olhou a planta. Parecia uma hepática, mas de uma forma que nunca tinha visto antes.

— Espere aqui — ordenou Suckahanna, e seguiu as outras mulheres. Sentaram-se formando um círculo ao redor da planta e ficaram em silêncio por um momento, como se rezassem. John sentiu uma espetadela na nuca, como se algo potente e misterioso estivesse acontecendo. As mulheres estenderam as mãos sobre a planta. Então, suas mãos fizeram gestos elaborados uma para a outra, acima e ao redor da planta, obedecendo a um padrão constante. Murmuravam, de boca fechada, uma canção e então as palavras começaram a ser cantaroladas bem baixo.

O escuro sob as árvores se tornou mais denso. John percebeu que o sol tinha se posto e que nos galhos superiores das árvores havia um farfalhar, pipilar e arrulhar contínuos, dos pássaros que se preparavam para a noite. No chão da floresta, as mulheres continuaram a cantar e, então, a velha inclinou-se à frente e colheu um ramo da erva, em seguida as outras fizeram o mesmo.

Inquieto, John mudava o peso do corpo de uma perna dolorida para a outra. As mulheres se levantaram e vieram na sua direção, todas mastigando a erva. John esperou, para o caso de ter de comê-la também, mas elas andaram em círculo ao seu redor. Suckahanna primeiro parou e fez um gesto indicando que ele deveria estender a mão. John abriu os dedos, Suckahanna baixou a boca para a palma da sua mão e delicadamente cuspiu, na ferida, a erva mastigada. John gritou quando o sumo acertou em cheio o centro da pele putrefata, mas não pôde retirar a mão, pois ela a segurava com força. As outras mulheres fecharam o círculo à sua volta e cada uma cuspiu, com a mesma força e precisão de um garoto de rua londrino, de modo que o sumo mastigado não ficasse na superfície da ferida, mas penetrasse fundo. John deu um pequeno grito a cada cuspidela, ao sentir o sumo adstringente penetrar na carne putrefata. A mulher velha veio por último, e ele se preparou. Tinha razão em pensar que o cuspe dela seria mais forte do que o projétil de um mosquete, direto no centro da palma da sua mão machucada. Quando ele gritou, ela tirou rapidamente uma cinta de couro do bolso, pôs uma folha sobre a ferida e a atou bem apertada.

John ficou meio tonto de dor e Suckahanna se enfiou sob seu braço e o sustentou no caminho de volta à aldeia.

Estava escurecendo cada vez mais. As mulheres foram para as suas próprias cabanas, cozinhar. Os homens já estavam sentados, esperando o jantar. Suckahanna levantou uma mão saudando um dos homens, que a observou solenemente apoiando as costas de John. Foram até a porta da cabana entrelaçados como amantes e ela o ajudou a se deitar na cama de madeira.

— Durma — disse ela suavemente. — Amanhã se sentirá melhor.

— Quero você — disse John, sua mente anuviada pela dor, pela fumaça e o desejo — Quero que se deite comigo.

Ela riu, um riso baixo, divertido.

— Sou casada — lembrou-lhe ela. — E você está doente. Durma. Estarei aqui pela manhã.

Primavera de 1643, Inglaterra

Em um dia frio de primavera, Alexander Norman subiu o rio. Desembarcou no norte de Lambeth e caminhou pelos campos até a Arca. Frances, olhando ociosamente da janela de seu quarto, viu a figura alta vindo na direção da casa e foi pentear o cabelo, ajeitar o vestido, e tirar o avental. Desceu a tempo de abrir a porta da frente para ele e mandar a criada correr ao pátio para chamar Hester e dizer-lhe que o Sr. Norman tinha vindo fazer uma visita.

Ele sorriu bondosamente para ela.

— Você está linda — disse ele simplesmente. — Cada vez que a vejo está mais bonita. Quantos anos tem agora? Quinze?

Frances baixou os olhos, em um gesto recatado, e desejou corar. Por um momento pensou em responder 15, mas então se lembrou de que um aniversário invariavelmente significava um presente.

— Faço 15 daqui a cinco meses — disse ela. — Em 7 de outubro. — Sem erguer o olhar, recatadamente dirigido ao bico das suas botas, percebeu a mão dele movendo-se para a pala do bolso do seu casaco.

— Trouxe isto para você — disse ele. — Uma lembrancinha.

Estava longe de ser uma lembrancinha. Eram três rolos grandes de fita de seda escarlate com fios dourados. Ali havia quantidade suficiente para debruar um vestido e fazer fitas para o seu cabelo castanho-claro. Apesar da escassez da guerra, a moda continuava sendo vestidos com mangas em tiras elaboradas, e Frances tinha uma necessidade genuína, assim como paixão, por fitas.

Sem tirar os olhos de seu rosto absorto, Alexander Norman disse:

— Você realmente gosta de coisas bonitas, não gosta, Frances?

E foi recompensado com uma expressão de perfeita franqueza, destituída de qualquer coquetismo, quando ela ergueu o olhar e replicou:

— Ah, é claro! Por causa do meu avô! Vivi cercada de coisas belas a minha vida toda.

— Primo Norman — disse Hester, com satisfação, vindo da cozinha para a sala. — Que prazer vê-lo, e em um dia tão frio. Veio pelo rio?

— Sim — respondeu ele. Deixou que ela o ajudasse a tirar o casaco e o desse para Frances para que o levasse à cozinha para secar e mandasse servirem um pouco de *ale* quente. — Não confio nas estradas hoje em dia.

Ela sacudiu a cabeça.

— Lambeth está bem tranquila agora que o palácio do arcebispo ficou vazio — disse ela. — Todos os aprendizes estão exaustos com seu treinamento, inspeção e escavação de fortificações. Não lhes sobra energia para ficarem pelas ruas criando problemas para seus superiores.

Ela conduziu-o à sala de estar. Johnnie estava sentado diante do fogo anotando, com toda a atenção, os rótulos das plantas.

— Tio Norman! — exclamou ele, e se levantou de pronto. Alexander Norman recebeu-o com um abraço animado, depois pôs a mão no bolso mais uma vez.

— Dei à sua irmã 800 metros de fita de seda, gostaria de ganhar a mesma coisa para enfeitar a sua roupa? — perguntou ele.

— Não, senhor, quer dizer, não se tem outra coisa... isto é, ficarei grato por qualquer coisa que me der...

Alexander riu.

— Tenho um brinquedo malvado que um dos armeiros da Torre fez. Mas tem de prometer só decapitar rosas.

Tirou do bolso uma pequena faca que se dobrava dissimuladamente como uma lâmina de barbeiro, de modo que a parte afiada ficasse oculta e segura.

— Permite, Sra. Tradescant? — perguntou Alexander. — Se ele prometer tomar cuidado com os dedos?

Hester sorriu.

— Queria ter coragem para dizer não — replicou ela. — Pode ficar com ela, Johnnie, mas o primo Norman tem de mostrar, antes de ir embora, como usá-la, e garantir que estará seguro com isso.

— Posso entalhar coisas com ela?

Alexander confirmou com a cabeça.

— Começaremos a trabalhar assim que eu beber minha *ale* e contar à sua mãe as notícias da cidade.

— Apitos de madeira? Brinquedos?

— Começaremos com algo mais fácil. Vá pedir na cozinha uma barra de sabão. Aos poucos chegaremos a trabalhar a madeira. — O garoto assentiu com um movimento da cabeça, pôs a cortiça com cuidado no pote de tinta e afastou a bandeja com as etiquetas. E então, saiu da sala. Frances entrou e pôs um copo de *ale* na frente de seu tio, pegou uma costura e se acomodou no banco à janela. Hester relanceou os olhos para o outro lado da sala e pensou que sua enteada podia muito bem estar posando para um retrato intitulado "Beleza e Prendas Domésticas", ali com sua cabeça curvada sobre seu trabalho. Um olhar rápido de Frances avisou-a de que a garota estava perfeitamente ciente do quadro encantador que fazia.

— Alguma novidade? — perguntou Hester.

Alexander Norman confirmou com a cabeça.

— Soube de Birmingham?

Hester relanceou os olhos para Frances.

— Não vamos falar disso agora. Soube o bastante.

Alexander sacudiu a cabeça.

— Atos terríveis. O príncipe Rupert perdeu completamente o controle de seus homens.

Hester assentiu.

— E eu soube que o rei controla toda a parte ocidental do país.

Alexander Norman confirmou.

— Ele perdeu a Marinha, mas mantém vários portos. E estão de frente para a França, de modo que ele possa desembarcar um exército francês se a promessa da rainha for cumprida.

— E nenhum está marchando para Londres? — perguntou Hester.

Alexander Norman encolheu ligeiramente os ombros.

— Não que eu saiba, mas só neste mês houve pequenos combates por todo o país.

— Nada próximo?

Alexander Norman inclinou-se para a frente e pôs a mão sob os dedos, fortemente apertados, de Hester.

— Calma, prima — disse ele, suavemente. — Nada perto. Sabe que a avisarei assim que souber de qualquer perigo para a sua pequena Arca. Você e sua carga preciosa atravessarão seguras esta tempestade.

Ele relanceou os olhos para o banco à janela.

— Frances, poderia buscar mais um copo de cerveja *ale* para mim? — perguntou ele.

Ela levantou-se no mesmo instante e foi para a porta.

— E me deixe um pouco a sós com sua madrasta — disse ele, com delicadeza. — Quero pedir seu conselho sobre um assunto pessoal.

Frances relanceou os olhos para Hester, para ver se ela faria objeção. Mas quando Hester fez um sinal sutil para ela sair, Frances franziu ligeiramente o sobrolho, em uma expressão quase imperceptível de especulação impudente e deixou a sala, fechando a porta atrás de si.

— Ela é impertinente — disse Hester quando a porta se fechou. — Mas é apenas coisa da idade.

— Eu sei — concordou Alexander Norman. — E não gostaria de vê-la submissa. Ela se parece muito com a mãe. Era uma garota alegre, mas seu espírito foi muito reprimido pelo forte senso de religião e sua criação severa. Mas Frances foi mimada desde que nasceu, não somente por John, mas por todos. É tarde demais para reprimi-la agora. Eu preferiria vê-la voar alto.

Hester sorriu.

— Também penso assim — disse ela. — Se bem que cabe a mim tentar controlá-la.

— Preocupa-se com a segurança dela?

— Sim. Preocupo-me com a segurança de nós todos, é claro, e dos tesouros. Mas principalmente com a de Frances. Está na idade de se aventurar um pouco mais fora de casa, de frequentar a sociedade, fazer amigos. E no entanto fica confinada aqui, comigo e com seu irmão. A peste está por toda parte, de novo este ano, portanto não posso deixar que vá ficar com seus avós em Londres... além de não serem pessoas sociáveis. Não conhecem ninguém.

— Ela poderia ir para a corte em Oxford...

A expressão de Hester foi de surpresa e raiva.

— Prefiro jogá-la em uma cela na Torre a mandá-la para o meio daquela gente. Tudo o que era ruim na corte do rei quando estavam bem instalados e eram bem servidos é dez vezes pior agora que estão apinhados em Oxford e se embriagam nove em dez noites, celebrando vitórias.

— Penso o mesmo — disse Alexander. — Também penso se não me acharia... se me permitiria oferecer a ela, e a você, é claro, um porto seguro. Se não poderia partir daqui, fechando a Arca até a guerra acabar, e viria morar comigo na Torre de Londres: o lugar mais seguro de todo o reino.

Como ela não disse nada, ele acrescentou em tom baixo:

— Pretendo me casar, Hester.

Ela empalideceu por um momento, e afastou um pouco a sua cadeira da dele.

— Não esperava? Apesar de eu visitá-los com tanta frequência?

Ainda emudecida, ela sacudiu a cabeça.

— Pensei que era uma gentileza com a família do Sr. Tradescant — replicou ela, por fim, baixinho. — Como amigo da família. Um parente.

— Era mais.

Ela sacudiu a cabeça.

— Sou uma mulher casada — disse ela. — Não me considero abandonada, nem viúva. Até John me dizer que não voltará nunca mais, serei sua esposa. — Por um momento, olhou para ele como se lhe pedisse para contestá-la. — Talvez pense que ele nos abandonou para sempre, mas tenho certeza de que voltará para casa. Tem os seus filhos, as curiosidades, o jardim. Ele nunca abandonaria a herança Tradescant.

Alexander não respondeu, sua expressão estava muito séria.

— Ele nunca nos abandonaria — repetiu ela, mas com menos segurança.

— Abandonaria?

Antes de ele responder, ela levantou-se de sua cadeira e foi rapidamente até a janela com seu passo leve, determinado.

— E se está pensando que ele vai morrer lá, sem nunca retornar, devo dizer que, ainda assim, cumprirei o meu dever de permanecer aqui e proteger a casa e o jardim para Johnnie herdá-los quando for homem. Prometi ao pai de John que manteria o lugar e as crianças a salvo. Nada me libertará dessa promessa.

— Você me entendeu mal — replicou ele então. — Lamento. Não estava lhe propondo casamento.

Ela virou-se. A luz da janela estava por trás e ele não pôde ver bem seu rosto.

— O quê?

— Estava pensando em Frances.

— Estava propondo casamento a Frances?

A incredulidade em sua voz o fez se retrair. Emudecido, ele confirmou com um movimento da cabeça.

— Mas você tem 55 anos!

— 53.

— E ela é uma criança.

— Ela é uma moça, e está pronta para o casamento, e estes são tempos difíceis e perigosos.

Hester silenciou, então afastou-se, virando-se de costas para ele. Ele percebeu seu ombro se curvar ligeiramente, como se ela estivesse se protegendo do insulto.

— Desculpe-me. Deve me achar uma completa idiota.

Ele deu três passos rápidos e a virou, segurou seus braços, de modo que pudesse ver o seu rosto.

— Acho você o que acho há muito tempo. Uma das mulheres mais corajosas e adoráveis que conheci. Mas sei que John voltará para casa, para você, e sei que a ama desde que se casaram. Penso em você agora como sempre pensarei, como uma amiga querida, muito querida.

Hester desviou o olhar, sentindo-se terrivelmente embaraçada.

— Obrigada — sussurrou ela. — Por favor, me solte.

— Foi a minha própria timidez e estupidez no que disse que a levou a me entender mal — disse ele, com determinação. — Por favor, não sinta raiva de mim, ou de você mesma.

Ela se contorceu para se soltar.

— Acho que fui uma tola! — exclamou ela. — Recusar uma proposta que não estava sendo feita a mim. E você também é um tolo! — De súbito, ela recuperou seu temperamento. — Achar que pode se casar com uma menina que mal deixou os cueiros.

Ele foi até a porta.

— Vou dar uma volta no jardim, se me permite — disse ele. — E conversaremos de novo, mais tarde.

Saiu sem mais uma palavra, e Hester o viu, pela janela, no terraço no lado sul da casa, e depois descer a escada para o jardim.

O jardim estava em seu ápice, em meados de maio. No pomar murado, ele não conseguiu ver o céu por causa da massa das flores cor-de-rosa e brancas espessas como creme doce sobre um pudim. Nas longas caminhadas pelos jardins de flores, os narcisos e as tulipas eram um festival de cores vermelha, dourada e branca. A aleia de castanheiros estava se aproximando do auge de sua beleza, as flores se abrindo em forma de velas, o branco sutilmente marcado de cor-de-rosa. Nos muros do lado direito do jardim, os figos, pêssegos e cerejas plantados em espaldeiras já estavam carregados de flores, pétalas sobre os canteiros embaixo, como neve fora da estação.

A porta da sala se abriu e Frances entrou com um copo de cerveja *ale* para Alexander.

— Ele não está aqui?

— Está vendo perfeitamente que não — replicou Hester, rispidamente.

Frances pôs o copo sobre uma mesa, sem derramar uma gota sequer, e se virou para examinar a expressão contrariada de sua madrasta.

— O que ele fez para aborrecê-la? — perguntou calmamente.

— Disse algo absurdo, e pensei algo absurdo, e acho... acho...

— Absurdo? — repetiu Frances, e recebeu um olhar irritado.

Hester virou-se de costas para ela e olhou de novo pela janela. Na vidraça grossa, pôde ver, simultaneamente, Alexander caminhando pelo jardim e o seu próprio reflexo. Sua expressão era inflexível. Parecia uma mulher lutando sob o peso de muitas preocupações, sem parar de lhes resistir.

— O que ele disse que foi tão absurdo? — perguntou Frances, com delicadeza. Foi para o lado de sua madrasta e passou o braço ao redor de sua cintura. Hester viu aquela beleza suave ao lado de seu próprio rosto cansado e sentiu uma pontada de inveja, por sua beleza ter passado, e ao mesmo tempo, alegria por ter criado aquela menina assustada e carente de amor e a visto se transformar em um ser especial, e belo.

— Disse que você era uma moça crescida — respondeu Hester. Sentiu Frances ao seu lado. A menina não era mais uma menina, seus seios estavam crescendo, a curva da sua cintura se ajustava à mão de um homem, já não tinha as pernas compridas demais e desajeitadas, ela era, como Alexander tinha percebido, mas sua madrasta não, uma moça.

— Bem, e sou — replicou Frances, como se declarasse o óbvio.

— Disse que devia se casar — falou Hester.

— E vou, acho.

— Ele acha que deve ser o quanto antes — disse Hester. — Porque vivemos tempos perigosos. Acha que devia ter um marido para cuidar de você.

— Tinha pensado que Frances a largaria e daria aquela sua risada atrevida. Mas a garota continuou com a cabeça no ombro de sua madrasta e disse, pensativamente:

— Sabe, acho que gostaria disso.

Hester recuou para olhar para Frances.

— Você ainda parece uma menina para mim.

— Mas sou uma moça — salientou Frances. — E quando saio em Lambeth, os homens mexem comigo, me dizem coisas. Se papai estivesse em casa, seria diferente, mas ele não está, e nem virá para casa, não é?

Hester sacudiu a cabeça.

— Não tenho notícias dele.

— Então, se ele não vier e a guerra continuar, e a situação continuar tão agitada...

— Então? — perguntou Hester.

— Se a nossa vida não se tornar mais tranquila, eu gostaria de um marido para cuidar de mim, e para cuidar de você e Johnnie. Acho que precisamos de um homem nesta casa. Acho que precisamos de um homem para cuidar de nós.

Houve um silêncio demorado. Hester olhou o belo rosto de sua enteada e pensou que talvez a primeira das suas promessas ao avô da garota, John Tradescant, estava quase cumprida. Ela tinha educado sua neta para ser uma bela mulher, e dentro de um ou dois anos, ela teria de proteger somente Johnnie e os tesouros.

Alexander Norman ficou andando pelo terreno por uma hora, até entrar para o jantar. Encontrou Hester pondo a mesa e Frances a ajudando. Johnnie estava guiando um visitante no gabinete de curiosidades.

— Acho que fiz uma venda para você — disse ele informalmente ao entrar. Hester ergueu o olhar e se sentiu aliviada ao ver seu sorriso familiar e tranquilizador. — Um rapaz de Kent, que perguntava sobre árvores frutíferas. Falei sobre as ameixas de John e o passei para o seu jardineiro. Deixei-o anotando uma encomenda de vinte árvores a serem pagas em ouro.

Frances riu e bateu palmas.

— Excelente, tio Norman! Agora só falta ensiná-lo a capinar e pronto. Virá trabalhar para nós todos os dias.

— Vinte árvores é uma boa venda — concordou Hester. — Especialmente nos dias de hoje, quando ninguém pensa em jardinar. Você disse que ele mesmo tem de providenciar o transporte?

— Disse. Sei que não pode se encarregar da entrega.

— Mesmo que tivéssemos alguém para isso eu não faria as entregas. Não posso arriscar perder meu cavalo e minha carroça. — Hester virou-se para Frances. — Chame Johnnie e diga a Cook que pode servir o jantar.

Frances assentiu com a cabeça e saiu da sala.

Alexander estendeu a mão.

— Estou perdoado por minha estupidez?

Hester aceitou sua mão.

— E você tem de me perdoar. É um erro muito constrangedor para uma mulher. Se eu tivesse mais experiência, teria sabido como um homem geralmente faz uma proposta a uma mulher.

Ele sorriu e continuou a segurar a sua mão por um momento.

— E a questão do futuro de Frances?

Hester sacudiu a cabeça e retirou a mão.

— Ela ainda é jovem demais — disse ela, com obstinação. — Peça de novo daqui a um ou dois anos. Mas devo avisá-lo que preferiria vê-la com um marido jovem em uma casinha só dela, começando sua própria vida.

— Compreendo. Mas homens jovens não são escolhas seguras nos tempos de hoje. Seja ele monarquista ou defensor do Parlamento, provavelmente será chamado para servir ao seu senhor, e não existem mais casinhas no reino onde pessoas jovens possam ter certeza de que serão deixados em paz.

— Quando a guerra acabar...

— Quando a guerra acabar, saberemos se ela deverá procurar um marido no Parlamento ou na corte. Mas e se a guerra durar anos? Vou lhe dizer uma coisa: há um arsenal na Torre reservado para o exército do Parlamento, e outro igual nas mãos dos monarquistas, o bastante para fomentar a guerra por mais vinte anos. É improvável que o Parlamento se renda, pois isso seria assinar sua própria sentença de morte por traição, e o rei não é o tipo de homem que faz acordo.

Hester balançou a cabeça. Por um momento pareceu abatida de preocupação.

— Se ela correr algum perigo, eu a mandarei para você — prometeu ela.
— Sei que tomará conta dela — disse simplesmente. — E a amo tanto que colocaria seus interesses na frente dos meus. Se vier a paz ou ela se apaixonar por alguém da sua idade que possa protegê-la, não me porei no seu caminho, nem mesmo o lembrarei desta conversa.

Alguns dias depois da visita de Alexander Norman, Hester viu, ao olhar pela janela, um estranho se esgueirar pela quina da casa e ir para a porta da cozinha. Levantou-se, tirou seu avental rústico e foi ver o que ele queria.

Ele estava no degrau da porta dos fundos.

— Sra. Tradescant? — perguntou ele.

O cabelo na nuca de Hester se arrepiou.

— Sim — respondeu ela sem alterar a voz. — E quem pergunta?

Ele esgueirou-se pela porta, ficando na cozinha.

— Feche a porta — falou em um murmúrio.

Hester não se mexeu para obedecer a ele.

— Há um homem forte a meu serviço que está ouvindo tudo — disse ela. — E metade da vizinhança desceria correndo a estrada se me escutasse gritar. É melhor dizer o que está querendo, e rápido.

— Não sou eu. É o rei.

Hester sentiu-se esmorecer, como se tivesse levado um soco na barriga. Fechou a porta devagar.

— Entre — disse ela, e o guiou à sala de curiosidades.

— Podemos ser ouvidos? — perguntou ele, olhando em volta, mas sem ver as bandeiras penduradas, os esqueletos de aves pendendo, a cabeça de baleia, os estojos polidos cheios de objetos.

— Somente se eu gritar — replicou Hester, com mau humor. — Então, do que se trata?

O homem tirou do bolso um objeto de ouro.

— Reconhece isto?

Era um dos anéis preferidos do rei. Hester o tinha visto em seu dedo muitas vezes.

— Sim.

— Estou aqui por ordem de uma dama... não precisamos dizer o seu nome, que levou a Londres a Commission of Array* do rei. A senhora sabe o que isso significa.

— Não faço a menor ideia — replicou Hester, pouco cooperativa.

— É um mandado. Uma convocação ao estandarte do rei. Será lido para todos em Whitehall, quando o nosso exército chegar aos portões da cidade. Vocês têm de fazer a sua parte. Seu marido foi intimado a proclamar a autoridade do rei em Lambeth e arregimentar os homens leais à Sua Majestade assim que ele der a ordem.

— Que dama? — perguntou Hester, categoricamente.

— Já disse que não precisamos proferir o seu nome.

— Se ela está me pedindo para arriscar o pescoço, ela pode me dizer o seu nome — insistiu Hester.

Ele pôs a boca próximo do seu ouvido, e Hester sentiu o cheiro familiar de sândalo, que os rapazes da corte usavam como cosmético para o cabelo.

— Lady d'Aubigny — replicou ele com um sussurro. — Uma dama importante, viúva de um herói. Seu marido caiu em Edgehill e o rei a incumbiu de convocar os monarquistas de Londres a lutarem por ele. E ela confia em vocês.

Hester sentiu um profundo alívio por John estar tão longe.

— Lamento — disse ela rapidamente. — Meu marido está fora, na Virgínia, coletando curiosidades e fazendo a sua própria plantação.

— Quando ele vai voltar?

Ela encolheu os ombros.

— Não sei.

O ar alegre e conspiratório do homem desapareceu no mesmo instante. Ele praguejou e se afastou dela.

— Então, o que vamos fazer? — perguntou ele. — O Sr. Tradescant garantiria Lambeth e a margem do rio. Estávamos contando com ele.

— Estavam contando com ele para garantir a segurança do rei e não pensaram em procurar saber se ele estaria em casa? — perguntou Hester, incrédula. — Ele poderia estar doente, ou morto pela peste, ele poderia ter mudado de lado!

---

*Na Inglaterra, ordem dada pelo rei a oficiais ou a nobres rurais em um determinado território para recrutar os habitantes e prepará-los para a guerra, em oposição à Militia Ordinance, que conferia ao Parlamento o controle das tropas. (N. da T.)

O homem lançou-lhe um olhar de raiva.

— A guerra é um jogo — replicou ele pomposamente. — Às vezes a aposta compensa, outras vezes não. Apostei que ele estaria aqui, em boa saúde, mantendo sua lealdade ao seu senhor.

Hester sacudiu a cabeça.

— Ele não rompeu sua lealdade, mas não pode lhes ser útil.

— Seu filho?

— Johnnie ainda não completou 10 anos.

— E você? Certamente exerce alguma influência sobre a população local. Poderia usar esta casa como ponto de encontro. Eu poderia lhe enviar um oficial para reunir os homens, ou seu pai... Tem pai?

Hester sacudiu novamente a cabeça.

— Nem pai nem qualquer influência. Sou nova aqui — replicou ela. — Sou a segunda esposa do Sr. Tradescant. Só estamos casados há quatro anos. Não tenho amigos aqui. E não tenho família.

— Alguém tem de fazer isso! — explodiu ele. — Alguém tem de defender a margem do rio e Lambeth!

Hester sacudiu de novo a cabeça e seguiu para a porta da frente. O conspirador monarquista seguiu-a infeliz.

— Quem sabe alguém no palácio do bispo? O vigário local?

— O arcebispo está na Torre por seu serviço ao rei, como deve se lembrar muito bem. E seus criados partiram há muito tempo. — Hester abriu a porta da frente. — E o vigário daqui é um Independente. Foi um dos primeiros a pregar contra as reformas do arcebispo Laud.

O homem teria hesitado, mas ela o conduziu para fora de casa.

— Eu vou requisitá-la se precisar de uma casa segura neste lado do rio — prometeu ele. — Tem cavalos ou celeiros onde uma pequena cavalaria possa se esconder?

— Não — replicou Hester.

O homem hesitou e lhe lançou um olhar ferino. Hester sentiu um medo repentino, tinha considerado o homem um imbecil, mas o olhar assertivo e astuto que lhe lançou não foi o olhar de um tolo.

— Confio que *seja* a favor do rei, Sra. Tradescant — disse ele, e havia ameaça em sua voz. — Quando ele entrar em Londres, vai esperar o apoio de seus súditos leais. Terá de colocar esta casa à sua disposição.

— Não sei nada desses assuntos — replicou Hester, a voz fraca. — Só administro o negócio da casa e o jardim, na ausência do meu marido...

— Há esposas e viúvas por todo o país na mesma situação — disse o homem rispidamente. — E elas não se esqueceram de a quem dedicam sua fidelidade. É pelo rei? Ou não?

— Pelo rei — replicou Hester, sem entusiasmo.

— Então, Sua Majestade requisitará seus serviços — disse o homem. — Pode contar com isso.

Ele fez uma mesura com a cabeça, virou-se e atravessou a pequena ponte levadiça sobre o curso de água do lado da estrada de Lambeth. Hester observou-o se afastar, o casaco adejando para trás, as penas em seu chapéu se agitando, um nobre em cada pequeno detalhe, um monarquista típico. Então, ela fechou a porta, ainda avistando-o ao longe, e com medo.

Refletiu por um momento, em seguida foi ao salão escrever um bilhete a Alexander Norman.

Talvez eu precise de sua ajuda. Por favor, me informe se sua vizinhança está a salvo da peste. Talvez eu queira ficar com você por alguns dias.

Selou o bilhete e foi até a cozinha onde estava o jardineiro, Joseph, almoçando pão com bacon.

— Pode levar isto ao primo Norman, em Aldgate? — perguntou Hester, abruptamente.

O homem enxugou a boca com as costas da mão.

— Eu ia cortar as folhas das tulipas prematuras hoje à tarde — replicou ele.

Hester hesitou. Havia poucas coisas mais preciosas na Arca do que as tulipas.

— Ainda assim — disse ela. — Acho que isto é mais importante. Entregue somente em suas mãos, e espere a resposta.

Joseph trouxe a resposta quando a noite começava a cair. Hester estava sentada na varanda na frente da casa, desfrutando o pôr do sol e a chegada vagarosa da escuridão. No crepúsculo silencioso, o jardim diante dela parecia um lugar encantado. A flor da macieira dava a impressão de uma névoa ao redor das copas das árvores no pomar inferior, as tulipas, que perdiam sua cor durante o dia, agora brilhavam como taças brancas nos canteiros. Hester pensou em John Tradescant, o velho que ela conhecera, que havia deixado seus netos aos cuidados dela, que considerava esse jardim o seu memorial, tanto quando a lápide ornada no cemitério da igreja.

— Ele não escreveu a resposta, falou. — Joseph pregou-lhe um susto, aparecendo de repente diante dela.

Hester levou a mão ao coração.

— Você me assustou! Surgindo do escuro como um fantasma!

— Ele disse: "Nenhuma peste. Quartos prontos. Quando quiser."

Hester sorriu diante do discurso de cenho franzido.

— Isso foi tudo?

— Absolutamente tudo — replicou ele. — Certifiquei-me de que me lembraria e ele me ouviu repetir a mensagem uma dúzia de vezes antes de eu partir.

— Obrigada — disse Hester. — Johnnie, Frances e eu o ajudaremos com as tulipas amanhã.

Ele concordou com a cabeça e deu a volta na casa, até a porta da cozinha. Hester ficou sozinha, observando a última luz abandonar as copas das árvores, as flores que se balançavam. Quando esfriou, ela se levantou e foi para a porta.

— John — disse ela baixinho. — Queria que você viesse para casa.

Verão de 1643, Virgínia

Os dias que se seguiram à chegada de John na aldeia indígena obedeceram a uma rotina tão disciplinada quanto a suave administração da sua casa inglesa. De manhã, o filho de Suckahanna o acordava com uma das vasilhas pretas lisas cheia de água quente para ele se lavar. No lado de fora da sua cabana, na luz do frio amanhecer, John via o Povo ir e vir, enquanto desciam ao rio para a oração da manhã.

Quando retornavam, John procurava Suckahanna, seu rosto brilhante ao caminhar ao lado do marido, o filho dele de um lado, seu bebê amarrado nas costas. O menino era a sombra de Suckahanna, e ela parecia saber seu paradeiro sem nem mesmo virar a cabeça para olhá-lo. Era como se quando o tivesse adotado e se casado com seu pai, tivesse criado um elo com ele que se estendia por qualquer distância, mas que era tão palpável quanto o toque.

Antes de ter permissão para comer, o menino tinha treinamento de arco e flecha. Suckahanna tirava um pedaço de musgo de uma árvore e o jogava para o alto, para o menino atingi-lo. Somente quando a sua pequena flecha perfurava o musgo no ar, o menino podia comer seu desjejum. Em algumas manhãs, Suckahanna ficava sob as árvores com ele por três, quatro, cinco tentativas, até John ouvir a sua palavra de elogio e ver o rápido toque de seus dedos no cabelo escuro do menino.

— Ele não teve mãe em seus primeiros anos de vida — explicou ela a John. — Tem muito o que aprender.

— Por que seu pai não lhe ensina? — perguntou John. Sentiu-se tentado a se queixar do marido de Suckahanna, fazê-lo parecer tolo aos seus olhos.

Ela simplesmente jogou a cabeça e riu.

— Dar à luz um filho é trabalho para uma mulher — replicou ela simplesmente. — Um homem não pode fazer isso.

Quando o sol ascendia e aquecia o ar, todos se reuniam para um desjejum de frutas ou nozes, ou um mingau ralo feito de farinha de milho e cerejas. Essa era a época de mais escassez do ano — o estoque do inverno estava quase exaurido e a safra do verão ainda não estava madura —, mas ainda assim ninguém passava fome na aldeia. Os depósitos tinham sido deixados de lado durante toda a época fértil de frutas, depois o excesso também era armazenado no imenso edifício do silo, repleto de grandes vasilhas de favas secas, imensos sacos trançados de milho seco, recipientes do tamanho de um homem cheio de nozes. John pensou por que não abriam o grande armazém, mas não adiantaria perguntar, pois ninguém responderia.

Depois do desjejum, os homens punham a corda nos arcos, untavam seus corpos, amarravam o cabelo para trás, pintavam o rosto, e partiam juntos para a caça. John observava a camaradagem alegre dos caçadores, com a consciência de que sempre seria um forasteiro. Os homens não falavam com ele, ele não sabia nem mesmo se entendiam inglês. As mulheres entendiam tudo o que ele dizia, mas suas respostas eram breves. Inevitavelmente, John estava aprendendo o ritmo do discurso powhatan, captando palavras individuais e nomes. Observava os homens, compreendendo que estavam planejando a caça. O marido de Suckahanna era um deles, no centro dos preparativos. Era reconhecido como um excelente caçador, um homem capaz de matar sozinho um veado, sem a ajuda do grupo. Outros homens valentes eram capazes de derrubar um veado, quando afugentado de um abrigo, com uma única flecha bem disparada. Mas o marido de Suckahanna era capaz de jogar a pele de um veado sobre o ombro, atar os chifres na cabeça, e se mover tão habilmente e de maneira tão semelhante à do animal, com seu passo saltitante e seu jogar de cabeça nervoso, estremecido, com sua quietude repentina, que podia se imiscuir em um rebanho de cervos e capturar um enquanto pastava ao seu lado. Um homem tinha de ser abençoado pelo deus do veado para realizar tal proeza. O marido de Suckahanna era tratado com um respeito amoroso e só ele decidia a rota da caça. Até mesmo o seu nome demonstrava a sua natureza. Era chamado de Attone — a flecha.

Quando os homens estavam prontos para deixar a aldeia, as mulheres reuniam suas ferramentas de plantio e seguiam para o campo para plantar e roçar. Durante o tempo de recuperação de John, em que ficou sob a proteção especial de Suckahanna, ele as acompanhava e as observava plantar. As sementes eram plantadas em um campo toscamente roçado com a queimada. Deixavam os cepos, até mesmo as árvores vivas maiores, e plantavam ao seu redor. A orla do campo era irregular onde o fogo não chegara. Sua desordem ofendia o senso de John de como deveria ser um campo bem delimitado, bem definido na paisagem, suas linhas traçadas claramente, cercadas e drenadas.

— Os homens poderiam ajudá-las a limpar os cepos — propôs ele a Suckahanna. — Não levaria muito tempo para os desenraizarem e os removerem. Então, poderiam plantar em filas retas. Esses três cepos que deixaram, crescerão de novo daqui a uma estação, e então terá todo o trabalho de novo.

— Queremos que as árvores cresçam de novo — disse ela. — Não queremos este campo por mais de uma estação.

— Mas se o roçarem direito, poderão usá-lo por anos seguidos — insistiu John. — Não precisariam se mudar daqui. Poderiam ter os mesmos campos e manter a aldeia no mesmo lugar.

Ela sacudiu a cabeça com determinação.

— A terra fica cansada de trabalhar para nós — disse ela. — Plantamos um campo aqui e depois a liberamos. Nós nos mudamos para outro lugar. Se plantar milho no mesmo campo por três anos seguidos, no terceiro ano não colherá nada. A terra se cansa de homens famintos. Ela tem de descansar como uma mulher com um bebê no peito precisa repousar, precisa de um tempo sozinha. Ela não pode passar o tempo todo amamentando.

— Homens brancos plantam os mesmos campos, e a eles retornam um ano após o outro — observou John.

— Homens brancos plantavam — corrigiu ela. — Agora, ao redor de Jamestown, estão descobrindo que a terra está se cansando deles. A terra está cansada das bocas brancas famintas que comem, comem e comem, que nunca se satisfazem e não se deslocam.

Ela foi para a série seguinte com a vara que servia de enxada. Em cada buraco, deixou cair quatro grãos de milho e duas sementes de feijão. Atrás dela, outra mulher chegou espalhando sementes de abóbora. Depois, por baixo, plantariam os *amaracocks* de crescimento rápido, por seus frutos opulentos e que saciavam a sede.

John pegou outra vara e acocorou-se do lado dela.

— Vou ajudar — disse ele.

Ela não conseguiu reprimir um risinho ao vê-lo. Então, sacudiu a cabeça.

— Este é um trabalho de mulher, só as mulheres o fazem.

— Posso fazê-lo. Sou jardineiro no meu país. Sei plantar.

Suckahanna continuou recusando.

— Sei que pode. Qualquer homem powhatan pode, se for necessário. Mas as mulheres gostam de fazer isso. É o que fazemos.

— Servir aos homens? — perguntou John, pensando na deliciosa ociosidade dos caçadores quando retornavam e encontravam o jantar os aguardando e seus campos roçados e plantados, e suas casas limpas, a sua tenda aquecida e pronta para eles.

Ela lançou-lhe um olhar penetrante e mordaz, sob as sobrancelhas escuras.

— Porque a terra e a mulher estão unidas — ela quase sussurrou. — É aí que está o poder do Povo, não em conselhos de guerra ou grupos de caça. São as mulheres que têm o poder de fazer as coisas crescerem, de parir. O resto é fumaça.

John sentiu sua confortável visão do mundo mudar, balançar.

— Os homens têm o poder — disse ele. — Deus os fez segundo a sua imagem.

Ela olhou para ele como se ele estivesse brincando.

— Pode acreditar que o seu deus fez assim — disse ela, cordialmente. — Mas nós somos filhos da Lebre.

— Lebre?

Ela interrompeu seu trabalho e apoiou-se nos calcanhares.

— Vou lhe contar, como se fosse meu filhinho — disse ela com um sorriso. — Ouça, no começo de tudo, quando não havia nada a não ser o escuro e o som da água correndo, a grande Lebre surgiu da treva e fez o homem e a mulher.

John agachou-se ao seu lado na terra úmida, observou o sorriso se mover dos seus olhos para os seus lábios, e a maneira como o seu cabelo caía sobre os ombros nus.

— Sentiam fome. Homens e mulheres estão sempre com fome. Portanto a Lebre os colocou em um saco até poder alimentá-los. Correu pelo escuro, o saco seguro, bem apertado, em sua boca, e por todo lugar que passou correndo a terra foi feita, a água foi feita, e a grande corça para andar na terra e beber a água e alimentar o homem e a mulher recém-feitos. E em todo lugar aonde ia havia bocas ferozes que a mordiam saindo do escuro, bocas famintas de carne, que abocanhavam seus calcanhares e o saco que ela carregava. Mas por todo lugar que passava correndo, as bocas eram destruídas, e fugiam de volta às trevas, até ela estar segura para fazer o que queria.

John esperou.

Suckahanna sorriu.

— Então, e só então, ela abriu o saco e soltou o homem e a mulher. O homem correu para caçar a corça. O homem tem a grande riqueza da corça. Isso era o que ele queria. Mas a mulher... — Fez uma pausa e lhe deu um sorriso de soslaio — A mulher tem todo o resto.

Um ano atrás, John teria considerado o relato uma história pagã, cheia de heresias e absurdos. Mas agora escutava com atenção e balançou a cabeça aceitando.

— As mulheres têm tudo o mais?

— Tudo, menos a guerra e a caça.

— Então o que vou fazer? — perguntou ele.

Suckahanna pareceu momentaneamente surpresa, como se ele tivesse avançado a conversa com um grande pulo.

— Você vai ficar bom — replicou ela devagar. — E depois, decidirá.

— Decidirei?

— Onde quer viver. Que tipo de homem quer ser.

John hesitou.

— Achei que ficaria bom e retornaria à minha casa. Aos meus campos rio acima.

Ela sacudiu a cabeça.

— Agora já deve saber que não pode viver lá — falou ela, delicadamente. — Não pode viver lá sozinho. Já deve saber que não pode sobreviver nesta terra sozinho. Teria morrido lá, meu amor. — A palavra carinhosa escapou espontaneamente, ela enrubesceu e apertou os lábios, como se fosse engoli-la de volta.

— Pensei... pensei em ter um criado ou um escravo. Pensei... — Hesitou. — Tenho pensado se você não viria comigo.

— Como criada? Como escrava? — Seu olhar se inflamou.

— Quis dizer que devo ter alguém trabalhando para mim — corrigiu-se. — Tenho rezado para que venha para mim desde que desembarquei. Quis dizer um criado e você.

— Eu nunca mais me deitarei sob o teto de um homem branco — replicou Suckahanna com firmeza. — Tomei a minha decisão, e estou com o Povo.

John levantou-se com um pulo, afastou-se, depois voltou.

— Então não me resta nada aqui — gritou ele. — Vim para construir uma nova vida, para lavrar terra virgem, para procurar você. E você me diz que não posso arar sozinho. Não posso cuidar de mim mesmo, nem mesmo manter fogo aceso. Não posso levá-la de seu povo, não posso levá-la para o meu povo. Fui um tolo de sair de uma vida para outra e não realizar nada.

Houve um choro no pequeno abrigo em que as crianças brincavam. Suckahanna olhou para trás, atenta à voz de seu bebê. Ouviram outra mulher chamar em resposta, se levantar e ir ver a criança que chorava. Suckahanna voltou a atenção para o plantio, pegou a vara que servia de enxada, removeu pequenas mudas de ervas daninhas. Sem virar a cabeça para ver se John estava escutando, falou em tom baixo.

— Talvez você pudesse ficar comigo — disse ela devagar. — Deixaria seu povo e se uniria ao meu.

— Não posso viver aqui, vendo-a todos os dias — replicou John, em tom baixo. — Quero você, Suckahanna. Não suporto viver perto e dormir toda noite a apenas um passo de você.

— Eu sei — disse ela, tão baixinho que ele teve de se inclinar à frente para ouvir. Mas ela não interrompeu seu trabalho, sua enxada perfurando o solo fresco e as sementes escorrendo rapidamente e com precisão por seus dedos. — Eu poderia pedir a meu marido para me liberar.

— Liberar você? — perguntou John, incrédulo. — É possível?

— Ele pode — replicou ela, sem alterar a voz. — Se for o meu desejo.

— O seu povo permite que suas mulheres vão e venham ao seu bel-prazer? Ela lhe deu um leve sorriso.

— Já disse que somos um povo orgulhoso. Esposas não são escravas. Se querem partir devem ser livres para fazer isso, não acha?

— Sim... mas...

— Ficaríamos com as crianças — prosseguiu ela. — O menino e o meu próprio bebê. Você teria de prometer amá-los e cuidar deles como se fosse o pai.

— E onde viveríamos? Disse que não viveria na minha casa.

— Viveríamos aqui — replicou ela, como se fosse a coisa mais natural do mundo. — Com o Povo. Você se tornaria um powhatan.

— Eu aprenderia a sua língua? Viveria entre vocês como um igual?

— Você já a está aprendendo — observou ela. — Riu de Musses outro dia, e ela não estava falando inglês.

— Entendo um pouco, mas...

— Teria de se unir ao Povo, como um irmão.

— Eles me aceitariam?

— *Nós* o aceitaríamos.

John ficou em silêncio, sua cabeça girando. Esse era um passo muito maior do que a aventura de vir para a Virgínia, era um passo para o desconhecido além da plantação, para o escuro de terras desconhecidas.

— Não sei — disse ele.

— Teria de decidir — repetiu ela, pacientemente, como se conduzisse uma criança ao redor de um círculo de explicação e retornasse, por fim, ao ponto chave. — Teria de decidir, meu amor.

John hesitou ao ouvir a palavra amorosa.

— Quer que eu fique com você? — perguntou ele.

Imediatamente as mãos dela retornaram ao trabalho, a cabeça curvada e o véu de cabelo escuro sobre o rosto, ocultando a sua expressão, roçando seu ombro moreno.

— Teria de decidir sem o meu conselho — disse ela à terra. — Não quero um homem com o coração pela metade.

Ao meio-dia, as mulheres descansaram. Os campos em que trabalhavam ficavam distantes de casa, longe demais para que retornassem à aldeia para a refeição, orações e descanso. Comeram um mingau frio e frutas que haviam levado, disseram as preces breves ao sol, que estava exatamente acima de cada um deles, abençoando todos com luz e calor no centro exato da cabeça dela. Depois repousaram à sombra das árvores. O bebê de Suckahanna estava em seu peito, ela recostada, o menino brincando com os outros de pegar ou de arqueiro com seu pequenino arco e flecha. John descansou ao lado de Suckahanna, escutou a conversa, captou palavras, uma palavra depois da outra, todas fazendo mais sentido para ele. Observou-a abertamente, agora, e imaginou como seria se fossem casados. Se ela podia realmente deixar seu marido e ficar com ele. Se ele poderia realmente se tornar um powhatan. Se poderia ser reconhecido como um homem do seu povo.

Quando retornaram, ele tocou no braço dela.

— Preciso me aconselhar com um homem — disse ele. — Algum dos homens sabe a minha língua? Alguém em quem eu possa confiar para me dizer como um powhatan veria isso? Não um amigo do seu marido?

No mesmo instante, os olhos escuros de Suckahanna se iluminaram, divertidos.

— Ah, você não confia em mim!

— Confio... — gaguejou John. — É claro que sim!

Suckahanna virou a cabeça e falou correndo uma série de palavras para sua cunhada, que estava alguns passos à frente. A mulher caiu na gargalhada e se virou, rindo de John, e apontou um dedo acusador para ele. John compreendeu as poucas palavras: homem, powhatan, falar, falar, falar, tudo.

— O que ela está dizendo?

— Ela diz que você já é um verdadeiro homem powhatan. Diz que todos os homens precisam falar, falar, falar entre si, para tomar decisões que já são conhecidas.

— Conhecidas? — perguntou John.

Suckahanna velou seus olhos baixando as pestanas.

— Todos acham que você me ama — disse ela baixinho. — Todos acham que o amo. Estamos todos só esperando...

— Esperando?

— Por você. Decidir.

Nessa noite, antes do jantar, John foi à casa do chefe tribal, o homem mais velho da aldeia. Ficava no extremo da aldeia, perto de onde acontecia a dança, do círculo de dança, a certa distância da fumaça do fogo do preparo da comida. Era murada com cortiça e o telhado com ripas de cortiça cortadas grosseiramente. Na hora quente do dia, as paredes de cortiça eram enroladas como cortinas, mas à medida que a noite esfriava, os velhos as baixavam. O chefe estava sentado em uma plataforma elevada no fim da tenda. Ao seu lado estavam dois dos anciãos da tribo. John reparou que todos estavam com seus facões de caça. Todos tinham a expressão grave.

John ficou na entrada, constrangido como um menino.

— Pode entrar — falou o líder em um inglês com forte sotaque, mas não havia boas-vindas nem calor em sua voz.

John entrou no escuro da casa e se sentou, obedecendo ao pequeno gesto, sobre uma pilha de pele de veado. Por um momento, lembrou-se dos gestos sem palavras do rei Carlos a seus criados, e o pensamento lhe deu um pouco de coragem no escuro da casa estranha. Tinha servido ao rei na Inglaterra, certamente saberia se comportar como um homem diante de alguém que não era nada além de um chefe selvagem se agarrando ao confim de terra desconhecida.

— Deseja Suckahanna? — perguntou o chefe.

John se pegou olhando para as lâminas de bambu afiadas das facas de caça.

— Eu a conheci antes de se casar — disse ele. Sua voz soou fraca e apologética até mesmo aos seus próprios ouvidos. — Nós nos comprometemos um com o outro. Prometi voltar para ela.

O chefe balançou a cabeça.

— Mas não voltou — disse ele.

John trincou os dentes.

— Quando cheguei em casa, no meu país, meu pai tinha morrido e meus filhos precisavam de cuidados. Tive de ficar.

— Ela esperou — salientou o chefe. Os velhos dos dois lados deles confirmaram com um movimento da cabeça, seus rostos vigilantes como águias de pedra em um atril na igreja. — Ela confiou na sua palavra.

— Lamento — disse John, constrangido.

— Tem uma nova esposa e filhos em seu país?

John pensou em mentir, pensou em dizer que a peste tinha matado seus filhos, assim como Jane. Mas um medo supersticioso conteve sua língua.

— Sim, tenho filhos — respondeu em voz baixa. — E esposa.

— E agora é a sua esposa que espera?

John confirmou com a cabeça.

O chefe deu um suspiro como se a infidelidade de John fosse um enigma tedioso e complexo demais para ser decifrado. Houve um silêncio que se estendeu por um longo tempo. As costas de John doíam, tinha se sentado de maneira desajeitada e, agora, se sentia embaraçado demais para chegar um pouco para trás na pilha de peles e se recostar na parede.

— Onde quer estar? — perguntou o chefe. — Com Suckahanna ou com sua esposa?

— Com Suckahanna — respondeu John.

— Vai cuidar dos filhos dela como se fossem seus?

— Com prazer.

— Sabe que as crianças não serão levadas para o seu povo? Que ficarão com os powhatan?

John confirmou com a cabeça.

— E a mãe delas também ficará conosco. Ela nunca irá para o seu país com você.

John assentiu novamente.

— Ela me disse isso. — Sentiu o entusiasmo crescer dentro de si. Tinha todos os sinais de um interrogatório de noivo, não era o preâmbulo de uma recusa.

— Ela nos procurou para ter um lar, não podia mais ficar esperando por você. Ela fez a escolha e agora é nossa filha. Nós a assumimos em nossos corações.

Os homens mais velhos assentiram com a cabeça. Um falou alguma coisa em tom baixo, em sua própria língua. O chefe assentiu com um movimento da cabeça.

— Meu irmão diz que nós a amamos. Se for magoada, nós a vingaremos.

— Entendo — disse John. Teve medo de escutarem a batida do seu coração de tão alta que soava aos seus próprios ouvidos. — Não quero tirá-la de vocês. Sei que ela fez a sua escolha, e que ela e seus filhos ficarão com vocês.

— E os filhos que chegar a ter com ela — falou claramente em inglês outro homem. — Eles não se tornarão ingleses, não se esqueça. Eles também serão do Povo da Lebre.

John não tinha pensado em seus filhos nascerem ali, serem criados por Suckahanna, se balançarem no *papoose*, o berço índio, aprendendo a habilidade mortal com a seta de bambu. Sentiu o coração pular ao pensar em ser pai de um filho assim. Engoliu em seco.

— Sim.

— Se escolhê-la, estará escolhendo ficar com ela, ficar conosco — repetiu o chefe.

John curvou a cabeça.

Fez-se silêncio.

— Deseja ser nosso irmão?

John respirou fundo. Lambeth parecia muito distante, Hester mais morta para ele do que sua primeira mulher, Jane. Seus próprios filhos estavam quase esquecidos. A sua pressão sanguínea, os batimentos em seus ouvidos, eram por Suckahanna.

— Sim — respondeu ele.

Mais ligeiro do que o olho seria capaz de acompanhar, como o bote de uma serpente, o chefe agarrou o pulso de John, torcendo-o de modo a fazê-lo cair de joelhos diante dos olhares de basilisco dos três velhos. A dor subiu do braço para o ombro de John, o punho na articulação do seu pulso era tão forte que o obrigou a permanecer de joelhos.

— Contra o seu próprio povo? — perguntou o chefe.

— Não chegará a esse ponto — ofegou John. Sentia os ossos dos braços começarem a se curvar, um pouco mais de pressão e se quebrariam. — Sei que trataram mal o seu povo, mas agora têm a terra que precisam, não haverá guerra.

— Eles nos expulsaram como corças indefesas — disse o homem, sem afrouxar seu punho. — E nos empurrarão cada vez mais, sempre que precisarem de uma polegada a mais de terra. Não é assim?

John não se atreveu a responder. Sentiu o suor nas costas, os músculos do braço rangerem de dor.

— Não sei.

— Usam a terra e a abandonam, como um porco na pocilga, não é? Eles a devastam e depois não servem para mais nada. Portanto estão sempre precisando de mais e mais terra, e mais ainda, não?

Abruptamente o chefe soltou John, que caiu de cara nos caniços do piso, reprimindo o choro. Não pôde conter a respiração ofegante, chorou como uma criança machucada.

— Vai chegar o tempo em que cada braço do rio e cada árvore alta verá um inglês fixando uma estaca.

John sentou-se sobre os calcanhares, apalpou o braço, o ombro.

— Sim — cedeu contra a vontade.

— Por isso quando você diz que é nosso irmão, deve entender que contaremos com você como nosso irmão. Morrerá do nosso lado quando avançarmos. Suas mãos ficarão vermelhas com o sangue de homens brancos. Pendurará os escalpos deles em seu cinto.

John pensou nos Hobert em sua casinha oculta entre as árvores, na pensão em Jamestown, na criada na casa do governador, na generosidade rude dos plantadores, nos rostos cheios de esperança dos emigrantes quando aportam pela primeira vez. O chefe bateu palmas, um som agudo ressoante.

— Eu sabia que você não ia conseguir — comentou ele, e então se levantou e saiu da casa.

John, com um esforço, ficou de pé e deu três passos rápidos atrás dele. Um dos anciãos estendeu uma perna ossuda e John tropeçou e caiu nas peles no chão.

— Fique quieto, inglês — disse o velho, o discurso perfeito, uma dicção autêntica de Oxford. — Fique parado como um bobo. Achou que daríamos a nossa filha a um homem de meio coração?

— Eu a amo — replicou John. — Juro.

Os dois anciãos se levantaram devagar.

— O amor não é o bastante — disse o velho. — Você também precisa de costumes e parentesco. Ame-a o quanto quiser. Não há nenhuma vergonha nisso. Mas escolha o seu povo e fique com ele. Esse é o caminho de um bravo.

Sem outra palavra, os anciãos saíram, seus pés descalços passando a uma polegada do rosto de John. Ele ficou sobre as peles, o símbolo perfeito de um homem humilhado, e deixou que passassem.

Escureceu, John permanecia imóvel. Não percebeu a luz se adensar e as sombras se espalharem na parede. Ouviu o som distante de um canto e soube que o jantar tinha sido preparado e comido, e que o povo de Suckahanna estava reunido no círculo da dança, cantando a lua, cantando o bom tempo, cantando o rebanho de cervos que vinha para eles, cantando os peixes na sua caniçada e as sementes que brotavam fortes e altas no solo. John ficou deitado de cara para baixo sobre as peles, e nada desejou nem chorou. Percebeu seu próprio vazio.

Uma luz entrou pela porta, um graveto de árvore-da-cera aceso, tão luminoso quanto a melhor cera de Londres. Embaixo, metade na sombra e metade iluminada, estava Suckahanna.

— Disse a eles que não me queria? — perguntou ela na entrada.

— Fracassei no teste — disse John. Sentou-se e passou a mão no rosto. Sentia-se extremamente cansado. — Disseram que eu teria de lutar contra o meu próprio povo e eu não concordei.

— Muito bem. — Ela virou-se para sair.

— Suckahanna! — ele gritou, e o desespero e paixão em sua voz teria feito qualquer mulher parar, menos uma powhatan. Ela sequer hesitou. Não arrastou os pés. Saiu pisando leve, como se fosse se unir à dança. John ficou em pé com um pulo e correu atrás dela. Ela deve tê-lo ouvido, conhecia o ritmo de seu andar desde que era menina, mas não hesitou nem olhou em volta. Desceu, sem alterar o passo, a pequena rua até a sua casa, separou a pele de veado na porta e entrou, sem nem sequer relancear os olhos para trás.

John paralisou-se e sentiu o ímpeto de gritar e fazer seu punho atravessar a casa clara e bem construída. Respirou com um soluço e seguiu em direção ao fogo no círculo da dança.

Estavam dançando de alegria, não era uma cerimônia religiosa. Percebeu isso de imediato, já que o chefe tribal estava sentado em um banco baixo, com apenas um manto comum sobre os ombros como agasalho, sem nenhuma concha de abalone sagrada ao redor do pescoço. Batia palmas ao ritmo da música dos tambores e flautas, e sorria.

John seguiu na direção da luz, mas sabia que não tinha aparecido inesperadamente. Todos o tinham visto no escuro, sentido ele correr atrás de Suckahanna, e depois voltar para eles. Rodeou o solo de terra batida da dança e abriu caminho até o chefe. Os três anciãos o olharam de maneira penetrante, com o afável divertimento da velhice cínica, que sempre se diverte com a aflição da juventude.

— Ah, o visitante — disse o chefe.

— Quero me casar com ela — anunciou John, sem preâmbulos. — E meus filhos serão powhatan, e meu coração estará com os powhatan. E você pode me comandar como um bravo.

O rosto severo, de nariz adunco, iluminou-se de prazer.

— Mudou de ideia — disse o chefe.

— Aprendi o preço — disse John. — Não sou um homem volúvel. Não sabia o que Suckahanna me custaria. Agora você me disse e sei. E aceito.

Um dos homens sorriu.

— Um mercador, um negociante — disse ele, e não foi um elogio.

— Seus filhos serão powhatan? — disse o outro ancião. — E você será nosso bravo?

John confirmou com um movimento da cabeça.

— Contra o seu próprio povo?

— Tenho certeza de que nunca será necessário.

— E se for?

John concordou de novo com a cabeça e disse:

— Sim.

O chefe ficou de pé. Os tambores silenciaram no mesmo instante, a dança cessou. Estendeu o braço e John, com hesitação, foi até ele. O braço fino baixou levemente sobre os ombros largos de John, mas ele sentiu a força da mão, quando o chefe o segurou.

— O inglês quer ser um bravo dos powhatan e se casar com Suckahanna — anunciou o chefe em powhatan. — Nós todos concordamos. Amanhã ele irá caçar com os bravos. Ele se casará assim que mostrar que pode capturar o seu próprio cervo. — John carregou o sobrolho no esforço de compreender o que estava sendo dito. Então o rosto pontudo virou-se para ele e o chefe falou em inglês.

— Tem um dia para mostrar o que pode fazer — disse ele. — Somente um dia. Se não puder localizar, perseguir e matar o seu cervo em um dia, do alvorecer ao pôr do sol, deverá voltar para o seu povo e sua pólvora. Se quer uma mulher powhatan, tem de ser capaz de alimentá-la com as próprias mãos.

O marido de Suckahanna, no centro do círculo da dança, sorriu largo para John.

— Amanhã, então — disse ele em powhatan, sem se importar que John entendesse ou não. — Começamos ao raiar do dia.

Ao amanhecer, estavam no rio, no silêncio profundo e solene das preces ao nascer do sol. Ao redor dos bravos, espalhadas na água, estavam as folhas fumegantes da planta selvagem do tabaco, acres e potentes no ar da manhã. Os bravos e as mulheres entravam na água gelada do rio até a cintura, se lavavam, rezavam pela pureza, queimavam tabaco e dispersavam as folhas. As brasas, como pirilampos, rodopiavam rio abaixo, faíscas no ar cinzento.

John esperou na margem, a cabeça curva, em respeito. Achou que não devia participar, até ser convidado, e de qualquer maneira, sua educação religiosa estrita significava que ele tremia de medo de sua alma imortal. A história da Lebre e do homem e da mulher no saco era claramente absurda. Mas seria mais absurda do que a história de uma mulher visitada pelo Espírito Santo, concebendo o filho de Deus diante de bois ajoelhados enquanto anjos cantavam no alto?

Quando as pessoas saíram da água tinham o semblante sereno, como se tivessem visto algo que permaneceria com eles o dia todo, como se tivessem sido tocados por uma língua de fogo. John avançou do mato e disse em um powhatan meticuloso ao marido de Suckahanna:

— Estou pronto.

O homem olhou-o de cima abaixo. John estava vestido como um bravo, usando uma camisa e um avental de pele de cervo. Tinha aprendido a andar sem as botas e estava calçando mocassim powhatan, embora seus pés nunca fossem se tornar tão duros quanto os de homens que corriam sobre pedras, atravessavam rios e escalavam rochas descalços desde a infância. John já não tinha aquela magreza provocada pela fome. Estava esguio e endurecido como um cão de caça.

O marido de Suckahanna sorriu largo para John.

— Pronto? — perguntou em sua própria língua.

— Pronto — replicou John, reconhecendo o desafio.

Mas antes os homens tinham de verificar suas armas, e os filhos e garotas foram enviados correndo para buscar pontas e hastes extras para as flechas, e mais uma corda para o arco. Então, uma mulher correu atrás deles com uma tira de carne-seca que se esquecera de dar. O grupo de caça só partiu da aldeia uma hora depois do sol nascer. John reprimiu uma sensação presunçosa de satisfação com o que considerava atrasos ineficazes, mas manteve a expressão grave quando passaram pelas mulheres em direção ao campo. Houve assobios e vaias de encorajamento à andadura sólida dos homens e a John, que os acompanhava na retaguarda.

— Para um homem branco, ele sabe galopar — disse uma mulher, com justiça, a Suckahanna, que virou a cabeça para vê-los, como se para mostrar que não estava olhando e não tinha notado.

John não se permitiu um sorriso de satisfação. A gordura tinha sido dissolvida e removida dele durante a fome que passara na floresta e sua estada na aldeia indígena tinha demandado um trabalho árduo. Estava sempre cumprindo pequenas missões do campo para a aldeia, ou ajudando as mulheres no trabalho de roçar a terra. A comida que recebia só criava músculos, e ele sabia que apesar de completar 35 anos nesse ano, nunca se sentira mais saudável. Imaginou que Attone pensaria que ele cairia ofegando, sem fôlego, nos primeiros dez minutos, mas estaria enganado.

Passaram-se dez minutos e John estava arquejando e lutando contra o desejo de sair da fila. Não que se movessem rápido demais, pois John poderia tê-los ultrapassado com facilidade. A regularidade do ritmo é que era tão exaustiva. Não era uma corrida, não era uma caminhada, era uma caminhada rápida que nunca se tornava uma corrida. Forçava os músculos das panturrilhas e do arco do peito do pé. Era uma terrível agonia para os pulmões, o rosto, o peito, o corpo todo do inglês, que primeiro tentou correr e depois andar, e sempre se via fora do passo.

Não ia desistir. John pensou que preferia morrer no rastro dos bravos powhatan, a retornar à aldeia e dizer que não tinha nem mesmo avistado o cervo que prometera matar, porque tinha ficado sem fôlego e exausto demais para andar na floresta.

Por mais dez minutos, e mais dez depois desses, a fila de bravos dançou na trilha, acompanhando uns os passos dos outros com tal precisão que qualquer um que os perseguisse pensaria estar seguindo um único homem. Atrás deles, vinha John dando dois passos quando davam um, depois um e meio, depois uma breve corrida, e depois voltando a caminhar.

De repente, pararam. Os dedos de Attone tinham-se aberto ligeiramente, sua mão pendendo do lado. Nenhum outro sinal foi necessário. Os dedos se abriram e se fecharam duas vezes: corças e gamos novos, um rebanho. O dedo indicador e o dedo mínimo se ergueram: um veado adulto. Attone olhou para trás, para o fim da fila e, lentamente, uma por uma, todas as cabeças raspadas pela metade se viraram para John. Houve um sorriso cordial no rosto de Attone que logo contagiou a fila toda. Ali estava o rebanho, ali estava o veado. Era a caça de John. Como ele propunha agir para matar um ou preferivelmente três animais?

John olhou em volta. Às vezes, um grupo de caça acendia fogueiras na floresta e atraía um rebanho de cervos para uma emboscada. Mais habilidade ainda era exigida de um caçador individual para perseguir um animal. Attone era famoso por seu talento na imitação. Jogava a pele de cervo sobre os ombros e atava um par de chifres na cabeça e chegava tão perto do animal que podia se pôr ao seu lado e quase passar a mão nos seus ombros e cortar sua garganta enquanto pastava. John sabia que não podia competir com tal perícia. Teria de atrair o animal e depois matá-lo.

Estavam perto de um assentamento branco abandonado. Algum tempo atrás, tinha havido uma casa ali, à margem do rio, as corças estavam pastando brotos de milho entre a grama. Havia uma mixórdia de madeira serrada onde no passado existira uma casa, e havia uma plataforma de embarque onde o navio do tabaco teria atracado. Tudo se transformara em ruínas anos antes. A plataforma, sobre as pernas de madeira, tinha afundado na lama traiçoeira do rio e agora se transformara em um píer escorregadio. John examinou a situação e pensou, sem nenhuma razão, em seu pai lhe contando sobre o passadiço na Ilha de Rhé e em como os franceses tinham perseguido os soldados ingleses na ilha até a via de madeira do outro lado do alagadiço e, então, os apanhado quando a maré os arrastara em torvelinho.

Ele balançou a cabeça afetando confiança, como se tivesse um plano, como se tivesse algo na cabeça além da visão de uma coisa que o pai tinha feito, enquanto o que precisava agora e urgentemente era algo de que fosse capaz de fazer ele próprio.

Attone sorriu encorajando-o, ergueu as sobrancelhas em uma paródia de interesse e otimismo.

Esperou.

Todos esperaram por John. Era a sua caça. Era o seu rebanho. Eles eram os seus bravos. Como se posicionariam?

Sentindo-se um tolo, mas persistindo apesar de seu senso de completa incompetência, John designou um homem para a retaguarda do rebanho e outro para o outro lado. Pôs as mãos em concha: cercariam as corças e as incitariam a avançar. Apontou para o rio, para o píer afundado. Instigariam os animais nessa direção.

Com os rostos inexpressivos como de estudantes impudentes, os homens assentiram com um movimento da cabeça. Sim, tudo bem, se era aquilo o que John queria. Cercariam os animais. Ninguém avisou John para verificar a direção do vento, para pensar como os homens se posicionariam a tempo, para dispersá-los por etapas, de modo que cada um chegasse ao seu lugar quando os outros também já estivessem prontos. A caça era de John, ele fracassaria à sua própria maneira, sem o desvio da ajuda deles.

Teve a sorte do novato. Assim que os homens começaram a se mover para as suas posições, a chuva caiu pesada, as gotas grossas cobriram o cheiro e ocultaram o barulho dos homens se movendo pelo bosque que circundava a clareira. Eram caçadores hábeis e não lhes era possível refrear tal perícia. Não conseguiam se mover ruidosamente ou descuidadamente quando cercando um rebanho de cervos, nem mesmo que quisessem. Seu treinamento estava arraigado. Pisavam com leveza nos gravetos secos, moviam-se suavemente pelas moitas crepitantes, passavam deslizando por espinhos que se teriam prendido em suas tangas de couro com o ruído agudo de papel se rasgando. Podiam querer ou não ajudar John em sua tarefa, mas não podiam negar a própria destreza.

Em segundos, o grupo de caça tinha formado um arco ao redor do rebanho, prontos para o sinal de avançar. John recuou para a base do arco, esperou que o rebanho passasse diante dele, dando-lhe a chance de um disparo certeiro. Fez um pequeno gesto com a mão, que significava "seguir adiante", e teve o prazer de ver todos eles, até mesmo Attone, se moverem cooperativamente cumprindo a sua ordem.

Uma, duas cabeças de cervos se ergueram, as fêmeas procurando seus filhotes. O veado farejou o vento. Não sentiu nenhum cheiro, o vento tinha-se desviado com a chuva. O único cheiro era o da água clara do rio atrás do rebanho. Irrequieto relanceou os olhos em volta e, então, virou a cabeça e recuou um pouco, no caminho de onde tinham vindo, para o rio.

Os bravos se detiveram com o gesto de John e, então, quando ele acenou, voltaram a avançar. O rebanho percebeu que alguma coisa estava acontecendo. Não viam nada por causa da chuvarada repentina e não ouviam nada além do tamborilar das grandes gotas d'água nas folhas, mas estavam inquietos. Reuniram-se e seguiram o veado, sua cabeça pesada balançando para um lado, depois para o outro, olhando ao redor, guiando-os para o rio.

John deveria ter-se contido, mas não conseguiu. Fez o gesto de "avançar" e foi salvo do desastre somente pela habilidade dos bravos. Eles não teriam avançado e provocado a debandada do rebanho, perdendo-o. Nem que houvesse uma dúzia de ingleses a quem humilhar. Não conseguiriam fazer isso assim como John não conseguiria ceifar indiscriminadamente um canteiro de tulipas em botão.

A sua habilidade se impunha até mesmo sobre o desejo de prejudicar. Desobedeceram à ordem precipitada de John e recuaram, esperando até as cabeças apreensivas baixarem de novo para pastar e as orelhas trêmulas cessarem de girar.

John repetiu o gesto: "avançar!" E agora os bravos, bem devagar, se aproximaram um pouco mais, como se sua própria presença indistinta, por si só, pudesse fazer o rebanho se mover para o rio. Tinham razão. A empatia entre os cervos e os powhatan era tal que os animais não precisavam escutar, não precisavam ver. A cabeça do veado estava erguida, de novo, e ele desceu, com determinação, o caminho que o agricultor tinha, no passado, percorrido do seu milharal ao seu píer, e as fêmeas e gamos novos o seguiram.

John acenou "avançar, avançar", e os cervos se apressaram, e os caçadores se apressaram atrás deles. Então, como se sentissem a excitação antes de ouvirem ou verem ou farejarem, os animais souberam que estavam sendo perseguidos, e jogaram a cabeça para trás, os olhos escuros lacrimosos giraram, e correram, depois diminuíram o passo, e então se precipitaram de ponta-cabeça, em fila indiana, na pequena trilha enlameada até a segurança ilusória do píer, como se se estendesse até o rio como uma avenida para a enseada.

Os bravos correram atrás deles, cada qual ajustando uma flecha em seu arco, um gesto suave e preciso, mesmo quando rodeando árvores caídas, saltando troncos. John atrapalhou-se ao tentar pegar sua flecha, e na pressa, ela caiu no chão. Pôs a mão no quadril para pegar outra e percebeu que sua aljava tinha-lhe sido arrancada enquanto corria. Estava desarmado. Jogou seu arco fora em um acesso de impaciência, mas seus pés se apressaram ainda mais.

Os cervos seguiam uma trilha, os bravos se infiltravam pela floresta densa, e ainda assim tão velozes quanto o rebanho, instigando-os a avançar, acompanhando seu ritmo, eram a força atrás do rebanho, que o fazia prosseguir, para o lugar exato que John queria, para o passadiço de madeira, para o rio.

— Sim! — gritou ele. Os bravos irromperam das árvores na forma perfeita de uma lua crescente, o rebanho uma massa fulva agitada de chifres, olhos, cabeças, e pés estrondosos dentro do círculo de homens correndo. — Já! —

gritou John, uma grande paixão pelos cervos e pela caça crescendo dentro dele. Sentiu um grande desejo de matar um cervo, e assim possuí-lo e possuir esse momento para sempre: o momento em que John liderou um grupo de caça e capturou o seu cervo.

Mas nesse exato momento, justo quando a primeira corça saltou para o passadiço, para a ilusão de segurança, e no mesmo instante resvalou nas tábuas escorregadias traiçoeiras, uma flecha atravessou o ar zunindo e perfurou seu coração palpitante, exatamente quando as outras estavam prontas para segui-la, um gamo novo esquivou-se para a direita, para a ribanceira, para a água clara que descia para a liberdade, e outro, vendo seu esforço vigoroso, seguiu-o, e Tradescant viu, nessa fração de segundo, que seu semicírculo de bravos não estava na posição, que o seu rebanho seria perdido, derramado como mercúrio do tubo de ensaio de um alquimista, e levado rio abaixo.

— Não! — gritou. — Não! Meus cervos! — E nessa hora não pensava em Suckahanna, nem no seu orgulho, nem no respeito de Attone e dos outros bravos. Ele agora estava determinado a que seu plano desse certo, a que sua bela estratégia fosse bem realizada e que nenhum animal veloz, enfurecido, estragasse a perfeição do momento da caça. — Não!

No mesmo instante ele corria aos solavancos, dando passadas grandes, correndo como nunca tinha corrido antes, para tampar a lacuna na fila, para ultrapassar o primeiro caçador na extrema direita, para impedir a corça de escapar de seu tubo de ensaio, de seu belo tubo de ensaio cheio de cervos. Attone, a flecha no arco, ouviu o grito do inglês, seu cabelo comprido esvoaçando atrás dele, ele que dava passos arriscados, grandes saltos colina abaixo, olhou boquiaberto, até mesmo se esquecendo do imperativo da caça, quando o inglês gritou: "Não!", e gritando ultrapassou um, dois, três caçadores, e se arremessou na brecha.

A erupção repentina de John causou terror no rebanho. Em vez de deslizarem pela brecha, voltaram e deram com a ala de caçadores rio acima. Não havia para onde escapar, a não ser resvalar no passadiço escorregadio para o rio. Um animal atrás do outro saltou e se debateu. Seus cascos afiados não conseguiam um ponto de apoio na madeira viscosa, semiapodrecida, caíram, se lançaram no rio, houve uma chuva de flechas.

Mas John não viu nada disso. Só via a violação de seu plano, a falha na perfeição de sua caça, e uma corça se esquivando, dando guinadas para passar por ele. Ele correu, correu na sua direção, seus braços estendidos como se fosse agarrá-la pelo pescoço. O animal o viu e buscou a liberdade, pulando para o rio ribanceira abaixo, conseguindo voltar à tona, e pondo sua cabeça lisa para trás de modo que o nariz molhado e escuro conseguisse respirar, e ela fosse capaz de nadar, as pernas se batendo, até o centro do rio.

John, sem suportar ver sua presa escapar, emitiu um grito de desespero e se lançou, como se achasse que podia voar, na água 2 metros abaixo do barranco íngreme, em cima da corça, mergulhando de cabeça, de modo que houve um estalido retumbante quando a cabeça da corça se chocou com a testa de John, e enquanto ainda estava um tanto cego pela pancada, os dois afundaram e voltaram à tona juntos, olhando assustados um nos olhos desesperados do outro. John sentiu suas mãos se apertarem ao redor da garganta do animal antes de um casco afiado atingir como uma bala o seu peito e empurrá-lo de novo para o fundo.

Attone, em vez de disparar sua flecha na cabeça que desaparecia, longe de capturar a corça que escorregava e caía para fora do passadiço, estava gargalhando ao ver o inglês, o desprezado inglês, superansioso, protegido pelas mulheres, uivar como um espírito no mundo das trevas, saltando como se pudesse ser mais rápido do que uma corça, e então mergulhando de cabeça em um rio raso. Um homem tão dominado pela sede de sangue, tão insano de desejo, que era capaz de ficar cara a cara, na água funda, com uma corça, e ainda apertar as mãos ao redor de sua garganta.

Attone segurou-se em uma árvore e gritou em inglês:

— Inglês! Inglês! Está morto? Ou apenas louco?

Tradescant, vindo à tona e percebendo, de repente, que estava na água fria e coberta de ervas daninhas, que não tinha nem arco nem flecha nem animal caçado, mas sim uma sensação muito semelhante à de uma costela quebrada e uma contusão na altura do coração em forma de casco, e dor na cabeça, também ouviu a risada incontrolável de um powhatan que se divertia, também começou a rir. Impeliu os braços, como um cachorro fraco até a beira da água, mas estava rindo demais para conseguir escalar a ribanceira. O barranco era absurdamente alto e se lembrou de que tinha mergulhado lá de cima e caído na água de cabeça, sobre o animal. O pensamento o fez cair na gargalhada de novo, e a visão de Attone estendendo a mão, seu rosto moreno sulcado em uma risada incontrolável, redobrou, em Tradescant, o caráter engraçado da situação.

Segurou a mão de Attone, mas foi demais para os dois, e as mãos escorregaram com a risada impotente enfraquecendo-os, de modo que tudo o que Attone pôde fazer foi cair de costas na relva macia na margem do rio e relaxar, enquanto Tradescant deitado de costas sobre a água, uivava feito um cão, ao pensar na sua caça, na sua loucura, na sua incompetência.

Quando Suckahanna viu os homens retornando, saiu bem devagar para recebê-los; estava orgulhosa, e essa era uma questão difícil para qualquer mulher. Seu marido era o melhor caçador do seu povo, mas ela estava propondo deixá-lo por um inglês que todos consideravam incapaz de até mesmo atirar em um pombo com uma das armas infalíveis do homem branco.

Primeiro viu a caça. Seis dos caçadores carregavam dois cervos e uma corça amarrados pelos pés a galhos podados. Era uma caça que qualquer grupo de caçador se orgulharia de levar para casa, o suficiente para alimentar a aldeia e deixar parte da carne para ser salgada. Suckahanna respirou fundo e aprumou-se. Não seria vista por ninguém correndo para os bravos e perguntando quem fizera a caça. Mas três animais era uma excelente caça; três animais eram a prova irrefutável de que os bravos tinham feito bonito.

Então viu John. De início, achou que tinha se ferido, se ferido gravemente, pois o homem que o sustentava era o seu próprio marido, Attone. Fez menção de correr para ele, mas se deteve depois de dois passos. Havia algo estranho na maneira como caminhavam juntos, não era o andar trôpego de um homem doente e o passo largo e atento de alguém que o ajudava. Estavam unidos como se estivessem tontos, como se os dois estivessem embriagados. Observou-os, ergueu a mão para proteger a vista do sol do entardecer. Ouviu suas vozes, não estavam falando um com o outro em tom baixo e apreensivo, como homens se ajudando a voltar para casa, nem a conversa animada de homens retornando da caça satisfeitos. Diziam uma palavra, depois outra, e faziam uma volta tresloucada, como bêbados, embriagados de tanto rir.

Suckahanna voltou para a entrada de sua casa e baixou a cortina de couro para se esconder. No escuro, ergueu uma ponta da cortina para espiar lá fora. Os homens que haviam trazido a caça a estavam empalando, para limpá-la e esfolá-la, mas Attone e John não participaram do trabalho. Com os braços um ao redor dos ombros do outro, dirigiram-se à sauna indígena com a maioria dos outros bravos, e Suckahanna ouviu aquela explosão súbita de risadas.

"Que mergulho!", ela ouviu, e então uma gargalhada de Tradescant. "Mas o que não sabem é que caí na sua cabeça!" E isso foi demais para Attone, e seus joelhos cederam, fazendo-o cair de tanto rir.

— Eu vi. Não tinha flechas?

— Por que ele precisaria de flechas? Se ia cair em cima dos cervos para matá-los?

Houve outro grito e todos os bravos jogaram os braços nos ombros uns dos outros e se balançaram juntos, os pés batendo ao ritmo da gargalhada estrondosa.

Uma mulher foi à porta de Suckahanna que abriu a cortina e saiu.

— O que os homens estão fazendo esta noite? — perguntou a mulher.

Suckahanna encolheu os ombros com um sorriso que dizia: "Homens!" E: "Como eu o amo!" E ainda: "Ele é impossível!"

— Como vou saber? — respondeu ela.

O silêncio quase sagrado da sauna os acalmou e a exaustão do dia cobrou seus direitos. Sentaram-se recostados nas paredes iluminadas pelo carvão incandescente, os olhos fechados, se embebendo do calor terapêutico, expelindo as dores. Volta e meia, um dos bravos fazia uma careta e dava um risinho, seguido de uma onda de risos.

Permaneceram no calor por um longo tempo até os seios da face estarem quentes e secos, até os ossos do rosto estarem cheios de calor. John sentiu a contusão na cabeça inchar como uma larva e a marca do casco no seu peito escurecer e ficar cada vez mais sensível. Não deu importância. Não ligava para nada a não ser o prazer sensual, intenso, provocado por esse calor e repouso.

Depois de muito, muito tempo, Attone ficou em pé e se espreguiçou como um gato, estendendo cada vértebra de sua coluna. Estendeu uma mão peremptória a John e falou em powhatan:

— Venha, meu irmão.

John ergueu o olhar, viu a mão estendida e se levantou para apertá-la. Attone ajudou-o a ficar em pé e, por um momento, os homens ficaram lado a lado, as mãos dadas, olhando fundo um nos olhos do outro, com respeito e afeição franca.

Attone saiu, na frente, da sauna.

— Tenho um nome para você, um nome tribal — disse Attone. — Não pode mais ser John Tradescant. Agora, você é um bravo.

John compreendeu. Então ele era aceito.

— Qual será o meu nome? — perguntou ele.

— Águia — anunciou Attone.

A excelência do nome provocou um murmúrio de admiração, por parte dos outros bravos, pela honra concedida a John.

— Águia?

— Sim. Porque matou uma corça caindo do céu sobre ela.

Houve um alarido, uma risada incontrolável, e os homens se apoiaram uns nos outros de novo, com John no centro, Attone com os braços ao redor dele.

— Águia! — disseram os bravos. — Caçador poderoso! Ele que caiu como uma águia, sem aviso!

Viraram-se e desceram correndo para o rio para se lavarem. As mulheres tiraram as crianças menores do caminho dos homens que gritavam e riam. Mergulharam juntos no rio e esparramaram água como meninos antes da celebração do *huskanaw*, ritual de iniciação na vida adulta. Então Attone avistou uma figura alta na margem do rio e endireitou o corpo e ficou sério.

O líder tribal os estava observando. Attone saiu do rio, os outros homens o seguiram. Secaram-se e vestiram peles limpas, e quando estavam prontos, o chefe guiou o caminho ao círculo da dança e os bravos se posicionaram na sua frente.

— O homem que quer Suckahanna matou seu cervo? — perguntou o chefe em sua língua.

Houve um momento de total consternação.

— Trouxemos dois cervos e uma corça — replicou Attone, calmamente. — Uma boa caça, e o homem que quer Suckahanna esteve ao meu lado o dia inteiro. Ele não recuou, ele não fracassou, ele não se cansou. Planejou a caça e seu plano foi bom. Atraiu os animais para o rio e matamos três.

— Qual ele matou? — perguntou o chefe.

Attone ficou em silêncio.

— Não teríamos matado nenhum, se não fosse o seu plano — falou um dos homens. — Ele percebeu que poderíamos atraí-los para o rio. Ele nos mostrou o caminho.

O chefe balançou a cabeça vagarosamente, como se estivesse disposto a passar a noite toda nessa inquisição.

— E qual ele matou? — perguntou. — Um dos cervos? A corça?

John acompanhando o interrogatório, tanto quanto podia, compreendeu que os caçadores não conseguiriam ocultar seu fracasso. Sentiu uma onda de decepção atravessá-lo: a caça, as risadas e seu novo nome seriam anulados porque um velho com idade para ser seu pai se aferraria aos termos da lei. Pensou que um bravo reconheceria seu fracasso como um homem digno, se afastaria da aldeia, e nunca mais retornaria. Avançou e abriu a boca para falar. Precisou de um instante para pensar na palavra que significava derrota em powhatan, e percebeu que não sabia. Talvez não existisse em powhatan um termo para derrota. Estruturou uma frase com as palavras que conhecia. Algo como:

— Não matei. Não posso casar.

— E? — disse o chefe, incitando-o a falar.

Houve um grito por parte das mulheres na borda do círculo de dança.

— Que corça é essa? — perguntou alguém.

Uma mulher foi na direção deles. Segurava as patas dianteiras de uma corça e a arrastava para eles. A cabeça caída deixava claro que o pescoço estava quebrado.

— É a minha corça! — exclamou John. Bateu no ombro de Attone. — É a minha corça! — Correu para a mulher e tirou as patas delicadas de suas mãos. — É a minha corça! Minha corça!

— Encontrei-a na beira do rio — disse ela. Foi arrastada rio abaixo. Mas não estava na água há muito tempo.

— Águia matou-a! — anunciou Attone. Imediatamente, uma onda de riso atravessou os bravos. O chefe lançou um olhar severo ao redor.

— Você matou esta corça? — perguntou a John.

John sentiu a risada de alegria subir à sua garganta apertada.

— Sim, senhor — disse ele. — É a minha corça, eu a matei. Quero Suckahanna.

— Águia! Águia! — gritaram os bravos.

O chefe olhou para Attone.

— Você cede sua mulher a esse homem, sua mulher, seu primeiro filho e seu segundo filho?

Attone olhou direto para John e seu rosto escuro, duro, se franziu em um sorriso irresistível.

— Ele é um bom homem — disse ele. — Tem a determinação de um salmão saltando em direção a sua casa e o coração de um búfalo. Cedo Suckahanna a ele. Ele é meu irmão. Ele é o Águia.

O chefe ergueu sua lança adornada.

— Ouçam — disse ele, tão baixinho que todas as mulheres na borda do círculo, inclusive Suckahanna, esticaram o pescoço para escutar.

— Este é nosso irmão. Revelou-se na caça e é o marido de Suckahanna. Amanhã vamos introduzi-lo no Povo, e seu nome será Águia.

Houve um grito de aprovação, aplausos, e as pessoas se juntaram ao redor de John. Ele teve de abrir caminho pelos rostos sorridentes e tapinhas nas costas para chegar até Suckahanna e abraçá-la. Ela se apertou a ele e ergueu a face. Quando seus lábios se encontraram, ele sentiu uma paixão repentina, um sentimento que tinha esquecido havia muitos anos, e um desejo intenso demais, como se somente um beijo não o satisfizesse, nunca pudesse satisfazê-lo, como se nada nunca viesse a ser o bastante a não ser mantê-la ao seu lado para sempre.

Suckahanna afastou o rosto do dele e John, com relutância, soltou-a. Ela pôs a cabeça em seu ombro e seus sentidos se agitaram, apreendendo o toque do corpo leve metido debaixo de seu braço, a maneira como suas pernas compridas emparelhavam-se com o seu lado, o cheiro do seu cabelo, o calor de sua pele nua contra seu peito molhado.

As pessoas gritavam vivas, unindo os nomes dos dois.

— Por que o chamam de Águia? — perguntou ela, erguendo o rosto para olhar para ele.

Ele viu Attone esperando a sua resposta.

— É coisa nossa — replicou ele com uma frieza fingida. — Algo entre nós, os bravos.

Attone sorriu largo.

John não pôde dormir com Suckahanna nessa noite, apesar de ela ter saído da casa de Attone para passar a noite com Musses. O próprio Attone levou sua pele, suas cestas e vasilhas para a tenda de Musses e beijou-a ternamente na testa ao deixá-la lá.

— Ele não se importa? — perguntou John, ao observar essa despedida afetuosa.

Suckahanna deu-lhe um sorriso malicioso.

— Só um pouco.

— Eu me importaria — disse John.

— Ele se casou comigo porque foi aconselhado a isso — explicou ela. — E então teve de cuidar de mim e de minha mãe, e não levamos nenhum dote nem houve nenhum pagamento por mim. Portanto ele nunca poderia arcar com outra mulher, se viesse a gostar de outra. Estava preso a uma só: a mim. E agora tudo mudou. Está solteiro e novo, você terá de lhe pagar por mim, ele vai gostar disso. E vai poder olhar em volta e dessa vez escolher uma garota de que ele realmente goste.

— Quanto vou ter de pagar? — perguntou ele.

— Talvez muito — avisou ela. — Talvez uma de suas armas, uma das que deixou na sua casa.

— Ainda estão lá? — perguntou John, incrédulo. — Achei que tudo tinha sido roubado.

Ela concordou serenamente com um movimento da cabeça.

— Foi tudo roubado. Mas se a arma for para Attone, acho que será devolvida.

— Eu gostaria que minhas armas fossem devolvidas — comentou John.

Ela riu.

— Achei que sim. Amanhã, quando for adotado, quando se tornar um membro do Povo, então nenhum homem, mulher ou criança roubará você de novo, nem mesmo se estiverem morrendo de fome. Levaram suas coisas quando você era um homem branco rico, e então suas coisas desapareceram.

Ela olhou para a expressão dele, não completamente convencido.

— O que você quer com elas? O que faria com elas aqui, quando tudo o que um homem quer pode ser conseguido com um arco e flecha, uma lança, uma vara de cavar, uma faca ou uma armadilha para peixes?

John pensou por um momento e percebeu que seus bens faziam parte da vida que ele tinha deixado para trás, parte de sua vida antiga, melhor perdidos e esquecidos do que no canto da sua nova casa indígena, lembrando-o do homem que tinha sido, da vida que podia ter vivido.

— Muito bem — disse ele. — Se ele consegui-las de volta, pode ficar com elas.

John foi acordado logo antes do amanhecer pela mão de Attone no seu ombro.

— Acorde, Águia — sussurrou ele. — Venha se lavar.

Eles tinham se antecipado, somente os homens se moviam como sombras cinzas pela rua da aldeia. Ainda estava escuro, apenas uma linha cinza-clara, como um borrão de caiação acima do escuro das árvores da floresta, mostrava que o raiar do dia se aproximava.

Tradescant entrou no rio do lado de Attone e imitou cada movimento que o outro fez. Primeiro, lavou cuidadosamente o rosto: olhos, boca, narinas e orelhas. Depois a lavagem meticulosa das axilas, escroto e, finalmente, uma imersão profunda na água gelada, esfregando peito, costas, coxas e pés. Attone emergiu soprando água e jogando seu cabelo comprido para trás.

Vadeou até a margem. John seguiu-o. Havia uma pequena fogueira na praia de seixos e um punhado de folhas miúdas de tabaco índio empilhadas do lado. Attone pegou uma concha de abalone, uma folha, acendeu-a nas brasas e, soprando a centelha, voltou ao rio. Levava a folha acesa e a concha embaixo, para recolher as cinzas sagradas. Ficou de frente para o sol e murmurou a oração. John imitou-o exatamente, e também disse a prece, invocando o sol ao nascer, os cervos para comer bem e ser feliz, a chuva, as plantas para que crescessem, Okee, o deus cruel, para conter sua raiva, e o Povo para pisar levemente na terra e conservar o amor da mãe deles. Depois, espalhou as cinzas e brasas na água e se virou para a praia. John imitou-o.

Lá, esperando, estava Suckahanna, a expressão grave. Quando John fez menção de pegar suas roupas, a calça de couro de segunda mão que tinha recebido ao chegar na aldeia, ela sacudiu a cabeça sem falar nada e estendeu uma nova tanga de couro macio e um pequeno avental primorosamente bordado.

John sorriu para ela, lembrando-se da menininha que ela era quando lhe mostrou, pela primeira vez, as roupas indígenas e como ele tinha relutado em se separar de seus calções. Ela franziu os olhos, mas seus lábios não sorriram, nem falaram. Era um momento solene demais para falar.

John foi até ela e deixou que o vestisse como quisesse, depois Musses pintou-o com um unguento avermelhado de banha de urso, e sua pele ficou tão escura quanto a deles na luz cinzenta do amanhecer.

Da aldeia, ouviu-se o rufar dos tambores, depois uma batida regular, insistente.

— Está na hora — disse Attone. — Vamos, Águia, está na sua hora.

John virou-se, esperando Attone rir do nome, mas o olhar do bravo era firme, e sua expressão, grave. Não havia um sorriso nem mesmo em seus olhos.

— Minha hora? — perguntou John, inquieto.

Suckahanna virou-se e seguiu na frente, de volta à aldeia, mas quando se aproximaram do círculo da dança, ela ficou para trás, com as mulheres que aguardavam do lado. Elas uniram os ombros ao seu redor, de modo que ficou no centro de um círculo de mulheres com os braços entrelaçados, como em uma quadrilha.

John se viu cercado de bravos, seus amigos do dia anterior. Mas nenhum deles o saudou com um sorriso. Suas faces estavam impassíveis, duras como se esculpidas na madeira seca. John olhou de um para o outro. Não pareciam amigos; pareciam inimigos.

A porta da tenda do chefe tribal foi aberta e o ancião apareceu. Estava aterrador em uma vestimenta feita de penas de aves, costuradas com tanta habilidade que não dava para perceber nenhuma costura nem tecido. Parecia um homem transformado em um pássaro escuro, lustroso, e caminhou com suas pernas longas, o andar arrogante de uma garça enfezada. Atrás dele, dois outros anciãos, usando capas pretas que brilhavam com contas de azeviche. As contas tiniam ao movimento. Eles estavam carregados de amuletos, colares de cobre e conchas de abalone.

A um sinal da lança ricamente entalhada do chefe, dois rapazes surgiram da sua casa, transportando algo baixo e quadrado entre os dois. Por um momento, John achou que era um apoio para montar, um mourão, ou um pedestal aonde o chefe subiria para discursar, mas então percebeu que o centro era côncavo, de modo a caber o queixo de um homem, e a madeira, dos dois lados, tinha sido cortada afiada com um machado. Com horror, reconheceu o que era. Tinha ido à Tower Hill mais de uma vez, reconhecia um tronco de decapitação quando o via.

— Não! — gritou, e se retraiu, mas havia uma dúzia de homens ao seu redor. Nem mesmo o seguraram, apenas o pressionaram com seus corpos, e John se viu preso por uma parede sólida de corpos rijos. Eles entrelaçaram os braços, firmaram-se, pressionando-se um no outro, de modo que John ficou impotente no meio. Mesmo que tivesse desmaiado de medo, teria continuado em pé, sustentado pela parede de homens.

O chefe deu um sorriso cruel e suas penas escuras estremeceram como se ele fosse um corvo inglês que tivesse voado até lá para bicar os olhos de John.

Ele protestou contra essa injustiça. Por que salvá-lo da morte quando estava queimado, envenenado, passando fome, para depois levá-lo para ali e decapitá-lo? Mas então se lembrou de Jamestown, e viu que só havia malícia, crueldade gratuita, nada a não ser tortura e derramamento de sangue por prazer, e começou a achar que um golpe de machado seria misericordioso, melhor do que ser estripado ou escalpelado ou dilacerado ou empalado sobre um formigueiro. Pensar nesses horrores o fez gritar "Suckahanna!". E se arremessou à frente, para conseguir vê-la presa como ele, o rosto pálido e aflito, tentando se libertar das mulheres à sua volta, sem tirar os olhos dele e gritando "John!".

Os bravos agarraram seus braços, não tinha como escapar, e o empurraram para o tronco. John se debateu e praguejou, eles o seguraram firme e forçaram a sua cabeça baixar até seu queixo tocar na frieza inclemente da madeira bem trabalhada. John sentiu o corpo reconhecer o lugar de sua morte.

— Deus, perdoe os meus pecados — sussurrou John. — E proteja meus filhos e Hester. Deus, me perdoe, me perdoe. — Fechou os olhos por um momento, depois abriu-os de novo e procurou Suckahanna. As mulheres a tinham soltado, e ela estava imóvel, seu rosto lívido como o de uma inglesa, de terror.

— Suckahanna — disse ele baixinho.

Ele tentou sorrir para ela, garantir que, mesmo agora, não havia ressentimento entre eles, nenhum arrependimento e nenhuma reprovação. Mas ele sabia que só podia mostrar os dentes, que tudo o que ela veria era o seu crânio sob o ricto do sorriso, que logo ela veria o branco do seu crânio, quando eles pelassem sua testa para cortar o troféu do seu escalpo.

A pressão nas suas costas e pescoço foi relaxada gradativamente, quando os homens sentiram que ele cedia. John girou os olhos para olhar o carrasco e seu machado, mas se deparou com um grande tacape, muito bem feito e com um contrapeso, e o homem que o segurava esperava o sinal para partir a cabeça de John em pedaços.

Sua coragem lhe faltou completamente, sentiu o líquido quente correr entre suas pernas. Ouviu um grito que era a sua própria voz de terror.

O chefe levantou a lança cerimonial, as penas pretas em seus braços farfalharam como penas de asas. Como um anjo negro, ele ficou entre John e o sol nascente, e seu rosto era só alegria.

A lança caiu. O tacape foi erguido, e John esperou o golpe.

Algo o atingiu com força e seu corpo torturado se retraiu, mas não foi um tacape na cabeça, foi o peso de Suckahanna liberta do círculo de mulheres se lançando do outro lado e caindo em suas costas, um joelho em sua urina, o cabelo espalhado sobre a espinha retraída de John, a cabeça sobre a dele, o queixo no seu crânio, se oferecendo ao tronco.

O carrasco teve o tempo exato para se mover para o lado, e o tacape pesado atingiu, como uma bala de canhão, o barro do solo do círculo de dança. John sentiu o assobio do tacape passando e arrepiando o pelo de sua barba. Abriu os olhos e olhou na direção do chefe.

O ancião estava sereno. Levantou a lança e falou calmamente, como sempre.

— Veja isso, povo da floresta e do rio, veja isso, povo das planícies, veja isso, povo da praia e do pântano, veja isso, povo do céu, da chuva, do sol, todos os povos que escaparam da boca da Grande Lebre e que correm pela terra que Ela fez. Suckahanna, a nossa filha, foi ao fim do rio escuro por este homem. Ele lhe deve a vida. Ela lhe deu a vida, ele tem uma mãe powhatan.

As pessoas assentiram.

— E recebeu a vida de uma mulher powhatan.

John sentiu o corpo magro de Suckahanna estremecer contra o seu. Viu suas mãos trêmulas baixarem sobre os dois lados do tronco e se segurarem com força enquanto se ajoelhava e, depois, ficava em pé diante de seu povo. Ele achou que também podia se levantar, ficar ao seu lado, mas teve dúvidas se suas pernas o sustentariam. Então pensou que se Suckahanna podia saltar para ele para que sua cabeça fosse esmagada no lugar da dele, então ele deveria defendê-la. Provavelmente se ajoelhar diante dela.

Ficou em pé e sentiu as pernas trêmulas, seu corpo gelado de suor. Suckahanna virou-se e pegou a sua mão.

— Eu o tomo como meu marido — disse ela, com a voz trêmula. — Eu o aceito no nosso povo. Agora você é um de nós e sempre será.

Fez-se silêncio. John receou que sua voz o envergonhasse com um grito de terror. Pigarreou e olhou para a garota que se tornara uma mulher e que salvara a sua vida duas vezes.

— Agradeço por ter salvo a minha vida. — Falando a língua powhatan de maneira ofegante, misturando palavras em inglês. Nunca me esquecerei disso. Com alegria a aceito como minha mulher e com alegria me uno ao Povo.

— Eu aceito *você* — salientou ela, delicadamente.

— Estou feliz por me aceitar como seu marido, e estou feliz pelo Povo me aceitar — corrigiu-se John.

Uma onda de prazer atravessou todos, que então olharam para o chefe, escuro em suas penas escuras, agachado como uma garça em um pinheiro, meditando sobre o casal. Levantou sua lança.

— Águia! — gritou ele.

Houve um brado e então as mulheres e crianças juntaram suas vozes aos dos bravos.

— Águia! Águia! Águia!

John sentiu seus joelhos cederem, segurou-se em Suckahanna que também oscilou. As mulheres estavam do lado dela, os bravos o levantaram, Attone entre eles.

— Águia! — saudou Attone, e com uma rápida virada de lado, sorriu largo para John. — Águia, que mata mergulhando na corça e se mija no seu casamento!

Nessa noite, se embriagaram. Estonteados e turbulentos, depois entorpecidos e dando risinhos, dançando, pulando, cantando sob a grande lua amarela no meio do verão. Fumaram o tabaco sagrado até a cabeça zumbir e seus tímpanos ficarem quentes e coçando. Fumaram até ver dezenas de luas dando cambalhotas no céu, eles dançando embaixo, acompanhando os passos lunares. Fumaram até suas gargantas doerem e pedirem água fria, quando então desceram correndo ao rio, gritando para as luas, flutuando na água como alpondras no escuro. Fumaram até ficarem famintos como crianças e invadir o depósito de suprimentos em busca de algo doce e picante, comendo punhados de mirtilo seco e milho estourado nas brasas da fogueira, queimando a língua na pressa. Fumaram em uma grande orgia para celebrar o Águia ter passado no teste e colocado a cabeça no tronco, e uma mulher do Povo ter baixado a cabeça ao seu lado, por amor a ele, e isso não era visto desde o tempo dos Pocahontas, quando a princesa pocahontas havia baixado a cabeça para salvar John Smith, embora fosse pouco mais do que uma menina e não compreendesse o risco que corria.

A história de Suckahanna era mais apaixonante e as mulheres a repetiram inúmeras vezes. Como ela tinha conhecido John e sentido medo dele, como ele a tinha tratado bem, sem saber que ela compreendia o que ele dizia, que tinha ouvido ele dizer que ela era bonita, que era adorável. As mulheres suspiravam ao ouvir isso, e os bravos jovens davam risinhos e cutucavam as costelas um do outro. Então, Suckahanna contou como tinha esperado e esperado por ele na crueldade do mundo branco em Jamestown, e que quando desistira de esperar, tinha ficado feliz por se abrigar no Povo, e com a bondade de Attone, que tinha sido um marido que qualquer mulher admiraria e amaria. Nessa parte da história, as mulheres jovens balançavam a cabeça e relanceavam os olhos para Attone, em uma apreciação neutra, imparcial, como se não tivesse lhes ocorrido que agora ele era um homem livre. Então Suckahanna contou como tinha ficado sabendo que um homem branco abrira uma clareira na floresta e construíra uma casa, e plantara uma flor na entrada. Contou que ao ouvir isso, essa única notícia, soube imediatamente que John tinha voltado à terra da Grande Lebre e foi sozinha, ficando nas sombras das árvores, vê-lo. Contou que quando o viu, seu coração saiu e foi para ele, e então ela soube que ele ainda era o único homem que ela tinha amado e amaria, e foi procurar Attone e o chefe tribal e lhes disse que o homem que ela amava era um inglês que vivia sozinho na floresta, e pediu permissão para ir falar com ele.

Mas eles foram sábios, disse ela, e prudentes, e a fizeram esperar e observá-lo. E enquanto o observavam, viram que não tinha capacidade para cuidar de si mesmo. Não conseguia se alimentar, plantar, manter o fogo aceso. Era trabalho demais para um homem branco sozinho. Até mesmo os filhos da Grande Lebre viviam juntos, de modo que as mulheres plantassem, os homens caçassem, e todos trabalhassem juntos. Então, Suckahanna procurou o chefe e seu marido Attone, e pediu pra ser autorizada a procurar o inglês e a ajudá-lo a fazer sua casa na terra da Lebre.

De novo, foram extremamente sábios. Disseram que não podiam confiar os filhos de Attone ao inglês. Que quando Suckahanna voltasse para ele, ele a aceitaria como criada e não como esposa. Ou poderia aceitá-la e depois abandoná-la. como homens brancos gostavam de fazer. Disseram que ela devia esperar e observar.

Ela esperou, observou, e o manteve vivo com pequenos presentes e então, finalmente, o viu tão próximo da morte e do desespero que embarcou em sua canoa e poderia ter sido levado à deriva até o Grande Mar. Então, e só então, Suckahanna teve permissão para cuidar dele e trazê-lo para os powhatan.

Era uma boa história e durou até as últimas horas da noite, quando a fumaça começou a dispersar de suas cabeças delirantes, entorpecidas, os risos diminuíram, e homens, mulheres e crianças foram saindo do círculo da dança, se afastando da grande fogueira construída para a festança, e adormeceram apenas uma hora antes do amanhecer.

Suckahanna e John estavam entre os últimos a partir. Finalmente não havia pressa, nenhuma urgência para estarem juntos. Tinham sua casa, o chefe tinha-lhes permitido usar um dos depósitos vazios, e outra casa logo seria construída. Suckahanna tinha posto peles de cervos sobre as plataformas onde dormiriam e pendurado suas cestas nas paredes. O bebê estava no *papoose*, seu menininho estava adormecido, sua cabeça pesada no seu colo. Suckahanna sorriu para John.

— Também estou com sono — disse ela.

John se levantou e pegou o filho dela em seus braços. O menino aquecido agarrou-se a ele em seu sono, com a confiança de uma criança que só tinha conhecido o toque amoroso. John seguiu Suckahanna à nova casa, deitou a criança como ela orientou na pequena plataforma no canto. Depois ele se sentou sobre as peles quentes e observou sua mulher destrançar o cabelo, desatar a pequena saia e deixá-la cair ao chão. Ela ficou diante dele, nua.

John se levantou, seus dedos procurando onde desatar a tanga. Encontrou e deixou-a cair ao chão, ficando nu como ela. Os olhos dela passaram por todo o corpo dele, sem embaraço, escuros de desejo, e ela sorriu um pouco, como uma mulher sorri ao ver que seu homem a deseja: em parte por vaidade, em parte por alegria.

Virou-se, jogando orgulhosamente a cabeça, e se estendeu na plataforma, afastando a pele macia para o lado de modo que emoldurasse seu corpo macio, cor de bronze, o cabelo escuro se espalhou, os lábios se entreabriram, sua respiração se acelerou um pouco e os olhos se enevoaram de desejo. John ajoelhou-se na plataforma, e moveu-se para cima dela com uma sensação de irrealidade, como se, depois de todos aqueles anos sonhando, esse só pudesse ser mais um sonho. Baixou a cabeça e beijou-a, e ao sentir o calor e o sabor de seus lábios, percebeu que estava acordado e vivo, e mais vivo do que já se sentira antes. Segurou suas nádegas e penetrou-a com um suspiro de prazer. Os olhos escuros de Suckahanna se fecharam.

Verão de 1643, Inglaterra

Hester despertou na manhã de 31 de maio com o ruído de uma pedra batendo na janela do seu quarto. Por um instante, ocorreu-lhe o pensamento absurdo de que era John, trancado do lado de fora de sua própria casa, chamando-a para que o deixasse entrar, para uma reconciliação, o fim da sua solidão e espera.

Ela pulou para fora da cama, correu para a janela e olhou lá para baixo. Era um homem envolvido na capa até os olhos, mas ela teria reconhecido o chapéu, pesado de plumas, em qualquer lugar.

— Maldito seja — praguejou Hester a meia-voz. Jogou um casaco sobre a camisola e, descalça, desceu correndo a escada, para deixá-lo entrar pela porta dos fundos. Nas cavalariças, um cachorro latiu brevemente. Hester deixou o homem entrar furtivamente e fechou a porta.

— O que quer? — perguntou ela diretamente.

— Deu tudo errado — disse ele. Afastou a capa do rosto e ela viu que estava cansado e apreensivo.

— Preciso de um cavalo para escapar daqui e avisar o rei.

— Não tenho cavalo — replicou Hester instantaneamente.

— Mentirosa — retrucou ele.

— Não tenho um de que abrir mão.

— Trata-se do rei. Sua Majestade vai ser informado de como sou servido. Hester se refreou.

— Vai me devolver o cavalo? — perguntou ela. — É a égua do meu marido e o cavalo de montaria dos meus filhos, e também trabalha na terra. Preciso dela.

— A necessidade do rei é maior.

— Fale baixo — sussurrou Hester. — Quer acordar a casa toda?

— Então me dê o cavalo!

Ela o levou para os fundos, passando pela cozinha. Ele hesitou quando viu o fogo abafado para manter as brasas durante a noite.

— Preciso de comida — disse ele.

— Está indo para Oxford e não para a América! — replicou Hester com impaciência. — Coma lá!

— Dê-me um pouco de pão e queijo, e beberei um copo de *ale*, enquanto você sela o cavalo.

Hester fez um gesto em direção à despensa.

— Coma o que quiser — disse ela. — E saia assim que acabar.

Calçou um par de tamancos, que estava no degrau de pedra na saída, e destrancou a porta da cozinha. Ajeitou o casaco ao redor dos ombros e o abotoou. A égua de John estava na baia individual e relinchou ao ver Hester, e o cachorro latiu de novo.

— Silêncio! — disse Hester aos dois, e entrou na parte dos arreios para pegar a sela pesada e as rédeas de John. A égua aguardou obedientemente enquanto Hester lutava para arriá-la, e se moveu quando uma sombra caiu sobre o estábulo. Hester ergueu o olhar com medo que fossem homens do Parlamento vindo prender o monarquista e ela, como conspiradora. Mas era ele com a mão cheia de pão e queijo, o chapéu na cabeça.

Hester levou o cavalo para fora.

— Dê-me isto — disse ela, de repente, e arrancou o chapéu da cabeça dele. Ele ficou surpreso demais para protestar. Com um movimento rápido, ela arrancou as penas do chapéu e as jogou no monte de esterco. — Por que não carregar o estandarte do rei? — perguntou ela.

Ele assentiu.

— Direi à Sua Majestade que a casa Tradescant manda saudações a seu senhor. Será recompensada por isso.

— A única recompensa que quero é que me mande o cavalo de volta — disse Hester. — Promete que vai me devolvê-lo?

— Prometo.

Hester afastou-se da cabeça da égua quando ela pisou delicadamente no pavimento de pedras e então contornou a casa para pegar a estrada. Hester ficou imóvel e em silêncio, escutando. Se o homem tivesse sido visto, ela ouviria os cascos dos cavalos que o perseguiam na estrada de Lambeth. A estrada estava silenciosa. Em alguma parte no jardim, um tordo se pôs a cantar.

Hester se deu conta de que estava tremendo de frio e apreensão. Virou-se, atravessou o pátio até a porta da cozinha, tirou os tamancos enlameados e foi para perto do fogo. Se ele fosse capturado e a citasse como sua aliada, e a Arca Tradescant como uma casa monarquista, ela então teria de enfrentar a prisão por traição contra o Parlamento, e a punição seria a morte. O fidalgo podia cavalgar com penas no chapéu e despreocupado até mesmo em plena derrota, mas Hester tinha consciência de que o país estava em guerra, e que estava se tornando uma guerra em que não haveria misericórdia com o adversário.

Esperou ao lado do fogo até a pequena janela quadrada da cozinha clarear e então subiu e acordou Frances e Johnnie.

— O que é, mãe? — perguntou Johnnie ao ver sua expressão grave.

— Vamos visitar tio Norman — disse ela. — Hoje.

Pegaram um barco, e o barqueiro passou a notícia sobre uma conspiração monarquista que havia sido descoberta no dia anterior. Hester balançou a cabeça.

— Não tenho interesse por política — disse ela.

— Vai se interessar muito em breve, se esses traidores devolverem a cidade ao rei — disse o barqueiro. — Se o rei mandar vir assassinos irlandeses e os malditos franceses para cortar as gargantas de ingleses decentes!

— Sim — replicou Hester, cortesmente. — Acho que sim.

O barqueiro pigarreou e escarrou na água, e continuou a remar quieto.

Alexander Norman recebeu-os como se a visita deles tivesse sido planejada há meses, em vez de provocada pelo pânico de Hester. Sua governanta tinha preparado dois quartos em sua pequena casa próxima ao seu trabalho na área de Minories, à sombra da Torre. Frances e Hester dividiriam uma cama, e Johnnie ficaria em um pequeno quarto no sótão.

— Minha prima me prometeu esta visita faz tempo — disse ele à sua governanta, enquanto ela introduzia Hester na sala da frente e pegava seu chapéu e capa. — Insisti que fosse em maio antes de Londres ficar quente demais, insalubre.

— Não há nada que valha a pena nas lojas — comentou a governanta com Hester. — Portanto se estava pensando em novidades deveria ter ficado em casa. Há mais alfaiates com as portas fechadas do que se pode imaginar.

Hester balançou a cabeça.

— A família da primeira mulher do meu marido tem um armarinho — disse ela. — Achei que me deixariam ver se tem alguma coisa ainda no estoque.

A governanta balançou a cabeça.

— Certamente terão guardado um pouco de seda para esta senhorita. Ela não é linda?

Hester concordou com a cabeça. Frances estava tentando tirar sua capa pesada e a grande touca que Hester insistira para que usasse.

— Sim, é.

— Procurando um marido para ela?

Hester sacudiu a cabeça.

— Ainda não.

A mulher balançou a cabeça e se apressou.

— Servirei o jantar em alguns minutos — prometeu ela.

Alexander puxou, para Hester, uma cadeira para perto do fogo.

— Fez frio no rio?

— Um pouco — respondeu ela se sentando.

— Está com problemas? — perguntou ele em voz baixa.

— Um oficial monarquista levou o cavalo de John. Estava querendo que John os ajudasse em uma conspiração para reivindicar Lambeth para o rei.

Alexander pareceu chocado.

— Quando foi isso?

— Ele partiu hoje de manhã. Mas apareceu pela primeira vez há duas semanas.

Ele fez um movimento com a cabeça.

— Ele fugiu em segurança?

Hester sacudiu a cabeça.

— Não sei. De qualquer maneira, não havia ninguém esperando lá fora, e me pareceu que não tinha ninguém vigiando a nossa partida hoje. Mas ele seguiu na direção de Oxford, do rei. Não sei se chegou.

Ele desviou o olhar dela por um momento.

— O que foi? — perguntou Hester. — O barqueiro disse que houve uma espécie de conspiração.

— Foi Lady d'Aubigny — replicou Alexander.

Hester arfou.

— Conhece esse nome?

— Eu o ouvi quando ele me fez jurar segredo duas semanas atrás. Eu não imaginava que todos o conheceriam tão cedo.

— Ela é uma tola. Edmund Waller e ela estavam tramando juntos apoderar-se de Londres para o rei. Iam tomar a Torre e prender o Parlamento e a Câmara dos Lordes os apoiariam e os monarquistas se sublevariam.

Hester empalideceu.

— E?

— E nada. Todos os conspiradores comentaram seus planos das assembleias às tavernas, e foram presos hoje de manhã. Lady d'Aubigny desapareceu, ninguém sabe para onde foi, ainda. Mas Waller está preso, e meia dúzia de outros. — Fez uma pausa. — Quem sabe que está aqui?

— A criadagem. Eu disse que viríamos visitá-lo. Achei que seria pior sairmos às escondidas.

Ele concordou balançando a cabeça.

— Fez bem. Mas me pergunto se você não deveria deixar Londres.

— Nós todos?

— Só você. Tem família nos arredores da cidade? Algum lugar em que possa ficar até o pânico cessar?

Ela sacudiu a cabeça.

— John disse que eu deveria ir para Oatlands se corresse perigo. Ele ainda tem sua casa lá. Continua a ser o jardineiro do palácio.

A governanta pôs a cabeça pela porta.

— O jantar está servido — disse ela.

— Estou morrendo de fome! — exclamou Johnnie, e ele e Frances, que estava sentada no banco à janela, olhando a rua embaixo, foram para a sala de jantar. Alexander pegou a mão fria de Hester.

— Venha comer alguma coisa — disse ele. — Nada acontecerá nos próximos dez minutos. E vou enviar um dos meus escreventes a Westminster para ver o que está acontecendo.

Hester não jantou nada, e toda vez que uma carroça passava na rua, ela ficava atenta, esperando baterem à porta.

— O que há, mãe? — perguntou Frances. — Dá para ver que tem algo errado.

Hester olhou para Alexander.

— Devia contar para eles — disse ele. — Têm o direito de saber.

— Um espião monarquista apareceu à noite e levou a égua do seu pai — disse Hester.

Frances e Johnnie ficaram pasmos com a notícia.

— Um espião monarquista? — perguntou Johnnie.

— Como estava vestido? — quis saber Frances.

— Ah, por que não me acordou? — gritou Johnnie. — Eu poderia ajudá-lo!

— Ele estava usando uma capa e... — A voz de Hester estremeceu em um riso relutante. — E um chapéu ridículo com plumas.

— Ah! — suspirou Frances. — De que cores?

— Ora, isso não tem importância! — exclamou Johnnie. — Ah, mãe! Por que não me contou? Eu poderia guiá-lo! Poderia ter ido com ele, ser seu pajem!

— Penso que foi justamente por isso que ela não contou — disse Alexander delicadamente. — O seu lugar é em casa, protegendo sua mãe e a Arca.

— Eu sei — replicou Johnnie. — Mas eu podia ir com ele para uma batalha, ou duas, e depois voltar para casa. Sou um Tradescant! É meu dever servir ao rei!

— É seu dever proteger sua mãe — insistiu Alexander, de repente, austero. — Por isso, cale-se, Johnnie.

— Mas por que viemos para cá? — perguntou Frances, deixando de lado o interesse pela cor das plumas no chapéu do monarquista. — O que está acontecendo? O Parlamento está atrás de nós?

— Não de vocês — replicou Hester, em tom baixo. — Mas se souberem que ele foi pedir ajuda na Arca, então eu poderei ter problemas.

Frances virou-se imediatamente para Alexander Norman e lhe estendeu as mãos.

— Vai cuidar de nós, não vai? — perguntou ela. — Não vai deixar que levem mamãe, vai?

Ele pegou suas mãos e Hester percebeu que se controlou para não puxá-la para mais perto.

— É claro que sim — disse ele. — E se ela estiver correndo algum perigo, encontrarei um lugar seguro, para ela e para vocês todos.

Frances, ainda com as mãos nas de Alexander, virou-se para a sua madrasta, e Hester os viu, pela primeira vez, como um casal, percebeu a inclinação da cabeça dele para ela, percebeu a confiança dela nele.

— Vai ter de se esconder? — perguntou Frances a ela.

— Vou à Torre agora — decidiu Alexander — saber quais são as novidades. Mantenha a porta trancada até a minha volta. Não descobrirão seu nome nem a procurarão aqui tão cedo. Devemos ter no mínimo um dia de vantagem.

Hester percebeu que sua boca estava seca e estendeu a mão para um copo de *ale*. Alexander lançou-lhe um sorriso breve e encorajador.

— Coragem — disse ele. — Estarei de volta em uma hora.

A pequena família voltou para a sala e Frances e Johnnie ocuparam de novo seus lugares no banco à janela, mas dessa vez não comentaram sobre os passantes, ficaram de vigia. Hester sentou-se, em uma ociosidade irrequieta, ao lado do fogo. A governanta ao entrar com mais carvão a fez sobressaltar-se.

— Achei que gostaria de sair e dar uma volta.

— Talvez mais tarde — disse Hester.

Dali a uma hora, cumprindo sua palavra, Alexander Norman desceu a rua, parando para conversar com o vizinho que tinha uma pequena ourivesaria. Depois abriu a porta da frente de sua casa e entrou. No mesmo instante seu ar animado e despreocupado desapareceu.

— Más notícias — disse ele, verificando se a porta da sala estava fechada. — Lady d'Aubigny se refugiou na embaixada francesa, com o pretexto de que a família do seu marido é francesa. Mas o Parlamento ordenou que os franceses a entregassem, o que fizeram. Será processada por traição, ela estava com a "Commission of Array" do rei. Estava tentando levantar um exército aqui mesmo, em Londres.

— O embaixador francês entregou uma lady inglesa do partido do rei ao Parlamento? — perguntou Hester incrédula.

— Sim — disse Alexander, com ar grave. — Talvez Sua Majestade tenha menos amigos em Paris do que pensa. Talvez os franceses estejam se preparando para lidar com o Parlamento sem intermediário.

Hester se viu em pé do lado da cadeira, como se pronta para fugir. Forçou-se a se sentar e a respirar normalmente.

— O que mais?

— Edmund Waller, que passa pelo organizador por trás dessa conspiração desmiolada, foi detido e está cantando feito um tordo cego — disse Alexander. — Está dando os nomes de todos com que falou, na esperança de escapar da Torre e do tronco.

— Ele tem o meu nome? — perguntou Hester, em voz baixa. Percebeu que seus lábios estavam entorpecidos e que não conseguia falar claramente.

— Não sei — replicou Alexander. — Não quis fazer perguntas detalhadas demais com receio de chamar atenção. Vamos torcer para o seu homem ter escapado e para ser um elo insignificante demais na corrente para ligar você à conspiração.

— Contanto que não seja capturado no cavalo do papai — salientou Frances.

— Se eu disser que fui eu que lhe dei o cavalo... — propôs Johnnie. — Posso dizer que fui e que sou monarquista. Não vão me executar, vão? Ainda nem tenho 10 anos. Eles vão me dar uma surra, e não vou me importar. Eu ficaria com a culpa e você ficaria bem.

Hester puxou-o para si e beijou seu cabelo louro macio.

— Não quero vocês envolvidos nisso, independentemente dos riscos. — Olhou para Alexander Norman. — Devo ficar? Ou ir?

Ele mordeu o lábio superior.

— É uma decisão do próprio diabo — replicou ele. — Eu acho que deve ir. Não ganhamos nada com você estando aqui, e arriscamos tudo. Se o seu homem for capturado e seguir o exemplo de seus superiores, dará todas as informações, e fatalmente citará você. Mesmo que seja libertado, os homens do rei são tão indiscretos que seu nome será mencionado. Vá para Oatlands e fique na casa de John, no jardim, por uma semana. Mandarei uma mensagem se estiver tudo bem e você puder retornar.

— Oatlands? — perguntou Johnnie. — Com o príncipe Rupert?

— Sim, dizem que está aquartelado lá — replicou Alexander Norman. — Pelo menos estarão a salvo do Parlamento enquanto ele estiver lá.

— Oatlands! — exultou Johnnie. — Príncipe Rupert! Vou ter de ir com você. Para defender você.

Frances estava para dizer "também vou", mas hesitou e olhou para Alexander Norman.

— Devo ir?

— Irão todos — respondeu ele. — Estarão mais seguros lá do que em qualquer outro lugar, se Rupert ainda estiver lá. O Parlamento não poderá prendê-la, estará sob a proteção monarquista. E quando voltar para casa, poderemos dizer que você só estava substituindo John nos jardins.

Frances ia argumentar, mas ficou quieta.

— Podem ir agora — disse Alexander. Conduziu-os até o corredor estreito fora da sala.

Hester se deteve e olhou para a sua bela enteada.

— Não quer se arriscar a vir comigo? — perguntou. — Vou entender se não quiser ir a Oatlands. Pode ir para a casa de seus avós, se quiser, Frances.

— Ah, não! — gritou Frances, e, de repente, voltou a ser uma menina. — Mãe! Não! Qualquer risco que você estiver assumindo, quero estar ao seu lado. Nunca a deixaria só para enfrentar o perigo! Estava só pensando que talvez tio Norman pudesse ir conosco. Eu iria me sentir muito mais segura se ele estivesse conosco.

— A maneira mais segura é ele ficar aqui, recebendo as notícias, e para nós, ficar afastados, no campo — replicou Hester. — E quando tudo voltar a serenar, poderemos ir para casa. Não gosto de abandonar as curiosidades e os jardins.

— Para o caso de papai voltar neste mês? — perguntou Johnnie.

Hester deu um sorriso.

— Para o caso de seu pai voltar este mês — concordou ela.

O Palácio de Oatlands ficava bonito no começo do verão. Mas agora, o jardim mostrava sinais de abandono e a maioria dos quartos da casa estavam fechados. Um regimento de soldados estava ocupando o salão principal e seus cozinheiros trabalhavam nas cozinhas. Os cavalos da cavalaria estavam nas antigas cavalariças reais, e havia treinamento e desfiles constantes sobre o precioso gramado de John em frente ao palácio. O príncipe Rupert raramente estava com seus soldados. Passava a metade de seu tempo em Oxford, com a corte, argumentando contra as negociações de paz, encorajando a determinação estapafúrdia do rei de subjugar o Parlamento, em vez de negociar com ele. Os soldados da cavalaria monarquista não prestavam atenção na casa dos bichos-da-seda nem na casa do jardineiro que ficava do lado. O comandante viu Hester caminhando pelos jardins e ela mencionou que como seu marido continuava oficialmente sendo o jardineiro do palácio, tinha achado seu dever se certificar de que os jardins não estavam sofrendo muito.

— Muito louvável — disse ele. — O que é preciso ser feito?

— O gramado precisa ser cortado — replicou Hester. — E o jardim formal tem de ser capinado e aparado. As rosas deveriam ter sido podadas no inverno, agora é tarde demais, e as árvores frutíferas.

Ele assentiu.

— Estes não são tempos para jardinagem — disse ele simplesmente. — Faça o que puder e providenciarei para que seja paga.

— Obrigada — replicou Hester.

— Quem é a mocinha bonita? — perguntou ele abruptamente.

— Minha enteada.

— Mantenha-a fora do caminho dos homens — disse ele.

— Ela ficará ao meu lado — disse Hester. — Ela pode caminhar pelos jardins?

— Sim. Mas não perto da casa.

Hester fez uma ligeira reverência.

Ele ia se afastar, mas hesitou.

— Visitei a Arca uma vez — disse ele. — Quando era pouco mais velho do que o seu garoto. O velho Sr. Tradescant me mostrou tudo, ele mesmo. Foi o lugar mais maravilhoso em que já estive. Um lugar de raridades. Mal acreditava no que estava vendo. Uma sereia e a mandíbula de uma baleia!

Hester sorriu.

— Nós ainda as temos. Sua visita será muito bem-vinda quando voltar a Londres. Será nosso convidado. Ficarei feliz em lhe mostrar as coisas novas.

O comandante sacudiu a cabeça.

— Parece-me extraordinário que enquanto luto pelo rei contra o seu próprio povo iludido, vocês continuem colecionando peles de ratos, copos de cristal e brinquedos minúsculos.

— Primeiro, não tenho outra coisa a fazer — replicou Hester, com mordacidade. — Meu marido deixou as curiosidades, os jardins e as crianças aos meus cuidados. Uma mulher deve cumprir a sua obrigação, independentemente do que estiver acontecendo.

Ele balançou a cabeça aprovando suas palavras.

— E quando tudo isso tiver acabado, os homens que lutaram vão querer voltar para suas casas e seus jardins — prosseguiu Hester, mais delicadamente. — E será uma grande alegria para eles descobrirem que coisas raras e belas sobreviveram à guerra e que há plantas estranhas e belas a plantar, que as tulipas brilham tanto quanto fogo, como sempre, que os castanheiros estão tão frondosos e verdes quanto sempre foram.

Houve um breve silêncio, e então ele fez uma reverência profunda, pegou sua mão e a beijou.

— Está mantendo a salvo um pedaço da Inglaterra para nós — disse ele. — Deus queira que voltemos para casa para vê-lo, no fim de tudo isso.

— Amém — disse Hester, pensando em John tão longe e na guerra que durava há tanto tempo e nos jovens que iam à Arca encomendar árvores só para seus herdeiros plantarem. — Amém.

Hester encontrou um rapaz que, até então, tinha evitado a excitação da guerra e os recrutadores, para cortar a grama ao redor de Oatlands sob a sua supervisão, depois capinar os cascalhos do jardim formal. Não se podia fazer muito pela horta, exceto deixar crescer os legumes e frutas que conseguissem vingar no meio das ervas daninhas. Mas a julgar pelas flores que se acumulavam feito neve nos cantos do jardim murado, haveria um belo espetáculo de frutos, especialmente ameixas e maçãs, que medravam apesar da negligência.

Na casa dos bichos-da-seda, as prateleiras estavam cheias de pequenos corpos empoeirados. Quando o rei e a rainha tinham deixado a corte e abandonado a antiga vida, a caldeira de vapor tinha apagado e todas as lagartas tinham morrido. Hester com sua aversão instintiva ao desperdício, limpou as bandejas e varreu o chão com irritação em relação a uma rainha capaz de encomendar e depois se esquecer completamente de tudo aquilo. Diariamente, Hester e Frances suspendiam a saia, arregaçavam as mangas e trabalhavam nos jardins, anotando a posição das tulipas que deveriam ser içadas no outono, amarrando as plantas trepadeiras nos caramanchões e pérgulas, e capinando, capinando, capinando: os cascalhos brancos dos canteiros de pedras, a alameda, a varanda, as pérgulas pavimentadas de pedras. Johnnie se encarregou dos canais, e os drenou e limpou, indo para casa ao fim do dia completamente molhado, com histórias de riachos que corriam limpos, e rachaduras nos canais consertadas com sua própria mistura de cimento e cal.

À tarde, ele tinha permissão para ver a cavalaria se exercitar a uma ordem gritada, e uma vez viu o próprio príncipe Rupert em seu imenso cavalo com seu poodle sobre seu arção, e a cabeleira escura comprida e ondulada sobre os ombros. Johnnie chegou em casa esfuziante por ter visto o belo príncipe. O príncipe o havia visto e sorrido para ele. Johnnie então lhe perguntara se poderia servir em seu regimento assim que tivesse idade bastante e conseguisse outro cavalo.

— Não falou nada sobre o fidalgo que levou o cavalo do seu pai, falou? — perguntou Hester imediatamente.

No mesmo instante toda a intrepidez infantil desapareceu de sua expressão e ele pareceu cauteloso.

— É claro que não — respondeu rapidamente. — Não sou criança.

Hester teve de se controlar para não pô-lo no colo e abraçá-lo.

— É claro que não — disse ela. — Mas todos temos de tomar cuidado com o que dizemos nestes tempos perigosos.

Ela sorriu para tranquilizá-lo mostrando que não estava com medo. Mas à noite, em todas as longas noites escuras, Hester se lembrava de que estava no exílio, longe de casa e de que sua vida corria perigo, e às vezes receava que, enquanto estivessem escondidos em segurança em Oatlands, o outro exército, no mínimo tão bem armado quanto o monarquista, marchasse para a pequena casa em Lambeth e a destruísse, juntamente com todos os tesouros e plantas, como um ninho de traição.

Não conseguia saber das notícias nem ouvia boatos. Os soldados estacionados no Palácio de Oatlands não sabiam nada além de que receberiam ordens para marchar a qualquer dia, e Hester estava assustada demais para ir a Weybridge à procura de notícias. Teve de esperar uma mensagem de Alexander Norman. Na terceira semana de junho, ele veio pessoalmente.

Frances foi a primeira a vê-lo. Ela e Hester estavam cavando os canteiros de flores da rainha, colhendo as tulipas precoces e colocando os bulbos preciosos em sacos.

— Veja! — exclamou Frances, e no momento seguinte estava de pé e correndo como uma criança, com os braços estendidos para ele.

Por um momento, ele hesitou, e então abriu os braços e a apertou forte. Sobre o cabelo castanho-claro, seus olhos encontraram os de Hester, e ele lhe deu um sorriso apologético. Frances recuou para olhar o rosto dele, mas não desfez o abraço.

— Estamos seguros? — perguntou ela, com urgência.

— Graças a Deus, sim — replicou ele.

Hester sentiu seus joelhos fraquejarem e se deixou cair em um banco de pedra. Por um momento, não conseguiu falar. Depois, perguntou:

— O homem chegou a salvo em Oxford?

— E mandou sua égua de volta com um bilhete escondido na sela, desculpando-se por ter conseguido o animal usando a espada. Se alguém investigar, poderemos mostrar a nota, que servirá como um forte argumento em sua defesa. Realmente tivemos sorte.

Hester fechou os olhos e respirou fundo.

— Senti mais medo do que estava disposta a admitir.

— Eu também — disse Alexander Norman. — Fiquei com as pernas tremendo nos últimos 15 dias.

— Eu sabia que estávamos seguros — disse Frances. — Sabia que nos manteria a salvo, tio Norman.

— Quais as outras notícias? — perguntou Hester.

— Waller, que iniciou a conspiração, foi o único a escapar ileso — respondeu Alexander, em voz baixa. — Toda vez que o rei usa homens fracos como esse, cai na opinião de toda pessoa de princípios morais. Waller confessou tudo, deu o nome de todos com quem falou e graças à sua língua solta, dois homens foram enforcados por conspiração, embora fizessem muito menos do que ele, e por ordem sua. E mais morrerão.

Hester sacudiu a cabeça, em sinal de reprovação.

— O próprio Waller foi multado e aprisionado, mas a notícia de sua traição e de sua conspiração uniu mais o Parlamento. Foi feito um novo voto de lealdade e estão todos ansiosos por formar uma aliança sólida com a Câmara dos Lordes e com os escoceses. O rei não poderia ter causado pior prejuízo à sua própria causa: assustou seus inimigos e estreitou a amizade entre eles, e não avançou um passo sequer. E qualquer homem de discernimento deve desprezar Waller e seu senhor, também.

Hester levantou-se.

— Então, posso voltar para casa?

— Sim. Passei em Lambeth, no caminho, para ver se estava tudo bem. Joseph me disse que o jardim está lindo e que a casa foi fechada e ficou segura. Está tudo pronto para o seu retorno.

Frances bateu palmas.

— Vamos! — disse ela. — Prefiro capinar meu próprio jardim do que o do rei!

Alexander pegou suas mãos e virou as palmas para cima. Estavam imundas por ter colhido bulbos, e suas unhas estavam quebradas.

— Nunca será uma lady com as mãos assim — disse ele. — Devia usar luvas.

— Ora — disse Frances, puxando as mãos. — Não me importo em ser uma lady. Sou uma trabalhadora, como mamãe.

— Bem, você nunca vai costurar seda com mãos calejadas — replicou Alexander. — Portanto não vou mais lhe trazer fitas.

Ela o conhecia bem o bastante para temer suas ameaças.

— Então nunca mais vou dançar nem cantar para você, nem falar com você gentilmente — disse ela.

— Basta — interrompeu Hester. — Já há guerra suficiente no reino sem precisar deflagrar uma em casa. Vamos acabar de colher essas tulipas, e depois farei as malas e partiremos. Estou ansiosa por voltar a dormir na minha própria cama.

Inverno de 1643, Virgínia

John nunca tinha achado possível se tornar um powhatan, mas no outono era como se a sua Londres tivesse ficado muito para trás. Havia tanta coisa para ele aprender que o cotidiano o absorvia completamente. Estava quase fluente na língua — uma tarefa fácil já que uma vez admitido na tribo, ninguém falaria com ele uma palavra em inglês. Em semanas, passou a falar somente em powhatan, e em meses passou a pensar em suas ricas imagens naturais. Não era apenas o idioma que ele tinha de dominar, mas a sua maneira de pensar, de ser. Teve de aprender o orgulho de um homem que recebera diretamente a terra, como um favor da Grande Lebre. Teve de aprender a alegria de prover alimento para a sua família e sua aldeia. Teve de aprender os pequeninos prazeres da vida familiar e na aldeia, as piadas, as explosões súbitas de raiva, a atração da fofoca, o perigo da brincadeira de mau gosto, o deleite do menino em crescimento e do bebê de Suckahanna, e o prazer constante, obscuro, da chegada da noite.

Nunca falavam quando faziam amor. Nunca falavam disso. Com a sua primeira mulher, Jane, era algo que não devia ser mencionado porque era secreto, quase vergonhoso. Mas com Suckahanna, o prazer na plataforma leito onde tudo era possível, onde qualquer prazer podia ser buscado e qualquer sensação, provocada, eram prazeres do escuro e silêncio. Durante o dia e quando falavam, esses prazeres ficavam em suspenso, esperando o escuro que viria de novo.

Nos primeiros meses de seu casamento, John tinha achado que ficaria maluco, esperando o sol se pôr e as crianças dormirem, para poder ter Suckahanna em seus braços. Depois, ficou feliz pela estação do outono tornar as noites mais longas, e o tempo frio fazer as famílias da aldeia irem para dentro de casa cada vez mais cedo. As crianças enroladas juntas em um tapete grosso na plataforma onde dormiam, o fogo no centro da casa brilhava com uma luz aquecedora, e enchia tudo de uma fumaça quente, e nesse calor e escuro, Suckahanna o abraçava, o mantinha em sua boca, em seu corpo, até ele ser dominado pela urgência de seu desejo e, por fim, se entregar à torrente e à liberação de sua paixão, enquanto ela fechava os olhos e resvalava para o seu próprio prazer.

Até mesmo nos dias mais frios, os bravos iam caçar. Quando a neve se adensava no solo, se agasalhavam com mocassins mais grossos nos pés descalços e casacos de couro. Riam de John, quando voltavam para casa, se seus lábios ficavam azulados de frio. Ameaçavam mandá-lo caçar nu, já que sua pele branca se confundia tão bem com a neve.

Attone tinha a antiga arma de John, mas não havia pólvora. Entretanto, ele insistia em carregá-la sempre que iam caçar, e depois que derrubava um ganso ou pato selvagem com uma flecha certeira, e o animal caía ao solo em espiral, ele puxava a arma do coldre de couro que fizera para carregá-la nas costas, mirava a ave caída e dizia, solenemente, "Bang".

— Bom tiro, senhor! — dizia John em inglês, as palavras soando estranhas na sua língua.

Attone se virava e sorria radiante.

— Bom tiro — confirmava.

Attone ficou ao lado de John durante todas as caças do outono, instigando-o, fazendo observações, explicando. Mas todo o povo powhatan estava disposto a ensinar a John o que ele precisava saber para viver entre eles. A cerimônia de adoção e casamento tinha sido tudo o que precisavam. John era um deles.

Ele compartilhava dos perigos que enfrentavam, assim como dos prazeres. Quando o outono se tornou inverno, o armazém se reduziu de provisões e começaram a sentir fome. A comida foi separada para as crianças mais fortes e para os bravos dos grupos de caça. Os velhos, os fracos e os doentes aceitavam que quando houvesse escassez, o alimento fosse para os mais aptos a sobreviver. John ofereceu sua porção a Musses, mas ela riu na sua cara.

— Acha que tenho medo de morrer? — perguntou ela, quando ele lhe levou um prato de suppawn.

— Pensei apenas que estava com fome — disse ele.

— Pensou certo — replicou ela prontamente. — Tenho fome de carne. Portanto coma seu desjejum, Águia, e parta e caia do céu em cima de uma corça. O Povo precisa de comida. Os caçadores têm de fazer seu trabalho.

Ele assentiu, diante da sabedoria do que ela estava dizendo, mas não conseguia entender como ela podia recusar um prato de mingau quando sua barriga roncava só de vê-lo.

— Amo o Povo mais do que uma barriga gorda em mim mesma — explicou ela. — E fui alimentada do prato de minha avó, quando ela passou fome para me alimentar, e ela foi alimentada por sua avó.

John baixou a cabeça e comeu seu mingau, agradecendo a doçura quente que o saciou.

Quando ergueu o olhar, os olhos dela, brilhantes e famintos, estavam nele.

— Agora vá e mate uma corça — ordenou ela.

Nem sempre era fácil caçar. Os dias eram curtos e gélidos e quando matavam uma lebre de pelo branco ou uma corça ou uma jaritataca ou um esquilo estouvado, havia menos carne nos ossos do que em carcaças no verão. E as caniçadas para capturar peixes congelavam, e os pequenos regalos que complementavam a dieta powhatan, as frutas, nozes, bagas, desapareciam. Havia raízes comestíveis que as mulheres cavavam, e havia a grande tentação do armazém.

— Por que não podemos comer o que há no armazém? — perguntou John a Suckahanna.

— Comemos — replicou ela. — Mas dividimos com cuidado quando não há comida para outro dia. Ainda não chegou a esse ponto. Não vai chegar neste ano.

— Mas há o bastante armazenado para nos manter por toda a estação! — exclamou John. — Vai se estragar se não comermos!

Ela lhe lançou um sorriso de soslaio.

— Não, não vai — disse ela. — A carne foi bem defumada e o peixe salgado e guardado em potes. As ostras e lagostins foram defumados e ressecados, e as sementes e nozes estão secas, em segurança. Está fingindo que a comida vai estragar para ter um pretexto para comê-la.

John emitiu um som de impaciência e virou a cabeça.

— Por que não podemos comer a comida armazenada? — perguntou ele a Musses.

Ela sacudiu a cabeça.

— Essa é a riqueza do Povo — replicou ela. — A nossa herança. Nós a poupamos cuidadosamente, das boas e más safras. Nós a guardamos durante todo o inverno e comemos o mínimo que podemos. É assim que faz este povo. Não somos ingleses que comem a semente de seu milho e na primavera não têm nada o que plantar.

— Por que não comemos o alimento armazenado? — perguntou ele a Attone.

— Por que não?

— Sim.

— Perguntou a Suckahanna?

— Sim, e a Musses.

— E o que as mulheres responderam?

— Uma me disse que a comida pode vir a ser necessária mais tarde, embora já estejamos na metade do inverno e famintos. A outra me disse que o Povo não come suas sementes armazenadas. Mas não são só sementes. São ostras secas. — John sentiu água na boca ao pensar nas ostras, e engoliu a saliva, torcendo para que sua fome não se estampasse em sua cara.

Attone pegou seu ombro com mão firme e amiga, e aproximou seu rosto do de John.

— Você tem razão. Não é semente. Você tem razão, seria bom comer um pouco disso agora. Por que acha que esperamos, trabalhamos e passamos fome para armazenar um ano de suprimentos?

John sacudiu a cabeça. Os lábios de Attone se aproximaram de seu ouvido.

— No tempo da insurreição, quando o nosso rei, Opechancanough, se revoltou contra os homens brancos, sabe o que fizeram com as nossas armadilhas para peixes?

— Eles as derrubaram — replicou John, tão baixo quanto o outro homem.

— E o que fizeram com a safra dos nossos campos?

— Eles a pisotearam até virar lama.

— Fizeram pior do que isso. Deixaram as mulheres plantarem e capinarem, e pensamos que nos deixariam colher. Mas depois de passarmos um ano trabalhando, cuidando do alimento, chegaram na época da colheita e incendiaram a plantação e a floresta ao redor. — Recuou e olhou nos olhos de John. — Queimaram tudo, sem pensar duas vezes — prosseguiu ele. — Eu teria entendido se tivessem nos roubado a safra. Mas não foi isso o que fizeram. Simplesmente a queimaram ali mesmo, madura, pronta para ser colhida. De modo que nesse inverno também eles passaram fome sem ter o que comprar de nós. Mas nós... morremos de fome.

John balançou a cabeça, compreendendo.

— Naquele ano, enterrei meu irmão — disse Attone, calmamente. — Meu irmão mais velho, que era como um pai para mim. Morreu com a barriga cheia de grama congelada. Não havia mais nada o que comer.

John balançou a cabeça, em silêncio.

— Por isso agora, antes de qualquer bravo levantar a mão contra um homem branco, ele vai querer saber que tem suprimento de alimento para um ano em sua casa. Não pensa assim, Águia?

John ficou pasmo.

— É suprimento para a guerra?

O punho no seu ombro se apertou de tal maneira que pareceu um torno.

— Acha que vamos deixá-los nos empurrar para as montanhas, para o mar?

Emudecido, John negou sacudindo a cabeça.

— É claro que vai haver guerra — disse Attone sem rodeios. — Meu filho precisa ter uma trilha a seguir. Precisa ter cervos para matar. Se o homem branco não mantiver sua palavra, não dividiremos a terra, e então teremos de ser mortos.

John baixou a cabeça. Experimentou a forte sensação de um destino trágico iminente.

— Está aflito por seu povo? — perguntou Attone.

— Sim — replicou John. — Pelos dois povos.

As corças se reduziam, a caça endurecia. Os homens saíam em grupos de dois e três, em busca de caça pequena e aves. Attone e John abandonaram as trilhas usuais e desceram o rio. Suckahanna observou-os ir, seu bebê amarrado às suas costas. Ela beijou John, depois ergueu a mão em uma saudação respeitosa a seu ex-marido. Ele tocou a própria testa e coração para ela.

— Suckahanna, proteja meu filho e minha filha — disse ele.

— Vão em segurança, os dois — replicou ela. — Que o caminho seja suave sob seus mocassins e que a caça seja boa.

Os dois homens partiram da aldeia. John, agora, estava acostumado com o passo quase corrido do grupo de caça, e não sentia mais cãibra em suas panturrilhas, enquanto seus pés percorriam quilômetros. Mas era difícil correr na neve. Os dois homens estavam suando quando pararam para recuperar o fôlego e escutar o silêncio da floresta ao redor deles.

Havia um degelo suave. John ouvia o gotejar regular da água derretendo das árvores onde galhos escuros finalmente se espessavam com brotos. Attone espichou o pescoço.

— O que está ouvindo? — perguntou ele.

John sacudiu a cabeça.

— Nada.

Attone ergueu as sobrancelhas. Ele nunca se acostumara com a insensibilidade do inglês.

Agachou-se no mesmo instante e sua mão fez o gesto com dois dedos erguidos, que significava lebre ou coelho. Imediatamente, John acocorou-se ao seu lado, e os dois puseram uma flecha no arco

Chegou devagar, inconsciente da presença deles. Eles a escutaram antes de vê-la, pois era branca contra a neve branca: uma lebre de inverno com o pelo branqueado como arminho. Quando se deixou cair sobre suas ancas, o único sinal que revelou sua presença foram as pequeninas depressões escuras de suas patas deixadas atrás dela, e o tremular ocasional e denunciador de uma orelha.

Attone levantou seu arco e o som ligeiro emitido quando o arco foi relaxado foi a primeira coisa que a alertou. Ela saltou e a flecha atingiu seu corpo, atrás da pata dianteira. John e Attone correram imediatamente para ela, mas o animal correu na frente deles, a flecha movendo-se junto, como um arpão em um peixe.

Attone deu um grito repentino ao tropeçar e cair. John sabia o bastante para não se deter. Continuou correndo, perseguindo a criatura aterrorizada, serpeando pelas árvores, saltando troncos caídos, rodeando rochas e, finalmente, arrastando-se de gatinhas pela moita rarefeita, para não perder o animal de vista.

De repente, houve o estrépito do disparo de um mosquete, ruidoso e assustador como o de um canhão, no silêncio gelado, e John se retraiu de terror. A lebre foi lançada no ar e caiu de costas. John levantou-se da moita, seminu, sua pele untada de gordura de urso, usando calça de couro e casaco de couro, e olhou para o rosto doentio, morto de fome, de seu amigo Bertram Hobert.

Reconheceu-o imediatamente, apesar das marcas de fome e fadiga na sua face. Ia gritar saudando-o, mas as palavras em inglês foram morosas em sua língua, e então percebeu que Bertram apontava o mosquete para a sua barriga.

— É minha — gritou Bertram, rispidamente, mostrando seus dentes pretos e podres. — Minha. Entendeu? Minha comida.

John abriu as mãos em um gesto rápido respeitoso, ciente o tempo todo de suas flechas afiadas como navalha na aljava em suas costas. Era capaz de colocar uma no arco e dispará-la antes de Bertram ter tempo de recarregar e apontar seu mosquete. O homem estava maluco ameaçando-o com uma arma vazia?

— Para trás — afastou-o Bertram. — Para trás ou juro por Deus que o mato onde está.

John recuou dois, três passos, e observou com pena quando Bertram coxeou até a lebre morta. Havia pouca carne nela, e as entranhas e o coração tinham explodido com o tiro na neve. A peliça prateada, que seria boa de negociar, também tinha sido destruída. Metade da lebre tinha-se perdido ao ser morta com um tiro de mosquete, enquanto a flecha de Attone teria atingido direto o coração, deixando nada mais do que um buraco insignificante.

Bertram curvou-se rigidamente sobre o corpo, pegou-o pelas orelhas flácidas e o enfiou em sua sacola. Mostrou os dentes para John.

— Vá embora — repetiu. — Vou matá-lo se continuar a me encarar com seus olhos escuros malditos. Esta terra é minha, ou de qualquer jeito, muito próxima da minha. Não quero vê-lo nem seu povo ladrão a menos de 15 quilômetros dos meus campos. Desapareça ou chamarei os soldados de Jamestown para persegui-lo até matá-lo. Se a sua aldeia fica perto daqui, nós a encontraremos. Encontraremos vocês e seus filhos e queimaremos todos.

John recuou sem tirar os olhos de Bertram. O rosto do homem era uma ruína contorcida, sem vestígios de sua velha e radiante confiança. John não teve vontade de se aproximar e saudar pelo nome o velho amigo e companheiro de viagem, e dizer quem era. Não queria conhecer esse homem, esse homem fraco, que praguejava e cheirava mal. Não queria ser semelhante a ele. O homem o ameaçava como um inimigo. Se a arma dele tivesse sido recarregada, John achou que teria sido o seu próprio sangue na neve, sua barriga aberta como a da lebre. Baixou a cabeça como se fosse um índio servil, assustado e escravizado, e recuou. Com dois, três passos, pôde recostar-se na curva de uma árvore, e sabia que os olhos de um homem branco não seriam capazes de distingui-lo entre os salpicos de neve branca, as sombras escuras das árvores, a cortiça manchada.

Hobert olhou com ferocidade para a floresta obscurecida, que engolira seu inimigo em segundos.

— Eu sei que você está aí! — gritou ele. — Posso descobri-lo, se quiser!

Attone apareceu do lado de John, tão silenciosamente que não se ouviu sequer o estalo de um graveto.

— Quem é o fedorento? — perguntou ele.

— Meu vizinho, o fazendeiro Bertram Hobert — replicou John. O nome soou estranho e desagradável, de tão acostumado que já estava com a ondulação do discurso powhatan.

— O inverno apodreceu seus pés — observou Attone.

John viu que o bravo tinha razão. Bertram claudicava com dificuldade, e, em vez de sapatos ou botas, seus pés tinham sido envolvidos por panos atados com cordões.

— Isso dói — disse Attone. — Ele devia passar gordura de urso e usar mocassins.

— Ele não sabe — replicou John, com tristeza. — Não tem como saber disso, só o seu povo pode ensinar a ele.

Attone deu-lhe um sorriso sagaz, diante da impossibilidade de tal encontro e tal lição.

— Ele está com a nossa lebre. Vamos matá-lo?

John pôs a mão no braço de Attone que fez menção de pegar sua flecha.

— Poupe-o. Ele era meu amigo.

Attone arqueou as sobrancelhas escuras.

— Ele ia atirar em você.

— Ele não me reconheceu. Mas me ajudou a construir minha casa quando cheguei. Fizemos a travessia do mar juntos. Ele tem uma boa esposa. Ele foi meu amigo. Não quero vê-lo morrer por uma lebre.

— Eu o mataria por um rato — falou Attone, mas a flecha permaneceu em sua aljava. — E agora vamos ter de atravessar o rio. Aqui, não há caça por quilômetros que ele ande com seus pés apodrecidos.

Não caçaram nada, apesar de ficarem fora por três dias percorrendo as sendas estreitas usadas pelo Povo havia séculos. Vez ou outra, a trilha se bifurcava, até mesmo se separava em três braços, na largura necessária, e Attone fazia uma carranca e ficava atento a uma nova casa sendo construída em uma nova terra concedida a um colono onde dava essa trilha. Repetidamente, viram novas construções se erigindo orgulhosas, de frente para o rio, ao seu redor um deserto de árvores derrubadas e uma terra roçada grosseiramente. Attone olhava por algum tempo, a expressão impassível, e então dizia a John:

— Temos de prosseguir. Não haverá caça aqui.

Afastaram-se do rio no segundo dia, já que as plantações se desenvolviam na margem do rio, de modo que o tabaco pudesse ser transportado com facilidade ao cais de Jamestown. Ao se afastarem da margem, a situação melhorou para eles. Ao penetrarem na floresta, encontraram de novo vestígios de cervos, e no terceiro dia, quando estavam dando a volta para ir para casa, uma moita grande e escura atraiu o olhar de Tradescant. Quando olhou, a massa se moveu. Então sentiu a mão de Attone atrás dele, e sua respiração, ao dizer: "Alce."

Algo no tremor da voz do bravo fez o coração de John se acelerar também. O animal era compacto, a galhada tão ampla quanto as asas abertas de um condor. Movendo-se quase inconscientemente, John ajustou a flecha em seu arco, e sentiu a finura da haste e a leveza da ponta de bambu afiada. Certamente seria como atirar ervilhas em um cavalo que puxa carroças, pensou. Nada derrubaria aquele monstro.

Attone estava se afastando dele. Por um momento, John achou que fariam o movimento tradicional de ataque pelos flancos, mas então viu que Attone tinha colocado o arco a tiracolo e estava subindo nos galhos mais baixos de uma das árvores. Depois que se estendeu nos galhos com uma flecha na corda, fez sinal com a cabeça e deu um de seus sorrisos mais misteriosos.

John olhou de volta para o alce que pastava. Estava calmo, inconsciente da presença deles. John fez um gesto apontando para cima: devia subir também? Os dentes de Attone brilharam em um sorriso largo, brancos no escuro. Negou com a cabeça. John deveria atirar no nível do solo.

John percebeu imediatamente por que aparentemente isso era tão divertido. Quando o alce fosse atingido, olharia em volta, procurando seu inimigo, e atacaria a primeira coisa que visse. Que seria John. Attone, na segurança do galho da árvore, atiraria várias flechas, mas John, embaixo, serviria de chamariz: uma isca. John fez cara feia para Attone, que lhe respondeu com o sorriso mais imperturbável, e um encolher de ombros — era o risco da caça.

John pôs a seta no arco e esperou. O alce farejou o solo da floresta, em busca de comida. Virou-se de cara para John e ergueu a cabeça por um momento, sentindo o ar. O momento era perfeito. As duas flechas voaram no mesmo segundo. A de John, que tinha mirado o coração, perfurou a pele grossa e a camada de gordura no peito, enquanto a de Attone penetrou fundo e certeira no olho do animal. O alce urrou de dor e caiu à frente. Uma segunda flecha de Attone perfurou seu ombro, rompendo o músculo da pata dianteira, de modo que o animal caiu sobre um joelho. O segundo tiro vacilante de John passou longe do alvo, e então ele estava correndo, esquivando-se para trás das árvores, enquanto o animal se aproximava, trôpego, o sangue jorrando de sua cabeça. Attone atirou mais uma flecha na cabeça, e pulou da árvore, a faca na mão. O fluxo de sangue estava enfraquecendo o animal, deixando-o impotente para atacar. Caiu sobre os dois joelhos, sua cabeça movendo-se de um lado para o outro, o movimento amplo da galhada ainda perigoso. John espiou por trás de uma árvore, e correu de volta, puxando sua faca com a lâmina afiada de seu estojo. Cada um de um lado do animal ferido, os dois homens observaram atentamente. Attone, murmurando a palavra de bênção à criatura moribunda, precipitou-se para trás da galhada que se movia e fincou sua faca entre seus ombros altos. A cabeça caiu e John a pegou e fez um corte rápido, seco e profundo na garganta.

Os dois homens pularam rápido quando o animal rolou de lado e morreu. Attone balançou a cabeça.

— Bom e rápido — disse ele ofegante. — Vá, meu irmão, nós lhe agradecemos.

John esfregou o suor do rosto com dedos sujos de sangue fresco. Deixou-se cair sentado na neve, suas pernas fraquejando.

— E se tivesse errado? — perguntou ele.

Attone pensou por um momento.

— Errado?

— Quando o animal me atacou. E se tivesse errado o alvo?

Attone respirou fundo antes de responder, e então a cara ofendida de John foi demais para ele. Não conseguiu dar uma resposta sensível. Começou a gargalhar e caiu de costas na neve fria. Não conseguia parar de rir, ria de alegria, e John, que tentava manter a cara séria, que tentava manter a dignidade, também não aguentou e caiu na gargalhada.

— Por que a pergunta? Que importância teria para você? — perguntou Attone, enxugando os olhos e rindo de novo. — Você não se importaria com isso. Você estaria morto.

John urrou com a lógica dessas palavras e os dois homens se deitaram de costas, lado a lado, como amantes, na floresta fria, e riram até suas barrigas vazias doerem, enquanto o céu azul invernal escurecia com a passagem dos gansos e a floresta se enchia com seus gritos mais altos do que a gargalhada dos dois homens.

John foi deixado guardando a carcaça enquanto Attone iniciava o longo caminho de volta à aldeia. Precisaria de dois dias para trazer os bravos para transportarem a carne. John ajeitou-se o melhor que pôde para esperar: construiu uma pequena tenda flexível com duas árvores novas, cobriu-a com feto, fez uma pequena fogueira de um lado, e deixou a tenda se aquecer com sua fumaça. Pôs-se então a esfolar e a preparar o grande animal. Attone tinha deixado sua faca com John, de modo que quando a sua cegasse cortando o couro grosso, a gordura e a carne, não perdesse tempo amolando-a. Começava a trabalhar com o nascer do sol, quando dizia as orações em powhatan ao se lavar com a água gelada. Ao meio-dia, colhia nozes e bagas e comia, com seus olhos no rio, atento a cardumes. Depois de comer, catava lenha e se punha a trabalhar o alce. À noite, cortou uma fatia fina da carne do alce para assar no fogo. John tinha perdido completamente o hábito do homem branco de se empanzinar quando tinha comida e morrer de fome quando escasseava. Comeu como um do Povo, consciente o tempo todo do rio que lhe trazia peixes, do vento que soprava as aves para ele, da floresta que ocultava e oferecia os animais. Não era a maneira de um powhatan mergulhar em uma gamela de comida como um porco nas bolotas. O alimento não era dado de graça, fazia parte do dar e receber, um equilíbrio. E um caçador devia receber com consciência.

Nos dois dias e três noites, enquanto esperava, John se deu conta de como se tornara um powhatan. A floresta não o assustava mais. Pensou em como, no passado, ele tinha parecido um pequeno besouro se rastejando por um mundo aterrador e infinito. Agora ele não parecia maior, os powhatan nunca se acharam donos da floresta. Ele agora sentiu como se aquele pequeno besouro John Tradescant, chamado Águia, tivesse encontrado o seu lugar, e não precisasse temer nada, já que esse lugar o conduzia da terra ao nascimento e a vida e a morte, e depois à terra de novo.

Sabia que havia lobos na floresta e que logo sentiriam o cheiro do alce, portanto construiu uma cerca tosca de galhos ao redor da carcaça, e manteve o fogo aceso. Agora que podia se alimentar bem da floresta, o imenso trabalho de sua vida inglesa lhe parecia absurdo. Mal se lembrava de como quase tinha morrido de fome em uma casa de madeira em uma floresta fervilhando de vida. Mas então se lembrou da raiva faminta no rosto contorcido de Bertram e soube que um homem poderia viver no meio de uma grande fartura e nunca saber que era rico.

Na manhã do terceiro dia, enquanto John cortava metodicamente fatias de carne do animal, ouviu a crepitação de um movimento atrás dele e virou-se com sua faca na posição.

— Águia, eu o saúdo — disse Attone.

Suckahanna estava com ele. John estendeu os braços e ela foi até ele, seu corpo leve como o de uma menina, seus ombros como os de uma ave, magros.

— Trouxe sua mulher e meus filhos, e alguns outros para ajudar a curar a carne e a se deliciarem com ela. Estão com fome — disse Attone. — Aumente o fogo, logo vão chegar.

John limpou a faca de Attone e a devolveu agradecendo. Então ele e Suckahanna empilharam os gravetos da cerca de John no fogo, de modo a atiçá-lo. Assim que se transformou em brasas quentes, Suckahanna buscou grandes pedras arredondadas do rio e as empilhou com cinzas para esquentá-las, em seguida, dispôs vários pedaços de carne nas pedras quentes, onde chiaram e esguicharam. Quando a aldeia chegou — todos aqueles capazes de andar —, havia carne pronta para todos.

Todos comeram um pouco, ninguém comeu em excesso. Todos deram um suspiro depois de alguns punhados e disseram: "Bom, muito bom", como se tivessem ido a um banquete de 44 pratos, em Whitehall. Depois, todos se deitaram ao sol brilhante do inverno e cochilaram um pouco.

Quando as sombras se alongaram, começaram a trabalhar. As mulheres construíram uma casa comprida temporária, curvando árvores novas e entrelaçando a cortiça e folhas nos galhos finos. Os homens se puseram a secar varas para a pele do animal, e aumentaram a fogueira para cozinhar e defumar a carne. As crianças foram mandadas a catar lenha para a fogueira e para outra cerca maior, que rodeasse a carne defumada e a casa comprida. Ao pôr do sol, quando todos desceram até o rio para rezar e pôr as folhas de tabaco na água, cintilando no escuro, tinham um pequeno acampamento fortificado: seguro contra lobos, capaz de defesa no caso de um ataque.

Passaram-se mais dois dias para o alce ser cortado, defumado e preparado para ser transportado para a aldeia. Depois do primeiro dia, dois bravos de passos ligeiros tinham levado a primeira remessa à aldeia para os anciãos e as crianças muito pequenas, e para aqueles doentes demais para se deslocarem pela floresta. A pele foi curtida, a carne foi defumada. Os ossos foram amarrados em um grande feixe. Suckahanna despejou água sobre as fogueiras e espalhou as cinzas com os pés. As mulheres desataram as árvores novas, que voltaram à posição inicial. Estava evidente que tinha havido uma casa no local, mas na primavera não haveria nenhuma marca no solo. E era isso o que queriam. Não somente para manter o caminho e trilhas em segredo, como também porque a floresta deveria abrigar alces tanto quanto powhatans, e alces não se aproximariam de uma aldeia.

Depois que o trabalho estava feito, John hesitou com a sua carga de carne.

— Quero visitar Bertram Hobert — ele disse a Suckahanna.

— Para quê?

— Eu o vi quando caçávamos. Está faminto e doente. Vai ficar sem os pés. Ele foi meu amigo. Gostaria de lhe levar um pouco de carne.

Ela lhe lançou um olhar demorado, preocupado.

— Não pode ir com esta aparência — disse ela. — Ele vai atirar em você assim que vê-lo.

— Deixarei um pouco de carne na sua porta — disse John. — Fizeram isso por mim certa vez, e salvou minha vida. Gostaria de fazer o mesmo.

— Você comeu e ficou doente — lembrou ela. — Cuidado para não matá-lo sem querer.

John deu um risinho.

— Ele tem uma esposa para cuidar dele — replicou. — Ou pelo menos tinha. Ele é meu amigo, Suckahanna.

O olhar que ela lhe lançou foi mais penetrante do que terno.

— Ele não pode ser seu amigo agora — disse ela. — Você é um powhatan.

— Pode — argumentou John. — Se um powhatan não pudesse ser amigo de um homem branco, eu teria morrido na floresta e nunca seria chamado de Águia por um dos melhores caçadores do Povo.

— Isso foi naquele tempo — replicou ela, suavemente. — O rio amplia a cada dia. A distância de uma margem à outra aumenta cada vez mais. Não pode atravessá-la de ida e depois de volta, meu marido.

Ele estendeu a mão e tocou a ponta de seus dedos. Assim que ela sentiu o toque, fechou os olhos por um instante, sentindo o prazer do calor de sua mão. John percebeu que tinha vencido.

— Devo esperar por você? — perguntou ela em um tom diferente, tão baixo quanto o de uma abelha sonolenta no inverno.

— Vá com o Povo — replicou ele. — Eu os alcançarei antes que cheguem à aldeia.

Ela assentiu com a cabeça, pegou seu fardo de carne seca, e partiu. John observou seu andar de pernas compridas até as árvores a ocultarem, então se virou e partiu correndo no ritmo do caçador, na direção da plantação de Hobert.

Diminuiu o passo ao reconhecer os limites da terra de Hobert, o pinheiro onde tinham riscado um "H" grosseiro, um carvalho magnífico curvando-se sobre a senda e a sombreando com seus galhos. Depois viu o telhado de ripas da casa e uma espiral fina de fumaça saindo de uma chaminé. John recuou, ocultando-se à sombra das árvores e se agachou para observar.

Viu um homem curvado sob o peso de um feixe de lenha surgir das árvores e jogá-lo no chão ao lado da porta, e erguer o corpo com um suspiro. Um negro: Francis, o escravo negro. Viu a porta se abrir e a Sra. Hobert falar rispidamente e entrar. Esperou um pouco mais, enquanto esfriava e a luz diminuía no céu. Bertram devia ficar fora até tarde com sua arma. John não se moveu, embora os pelos dos seus braços e peito se arrepiassem, e sua pele formigasse por causa do frio. Somente quando estava quase escuro decidiu que Bertram já devia estar dentro de casa. Levantou-se e desceu vagarosamente a colina até a pequena casa abrigada em um pedaço de solo plano diante do rio.

Na porta, hesitou e espiou pela fresta o interior iluminado pelo fogo. Era uma sala com poucos móveis. Uma mesa na frente do fogo; dois bancos e um cepo de árvore serviam de cadeiras. Uma cama embutida na parede estava ocupada por um homem, seu ombro encurvado, sua cabeça baixa. Uma escada nos fundos da sala levava a uma plataforma que servia de leito, um cordão e um pedaço de pano grosseiro para sacos servindo de cortina. John pensou na casa novinha em Londres que os Hobert tinham abandonado nessa aventura e seu coração se apertou por eles e, surpreendentemente, por si mesmo também: outro exilado nessa terra estranha e remota.

Bateu na porta e gritou:

— Um amigo, John Tradescant. — Seu próprio nome foi dito de modo desajeitado.

Apesar das palavras tranquilizadoras, ouviu um breve grito da Sra. Hobert e um banco virar quando Francis ficou em pé de um pulo.

— Quem? — perguntou ela.

— John Tradescant, seu companheiro de viagem e vizinho — repetiu ele.

— Achamos que estava morto! — A porta se entreabriu com cautela e o rosto branco da Sra. Hobert espiou pela fresta.

John se manteve na sombra.

— Eu estava com os powhatan — disse ele.

— Selvagens?

Ele reprimiu contradizê-la.

— Sim. Por isso pareço estranho...

Ela foi um pouquinho para fora, a curiosidade feminina fazendo-a avançar.

— Como um selvagem?

— Não tenha medo — disse John e foi para a luz.

Ela levou a mão à boca ao vê-lo, mas seus olhos se arregalaram de terror.

— É você mesmo?

— Juro que sou eu — replicou John. — Apenas vestido como um powhatan.

— Pobre homem, pobre coitado — disse ela e estendeu a mão para ele e o conduziu para dentro de casa.

— Que o bom Deus nos proteja de tal sorte. Como conseguiu fugir?

— Não fui capturado — replicou John. Balançou a cabeça para Francis, que estava paralisado de terror. — Sou eu — repetiu John.

Francis balançou a cabeça, fez uma ligeira mesura em resposta e recolocou o machado no lugar, atrás da porta.

— Sente-se, sente-se — disse Sarah. — Seu cabelo! E meu Deus... até mesmo pintaram sua pele da cor da deles!

— É gordura de urso — disse John. — Afasta insetos no verão e protege do frio no inverno.

— Que Deus nos proteja! Como escapou? — Então seu constante terror dos selvagens a dominou e ela lançou um olhar assustado à fina porta de madeira. — Estão atrás de você?

— Não, não — tranquilizou-a John. — Não me prendem.

— Está com fome? — O olhar apreensivo que dirigiu à panela sugeriu que não havia muito o que comer.

— Já comi — replicou John com a voz firme. — Mas trouxe um pouco de carne. Matamos um alce.

— Carne? — Ela engasgou com a saliva que jorrou em sua garganta. — Tem carne?

John pegou a trouxa atada nas suas costas.

— Aqui está — disse ele. — Está defumada, mas pode fervê-la com um pouco de água.

Ela a pegou imediatamente e a jogou na panela que ficava ao lado da lareira. John, lembrando-se de sua doença causada pela comida aquecida e reaquecida na mesma panela, se retraiu um pouco. Mas ela já tinha derramado água de uma jarra e mexia a carne, provando com avidez.

— Bertram! Bertram!

O ombro na cama se agitou mais alto e o homem rolou deitando-se de costas, e olhou a sala.

— Temos carne! — disse ela, triunfante. — Consegue se sentar para eu lhe servir um pouco de caldo?

— Carne? — A voz de Hobert soou como um grasnido rouco.

— O vizinho Tradescant nos trouxe bifes de alce — disse ela. — Ele tem vivido com os selvagens, mas agora fugiu deles, graças a Deus.

Hobert se ergueu com esforço, apoiando-se em um braço. Seu rosto estava marcado pela dor. Na pequena sala, John sentiu o cheiro da pele de seus pés apodrecidos pela neve e o mau cheiro dos cobertores não lavados.

— John Tradescant? — perguntou ele admirado. — É você mesmo?

John foi para o lado de sua cama e pegou a mão do homem.

— Vivo com os powhatan e me visto como eles e caço com eles — disse ele. — Tratam-me como um amigo. Vi você na floresta, outro dia, e achei que devia estar passando dificuldades. Trouxe-lhe um pouco de carne e posso trazer mais. Eles têm remédios que podem curá-lo. Eu teria vindo antes se soubesse que estavam em dificuldades, Bertram.

Os olhos congestionados do homem vagaram pelo rosto de John.

— Um selvagem — disse ele perplexo.

— Sou, na verdade, John Tradescant — disse ele. — Mas não consegui viver sozinho na floresta. Graças a Deus fui cair nas mãos dos powhatan, e me trataram com muita generosidade.

Sarah Hobert aproximou-se da cama do marido com uma panela delicada cheia de caldo. John reconheceu imediatamente o trabalho do Povo: as bordas perfeitamente lisas das graciosas panelas pretas.

— Foi feita pelos powhatan — disse ele.

Ela lançou-lhe um olhar rápido de censura.

— Costumávamos negociar com eles, mas se tornaram exigentes demais e desonestos — disse ela. — Agora o meu marido não deixa que se aproximem de sua terra. — Virou-se para o caco que estava o homem na cama. — Vai experimentar Bertram?

Com avidez, ele se sentou e pegou a panela, com avidez engoliu tudo, até a panela se esvaziar.

— Agora, descanse — disse John, lembrando-se dos horrores de sua doença causada pela avidez com que comera depois de passar fome. — Pode tomar mais depois, e trarei mais comida, milho, bagas e nozes.

Sarah pegou sua mão.

— Louvado seja Deus por tê-lo trazido de volta a nós — disse ela. — O que foi perdido é encontrado.

John hesitou.

— Serei apenas um visitante — disse ele.

O rosto dela estava radiante de alívio e felicidade, cego à relutância dele.

— Louvado seja Deus por devolvê-lo ao seu verdadeiro povo — disse ela.

Estava fora de questão John partir naquela mesma noite, ou mesmo no dia seguinte. Dormiu no sótão, do mesmo lado da divisória temporária do negro Francis. De manhã, Hobert teve febre, gemendo e contando alto, calculando as somas de dinheiro que deveria ter poupado para comprar mais terras no novo país, calculando a percentagem de lucro que poderia obter, calculando o salário que deveria pagar para roçarem a terra e plantarem o tabaco.

— Enlouqueceu? — perguntou John a Sarah.

Ela negou sacudindo a cabeça.

— É a febre de novo — replicou ela. — Quando ela vem, ele age como um louco, mas depois a febre cede e fica lúcido de novo. Às vezes, Francis tem de amarrá-lo.

— Não podem continuar assim — disse John. Têm de voltar para Jamestown. Não pode ficar aqui apenas com um escravo e um homem doente.

Ela ergueu o olhar, iluminado por uma nova esperança.

— Foi o que eu temia — disse ela. — Mas agora que está aqui... foi enviado por Deus para me ajudar. Vai me ajudar a plantar, não vai, John? Vai me ajudar até Bertram ficar bom de novo? Ele agora vai se curar, com você trazendo comida, e quando o verão chegar, ele estará recuperado e forte de novo. Ele é um homem muito forte. Isso é só este clima horrível da Virgínia. Um homem tem de se acostumar a trabalhar sob o sol quente. Bertram está queimando agora, nunca mais nenhum sol será quente demais para ele.

— Não posso ficar — disse John, constrangido.

— Aonde mais pode ir? — perguntou ela. Sua terra está tomada pelo mato e os selvagens levaram tudo da sua casa.

John sentiu-se completamente incapaz de lhe contar que tinha uma nova casa na aldeia indígena, uma mulher e filhos esperando por ele.

— Um copo de *ale*, pelo amor de Deus! — gritou Bertram de sua cama.

Sarah virou-se e serviu-lhe um pouco de água da jarra.

— Vou buscar mais — murmurou John, pegou a jarra e saiu.

Desceu devagar até o rio, encheu a jarra e voltou, aproveitando a oportunidade para refletir. Se deixasse Sarah se arranjar sozinha, estaria assinando sua sentença de morte, tanto quanto se fosse o rei em Whitehall condenando alguma pobre alma na Torre. Ela, Bertram e Francis morreriam na floresta, e as árvores cresceriam na terra e espadeiras subiriam por sua chaminé. Não havia a menor possibilidade de sobreviverem nessa terra fértil, opressiva, sem ajuda. Em compensação, Suckahanna e seus filhos seriam cuidados por Attone, alimentados e protegidos pela aldeia. A terra não era um perigo pra Suckahanna, ela se alimentava dela tão facilmente quanto uma corça mordiscando brotos na floresta. John endireitou os ombros, pegou a jarra e voltou para a casa.

Francis estava do lado de fora, empilhando lenha.

— Entre e cuide de seu senhor — disse John. — Tenho de levar a Sra. Hobert para a floresta e ensiná-la a colher frutas, raízes e bagas. Estão passando fome com tanta fartura ao redor. Por que não disse a ela?

— Eu? Como eu podia saber?

— Deve ter comido nozes e bagas no seu país — disse John, com irritação. — Colhido isso tudo na floresta, não?

O homem arqueou as sobrancelhas.

— Meu país não é igual a este — replicou ele. — Não temos as mesmas frutas. E de qualquer jeito, minha comida era servida por minha mulher ou meu escravo. Eu não precisava subir em árvores para conseguir castanhas como macacos.

— Você é um selvagem! — exclamou John. — O que quer dizer com escravos e ser servido?

O negro olhou dos restos de seu calção e camisa a tanga de couro bordada de John e à sua pele pintada e tatuada.

— Vejo somente um selvagem aqui — observou ele.

John praguejou baixinho e abriu a porta com um empurrão.

— Sra. Hobert! — chamou ele. — Saia e vou lhe mostrar como achar nozes e raízes para o seu jantar.

Ela levou uma cesta, feita pelos índios, como John observou, e aprendeu rapidamente como identificar raízes que podiam ser cortadas, cozinhadas e comidas e quais podiam ser comidas cruas. John mostrou-lhe árvores carregadas de castanhas e apontou para ameixeiras e cerejeiras silvestres que floresceriam e frutificariam mais tarde nesse ano. Foram para casa com uma cesta cheia de coisas e ela cortou as raízes para complementar o que restava do alce para o jantar.

Hobert tinha caído em um sono profundo, o suor espesso e frio na sua testa.

— Não vamos acordá-lo — decidiu sua mulher. — A febre deve estar cedendo e ele precisa desse repouso.

— Os powhatan têm remédios — disse John. — Para febres e também para ulceração causada pelo frio. Posso pedir ao chefe ou a um dos médicos para vir e examinar Bertram. Há uma curandeira que conhece bem ervas, ela me curou. Ela pode vir.

Sarah sacudiu a cabeça, recusando.

— Eles nos envenenariam e nos cortariam em pedaços para nos comerem — disse ela. — Talvez você tenha tido sorte, John Tradescant, por terem deixado você vivo. Mas têm sido nossos inimigos desde que chegamos. No começo, negociávamos com eles, dando-lhes bugigangas por comida e outras mercadorias. Depois tentamos fazer com que trabalhassem para nós, capinassem e roçassem os campos. Mas eram preguiçosos e quando os açoitávamos, roubavam tudo o que podiam e fugiam. Depois disso, Bertram passou a atirar neles sempre que os via. São nossos inimigos. Não os quero por perto.

— Têm habilidades que vocês têm de aprender — insistiu John. — O seu jantar de hoje é comida powhatan. Têm de aprender como eles vivem na floresta para poder viver aqui.

Ela sacudiu a cabeça.

— Viverei como uma inglesa temente a Deus e tornarei esta terra uma nova Inglaterra. Então, eles poderão vir *a mim* para aprender. — Fechou os olhos por um breve instante, em uma oração. Quando os reabriu, olhou fundo e criticamente para John.

— Separei um calção e uma camisa de Bertram — disse ela. — Pode ficar com eles em troca pelo que fez por nós, batendo à nossa porta quando passávamos necessidade. Não vai querer andar por aí seminu dessa maneira.

— É como vivo agora — replicou John.

— Não em uma casa cristã — replicou ela rispidamente. — Não posso permitir, Sr. Tradescant, não fica bem. É luxúria exibir-se dessa maneira para mim. Se meu marido estivesse bem e em seu juízo perfeito, não permitiria.

— Não tenho pensamentos lascivos, Sra. Hobert...

Ela apontou para as roupas abertas na lareira.

— Então, vista-se, Sr. Tradescant, por favor.

John ficou com os Hobert por uma semana inteira, vestido com roupas inglesas, mas descalço. A camisa esfolava seu pescoço, o calção parecia quente e apertado nas pernas. Mas usou as roupas em deferência aos sentimentos de Sarah, e achou que não poderia partir até Bertram se restabelecer.

A febre cedeu na terceira noite, e no dia seguinte, Bertram se sentiu bem o bastante para descer até o rio apoiado no braço de John.

Os pequenos brotos verdes de tabaco apareciam nos canteiros. Bertram fez uma pausa e olhou para eles como um pai coruja olharia para seus filhos adormecidos.

— Aí está a minha fortuna, Tradescant — disse ele. — Aí está a minha fortuna crescendo. Se sobrevivermos o resto do inverno sem morrer de fome, sem cairmos nas mãos dos selvagens, então terei conseguido. Eu verei o tabaco ser vendido no cais de Jamestown. Eu o verei ser embalado e embarcado para a Inglaterra. Contratarei um empregado, um casal de empregados, farei minha vida aqui.

— Se Deus quiser — disse John.

— Fique conosco — disse Hobert. — Fique conosco e terá uma parte disso, John. Não vou conseguir sem você, e Sarah não pode fazer tudo sozinha. Francis não é habilidoso com plantas, receio deixar que toque nelas. Se eu adoeço na época da plantação, quem fará o trabalho? Fique comigo e garanta a segurança do tabaco no campo.

— Não posso ficar — replicou John, tão delicadamente quanto pôde. — Assumi uma vida diferente neste país. Mas posso voltar para ver se estão bem. Voltarei com satisfação e trabalharei para você. Plantarei árvores novas para você e mostrarei como os powhatan plantam seus alimentos, para que nunca mais precise passar fome.

— Virá plantar meu tabaco? Jura?

— Juro — replicou John.

— Então não vamos precisar plantar nosso alimento — disse Hobert alegremente. — Compraremos tudo o que precisarmos com o que vou ganhar com o tabaco. E retribuirei, John. Na próxima estação, irei à sua terra e trabalharei para você, como prometemos, hein? Como dissemos que faríamos.

Com essa promessa, John partiu da casa dos Hobert e atravessou o rio logo acima das quedas, onde podia pular de pedra em pedra na água que corria veloz. No outro lado, tirou o calção e a camisa que tinha recebido e os enfiou no oco de uma árvore. Lembrou-se de Suckahanna menina e na sua tentativa de viver nos dois mundos. Ela usava um vestido comprido e touca em Jamestown, mas quando estava livre na floresta, usava só a tanga, nada mais.

A sensação do ar na pele foi agradável, sentiu-se mais homem em sua nudez do que de calção. Espreguiçou-se como se tivesse se libertado de uma opressão mais forte do que a da camisa e partiu no passo de caça para casa.

Suckahanna saudou-o com uma cortesia contida, como uma esposa profundamente ofendida. John nem se explicou nem se desculpou até estarem a sós na plataforma que era seu leito, no escuro da casa, quando os suspiros suaves das duas crianças indicaram que tinham adormecido.

— Não pude voltar quando disse que voltaria — disse ele às suas costas nuas e macias. — Bertram estava doente, sua mulher estava com fome e seu escravo não sabia o que fazer.

Ela não falou nada nem se virou para ele.

— Fiquei para alimentar uma mulher faminta e cuidar de um homem doente — prosseguiu John. — Quando lhe mostrei como conseguir alimento e quando ele se sentiu melhor, vim logo para casa.

Ele esperou.

— Gostaria que os tivesse deixado morrer? — perguntou ele.

Por fim, ela se virou para ele.

— Melhor agora e por seu próprio fracasso do que depois — replicou ela simplesmente.

John arfou com o choque dessas palavras.

— Fala como uma mulher sem coração — protestou ele.

Ela encolheu os ombros, como se não se importasse com que a achasse insensível ou generosa. Depois virou-se de costas para ele de novo, e adormeceu.

Primavera de 1644, Virgínia

John não retornou à propriedade de Hobert por um mês. Caçou com Attone e os outros bravos, viveu como um powhatan. Mas havia uma frieza entre Suckahanna e ele que a rotina da vida diária não conseguia ocultar.

Quando achou que estava no tempo da plantação do tabaco de Bertram, falou com Attone, em vez de com Suckahanna.

— Meu amigo que está doente precisa de mim para plantar seu tabaco. Devo ir ajudá-lo agora.

— Então, vá, Águia — disse Attone, sem ajudar muito.

— Suckahanna vai se irritar com a minha ida.

— Então fique.

— Não estou pedindo ajuda...

— Não estou dando nenhuma.

John fez uma pausa por um momento e conteve seu gênio. Attone estava sorrindo. Ele gostava de provocar.

— Estou lhe dizendo que ficarei fora por algum tempo — disse John, pacientemente. — Estou pedindo que cuide de Suckahanna por mim e me chame se ela precisar de qualquer coisa. Ela não mandará me chamar, ela está com raiva de mim. Não vai mandar me chamar nem que precise.

— Ela não vai precisar. A caça está retornando, os peixes estão desovando. O que ela precisaria de você? Pode ir para seus amigos fedorentos.

John se conteve.

— Se um membro do Povo estivesse com problemas, você iria ajudá-lo.

— Hobert não é um do Povo. Não é um dos meus.

John hesitou.

— Nem dos meus — replicou, ciente do sofrimento causado pela lealdade dividida. — Mas não consigo vê-lo fracassar ou adoecer ou morrer de fome. Ele foi bom para mim e lhe fiz uma promessa.

— É um caminho circular — replicou Attone, animadamente. — Está vagando como um homem cego pela luminosidade da neve, em círculos. O que o está amarrando, Águia? Por que não pode andar reto?

— Porque estou sendo puxado em duas direções — replicou John, com a cara fechada.

— Então solte uma das cordas — disse Attone prontamente. — Antes que se emaranhe ao redor de seus pés e o derrube. — Levantou-se e correu para o rio em direção à armadilha para peixes, sem olhar para trás.

A casa dos Hobert estava no meio de um mar verde. Bertram tinha começado a plantar no campo entre a casa e o rio, e as absurdas plantas de folhas caídas tinham a espessura de três renques diante da casa.

— John, graças a Deus você veio! — disse Hobert se ajoelhando. — Tive medo que não aparecesse.

— Sr. Tradescant, seja bem-vindo! — disse Sarah mais abaixo do renque. John, com calor em seu calção e camisa, acenou para os dois.

— Devia usar chapéu para se proteger do sol — ralhou Sarah. — Homens morrem de insolação neste país.

John pôs a mão no rosto e sentiu o calor se irradiando de sua pele avermelhada.

— São estas roupas — disse ele. — Como alguém pode usar lã neste país na primavera?

— São os vapores no ar — replicou Sarah com firmeza. — Da próxima vez que formos a Jamestown, vou comprar um chapéu para você. Acabamos de chegar de lá.

— Havia uma carta para você — lembrou-se Bertram. — Fui a Jamestown comprar uma enxada e pegar um dinheiro que me enviaram da Inglaterra. Passei por sua pousada e havia uma carta para você lá.

— Para mim? — perguntou John.

— Está lá dentro. Coloquei-a sob o colchão que você usou da outra vez, para não perdê-la.

John pôs a mão na cabeça.

— Pronto, a insolação! — exclamou Sarah, triunfante.

— Não — replicou John. — Só senti... É tão estranho receber uma carta...

Ele virou-se e entrou na casa e subiu a escada com um único pulo. No quarto estava o colchão de palha e debaixo havia um papel dobrado, manchado e selado. John pegou-o e reconheceu imediatamente a letra de Hester.

Sentiu uma pontada forte no peito ao pensar em sua família em Lambeth, e o medo de que um de seus filhos, Frances ou Johnnie, estivesse doente ou tivesse morrido, ou de que a casa tivesse sido perdida para soldados ou de que o jardim tivesse sido destruído, ou a própria Hester... Reprimiu as imagens aterradoras, rompeu o selo e alisou o papel.

Lambeth, ano-novo, 1644.

Querido marido,

Não tendo recebido notícias suas, rezo para que esteja correndo tudo bem, que tenha encontrado, roçado e plantado a terra que queria. É estranho para mim não saber qual a vista da sua janela nem como é a sua cozinha nem como o clima lhe parece. Tento contar para as crianças o que você está fazendo, mas não sei se digo que está labutando na neve profunda ou capinando terra úmida. Estamos lendo True History, *do capitão Smith, à noite, para compreendermos um pouco da sua vida, mas tenho de saltar algumas aventuras, senão as crianças temerão muito por você. Rezo para que você esteja bem e que não seja um lugar tão selvagem quanto o que ele descreve, e que os plantadores, também, tenham se tornado mais generosos e cristãos em seus atos.*

Aqui em Lambeth estamos bem, se bem que preocupados, como todos no reino, com o prosseguimento da guerra. Os alimentos são escassos e falta carvão. Tem havido disputas mesquinhas nas estradas de Londres e nunca sabemos se a carne chegará aos mercados ou não. Nossos homens foram convocados para servir na milícia de Londres, mas não saíram dos limites da cidade, de modo que quando dão baixa, voltam ao trabalho. Tentamos manter a Arca e os jardins abertos como sempre e temos feitos alguns negócios. Ainda há gente que quer viver como se não houvesse guerra, e querem saber que jardins florescem e se desenvolvem, que coisas belas raras e estranhas continuam podendo ser vistas. Sinto pena quando um jovem cavalheiro vem encomendar sementes ou plantas ou árvores antes de partir para se unir ao rei ou ao exército do Parlamento, e sei que está plantando para o seu herdeiro, e não espera ver as árvores crescerem. É nesses momentos que perce-

bo como esta guerra é cruel e continuará sendo, e confesso que culpo o rei por insistir tanto em seus direitos e levar seu povo à rebelião.

Nunca achei que um dia diria isso, mas estou feliz por você não estar aqui, marido. Sinto sua falta, e as crianças também, mas não sei como um homem consegue manter o juízo perfeito e suportar a tristeza neste reino, especialmente alguém como você, que serviu ao rei e à rainha e os viu colher as consequências de seus desatinos. Há direitos, direitos concedidos por Deus aos dois lados, e uma mulher só faz se perguntar por que os dois não se reúnem e resolvem viver em paz. Mas não conseguem, não conseguirão, e todos sofremos enquanto um alardeia a vitória sobre o outro. O Parlamento agora fez aliança com os escoceses, e juraram defender uns aos outros contra o rei. Mas os escoceses estão longe e os exércitos do rei estão muito perto, e todo mundo parece achar que ele tem a vantagem. Além disso, ele agora recrutou um exército irlandês papista e todos estamos com medo da sua vinda.

O que me parece cada vez mais certo é que, quando tudo isso terminar, veremos o rei em Londres de novo gozando as mesmas regalias, e aqueles que se opuseram a ele terão de rezar a Deus para que ele seja mais generoso na vitória do que em tempo de paz. Dizem que o príncipe Rupert está em toda parte e que o outro comandante dos exércitos é a rainha, portanto pode imaginar como o rei é orientado por esses dois. O príncipe Maurice também está servindo, e tomaram Bristol e Devizes neste verão. Em comparação à riqueza do rei, o exército do Parlamento faz uma triste figura. O rei tem comandantes que lutaram por toda a Europa e sabem como devem agir. O príncipe Rupert nunca perdeu uma batalha. Contra eles, o Parlamento põe garotos do campo e aprendizes para lutar e cavalheiros os matam indiscriminadamente. O Parlamento se vangloria constantemente de pequenas batalhas travadas em lugares sem nome e que nada significam, alardeando-as como grandes vitórias.

No entanto, o rei ainda não se aproximou de Londres — e a cidade se mantém firme contra ele. Seu sogro, o Sr. Hurte, muniu seu próprio regimento para defender o centro de Londres e diz, como todos os comerciantes dizem, que o rei poderá voltar a governar a cidade. Mas como todas as outras grandes cidades do reino estão caindo, uma atrás da outra, para o rei, Londres não conseguirá resistir sozinha, especialmente se a rainha persuadir suas relações francesas a se unirem a seu marido. Se um exército francês marchar para Westminster, o Parlamento será derrotado, e acho que será mais difícil nos livrarmos dos papistas franceses do que foi chamá-los.

Pior do que os papistas franceses será um exército irlandês. O grande medo é que o rei esteja planejando, o tempo todo, inundar o reino de irlandeses, mas não acredito que tenha em mente uma perversidade dessa. Nem mesmo ele, certamente, disseminaria tal furacão. Mesmo que fossem convencidos a partir, que inglês confiaria de novo na palavra do rei?

O rei controla Oxford, é claro, e seus amigos controlam as guarnições por toda a Great North Road até a Escócia. A rainha tem York, e enquanto ela estiver no campo de batalha, não terei esperança de paz. O exército do rei deve marchar para Londres em breve, e aqueles de nós que não sabem o que pensar, o que significa a maioria de nós, só podem torcer para que a cidade se renda logo.

As crianças estão bem, embora indisciplinadas e travessas sem escola nem sociedade para domá-las. Não deixo que vão à cidade, de novo tomada pela peste, disseminada, tenho certeza, pelos soldados itinerantes, que vão da batalha para a aldeia. Mandei fazer uma porta no muro, de modo que possamos dar comida aos miseráveis que passam sem nenhum dos criados precisar abrir a nossa porta da frente. Transformei a ponte sobre o córrego em ponte levadiça, e a levanto à noite. Concluí o muro ao redor da Arca e do jardim e, às vezes, me sinto realmente uma Sra. Noé perscrutando pela borda da Arca as águas do fim do mundo elevarem-se e se agitarem em torvelinho ao meu redor. Nessas noites me sinto muito só e com muito medo, e gostaria de estar com você.

Johnnie diz que vai ser soldado e lutar pelo rei. Ele tem uma gravura com a imagem do príncipe Rupert em seu cavalo negro presa na cabeceira de sua cama e faz preces as mais sanguinárias por sua segurança, todas as noites. É um menino bonito e corajoso, tão inteligente quanto qualquer criança no reino. Está lendo e escrevendo em latim, inglês e francês, e o coloquei para fazer as etiquetas das plantas, o que faz sem cometer nenhum erro. Ele sente muito a sua falta, mas está orgulhoso por ter um pai que é fazendeiro na Virgínia, acha que você luta todos os dias com ursos e índios, e reza por sua segurança toda noite.

Frances está bem também. Você não vai reconhecê-la. Cresceu nesses últimos meses, e deixou de ser uma menina, agora é uma moça. Usa o cabelo preso para cima o tempo todo, e saias muito compridas e elegantes. Sempre soube que seria bonita, mas ela superou minhas expectativas. Tem uma beleza graciosa. É loura como a mãe, me disse a Sra. Hurte, mas tem uma alegria que é só dela. Às vezes, é um tanto frívola, sei disso, e tento repreendê-la, mas ela é tão alegre e querida que não consigo ser rigorosa demais. Ela administra o jardim na sua ausência e acho que vai se orgulhar dela quando voltar. Ela tem muito jeito com plantas. Muitas vezes, penso que é uma pena ela não poder substituí-lo de verdade e se tornar mais uma jardineira Tradescant, como ela sempre quis.

O seu destino é a minha maior preocupação se a luta se aproximar de Londres. Acho que eu e Johnnie podemos sobreviver a qualquer coisa, exceto um ataque direto, mas Frances é tão bonita que chama atenção aonde quer que vá. Visto-a com o mínimo de adornos possível, e ela sempre usa uma touca e um capuz para esconder seu cabelo quando sai, mas há algo nela que faz os homens se virarem para olhá-la. Eu a vejo descer a rua e as pessoas simplesmente a olharem como se fosse uma flor ou uma estátua, algo raro e belo que gostariam de ter em casa. Um homem rico, que eu não chamaria de cavalheiro, visitou o jardim outro dia e me ofereceu 10 libras por ela. Mandei Joseph conduzi-lo para fora rapidamente, mas isso demonstra a apreensão que sinto em relação a ela. Uma das criadas da cozinha — uma boba — disse a Frances que o cavalheiro tinha se apaixonado por ela e feito uma proposta não de casamento, e antes de ele desaparecer, lamento dizer que ela subiu no muro do jardim, virou-se de costas para ele e levantou as saias para lhe mostrar o traseiro. Puxei-a para baixo e dei-lhe umas palmadas pela indecência, e então achei que ela estava chorando de vergonha, mas quando a soltei de novo, vi que ela não conseguia falar de tanto rir. Mandei-a para o quarto de castigo e só depois que ela foi, eu também ri. Ela é uma mistura de garota atrevida, menina e lady, e acho que o cavalheiro teria levado mais do que esperava.

Se eu achar que há chances de o combate chegar mais perto, eu a mandarei rio acima para Oatlands, mas com o país em tal convulsão, não sei onde ela poderia ficar segura. Por mim, é claro, prefiro mantê-la comigo.

Meu principal conselheiro nestes tempos difíceis tem sido o amigo de seu pai e seu tio, Alexander Norman, que sempre tem as informações mais imediatas. Como é ele o responsável pelo arsenal na Torre de Londres, sempre sabe onde aconteceu o combate mais violento, quanta munição foi usada em cada batalha. Ele vem nos ver todas as semanas, nos traz as notícias e se tranquiliza ao nos ver bem. Ele trata Frances como uma moça e Johnnie como o chefe da família, de modo que sempre o recebem como seu convidado preferido. Frances nunca é travessa quando ele está conosco, e sim muito sóbria e atenta, uma excelente e jovem dona de casa. Quando contei a ele sobre o homem que ofereceu dinheiro por ela, ficou furioso, como nunca o vi antes, e o teria desafiado a um duelo se lhe desse seu nome. Respondi-lhe que o homem já tinha sido punido o bastante, só não contei como.

Quanto a mim, marido, falarei de mim, embora não tenhamos casado por amor e nunca tenhamos sido mais do que meros amigos, e apesar de tudo receio que não me ache agradável, já que nos separamos brigados. Estou cumprindo a promessa que fiz a você no altar e a seu pai em seu leito de morte, de ser uma boa esposa e uma boa mãe para seus filhos, de cuidar do jardim e das raridades. A beleza das raridades, do jardim e das crianças são a minha alegria maior, mesmo nestes tempos difíceis, quando é tão difícil conseguir alegria. Sinto sua falta, mais do que achei possível, e muitas vezes penso por um instante no pátio, um segundo no salão, em uma carta que você me escreveu que parece quase amorosa, e me pergunto se, caso tivéssemos nos encontrado em tempos melhores, poderíamos ter sido amantes, além de marido e mulher. Gostaria de ser livre para acompanhar você nessa aventura, gostaria que você tivesse gostado de mim o suficiente para não ter partido sem mim, ou se sentisse, como eu, ligado a esta casa, ao jardim e às crianças. Mas não se sente, e não se sentirá, e não vou perder tempo lamentando a frustração de um sonho, que talvez eu seja tola em sonhar.

Portanto estou bem, com um pouco de medo, às vezes, apreensiva o tempo todo, trabalhando duro para proteger a herança para você e Johnnie, vigiando Frances e rezando por você, meu querido, querido marido, esperando que onde quer que esteja, por mais longe que esteja de mim e em uma terra tão estranha, esteja seguro e bem e que um dia retorne à casa, para a sua esposa leal, Hester.

John caiu de joelhos em seu colchão e agachou-se. Leu a carta inteira uma vez mais. O papel estava frágil nas partes que se molharam com água do mar ou da chuva, a tinta tinha escorrido sobre uma ou duas palavras, mas a voz de Hester, sua voz baixa tão característica, corajosa, atravessou o mar até o seu marido, para lhe dizer que se mantinha fiel a ele.

John ficou completamente imóvel. No silêncio da casa, ouviu as patas de um esquilo arranhando o telhado. Ouviu a lenha estalar na lareira na sala. O amor de Hester e sua constância pareceram um fio que podia ser esticado da Inglaterra até a Virgínia, e que poderia guiá-lo até sua casa, ou se enrolar em seu coração e arrebatá-lo. Pensou em Frances crescendo, tão maliciosa e bela, e em seu filhinho engraçado que rezava por ele todas as noites e achava que estava lutando com ursos, e depois pensou em sua mulher. Hester, a melhor esposa que um homem poderia ter, fortificando a casa com sua pequena ponte levadiça, gerindo o negócio e mostrando às pessoas as raridades, até mesmo quando atenta ao progresso da guerra e planejando sua fuga. Ela merecia mais do que um marido cujo coração estava em outro lugar, que explorara a sua competência e coragem, e depois a tinha abandonado.

John pôs a cabeça nas mãos. Achou que deveria ser louco por ter deixado sua mulher, seus filhos e sua casa, um louco egoísta por tê-los abandonado no meio de uma guerra, completamente louco por achar que poderia sobreviver sozinho em uma selva, louco de vaidade ao pensar que poderia amar e se casar com uma jovem e refazer toda a sua vida, segundo seu próprio ideal insano.

Estendeu-se no colchão e ouviu um gemido grave de dor, o seu próprio coração doente.

Ficou deitado imóvel por algum tempo. Lá embaixo, o negro Francis entrou com um fardo de lenha que despejou ao lado da lareira.

— Está aí, Sr. Tradescant?

— Estou — replicou John. Arrastou-se até a escada e desceu, seus joelhos fracos, os punhos nos degraus pareciam sem força.

Francis olhou atentamente para John e sua expressão se suavizou ligeiramente.

— Foi a sua carta? Más notícias de casa?

John sacudiu a cabeça e passou a mão no rosto.

— Não. Estão se saindo bem sem mim. É que me fez pensar que eu deveria estar lá.

O negro encolheu os ombros, como se o peso do exílio fosse insuportavelmente pesado para ele.

— Às vezes um homem não pode estar onde deveria estar.

— Sim, mas vim por vontade própria — replicou John.

Um sorriso lento iluminou o rosto do homem, como se a loucura de John fosse deliciosamente engraçada.

— Você *escolheu* isto?

John confirmou com a cabeça.

— Tenho uma bela casa em Lambeth e uma mulher que estava disposta a me amar, e dois filhos saudáveis, crescendo, e meti na cabeça que não havia vida para mim lá e que a mulher que eu amava estava aqui, e que podia começar tudo de novo, que devia começar tudo outra vez.

Francis ajoelhou-se diante da lareira e empilhou a lenha com destreza.

— Levei a vida toda à sombra do meu pai — prosseguiu John, mais para si mesmo do que para o homem silencioso. — Quando vim para cá pela primeira vez, era uma terra virgem para mim, porque era um lugar em que ele não estivera, com plantas que ele não tinha visto, um lugar onde ele não tinha feito amigos e onde as pessoas não me conheceriam sempre como seu filho, uma cópia inferior do original.

"Em casa, eu trabalhava nos seus negócios, eu fazia o que ele fazia. E sempre senti que não fazia tão bem quanto ele. E quando se tratava de lealdade a um senhor ou certeza sobre o que eu deveria fazer... — John interrompeu-se com uma breve risada. — Ele sempre sabia qual era a coisa certa a fazer. Eu tinha a impressão de que era um homem de certezas absolutas. E levei minha vida soprado daqui para lá, com minhas dúvidas.

Francis lançou-lhe um olhar de relance.

— Vi ingleses assim — observou ele. — E isso sempre faz eu me perguntar por que, já que são tão inseguros, são tão rápidos em fazer leis, em fazer a guerra, em entrar na vida de outros povos?

— E você? — perguntou John. — Por que veio?

O rosto do homem brilhava na luz bruxuleante do fogo.

— Estive no lugar errado durante toda a minha vida — disse ele pensativamente. — Estar no lugar errado e sentir saudades de casa não é novidade para mim.

— Onde é a sua casa? — perguntou John.

— O reino de Daomé — respondeu Francis.

— Na África?

O homem confirmou com a cabeça.

— Você foi vendido como escravo?

— Fui empurrado para a escravidão, arrastado, esperneei, chutei, gritei, mordi, lutei da margem da estrada até o mercado, até a plataforma de embarque, e ao descer para o porão. Não parei de lutar, de gritar, de tentar fugir, até... — Interrompeu-se repentinamente.

— Até quando?

— Até nos levarem ao convés para nos lavarmos e eu ver o mar por tudo o que é lado, nenhuma terra à vista, e então percebi que não sabia mais nem mesmo onde ficava minha casa, que se escapasse não ia adiantar nada porque eu não saberia aonde ir. Vi que estava perdido e que ficaria perdido o resto da minha vida.

Os dois homens se calaram. John avaliou a imensidão da travessia do mar que poderia sugar a coragem de um homem, de um guerreiro.

— Eles o trouxeram para a Inglaterra?

— Primeiro para a Jamaica, mas o capitão me trouxe para a Inglaterra. Ele queria um escravo. Me perdeu em um jogo de cartas para um comerciante de Londres, que me vendeu para o Sr. Hobert que queria trazer um cavalo para a Virgínia, para arar a terra para ele, mas foi avisado de que não poderia embarcar um cavalo e que um homem poderia fazer o trabalho tão bem quanto um animal. Portanto agora sou um cavalo de arado.

— Ele não o trata mal — disse John.

O homem sacudiu a cabeça.

— Para um cavalo, estou bem — replicou ele, com ironia. — Moro na casa e como o que eles comem. E tenho um pedaço de terra só meu.

— Vai plantar seu próprio alimento?

— Meu próprio alimento, meu próprio tabaco, e farei comércio por conta própria, e quando tiver ganhado 15 xelins, o Sr. Hobert concordou em vender minha liberdade. Então serei seu empregado, e não seu escravo, e quando ganhar o suficiente para me manter sozinho, vou comprar mais terra e então serei plantador, tão bom quanto vocês.

— Será libertado?

— O Sr. Hobert prometeu que sim, o magistrado testemunhou e outros homens negros me disseram que isso não é incomum. Em um país grande como este, um homem tem de fazer um acordo com seus escravos contanto que trabalhem para ele. É fácil demais fugirem de um para outro patrão que faça uma oferta melhor. Há sempre outros plantadores que oferecem trabalho, há sempre mais terra para eles plantarem para si mesmos.

— Não quer voltar para a África?

Uma expressão de dor profunda trespassou seu rosto negro e desapareceu.

— Preciso acreditar que estarei lá na hora da minha morte — disse ele. — Quando falam de paraíso e vão para o céu, é onde penso que estarei. Mas não espero revê-la nesta vida.

— Deixou família lá?

— Minha mulher, meu filho, minha mãe e dois irmãos menores.

John ficou em silêncio diante da enormidade de sua perda.

— Você deve nos odiar — disse ele. — A todos nós, homens brancos, por o termos levado.

O homem olhou diretamente para ele.

— Não odeio vocês — replicou ele. — Não me sobra tempo para odiar. — Fez uma pausa. — Mas não entendo como podem rezar a seu deus e esperar que ele os ouça.

John desviou o olhar.

— Ah, posso lhe dizer uma coisa — disse ele com sarcasmo. — Fazemos uma pequena tramoia, nós, os ingleses. Começamos assumindo que tudo no mundo é nosso, tudo o que já foi, tudo o que será. — Pensou na suposição do rei de que o mundo foi construído para o seu prazer, de que toda obra de arte deveria lhe pertencer, quase que por direito. — Em nosso país, qualquer um que não for perigoso e belo é uma pessoa inferior, em quem não vale a pena pensar. Quando atravessamos o mar, encontramos vários homens e mulheres que não são como nós, de modo que pensamos que são mais inferiores ainda. Quando encontramos um povo cuja língua não compreendemos, dizemos que não sabem falar, quando não têm casas como as nossas, dizemos que não sabem construir, quando não fazem música como a nossa nem dançam como nós, dizemos que só sabem uivar como cachorros, que são animais, que são menos do que animais porque são menos úteis para nós.

— E assim Bertram Hobert me tem como seu cavalo de arado.

— E eu me gabo de ter vindo para este país, de a terra estar vazia e eu ganhar uma propriedade, e que o melhor futuro para a mulher é me amar — disse John, com amargura. — E assim afastei-me da terra que já era minha e da mulher a quem eu devia uma obrigação. Porque sou um inglês. Porque o mundo inteiro é feito para a minha conveniência.

A porta foi aberta e Sarah Hobert surgiu com as botas enlameadas.

— Tire-as — mandou ela, dirigindo-se a Francis. — Vim preparar o jantar.

Francis ajoelhou-se aos seus pés, John recuou para a parte mais escura da sala. Sarah entrou, só de meias, tirou a capa, abriu-a sobre os ganchos para secar. — Está chovendo de novo — disse ela. — Queria que parasse.

Pôs a panela na ponta do fogo e mexeu vigorosamente. Seria *suppawn* para o jantar, de novo. Francis pegou quatro tigelas ao lado da lareira e as colocou sobre a mesa tosca armada sobre um cavalete, e puxou os dois bancos e os dois troncos que serviam de cadeiras. Bertram chegou, disse uma oração de graças e, então, comeram em silêncio. John olhou furtivamente para Bertram e sua mulher, enquanto comiam o mingau. Essa terra havia mudado os dois. Sarah tinha sido uma mulher respeitada e temente a Deus, na Inglaterra, a esposa de um pequeno fazendeiro e uma comerciante por seus próprios méritos. Essa terra a endurecera. O rosto estava encovado e determinado. A gordura também tinha-se diluído no corpo de Hobert. Na Inglaterra, ele tinha sido um homem de rosto redondo e bochechas vermelhas, mas na Virgínia tinha enfrentado a morte e o terror. Seu rosto tinha sido sulcado pela desconfiança e o ódio. Esse era um país no qual somente um homem de coragem e persistência extraordinárias sobreviveria. A prosperidade era mais árdua e precisava de muito mais tempo.

Sarah baixou a cabeça ao terminar seu jantar e, depois, se levantou da mesa. Não havia um momento extra para o lazer.

— Está pronto para trabalhar? — perguntou ela a John.

Ele sentiu a carta crepitar em seu bolso.

— Estou pronto — replicou. O mingau pesava na sua barriga, e embora John soubesse que era de farinha de milho velha e água estagnada, a dor funda no centro de seu corpo não era causada por indigestão, e sim por culpa. Ele não deveria ter partido da Inglaterra. Não deveria ter procurado e amado outra mulher. Deveria ter ficado com a mulher que seu pai tinha escolhido para ele e criado seus filhos junto com ela. Tinha fugido de sua vida como um meninote matando aula e agora percebia que um homem não podia ter duas vidas. Tinha de escolher. O conselho sarcástico, rude, de Attone estava certo — um homem puxado em direções opostas por duas cordas tinha de cortar uma delas.

Sarah balançou a cabeça para ele e saiu da casa, seguida por seu marido e Francis. Ela guiou o caminho até o fim da plantação, com passos pesados e uma pá na mão. Bertram levava a picareta para as raízes mais obstinadas. Francis, atrás dos dois, puxava o carrinho de mão pesado de Sarah, com a carga preciosa de pequenas plantas de tabaco se balançando. John seguia atrás, levando as duas enxadas novas. Por um momento, pensou no entalhe de seu pai no pilar do corrimão da Casa Hatfield. Representava um homem saindo para o jardim por prazer, o chapéu de lado na cabeça e a enxada na mão, um belo vaso debaixo do braço, repleto de flores e frutas. A vida inteira de John tinha sido ocupada por plantas cultivadas pela beleza, pela ideia de plantar, capinar, roçar para criar um conforto para os olhos, uma fonte de alegria. Agora, ele estava trabalhando para sobreviver. Um desejo perverso contraditório o tinha afastado do conforto e riqueza da vida de seu pai para um país que exigia toda a sua competência e força somente para sobreviver. A herança do pai, a grande alegria da obra dele, John a abandonara, deixara para trás. Fez uma pausa e observou Hobert, Sarah e Francis descendo a trilha em direção ao rio para começarem a plantar sua safra de tabaco: uma pequena procissão de pessoas determinadas, plantando suas esperanças na terra virgem.

John permaneceu com os Hobert por oito noites e quando partiu o campo diante da casa estava roçado, livre de todas as raízes grandes, e o tabaco semeado, vicejando. Com a sua insistência, tinham plantado uma horta ao lado da casa, com milho, abóbora e favas. John teria gostado de plantar maracujá entre os renques, como as mulheres indígenas faziam, de modo que os Hobert tivessem, além de legumes, frutas na horta. Mas não experimentavam a fruta desde que os powhatan tinham cessado de fazer comércio com eles, e não tinha lhes ocorrido guardarem as sementes.

— Vou ver se consigo algumas sementes para vocês — disse John.

A expressão de Sarah iluminou-se.

— Roube deles — disse ela.

John ficou genuinamente chocado.

— Nunca pensei que você permitiria roubo.

— Não é roubo tirar de gente como essa — replicou ela com firmeza. — Roubo osso da tigela do meu cachorro? Eles não têm direito à terra, foi reivindicada pelo rei. Tudo na terra é nosso. Quando põem carne na boca, estão roubando de nós. Esta terra é a Nova Inglaterra e tudo nela pertence aos ingleses.

— Vai voltar para me ajudar a colher, não vai, John? — perguntou Hobert.

John hesitou.

— Se puder — respondeu. — Não é fácil para mim vir e ir.

— Fique aqui, então — insistiu Sarah. — Se o estão olhando com desconfiança, pode estar em perigo. Não volte para eles.

— Não são eles — replicou John, devagar. — Sou eu. É difícil para mim ir e vir deste mundo para o deles.

— Então fique conosco — disse Sarah simplesmente. — Tem a sua cama no sótão e quando vendermos a safra, você ganhará uma percentagem. Reconstruiremos a sua casa e roçaremos seu campo, como prometemos. Voltará a ser o nosso vizinho, em vez de levar essa vida de mestiço.

John ficou em silêncio por um momento.

— Não o pressione — disse Hobert, gentilmente, à sua mulher. — Venha — disse a John. — Vou até o rio com você.

Pegou sua arma no gancho atrás da porta, e acendeu o estopim nas brasas da lareira.

— Vou trazer um pouco de carne — disse ele, antecipando-se ao protesto de sua mulher de que havia trabalho a fazer no campo. — Não vou me demorar.

John fez uma mesura para Sarah e acenou com a cabeça para Francis. E os dois homens saíram.

Hobert caminhou ao lado de John, em vez de seguir atrás. John estranhou ter um homem ombro a ombro, estranhou ter de refrear o passo para acompanhar um passo lento como o de uma criança, estranhou o barulho que faziam ao se moverem de maneira tão pesada pela floresta. John pensou que toda a caça por quilômetros ao redor fugiria assustada antes de Hobert chegar.

— A caça é boa agora que a primavera traz os cervos de volta para a floresta? — perguntou John.

Hobert negou com a cabeça.

— Menos do que o ano passado — disse ele. — São os selvagens. Estão pegando animais demais e os atraindo cada vez para mais fundo da floresta, na esperança de nos matar de fome.

John sacudiu a cabeça, mas não teve energia para contradizê-lo.

— Havia notícias da Inglaterra, em Jamestown — disse Hobert. — Os escoceses chegaram à fronteira. Entraram na guerra.

— Contra o rei? — perguntou John, atônito.

— Contra o rei e, o que é mais importante, do lado do Parlamento. Tem quem ache que o rei terá de fazer um acordo com o Parlamento ou com os escoceses. Não conseguirá lutar contra os dois.

— A que distância, ao sul, estão eles? — perguntou John, pensando na casinha ao sul do Tâmisa, em Lambeth.

— Agora? Quem pode saber? — replicou Hobert, sem dar importância. — Graças a Deus não é mais guerra nossa, hein, John?

John balançou a cabeça, distraído.

— Minha mulher continua em Lambeth — disse ele. — Com meu filho e minha filha.

— Achei que os tinha deixado — observou Hobert.

— Não devia ter feito isso — disse John, a voz muito baixa. — Não devia tê-los deixado no meio de uma guerra. Eu estava com raiva dela e insisti para que viesse comigo, e quando ela me desafiou, achei que estava livre para partir. Mas um homem com um filho e um jardim plantado nunca está livre para partir, está, Bertram?

Hobert encolheu os ombros.

— Não posso dar conselhos — replicou ele. — É uma vida estranha, esta que você está levando, disso não há dúvidas.

— São duas vidas — disse John. — Uma aqui, onde vivo tão perto da terra que posso escutar a batida do seu coração, e uma lá, onde vivo como um inglês com deveres e obrigações, mas com conforto e alegrias.

— Um homem pode ter as duas coisas? — perguntou Hobert.

John refletiu por um instante.

— Não com honra.

Assim que Suckahanna o viu surgir da floresta e passar pela tenda da sauna, pelo campo e subir a rua da aldeia, percebeu que alguma coisa tinha acontecido. Ele andava como um homem branco, com peso nos calcanhares. Não andava como os homens powhatan. Andava como se alguma coisa estivesse puxando seus ombros para baixo, puxando sua cabeça na direção dos pés, puxando seus pés, de modo que ele parecia estar andando com muita dificuldade, em vez de dançando na relva macia.

Ela foi lentamente ao seu encontro.

— Qual é o problema?

Ele sacudiu a cabeça, mas não a encarou.

— Nada. Fiz o que prometi fazer e agora voltei para casa. Não precisarei voltar até a época da colheita.

— Eles estão doentes? — perguntou ela, achando que seu corpo arqueado pudesse estar ocultando uma doença ou alguma dor.

— Eles estão bem — replicou.

— E você?

Ele endireitou o corpo.

— Estou exausto — disse ele. — Vou à sauna e depois me lavar no rio. — Deu-lhe um breve sorriso infeliz. — E depois tudo será como antes.

Nos dias quentes, quando a floresta parecia crescer e ficar verde diante de seus olhos, John voltou a coletar plantas e a caçar curiosidades. Já tinha mandado para casa um grande embrulho com itens índios: roupa, ferramentas, um estojo com fitas e toucas feitas de cortiça. Agora recrutava o filho de Suckahanna como seu carregador e todo dia os dois deixavam a aldeia para uma longa caminhada na floresta e voltavam carregados de raízes. John trabalhava em silêncio com o menino, e percebeu que seus pensamentos muitas vezes vagavam até Lambeth. Tinha grande afeição por Hester e uma forte sensação de que devia estar lá com ela, para enfrentar os perigos em um país dominado por uma guerra insana. Ao mesmo tempo sabia que não podia deixar Suckahanna e os powhatan. Sabia que a sua felicidade, a sua vida, estava com o Povo.

John se achou um tolo: abandonar uma mulher e depois tentar apoiá-la, assumir uma mulher e então pensar diariamente em sua rival. Queria tanto ser um homem como Attone, ou mesmo como Hobert, que via a vida em termos simples, que via uma única estrada e a seguia sem titubear. John não se achava tão complexo e original; não tinha essa vaidade. Via a si mesmo como indeciso e fraco, e se culpava.

Suckahanna observou-o criar um canteiro, demorar-se sobre suas mudas, e não disse nada por várias semanas. Então, um dia, ela falou.

— Para o que são elas?

— Vou mandá-las para a Inglaterra — respondeu John. — Podem ser cultivadas lá e vendidas a jardineiros.

— Por sua mulher?

Ele tentou encarar seu olhar escuro e direto tão francamente quanto pôde.

— Minha mulher inglesa — corrigiu-a.

— E o que ela vai pensar? Quando um morto lhe enviar plantas?

— Vai pensar que estou cumprindo o meu dever para com ela — replicou John. — Não posso abandoná-la.

— Ela vai saber que está vivo e que a abandonou — observou Suckahanna. — Enquanto que agora deve estar achando que está morto.

— Tenho de apoiá-la da maneira que puder.

Ela assentiu com um movimento da cabeça e não replicou. John não conseguiu suportar a dignidade estoica do silêncio powhatan.

— Sinto que lhe devo qualquer coisa que eu possa fazer — disse ele, constrangido. — Ela me enviou uma carta que estava na casa de Hobert. Está passando por tempos difíceis e sozinha. Deixei-a para cuidar de meus filhos, da casa e do jardim na Inglaterra, e há guerra no meu país...

Suckahanna olhava para ele sem dizer nada.

— Estou dividido — disse John, com um repente de franqueza.

— Você escolheu seu caminho — lembrou-lhe ela. — Escolheu-o livremente.

— Eu sei — replicou ele, com humildade. — Mas fico pensando...

Interrompeu-se e olhou para ela. Suckahanna tinha virado o rosto, escondendo-o com uma mecha do cabelo negro. Seus ombros, morenos e macios através do véu de cabelo escuro, estavam se sacudindo. Ele emitiu uma exclamação e avançou para confortá-la, achando que estava chorando. Mas então percebeu o brilho de seus dentes brancos em contraste com sua pele morena, e ela girou rapidamente e correu pela rua da aldeia, para longe dele, e desapareceu. Ela tinha rido. Nem mesmo sua imensa reverência conseguiu reprimir seu riso por mais tempo. O espetáculo de seu marido lutando interminavelmente com avançar-recuar, dever-desejo, inglês-powhatan, era afinal engraçado demais para ela levar a sério. Ele ouviu sua risada alegre enquanto ela descia o caminho para a horta, onde o milho doce já estava crescendo alto.

— Sim, pode rir — pensou John, sentindo-se inteiramente inglês, com os pés pesados como se estivesse usando botas e calções, e a cabeça pressionada por um chapéu. — E só Deus sabe como a amo por isso. E só Deus sabe como gostaria de também rir disso.

Quando a neve derreteu, até mesmo das colinas mais altas, quando não havia mais geadas rigorosas de manhã, quando o solo ficou seco sob os mocassins de verão dos bravos, houve uma reunião convocada pelo antigo senhor, Opechancanough. John, o Águia, foi com Attone e um dos conselheiros mais velhos da comunidade representar sua aldeia, atravessando trilhas estreitas, rumo ao norte, rio acima, até a grande capital dos powhatan. Ficava abrigada na floresta seca, aos pés das montanhas na margem do rio que John antes conhecera como rio James, mas que agora chamou de Powhatan, e a queda de água do lado da cidade de Powhatan era Paqwachowing.

Avistaram a cidade de cerca de quarenta bravos ao cair da tarde, e fizeram uma pausa antes de atravessarem suas fronteiras.

— Você vai ficar calado até que o mandem falar — disse Attone brevemente a John. — O ancião falará.

John olhou, sem ressentimento, para o homem mais velho que guiara o caminho em um passo firme para uma viagem de tantos dias.

— Eu nem mesmo queria vir — protestou ele. — É improvável que me dê vontade de interromper.

— Não quis vir quando tem oportunidade de ver novas plantas, árvores e flores? E levá-las para Suckahanna, quando descermos o rio de canoa? — debochou Attone.

— Está bem — cedeu John. — Estou dizendo que não pedi para vir. Não quero um lugar aqui.

A face de traços acentuados do homem mais velho virou-se para ele.

— Mas o seu lugar é aqui — disse ele, respeitosamente. — Responderá as perguntas, mas não dará opiniões — decretou o homem.

John balançou a cabeça obedientemente e se pôs atrás, na fila.

Ninguém sabia a idade do grande senhor da guerra Opechancanough. Ele herdara esse poder de seu irmão, o grande Powhatan, pai da princesa Pocahontas, a heroína indígena que John visitara quando era menino, e ela era uma celebridade em visita a Londres. Não havia o menor vestígio de sua beleza no rosto devastado de seu tio. Ele estava sentado em um grande banco no extremo de sua casa comprida e luxuosa, seu manto cerimonial refulgindo no escuro, com os discos de conchas de abalone. Não relanceou os olhos para John e seus companheiros quando entraram, fizeram uma reverência e depositaram seu tributo na pilha à sua frente, e depois recuaram.

Quando todos tinham chegado e feito a reverência ao senhor, ele fez um breve gesto com a mão e o sacerdote chegou à frente, jogou um pouco de pó no fogo e observou a fumaça perfumada subir espiralada. John, exausto dos muitos dias de caminhada, também observou a fumaça, e achou que tomava formas estranhas e tentadoras, quase como se fosse possível ler o futuro nela, exatamente como às vezes quando se deitava ao lado do filho de Suckahanna e detectavam formas e imagens nas nuvens que se moviam lá no alto.

Houve um murmúrio profundo dos homens aglomerados na casa grande. O sacerdote andou ao redor do fogo, as pessoas se desviando do movimento de seu manto, olhando fixo as brasas. Finalmente recuou e fez uma reverência a Opechancanough.

— Sim — disse ele.

De repente, o ancião se animou, inclinou-se à frente.

— Tem certeza? Vamos vencer?

O sacerdote confirmou com um movimento da cabeça.

— Sim.

— E serão empurrados de volta ao mar, de onde vieram, e as ondas se quebrarão vermelhas com o seu sangue, e suas mulheres e filhos roçarão nossos campos e nos servirão onde servimos a eles?

O sacerdote confirmou.

— Eu vi — disse ele.

Opechancanough olhou para os homens, esperando em silêncio, seguro de que eram imbatíveis.

— Vocês ouviram — disse ele. — Nós venceremos. Agora me digam como essa vitória será obtida.

John estava tonto com o perfume da fumaça e com o calor repentino e o escuro da tenda, mas despertou de súbito, completamente, como se alguém o tivesse estapeado. Apurou os ouvidos e o raciocínio para captar a rápida troca de conselho, argumento e informação: a notícia de uma fazenda aqui, um forte recentemente construído com canhão mais abaixo do rio. Deu-se conta, com o coração apertado, do que sempre soubera, mas que reprimira no fundo de sua mente: que Opechancanough e o exército powhatan atacariam o povo de Jamestown, e todo colono branco nesse país que o tinha declarado vazio e então resolvera ocupá-lo. Que se os powhatan vencessem, nenhum homem, mulher ou criança branca ficaria vivo ou escaparia da escravidão em toda a Virgínia. E se os powhatan perdessem, haveria um terrível acerto de contas.

— E o que o nosso irmão, Águia, tem a dizer? — perguntou, de súbito, Opechancanough. Seu rosto de feições pronunciadas virou-se para John, na parte de trás do grupo. Os homens à sua frente se dissolveram, como se o olhar de Opechacanough fosse uma lança lançada no seu coração.

— Nada... — gaguejou John, a língua powhatan espetando sua língua. — Nada... senhor.

— Estarão preparados para nós? Sabem que estávamos esperando e planejando?

Infeliz, John negou sacudindo a cabeça.

— Eles acham que fomos derrotados e escorraçados, forçados a abandonar nossa floresta, afastados das trilhas para a caça?

— Acho que sim — respondeu John. — Mas não estou com homens brancos há muito tempo.

— Vai nos aconselhar — decretou Opechancanough. — Vai nos dizer como evitar armas e a que horas do dia deveremos atacar. Usaremos o seu conhecimento deles para atacá-los. Está de acordo?

John abriu a boca mas nenhum som foi emitido. Percebeu Attone se levantar ao seu lado.

— Ele está emudecido pela honra — disse Attone calmamente. Sem ninguém ver, pisou nos pés de John.

— Realmente, estou — disse John, transido.

— Suas mãos ficarão vermelhas de sangue inglês — prometeu Opechancanough. Sua expressão era grave, mas havia uma centelha de malícia, aquela irresistível malícia powhatan, no fundo dos seus olhos. — Isso o fará feliz, Águia.

Primavera de 1644, Inglaterra

Alexander Norman não voltou a falar sobre a sua intenção de casamento com Frances, mas visitava a Arca, em Lambeth, todas as semanas. Levava Frances até o rio, comprou-lhe um pônei e a levava a cavalgar em alamedas afastadas de Lambeth, e no campo. Frances retornava desses passeios extraordinariamente calada e pensativa, mas nunca dizia a Hester nada além de que seu tio tinha sido muito gentil e que tinham conversado sobre tudo o que é assunto, mas nada de que ela se lembrasse. Hester sentia-se dividida. Por um lado, achava que devia alertar Frances quanto a aprofundar sua relação com seu tio, o que só o faria sofrer e se decepcionar. Mas por outro, ela não queria impedir a filha de manter uma relação com alguém de confiança e agradável, com um bom homem com idade bastante para ser seu pai.

Devia ser Alexander que corria o risco maior de se desapontar. Frances gostava da sua companhia e aprendia muito com ele — da equitação à política. Hester confiava em Alexander, acreditava que passaria o dia inteiro com Frances sem proferir uma palavra sequer para cortejá-la, mas imaginava o prazer que sentia quando ela erguia o olhar para ele e dizia francamente:

— Você conheceu o rei Henrique, não, tio Norman? Você era menino quando ele estava no trono, não era?

Ele sorriu para Hester por sobre a cabeça de cabelo castanho de sua sobrinha.

— Isso seria verdade se hoje eu tivesse 100 anos. Não sabe nada de história, Frances?

Ela fez uma careta.

— Não muito. Quantos anos você tem, tio?

Hester achou que ele precisava se preparar para responder.

— Tenho 54 — respondeu com franqueza. — E vi três monarcas reinarem. Mas nunca tempos como os de hoje.

Frances olhou para ele pensativamente, a cabeça inclinada para um lado.

— Você não parece muito velho — disse ela diretamente. — Nunca penso em você com essa idade.

— Mas é a minha idade — disse ele.

Hester achou que a afirmação deveria estar lhe custando muito.

— Tenho idade para ser seu pai.

A risada de surpresa de Frances o fez sorrir.

— Penso em você como meu amigo! — exclamou ela.

— Bem eu já era amigo do seu avô antes de você nascer. Eu a carreguei no colo quando você era bebê.

Ela balançou a cabeça.

— Não vejo que diferença isso faz — disse ela, e Hester pensou, mas não falou nada: "Diferença para quê?".

Alexander não negligenciava Johnnie nem Hester em suas visitas. Para Johnnie, levava panfletos e baladas sobre o seu herói príncipe Rupert, e para Hester, notícias bem-vindas sobre o progresso da guerra. Falou de um novo comandante, o coronel Cromwell, que tinha aparecido não se sabe de onde e diziam ser pouco mais que um trabalhador, mas que tinha um regimento de soldados capaz de resistir ao ataque de uma cavalaria monarquista, que tinha sido treinado para estar preparado para marchar ao ouvir a ordem do comando.

— Acho que esse Cromwell conhece seu ofício tanto quanto o príncipe Rupert — disse Alexander.

Johnnie sacudiu a cabeça.

— O príncipe Rupert lutou em toda a Europa — disse ele, com segurança. — E já cavalgava nos grandes assaltos da cavalaria quando tinha a minha idade. Ninguém da Ânglia Oriental pode dizer o mesmo.

As notícias da corte do rei em Oxford eram de um modo de vida libertino, desenfreado, de eruditos e cortesãos embriagados nas sarjetas todas as manhãs, e do rei celebrando uma vitória atrás da outra, por mais insignificante que tivesse sido a escaramuça ou a campanha. Era como se o reino estivesse se abrindo para ele, como se fosse estar em Londres dali a um ano. E então, ele iniciou a marcha à sua capital amotinada. Alexander Norman enviou uma mensagem à Arca, em Lambeth.

> *Querida prima Hester,*
> *Sugiro que esconda seus tesouros mais preciosos em lugar seguro e arrume roupas e itens necessários para vocês. O rei está marchando do norte para Londres, e a cidade está se preparando para o sítio. Mas se o rei circundar Londres para sitiá-la, é provável que Lambeth caia e o Parlamento recue e resista ao norte do rio. Se a luta se prolongar, pode ser que vocês fiquem enredados entre dois exércitos. Portanto fique pronta para partir assim que eu mandar, e os levarei de volta a Oatlands.*
>
> *Alexander*

Hester pôs a carta imediatamente nas brasas de carvão quase extintas e acendeu o fogo e a queimou lentamente. Sentia-se muito cansada, como se a guerra fosse prosseguir para sempre, sem vitória, sem paz, sem nada além da tarefa exaustiva de sobreviver. Por um momento sentou-se ao lado do fogo, a cabeça na mão, observando a carta queimar, se transformar em cinzas, depois cair em flocos macios nas brasas vermelhas. Então levantou-se, alisou a saia, vestiu seu avental de trabalho e foi para o gabinete de curiosidades.

Johnnie estava conduzindo um visitante à porta da frente.

— O que foi, mãe? — perguntou ele assim que a porta estava bem fechada. — Más notícias da Virgínia?

Ela sacudiu a cabeça.

— Não é isso, graças a Deus. Foi uma carta do seu tio. Diz que o rei está marchando para Londres e que devemos nos preparar para partir se a luta se aproximar. Temos de guardar já o que for mais precioso, por medida de segurança.

Ele balançou a cabeça, seu rostinho grave.

— Vou chamar Frances — disse ele. — Todos vamos ajudar.

Frances desceu de seu quarto, o cabelo preso em um novo estilo.

— Como estou?

— Horrorosa — replicou Johnnie com um largo sorriso.

Hester estava puxando as grandes arcas de madeira que tinham ficado debaixo das vitrines.

— Você empacota os cristais e a porcelana, Frances, é mais cuidadosa. Johnnie, você cuida das moedas.

Hester abriu as malas e se pôs a dobrar e guardar as roupas, coletes e casacos de todas as partes do mundo, roupas de selvagens, feitas de penas e contas, lenços muito bem trabalhados da Índia e da China, e as luvas do próprio rei Henrique que o rei Carlos tinha dado aos Tradescant. Relanceou os olhos em volta, Johnnie estava colocando cuidadosamente as moedas com sua etiqueta na arca.

— Basta empilhá-las — disse ela. — Quando as desempacotarmos, teremos de etiquetar tudo de novo.

Seu rostinho ficou chocado. Ordenar o gabinete de curiosidades tinha sido uma responsabilidade sagrada para toda a família durante toda a sua vida.

— Mas são as etiquetas do vovô John!

— Eu sei — replicou Hester, inflexivelmente. — E acho que ele entenderia que estamos fazendo o melhor que podemos para manter a sua Arca e tudo o que ela contém em segurança. Basta derrubar todas as moedas no baú, Johnnie, depois esconderemos tudo, mesmo que uma dúzia de regimentos passe por aqui, quando a guerra acabar, poderemos desenterrá-lo e começar tudo outra vez.

Ele pareceu relutante, mas acabou fazendo o que ela mandou. Frances, no outro lado da sala, estava envolvendo peças preciosas de cristal em lenços de seda, e depois colocando-as em uma caixa de madeira.

Hester olhou em volta da sala. Era uma coleção formada durante anos de trabalho, mas tudo o que podia fazer era escolher as peças mais preciosas e tentar salvá-las.

— Os brinquedos — disse ela a Frances. — Os brinquedos mecânicos. Cuide deles depois dos cristais.

— E o rabo da sereia? — perguntou Johnnie. — A mandíbula da baleia?

— Não conseguimos nem mesmo erguê-los — disse Frances. — O que vamos fazer? Como vamos escondê-lo?

— Não sei — replicou Hester. Suas mãos não paravam, guardando, dobrando, alisando, mas a sua voz estava carregada de aflição e cansaço. — Temos de embalar tudo o que pudermos, acho. Quanto ao resto... Não sei.

À noite, Hester, as crianças e o jardineiro Joseph levaram as caixas com cuidado para a casa de gelo, e as empilharam lá dentro. A casa de gelo era forrada de tijolos, estava úmida e escura. Frances arrepiou-se e puxou o capuz mais para a frente da cabeça, receando aranhas e morcegos. As caixas ocuparam o pequeno espaço circular. Quando saíram trancaram a porta com pregos. Hester experimentou uma sensação estranha, supersticiosa, como se estivessem enlutados diante do mausoléu da família, e que tudo o que tivessem de mais precioso tivesse sido enterrado.

— Vou plantar amanhã alguns arbustos na frente — prometeu Joseph — e uma trepadeira na porta. Em um mês, mais ou menos, não vai dar para vê-la.

— Espero que tenhamos um mês — disse Hester. — Corte alguns galhos e os ponha na frente da porta para escondê-la enquanto a trepadeira estiver crescendo. E algumas árvores novas.

— O exército do rei está para chegar assim tão cedo? — perguntou Joseph.

— O rei em pessoa está para chegar — replicou Hester, com a cara fechada. — E queira Deus que, quer ele vença quer ele perca, a batalha termine logo e os vencedores devolvam a paz ao país, porque acho que não vou aguentar mais um ano como este.

Dali a alguns dias, na cidade de Londres, tudo passou a ser racionado e nada podia ser comprado. O exército do rei estava vindo pela Great North Road e nenhuma carroça podia entrar em Londres para alimentar as pessoas. O próprio prefeito de Londres montou pontos de distribuição onde se podia comprar comida e fixou preços justos, de modo que escroques não se aproveitassem do desespero da cidade. Joseph era convocado diariamente para cavar trincheiras para proteger a cidade da cavalaria, e houve até mesmo uma averiguação, ordenada pelo comandante da milícia local, da idade de Johnnie e de quando estaria apto a servir.

Johnnie, com sua casa sitiada para servir ao rei, ficava indócil para escapar à noite e se unir ao exército monarquista.

— Posso ser batedor — disse ele. — Posso ser um espião. Posso dizer ao rei onde os fossos são cavados, onde o canhão está sendo montado. Ele precisa de mim, eu tenho de me unir a ele.

— Fique quieto — replicou Hester abruptamente. A sensação de um desastre iminente para a casa e as crianças que ela amava estava exaurindo sua paciência. — O rei já tem tolos o bastante correndo para o seu estandarte. Você é uma criança. Vai ficar em casa como uma criança obediente.

— Tenho quase 11 anos! — protestou ele. — E sou o chefe da família.

Hester deu-lhe um breve sorriso.

— Pois então fique e me defenda — replicou ela. — Temos guardado aqui o tesouro do país. Precisamos permanecer no nosso posto.

Ele abrandou um pouco.

— Quando eu for homem, vou treinar e me unir à cavalaria de Rupert — jurou ele.

— Espero que quando for homem, seja jardineiro em um país pacífico — disse ela com ardor.

No fim de março, uma notícia extraordinária chegou à cidade como boato e foi confirmada no dia seguinte em cartazes, panfletos e baladas. Apesar de todas as premonições e temores, contrariando todas as probabilidades, o exército do Parlamento, trabalhadores comandados por homens que nunca foram cavalheiros na corte, tinha se encontrado com o exército do rei em Alresford, fora de Windsor, travado uma batalha longa e difícil e obtido uma vitória de grande repercussão. O triunfo foi ainda mais impressionante porque a batalha tinha visado um ataque de cavalaria pelos monarquistas que, pela primeira vez, não acabaram em uma debandada da infantaria do Parlamento em pânico, sendo derrubados enquanto fugiam. Dessa vez, os homens do Parlamento mantiveram pé firme e o cavalo do rei, forçado a recuar pelas sinuosas e fundas alamedas de Hampshire, não conseguiu dar a volta de novo, nem reagrupar, enquanto a infantaria do Parlamento, determinada e obstinadamente, se arrastava colina acima, alcançando Alesford antes da noite cair.

Fogueiras foram acesas em toda Lambeth nessa noite, e velas foram exibidas em cada janela. No domingo seguinte, nenhum homem, mulher ou criança deixou de comparecer ao serviço de ação de graças. A maré da guerra tinha baixado momentaneamente, apenas momentaneamente, e nenhum cavaleiro cavalgou pelas ruas estreitas de Lambeth durante um ou dois meses. Tampouco houve irlandeses papistas assassinando soldados. As notícias eram de que as forças do Parlamento tinham capturado todos os portos de Wales de frente para a Irlanda. O rei não pôde trazer os papistas para a Inglaterra. Até na Escócia, as pequenas forças monarquistas estavam sendo rechaçadas.

— Acho que o rei terá de fazer um acordo com o Parlamento — disse Alexander a Hester, certa noite em abril. — Ele está na defensiva pela primeira vez, e o exército monarquista não combate bem na retirada. Não tem os conselheiros ou a determinação para prosseguir.

— E o que vai acontecer então? — perguntou Hester. Estava com uma cesta cheia de ervilhas-de-cheiro do ano anterior no colo, retirando as cascas das sementes para plantá-las. — Retiro as curiosidades de seu esconderijo?

Alexander refletiu por um momento.

— Não até a paz ser declarada — replicou ele. — Vamos esperar e ver. Talvez a maré esteja mudando, finalmente.

— Acha que o rei vai se reconciliar com o Parlamento e voltar humildemente para casa?

Alexander encolheu os ombros.

— O que mais ele pode fazer? — disse ele. — Tem de fazer um acordo. Ele continua rei, eles continuam Parlamento.

— Portanto todo esse sofrimento e derramamento de sangue foram por nada — disse Hester vagamente. — Nada exceto dar uma lição ao rei: de que ele deve lidar com seu Parlamento como seu pai e a antiga rainha lidaram com o seu.

Alexander ficou sério.

— Foi uma lição cara.

Hester jogou um punhado de vagens secas vazias no fogo e observou-as faiscarem e queimarem

— Abominável — disse ela com amargura.

Abril de 1644, Virgínia

John tinha esperado ser convocado para o concílio de guerra de Opechancanough como um simples bravo, companheiro de Attone. Mas à medida que os dias se passavam na cidade de Powhatan, percebeu que era chamado toda manhã para falar com Opechancanough. No começo, as perguntas eram intencionais e diretas. O forte de Jamestown: era verdade que a cidade tinha se desenvolvido tanto que já não cabiam todos dentro de seus muros? Também era verdade que os muros estavam dilapidados, que não havia mais vigilância, que o canhão estava enferrujado?

John respondia francamente, dizendo o que sabia, avisando Opechancanough que ele tinha passado por Jamestown como um visitante e não residente, que não conhecia bem a cidade. Mas com a continuidade das perguntas, Opechancanough mostrou saber as respostas tanto quanto John. O sábio velho comandante tinha vários espiões vigiando o forte. Estava usando John para checá-los, e eles, para checar John. Estava testando a habilidade de John de dizer a verdade, de provar sua lealdade ao seu povo adotivo.

Quando ficou convencido de que John contaria francamente tudo o que sabia, as perguntas mudaram. Perguntou então a que horas os homens brancos se levantavam pela manhã, o que bebiam no café da manhã, se todos eram beberrões e estariam meio afogados na bebida quando escurecesse. Havia alguma magia especial no uso da pólvora, do canhão, da espingarda de pederneira, ou o povo powhatan poderia apoderar-se desses itens e virá-los contra aqueles que os fizeram? O deus dos ingleses estava atento a eles na terra estrangeira ou simplesmente os esqueceria se o povo de verdade se insurgisse contra eles?

John lutou com os conceitos de magia, guerra e teologia em uma língua estrangeira e um modo de pensar diferente. Repetidamente se viu dizendo ao homem mais velho: "Lamento, não sei", e via o cenho moreno se franzir e o rosto enrugado obscurecer de raiva.

— Realmente não sei — diria John, percebendo o nervosismo em sua própria voz.

Repetidamente, Opechancanough retornava à comunicação em inglês. Se um colono descobrisse a insurreição, em quanto tempo levaria a notícia a Jamestown? Os ingleses enviavam sinais com a fumaça? Ou tambores?

— Fumaça? — perguntou John, incrédulo. — Não. Nem tambores. Soldados só tocam tambores ao avançarem ou na retirada...

Opechancanough cuspiu de maneira zombeteira.

— Não. Para enviar mensagens. Mensagens longas.

John sacudiu a cabeça perplexo.

— É claro que não. Como é possível fazer esse tipo de coisa?

O sorriso escuro de Opechancanough brilhou.

— Não importa. Então se um homem fosse avisado e quisesse levar o alerta a Jamestown, teria de ir ele mesmo? A pé ou de canoa?

— Sim — replicou John.

Houve silêncio por um momento.

— Na guerra passada, fomos traídos — disse Opechancanough, pensativamente. — Foram dois dos nossos rapazes que tinham sido bem tratados por seu senhor branco e não suportaram fazer-lhes mal. Eles o avisaram. Tornaram-se moles como garotos brancos. Acharam que salvariam somente ele, mas ao avisá-lo, traíram a todos nós. Ele correu para Jamestown, e alertou o forte, que se preparou para a nossa chegada. E o que aconteceu com os garotos que gostavam tanto do seu senhor que traíram seu próprio povo para avisá-lo?

John esperou.

— Foram mortos pelos homens brancos — falou Opechancanough. — É assim que os brancos recompensam um servo leal. Nós vimos acontecer. E aqueles de nós que lutaram, e os que não lutaram, foram rechaçados cada vez para mais longe das nossas aldeias e vimos nossos campos serem roçados para plantarem tabaco, por toda parte a planta para ser fumada e nada para viver.

— Quando será a nova guerra? — perguntou John.

Opechancanough encolheu os ombros.

— Em breve.

John acordou em plena noite e ficou quieto. Alguma coisa perturbara seu sono, mas não conseguiu definir o ruído, o movimento, a sensação que o tinha despertado. Então, ouviu de novo. No lado de fora, um graveto estalou e, então, as peles na entrada se separaram e uma voz grave falou brevemente no escuro quente.

— Vai ser agora.

Attone, ao lado de John, estava acordado e em pé.

— Já! — disse ele, e sua voz estava cheia de alegria.

— O que vai ser agora? — perguntou John, como se não soubesse, como se não estivesse prestes a cair no chão e chorar na terra, por seu pavor e culpa.

— Estamos prontos para a guerra — respondeu Attone calmamente. — É agora, meu irmão.

Do lado de fora da tenda, a cidade estava em um silêncio alerta. Homens punham as cordas nos seus arcos e apertavam seus cintos, verificando a lâmina de suas facas. Não havia nada a preparar, pois os powhatan estavam sempre prontos para viajar, para caçar, para a guerra. John se colocou na fila, atrás de Attone, e percebeu que a sua respiração estava lenta em comparação ao leve ofegar do outro, percebeu que o seu coração não estava nisso, também percebeu que não havia caminho à frente e para longe de sua lealdade aos powhatan, e nenhum caminho de volta ao inglês.

A um sinal de Opechancanough, sentado em seu trono, escuro como uma sombra ao luar, os homens partiram, fazendo tão pouco barulho quanto uma alcateia, silenciosos em seus mocassins, suas aljavas do lado, seus arcos nos ombros. O luar atingia cada um como uma bênção, o fulgor branco caindo sobre uma pena trançada no cabelo escuro, sobre uma antiga cicatriz no osso malar, sobre um sorriso de excitação, sobre o brilho da pele lustrosa. John seguiu em silêncio atrás de Attone, observando o ritmo de seus mocassins, o movimento de seus quadris por baixo da saia de couro, concentrando-se inteiramente no momento da viagem, de modo que pudesse ocultar de si mesmo o conhecimento do destino.

Eles se dividiriam em dois grupos principais. Um desceria o rio de canoa até Jamestown, tirando proveito da noite para se mover ligeiro e formar uma tenaz ao redor da cidade ao alvorecer. O outro seguiria por terra dos dois lados do rio, e em cada casa, choupana, cada construção suntuosa, ambiciosa e casebre cheio de esperança, eles matariam todo homem, mulher e criança, sem deixar ninguém escapar, ninguém para levar a notícia pelo rio até a cidade.

John estava no grupo da terra, Attone com ele. Achou que Opechancanough estava testando a sua lealdade aos powhatan ao colocá-lo no grupo que mataria logo — e não contra o grupo de homens no forte, mas contra homens, mulheres vulneráveis, que dormiam com seus filhos amontoados ao lado, na mesma cama. Mas então percebeu que Opechancanough o colocara onde, se fosse desleal, não os prejudicasse. Ele estava na retaguarda, não podia correr na frente e alertar Jamestown. Tudo o que podia fazer era matar de maneira desajeitada alguns rio acima e ser morto com um tiro.

Chegaram a uma casinha quase ao amanhecer. Ficava recuada do rio em um terreno elevado, exatamente como John tinha construído a própria casa, como Bertram Hobert tinha construído a sua. Na frente, havia uma pequena horta, maltratada e coberta pelo mato, e entre a choupana e o rio havia longos campos de tabaco, as plantas em renques regulares, se desenvolvendo bem. Um pequeno píer para o carregamento do tabaco e seu transporte para Jamestown estendia-se no rio. Nenhuma luz na janela e somente uma pequena coluna de fumaça mostrava que alguém tinha abafado o topo da fornalha durante a noite, de modo que estivesse quente para preparar o café da manhã.

Foi o cheiro da fumaça de lenha no ar, puro, sem nenhuma mistura com outro cheiro, que fez John recuar. Retraiu-se e colidiu com o homem que vinha atrás. Era um cheiro muito inglês. Fumaça de lenha para os powhatan era o cheiro do interior de suas tendas, misturado com o cheiro da comida sendo preparada, das crianças, das pessoas sentadas em volta. O cheiro da fumaça de uma chaminé, o cheiro de fuligem, era o cheiro de um lar inglês.

O homem atrás empurrou abruptamente as costas de John, mas não emitiu um único som. John tocou no ombro de Attone.

— Não posso fazer isso — disse ele.

Attone virou-se e seu olhar foi frio como a lâmina de uma faca na pele.

— O quê?

— Não posso. Não posso matar minha gente.

— Quer que mate *você* agora?

Emudecido, John negou sacudindo a cabeça.

— Os outros o matarão, se eu não matar.

John inclinou-se à frente, como se fosse abraçar Attone, deitar sua cabeça infeliz no seu ombro.

— Que matem, então. Porque não posso.

— Vai esperar aqui enquanto agimos?

John assentiu com a cabeça.

— E não vai gritar nem fugir?

John balançou a cabeça de novo.

— Meu irmão vai montar guarda — disse Attone, simplesmente, aos outros. — Sigam-me.

Os homens passaram ligeiros por John sem relancear os olhos para ele. Ele recostou-se em uma árvore, um vigia inútil, amigo desleal, guerreiro subjugado e marido desonroso.

Foram rápidos e precisos. Houve um único grito de surpresa e nada mais, e em instantes estavam de volta, Attone limpando sua faca de lâmina de concha em um pedaço de musselina europeia.

— Vamos — disse ele vivamente aos outros.

Balançaram a cabeça entendendo e se viraram de novo para a trilha. Um homem tinha uma coisa na mão. Attone a pegou e jogou com força no chão. Uma garrafa de pedra caiu e rolou. Attone chutou-a de modo que ela ficou girando, derramando o licor puro e empestando o ar. Então se virou para John.

— Sabe voltar para Suckahanna, na aldeia?

— Sim.

— Pois então volte para lá. Espere até os homens retornarem.

— Ela não vai me aceitar — disse John, sem ter dúvidas.

— Não — replicou Attone. — Nenhum de nós vai querê-lo, Águia. — Fez uma pausa, como se um pensamento lhe ocorresse. — Como era o seu nome? Antes de ser o meu irmão Águia?

— Eu era John Tradescant — respondeu John, o nome soando estranho em sua língua.

— Vai ter de ser ele de novo — disse Attone, simplesmente. — Agora vá para Suckahanna, antes que alguém o mate.

— Lamento... — começou John.

— Vá, antes que eu mesmo o mate — interrompeu Attone bruscamente, e desapareceu no escuro.

A aldeia estava sendo guardada pelo filho de Attone, que reconheceu a pisada de John e chamou por seu nome na alvorada cinzenta:

— É você, Águia?

— Não — replicou John. Sua voz soou sem modulação e cansada. — Deve me chamar de John.

— Meu pai está com você? Os bravos estão voltando para casa?

— Estão na guerra — respondeu John. — Vim sozinho.

O menino estacou em sua corrida alegre para os braços de John e, de repente, olhou para ele como se estivesse sendo invadido por um medo terrível, como se sua confiança e certeza em John fosse, de súbito, falível.

— Você não está com os homens?

— Não consegui — replicou John, simplesmente. Tinha pensado que o pior seria contar a Suckahanna, mas foi difícil enfrentar o olhar vivo de seu filho. A luz apagou-se lentamente do rosto do menino.

— Não entendo — disse ele com tristeza, querendo que fosse difícil demais para ele compreender, querendo que John inventasse outra explicação.

— Não consegui matar ingleses — disse John, abatido. — Achei que poderia, mas quando chegou a hora, não consegui. Deixei minha casa na Inglaterra porque não consegui escolher um lado e matar ingleses, e agora estou aqui, nesta nova terra, e continuo sem conseguir tomar partido e matar.

Os olhos do menino examinaram seu rosto.

— Achei que você era um bravo — disse ele, com reprovação.

John sacudiu a cabeça.

— Não. Parece que não sou.

— Mas é amigo do meu pai!

— Não sou mais.

— E Suckahanna ama você!

Um movimento atrás dele o fez se virar. Suckahanna estava ali, observando John. O homem e o menino viraram-se para encará-la, esperando seu julgamento.

— Então você decidiu, finalmente — falou ela calmamente. — É um inglês, afinal.

Lentamente, John caiu de joelhos, um gesto que só tinha usado diante da maior rainha da Europa, e mesmo assim contrariado.

— Sou — replicou ele. — Não sabia disso até o momento em que não consegui derramar o sangue inglês. Lamento, Suckahanna.

Ela olhou para ele e através dele, como se compreendesse tudo sobre ele e por um momento John achou que seria perdoado, e que o amor inabalável entre eles poderia superar até mesmo isso. Mas então ela se virou, estalou os dedos para seu filho e desceu a rua com seu passo leve, na luz do amanhecer. Ela não olhou para trás. Ele soube então que ela nunca mais olharia para ele com amor.

Os bravos voltaram radiantes. A primeira onda do ataque às casas isoladas ao longo da margem do rio tinha sido bem-sucedida. O ataque em Jamestown tinha atingido a cidade adormecida e pegado a todos de surpresa. Quinhentos colonos tinham sido mortos, mas assim que o alarme soou, o exército índio se retirou. Apesar do forte ser pego de surpresa, a cidade agora tinha crescido muito e as casas tinham sido protegidas com venezianas e portas sólidas, de modo que uma única batalha, do tipo que fosse, não encerraria a guerra. Os bravos tinham-se retirado para reagrupar, tratar dos ferimentos e enterrar os mortos, e depois voltariam a avançar.

Nesse meio tempo, em Jamestown, o governador estava reunindo todos os homens capacitados e cães de caça para contra-atacar. Tinha prometido aos colonos uma luta até a morte, uma solução definitiva.

— Temos de nos mudar — disse Attone assim que todos retornaram. — Para mais fundo na floresta, talvez para a outra margem do rio, nos riachos. Depois que a aldeia estiver bem escondida e segura, sairemos de novo e lutaremos.

As mulheres foram para as tendas para começarem a empacotar as coisas imediatamente.

— E a safra nos campos? — perguntou Suckahanna.

Ele fez um gesto que indicava que estava perdida.

— Talvez mais tarde. Talvez possamos voltar — replicou ele.

Trocaram um olhar arguto e duro. Ele percebeu a dureza ao redor da boca de Suckahanna e John pairando impotente atrás dela.

— Você está ferido — disse ela.
— Só machucado. Você?
Ela virou-se.
— Só machucada.

Viajaram o dia inteiro. Uma vez, quando pararam, escutaram uma corneta de caça e o latido de um cão. Eram os cães do governador Sir William Berkeley seguindo o rasto, caçar índios seria o grande esporte dos colonos nessa estação.

Atravessaram o rio imediatamente, as crianças montadas nos ombros dos homens, as mulheres vadeando com a água correndo rápida, na altura do peito, sem nunca se queixarem, e o atravessaram de novo, e então Attone os conduziu a um passo corrido firme.

John estava atrás, ajudando os velhos e mulheres a acompanharem os outros, carregando os fardos por eles. Suckahanna não tinha contado a ninguém o que passara entre ela e seu marido, mas não precisou falar. Todos podiam ver que o Águia não estava do lado do seu amigo nem do lado da sua mulher. Todos podiam ver que ele era um homem morto para Attone, para Suckahanna, tanto quanto se tivesse ido a Jamestown, lutado como um bravo e morrido como um herói. De modo que o deixavam carregar suas coisas ou segurá-los na travessia do rio como se fosse uma rocha ou uma árvore, algo útil. Mas não falavam com ele nem sorriam para ele nem mesmo olhavam em seus olhos.

Viajaram o dia todo enquanto Attone os conduzia para mais perto do mar, onde os mosquitos se levantavam em nuvens da relva encharcada, dos bambus e árvores arqueadas bem baixas na água escura, lodosa e salgada. À noite, descobriram um terreno um pouco mais elevado do que o charco.

— Aqui — disse Attone. — Armem os abrigos, mas nenhuma fogueira.

Uma velha morreu à noite, e empilharam pedras sobre seu rosto.

— Vamos embora — disse Attone.

Viajaram o dia todo no passo castigador. Um velho e uma velha pararam na margem da senda e disseram que não prosseguiriam. Attone deixou-os com um arco e flecha para atrapalharem o que pudessem seus perseguidores, e com uma lasca minúscula de cortiça afiada para abrir suas veias em vez de serem capturados. Nenhum deles parou para se despedir. A segurança do Povo era mais importante do que despedidas individuais. Attone queria que o Povo escapasse.

No terceiro dia, chegaram a uma pequena colina no fundo do pântano e Attone deu ordens para descansarem. Não havia nada para comerem exceto um pouco de farinha seca que misturaram com água lodosa. Attone enviou batedores, com a barriga vazia para descerem a trilha e ver se estavam sendo seguidos. Quando retornaram e disseram que as trilhas estavam seguras, enviou-os de novo. Somente quando o terceiro grupo retornou no quinto dia, ele disse que as mulheres podiam acender fogueiras e começar a colher alimento, e os homens podiam sair para caçar.
— O que vai acontecer agora? — perguntou John a uma das velhas.
— Vamos viver aqui — respondeu ela.
— No meio de um pântano pútrido?
Ela lançou-lhe um olhar que lhe disse tão claramente quanto palavras que desprezava a sua fraqueza.
— No meio de um pântano pútrido — replicou ela.

Verão de 1644, Inglaterra

As previsões de Alexander pareciam corretas. Por toda a primavera e começo do verão, boatos, conjecturas tresloucadas e notícias filtradas em Londres e, finalmente, Lambeth, de pequenas batalhas por todo o país e então, por fim, em julho, uma terrível batalha em Marston Moor. Alexander escreveu a Hester:

> *Não posso sair para vê-los de tão ocupado que estou com as exigências do arsenal. Houve uma batalha importante em Yorkshire e o triunfo foi do Parlamento. Soube que o príncipe Rupert encontrou-se com Cromwell pessoalmente, e foi Cromwell que triunfou. Apressadamente... Alexander.*

Hester esperou notícias por mais alguns dias e então uma de suas vizinhas bateu na porta para dizer que estava indo para a Câmara dos Comuns ver os estandartes do rei.

— Quarenta e oito estandartes reais dispostos para todos verem — disse ela. — Vou levar Johnnie comigo. O menino tem de ver isso.

Johnnie sacudiu a cabeça.

— O estandarte do príncipe Rupert caiu? — perguntou ele.

— Vai vê-lo — prometeu a mulher. — Manchado com o seu próprio sangue.

Os olhos castanhos de Johnnie se arregalaram em seu rosto pálido.

— Não quero vê-lo — disse ele, obstinadamente, mas então lembrou-se das boas maneiras. — Mas muito obrigado por me convidar, Sra. Goodall.

Ela se refreou por um instante.

— Não está tomando o partido do inimigo, está? — disse ela, rispidamente. — O rei nos impôs essa batalha e agora foi derrotado, e que bons ventos o levem.

Hester se adiantou e pôs a mão no ombro de seu enteado.

— Ele ainda está com o rei — disse ela.

A Sra. Goodall olhou com raiva para ela.

— Dizem que um rei que é o infortúnio de seu povo não é rei. A lei que diz que ele é rei diz que governe para o nosso bem, não para a nossa tristeza. Se ele não nos agrada, não é rei. Há quem diga que ele deveria morrer em uma de suas batalhas dolorosas e que seríamos um país mais feliz sem ele..

— Então seu filho seria rei — disse Hester com firmeza. — Continuaria a haver um rei.

— É claro que você esteve na corte — observou a mulher deliberadamente. — Enriquecida pelo bando deles.

— Trabalhei lá, como muitos fizeram — replicou Hester. Sua voz soou defensiva e sua mão apertou o ombro de Johnnie como se para tirar coragem de seus pequenos ombros estreitos. — Mas não tomei nem um partido nem outro. Tudo o que quis, desde o começo, foi a paz.

— Nós todos também — concordou a mulher. — E não pode haver paz com esse homem ou seu filho no trono.

— Talvez você tenha razão — replicou Hester, recuando rapidamente, e puxando Johnnie com ela. — Queira Deus que tenhamos paz finalmente e que nossos homens voltem para casa.

Outubro de 1644, Inglaterra

Em um dia frio de meados de outubro, Alexander Norman cavalgou para Lambeth entre sebes congeladas em trilhas gélidas. Frances estava de vigia, aguardando-o, e correu para o estábulo com sua capa ao redor dos ombros para pegar seu cavalo e levar Alexander para a sala, para o calor da lareira.

Hester tinha aquecido e temperado o vinho para recebê-lo. Ele tomou um bom trago e pôs a taça na mesa. De imediato, Hester percebeu que ele tinha algo importante a dizer.

— É a paz? — perguntou ela. — O rei se rendeu?

— Não — replicou ele. — Ele tomou Salisbury, parece que está reagrupando. Mas não foi por isso que vim. Está na hora de eu falar de outro assunto.

— Frances — disse Hester, percebendo imediatamente a que Alexander Norman se referia.

— Frances — replicou ele.

— Escrevi para o pai dela — disse Hester. — Não contei o que você tinha dito. Mas falei de minhas preocupações com a segurança dela. Achei que ele proporia algo. — Ela fez uma pausa. — Não recebi resposta. Nada desde aquela remessa de objetos indígenas e um barril de plantas.

— Não quero esperar sua resposta — disse Alexander. — Seja ela a favor ou contra mim.

Hester balançou a cabeça, entendendo a determinação em seu tom.

— Por que agora? — perguntou ela. — Depois de esperar tanto tempo?

— Porque a garota completa 17 anos no ano que vem, porque estarei completando 55 no ano que vem, porque a paz está mais distante do que nunca. Se ela ficar esperando a paz, perderá sua mocidade. Talvez tenha de esperar mais quatro anos, talvez vinte.

— É o que estão dizendo na Torre?

— Estão dizendo que o rei fará de tudo antes de se render. Tem sofrido derrotas amargas e continua convocando a ajuda dos irlandeses, escoceses e franceses. Nada vai detê-lo, nenhuma derrota o deterá. Ele tem de ser rei, senão não é nada. E não tem nada a perder prosseguindo na luta para sempre. E o Parlamento não pode parar sem a sua rendição. O próprio lorde Manchester disse na Câmara do Parlamento, que têm de continuar lutando até o rei ser definitivamente derrotado, ou estão perdidos. Os dois lados, rei e Parlamento, apostaram alto demais, um deles tem de ser derrotado completamente, não há mais meio-termo para nenhum dos dois.

— Entendo — disse Hester.

— Ele tomou Salisbury nesta semana e ainda mantém o controle de Oxford. Enquanto vão para os alojamentos de inverno nada está decidido. Achei que Marston Moor seria o fim da guerra, mas ela não se encerrará até o Parlamento ser derrotado e seus membros enforcados por traição ou o rei estar morto.

Instintivamente, Hester relanceou os olhos para a porta.

— Fale baixo.

Alexander sacudiu a cabeça.

— Todos dizem isso, agora. As pessoas em Londres acham que não há como detê-lo, não há como lidar com ele, e o clima está se tornando de ressentimento. Mas até ele ser morto em combate ou vencer, a guerra não terá fim. Recebo ordens para despachar barris de pólvora para suprir o exército durante os próximos dez anos. Vai ser uma guerra longa, Hester. Não tenha a menor dúvida.

Hester serviu-lhe outra taça de vinho.

— Por isso estou lhe pedindo permissão para propor casamento a ela — disse ele. — Se recusar a permissão, esperarei até ela completar 21 e poder decidir por si mesma.

Hester deu um suspiro.

— Pode falar com ela agora — replicou Hester. — Prometi ao seu avô que cuidaria dela, de sua segurança, e juro por Deus que não sei como mantê-la segura nestes tempos. O jardim não rende nada, as curiosidades estão ocultas e não temos nada para mostrar nem visitantes a quem mostrar. Mal posso alimentá-la, vivemos de frutas e legumes da horta. Se eu pudesse empacotá-la em segurança, como fizemos com as curiosidades preciosas, e retirá-la do esconderijo quando houvesse paz, eu o faria. Pode falar com ela, primo Norman, e eu aceitarei sua decisão.

Ela viu o rosto dele se iluminar como o de um rapaz vibrando de alegria.

— Sabe como ela me vê? — perguntou ele. — Você e ela são muito ligadas. Como ela fala de mim?

— Com grande afeição — replicou Hester. — Mas se o ama como um pai ou um amigo, não sei dizer. E nunca lhe perguntei. Esperava nunca ter de perguntar. Se ela tivesse conhecido um jovem ou se John tivesse retornado ou se a guerra tivesse acabado... — Afastou as dezenas de desapontamentos. — Vou chamá-la.

Frances estava nas cavalariças, bombeando água em um balde para o cavalo de Alexander.

— Seu tio quer vê-la — disse Hester abruptamente. Teve de se conter para não puxar a garota para si, passar a mão em seu cabelo, abraçá-la mais uma vez. — Na sala.

Frances levou o balde para o estábulo e fechou a porta.

— Algum problema?

Hester manteve a expressão neutra.

— Ele quer lhe perguntar uma coisa — disse ela. — Deve responder como quiser, Frances. Por favor, lembre-se disso. Responda como quiser. E reflita. Não há pressa.

A garota olhou intrigada para Hester e então virou-se e seguiu na direção da casa.

Na sala, Alexander sentia a garganta tão apertada que mal conseguia respirar. Quando a porta se abriu, virou-se e se deparou com Frances. Ela pôs sua capa no espaldar de uma das cadeiras. Estava vestida com simplicidade, em um vestido cinza e havia feno no seu cabelo. Ele pegou suas mãos.

— Você está fria — disse ele.

— Estava dando água para o seu cavalo.

— Não devia ter feito isso. Joseph estava no pátio.

— Ele tem muito o que fazer. Perdemos todos os garotos que trabalhavam na horta. Johnnie e eu temos de ajudar. Não me incomodo.

Os dedos dele sentiram, de novo, a calosidade das mãos dela.

— Não quero que faça o trabalho pesado.

Ela sorriu.

— Mamãe disse que você queria me perguntar uma coisa.

Agora que tinha chegado a hora, Alexander percebeu que mal conseguia falar.

— Quero.

Ela não disse nada, esperou. Ele a levou à cadeira diante do fogo e quando estava sentada, ele permaneceu, constrangido, em pé na frente dela. Depois, foi a coisa mais natural do mundo cair sobre um joelho, pegar sua mãozinha fria entre as suas e dizer suavemente:

— Frances, eu a amo desde que era uma menininha e queria que fosse minha mulher.

O discurso todo que ele tinha preparado e ensaiado na viagem longa e fria à margem do rio invernal foi esquecido. Esqueceu-se de adverti-la quanto a aceitá-lo, esqueceu-se de prometer que sempre seria seu amigo, mesmo que não pudesse ser seu marido, esqueceu-se de todas as coisas que tinha pensado dizer. Simplesmente esperou a resposta dela.

Ela sorriu na mesma hora, como se ele tivesse lhe trazido uma fita magnífica.

— Ah, sim — disse ela.

Ele mal acreditou que ela tivesse aceitado tão facilmente. De imediato quis alertá-la quanto a uma decisão errada.

— Mas sou muito mais velho do que você, tem tempo para refletir, para conversar com sua mãe, talvez escrever a seu pai...

Ela inclinou-se para ele e pôs os braços ao redor do seu pescoço. Ele sentiu o calor do seu hálito em sua bochecha e a puxou para mais perto, e logo sentiu desejo e o senso apaixonado de proteção.

— Não preciso perguntar a ninguém — disse ela calmamente. — Achei que nunca ia me pedir. Tenho esperado por isso há uma eternidade. Eu sempre soube o que diria.

Inverno de 1644, Virgínia

O inverno caiu pesado na planície litorânea da Virgínia, como se tivesse tomado partido na guerra e tivesse feito uma aliança feroz com os colonizadores. Os estoques de alimento dos powhatan tinha sido pilhados e queimados, não havia o bastante para comer e nem mesmo a habilidade das mulheres podia alimentar a tribo com peixes e caranguejos na praia ou bagas congeladas nas árvores. Os bravos saíam para caçar diariamente e retornavam com patos e gansos mortos em sua viagem migratória para o sul. A carne era dividida com imparcialidade estrita e então mães davam, privadamente, sua porção a seus filhos e os velhos fingiam estar sem fome.

Ao começarem a guerra, acharam que ela se encerraria com uma única grande investida — como geralmente acontece com as batalhas. Havia uma crença persistente de que os brancos simplesmente iriam embora, de volta para o lugar de onde tinham vindo, principalmente por sempre falarem desse outro lugar como "sua terra", e com saudades. Por que um homem abandonaria seus próprios campos, suas próprias florestas, sua própria caça, para labutar à margem de um rio estranho? Se as coisas iam mal para ele por que não embarcava em um dos grandes navios e ia embora, tão facilmente e inesperadamente quanto tinha chegado?

Entre todas as perguntas que Opechancanough havia feito a John, nunca perguntara se os colonizadores partiriam se fossem derrotados — a pergunta nunca ocorreu ao chefe. Ele sabia que a terra que tinha sido conquistada em uma batalha seria perdida em uma batalha. Sabia que um povo recém-chegado poderia ser facilmente expulso. Nunca lhe ocorreu, até esse terrível inverno, que o povo branco renegaria a promessa de se mudar, a promessa de que só queria um pequeno pedaço de terra em Jamestown, depois a promessa de que se estabeleceriam em uma pequena faixa à margem do rio e viveriam em paz com seus vizinhos.

Opechancanough não esperou que os homens fossem francos. Ele próprio tinha prometido paz com um sorriso na cara e duas vezes entrara em guerra. Mas não esperava a profundidade e consistência da duplicidade que os homens brancos tinham levado à terra virgem. Não esperava sua determinação, e até a sua morte nunca entendeu a cobiça do homem branco.

Na pequena aldeia havia um forte senso de que tudo tinha dado errado. O primeiro ataque tinha sido uma vitória, mas a partir de então tinham sido caçados como lebres assustadas. Escondidos, agora, nos pântanos, em pleno inverno, estavam seguros, mas havia um medo crescente de que o pântano fosse tudo o que lhes restasse, de que somente a terra árida, a água salobra, os lugares desolados e estéreis fossem o que restasse ao Povo, que tinha sentido tanto orgulho de caminhar confiante pela floresta fértil.

A porção de comida de John ficou entalada na sua garganta. Não caçava com os bravos, não era chamado. Roçou a terra ao redor da aldeia provisória, com as mulheres e com os velhos, mantendo a cabeça baixa e limpando a terra com sua enxada de vara, jogando as sementes preciosas na terra e as cobrindo. Sentia-se como se tivesse morrido no ataque surpresa àquela pequena fazenda e que era o seu fantasma que trabalhava atrás de Suckahanna e humildemente ficava em sua casa à noite. Ela não o rejeitava, ela não o chamava. Não demonstrava por um gesto ou um olhar, sequer de relance, que o estivesse vendo. Portava-se com uma dignidade simples, como uma viúva que tivesse perdido seu homem, e John, à sua sombra, desejava ter morrido antes de ver esse adorável e belo rosto desviar-se dele e aqueles olhos escuros velados se cegarem.

Achou que ela ficaria mais gentil com ele se trabalhasse sem se queixar e se deitasse no chão da sua casa à noite, como um cachorro, como um cão de caça que tivesse sido forçado à submissão. Mas ela passava por cima dele ao se levantar pela manhã e ir fazer as orações na água gelada, como se ele fosse um tronco derrubado. Passava por ele sem desdém, sem um olhar de relance ofensivo, sem um olhar que desse margem a uma conversa, nem que fosse uma discussão. Ela agia como se ele fosse um homem morto, um homem perdido, e com o passar dos meses Tradescant sentia que estava realmente perdido.

Procurou Attone, que estava colocando uma armadilha para peixes no rio e observando o fluxo da água que se elevava acima da marca no barranco.

— Posso falar com você? — pediu John, humildemente.

Seu ex-amigo relanceou os olhos para ele, depois desviou-os, como se a visão de John o desagradasse.

— O que é?

— Preciso de um conselho.

Houve um silêncio inútil.

— Suckahanna se afasta de mim e não me diz uma palavra sequer.

Attone balançou a cabeça.

— Tem alguma coisa que eu possa fazer para melhorar a relação entre nós?

Attone curvou-se e ergueu a armadilha da água. O delicado trabalho de vime vergava na correnteza. Ele endireitou uma vareta, depois fixou-a cuidadosamente com cascalhos, antes de responder. Não se apressou, o processo todo levou quase meia hora.

— Nada.

— Ela me aceitará de volta como marido se eu servi-la sem me queixar? Talvez no Coltayough? No tempo quente?

Attone pensou por um momento, sem tirar os olhos da armadilha de peixes, depois sacudiu a cabeça.

— Acho que não.

— No Nepinough?

De novo sacudiu a cabeça negando.

— Ela nunca me perdoará por eu voltar para casa sem sangue nas minhas mãos?

Attone desviou o olhar do rio e encarou John. O alívio de ser visto, de receber uma resposta, foi tão grande que John teve vontade de abraçar seu amigo. Simplesmente um olhar foi uma afirmação de que ainda era um homem, de que podia ser visto e reconhecido.

— Nunca, acho — replicou Attone.

Tradescant tomou fôlego.

— O que fiz de tão grave?

— Não sabe?

Emudecido, Tradescant sacudiu a cabeça.

— Você a envergonhou. Ela o defendeu diante do Povo todo e disse que você era um homem digno de ser testado. Foi testado e passou, e ela o escolheu como seu homem, diante do todo o Povo. Agora todos a olham e dizem que mulher tola que escolheu um homem que se curva como um salgueiro, que não é branco nem moreno, que não é inglês nem powhatan, que não é nem caçador nem jardineiro, que não é nem Águia nem John.

— Ela nunca vai me perdoar?

— Como ela poderia? Ela nunca mais sentirá vergonha?

— Se fôssemos embora...

Attone deu uma risada curta e amarga.

— Para onde? Acha que ela viveria em Jamestown? Acha que não a levariam e a enforcariam, ou coisa pior? Acha que ela viveria com você naquela casa e despacharia o tabaco pelo rio, que embalaria suas plantas para você e seria uma esposa como a outra, a que você deixou na Inglaterra? Ou pensa em levá-la para a Inglaterra e vê-la morrer no exílio, como Pocahontas morreu?

John sacudiu a cabeça, sentiu-se confuso como uma criança repreendida.

— Fui um tolo — disse ele.

Por um momento, Attone abrandou. Pôs a mão no ombro de John.

— Estes são tempos tolos — disse ele. — Acho que no fim de tudo, quando a Grande Lebre atravessar o mundo sozinha de novo, todos vamos parecer tolos.

— O Povo pode sobreviver? — perguntou John em um sussurro.

Attone sacudiu a cabeça.

Janeiro de 1645, Inglaterra

Johnnie estava no jardim ao nascer do dia, procurando flores para o buquê de casamento da irmã. A geada estava densa no solo como neve, suas botas trituravam a relva congelada. O sol estava brilhante e o ar exalava um perfume penetrante e excitante: o cheiro de adubo, da friagem, da terra esperando a luz do sol. Johnnie experimentou a forte sensação de ser jovem e estar vivo, e que sua vida, como único herdeiro Tradescant, estava para começar.

Queria dar algo belo a Frances. Se ela tivesse se casado na primavera, carregaria um buquê do castanheiro, orgulho do seu avô. Se tivesse se casado no verão, ele teria cortado os caules e retirado os espinhos de uma centena de rosas. Mas ela tinha escolhido o meio do inverno e Johnnie receou só poder lhe oferecer, do jardim de seu avô, a solidez lustrosa de folhas de sempre-vivas.

Hester, ao vê-lo sem chapéu e sem agasalho, abriu a janela de seu quarto, ouvindo as dobradiças rangerem na geada.

— Johnnie! O que está fazendo?

Ele virou-se e acenou.

— Estou colhendo um buquê para ela!

— Não há nada para colher!

Johnnie sacudiu a cabeça e penetrou mais no jardim. Hester observou-o, a pequena figura determinada: Johnnie Tradescant. Então afastou-se da janela e foi acordar Frances para o dia de seu casamento.

Frances, banhada, vestida, perfumada e usando um vestido novo desceu a escada em uma nuvem tremeluzente de seda azul-claro. O cabelo caía sobre os ombros, em cachos, um pedacinho de renda como touca atrás da cabeça. Seu vestido, de uma bela seda clara bordada com padrões azuis, farfalhou no piso de pedras no hall. A gola ampla era da mais refinada renda valenciana: a futura Sra. Norman podia importar o melhor da França. Combinava com a renda que debruava as mangas, exalando o cheiro da goma. O vestido era decotado, a cor creme da pele quente de Frances contrastando com a frieza da renda branca.

— Como estou? — perguntou Frances, sabendo que estava linda.

— Horrorosa — replicou Johnnie com um sorriso, invocando o insulto de quando eram pequenos. Mostrou um buquê que levava com as mãos nas costas. — Colhi para você. Mas não tem de levá-lo se não gostar.

Frances pegou o buquê sem dizer uma palavra de agradecimento e o examinou cuidadosamente. Hester lembrou-se de que eram filhos e netos de talvez os melhores jardineiros que o mundo já conhecera. Nenhum deles exclamava ao receber uma planta, sempre a examinavam cuidadosamente, a avaliavam atentamente.

Ele tinha cortado folhas de teixo, as agulhas macias como lã, o verde escuro quase preto, ornado de bagas cor-de-rosa e cheirando a inverno e Natal. Ele tinha colhido visco no bosque de árvores antigas no pomar e tecido as folhas verde-claras ao redor do teixo mais escuro, de modo que as bagas brancas pareciam gotas de pérolas contra as agulhas. Ele tinha encontrado alguns botões pequeninos de galanto e os entrelaçado em uma corrente que unia folhas, agulhas e botões, e o torcido com ramos semelhantes a renda de uma roseira brava marcada com frutos rosa.

— Obrigada — disse Frances.

— Mas tenho isto para o seu cabelo — disse Johnnie com orgulho. Da mesa atrás ele pegou um ramo de prímulas e seu aroma agradável impregnou o hall.

— Como conseguiu prímulas?

— Plantei-as em vasos assim que você disse que ia se casar com ele — replicou Johnnie todo orgulhoso. — Eu não ia deixar que você me pegasse desprevenido se casando no inverno. Afinal, *nós* somos Tradescant.

Frances largou o buquê de sempre-vivas e levou as prímulas ao espelho no gabinete de curiosidades. Seus saltos altos soaram ocos no piso. Somente as coisas grandes tinham sido deixadas na sala, com uma coleção de peças inferiores que poderiam ser sacrificadas para salvar as outras. A sala tinha objetos suficientes para convencer um soldado saqueador de que tinha visto todos os tesouros. Hester guardava a chave da casa de gelo em uma corrente no pescoço e a hera estava crescendo densa por cima das dobradiças.

Frances pegou as flores, apertando os caules com as unhas e as enfiou atrás das orelhas, em seus cachos.

— Estou bonita? — perguntou ela ao seu irmão.

— Não está mal — replicou ele, ocultando seu orgulho quando pegou a mão dela e a pôs debaixo do seu braço.

Casaram-se na Little St. Bartholomew's Church, Old Fish Street, no centro de Londres, com Hester como uma testemunha e o amigo de Alexander, Thomas Streeter, como a outra. Nessa noite, jantaram na casa de Alexander, em frente à Torre de Londres, e fizeram um brinde ao pai da noiva.

— Eu me pergunto onde ele estará hoje à noite — falou o Sr. Streeter, pensativamente. Alexander relanceou rapidamente os olhos para o rosto pesaroso de Hester.

— Não importa, contanto que esteja bem — disse ela.

Foi difícil para Hester se separar de Frances. Tinha cuidado dela desde que era uma menininha loura e triste de 9 anos, oprimida pela responsabilidade de cuidar do irmão, sentindo saudade de sua mãe dia e noite. Era orgulhosa demais para pedir ajuda, herdara a obstinação Tradescant. Era independente demais para pedir amor, mas Hester prezaria por toda a vida a lembrança da maneira como Frances tinha-se movido para o lado, sem erguer o olhar, até se encostar no quadril reconfortante de sua madrasta e sentir uma mão protetora pousar no seu ombro.

— Vou sentir a sua falta — sussurrou Hester ao se despedir dela no hall cheio de gente da casa de Alexander, no dia seguinte.

— Ah, mamãe... — disse Frances, e se entregou ao seu abraço. — Irei à Arca muitas vezes, e você virá nos ver. Não é, Alexander?

Alexander Norman, parecendo anos mais jovem, como se a alegria tivesse alisado as linhas de seu rosto, sorriu radiante para Hester e disse:

— Pode vir viver conosco, se quiser. Eu me acharia um paxá da Turquia com duas beldades dessas em casa.

— Tenho de cuidar da Arca — declarou Hester. — Mas espero que nos visitem com frequência. E quando houver uma praga na cidade...

— Eu a mandarei para você no mesmo instante — tranquilizou-a Alexander. — Não tenha medo. Escreverei sempre que tiver alguma notícia.

Depois disso, não havia mais nada a fazer a não ser deixá-la. Hester a segurou por mais um momento e quando Frances recuou para o abraço do seu marido, Hester sentiu uma dor no corpo todo como se algo estivesse sendo, lenta e profundamente, arrancado dela. Sorriu.

— Que Deus a abençoe — disse ela, como se a dor não a estivesse dilacerando por dentro. — Seja feliz.

Virou-se e saiu para a rua. A Torre de Londres lançava uma sombra sobre a rua, na manhã, e o frio fez Hester apertar mais a capa em volta do corpo. Em um segundo, Johnnie estava ao seu lado, oferecendo seu braço como um fidalgo, e Hester conseguiu andar rapidamente para o rio e subir no barco que os levaria para casa.

— Foi tudo bem — disse Johnnie com firmeza, mantendo o rosto virado para o lado contrário a ela.

— Muito bem — replicou Hester, esfregando a mão enluvada nas bochechas. — A peste deste vento frio está fazendo meus olhos lacrimejarem.

— Os meus também — disse Johnnie.

Abril de 1645, Inglaterra

Na primavera de 1645, Hester percebeu que a Arca, a Arca Tradescant, estava sem rumo. A promessa que tinha feito a John Tradescant — de cuidar de seus netos e de suas curiosidades — parecia estar lhe escapando, embora sempre tivesse pensado que, independentemente do que desaparecesse, essa promessa, pelo menos, se manteria firme.

Mas Frances era uma mulher, com uma casa e uma nova vida própria, e Johnnie estava crescendo e iria para a guerra em quatro, talvez cinco anos. Todo jovem na Inglaterra sabia que veria um combate antes de envelhecer, e Johnnie, o precioso Johnnie, não seria exceção. As curiosidades estavam bem escondidas e ela só podia esperar que nem o frio nem a umidade as estragassem. A casa de gelo estava bem trancada e Joseph plantara uma cerejeira, uma das grandes cerejeiras pretas Tradescant, na frente. As árvores novas tinham se dado bem e estavam espalhando seus ramos, como se renegasse que ali, algum dia, tivesse existido uma porta. As folhas toldavam o contorno do muro, e quando os brotos se abrissem, só flores seriam vistas.

— Vamos ter de derrubar essa árvore quando quisermos abrir a porta e remover os tesouros — observou Joseph, em voz baixa, quando ele e Hester deram uma volta no jardim.

— Do jeito que as coisas vão, nunca será seguro removê-los de lá — replicou ela, e prosseguiu seu caminho.

O jardim estava bonito como sempre na primavera, como se a guerra não fosse a principal ocupação da nação, como se a fome e a peste não fossem uma certeza no verão que se aproximava. Os narcisos estavam desabrochando no pomar e nos canteiros de tulipas, os botões se espessando e ficando vermelhos com leves faixas coloridas. Se no outono restasse alguém vivo que quisesse comprar tulipas haveria uma fortuna na terra fértil do jardim Tradescant.

Mas ninguém estava comprando, não estavam recebendo dinheiro na porta da sala das curiosidades, não estavam vendendo plantas. A Arca afundava lentamente em dívidas. Joseph agora trabalhava pela metade do salário, e sozinho, pois os garotos tinham partido, fugido para a guerra, as criadas tinham sido dispensadas e somente Cook tinha permanecido e dividia o trabalho da casa com Hester.

As árvores estavam com suas primeiras folhas verdes, Hester quase sentia o cheiro de seu frescor no ar. A relva crescia; assim que os narcisos murchassem, Joseph a ceifaria e limparia os restos. Os ramos no pomar estavam com folhas e os botões se espessavam com a promessa de flores. Seria um lugar alegre, mas Hester caminhava por essa vida transbordante e fértil como uma mulher gelada até os ossos e quase morta de exaustão.

Andou até o extremo do jardim e olhou para o outro lado do lago. Havia anos desde que levara Johnnie ali para alimentar os patos, anos desde que haviam se sentado no barquinho cheio de água e remado para a frente e para trás e lhe dito que sem dúvida seria um grande marinheiro como seu avô tinha sido — caçando piratas no Mediterrâneo, navegando até as portas geladas da Rússia. E agora ela era a esposa de outro Tradescant viajante e achou que esse seria o ano em que teria de reunir coragem para enfrentar o fato de que John nunca mais voltaria para casa.

Desde que ele partira, tinha recebido uma única carta para dizer que estava partindo de Jamestown e indo construir sua casa distante, rio acima, e que ela não deveria esperar notícias dele por algum tempo. Depois ela recebera uma remessa de curiosidades indígenas e dois barris de plantas, mal embaladas e mal despachadas, o que indicava que não tinha sido John a cuidar de seu carregamento a bordo. A partir de então — nada. E agora chegava a notícia de uma insurreição dos índios e que Jamestown tinha sido atacada, e todos os plantadores ao longo do rio tinham sido escalpelados, esfolados, massacrados indiscriminadamente.

Achou que devia parar de procurar John, parar de esperar por ele. Achou que esperaria até o verão e, depois, se continuasse sem receber notícias, procuraria uma maneira de dizer a Johnnie, que às vezes continuava a ser o filhinho, e às vezes, agora, um rapaz, que seu pai não voltaria e que ele era o único jardineiro Tradescant que restara.

— Com licença — disse uma voz atrás dela, cortesmente. — Estou procurando John Tradescant.

— Ele não está — replicou Hester, cansada, e se virou. — Sou sua mulher. Posso ajudá-lo?

O homem na sua frente era um dos homens mais bonitos que já tinha visto em toda a sua vida. Ele tirou o chapéu com um floreio, e as penas roçaram o chão quando fez a reverência, uma bota de camurça marrom, de cano longo, à frente. Estava vestido de cinza — uma cor bastante sóbria que talvez indicasse ser um homem do Parlamento e um do terrível tipo presbiteriano. Mas seu cabelo basto e ondulado, sua refinada gola de renda e a confiança risonha de seu sorriso eram de um fidalgo.

A primeira reação de Hester foi sorrir de volta, ele não era um homem do tipo a que uma mulher resiste facilmente. Mas então ela se lembrou dos tempos que viviam e relanceou os olhos para a casa, como se receasse uma escolta de soldados que respondesse ao seu chamado e uma ordem de prisão em seu bolso.

— Em que posso ajudá-lo? — perguntou de novo.

— Estou procurando tulipas — replicou ele. — Todo mundo sabe que John Tradescant é o único jardineiro na Inglaterra que vale a pena visitar, além de vivermos tempos conturbados para sair em busca de flores nos Países Baixos.

— Temos tulipas — disse Hester, solenemente, sem se aproveitar da abertura para uma conversa deplorando os tempos atuais. — Está interessado em alguma variedade especial?

— Sim — replicou ele. — Quais tem?

Hester sorriu. A habilidade de argumentar era uma abordagem típica para nomear uma planta que, em seu apogeu, custava o preço de uma casa.

— Temos todas — replicou ela com a simples arrogância de uma profissional no auge de sua carreira. — É melhor me dizer, simplesmente, o que quer. Sempre cobramos um preço justo, Sr...?

Ele recuou ligeiramente como se para avaliá-la de novo, como se a visão de uma mulher sem atrativos, vestida sem adornos, tivesse ocultado a força de seu caráter e seu orgulho.

— Sou John Lambert — disse ele. — No ano passado plantei meia dúzia de tulipas em minha casa; neste ano tenho de ter mais. Simplesmente tenho. Entende o que digo, Sra. Tradescant? Ou elas não passam de uma safra, como o trigo para um agricultor?

— Não são a minha paixão — disse Hester. — Mas ninguém conseguiria viver nesta casa sem passar a gostar de tulipas. São uma das flores mais belas.

— Não, a mais bela — disse ele rapidamente.

— Rosas?

Ele hesitou.

— Do que gosto nas tulipas é o período curto de sua estação, a maneira como as compramos ainda em bulbos, seguramos o bulbo e sabemos que dentro há uma coisa tão bela. E se cuidarmos dele, veremos essa beleza, enquanto uma rosa... Uma rosa cresce sozinha.

Hester riu.

— Se fosse um jardineiro, Sr. Lambert, valorizaria as plantas que crescem sozinhas. Mas deixe-me mostrar-lhe nossos canteiros de tulipas.

Ela guiou-o pelo jardim, e então fizeram uma pausa. O caminho seguia ao longo do muro que protegia as plantas do vento oeste. Ao longo do muro havia fileiras regulares de macieiras e pereiras. O lado sul era alinhado de pêssegos e damascos. Eram muros Tradescant: revestimento duplo de tijolos com três lareiras, uma em cima da outra, e um cano de chaminé correndo de cada uma ao longo da extensão do muro, para manter os tijolos em uma temperatura regular noite e dia. Mas Hester não tinha conseguido arcar com o carvão para o fogo por duas estações.

Hester viu o Sr. Lambert perceber o planejamento e a solidez do edifício e a poda impecável dos galhos, e sentiu o orgulho, agora familiar, que se excitava nela. Então ele virou-se para os canteiros no jardim e ela ouviu-o inspirar fundo.

Havia um canteiro de tulipas atrás do outro, no mínimo vinte de cada espécie e mais de cem variedades. Cada variedade estava rotulada com uma cavilha de chumbo fincada no solo na cabeceira do renque, e em cada cavilha estava o nome, meticulosamente gravado por Johnnie, de cada variedade. Atrás de cada nome, como uma fileira de infantaria bem treinada, cresciam as tulipas, com suas folhas agarradas em seus caules e as cabeças como soldados multicoloridos levando nos ombros suas lanças.

Hester gostou da expressão no rosto do cavalheiro.

— Mantemos as raras em vasos — disse ela. — Estas são apenas as tulipas de jardim. Posso mostrar-lhe as curiosidades, são mantidas na nossa estufa.

— Eu não fazia ideia — disse ele, baixinho. Caminhava entre os canteiros de tulipas, examinando-as, curvando-se para ler os rótulos, depois prosseguindo. — Tinha ouvido falar que eram grandes jardineiros, mas achei que trabalhavam nos jardins do palácio.

— Trabalhamos — disse Hester. — Trabalhávamos — corrigiu-se. — Mas precisávamos ter o nosso próprio jardim para prover os jardins do palácio, e sempre vendemos o nosso estoque.

Ele balançou a cabeça, andava a extensão do canteiro, ajoelhava-se, depois se levantava de novo. Hester reparou na terra nos joelhos de sua roupa cinza e que ele não se deu ao trabalho de limpar. Reconheceu imediatamente os sinais de um estupefato entusiasta por tulipas e um homem acostumado a empregar outros para manter suas roupas elegantes.

— E que curiosidades tem? — perguntou ele.

— Temos uma tulipa Lack, uma tulipa Duck, tulipas Agatha, Violetten. — Interrompeu-se diante da ânsia em sua expressão.

— Nunca as vi — disse ele. — Tem elas aqui?

— Por aqui — disse Hester, satisfeita, e o conduziu à casa. Johnnie veio correndo e se deteve ao ver o estranho. Fez uma mesura perfeita, e o homem sorriu para ele.

— Meu enteado — disse Hester. — John Tradescant.

— Vai ser jardineiro também? — perguntou o homem.

— Já sou jardineiro — respondeu Johnnie. — Vou ser oficial da cavalaria.

Hester fez uma carranca, para alertá-lo, mas o homem balançou a cabeça, satisfeito.

— Esse é o meu trabalho — disse ele. — Estou na cavalaria do exército do Parlamento.

— *Este* é o Sr. John Lambert! — exclamou Hester, e então enrubesceu, e desejou ter ficado calada. Tinha lido sobre o talento do líder da cavalaria, que diziam ser igual ao do príncipe Rupert, mas ela não o tinha imaginado jovem, sorrindo sob a luz do sol da primavera, e dedicado a tulipas.

Ele sorriu largo para ela.

— Posso guardar um lugar entre os meus oficiais para o senhor, mestre Tradescant?

Johnnie corou e se mostrou constrangido.

— A questão é que...

— Ele é jovem demais para pensar nessas coisas — interveio Hester. — Bem... as tulipas.

John Lambert não se moveu.

— Qual é a questão? — perguntou, delicadamente, a Johnnie.

— A questão é que estou a serviço do rei — replicou Johnnie, sério. — Minha família sempre foi de jardineiros dos palácios reais, e ainda não fomos dispensados. De modo que suponho que ainda esteja a serviço do rei, e não posso, por uma questão de honra, unir-me ao senhor. Mas agradeço o convite.

Lambert sorriu.

— Talvez quando tiver idade para cavalgar comigo o país esteja unido e haja um único exército e uma única cavalaria e tudo que vai ter de escolher será o seu cavalo e a cor da pluma em seu chapéu — sugeriu ele, com tato. — E tanto o príncipe Rupert quanto eu sentiremos orgulho de servir às mesmas cores.

Aprumou o corpo e olhou por cima da cabeça de Johnnie para a expressão preocupada de Hester.

— Por favor, não tenha receio, Sra. Tradescant — disse ele. — Estou aqui para comprar tulipas, não para causar inquietação. A lealdade é um caminho difícil e estes são tempos difíceis. A senhora ainda pode voltar a jardinar em um palácio real e eu vir a ser executado em um cadafalso real. Ou posso me tornar o novo ministro da Justiça e a senhora, o prefeita de Londres. Vamos simplesmente dar uma olhada nas tulipas, pode ser?

O calor do seu sorriso foi irresistível. Hester sorriu de volta e dirigiu-o ao terraço onde as tulipas estavam em seus belos vasos de cerâmica. Aquecidas pela luz do sol e abrigadas na estufa à noite, tinham se desenvolvido mais do que as tulipas do canteiro, e mostravam as cores em suas pétalas.

— Estas são as nossas curiosidades — disse ela —, tulipas verdes, muito especiais. — Hester indicou a fímbria desigual nas pétalas verdes. — E estas são Paragon Liefkens, têm uma cor descontínua maravilhosa: vermelho e branco ou vermelho e amarelo. A Semper Augustus vem dessa família, mas as supera na forma, tem a verdadeira forma da tulipa e a melhor cor fragmentada.

Aqui estão as Violetten, vêm em cores diferentes em cada bulbo, são muito imprevisíveis e difíceis de desenvolverem uma estirpe consistente: podem ser tão claras quanto um ramo de lilás ou de um púrpura azulado-escuro, como violetas. Se estiver interessado em desenvolver a sua própria estirpe... — Relanceou os olhos para ele e percebeu a avidez em seu rosto.

— Ah, sim!

— Então, estas são as que eu escolheria. Conseguir obter um púrpura escuro consistente seria maravilhoso. Jardineiros lhe agradeceriam eternamente. E aqui... — Ela guiou o caminho até o abrigo do terraço e às tulipas orgulhosamente em seus vasos preciosos. — Estas são as nossas Semper Augustus. Acreditamos que sejam as únicas Semper em toda a Inglaterra. Meu sogro comprou-as e deu uma à rainha. Quando ela deixou o palácio, meu marido a trouxe de volta. Até onde sei, ninguém mais tem uma Semper.

A atenção de Lambert era tudo o que ela teria desejado. Ele agachou-se de modo que seu cabelo escuro ficou na altura da flor escarlate e branco.

— Posso tocar?

— Delicadamente — consentiu Hester.

Ele estendeu a ponta do dedo, o rubi em sua mão cintilou diante do escarlate da pétala e ele percebeu a combinação da cor imediatamente. O vermelho da pétala era tão brilhante quanto seda matizada de branco. Uma flor, um pouco mais madura do que as outras, estava aberta, e ele olhou dentro do cálice para ver o escuro exótico dos estames e o preto fuliginoso do pólen.

— Extraordinário — murmurou ele. — É a coisa mais bela que já vi.

Hester sorriu. Johnnie relanceou os olhos para ela e piscou o olho. Os dois sabiam o que aconteceria a seguir.

— Quanto custa? — perguntou John Lambert.

— Johnnie, vá pedir a Cook um pouco de pão e um copo de vinho para o nosso convidado — ordenou Hester. — E traga-me papel e uma pena. Vai fazer uma encomenda grande, Sr. Lambert?

Ele olhou para ela e sorriu largo, o sorriso confiante de um homem bonito cuja vida estava indo bem.

— Pode encomendar minha fortuna, Sra. Tradescant.

Verão de 1645, Virgínia

John achou que a vida na nova aldeia nos riachos se tornaria mais fácil quando a safra produzisse, a caça melhorasse e os frutos estivessem maduros na floresta. Quando o bom tempo chegou, realmente houve comida para todos, mas a satisfação descontraída da vida na antiga aldeia se havia perdido. Cavaram um poço, construíram uma nova sauna e consagraram um novo círculo de dança. Construíram um depósito de grãos, e as mulheres fizeram as jarras pretas lisas e altas para as ervilhas, sementes e milhos secos, que os alimentariam durante o inverno. Mas a alegria que John tinha achado que era inseparável dos powhatan havia desaparecido. Expulsos da terra em que tinham escolhido viver e confinados às águas salobras perto da costa, eram como um povo que tivesse perdido a confiança e o orgulho.

Nunca tinham pensado que seriam derrotados pelos colonizadores, ou achavam que se perdessem, seria em uma grande batalha, em que os bravos jazeriam mortos em pilhas e as mulheres sofreriam, carregariam seus homens para casa e pranteariam seus corpos. Então um preço seria pago — os órfãos e as viúvas desapareceriam em Jamestown e não seriam vistos de novo, e os powhatan também sofreriam por eles, como entre os perdidos. Depois de uma estação, depois do ciclo de um ano, tudo retornaria ao normal.

O que não tinham antecipado é que a guerra nunca cessaria. O que não tinham antecipado era que não seria uma batalha e uma retirada de um lado ou do outro. O que não tinham antecipado, e John não tinha pensado em alertá-los, era o hábito arraigado do rancor inglês contra um povo nativo que pega em armas contra eles.

Os colonizadores não eram motivados pelo medo, não se tratava mais de autodefesa. O exército de guerreiros seminus gritando que os tinha atacado havia se dissolvido, desaparecido na floresta. Os colonizadores eram estimulados por um profundo senso de ultraje e retidão moral. Desde a primeira insurreição, tinham sentido que os índios haviam escapado do castigo, que tinham sido empurrados de volta para a floresta, mas não para longe o bastante. Mesmo quando tinham construído a paliçada de madeira para demarcar o limite de sua tolerância do povo nativo, tinham achado que havia restado terra demais para eles. Agora, sob o governo de Sir William Berkeley, falava-se em "resolver" a questão indígena. Nos termos desse discurso, as famílias powhatan eram definidas como um problema que tinha de ser resolvido, e não como um povo com direitos.

Depois dessa mudança de pensamento, só se poderia chegar a uma conclusão, e John compreendeu a determinação dos colonizadores que partiam em uma expedição atrás da outra para perseguir até capturar primeiro uma aldeia e depois outra, até parecer que as árvores já não ocultavam os powhatan, e as folhas já não os abrigavam, como se os colonizadores pudessem ver através dos galhos e da neblina da manhã, e onde quer que houvesse um do Povo, um homem, uma mulher ou uma criança, um tiro de mosquete os descobriria.

E chegou a notícia de que Opechancanough tinha sido capturado. John foi até Attone, à beira do rio. Ele não estava pescando nem afiando um arco. Não estava desbastando a lâmina de uma faca de pedra nem tentando um nó intricado para lançar uma flecha. Estava em pé, extraordinariamente ocioso, as mãos pendendo dos lados, observando a luz na água morosa do rio que lambia os seixos a seus pés.

— Os homens brancos capturaram Opechancanough — disse John.

Attone não virou a cabeça. Tinha ouvido John se aproximar a 800 metros de distância e sabido que era ele pelo som de seus passos, e que estava procurando alguém.

— Sim.

— Estava pensando se não deveria ir a Jamestown e pedir que poupassem a sua vida.

Attone voltou seus olhos pretos brilhantes para John.

— Eles o poupariam se você pedisse?

— Não sei. Talvez. Pelo menos eu poderia falar por ele. Pensei que deveria ir até eles e explicar no que os powhatan acreditam. No mínimo poderia garantir que entendessem o que Opechancanough está dizendo.

— Sim. Vá.

John avançou e se pôs ao lado ao homem, ombro a ombro.

— Eu o amo como um irmão — disse ele, de súbito.

Attone lançou-lhe um olhar rápido, no fundo do qual havia um sorriso.

— Sim.

— Não achei que acabaria aqui, assim.

O powhatan sacudiu a cabeça, seu olhar voltando para a água.

— Nem eu, inglês.

— Você me chama de inglês porque não pertenço mais ao Povo — declarou John, esperando ser contestado.

Attone simplesmente confirmou com um movimento da cabeça.

John expôs sua decisão.

— Então irei a Jamestown e pedirei por sua vida, depois voltarei para a Inglaterra. Sei que não tem mais lugar para mim com o Povo, e o que como tiro de homens e mulheres famintas.

— Está na hora de você voltar para o seu povo. Não há nada para você aqui.

— Eu ficaria, se Suckahanna pedisse...

De novo, houve aquele olhar rápido e o sorriso semioculto.

— Também pode esperar que o cervo fale, inglês. Ela virou o rosto para você, não olhará para trás.

— Por orgulho?

Attone balançou a cabeça.

— Agora *ela* é uma powhatan — disse ele.

— Quando eu for embora, você pode dizer a ela que a amei? — pediu John. — E que fui embora porque achei que ela queria que eu fosse. Diga que não foi incerteza, que não foi não saber de que lugar eu seria. Vai lhe dizer que o meu coração estava inteiro com ela?

Attone sacudiu a cabeça, um gesto indolente.

— Vou dizer a ela que a amou tanto quanto um homem como você é capaz de amar.

— O que um homem como você faz? — gritou John, frustrado. — Se está dizendo que o meu amor é menor... como seria o seu amor? O que você faria?

Attone riu.

— Ah! Bateria nela, acho. Eu a amaria. Daria a ela um bebê para cuidar. Eu a mandaria aos campos para trabalhar, a levaria para casa à noite e a manteria acordada a noite toda fazendo amor, até ela ficar tão cansada que caísse no sono. Não me pergunte, Águia, ela me deixou por você. Se eu soubesse como lidar com ela, nunca teria se casado com você.

John riu contra a vontade.

— Mas vai lhe dizer que a amo?

— Ah, vá, inglês — replicou Attone, de repente farto daquela coisa toda. — Vou lhe dizer as palavras, se conseguir me lembrar delas, mas não nos interessamos por palavras. E palavras de ingleses significam menos que nada. Vocês são uma raça desleal, e falam demais. Vá e veja se sua conversa pode salvar Opechancanough, e depois volte para o seu povo. Seu tempo aqui, conosco, acabou.

John lavou-se no rio, mas a palidez de sua pele pareceu manchada para sempre pelo vermelho da gordura de urso. Pediu a Musses que cortasse seu cabelo, bem curto, do mesmo tamanho dos dois lados, de modo que não usasse mais um lado trançado ao estilo powhatan. Ela cortou com perfeição, usando duas conchas de ostras afiadas, depois juntou as mechas no chão e as jogou no fogo.

— Vai para casa? — perguntou ela.

— Não tenho outro lugar aonde ir — replicou John, esperando ouvir palavras de simpatia.

— Adeus — disse ela, com satisfação, e se foi.

John levantou-se, pegou uma faca e seu arco e flecha e foi procurar Suckahanna. Ela estava em um canto do acampamento, uma pele de veado esticada na moldura para secagem. Estava esfregando óleo na pele para mantê-la flexível e agradável.

— Estou indo a Jamestown para defender Opechancanough — disse John. Ela anuiu.

— Depois, pegarei um navio para a Inglaterra.

Ela balançou a cabeça de novo.

— Talvez eu não volte nunca mais — avisou ele.

O mais leve encolher de ombros foi a resposta a essa observação, e ela se virou, pôs mais óleo na palma da mão e o passou na pele.

— Antes de ir, quero dizer que a amo e que lamento não ser um bravo de verdade — disse John. — Sei que a decepcionei, mas não consegui derramar o sangue de meus conterrâneos. Se tivéssemos encontrado uma maneira de viver em paz, homens brancos e powhatan, então você e eu teríamos sido felizes juntos. São os tempos que nos impediram, Suckahanna. Sei que a amava e que continuo a amá-la. Inteiramente.

Finalmente, ela interrompeu seu trabalho, jogou a cabeça e seu cabelo preto deslizou sobre seu ombro, e ele viu a doçura de seu sorriso quase esquecido.

— Siga seu caminho, inglês — disse ela. — Não me seduz com palavras.

— E você ainda me ama — arriscou John.

Ela lhe lançou aquele sorriso rápido, coquete, esquivo.

— Vá.

Foi um longo caminho até Jamestown. John foi para o norte, pelo litoral. Viveu de moluscos e bagas e nozes amadurecidas prematuramente, e vez ou outra matava uma ave para comer um pouco de carne. Achou uma ironia, agora que estava se preparando para deixar o país, descobrir que podia sobreviver ali e que era o lugar fértil e rico de sua imaginação infantil mais fantástica.

Durante os três primeiros dias, caminhou penosa e pesadamente, como um aprendiz de Londres indo trabalhar, observando os pés nas pedras do litoral, olhando em volta só para checar inimigos ou procurar caça. Mas no terceiro dia, percebeu que logo passando as dunas áridas havia uma floresta cheia de árvores, e brotos e sementes amadurecendo, e afastou-se do litoral, penetrou na floresta e começou a coletar.

Quando chegou ao rio James, tinha feito uma mochila de duas peles de patos, que não tinham sido limpas adequadamente e exalavam um cheiro forte, que enchera de sementes e raízes. Aproximou-se com cautela da primeira plantação que viu, não queria ser morto por um tiro, como um índio, por um plantador nervoso. Viu o homem em seu píer toscamente construído.

— Ei! — gritou John, protegido pela floresta. As palavras soaram estranhas na sua boca e, por um momento, receou ter esquecido o próprio idioma.

O homem virou-se na direção de onde o grito tinha vindo e perscrutou a floresta.

— Quem vem lá?

— Um amigo, um inglês. Mas de tanga.

O plantador levantou seu mosquete. John viu que a mecha não estava brilhando e que as chances eram boas de estar apagada. Saiu do abrigo da floresta.

— É um cão índio! Fique quieto ou atiro agora mesmo!

— Juro — disse John. — Sou tão inglês quanto você. Sou John Tradescant, jardineiro do rei da Inglaterra, tenho uma casa e um jardim em Lambeth, e uma mulher chamada Hester Pooks, e uma filha chamada Frances e um filho chamado Johnnie. — Enquanto falava os nomes familiares, queridos, sentiu uma excitação como se eles o estivessem chamando, e que deviam estar escutando, que devia tê-los escutado antes.

— Então o que está fazendo como um selvagem na floresta? — perguntou o homem, a arma apontada sem vacilar para a entreperna de John.

John hesitou. É claro, essa era a pergunta crucial.

— Porque não sabia onde deveria estar — respondeu ele, devagar. Então levantou a voz e falou alto o bastante para ser ouvido. — Estava vivendo com os powhatan, mas agora quero voltar para a Inglaterra. Pode me emprestar algumas roupas e um barco para Jamestown? Posso fazer com que me enviem dinheiro e o reembolsarei.

O homem fez sinal para que chegasse mais à frente, e John aproximou-se com cuidado.

— Como é o nome do novo líder do Parlamento? — perguntou o homem rapidamente.

John abriu as mãos.

— Não sei. Vivi com os powhatan durante os dois últimos anos. Quando parti, o rei tinha sido vencido em Edgehill. Achei que seria o seu fim, então.

O homem riu abruptamente.

— Ainda não foi decidido nada — disse ele. — Como se chama o primo do rei?

— Príncipe Rupert?

— Seu filho?

— Príncipe Carlos?

— Nacionalidade de sua mulher?

— Ela é francesa, posso lhe dizer a cor dos seus olhos — disse John. — Eu estava a serviço da corte, era jardineiro no Palácio de Oatlands.

O homem se deteve.

— Era jardineiro da rainha da Inglaterra e aqui está, nu como um selvagem, depois de viver na selva por dois anos com os powhatan?

John chegou à frente e estendeu a mão.

— Estranho, não é? Sou John Tradescant, da Arca, em Lambeth.

Emprestaram-lhe um calção e uma camisa de linho grosseiro, e ele forçou os pés em sapatos que deveriam ser do tamanho certo, mas que os apertavam insuportavelmente. Correr descalço por dois anos tinha endurecido a pele e estendido os ossos de seus pés, John receou nunca mais voltar a andar confortavelmente de botas.

No dia seguinte, um navio de transporte de tabaco ancorou no cais do homem para carregar sua safra, e John enviou um bilhete para Hester, em Lambeth, acondicionando suas sementes e raízes em um barril à prova d'água endereçado a ela.

Querida esposa,

Espero que esta a encontre com boa saúde e feliz. Estou indo para Jamestown depois de muitos meses vivendo na floresta. Não tenho dinheiro. Por favor, me envie uma ordem de pagamento de 20 libras para minha hospedagem e viagem de volta. Retornarei assim que receber o dinheiro.

John retraiu-se um pouco com a frieza da nota, mas sentiu que não podia, em sã consciência, oferecer nenhuma explicação ou garantia de amor. Receou que Hester tivesse dificuldades em encontrar 20 libras para pagar a um ourives de Londres, de modo que a ordem de pagamento fosse válida na Virgínia, mas não conseguiu aconselhar o que deveria vender da coleção. Ele tinha ficado muito distante. Não sabia se ela tinha sido capaz de manter a coleção a salvo. Nem mesmo sabia ao certo se ela continuava no endereço em Lambeth. Sentiu-se como se atirasse uma corda no escuro esperando que alguém em um cais invisível a pegasse e o puxasse. Fez uma pausa antes de assinar. Se alguém o puxasse, esse alguém seria Hester.

Confio em você, Hester, e quando eu chegar, vou lhe agradecer por ter cuidado de mim e dos meus.

Assinou, correu pelo píer de madeira e deu o bilhete ao capitão.

— Por favor, faça com que receba — disse ele. — Ficarei preso aqui, a não ser que ela mande o dinheiro da passagem. — Olhou para o navio. — A menos que eu possa embarcar em troca de trabalho.

O capitão riu na sua cara.

— Embarcar em troca de trabalho? Você é marinheiro, é?

— Não — respondeu John.

— Se quiser ir para casa, senhor, terá de pagar a passagem como qualquer um.

— Ela vai recompensá-lo por levar a carta — prometeu John. — Por favor, faça com que a receba.

O capitão enfiou-a de qualquer jeito no paletó.

— Ah, sim — disse ele e gritou aos marinheiros a ordem de zarpar.

A correnteza do rio impulsionou o navio afastando-o do cais. John observou os marinheiros largarem as velas e ouviu as ordens gritadas e o ranger dos cabos e do madeiramento enquanto a embarcação partia.

— Quanto tempo até receber a resposta? — perguntou o plantador.

— Não antes de quatro meses — replicou John. — Viagem de ida e volta, se ela tiver o dinheiro.

O homem sorriu largo.

— Posso usar mão de obra no trabalho da colheita — disse o homem.

John concordou com um movimento da cabeça. O trabalho era notoriamente difícil de se encontrar na Virgínia. Ele teria de ser mão de obra contratada até Hester enviar uma ordem de pagamento e poder voltar a ser um cavalheiro.

— Muito bem — disse ele. — Mas primeiro tenho de ir a Jamestown. Tenho uma promessa a cumprir.

John viu o governador por um breve momento, quando o homem saía da sala da assembleia e ia para a mansão oficial. John mancou atrás dele, em seus sapatos apertados.

— Sir William?

O homem jovem virou-se, viu as roupas humildes de John e continuou a andar.

— Sim? — replicou por cima do ombro.

— Sou John Tradescant, jardineiro do rei. — John seguiu-o. — Estava plantando na terra que o governo me deu, rio acima, quando os powhatan me salvaram de morrer de fome. Vivi anos com eles. Vim a Jamestown pedir clemência para Opechancanough.

Sir William mostrou surpresa com a história extraordinária e hesitou.

— Clemência?

— Ele é um velho, e não viu futuro para o seu povo. Se tivessem permissão para se assentar de maneira justa depois da primeira insurreição, não teriam se sentido tão motivados. Estão dispostos a fazer a paz, uma paz duradoura, se pudermos lhes dar a terra de que precisam.

— É o porta-voz deles? — perguntou Sir William. — Está do lado deles?

Quase imperceptivelmente dois soldados, na porta da assembleia, chegaram um pouco mais para perto.

— Não — replicou John. — Fui expulso. Sou um inglês, e assim que puder retornarei a Londres. Mas tenho uma dívida de gratidão com eles. Eles me aceitaram e me alimentaram quando eu estava morrendo de inanição. Gostaria de pagar minha dívida e, realmente, Sir William, acho que não foram tratados com justiça por nós.

O rapaz hesitou só por um instante, e então sacudiu a cabeça.

— Este é um país novo — disse ele. — Estamos explorando, o tempo todo, o sul, o norte e o oeste. Os powhatan e os outros selvagens têm de saber que agora este país é nosso, e que se lutarem contra nós, se romperem a paz, a morte será a única resposta.

— A paz reinava aqui antes de nós chegarmos — replicou John, no mesmo instante. — O país já estava aqui antes de chegarmos. Os powhatan estavam aqui antes de chegarmos. Alguns podem dizer que o país é deles.

Sir William olhou rispidamente para John.

— Então esse homem seria um traidor da Inglaterra e do rei da Inglaterra — disse ele. — Você disse que servia ao rei. Ele não é um homem que aceite meia lealdade, nem eu.

John pensou por um momento em sua remota vida na corte e no rei que não podia distinguir entre meia lealdade, representação e realidade.

— Sou leal ao rei — disse ele. — Mas é um mau exemplo matar o rei dos powhatan. Ele deveria ser como todos os reis: inviolável.

— Isto não é um rei — disse Sir William, com uma impaciência repentina. — É um selvagem. Você insulta Sua Majestade com a comparação. A pessoa de um rei é sagrada, está abaixo somente de Deus. Esse velho índio sujo é um selvagem e vamos enforcá-lo.

Virou-se abruptamente e se afastou.

— Foi rei para nós apenas alguns anos atrás — disse John com firmeza. — Pocahontas foi princesa. Foi convidada a ir para Londres e tratada como uma princesa de sangue azul. Eu sei. Eu estava lá e vi. Os powhatan, então, eram um povo livre e igual, e sua família real era tão sagrada quanto a nossa.

O governador sacudiu a cabeça.

— Não é mais — replicou simplesmente. — São menos que animais para nós, agora. E se optar por voltar para eles, diga-lhes o seguinte: que não há lugar para eles neste país. Diga-lhes que terão de ir para — fez um gesto — o sul ou mais para o oeste, e não pararem. Esta terra é nossa agora, e não vamos dividi-la.

Outono de 1645, Inglaterra

Hester recebeu a carta de John pedindo o dinheiro para a passagem na segunda semana de setembro. O marinheiro que a levou recebeu 1 penny pelo trabalho e um pouco de sopa rala na porta da cozinha. Hester levou a carta para o gabinete de curiosidades — o fogo baixo e a luz que atravessava as altas janelas venezianas ofereciam uma boa iluminação. Experimentou a sensação supersticiosa de que essa era a coisa mais rara de todas — uma carta do seu marido.

Estava amassada por ter ficado no paletó de alguém e muito suja, como se tivesse sido jogada em algum lugar e ali esquecida durante algum tempo. Hester olhou para o papel dobrado e o borrifo minúsculo de cera que a selava, como se fosse ler cada pedacinho do papel tanto quanto a mensagem dentro. Então ela se sentou à mesa colocada à janela, para a conveniência dos artistas que viessem desenhar os espécimes da coleção, e rompeu o lacre.

Querida esposa,
Espero que esta a encontre com boa saúde e feliz. Estou indo para Jamestown depois de meses vivendo na floresta.

Hester fez uma pausa. Achava que John estava vivendo em uma casa de plantador, como as ilustradas nos livros sobre a Virgínia. Uma pequena casa feita de tábuas com telhas finas de madeira como telhado. O que ele queria dizer com vivendo na floresta?

Não tenho dinheiro. Por favor, me envie uma ordem de pagamento de 20 libras para minha hospedagem e viagem de volta. Voltarei para casa assim que receber o dinheiro.

Hester ergueu a cabeça das palavras borradas. A aventura na Virgínia então tinha terminado, como ela disse que aconteceria, em falência e desastre. Não havia nenhuma safra lucrativa de tabaco. Não havia nenhum abrigo da incerteza de um país em guerra. John tinha fracassado completamente, fracassado a ponto de nem mesmo poder retornar, a menos que ela lhe enviasse o dinheiro para a passagem.

Confio em você, Hester, e quando chegar vou lhe agradecer por ter cuidado de mim e dos meus.

Hester passou o dedo nos lábios e então o baixou, como se imprimindo seu dedo no lacre no J. ao fim da carta. John estava voltando para casa, para ela. Percebeu que não se importava nem um pouco que ele retornasse sem um penny sequer, sem plantação ou tabaco ou orgulho. Não se importava nem um pouco com ele não poder partir de uma terra estrangeira por não poder comprar sua passagem. Tudo o que importava era que John estava voltando para casa, finalmente.

Ficou sentada à luz da janela por apenas alguns minutos, e então se levantou para levantar o dinheiro e enviá-lo imediatamente. Vinte libras era uma soma considerável. Felizmente a carta chegara em setembro, tempo para a venda de bulbos de tulipas e a encomenda de John Lambert tinha sido despachada uma semana antes. Esperava seu pagamento a qualquer dia.

Hester jogou um xale sobre a cabeça e foi para a varanda. Johnnie estava trabalhando com Joseph, suspendendo e rotulando os bulbos. Quando ela o chamou e ele olhou para cima, viu que sua expressão continuava sombria por causa da tristeza.

O herói de Johnnie, o príncipe Rupert, não tinha conseguido manter Bristol para os monarquistas, embora tivesse prometido ao seu rei que a controlaria por meses. Circulava um boato terrível: que Rupert havia enganado o rei. Estavam dizendo que ele e seu irmão, o Eleitor Palatine, agora jantando em Londres à custa do Parlamento, tendo impassivelmente virado a casaca e abandonado seu tio, tinham conspirado durante o tempo todo para ter um irmão em cada lado de modo a lucrarem com qualquer dos dois que vencesse. Algumas pessoas até mesmo diziam que Rupert almejava o trono da Inglaterra para si mesmo.

Quando a notícia da queda de Bristol chegara, Johnnie tinha descido para o café da manhã com os olhos vermelhos e passara o dia todo calado e emburrado. Quando Hester precisava dele para trabalhar no jardim tinha de procurá-lo, e ele passava a metade do tempo no pequeno lago, no barco a remo, à deriva, curvado de tristeza sobre os remos.

— Como estão as tulipas? — perguntou ela.

Ele balançou a cabeça, como se nem mesmo elas conseguissem lhe dar alegria.

— Cresceram bem. Para cada bulbo, tivemos três. Foi um bom ano para tulipas, pelo menos.

Joseph concordou.

— Nunca vi uma safra assim — disse ele. — Alguma coisa deu certo, pelo menos.

— Mais de uma coisa — disse Hester. Cruzou e amarrou as pontas do xale em volta da cintura, e pensou que parecia um abraço apertado e amoroso. — Recebi uma carta da Virgínia.

A tristeza deixou o rosto de Johnnie que ficou de pé com um pulo.

— Ele está vindo para casa?

— Está vindo para casa — confirmou ela. — Finalmente.

A espera foi o tempo mais difícil de todos. Ela recebeu o dinheiro de John Lambert pela encomenda das tulipas, pegou algumas moedas romanas antigas no gabinete de curiosidades e as ofereceu à venda a um ourives. O preço que ele deu era pouco mais que um roubo, mas Hester percebeu que tesouros portáteis estavam jorrando no mercado, com uma família distinta atrás da outra tentando sobreviver aos anos de guerra. Procurou Alexander Norman para pedir emprestado o resto da quantia e levou tudo ao ourives conhecido por dar e receber crédito para a Virgínia. Ele assinou uma ordem de pagamento de 20 libras a John Tradescant e depois Hester teve de levá-la às docas de Londres e procurar um navio que fosse para a Virgínia.

Uma embarcação estava aguardando, quase pronta para zarpar: o navio *Makepeace* que ia para a Virgínia pela rota sul, com escala nas Ilhas do Açúcar.

— Preciso ver o capitão — disse Hester a um dos marinheiros. Ela foi empurrada por uma família que jogava suas coisas a bordo e abria caminho para a prancha de desembarque. — Ou um cavalheiro digno de confiança.

— Temos dois vigários e... — disse o homem rudemente. — E meia dúzia de fidalgos. Pode escolher.

— Preciso de um cavalheiro para me ajudar — disse Hester com determinação. — Verei um dos cavalheiros clericais.

O marinheiro riu e gritou para baixo. Hester alisou a capa e desejou ter levado Johnnie ou permitido que Alexander Norman também a acompanhasse. Por fim, um homem de cabelo branco olhou para baixo da parte lateral, e falou em tom baixo, como se não fosse levantar a voz acima do barulho do navio.

— Sou o reverendo Walter de Carey. Posso ajudá-la, senhora?

Hester subiu rapidamente a prancha de embarque e estendeu a mão.

— Muito prazer, sou a Sra. Tradescant, esposa de John Tradescant da Arca, Lambeth.

Ele fez uma mesura sobre sua mão.

— É uma honra — disse ele.

— Sinto ter de pedir um favor a um estranho, mas meu marido está... — Fez uma pausa. — Coletando plantas na Virgínia e está sem dinheiro. Tenho uma ordem de pagamento para ele, mas preciso de um cavalheiro de confiança para levá-la e entregá-la a ele na Virgínia.

O homem sorriu cansado.

— Mereço tão pouca confiança que fui expulso de minha igreja e o ferreiro ocupa o meu púlpito e diz à minha congregação que revelação ele teve nessa semana no fogo de sua forja — disse ele. — Exerci por vinte anos o meu vicariato e batizei cada um daqueles rapazes e moças que agora dizem que estou aliado ao anticristo e que sou adorador da prostituta da Babilônia. *Eles* não me acham um homem digno de confiança.

Sem dizer nada, Hester estendeu o papel lacrado e dobrado.

— Se exerceu seu vicariato por vinte anos e foi um bom padre, então é o homem que procuro — disse ela. — Vivemos tempos difíceis de mudança para todos nós. Pode me ajudar a unir de novo a minha família? Este é o dinheiro da passagem de volta do meu marido.

Ele hesitou só por um momento e, então, aceitou o papel.

— Perdoe-me, estou absorto demais em minhas próprias tristezas. Levarei o papel, mas como vou encontrar seu marido?

— Ele o encontrará — disse Hester com certeza. — Vai estar esperando por isto. Tudo o que tem a fazer é dizer às pessoas em Jamestown que está procurando por ele, e ele o encontrará. Para onde irá na Virgínia?

— Espero me estabelecer lá e fundar uma escola — replicou o vigário. — Os tempos não estão favoráveis, neste país, para aqueles que acreditam no rei e em Deus. Acredito que o novo mundo será um refúgio para homens de fé consolidada. Metade deste navio é de homens como eu, que não conseguem suportar o novo governo do Parlamento e as heresias desenfreadas de loucos e pregadores autodidatas e outros semelhantes em nossas próprias igrejas.

— Meu marido partiu quando a guerra foi deflagrada — disse Hester. — Não suportou ver o país se partindo, isso o partia também.

— Ele vai voltar aos tempos difíceis — observou o vigário. — A luta pode ter quase acabado, mas o ressentimento destes anos não será facilmente sanado. E o que será do rei nas mãos dessa gente?

Houve um grito da ponte de comando e outro grito em resposta do cais.

— Tenho de ir — disse Hester apressadamente. — Realmente agradeço aceitar levar a carta a John. Ele fará tudo o que puder para ajudá-lo, quando encontrá-lo, sei que sim. Ele ficará grato.

O vigário fez uma mesura. Hester virou-se para a prancha de embarque e desceu enquanto os estivadores no porto gritavam para os marinheiros no navio e, finalmente, zarparam.

— Vá com Deus — gritou Hester ao navio. — Diga-lhe que estou esperando.

O vigário pôs a mão na orelha, de modo que Hester acenou com um sorriso e disse mais baixo, de modo que ele não ouvisse:

— Diga-lhe que o amo.

Outono de 1645, Virgínia

John descobriu que aprendera a paciência com os powhatan, assim como a habilidade de sobreviver da terra. Quando teve certeza de que nada do que fizesse ou dissesse poderia salvar Opechancanough da morte, voltou para o fazendeiro na orla da floresta e concordou em trabalhar quatro dias na semana por comida e cama e um salário insignificante, e três dias na semana ele ficaria livre para coletar na floresta praticamente virgem ao redor da plantação.

Apenas um ano antes ele teria ficado irritado, ansiando pela chegada do navio para liberá-lo desse serviço para que pudesse voltar para casa. Mas John descobriu uma sensação de paz. Sentiu que isso era um interlúdio entre sua vida com Suckahanna e os powhatan e o retorno — que devia ser uma experiência difícil — para Hester e a Arca em Lambeth.

Nos dias que trabalhava no campo, era empregado na colheita do tabaco, levando as folhas aos galpões de secagem, enfardando-as, depois as carregando nos navios que atracavam no pequeno píer, como seu último porto antes de zarparem para a travessia do Atlântico.

Nos dias em que estava livre para perambular, pegava sua mochila, agora limpa adequadamente, e ia para a floresta levando somente uma faca, uma espátula para desenterrar plantas, um arco a tiracolo e duas flechas em sua aljava. Era a vida secreta que levava quando não podia ser visto da casa do plantador. Assim que chegava ao abrigo das árvores, parava e tirava as roupas pesadas, os sapatos dolorosos. Envolvia-os e os escondia em uma árvore, exatamente como Suckahanna, a menina, fazia com seu vestido de criada, e então, descalço e nu, a não ser pela tanga de camurça, penetrava na floresta e se sentia um homem livre de novo.

Mesmo depois de seus anos no ermo, não tinha perdido o senso de admiração pela singularidade e beleza desse país. Tinha vontade de levá-lo inteiro para casa, mas se continha e escolhia os melhores arbustos e árvores que encontrava em suas demoradas inspeções, com seu passo leve e regular. Descobriu um tipo de margarida que achou nunca ter visto antes, uma margarida de flores grandes, com pétalas excêntricas. Escavou meia dúzia de raízes e as enfardou em terra úmida, torcendo para que sobrevivessem até conseguir embarcar para casa. Catou mudas da vinha que Suckahanna tinha plantado na entrada de sua casa tanto tempo atrás. Reconheceu-a agora. Era a favorita dela: uma videira virgem, que alguns chamavam de madressilva, mas crescendo ali com flores vermelhas como dedos. Viu um novo convólvulo, que chamaria de "Tradescantia". Encontrou uma dedaleira parecida com a variedade inglesa, porém de cor mais forte e maior na forma. Plantou em vaso uma iúca, uma alfarrobeira e uma urtiga, todas naturais da Virgínia. Descobriu uma amoreira da Virgínia que o fez se lembrar dos bichos-da-seda e das amoreiras no Palácio de Oatlands. Descobriu uma maravilhosa tradescância cor-de-rosa, a única flor em que seu pai tinha posto o próprio nome, e manteve os caules subterrâneos secos e seguros, querendo que se desenvolvessem em memória de seu pai. Escavou as raízes secas de rosas da Virgínia, certo que cresceriam de maneira diferente junto de suas primas inglesas, se conseguisse levá-las a Lambeth a salvo.

Espécime atrás de espécime, ele levava para a pequena casa da fazenda, e colocou as plantas em crescimento em suas sementeiras, e as sementes, em areia ou arroz para conservá-las secas. Levava plantas após plantas para acrescentar à coleção em Lambeth. E acrescentava uma nova árvore, o bordo da Virgínia, ou uma nova flor, a erva amarela do salgueiro, ou uma nova erva, a salsa da Virgínia, ele se dava conta de que levaria para a Inglaterra uma explosão de excentricidade. Se o país estivesse em paz e preparado para visitar seus jardins, ele seria aclamado um operador de milagres, e até mesmo maior horticultor e botânico do que seu pai.

Achava que só pensava em suas plantas quando fazia essas longas expedições do nascer do dia ao cair da noite, às vezes do amanhecer ao amanhecer do dia seguinte, quando dormia na floresta apesar do vento frio que anunciava a mudança de estação. Mas em algum lugar do seu coração e da sua mente, ele estava se despedindo: de Suckahanna, a menina cuja inocência ele tinha prezado tanto, de Suckahanna, a jovem que ele tinha amado, e de Suckahanna, a mulher bela e orgulhosa que o tinha aceitado em seu coração, na sua cama, e depois o mandara embora.

John disse adeus a ela, e adeus à floresta que ela tinha amado e partilhado com ele, e quando o *Makepeace* passou pelo píer e rumou rio acima para o porto em Jamestown, John tinha feito suas despedidas e estava pronto para partir.

Tinha meia dúzia de barris de sementes e raízes em areia. Tinha dois barris de árvores novas plantadas em terra rasa e regadas diariamente. Deixou-os no extremo do píer prontos para a coleta e remou na canoa até Jamestown, para ver se o navio recém-chegado tinha trazido uma mensagem e o dinheiro de Hester.

Não esperava. Poderia ser esse ou o próximo. Mas fazia parte do ritual de John de se despedir de Suckahanna e de jurar de novo fidelidade a Hester, que ele estivesse no cais para receber cada navio, para mostrar sua confiança em que Hester agiria o mais rápido que pudesse para lhe conseguir o dinheiro. Seu plano não fracassaria por sua culpa.

Havia a multidão de sempre, saudações gritadas e a oferta de produtos e quartos para alugar. Havia a anarquia de sempre da chegada: produtos jogados no cais, crianças gritando excitadas, amigos se cumprimentando, negócios sendo acertados. John subiu em um cabrestante e gritou por cima da multidão:

— Alguém com mensagem para John Tradescant?

Ninguém respondeu de imediato, de modo que gritou de novo, de novo, como um vendedor apregoando sua mercadoria. Então, um homem de cabelo branco, parecendo fraco e doente, desceu a prancha de desembarque com um olho no baú com seus pertences, depois levantou a cabeça e disse:

— Eu!

— Louvado seja Deus — disse John, e pulou de seu ponto de observação, sentindo, ao mesmo tempo, o peso do desapontamento de que agora não havia mais nada o que esperar e que devia deixar a terra de Suckahanna, assim como a deixara.

Abriu caminho na multidão com um sorriso como saudação.

— Sou John Tradescant.

— Sou o reverendo Walter de Crey. Sua mulher me confiou uma carta para você.

— Ela está bem?

O homem mais velho confirmou com a cabeça.

— Pareceu bem. Uma mulher de coragem, foi a minha impressão.

John pensou na determinação obstinada de Hester.

— Mais valiosa que rubis — replicou ele. Abriu a carta e viu logo que ela tinha feito o que ele tinha pedido. Ele só precisava ir aos escritórios da Virginia Company e reivindicar suas 20 libras, Hester tinha pago o dinheiro por ele a um ourives de Londres e o documento atestava isso.

— Eu lhe agradeço — disse John. — Há alguma coisa que eu possa fazer por você? Tem onde ficar? Posso ajudá-lo com a bagagem?

— Se puder me ajudar a carregar esse baú — disse o homem, com hesitação. — Achei que haveria carregadores ou criados...

— Aqui é a Virgínia — alertou-o John. — Todos têm direito de posse.

Inverno de 1645, Inglaterra

Em outubro, Frances e Alexander Norman subiram o rio até Lambeth para lá passarem duas noites. Hester insistiu para que ficassem mais dias, mas Alexander disse que não arriscava abandonar seu trabalho por tanto tempo, a guerra devia estar chegando ao fim, ele despachava diariamente novos pedidos de barris de pólvora e corriam boatos que Basing House finalmente tinha caído para o exército de Cromwell.

Não que fosse um ponto estratégico tão importante, não como Bristol — a segunda cidade do reino —, que o príncipe Rupert tinha perdido há apenas um mês. Mas era um lugar que tinha cativado a imaginação do povo por sua lealdade ferrenha ao rei. Quando Johnnie soube que Rupert tinha sido dispensado do serviço ao rei, Basing House tinha sido a sua segunda escolha. Era para Basing House que planejava fugir e lá, se alistar. Até mesmo Hester, com recordações da corte que não eram todas de falsas aparências e frivolidades, mas que também incluíam momentos de grande beleza e glamour, desejou que, independentemente de qualquer mudança no reino, Basing House continuasse leal ao rei.

Pertencia ao marquês de Winchester, que havia lhe dado o nome de Casa da Lealdade e trancado os portões quando a região ao redor tornou-se parlamentarista. A ousadia dessa resistência pareceu a Hester uma maneira mais gloriosa de enfrentar a guerra do que jardinar em Lambeth e vender tulipas a parlamentaristas. Inigo Jones, que tinha conhecido o avô de Johnnie e trabalhado com ele para o duque de Buckingham, estava seguro atrás de proteções sólidas projetadas por ele mesmo em Basing House, o artista Wenceslaus Hollar, um amigo dos Tradescant, e dezenas de outros que Hester sabia terem se refugiado lá. Corriam rumores de vinte padres jesuítas escondidos e um gigante de 2 metros de altura. A própria marquesa e seus filhos estavam sitiados e ela tinha recusado a autorização para partir e decidido permanecer com seu senhor. Ela tinha gravado em cada janela da casa uma promessa de fidelidade: "*Aimez Louvauté*", de modo que enquanto a casa permanecesse em pé e as janelas intactas, carregariam um registro de que pelo menos um lugar permanecia, inflexivelmente, fiel a Carlos.

— Estou me sentindo tão mal quanto Johnnie, pois desejaria estar lá — confessou Hester a Alexander. Estavam sentados cada um de um lado da pequena lareira na sala. No banco da janela, Frances e Johnnie jogavam cartas, apostando palitos de fósforos. — São pessoas que conheço desde que era menina. Parece-me errado ficar aqui no conforto, enquanto estão enfrentando armas.

— Estavam mais livres do que você para escolher — disse Alexander, de maneira confortadora. — Você deu sua palavra a John que protegeria a Arca. E de qualquer maneira, fez a sua parte. Quando a insurreição monarquista bateu à sua porta, emprestou seu cavalo e fez o que pôde.

Hester protestou.

— Você sabe como agi contrariada!

— Não se apaixone pela causa só porque está sendo perdida — alertou-a Alexander. — Ele foi um rei imprudente e tolo antes de ser condenado. John preferiu ir embora a servi-lo, e sempre admirei a sua determinação de sobreviver a esta guerra sem apoiá-la. Só porque está chegando ao fim não é motivo para querer se alistar. Só um homem tolo ama uma causa perdida porque está perdida.

Hester assentiu com um movimento da cabeça.

— Mas Basing House é como um conto de fadas.

— Não haverá um final romântico — disse Alexander austeramente. — Cromwell introduziu as armas pesadas. Não haverá fim, a não ser derrota. Nenhuma muralha resistirá a eles para sempre.

Alexander tinha razão, e as notícias chegaram no dia seguinte, antes de ele e Frances partirem. Basing House tinha caído e uma centena de homens e mulheres tinham sido mortos. Nem mesmo as janelas sobreviveram. Cromwell ordenou que a casa fosse destruída, que nada ficasse em pé.

Foi apenas uma das batalhas que pareciam agora acompanhar, inexoravelmente, o caminho do Parlamento. O principal comprador de tulipas de Hester, John Lambert, foi elogiado em todos os relatórios por ser um comandante de cavalaria inteligente e corajoso, nada detinha o cavalo do Parlamento. O exército sob o comando de Cromwell tinha aprendido a agir, finalmente, e combinado disciplina soldadesca com total dedicação à sua causa. Acreditavam estar libertando o país da tirania e introduzindo uma nova lei e justiça. Lutaram como homens lutam quando seu coração está na luta, e poucos foram os exércitos reais mal pagos, mal conduzidos e indiferentes à causa que puderam resistir.

O rei retirou-se para a bebedeira e a boa vida na cidade de Oxford, para o conforto da vida na corte e se divertia o máximo que podia. O único sinal de que reconhecia suas derrotas contínuas era culpar seus generais. O príncipe Rupert tinha sido dispensado por ter fracassado em manter Bristol e nada do que ele ou seus amigos disseram conseguiu fazer com que o rei, a quem ele servira tão lealmente, o ouvisse com justiça.

Foi um inverno amargo, mais frio do que qualquer outro vivo na memória. Frances escreveu para a sua madrasta dizendo que tinha patinado no Tâmisa, embaixo da Torre, e que se o congelamento continuasse, ela pegaria um trenó e subiria o rio para visitá-la. Hester, envolvida na velha capa de viagem de John Tradescant e com um chapéu feito de suas peles russas, saía toda manhã para limpar a neve dos ramos das árvores preciosas, para impedir que se quebrassem sob o peso do gelo, e sentava-se toda noite ao lado de um fogo a lenha e pequenos gravetos, jantava sopa de batata e se perguntava se a chegada da primavera traria seu marido para casa.

Inverno de 1646, Barbados

O navio de John seguiu a rota para o sul, reabasteceu-se e carregou em Barbados. Consciente de estar levando para casa uma fortuna em sementes e raízes, que levariam um ano incerto até poderem se reproduzir e ser vendidas, John andou pelo cais e propagou que estava disposto a executar serviços para plantadores ricos por uma pequena remuneração. Enquanto o navio era carregado de barris de açúcar e rum, John foi para o interior, passando por plantações de açúcar, onde turmas de escravos negros, homens e mulheres, estavam curvados sobre as plantas, semeando e roçando, enquanto capatazes brancos, relaxados sobre seus cavalos, seguravam chicotes de tiras compridas, prontos para açoitar; John descobriu o caminho para a floresta, onde acabavam os campos, e ficou atento a novas plantas.

Ao retornar de uma dessas andanças, com duas mudas úmidas no bolso, John encontrou um homem que cavalgava para casa.

— Ouvi falar de você — saudou-o o homem, informalmente. — É Tradescant, o jardineiro do rei, não é?

John descobriu sua cabeça e fez uma mesura.

— Sim. E o senhor?

— Sir Henry Hants. Agricultor, estes são meus campos. Tenho um pequeno jardim, talvez queira dar uma olhada no que tenho.

— Sim, gostaria — replicou John, ansiosamente.

— Ah, então venha jantar — disse o homem. — Passe a noite.

Ele o conduziu ao longo da alameda em direção a uma grande casa branca, tão suntuosa quanto o solar da rainha em Wimbledon. John se surpreendeu com a opulência do edifício, com as velas de cera da melhor qualidade colocadas em cada janela, de modo que a casa cintilava como um farol no crepúsculo suave, e então, com a pressa dos criados negros que vieram correndo ao ouvirem o som do cavalo do seu senhor.

Sir Henry desmontou e deixou o cavalo solto, seguro de que dois cavalariços pegariam as rédeas, enquanto ele entrava em casa.

Havia um terraço atrás da casa e Sir Henry conduziu John pelo hall que cintilava, onde as paredes brancas estavam carregadas de belas pinturas a óleo, até os últimos raios de sol no terraço. Uma dama fez um gesto lânguido no sofá.

— Minha mulher, Lady Hants — disse Sir Henry brevemente. — Nunca se levanta.

John fez uma mesura e foi recompensado com um ligeiro aceno.

— Bem, deixe-me mostrar-lhe meu jardim — disse Sir Henry, ansioso.

John tinha esperado curiosidades tropicais e foi difícil não demonstrar sua decepção. Sir Henry tinha esbanjado riqueza e mão de obra para fazer um jardim inglês clássico nas circunstâncias mais improváveis. Havia um gramado regular, tão bom quanto o gramado de boliche do rei em Oatlands. Havia um jardim formal perfeito com sebes baixas murando pedras brancas. John, ao olhar mais atentamente, viu que não eram pedras, mas conchas brancas brilhantes extremamente delicadas.

— Cauris — disse Sir Henry, melancolicamente. — Custou-me uma fortuna. Mas na verdade é mais fácil consegui-los do que o cascalho inglês apropriado.

Havia um jardim de flores, plantado exclusivamente com flores inglesas e abrigado da luz com um telhado de sapé sustentado por estacas em cada canto.

— O sol é forte demais para elas — queixou-se Sir Henry. — E o solo é seco demais. Mantenho três garotos regando-as quase que constantemente, o dia todo, e mesmo assim não consigo reproduzir mais de uma dúzia de narcisos ao ano.

Havia um pomar. John viu que as frutas que gostam de sol se desenvolveriam bem nesse clima.

— Não consigo cultivar maçãs com o sabor das de Kent.

Circundaram a casa.

— Só cultiva plantas inglesas? — perguntou John, cautelosamente.

— É claro — respondeu o homem vivamente. — Por que eu ia querer essas malditas flores selvagens e feias?

— Eu, pessoalmente, gosto muito de plantas diferentes — observou John.

— Você é um tolo — disse o homem. — Se vivesse aqui ia ansiar pela visão da floresta inglesa, das flores inglesas. Luto, luto, luto sem parar com este solo e contra o calor para fazer um jardim apropriado.

John balançou a cabeça, com uma expressão neutra.

— Vejo que requer muito trabalho — disse ele.

Seu anfitrião balançou a cabeça e subiu de novo para o terraço. Sem dizer uma palavra, estendeu a mão. De imediato, a mulher negra atrás de uma grande tigela de ponche serviu um copo, passou-o para outra mulher que o colocou em uma bandeja de prata, fez uma mesura e o ofereceu a Sir Henry. John lembrou-se do serviço, silencioso e perfeito, da corte real, e aceitou o copo com uma palavra de agradecimento.

— Não agradeça — corrigiu-o rapidamente, Sir Henry. — Não lhes diga uma palavra de agradecimento pelo serviço na minha casa, por favor, senhor. Precisei de anos para enfiar um certo senso de obediência e decoro na cabeça deles. Não quero que pensem que estão me fazendo um favor ao trabalharem para mim.

O jantar foi constrangedor, com fartura de comida e os melhores vinhos, mas Lady Hants, reclinada em sua cadeira no extremo da mesa, não disse uma palavra sequer durante toda a refeição, e seu marido bebeu rum e água sem parar, se tornando mais sombrio e irascível a cada copo.

Uma das escravas, entre a meia dúzia que servia à mesa, estava usando um penteado estranho: uma chapa triangular sobre a boca com tiras dos dois lados e na cabeça, para firmá-la, uma grande fivela atrás para mantê-la bem apertada contra a boca e um cadeado para fechar a fivela. John se viu sem conseguir afastar os olhos da aparência de máscara da mulher, do seu olhar escuro e trágico, e da forma perfeitamente geométrica na boca.

— O que há com você? — perguntou Sir Henry com irritação. — Ah! Está olhando para Rebecca? Ela andou roubando comida, não foi, Becky? Provando-a enquanto cozinhava, cadela porca. Portanto não comerá nada por dois dias, nada na sua boca, exceto o que eu pus nela. — Deu uma gargalhada e uma piscadela para John, pela insinuação sexual. — Está arrependida agora que experimentou minha sopa, Becky?

Em silêncio, a mulher curvou a cabeça.

— Ótimo, ótimo — disse Sir Henry, animado com a dor sombria de seu silêncio, e fez sinal para que lhe servissem mais um copo de rum e água.

Uma escrava acompanhou John até seu quarto e ficou, tão imóvel quanto um cão obediente, à porta.

— Pode ir — disse John, tendo o cuidado de não lhe agradecer.

— Sir Henry diz que pode me ter, se quiser — disse ela em um inglês bem cuidado.

John ficou perplexo.

— Hã... não...

— Quer um homem?

— Não!

Ela baixou os olhos escuros, um mundo de desespero oculto pelo baixar rápido de suas pestanas.

— Quer uma criança?

— Não!

Ela esperou.

— O que quer fazer então? — perguntou ela, cansada, temendo uma exigência mais vil do que já enfrentara antes.

— Não quero nada! — exclamou John. — Apenas dormir.

Ela curvou a cabeça.

— Se ele perguntar... diga-lhe que eu disse que podia me ter.

— Vou lhe dizer que foi muito, hã, generosa. — John corrigiu-se: — Obediente.

— Sim, senhor — disse ela, insensibilizada.

De manhã, Sir Henry estava de melhor humor. Durante o desjejum, perguntou sobre o jardim de John e sobre os tesouros da Arca.

— Eu poderia lhe mandar algumas coisas — disse ele, de maneira simpática. — Coisas que coleto aqui. Já que gosta de coisas selvagens.

— Gosto — replicou John. — Gosto realmente. E se há alguma planta da Inglaterra que deseje, posso enviá-la. Poderia cultivar trepadeiras aqui, eu diria.

— Poderia levar uma ordem de pagamento e comprar alguns tapetes para mim? — pediu Sir Henry. — Quero alguns tapetes turcos para o salão.

— Seria um prazer — replicou John. — E qualquer outra coisa que quiser.

— Vamos começar com isso — replicou Sir Henry cautelosamente. — Darei uma ordem de pagamento e poderá comprar alguns tapetes e copos, depois eu enviarei algumas barricas de açúcar e você verá se pode conseguir preço melhor do que meu agente. Depois, poderá me enviar mais itens. Curiosidades não têm utilidade trancadas em um gabinete, sabe, devem ser negociadas.

John anuiu.

— Ficarei feliz em fazer um pouco de comércio — disse ele. — As curiosidades de meu pai têm de ficar na nossa coleção. Mas se matar alguma ave estranha, eu gostaria de ter sua pele e penas.

— Tenho alguns troféus — disse Sir Henry sem muito interesse. — Poderia vendê-los a você.

— Só terei dinheiro quando chegar em casa — replicou John, constrangido.

— Ordem de pagamento — disse Sir Henry. — Fazemos negócios o tempo todo por meio de ordens de pagamento. E não há nenhum maldito judeu ladrão para amortizar as promissórias antes da safra de açúcar ser colhida, hein?

Quando John embarcou levava um novo arbusto, uma planta curiosa e adorável que os ilhéus chamavam de árvore da vida porque reagia como uma coisa viva, se encolhendo quando tocada. Tinha duas raízes de palmeiras e uma dúzia de peles e penas, inclusive um belo espécime do martim-pescador das Índias Ocidentais, que Sir Henry ofereceu sem cobrar.

— Simplesmente me feche um negócio decente na Inglaterra — resmungou ele. — Um agente honesto em Londres é mais raro do que uma mulher virtuosa. O que significa, raro o bastante para ser incluído na sua coleção.

— Será um prazer — replicou John, cortesmente, e observou Sir Henry desaparecer a distância sem nenhum arrependimento, quando o navio soltou os cabos e se afastou do litoral.

Primavera de 1646, Londres

Foi uma volta ao lar tão comum quanto se poderia desejar. John contratou um carroceiro na doca de Londres para transportar seus barris de sementes e raízes, os dois barris de árvores novas, o baú de itens de Barbados, e se sentou no banco de madeira na parte da frente da carroça enquanto sacolejavam pelas vias congeladas até Lambeth.

— Quais são as notícias da guerra? — perguntou John.

— Soube da rendição de Chester?

— Não.

— Onde estava?

— Na Virgínia — replicou John. — O rei foi realmente derrotado?

— Completamente humilhado — disse o carroceiro, comovido — E queira Deus que agora tenhamos um pouco de paz e ordem nesta terra, e que aquele bando de parasitas volte para Roma, de onde vieram.

John tentou dizer "Amém", mas a palavra não saiu.

— Rezarei pela paz — disse ele. — Já tive guerra bastante para o resto da minha vida.

— Nós todos. E, para alguns, a guerra durou mais do que suas vidas. Quantos ingleses acha que morreram para convencer o rei de que queremos ser governados por ingleses, rezar a Deus e não a bispos?

John sacudiu a cabeça.

— Milhares — prosseguiu o homem, taciturno. — Centenas de milhares. Quantos mais morreram da peste e privações por causa dessa maldita guerra?

John sacudiu a cabeça de novo.

— Milhares. E quantas famílias acha que perderam um filho, um irmão ou um pai?

John sacudiu a cabeça em silêncio.

— Cada família neste país — disse o carroceiro solenemente. — Foi uma guerra muito, muito cruel, uma guerra sem inimigo, porque lutamos matando a nós mesmos.

Hester estava nas cavalariças, jogando forragem por cima da porta, para o cavalo, quando ouviu o ruído das rodas e viu a carroça fazer a curva e entrar no pátio. Por um momento, viu apenas os barris na parte de trás e pensou que John os tivesse mandado na frente, e então largou o ancinho que bateu no pavimento de pedras ao reconhecer o homem que desceu do banco na frente e se virou para ela.

Parecia mais velho do que se lembrava, e cansado. A gordura de urso tinha desaparecido de sua pele, mas ele continuava muito bronzeado e curtido pelo sol e vento fortes. Tinha perdido dois dentes durante a sua quase morte por inanição, e tinha deixado crescer um bigode castanho e a barba que estava grisalha. Seu olhar era triste, uma tristeza inconfundível, que fez Hester querer abraçá-lo e confortá-lo sem nem mesmo perguntar o que o fazia sofrer tanto. Ele parecia ter perdido algo que lhe era muito querido, e Hester se perguntou que lâmina no novo mundo o havia cortado tão fundo.

— John? — disse ela em tom baixo.

Ele avançou um pouco.

— Hester?

Ela se deu conta de que estava usando suas roupas de trabalho mais velhas, botas grossas masculinas e um lenço marrom na cabeça, preso descuidadamente na sua nuca. Não podia parecer mais funcional. Tirou o lenço da cabeça e tentou não parecer embaraçada. Sempre se esforçara para ficar acima da vaidade, especialmente com esse homem, que se casara com sua primeira mulher por amor e a perdera quando ainda era jovem e bela.

Hester limpou o feno de seu casaco.

— Seja bem-vindo — disse ela.

Ele deu dois passos na direção dela e abriu os braços. Ela foi até ele e sentiu o alívio intenso do abraço de um homem depois de mais de três anos de solidão.

— Você me perdoa? — perguntou ele com o rosto em seu cabelo. Ele sentiu o cheiro de feno, o cheiro limpo e familiar do sabonete, e da lavanda de sua roupa. — Pode me perdoar por ter partido de maneira tão egoísta e desaparecido dessa maneira?

— É você que tem de me perdoar por ter-me recusado a acompanhá-lo — disse ela rapidamente. — E me arrependi, John.

Ele apertou seu abraço.

— Fui infiel — disse ele rapidamente, para que a confissão fosse feita logo e encerrada, antes de ser tentado a mentir. — Me perdoa.

Ela descansou a cabeça no seu ombro.

— Isso é passado — replicou ela. — E em outro país. Voltou para casa para mim, não voltou?

— Sim — disse ele.

Ela esticou o pescoço para olhar para o seu rosto triste e cansado, e percebeu que ele estava com a mesma expressão confusa de dor de quando tinham se conhecido e que ainda não se recuperara da perda da sua primeira mulher.

— O que aconteceu, John?

Por um momento ele quase respondeu, mas foi interrompido pelo carroceiro.

— Não posso descarregar tudo sozinho — disse ele sem rodeios. — E não posso ficar esperando aqui o dia todo enquanto vocês se beijam.

Hester virou-se rindo.

— Vou chamar Joseph para ajudá-lo. — Tocou o sino que ficava pendurado no pátio. — Entre, John, deve estar gelado, e Johnnie vai estar louco para vê-lo. Ele está na cozinha, comendo seu desjejum.

John hesitou à porta da cozinha, de repente tímido e sem saber como abordar seu filho, que era um menino de 9 anos quando ele partira e agora era um jovem de 12. Abriu a porta devagar e olhou.

Johnnie estava sentado à mesa da cozinha, a tigela de mingau na sua frente, comendo distraidamente, seus olhos no livro escorado no caneco de *small ale*. John observou seu filho, o cabelo curto louro dourado, os olhos castanho-claros, o nariz comprido no rosto comprido, e a boca inocente. Viu sua mãe na sua cor e na alegria em seu rosto, mas era um Tradescant perfeito.

Ele ergueu o olhar quando uma corrente de ar atravessou a porta entreaberta e baixou o livro, como se fosse receber sua madrasta. Viu um homem olhando para ele, e hesitou.

Lentamente, se levantou, olhou cautelosamente. John abriu a porta de vez e entrou.

— Pai? — perguntou Johnnie, sem certeza. — É você mesmo?

John atravessou a cozinha e abraçou seu menino, abraçou-o forte e cheirou, meio chorando, meio beijando, o alto da cabeça de cabelo sedoso.

— Sou eu. Dou graças a Deus por estar em casa com você, Johnnie, por você estar a salvo e bem.

Hester entrou atrás dele e pendurou sua capa no gancho.

— Reconheceu-o? — perguntou ela.

Pai e filho responderam "Não!" juntos, e riram. John soltou o menino, forçou-se a deixá-lo ir.

— Ele cresceu — disse Hester com orgulho. — E me ajuda no jardim como gente grande. E é um estudioso. Cuida da contabilidade das curiosidades e do jardim, e os registros das plantas.

— E a escola? — perguntou John.

Um pesar se instalou no rosto de Hester.

— A escola foi fechada no ano passado. O professor foi despedido, uma discussão sobre teologia. De modo que fazemos o que podemos em casa.

— E onde está Frances? — perguntou John, procurando-a com os olhos.

Algo no silêncio de Hester o fez parar, e foi tomado pelo medo.

— Onde está Frances? Hester, diga-me. Meu Deus, diga que não a perdemos.

— Não! Não! — ela apressou-se em tranquilizá-lo. — Ela está bem, muito linda e bem. É só que... Você não estava aqui e eu não sabia se retornaria. Eu não sabia o que devia fazer, não sabia mais o que fazer para mantê-la em segurança...

— Onde ela está? — gritou John.

— Ela se casou! — interrompeu Johnnie. — Está segura na Torre com Alexander Norman.

— Ela casou-se com Alexander Norman? — perguntou John.

Hester confirmou com um movimento da cabeça, sem tirar os olhos do rosto dele.

— Não o testamenteiro do meu pai? Não o meu tio? Não esse Alexander Norman?

Hester balançou ligeiramente a cabeça, confirmando.

— Casou minha filha com um homem que tem idade para ser seu pai? Um amigo do seu avô?

— Casei.

— Foi escolha dela — disse Johnnie com firmeza. — E ela está feliz.

— Por Deus, não agiu nada bem! — disse John. — Não acredito! Quando aconteceu?

— Há um ano — replicou Hester calmamente.

— Por quê? — perguntou ele, pasmo. — Por que deixou isso acontecer? Por que não escreveu para pedir a minha permissão?

Ela virou-se de costas para ele e amarrou seu avental ao redor da cintura, como se estivesse cansada daquela conversa.

— Eu não tinha como garantir a sua segurança — replicou ela. — Antes de Cromwell ter o controle do Exército, nenhuma mulher estava segura nas ruas. Eu nunca sabia se o rei retomaria Londres ou não, e havia os soldados da cavalaria também. Os aprendizes provocavam distúrbios noite sim, noite não, eu não podia deixá-la pisar para fora da porta.

— Podia tê-la levado para Oatlands! — gritou com ela.

Ao ouvir isso, ela se virou.

— Oatlands! — exclamou ela com amargura. — O que acha que os palácios são agora? Oatlands era o quartel-general do príncipe Rupert! Acha que eu poderia manter uma garota bonita segura em um quartel? Ela correria tanto risco lá quanto na agitação do centro de Londres.

— Podia tê-la posto em um navio e a mandado para mim!

Ela inflamou-se ao ouvir isso.

— E onde você estava? Recebi duas cartas suas em três anos, um pacote de itens indígenas e uma remessa de plantas. O que eu podia imaginar? Nem mesmo sabia se estava vivo ou morto. Tive de tomar todas as decisões sozinha e fiz o que achei ser o melhor. Alexander ofereceu-lhe uma casa e me prometeu que a amaria e a manteria a salvo. E ela quis se casar com ele. Aceitou-o por vontade própria. E são felizes, qualquer um percebe isso.

— Vou trazê-la para casa — jurou John. — Vou fazer com que o casamento seja anulado. Ela não será sua mulher.

— Ela está esperando um bebê. — Hester falou calmamente, enquanto seu coração batia alto em seus ouvidos. — Virá para casa para o confinamento, e nos visita com frequência. Mas ela não abandonará seu marido, nem mesmo se você mandar, John.

Ele saiu precipitadamente da cozinha e ela o ouviu atravessar o hall. Johnnie lançou-lhe um olhar assustado e ela pôs a mão em seu ombro. Houve um grito vindo do gabinete de curiosidades.

— Mãe de Deus! Onde estão as curiosidades? O que você fez?

Hester virou Johnnie e o empurrou delicadamente para a porta da cozinha.

— Agasalhe-se bem e vá limpar a neve das árvores — disse ela.

— O que você vai fazer?

— Vou ter de lhe explicar como vivemos agora. Vai ser difícil para ele entender.

— Então ele nunca deveria ter ido embora — disse Johnnie.

Tiveram uma discussão acirrada na sala semivazia. John, em seu horror diante das mudanças, não conseguia nem mesmo ouvir que as curiosidades mais preciosas estavam escondidas em segurança. Cada confissão que Hester tinha de fazer, de que tinha precisado vender um ou outro dos tesouros para poderem comer, só fazia aumentar a raiva dele.

— Você me traiu! — gritou com ela. — Traiu a minha confiança, minha sagrada confiança em você. Vendeu meus tesouros, vendeu minha filha!

— O que eu devia fazer? — gritou Hester de volta, com tanta raiva quanto ele. — Você foi embora. Nesse verão eu ia dizer a seu filho que receava que você estivesse morto. Eu tinha de sobreviver sem você. Eu tinha de me virar de alguma maneira. Tínhamos um único verdadeiro amigo no mundo inteiro, e Frances o ama e confia nele. Ela não foi vendida. Ele a aceitou sem dote.

— Deus do céu! E eu devo me sentir grato por essa caridade? Ele era amigo do avô dela! Um homem decrépito!

— E você onde esteve? — Hester virou-se da janela e, de repente, dirigiu-se bruscamente a John. — Apesar de você estar tão absorto pelo que eu fiz ou deixei de fazer, o que tem a mostrar depois de três anos longe? Que tesouros você trouxe? Um barril de plantas e um punhado de penas! As últimas moedas que vendi foram para comprar a sua passagem de volta, quando Johnnie e eu estávamos sem comer carne há semanas! Como se atreve a me acusar de abandoná-lo? Foi você que me abandonou!

— Você não faz ideia! Não faz a menor ideia de como vivi e do que tentei fazer.

— Com alguma mulher? Alguma prostituta de Jamestown em uma pousada? Passou esses anos todos na cama com alguém, gastando o nosso dinheiro, sem fazer nada?

— Estive na floresta, procurando entender o que eu devia fazer...

— E a mulher?

— O que tem ela?

— Seu nome. Diga-me seu nome.

— Suckahanna — respondeu ele, contrariado.

Hester deu um grito, chocada, e pôs a mão na boca.

— Deitou-se com uma índia? Uma selvagem?

A mão dele voou antes que se desse conta, bateu com força no rosto dela. Ela foi arremessada para trás e bateu a cabeça no puxador da veneziana com um baque terrível. Ela caiu sem emitir som nenhum, e desmaiou. Por um momento ele achou que a tinha matado, e sentiu uma alegria feroz, terrível, pois a mulher que tinha insultado Suckahanna devia ser silenciada de vez. Mas instantaneamente sucedeu o sentimento de remorso. Caiu de joelhos ao lado dela e a levantou do chão.

— Hester, minha esposa, me perdoe...

As pálpebras dela se moveram, se abriram.

— Tire suas mãos de mim — mandou ela, com desprezo. — Você é um adúltero imundo. Não quero que me toque.

Hester fez sua cama no antigo quarto de Frances e mudou suas roupas do quarto do casal naquela noite. Preparou um jantar simples para John, arrumou novas roupas para ele e começou a costurar uma nova camisa. Comportava-se como uma esposa obediente e cumpridora de seus deveres. Mas ele tinha destruído o amor nela com um golpe impulsivo, e ele não sabia como reconquistá-lo.

Era como se o seu coração tivesse desaparecido junto com o da casa. O jardim estava descuidado, a topiaria e as sebes do jardim formal tinham crescido e perdido a forma. Os cascalhos nos caminhos não serviam de defesa contra as ervas daninhas que não paravam de brotar. Os canteiros aquecidos, do lado da casa, não tinham sido preparados com terra peneirada para a chegada da nova estação, como deveriam ter sido. As árvores frutíferas não tinham sido podadas adequadamente no outono. Até mesmo os castanheiros não tinham sido todos plantados e crescido a tempo para serem vendidos no começo do verão.

— Eu não consegui fazer tudo sozinha — disse Hester, obstinadamente, ao ver John examinar, do terraço, criticamente, o jardim. — Não tinha ajudantes para contratar, não tinha dinheiro. Todos fizemos o máximo que pudemos, mas esse jardim precisa de uma dúzia de homens para conservá-lo. Joseph, Johnnie, Frances e eu não demos conta.

— É claro que não, eu entendo — disse John e saiu para cismar no gabinete de curiosidades semivazio, e caminhar, com seu passo manco, pelo jardim congelado.

Johnnie descarregou as árvores novas da Virgínia e as deixou em seus barris, encostadas no muro da casa. O solo estava duro demais para plantá-las. Uma delas tinha morrido com a força dos ventos salgados durante a viagem, mas as outras quatro pareciam fortes e aptas a desenvolverem folhas verdes quando o clima melhorasse.

— Quais são elas? — perguntou Johnnie.

O rosto de seu pai se iluminou.

— Tulipeiros, é como as chamam. Crescem tão redondas e simétricas quanto os castanheiros, mas apresentam flores grandes, brancas, flores do tamanho da sua cabeça. Eu as vi se desenvolverem a uma altura e largura tal... — Interrompeu-se. Suckahanna tinha mostrado para ele. — E essas são bordos.

Johnnie rolou os grandes barris de sementes e raízes para a estufa, e se pôs a desembalá-las e a plantá-las em vasos com terra peneirada, prontos para serem colocados no lado de fora e regados quando as geadas da primavera acabassem. John observou-o, sem vontade de trabalhar ele próprio, mas horrivelmente rápido para criticar quando seu filho deixava cair uma semente ou era desajeitado com uma raiz.

— Nunca lhe ensinaram como fazer isso direito? — perguntou ele, com irritação.

Seu filho ergueu o olhar, disfarçando seu ressentimento.

— Desculpe, senhor — replicou ele, formalmente.

Hester apareceu à porta e percebeu a cena com um único olhar rápido.

— Posso lhe falar um instante, marido? — perguntou ela, sua voz sem se alterar.

John foi para perto dela, que o levou para o jardim, para que o menino não os escutasse.

— Por favor, não corrija Johnnie de maneira tão brusca — disse ela. — Ele não está acostumado a isso e, na verdade, ele é um bom garoto e muito trabalhador.

— Ele é meu filho — enfatizou John. — Devo lhe ensinar o que é certo.

Ela baixou a cabeça.

— É claro — replicou ela, friamente. — Deve fazer como quiser.

John esperou para o caso de ela falar mais alguma coisa, e então virou-se abruptamente e entrou em casa com o passo pesado, seus pés doendo nas botas, consciente de estar errado, sem saber como agir certo.

— Vou a Londres — disse ele. — Tenho de concluir meus compromissos com Sir Henry. É evidente que teremos de fazer nossa fortuna de outra maneira que não com o jardim e as curiosidades, já que tais curiosidades desapareceram e o jardim está praticamente arruinado.

Hester voltou para a estufa. Johnnie ergueu os sobrolhos para ela.

— Vamos ter de nos familiarizar um com o outro, de novo — disse ela, com a voz tão inalterada quanto conseguiu. — Deixe-me ajudá-lo com isto.

Durante dias, John andou pelo terreno, tentando se acostumar com a escala menor da Inglaterra, tentando aceitar um horizonte que parecia tão próximo, tentando desfrutar sua propriedade de 20 acres, quando havia sido livre para correr em uma floresta que não tinha fim, tentando se satisfazer com uma mulher sem atrativos, franca, e com um filho louro inteligente, e não pensar na beleza morena de Suckahanna e na beleza selvagem de seu filho. Dispôs os itens indígenas no gabinete de curiosidades, quase vazio, sentindo a ponta da flecha deslizar fácil por sua mão, passando os dedos na camisa de camurça, como se um quê do calor da pele de Suckahanna ali permanecesse.

Conseguiu um pouco de dinheiro com a incumbência de Sir Henry e comprou dois belos quadros, encaixotou-os e os despachou para ele. Quando o navio retornasse, dali a quatro meses, aproximadamente, lhe traria outra ordem de pagamento e, talvez, mais alguns barris de açúcar para ele vender. Experimentou uma certa satisfação ao ver que era capaz de ganhar algum dinheiro, mesmo nesses tempos difíceis, mas achou que nunca mais experimentaria a sensação de liberdade ou de alegria.

Hester fez a única coisa que sabia fazer, e solucionou os problemas práticos da situação. Ela pediu-lhe para acompanhá-la a Lambeth e o levou direto ao melhor sapateiro que ainda trabalhava na cidade. Ele mediu os pés de John e depois olhou para as solas com horror. — Tem pés como os de um montanhês escocês, perdoe-me por dizê-lo.

— Sim, ele tem — observou Hester. — É um cavalheiro na Inglaterra e terá botas do melhor couro, uma bota de trabalho e um par de sapatos. E é melhor que não apertem seus pés.

— Não tenho o couro — disse o homem. — Não trazem o gado para Smithfield, os curtidores não conseguem o couro, eu não tenho como consegui-lo. Esteve tempo demais na Virgínia, se acha que pode encomendar sapatos como nos velhos tempos.

Hester levou o sapateiro pelo cotovelo para o lado, trocaram algumas breves palavras, e ouviu-se o tilintar de uma moeda.

— O que lhe ofereceu? — perguntou John quando saíram da loja escura para a luz intensa do sol de março.

Hester fechou a cara e se preparou para uma discussão.

— Não vai gostar de saber, John, mas prometi fornecer o couro, do suprimento das curiosidades de seu pai. Há um couro pintado com uma cena de Nossa Senhora e o Menino Jesus. Não é um bom quadro, e completamente herético. Seria um convite a que os soldados se lançassem contra nós, se o mostrássemos. E o homem tem razão, ele não tem outra maneira de conseguir o couro para os seus sapatos.

Por um momento, ela achou que ele ia se enfurecer com ela, novamente.

— Então terei de me exibir por Londres com imagens papistas pintadas nas minhas botas? — perguntou ele. — Não vão me enforcar por ser um jesuíta me escondendo?

— Um disfarce nada discreto, andar por aí com a Virgem Maria nos pés — salientou Hester, animadamente. — Não, a pintura está gasta e ele vai usá-la no lado de dentro.

— Estamos usando tesouros raros como bens domésticos? Que tipo de administração é essa?

— Estamos sobrevivendo — replicou Hester, com a cara fechada. — Quer botas com que possa andar ou não?

Ele fez uma pausa.

— Jura que a coleção não está perdendo nada mais de algum valor? — perguntou ele. — Que está segura em seu esconderijo, como você diz?

— Juro por minha honra, e pode ver tudo por si mesmo, se derrubar a árvore e abrir a porta. Mas John, é melhor esperar. Ainda não está em segurança. Todos dizem que o rei foi derrotado, mas já disseram isso antes. Sua mulher está trabalhando contra nós, na França, e ele pode convocar os irlandeses, e quem pode saber o que o papa é capaz de ordenar, se a rainha prometer entregar o país ao papado? O rei não pode ser derrotado em batalha, apesar de lutarem sem trégua. Mesmo quando lhe restar somente um único homem, ele não poderá ser derrotado. Ele continua a ser rei. Não podem derrubá-lo. Ele tem de decidir se render.

John concordou, com um movimento da cabeça, e se puseram a andar a pequena distância de volta à casa.

— Fico pensando... Fico me perguntando se eu não deveria procurá-lo — disse ele.

Ela cambaleou ao pensar nele retornando à corte e ao perigo.

— Por que cargas-d'água você faria isso?

— Sinto como se lhe devesse um serviço — replicou ele.

— Deixou o país para escapar de ter de servi-lo — lembrou ela.

Ele fez uma careta diante de sua aspereza.

— Não foi tão simples assim — disse ele. — Eu não queria morrer por uma causa em que não acreditava. Eu não queria matar um homem porque, como eu, ele se alistara sem convicção, só que no outro lado. Mas se o rei estiver disposto a fazer a paz, poderei servir a ele com a consciência limpa. E não gosto de pensar nele sozinho em Oxford, sem a rainha e com o príncipe tendo fugido para Jersey, sem ninguém com ele.

— Há toda uma multidão com ele — replicou Hester. — Bebendo toda noite até cair e envergonhando Oxford com seu comportamento. Ele não poderia ter mais companhia. E se ele o vir, vai se lembrar de você e perguntar por onde andou. Se ele o quisesse, já teria mandado que o procurassem.

— E ninguém procurou?

Ela sacudiu a cabeça, negando.

— Desde a convocação geral para a guerra, não — disse ela. — E, na época, arriscaram a nossa vida por uma causa perdida. Não há nada que você possa fazer pelo rei, a menos que possa persuadi-lo a fazer um acordo com seu povo. Pode fazer isso?
— Não.

Assim que as novas botas de John ficaram prontas, ele as calçou, vestiu sua melhor roupa e anunciou a intenção de visitar formalmente a filha em sua nova casa. Hester e Johnnie, também em suas melhores roupas, desceram o rio de barco com ele.
— Ele vai ficar com raiva? — perguntou Johnnie, baixinho, sua voz abafada pelo ruído dos remos na água.
— Não — respondeu Hester. — No momento em que a vir, ela o terá nas mãos, facilmente, como sempre.
Johnnie abafou um risinho.
— Vamos passar pela ponte? — perguntou ele.
Hester hesitou. Passageiros medrosos faziam com que os barqueiros os deixassem no lado oeste da Tower Bridge, e davam a volta a pé para embarcarem de novo no outro lado. A forte correnteza em volta dos pilares da ponte era amedrontadora e quando a maré estava alta e o rio estava cheio, barcos poderiam virar e pessoas poderiam se afogar. Era a grande paixão de Johnnie ultrapassar a corrente e geralmente Hester ficava no barco com ele, as mãos segurando com força na borda, as juntas brancas, e um sorriso fixo no rosto.
— Fazer o quê? — perguntou John, e se virou.
— Passar por baixo da ponte — respondeu Johnnie. — Mamãe deixa.
John olhou surpreso para a sua mulher.
— Você não pode gostar disso, gosta? — perguntou ele.
Com um rápido olhar de relance para ela percebeu que estava aterrorizada.
— Ah, eu não me importo — disse ela. — Johnnie gosta.
John deu uma gargalhada.
— Então Johnnie pode fazer isso — disse ele com firmeza. — Você e eu vamos desembarcar nas Swan Stairs, como cristãos, e Johnnie se encontra conosco no outro lado.
— Mas gosto que a mamãe também venha! — protestou Johnnie.

— Pode ser — replicou John com firmeza. — Mas agora estou em casa, e você não vai afogar minha mulher só para ter a sua companhia. Pode passar por baixo da ponte sozinho, meu garoto.

O barqueiro os deixou no lado oeste. John pôs a mão sob o cotovelo de Hester, subiram os degraus e se viraram para acenar para Johnnie, que se sentava na proa do barco para aproveitar tudo da passagem aterradora.

— Olhe só para ele! — exclamou Hester, com ternura.

— Você é muito indulgente com ele — disse John.

Ela hesitou. John era o seu pai e o chefe da família. Devolver-lhe o poder era difícil para ela, tanto como recuperar sua posição era difícil para ele.

— Ele ainda é apenas um menino — observou ela. — Sequer completou 13 anos.

— Se ele estivesse na Virgínia... — começou John, e reprimiu o resto.

— Sim — disse ela baixinho. — Mas ele não está. Ele é um bom menino, e tem sido corajoso e leal durante esses anos difíceis. Se ele fosse filho de um plantador, vivendo na floresta, então, acho, ele seria um menino diferente. Mas não é. É um menino que teve de viver sua infância no meio de uma guerra e viu todos os adultos à sua volta terrivelmente amedrontados. Tem razão em restaurar as regras, John, mas não quero que ele seja culpado de não ser o que ele não tem de ser.

Ele virou-se e a encarou, mas ela não baixou o olhar. Olhou-o com ferocidade, como se não se importasse se ele fosse bater nela ou mandá-la para casa humilhada. Não era a primeira vez que John era lembrado de que tinha se casado com uma mulher que inspirava respeito e, apesar de estar enfurecido, lembrou-se de que ela estava defendendo ferozmente o filho dele, assim como tinha defendido ferozmente o jardim e as curiosidades.

— Você tem razão — disse ele, com o sorriso que ela amava. — E vou recuperar meu lugar de chefe da família. Mas não serei um tirano.

Ela balançou a cabeça, entendendo, e quando caminharam juntos para o outro lado da ponte, onde o barco os aguardava, ela deslizou a mão para o braço dele, e John não a repeliu.

Pagaram o barqueiro e retrocederam para a Torre. O pátio forrado de madeira de Alexander Norman ficava ao lado dos muros da Torre, onde tinha sido um convento. Sua casa tinha sido construída ao lado, uma das elegantes compridas e estreitas *town houses,* comprimidas na rua estreita. Hester tinha receado que Frances se sentisse infeliz sem um jardim, com pouco mais de uma dúzia de vasos no quintal, nos fundos, pavimentado com pedras redondas, e que passava a metade do dia obscurecido, por causa das pilhas de lenha no quintal forrado de madeira da casa vizinha. Mas a casa já estava decorada com trepadeiras de rosas e madressilvas, que cresciam na direção das janelas, e cada janela tinha um suporte fixado pelo lado de fora e uma caixa quadrada pregada na parede com tulipas esperando florescer.

— Eu não teria problemas em adivinhar qual seria a casa dela — disse John, austero, relanceando os olhos para as outras casas sem flores, com a frente sem adornos.

— Isso não é nada — disse Johnnie, com prazer. — Ela tem uma horta de ervas, e uma macieira comprimida no muro dos fundos. Ela diz que vai podá-la, para mantê-la bem pequena. Diz que vai replantá-la em vasos todo ano, e podar as raízes também.

John sacudiu a cabeça.

— Ela precisa de uma macieira anã — disse ele. — Talvez se alguém enxertasse uma macieira nova em uma raiz de arbusto, ela pudesse crescer pequena...

Hester se adiantou e bateu à porta. Frances abriu-a no mesmo instante.

— Papai! — disse ela, e desceu os degraus, jogou os braços ao redor dele e pôs a cabeça em seu ombro.

John quase se retraiu com seu toque. Nos três anos em que estivera fora, ela tinha deixado de ser uma garota para se tornar uma mulher de quase 18 anos, e agora, com seu corpo leve pressionado contra o dele, pôde sentir a protuberância do seu bebê.

Recuou para olhá-la, e sua expressão se suavizou.

— Você se parece tanto com sua mãe — exclamou ele. — Como está linda, Frances.

— Ela é o retrato da minha Jane. — A Sra. Hurte surgiu da casa e apertou a mão de John e, depois, a de Hester. Abraçou Johnnie com força, sem parar de falar nem por um instante. — O retrato dela. Sempre que a vejo, acho que é ela que voltou para nós.

— Entrem — disse Frances. — Devem estar congelando. Passou por baixo da ponte?

— Papai não deixou mamãe vir junto.

Frances lançou um olhar rápido de aprovação a seu pai.

— Fez muito bem. Por que mamãe se arriscaria a se afogar só porque você gosta disso?

— *Ela* gosta! — protestou Johnnie.

— Juro que nunca disse isso — observou Hester.

A Sra. Hurte foi para fora da casa, ao invés de entrar, e então pegou o braço de John e o levou para dentro. Hester admirou a habilidade diplomática da enteada. Era uma capacidade de liderança tão dotada quanto a de Oliver Cromwell com seu Novo Exército-Modelo. A Sra. Hurte faria John aprovar o casamento com duas frases de queixas. Hester e Frances ficaram com os ouvidos atentos para ouvi-la fazer isso.

— Voltou para casa tarde demais — disse a Sra. Hurte, censurando John. — Isso foi péssimo. E você chegou tarde demais para impedi-lo.

— Não vejo nada de tão ruim — disse John.

— Um homem de 56 e uma garota de 17? — perguntou a Sra. Hurte. — Que vida podem ter juntos?

— Uma vida boa. — John fez um gesto mostrando a casa bonita e o desenho formado pelos ramos de rosas podados. — Um rapaz da idade dela não poderia lhe oferecer tudo isso.

— Ela devia ter sido mantida em casa.

— Nos tempos de hoje? — perguntou John. — Que lugar seria mais seguro senão ao lado da Torre?

— E já esperando bebê?

— Quanto mais velho o marido, quanto mais cedo melhor — replicou John rapidamente. — Por que se opõe tanto, mãe? Foi um casamento por amor. Sua própria filha, Jane, não ia querer nada melhor.

Ela se conteve ao ouvir isso.

— Jane levou um bom dote e vocês dois combinavam, casaram bem — disse ela.

— Providenciarei um dote adequado para Frances quando a paz for restaurada e eu puder vender as plantas da Virgínia e recolocar as curiosidades em seu lugar — replicou John com firmeza. — Estou negociando com as Índias Ocidentais e espero ter lucro muito em breve. E Frances casou-se *bem*. Alexander é um bom amigo, fiel à sua família, e ela o ama. Por que ela não deveria se casar com um homem de sua escolha nos tempos atuais, quando homens e mulheres fazem suas próprias escolhas diariamente? Quando esta guerra foi travada com homens e mulheres que lutam para ser livres?

A Sra. Hurte alisou seu vestido sombrio.

— Não sei o que o Sr. Hurte teria dito.

John sorriu.

— Ele teria gostado da casa, e da relação. Tanoeiro por decreto no meio de uma guerra? Não me diga que ele não teria adorado! Alexander está ganhando 12 libras por ano, sem contar os benefícios! É um bom casamento para a filha de um homem que tem pouco o que vender e cuja maior parte de seu estoque está escondida.

Hester e Frances trocaram um sorriso dissimulado, viraram-se, e entraram na casa.

— Isso foi inteligente — disse Hester à sua enteada.

Frances deu-lhe uma piscadela nada digna de uma dama.

— Eu sei — disse ela, presunçosamente.

Primavera de 1646

O solo aqueceu-se em abril e os narcisos brotaram na estufa, a relva começou a crescer e os galhos das árvores Tradescant se encheram de pássaros cantando, namorando e construindo ninhos, e então John caminhou pelas trilhas de lascas de tijolos, em suas novas botas papistas, e reaprendeu a amar seu jardim. Preparou um canto especial para as plantas da Virgínia e observou suas raízes ressequidas produzirem minúsculos brotos verdes, e as sementes secas, pouco promissoras, germinaram em seus vasos e puderam ser transplantadas.

— Elas vão se dar bem aqui? — perguntou Johnnie. — Não é frio demais para elas?

John apoiou-se em sua pá e negou, sacudindo a cabeça.

— A Virgínia é um lugar de extremos muito mais acentuados do que aqui — replicou ele. — Muito mais frio no inverno, mais quente no verão, e úmido como um cataplasma meses e meses seguidos no verão. Acho que vão florescer bem aqui.

— E qual acha que vai vender melhor? — perguntou Johnnie, ansiosamente. — Qual é a mais sofisticada?

— Esta. — John inclinou-se à frente e tocou nas folhas que se abriram de uma planta pequenina. — Esta pequena áster.

— Esta coisinha tão pequena?

— Ela vai ser uma grande alegria para os jardineiros, esta aqui.

— Por quê? — perguntou Johnnie. — Como ela é?

— Fica alta, quase na altura da sua cintura, e é branca como uma margarida, com folhas espessas, escuras, um caule lenhoso, e cresce em profusão. É uma espécie de miosótis coberto de arbustos, como a áster da Holanda. Na Virgínia, vi, na floresta, uma clareira inteira cheia delas, como o branco da neve. Uma vez vi uma mulher trançar as flores no seu cabelo preto e então achei que era a flor mais bonita que eu já tinha visto, como um broche, como uma joia. Poderia dar-lhe um nome, é o tipo de beleza de que o seu avô teria gostado, e vai crescer para qualquer um. Ele gostava disso em uma planta. Ele sempre dizia que eram as plantas resistentes que proporcionavam a maior alegria.

— E das árvores? — incitou Johnnie.

— Se crescer — advertiu-o John. — Talvez a nossa árvore da Virgínia mais refinada seja o bordo, o bordo da Virgínia. Pode sangrá-lo para obter açúcar: faz-se um corte nela, na primavera, quando a seiva começa a vir à tona, e escoa um sumo. Você o coleta, o ferve, e faz um açúcar rústico. É uma delícia acender uma pequena fogueira na floresta e engrossá-lo fervendo, fazendo o xarope. Todas as crianças lambem o que derrama e correm em volta com as caras lambuzadas e... — Interrompeu-se, não suportou contar a seu filho sobre o outro, o filho de Suckahanna. — As folhas ficam vermelhas e escuras, de um belo escarlate, no outono — concluiu ele. — E esta é um trombeteiro. Quando tive minha casa, plantei um ao lado da porta. Cresce rápido como uma madressilva selvagem, acho que agora deve estar da altura da minha chaminé. Se não tiver derrubado a casa. Esta eu tinha no outro lado da entrada da minha casa: é uma videira virgem, é como uma madressilva. Mas a melhor de todas será o tulipeiro. — John tocou nas árvores novas, que tinham sido plantadas ao abrigo do muro e estavam brotando folhas escuras brilhantes na ponta de seus ramos. — Graças a Deus podemos cultivá-los aqui, será uma bela coisa de se ver em um jardim inglês.

— Mais bonita do que o nosso castanheiro? — perguntou Johnnie, citando a árvore que seria sempre o padrão de beleza Tradescant.

— É a única árvore que já vi que se compara ao castanheiro do seu avô. Realmente, Johnnie, é uma árvore maravilhosa. Se eu conseguir cultivar o tulipeiro e vendê-lo aos jardineiros da Inglaterra, para que o cultivem como o castanheiro, então teremos feito um belíssimo trabalho, ele e eu.

— E o que vai restar para eu fazer? — perguntou Johnnie. — Já que ele foi para o Oriente, para a Rússia, para o Mediterrâneo, e você esteve no Ocidente, na América? O que restou para mim?

— Ah — disse John, com saudades. — Ainda há tanto para ver, Johnnie. Você não pode imaginar como o país é grande e a que distância os rios correm no interior, como as montanhas ficam distantes, não pode imaginar a extensão dos prados. E para além das montanhas, me disseram que há planícies, campinas, florestas e mais montanhas, e lagos de água doce do tamanho de um mar, tão vastos que tempestades agitam suas águas, erguendo-as como ondas que quebram na costa. Vai ter muito para você ver quando for um homem adulto e estiver pronto para trabalhar.

— E vai me levar com você, se voltar lá de novo? — perguntou Johnnie.

Tradescant hesitou por um momento, pensando em Attone e Suckahanna, e na outra vida, na vida diferente. Então olhou para o rosto animado do filho e pensou em como ficaria orgulhoso de mostrá-lo a Attone e dizer: "Este é *meu* filho. Johnnie não era uma criança powhatan: não era um menino de olhos escuros, pele morena, disciplinado e habilidoso. Mas era um menino de beleza igual: um menino inglês, louro, rosto redondo, e um sorriso parecido com a luz do sol.

— Sim — replicou ele, simplesmente. — Se eu voltar lá de novo, levarei você comigo. Será a nossa aventura, na próxima vez.

— Podemos ir quando o rei tiver garantido seu trono — disse Johnnie, decidido.

— Hummm. — John não deu nenhuma opinião.

— Continua partidário do rei? — pressionou-o Johnnie. — Sei que esteve longe durante o maior tempo da guerra, mas você estava com ele quando ergueu seu estandarte, e você é um homem do rei, não é, papai?

John olhou para o rosto determinado do filho e pôs a mão no seu ombro.

— É difícil, para mim, responder — replicou ele. — Sou homem do rei no sentido de que meu pai era o seu jardineiro e eu também fui seu jardineiro. Não me esqueço de que servi ao rei, ou à corte, por quase toda a minha vida. Mas nunca pensei que ele fosse perfeito, não como outros pensaram, não como ele queria que pensássemos. Eu o vi cometer erros demais, ouvi muito absurdo por esse tipo de lealdade. Achava-o um homem tolo, às vezes, perversamente tolo. Portanto não o considero o segundo depois de Deus.

— Mas continua a ser o rei — insistiu Johnnie.

John assentiu com a cabeça, resignado.

— Continua a ser o rei.

— Se ele mandar chamá-lo, você irá?

— Se ele mandar me chamar, terei de ir. Pelo dever e por minha honra, eu teria de ir se ele me chamasse.

— Você me levaria?

John hesitou por um momento.

— É uma carga que eu não poria sobre você, meu filho. Se ele não tem domínio dos jardins do palácios reais, então não há necessidade de você chamá-lo de seu senhor.

A convicção de Johnnie inflamou-se em seus olhos castanhos.

— Mas eu quero muito chamá-lo de senhor — disse ele. — Se eu estivesse com ele quando levantou seu estandarte, nunca o teria abandonado. Tenho tanto medo que a luta tenha acabado antes de eu ter idade para me alistar, e assim perder tudo isso.

John deu uma gargalhada.

— Sim — disse ele. — Vejo que receia perder isso.

Nessa noite, John enfiou a cabeça pela porta do quarto de Hester para ver sua mulher, que estava ajoelhada aos pés da cama. Esperou em silêncio até ela se levantar e percebê-lo em pé à porta.

— Vim para perguntar se posso dormir aqui.

Ela subiu na cama e ergueu as cobertas para ele, a expressão grave.

— É claro — disse ela. — Sou sua mulher.

John tirou a touca de dormir e entrou no quarto.

— Não quero que me aceite na sua cama como parte de seu dever — disse ele, cautelosamente.

— Não.

— Eu queria que houvesse afeto e ternura entre nós.

— Sim.

— Queria que me perdoasse por ter ido embora deixando-a sozinha e desprotegida, e por ter ficado com outra mulher.

Ela hesitou.

— Deixou-a por sua livre e espontânea vontade?

John não encontrou uma resposta simples.

— Ela salvou a minha vida — disse ele. — Eu estava morrendo de fome e ela me levou para os powhatan, e eles me aceitaram por causa dela.

Hester balançou a cabeça para dizer que entendia.

— Você deixou-a por livre e espontânea vontade? Escolheu deixá-la e voltar para mim?

— Sim — respondeu John. — Sim. — A franqueza da mentira caiu como uma pedra no reflexo da luz da vela ao lado da cama.

John deitou-se ao lado de Hester e pegou sua mão. Era branca, enquanto a de Suckahanna era cor de bronze, e calejada pelo trabalho que tinha feito por ele em sua casa e em seu jardim. As costas de sua mão estavam arranhadas, ela tinha fixado as rosas trepadeiras. John levou a mão dela à boca e beijou dedo por dedo.

Com uma sensação de alívio, sentiu o desejo se manifestar lentamente. Pelo menos, seria capaz de realizar o ato físico, mesmo que o seu coração não estivesse completamente presente. Virou a palma da mão dela e beijou-a.

Hester pôs a mão em seu ombro e acariciou o cabelo curto na sua nuca.

— Você ainda a ama?

Ele relanceou os olhos para o seu rosto. Ela estava concentrada, séria. Não parecia enraivecida, como tinha todo o direito de se sentir. Ele arriscou dizer a verdade.

— Não da mesma forma que a você, mas sim, eu a amo.

— Você nunca me amou — disse ela sem se alterar. — Casou-se comigo por conveniência e, às vezes, acho que sente gratidão ou afeição por mim. Mas não foi um casamento por amor e nunca fingi que tivesse sido.

Sua franqueza alarmou-o.

— Hester...

— Não quero que finjamos — disse ela. — Prefiro saber a verdade a viver em um mundo de fingimento.

— Quer que eu saia?

— Não! — replicou ela rapidamente. — Não foi isso o que eu quis dizer, de jeito nenhum.

— Mas você disse...

Ela respirou fundo.

— Eu disse que se casou comigo por conveniência, para eu cuidar dos seus filhos e conservar as curiosidades e o jardim. Mas eu me casei com você porque precisava de um lugar onde morar, de um nome, e também... — Sorriu para ele, um sorriso amigo e tímido. — Eu estava apaixonada por você, John. Desde o momento em que entrou em casa, quando desci a escada e o vi.

Ele pôs a mão sob o queixo dela e virou seu rosto para ele. Apesar de suas bochechas estarem ruborizadas de vergonha, ela encarou-o com firmeza, com seu olhar direto, escuro.

— E você me perdoa?

Ela encolheu ligeiramente os ombros.

— Já que voltou para casa, para mim... é claro.

— E você ainda me ama?

— É claro. Por que mudaria?

— Porque a enganei.

— Veio para ficar? — perguntou ela com sua franqueza prática de sempre.

— Sim, vim para ficar.

— Então o perdoo.

Ele fez uma pausa.

— Acha que poderíamos começar tudo de novo? — perguntou ele. — Com o seu amor por mim e eu aprendendo a amá-la?

O rubor no rosto dela se acentuou e ele viu o pequeno laço branco no decote da sua camisola estremecer quando sua respiração se acelerou.

— Acha que poderia aprender a me amar?

John soltou as mãos dela, pôs os lábios em seu pescoço e, delicadamente, desatou o laço.

— Sei que sim — replicou ele, consciente, finalmente, de que esperava poder.

No fim de abril, Alexander Norman enviou uma mensagem à Arca.

Escrevo às pressas, para lhes enviar notícias urgentes. O rei partiu de Oxford, deixando a corte. Ninguém sabe para onde ele foi, mas isso deve significar o fim da guerra. Não tem mais do que uma dúzia de cavalheiros em sua companhia. Deve estar fugindo para se unir à rainha na França. Graças a Deus finalmente acabou.

John levou a mensagem a Hester, que estava fazendo a contabilidade doméstica na escrivaninha no vão das janelas venezianas no gabinete de curiosidades.

— Então, finalmente, está tudo acabado para ele — disse John.

Ela ergueu rapidamente o olhar para ele.

— Você deve ficar feliz por ter acabado. Pense só no país voltando ao normal.

— Normal! — exclamou ele. — Quem será o rei se ele se exilar? Como o país será governado?

— Pelo Parlamento! — replicou ela, com impaciência. — Achei que era por isso que lutavam!

— Não consigo deixar de pensar nele sem a rainha, cavalgando sozinho, sabendo que perdeu tudo.

— Muitas outras pessoas perderam tudo — observou Hester, inflexivelmente. — E seus filhos e seus irmãos e maridos, também. Mais dois anos disso e Johnnie teria ido. Ele ansiou por morrer a serviço do rei desde que a guerra começou.

John anuiu e se virou para sair da sala.

— É que penso nele — disse ele —, em seu cavalo, sozinho. Gostaria que tivesse alguém com ele que conhecesse o caminho para Dover.

— Newark! — exclamou John, e olhou para Alexander Norman, sem acreditar. — O que diabos ele está fazendo em Newark? Achei que estava indo para a França!

— Ele deu a volta — disse Alexander. — Temos de admirar seu estilo. Chegou a uma hora de Londres e, aparentemente, pensou em entrar na cidade para testar a disposição do povo.

John ofegou, horrorizado.

— Então cavalgou para King's Lynn, e depois prosseguiu para o norte até Newark.

— O que diabos ele está fazendo?

— Acho que ele não sabia o que fazer — replicou Alexander. — Acho que partiu e esperou que algo acontecesse, um golpe de sorte, a chegada do exército francês ou do exército irlandês, ou uma mudança repentina de atitude do Parlamento. Acho que ele estava apenas prorrogando o momento de se render.

John sacudiu a cabeça.

— Aos escoceses? — disse ele, melancolicamente.

Alexander confirmou com um movimento da cabeça.

— Ao exército escocês em Newark.

— Ele pensa que vão tratá-lo melhor do que o seu próprio povo? — perguntou John. — Ele tem os ingleses em tão baixa conta que recorre aos escoceses que foram os primeiros a se manifestar contra os bispos e o livro de orações? Esqueceu-se de que o seu próprio pai veio para o sul e nunca mais retornou voluntariamente à Escócia? De que o seu próprio pai disse "Sem bispos, sem rei"? E os escoceses nunca tiveram bispos.

Frances, sentada ao lado da lareira, na sala da casa de Lambeth, costurando uma pequena camisola, ergueu a cabeça ao sentir a aflição de seu pai.

— Se pelo menos pudéssemos ter paz agora.

— Mas o que vão fazer com ele? — perguntou John. — Têm sido seus inimigos desde o começo. Podem entregá-lo ao Parlamento, e então ele não ficará em melhor situação do que se tivesse ido direto para Londres.

— Ele deve estar esperando pô-los contra o Exército inglês e o Parlamento. Se estiver lá, em pessoa, oferecendo-lhes a chance de conquistar a Inglaterra, quem pode saber que rumo tomarão? Podem se colocar em formação atrás dele e marchar para a Inglaterra, com ele como testa de ferro. Esse deve ser o seu sonho. — Alexander assinalou as opções com os dedos. — Ou podem instalá-lo em Edimburgo como o seu rei e não nosso. Ou podem ajudá-lo a ir para o estrangeiro e fingir não terem tido nada a ver com isso, de modo a não terem que carregar o peso da sua prisão.

— Ou podem mantê-lo como fantoche em seu próprio jogo — exclamou John. — Quem o está aconselhando? Quem seria capaz de aconselhá-lo a ficar vagando pelo reino e acabar procurando os escoceses? Que tolos ele tem ao seu lado? Por que não tem ninguém lá pensando na sua segurança?

— Acho que ele está confiando na sorte — replicou Alexander. — E, mesmo agora, quem pode saber para que lado a sorte vai se voltar?

Quando Alexander voltou à City, deixou Frances na casa de seu pai. O clima mais quente tinha introduzido a peste de novo em Londres, e se dizia que era a pior em muitos anos. As pessoas mais pobres tinham ficado sem combustível e sem comida adequada durante o inverno rigoroso, e quando os ventos quentes da peste sopraram, estavam sem força para resistir à infecção. Em meses, as carroças da praga subiam e desciam as ruas estreitas durante a noite toda, e as cruzes brancas apareciam em uma porta atrás da outra. Alexander não podia fazer nada para se proteger além de ficar em casa e trabalhar em seu pátio e impedir, o máximo possível, seus aprendizes de saírem à rua. Mas não exporia Frances à infecção.

John percebeu que estava absurda e excessivamente apreensivo em relação à filha. Ela foi ficando ainda mais parecida com a mãe enquanto engordava, e seu rosto assumia um rubor à medida que a gravidez avançava. Ele não queria falar de Jane com sua segunda mulher, e não queria que a sombra de sua morte pairasse na casa. Passava longas horas no jardim, só entrando em casa na hora do lento crepúsculo do começo do verão, e percebeu que enquanto estava cavando, capinando e transplantando as mudas da Virgínia, refletia sobre os diferentes tipos de amor que um homem pode ter: por seu trabalho, pela garota com quem se casou por amor, pelos filhos que ela lhe deu, pela mulher com quem se casou por conveniência, e pela mulher que ele amou sem esperança, impotentemente, completamente.

Até mesmo reconheceu, por fim, seu amor pelo rei, o senhor insensato, egoísta, intratável, que tão persistentemente sabia menos e compreendia menos que seus criados. John tinha achado que todos os tipos de amor eram fios que o puxavam de um lado para outro, e seriam, como Attone o tinha advertido, uma corda para derrubá-lo. Mas no caminho para casa, passando pelos canteiros de tulipas, ao ver a forma de suas pétalas em concha contra o escuro da noite, pensou que, talvez, os fios fossem a própria trama do tecido da sua vida, e o faziam ser o que era, um homem que amara profundamente de maneiras diferentes, e que os amores diferentes não eram uma traição, mas uma riqueza.

Certo dia de junho, estava removendo os botões das cerejeiras quando viu Johnnie disparar para fora pela porta da cozinha e correr para o estábulo. Um momento depois, ele puxava a égua para fora da baia e a montava em pelo, com um pulo, galopando para fora do pátio.

— O que foi? — gritou John. Desceu rápido deslizando a escada e correu para dentro de casa. — É Frances? — perguntou ele.

— Ela está doente — replicou a cozinheira. — A Sra. Tradescant a pôs na cama e mandou Johnnie chamar o boticário. Queira Deus que não seja a peste.

— Amém — disse John, e no mesmo instante: — Que se dane por falar nesses receios. — Saiu da cozinha e subiu a escada, ainda com suas botas de trabalho, espalhando lama no piso de madeira encerado. — Hester? Hester?

Ela surgiu do quarto de Frances e ele percebeu no mesmo instante, por sua expressão, que sua filha estava gravemente doente.

— O que foi? — perguntou ele. — Não é... — Baixou a voz. — Não é a peste, é?

— Não sei — disse ela. — Estava muito quente e disse que queria se deitar, e então desmaiou.

Ele relanceou os olhos, supersticiosamente, para a porta fechada.

— Mude-a para o nosso quarto — disse ele.

— Ela está no seu próprio quarto, não quero incomodá-la, deslocando-a — replicou Hester sem entender.

Ele ficou inquieto, com medo até mesmo de proferir as palavras.

— Por favor — disse ele. — A mãe dela contraiu a peste nesse quarto, era o nosso quarto. Ela me pediu para levá-la para a estufa, e foi lá que ela morreu. Por favor, não deixe Frances nesse quarto.

Hester aproximou-se dele, e pegou suas mãos sujas.

— John, esses são temores passados — disse ela. — Essa é Frances e não Jane. É uma febre, não é a peste. Ela é uma jovem forte e cuidarei dela da melhor forma que puder. Não vou deslocá-la quando está confortável em sua própria cama, e quem melhor para zelar por ela do céu a não ser sua própria mãe?

Ele hesitou por um instante.

— Ela está precisando de alguma coisa?

Hester pensou rapidamente em uma tarefa que mantivesse John ocupado, que o fizesse se sentir útil.

— Preciso de ervas — disse ela. — Matricária e camomila, e mirra para a infecção. Pode colhê-las para mim?

Ele assentiu e se dirigiu rapidamente para a escada.

— E escreva e envie uma mensagem a Alexander — disse Hester. — Não o preocupe demais, apenas diga que ela está com febre, e que gostaria de vê-lo, se ele puder vir.

John fez uma pausa, obediente como um menino assustado.

— Ervas ou carta primeiro? — perguntou ele.

— Carta — respondeu ela. — Depois as ervas, e depois, por que não põe algumas tulipas em um vaso? Ela gostaria de vê-las.

— Trarei a Semper para ela — replicou John, prometendo a melhor de todas. — A Semper Augustus.

Alexander subiu o rio ao alvorecer do dia seguinte e mandou o barco deixá-lo na margem o mais próximo possível da Arca. John viu-o, da janela, no pátio do estábulo, tirando a capa, o colete e, até mesmo, a calça, deixando tudo no estábulo. Mandou Joseph acionar a bomba, despiu a camisa e se lavou no jorro de água gelada antes de se esfregar e secar com um lençol, e bater na porta da cozinha, completamente nu.

Cook emitiu um gritinho de espanto, mas Alexander Norman não lhe deu atenção e passou direto para o hall.

— Perdoe-me — disse ele a John. — Mas há muita doença na City e não quero arriscar trazê-la para vocês. Estão livres dela em Lambeth?

— Meia dúzia de mortos na cidade, esta semana. — replicou John, gravemente. — Agradeço o seu cuidado. Poderá usar meus calções e minhas camisas.

— Ela está melhor? — perguntou Alexander.

John sacudiu a cabeça negando.

— A febre aumentou durante a noite e Hester diz que ela continua quente.

— Mas não é...? — Alexander não conseguiu dizer peste.

— Hester diz que não.

Os dois homens se olharam e, pela primeira vez desde o seu retorno à Inglaterra, John experimentou o prazer de conhecer um homem que compreendia o que ele estava sentindo. Sua própria preocupação estava estampada fundo na cara de Alexander. Os dois pareciam ter passado a noite rezando. Ele estendeu os braços e Alexander o abraçou forte.

— Queira Deus que não seja...

— Se Deus quiser — replicou John.

— Ela é tão preciosa para mim...

— Eu sei, eu sei.

— Mandei-a para fora da City assim que achei que havia o risco...

— Está em Lambeth, de qualquer maneira. Em nenhum lugar poderá ter certeza de que ela estará a salvo.

— Mas ela não...

— Tenho tanto medo — disse John, abatido. — Penso em sua mãe e em sua beleza... e Frances se parece tanto com ela... e então penso que talvez haja uma predisposição, será?

Alexander negou, sacudindo a cabeça.

— Não há como saber de onde vem ou quem está predisposto a contraí-la — replicou ele. — Essa é a maldição. Simplesmente, não se sabe. Os outros estão bem? Johnnie? Hester?

— Estamos todos bem — respondeu John. — E Deus sabe que todos estaríamos dispostos a ter isso por ela.

Alexander baixou a cabeça por um momento.

— Você me perdoa por ter me casado com ela? — perguntou ele, estouvadamente.

John riu.

— Por tudo o que ela já fez ou possa fazer, se ficasse boa de novo — disse ele. — Eu sabia que a amava, mas não que o simples fato de pensar em perdê-la fosse a minha morte.

— E o bebê?

— Estão resistindo, ela e o bebê — replicou John. Hester diz que os dois estão resistindo.

Não havia nada que os dois homens pudessem fazer. Umas duas vezes bateram à porta e John foi receber um visitante ao gabinete de curiosidades e outro para uma volta pelo jardim. O resto do tempo ele e Alexander ficaram em silêncio na sala, cada um de um lado da lareira fria, atentos aos passos no andar de cima, esperando notícias. Johnnie assumiu o posto no alto da escada, no lado de fora do quarto de Frances, esculpindo um graveto com seu canivete. O dia inteiro ele ficou sentado como um menino de coro em vigília, escutando o murmúrio da conversa e o suspiro irregular da respiração de Frances.

Havia pouco o que Hester pudesse fazer, embora nunca se afastasse da cabeceira de Frances. Umedecia sua testa com uma compressa com vinagre e alfazema, mudava os lençóis quando se molhavam de suor, segurava sua mão e falava com ela baixinho, acalmando-a quando se agitava com pesadelos febris, e a erguia sustentando seus ombros para que pudesse beber alguns goles de água do poço.

Mas quando Frances caía de novo sobre os travesseiros e ficava imóvel e a cor se esvaía de seu rosto, e sua pele ficava da cor de cera, não havia nada que ela pudesse fazer a não ser se sentar à cabeceira da cama e rezar para que sua enteada vivesse.

Hester velou a noite toda à sua cabeceira e, às 3 da manhã, sua cabeça caiu e ela adormeceu. Foi despertada alguns minutos depois por um movimento na cama, e ouviu Frances dizer "Ah, Hester!" com tal tristeza que já estava de pé quando seus olhos se abriram.

— O que foi? Descobriu alguma inchação? — perguntou ela, expressando o medo pior.

— Estou sangrando — disse Frances.

Hester percebeu imediatamente que a febre tinha cedido, mas a jovem estava lívida e sua camisola estava manchada de um vermelho escuro.

— Meu bebê — sussurrou Frances.

Hester torceu uma tira do lençol e tentou estancar o sangue.

— Fique deitada quieta — disse ela em tom urgente. — Vou mandar John chamar a parteira, você vai ficar bem.

Frances voltou a se deitar obediente, mas sacudiu a cabeça.

— Eu o sinto indo embora — disse ela.

Hester, uma mulher que nunca tivera filhos, se sentiu desorientada em uma tragédia que ela nunca tinha experimentado.

— Sente?

— Sim — replicou Frances, com a voz fraca, que Hester reconheceu na menininha que ela conhecera. — Sim. Perdi meu bebê.

Às 7 da manhã, Hester desceu, exausta, com uma pilha de panos para ser queimada e alguns lençóis para serem lavados, e se deparou com Alexander Norman e John alertas e em silêncio ao pé da escada.

— Perdoem-me — disse ela devagar. — Esqueci-me do tempo, esqueci-me de que estariam esperando e preocupados.

John pegou a trouxa de roupa dos braços dela e Alexander pegou sua mão.

— O que aconteceu? — perguntou John.

— A febre cedeu e ela não apresenta inchaços — respondeu Hester. — Mas perdeu o bebê. — Olhou para Alexander. — Sinto muito, Alexander. Eu ia mandar chamar a parteira, mas ela tinha certeza de que era tarde demais. Aconteceu tudo em um instante.

Ele virou-se e olhou para o alto da escada.

— Posso vê-la?

Hester assentiu com a cabeça.

— Tenho certeza de que não é a peste, mas não a desperte e não se demore.

Ele subiu a escada tão silenciosamente que os degraus nem rangeram. John deixou os panos caírem no chão e abraçou sua mulher.

— Você não dormiu — disse ele, delicadamente. — Venha. Vou lhe servir um copo de vinho e depois, vá se deitar. Alexander pode cuidar dela agora, ou eu, ou Cook.

Ela deixou-se levar para a sala, sentou-se em uma cadeira e aceitou um copo de vinho doce. Deu um gole e um pouco de cor retornou ao seu rosto. Nunca parecera mais singela do que agora, exausta. John nunca a amara tanto.

— Cuidou dela com muito amor — disse ele. — Nenhuma mãe faria melhor.

Ela sorriu.

— Eu não poderia amá-la mais, se tivesse lhe dado à luz eu mesma — replicou Hester. — E penso há muito tempo que ela tem duas mães: Jane no céu e eu na terra.

Ele pôs a cadeira ao lado da dela e a puxou para o seu colo. Hester pôs os braços ao redor do pescoço dele e deitou a cabeça no seu ombro. E pela primeira vez se permitiu chorar pelo bebê perdido.

— Haverá outros bebês — disse John, acariciando seu cabelo. — Teremos dezenas de netos, de Frances e de Johnnie.

— Mas esse está perdido — disse Hester. — Se fosse menino, ela iria chamá-lo de John.

Verão de 1646

Frances permaneceu na Arca por todo o verão, prometendo a Alexander que não retornaria à sua casa em Londres até o clima frio do outono matar a peste. Mas não se separaram por várias noites. A luta tinha terminado e havia poucos pedidos de barris de pólvora. Durante várias noites, Alexander pegou um barco na Torre e subiu o rio até Lambeth, depois seguiu a pé o caminho até a Arca, para ver sua mulher sentada no muro da frente, esperando por ele, como se ainda fosse uma menininha.

Foi um ano ruim por causa da doença, como todos tinham previsto, e a cidade estava cheia de adivinhos e profetas, de homens e mulheres prontos para se rebelarem e declararem nas esquinas que enquanto o rei estivesse com os escoceses, que o haviam levado para Newcastle, a nação não ficaria em paz. O rei tinha de retornar a Londres e se explicar, o rei tinha de se apresentar às viúvas e crianças órfãs de pai, e lhes pedir perdão, o rei tinha de se apresentar ao Parlamento e chegar a um acordo de como viverem em paz. O que o rei não deveria fazer era continuar contestando, argumentando com o Parlamento a favor de si mesmo, discutindo teologia com os escoceses presbiterianos e desfrutando a vida com alegria e felicidade como se o país não tivesse ficado em guerra por anos, sem chegar a lugar nenhum.

— Ele não pode ser feliz. — John discordou de Johnnie, que trouxe notícias que ouvira no mercado de Lambeth. — Ele não pode ser feliz sem a rainha e sem a corte.

— Ele só tem de esperar e Montrose vai salvá-lo! — declarou Johnnie. — Os escoceses são seus inimigos, ele foi inteligente ao procurá-los. Eles o protegeram de seus inimigos, o Parlamento inglês, e o tempo todo estava esperando Montrose. Montrose vai atravessar as Terras Altas e resgatar o rei.

— Johnnie tem um novo herói — disse Hester a seu marido, sorrindo. Estava conferindo as compras na carroça, e Cook as levava para a cozinha. — Seu ídolo era o príncipe Rupert, e agora é Montrose.

— Dizem que ninguém nunca vai pegá-lo, que ele corre pelas Terras Altas como uma corça — disse Johnnie. — Os presbiterianos nunca o pegarão, ele é rápido e inteligente demais. Conhece todos os desfiladeiros nas montanhas, quando o esperam em um lugar, ele desaparece nas colinas e os ataca de outro.

— Parece sempre tão fácil quando contado em uma balada — disse John, sensatamente. — Mas batalhas de verdade não são tão rápidas. E derrotas de verdade podem doer muito no coração de um homem.

Johnnie sacudiu a cabeça, sem se convencer, na hora. Porém, no fim do verão, ele sentiu um pouco do gosto amargo da derrota. Passou o dia 25 de junho no pequeno lago, remando seu barco a esmo, em círculos. A cidade do rei, Oxford, tinha-se rendido, e o príncipe Rupert — o favorito da corte, a esperança dos monarquistas, o general mais audacioso, mais elegante, mais belo dessa guerra — tinha sido banido do país e não mais teria permissão para retornar.

Hester desceu até o lago no fim da tarde, para chamar Johnnie. Estava esfriando e os sapos coaxavam no bambuzal à margem, os morcegos imergiam como andorinhões noturnos para apanhar os insetos que ainda sobrevoavam as águas cinzas. Viu o pequeno barco a remo com os remos fixados e Johnnie enroscado na popa, com suas pernas compridas se arrastando sobre a borda do barco, o salto de suas botas na água, formando pequenas ondas.

— Venha — gritou ela, a voz gentil atravessando a água quieta. — Venha para casa, Johnnie. A guerra acabou e temos de ficar felizes com isso, e não tristes.

A pequena figura enroscada no barco não se moveu.

John veio para o lado de Hester.

— Ele não virá — disse ela.

John pegou sua mão.

— Virá, sim.

Ela resistiu quando ele tentou levá-la para casa.

— Ele adorou o príncipe Rupert durante anos. Chorou na noite em que Rupert perdeu Bristol

— Ele vai sentir fome — disse John. — Há lealdade e amor, e há a barriga de um garoto de 13 anos. Ele virá. — Falou mais alto: — Temos morangos para o jantar. E Cook fez marzipã para acompanhar. Temos creme também?

— Ah, sim — replicou Hester, alto. — E costeleta de boi, com pudim Yorkshire, batatas assadas e alface.

Houve um ligeiro movimento no barco antes imóvel.

John pegou o braço de Hester com firmeza e a afastou da margem do lago.

— Não gosto de deixá-lo — sussurrou ela.

John deu um risinho.

— Se ele não vier quando o jantar estiver na mesa, pode me mandar buscá-lo nadando — disse ele. — É uma promessa.

John podia fazer pouco do desalento de Johnnie ao receber a notícia do exílio do príncipe Rupert, mas o pensamento do rei nas mãos dos escoceses em Newcastle também o assombrava. Em julho correu a notícia de uma missão inglesa para tentar persuadir o rei a fazer um acordo com o Parlamento, e o tempo todo lhe estava sendo incutida a ideia de assinar um tratado com os escoceses.

— Se não fizer um acordo nem com os ingleses nem com os escoceses, o que vai ser dele? — perguntou John a Hester. — Ele tem de abrir mão ou de seu direito ao Exército, e voltar para a Inglaterra, ou de sua religião, e se unir aos escoceses. Só não pode ficar esperando sem fazer nada.

Hester não disse nada. Achava que o rei era perfeitamente capaz de esperar e não fazer nada enquanto a rainha fazia campanha a seu favor na França, Montrose arriscava a vida e de seus homens nas Terras Altas, e Ormonde tentava abrir caminho no labirinto de conspirações do rei na Irlanda.

— Se os irlandeses se unissem a Montrose e lutassem pelo rei... — sugeriu ela.

John lançou-lhe um olhar rápido e irritado.

— Papistas e escoceses? — perguntou ele. — Lutando juntos por um rei protestante? Um exército irlandês? A aliança duraria menos de um dia e o país nunca o perdoaria.

— Se ele *for* um rei protestante — replicou Hester, com cautela.

John encostou a cabeça nas mãos.

— Ninguém sabe mais no que ele acredita, nem o que pretende. Como a situação chegou a isso?

— E no que *você* acredita? — perguntou Hester. — Sempre foi contra a corte, e contra o papado.

John encolheu os ombros, cansado.

— Não fui para a Virgínia só porque não tinha coragem de matar ingleses — disse ele. — Fui porque estava dividido. Servia ao rei, meu pai serviu ao rei durante toda a sua vida. Não posso simplesmente dar as costas e fingir que não me importo com a sua segurança. Eu *realmente* me importo. Mas ele está errado e errou desde... — Interrompeu-se. — Desde que invadiu a Câmara dos Comuns com seus homens — disse ele. — Não, antes. Desde que permitiu que o governo deste país fosse conduzido por aquele maluco, Buckingham. Desde que aceitou uma esposa papista, e portanto correu o risco de ter filhos papistas. Desde o momento em que ambicionou ter um reino governado por um tirano e não deu ouvidos a seus conselheiros.

Hester esperou.

— Quero o reino livre de sua tirania, sempre quis isso. Mas não preciso do reino livre dele. Ou de seu filho. Isso faz algum sentido?

Hester assentiu com a cabeça e mudou para um assunto mais urgente.

— Vamos desembalar as curiosidades?

John deu uma risada.

— Acha que estamos em paz? Com o rei nas mãos dos escoceses em Newcastle, recusando-se a fazer um acordo com o seu próprio Parlamento?

— Não acho que estejamos em paz — disse ela. — Mas se pudermos mostrá-las e reunir pessoas no jardim para verem as plantas da Virgínia, poderemos ganhar algum dinheiro neste verão. E temos dívidas, John. A guerra prejudicou todo mundo e estamos vivendo com apenas alguns xelins por mês.

Ele levantou-se da cadeira.

— Vamos dar uma olhada naquela árvore — disse ele.

Ficaram diante da grande cerejeira escura. Não gostara da localização diante da porta da casa de gelo, e germinara poucas flores na primavera e, agora, alguns gomos de frutas verdes que, com o tempo, poderiam amadurecer.

— Não suporto a ideia de ter de derrubá-la — disse John. — Cresceu bem, apesar de não estar dando muitos frutos.

— Podemos movê-la? — perguntou Hester. Seu olhar foi para além da árvore, até a porta da casa de gelo, onde a hera e a madressilva tinham sido plantadas. Ninguém a teria localizado, a menos que a estivesse procurando. Ela gostava da ideia de plantas ajudando a esconder as curiosidades. Havia uma certa unidade na Arca, como se todos trabalhassem juntos para salvar as coisas preciosas.

— Meu pai tinha uma maneira de mover as árvores grandes — disse John, pensativamente. — Mas leva tempo. Vamos ter de ser pacientes. Precisaremos de uns dois meses no mínimo.

— Então, vamos removê-la — disse Hester. — Fico meio desconcertada com o gabinete de curiosidades como está, quero os tesouros de volta lá dentro. — Não disse a John que, enquanto o rei estivesse sob o controle dos escoceses, ela não temia pela segurança dos tesouros ou da família. Hester tinha muita confiança na eficiência e na imunidade dos presbiterianos casmurros ao encanto Stuart. Se os escoceses estivessem dominando o rei, mesmo se o tivessem levado para longe, para Edimburgo, Hester se sentiria segura.

Hester lembrava-se da locomoção da cerejeira como um evento que coincidia com a morte das esperanças do rei fugitivo. Os dois processos aconteceram em estágios lentos. John cavou uma trincheira ao redor da cerejeira de seu pai e a regava todas as manhãs e à noite. As notícias de Newcastle eram de que o rei não concordaria com nada: nem com as propostas da Inglaterra nem com a de seus anfitriões, os escoceses.

Com a ajuda de Joseph e Johnnie, o tronco foi empurrado devagar, primeiro em uma direção, depois na outra; John cavou sob a árvore e delicadamente retirou a terra, menos a das raízes maiores. Um clérigo escocês que tinha lutado com a consciência do rei durante dois meses foi para casa, em Edimburgo, e morreu, dizem que de tristeza, culpando a si mesmo por não ter conseguido fazer o homem mais teimoso da Inglaterra enxergar onde seus próprios interesses estavam.

John regava generosamente a árvore, três vezes ao dia, com a mistura de urtiga, esterco e água usada por seu pai. Souberam que a própria rainha tinha escrito ao rei e pedido a ele para fazer um acordo com os escoceses, de modo que, pelo menos, ele pudesse ser rei da Escócia.

John podou a árvore, removendo cuidadosamente os galhos que consumiriam a sua força. Os presbiterianos escoceses, discutindo com seu prisioneiro real, declararam privadamente, entre si, que ele era louco, que devia ser louco por ter ido até eles sem exército, sem poder, sem aliados, e imaginado que lutariam por ele, em seus termos, contra seus correligionários, em troca simplesmente de seu agradecimento.

Johnnie e Joseph, com John e Alexander do outro lado, fincaram estacas de um lado da cratera ao redor da árvore até o outro, até ficar bem escorada. Então John desceu ao fosso enlameado e soltou as últimas raízes. A mais comprida e resistente foi puxada com muito cuidado do barro e, depois, amaldiçoada quando se quebrou e ele caiu de volta na lama, com um baque surdo.

— Isso a matou — disse Joseph com tristeza, e John saiu da cratera completamente ensopado e irritado. Então, os quatro ergueram a árvore do chão delicadamente e a carregaram para o fundo do pomar, onde outro buraco tinha sido cavado. Colocaram-na nele, espalhando as raízes com cuidado, encheram-no de terra e a pressionaram. John recuou e admirou o seu trabalho.

— Está torta — disse Frances, atrás dele.

John virou-se irado para ela.

— Só uma brincadeira — disse ela.

Com a porta desimpedida, Hester amarrou um lenço na cabeça, para se proteger das teias e das aranhas e se pôs a afastar a hera e a madressilva. A chave deslizou fácil na fechadura, a porta se abriu com um rangido feito pelas dobradiças sujas. John espiou dentro. A pequena câmara redonda estava cercada de palha e empilhada de baús e caixas com os tesouros do seu pai. Pegou a mão suja de Hester e beijou-a.

— Obrigado por tê-los protegido — disse ele.

Outono de 1646

Hester, Johnnie e Joseph estavam removendo os bulbos de tulipa no jardim da Arca. Trabalhavam com os dedos no solo frio. Até mesmo os bulbos comuns eram valiosos demais para arriscarem espetá-los com um forcado ou parti-los com uma pá. No solo, ao lado de Hester, estavam recipientes de porcelana das tulipas mais valiosas, seus bulbos caros já retirados e separados, a terra peneirada de volta aos canteiros.

Joseph e Johnnie encheram os sacos etiquetados com os bulbos de tulipas Flame. Quase todos tinham produzido um segundo, alguns deles tinham dois ou três pequenos aninhados ao lado do primeiro. Todos os três jardineiros estavam sorrindo satisfeitos. Independentemente de o preço das tulipas se recuperar ou permanecer baixo, derrubado pelo colapso do mercado, ainda assim haveria um quê precioso e excitante na riqueza que se desenvolvia em silêncio e secretamente sob o solo.

Ouviu-se um passo no piso de madeira da varanda, ao que Hester ergueu o olhar e se deparou com John Lambert. Estava muito elegante, bem-vestido como sempre, com uma pluma violeta no chapéu e um rendado branco no pescoço e nos punhos. Hester levantou-se e sentiu uma pontada de aborrecimento por suas mãos sujas e seu cabelo despenteado. Ajeitou o avental e foi até ele.

— Perdoe-me por ter vindo sem avisar — disse ele, seu sorriso percebendo o rubor na face dela. — É uma grande honra vê-la trabalhando no meio de suas plantas.

— Estou muito suja — disse Hester, recusando sua mão estendida.

— E eu cheiro a cavalo — disse ele, animadamente. — Estou vindo de minha casa em Yorkshire. Não resisti passar para ver se minhas tulipas já estão prontas.

— Estão. — Hester indicou os três sacos bojudos no canto da varanda. — Ia despachá-las para a sua casa em Londres.

— Achei que sim. Por isso eu vim. Estou a caminho de Oxford e gostaria das tulipas especiais lá. Vou plantá-las em vasos e colocá-las nos quartos.

Hester concordou com a cabeça.

— Lamento que não conheça meu marido — disse ela. — Ele está em Londres. Fez um pequeno negócio com um plantador das Índias Ocidentais, e está despachando alguns produtos.

— Lamento não conhecê-lo — disse John Lambert, cordialmente. — Mas não posso me demorar. Serei governador de Oxford enquanto me restabeleço.

Hester arriscou um olhar de relance para ele.

— Soube que esteve doente. Lamento.

Ele lançou-lhe seu sorriso afetuoso, íntimo.

— Estou bem, e o trabalho que iniciei está quase concluído. Queira Deus que tenhamos paz de novo, Sra. Tradescant, e nesse meio tempo eu possa me sentar em Oxford e garantir que os colegas retomem uma certa ordem, e que seus tesouros fiquem seguros.

— São tempos difíceis para se ser guardião de coisas belas.

— Melhores tempos virão em breve — sussurrou ele. — Posso levar minhas tulipas agora?

— É claro. Vai querer todas em Oxford?

— Envie as tulipas Flame para a minha casa em Londres, minha mulher pode plantá-las para mim, lá. Mas as tulipas raras e as Violetten quero ao meu lado.

— Se produzir uma realmente violeta, nos informe — disse Hester, dando sinal a Joseph para levar o saco de tulipas raras para a carroça que esperava na rua, à frente do portão do jardim. — Compraremos uma sua.

— Eu os presentearei com ela — disse John Lambert, elegantemente. — Um sinal de respeito por outro guardião de tesouros. — Relanceou os olhos para o jardim e viu Johnnie. — E como tem estado o oficial da cavalaria nos últimos meses?

— Muito abatido — replicou Hester. — Posso chamá-lo para que o cumprimente?

John Lambert pôs as mãos em concha na boca e gritou:
— Ei! Tradescant!
Johnnie ergueu o olhar, surgiu do canteiro, e veio correndo. Fez uma reverência.
— Major ! — disse ele.
— Bom-dia.
Johnnie sorriu radiante.
— Deve ter-se sentido decepcionado nos últimos meses, lamento — disse John Lambert, cordialmente.
— Não entendo o que deu errado — disse Johnnie, com veemência.
John Lambert refletiu por um momento.
— Principalmente a maneira como usamos a infantaria — replicou ele. — Cromwell os treinou de tal maneira que mudam de formação muito rapidamente, e podem resistir a qualquer ataque. E depois que o rei dispensou Rupert, o moral de seus comandantes ficou muito baixo. Esse é um dos pontos fundamentais, especialmente em uma guerra dentro de um país. Todos têm de confiar uns nos outros. Foi isso que Cromwell conseguiu, quando fez o exército com membros do Parlamento. Tornamos o exército uma família que reza junto, pensa junto e luta junto.
Johnnie assentiu com a cabeça, escutando com atenção.
— A perda de Bristol não foi culpa do príncipe Rupert! — exclamou ele.
— Realmente não foi — concordou John Lambert. — Foi essencialmente o clima. Choveu e sua pólvora encharcou. Iam minar os muros da cidade, em vez de deixar que tomássemos uma cidade fortificada. Eles tinham as minas na terra e a pólvora no lugar. Mas molhou-se e não disparou. Nenhum comandante poderia ter feito nada. Mas houve mais uma coisa...
— O que, senhor?
— Trata-se de convicção — disse Lambert, bem devagar. — São poucos aqueles como você, Johnnie, que têm essa certeza em relação ao rei. Mas há muitos, na verdade a maior parte do Exército, que acreditam que se vencerem a guerra poderemos tornar o país melhor, melhor para todos. Acham que estão fazendo a obra de Deus e a obra do homem. Acham que farão um mundo justo... *nós* pensamos assim.
— O senhor é igualitário? — perguntou Johnnie. Hester ia interromper, mas Lambert não se abalou.

— Acho que todos somos, em um certo sentido — replicou ele. — Alguns vão mais longe do que outros, mas todos os homens honestos que conheço acham que deveríamos ser governados por nosso consenso, e não pelo capricho do rei. Achamos que devemos ter um parlamento eleito por todos no país, que governaria até haver nova eleição a cada três anos. Não achamos que o rei, e exclusivamente ele, deva decidir sozinho quando e onde o Parlamento deve se reunir, e se o ouvirá ou não.

— Continuo monarquista — disse Johnnie, obstinadamente.

Lambert riu.

— Talvez encontremos uma maneira de persuadir vocês, os monarquistas, que é para o bem de todos nós, do rei ao mendigo, vivermos com um pouco de ordem e harmonia. Agora tenho de ir.

— Boa sorte — disse Hester, a mão no ombro de Johnnie. — Volte em breve.

— Virei na primavera e trarei minha Violetten! — gritou ele, e, com um giro de sua capa, se foi.

Primavera de 1647

Johnnie estava em seu barco a remo no pequeno lago no fundo do jardim, uma folha de jornal aberta na sua frente, o casaco com a gola levantada, tapando suas orelhas, por causa da forte geada. Estava lendo um dos muitos jornais monarquistas que difundia um misto de ânimo e mentiras evidentes em um esforço de manter viva a causa do rei, mesmo enquanto ele brigava com seus anfitriões escoceses, em Newcastle. Essa edição garantia ao leitor que o rei, em sua sabedoria, estava forjando um acordo que derrubaria a determinação obstinada dos escoceses em não aceitar o livro de orações inglês ou o sistema inglês de bispos. Assim que os escoceses concordassem, atravessariam a Inglaterra, devolveriam o rei ao seu trono e tudo ficaria bem outra vez.

Johnnie ergueu o olhar e viu seu pai vindo do pomar. John acenou e foi para a margem, onde um pequeno píer se estendia na água.

— Deve estar gelado — disse ele.

— Um pouco — replicou Johnnie. — Isto não pode estar certo. Os escoceses não vão abrir mão de tudo no que acreditam, quando praticamente venceram a guerra. Não vão começar a lutar pelo rei *contra* o Parlamento, já que têm sido aliados nos últimos anos.

— Não — disse John, simplesmente. — Comprou o jornal. O que pensou que diriam, a verdade?

— Eu só queria saber! — Johnnie sentou-se abruptamente e o barco balançou. — Ele não tem chance, tem?

John sacudiu a cabeça.

— O que o seu jornal não diz é que se recusaram a levá-lo para Edimburgo, até ele também assinar o acordo deles, contra os livros de orações de Laud e contra os bispos. É claro que ele não pode assinar. Ele simplesmente virou o reino de cabeça para baixo para que fizéssemos o que ele quer. Mas os escoceses vão voltar para a Escócia, e não sabem o que fazer com ele. Para início de conversa, ninguém sabe por que ele os procurou. Nunca houve chance de um acordo. Eles o entregarão ao Parlamento.

Johnnie empalideceu.

— Entregá-lo a seus inimigos?

— Ele já está com seus inimigos, mas não vê isso — replicou John asperamente. — Os escoceses e o Parlamento são aliados desde que a guerra começou. É claro que vão tentar persuadi-lo a fazer a paz. É claro que se ele não ceder, terão de entregá-lo.

— O que ele vai fazer? —perguntou Johnnie, angustiado.

John sacudiu a cabeça.

— Ele tem de se render e aceitar os termos que o Parlamento impuser. O Parlamento e o Exército o derrotaram. Ele tem de se entregar.

John estava enganado. O rei não desistiu. Tentou escapar em uma tentativa mal planejada, improvável, que teve o fim que merecia. A guarda à sua volta foi reforçada e ele foi avisado de que era um prisioneiro do Parlamento inglês, e levado para Holdenby House, em Northamptonshire.

Hester encontrou John no pomar, com a cara fechada diante da cerejeira.

— Acho que a matei — disse ele. — E vi meu pai mover árvores com o dobro do tamanho dessa, quando eu era menino, e nunca peguei o jeito.

— Não parece pior do que as outras — disse Hester, olhando em volta do pomar, os galhos desfolhados balançando contra o céu branco.

— Eu a matei — disse John. — Apesar de todo cuidado que tomei. Não tenho o talento do meu pai. Trabalhei ao seu lado minha vida toda e ainda assim não sou a metade do jardineiro que ele foi. Ele sabia de onde era, a quem servia, conhecia seu ofício e eu... — Interrompeu-se e pôs a mão no ramo da árvore, como para se apoiar.

— Quais as novidades? — perguntou Hester, adivinhando logo a razão do desconforto de John.

Ele lançou-lhe um rápido olhar por baixo das sobrancelhas arqueadas.

— Apenas alguns garotos na porta dos fundos, pedindo pão, a caminho de casa — replicou ele. — Dispensados do Exército, voltando para casa.

Hester esperou. John estendeu a mão e segurou o tronco da cerejeira morta.

— Disseram que o Exército controlaria o Parlamento e se vingaria do rei — disse ele. — Disseram que o fariam pagar, pois um novo dia está chegando, quando todos os homens terão terra e todos os homens terão direito a escolher, pelo voto, o seu governante, e todos os homens serão iguais.

— São pensamentos de jovens — disse Hester. — Você mesmo já foi um jovem ansioso por mudanças, John.

Ele concordou com a cabeça.

— Mas esses não eram homens jovens, eram homens da minha idade. E disseram que são muitos os que pensam como eles. São igualitários e dizem que os melhores homens do Exército estão com eles. Querem terminar o que o Parlamento começou. Querem exilar o rei e transformar o país em uma nova terra, uma terra de liberdade e igualdade.

Hester olhou em volta, a segurança do pomar murado.

— O Parlamento não vai ceder terras? — perguntou ela.

John sacudiu a cabeça.

— Não creio que esperem pelo Parlamento — disse ele. — Esses são homens de ação e determinação. Lutaram para tornar o país melhor para os trabalhadores. Têm pouca paciência com os cavalheiros no Parlamento. Querem ver a terra ser dada aos trabalhadores. Querem as propriedades reais, as propriedades da igreja, as terras comuns e as terras incultas.

— E todos terão seu pedaço de terra onde plantar?

— É o que eles dizem. — John sorriu, melancolicamente. — Foi o que eu sempre quis. É como sempre pensei que as coisas deveriam ser. E agora parece que o Exército pode destruir o Parlamento e fazer isso.

— Virar-se contra seus senhores?

— Por que não? O Parlamento não se virou contra o rei?

— Tirariam de donos de terra como nós? Cobrariam impostos?

John encolheu os ombros.

— Como posso saber o que fariam? Talvez achem que estes muros devam ser derrubados como qualquer outro.

Hester concordou com a cabeça e se virou na direção da casa. Ele percebeu, por seu andar lento, que estava refletindo. Na metade do caminho, ela se virou e voltou.

— Acho que devíamos plantar legumes — disse ela. — Vai ser o que agora vão querer.

A família toda ajudou na devolução das curiosidades ao gabinete com as altas janelas venezianas e o piso liso e encerado. Quiseram recolocá-las na posição anterior, quiseram repô-las sem a perda da beleza, sem a perda da riqueza, sem a perda do glamour que as envolvia: o cheiro das peles, o deleite da multiplicidade de coisas, a alegria da desordem ordenada, as coisas grandes pendendo do teto, as coisas pequeninas em suas gavetas, as exóticas ao lado das mundanas, as históricas ao lado das invenções.

Havia lacunas terríveis na coleção. As moedas e os itens de metais preciosos eram os que mais tinham sofrido. Hester tinha usurpado qualquer coisa que tivesse valor de troca durante os anos de guerra e não pôde ocultar de John que havia bandejas de moedas romanas e medievais que jamais seriam estocadas de novo.

Algumas coisas tinham sofrido com a umidade. Um tríptico de altar tinha ficado encostado na parede da casa de gelo e suas cores tinham desbotado com a umidade dos tijolos. Muitas peles raras tinham apodrecido e se deteriorado, e alguns panos de lã estavam com buracos causados por traças. Páginas de papel pergaminho, de manuscritos com iluminuras, tinham sido comidas por formigas, e sujeira de ratos e camundongos se espalhava por cima dos estojos com flores ressequidas em açúcar.

— Lamento, sinto muito — disse Hester, enquanto um embrulho atrás do outro era levado para fora. — Se pelo menos eu soubesse que estaríamos seguros, nunca teria escondido nada.

— Você não sabia — disse John, generosamente. — E se os soldados tivessem invadido a casa, poderíamos ter perdido tudo em uma única noite.

Frances, com o cabelo preso por um lenço, e Johnnie, em suas roupas de jardinagem, batiam o pó das traças nos panos, tapetes e peles, no lado de fora, depois os levavam para dentro para que Hester e John os ajeitassem nos lugares.

Aos pouquinhos, peça por peça, gaveta por gaveta, objeto por objeto, o gabinete de curiosidades foi rearrumado, e quando o examinaram, depois de duas semanas de trabalho, se depararam com uma coleção extraordinária de riqueza e novidades. Somente alguém que tivesse crescido ali, como as crianças Tradescant, embalado na luz daquelas grandes janelas, teria percebido que faltava alguma coisa. Os visitantes, que certamente retornariam, agora que a paz voltara, se surpreenderiam.

Verão de 1647

John estava cavando no novo canteiro de legumes e colocando as sementes de alface para ver qual cresceria mais rápido quando Hester surgiu da casa, protegendo os olhos do sol forte, e correndo na sua direção.

— O rei foi detido — disse ela sem rodeios.

Ele a olhou apreensivo como se ela tivesse dito que um de seus filhos estava doente.

— Detido?

— Algum oficial subalterno e pretensioso foi até Holdenby House e deteve Sua Majestade — disse Hester, quase cuspindo de raiva.

— Onde ouviu isso? — perguntou John, limpando o barro das mãos no avental de couro.

— O barqueiro contou. Frances chegou, desci até o rio para buscá-la. Londres está agitada com a notícia.

— Quem o pegou?

— Um homem sem importância — replicou Hester. — Um zé-ninguém. Um dos homens do Novo Exército-Modelo foi a cavalo a Holdenby House e capturou o rei, como se fosse parte de uma bagagem. É essa gente que vai nos arruinar. Gente que não tem nenhum respeito. Homens que passaram quatro anos aprendendo que nada importa, nem quadros na igreja, nem música, nem jardins, nem reis.

— E para onde ele levou Sua Majestade? — perguntou John.

— Para Maidenhead — respondeu ela. — E dizem que Oliver Cromwell irá, pessoalmente, ao seu encontro.

— Cromwell?

Ela confirmou com um movimento da cabeça.

— Acha que isso significa paz?

John sacudiu a cabeça, negando.

— Suponho que signifique que o jogo mudou mais uma vez — replicou ele, perplexo. — Quando o rei ficou sob o domínio dos escoceses, estava sob o poder do Parlamento. Mas agora é o Exército que o tem. Não sei o que será dele, e, por falar nisso, nem de nós.

— Talvez estejamos em perigo — disse Hester. — O barqueiro disse que os soldados do Novo Exército-Modelo podem marchar para o Parlamento. Estão determinados a receber o que lhes devem. E não reconhecem lealdade a ninguém a não ser a seus comandantes e a suas ideias igualitárias. Dizem que o Parlamento e a City podem resistir ao exército. Mas se o exército chegar à City vindo do sul, então passarão por aqui. Talvez tenhamos de embalar as curiosidades de novo. Estão marchando por seu soldo, são homens famintos e desesperados. E juraram que toda terra e toda propriedade será de todos.

John sacudiu a cabeça.

— É como viver no meio de um temporal — queixou-se. — Mudou tudo de novo. Se o Exército lutar contra o Parlamento, responsável por sua existência, o que será do país?

Em julho, as notícias foram as de que o rei seria levado, vigiado, a Oatlands. Hester olhou para o marido no outro lado da mesa da cozinha. Cook, Joseph, o novo garoto jardineiro, Frances e Johnnie, todos se viraram para a cabeceira da mesa e esperaram John falar.

— Então, tenho de ir — disse ele apenas. — Ele não pode chegar a Oatlands e não me ver trabalhando no jardim. Esse era o meu trabalho, esse era o meu lugar.

Hester hesitou só por um momento.

— Vou fazer sua mala — ela disse, e saiu.

Johnnie virou-se para o pai, o rosto de súbito corado.

— Posso ir também? — perguntou ele. — E vê-lo?

Quando seu pai hesitou, ele prosseguiu:

— Eu nunca o vi, e meu pai e meu avô estiveram a seu serviço. E eu nunca nem mesmo o vi. Frances o viu e viu a rainha. Posso ir? Por favor?

John deu uma risada curta.

— Não sei se o verei — disse ele. — E se ele me vir, talvez nem fale comigo. Simplesmente acho que a área real sob a sua janela deve estar em ordem, não sei em que estado estará dentro.

— Posso limpá-la — disse Johnnie, ansioso. — Posso capinar. Trabalhei lá quando você estava fora. Posso fazer isso. Sou um Tradescant, sou jardineiro do rei. Eu deveria estar lá.

Hester voltou para a cozinha e John olhou para ela com alívio.

— Vai depender do que a sua mãe achar.

— Posso ir a Oatlands com papai? — Johnnie saiu aos tropeções de seu banco para ir para junto de sua madrasta. — E trabalhar para ele? Vai ter muito trabalho a fazer e eu posso ajudá-lo.

— Não sei se é seguro — replicou Hester, hesitando.

— Provavelmente é seguro — respondeu logo John. — Mais seguro do que nunca, com ele vigiado e forçado a fazer a paz, finalmente.

Ela balançou a cabeça.

— Ele pode ir, se você quiser — disse ela a John.

Johnnie voltou os olhos castanhos brilhantes para seu pai.

— Ah, está bem — replicou John. — Mas não vai poder falar nada a não ser quando lhe perguntarem algo, e mesmo então, só vai responder "Sim, Sua Majestade" ou "Não, Sua Majestade". Nem uma palavra sequer sobre eu ter estado na Virgínia. Nem uma palavra sequer sobre o cavaleiro que esteve aqui. Nem uma palavra sobre John Lambert comprando nossas tulipas. Nem uma palavra sobre nada.

Johnnie começou a pular de alegria.

— Sim! Sim! — gritou ele. — Sim! É claro. Ficarei em silêncio absoluto. Absoluto. Serei totalmente discreto.

John olhou para sua mulher, além da cabeça agitada do menino.

— Não sei você, mas eu estou muito confiante — disse ele com uma careta.

Foram pelo rio, em um bote a remo, Johnnie sentado ao lado pai, olhando em volta. Quando deixaram para trás a cidade de Staines, John disse baixinho:

— Ali está. — E apontou para o pequeno palácio cor-de-rosa, o gramado descuidado descendo até o rio. — Sabe, achei que nunca mais o veria de novo — disse John, calmo. — Nunca pensei que voltaria a trabalhar nesses jardins.

Johnnie olhou de relance para a expressão sombria de seu pai.

— Mas está feliz por vir? — perguntou ele. — Feliz por voltar, pelo rei estar de novo em seu palácio, e porque logo tudo vai voltar a ser como antes?

John pôs a mão sobre o ombro delicado do filho.

— Não acho que tudo voltará a ser como antes — disse ele. — Muitos homens morreram, muitas lágrimas foram derramadas, e o rei está no seu palácio, mas não no seu trono. Temos de tomar cuidado com a nossa língua aqui, cuidado até mesmo com os pensamentos.

O barqueiro fixou os remos e o bote alcançou a plataforma de desembarque. John foi rapidamente para terra firme e pegou o cabo da amarra, buscou no bolso uma moeda e jogou-a no bote, enquanto Johnnie lançava suas bolsas, depois erguia, um de cada vez, uma dúzia de vasos com flores.

John pôs sua bolsa no ombro.

— Voltaremos para buscar os vasos — disse ele, e seguiu na frente o declive até o palácio.

O príncipe Rupert tinha permitido que os animais de sua cavalaria pastassem no gramado, que estava marcado dos cascos e com excrementos por toda parte, mas pelo menos os animais tinham mantido a grama baixa. Quando John se aproximou do palácio, viu que as plantas rasteiras e as trepadeiras nos muros, que ele havia podado cuidadosamente para que florescessem e seu perfume atravessasse as janelas, estavam bem, espalhando-se pelo muro, às vezes soltando-se, mas vencendo o abandono.

Os canteiros aos pés dos muros de tijolos estavam cobertos de ervas daninhas, mas algumas flores ainda vicejavam. Amores-perfeitos, cravos, íris e peônias tinham crescido acima da relva invadida.

— Capine aqui logo — disse John ao filho.

Os teixos tinham crescido demais, porém pareciam espessos e frondosos, lançando uma sombra bem-vinda sob a luz intensa do sol da tarde. A estufa que o pai de John tinha reconstruído estava dilapidada — a tinta branca estava descascando e parte do trabalho ornamental em madeira tinha sido arrancado para as fogueiras dos cavalarianos rasos — mas a casa dos bichos-da-seda e a casa contígua do jardineiro estavam como Hester as tinha deixado, limpas e vazias.

John deixou o filho catando lenha para a grelha vazia e desenrolando suas capas de viagem para servir de camas e foi rondar o palácio deserto.

O mais estranho era o silêncio. Em vez de uma corte agitada, frívola e coquete, ordens gritadas, vozes chamando e músicos tocando, não havia nada a não ser o chocalhar ocasional de uma veneziana batendo por causa da brisa e o arrulho constante dos pombos aninhados nas árvores. O pátio dos estábulos, que abrigara mais de cem cavalos, estava vazio, a palha sendo soprada para o pátio, as baias empilhadas de estrume, água parada nas gamelas.

A grande porta da frente estava fechada com ferrolho. John experimentou a grande alça de bronze e recuou. O rei deveria chegar em alguns dias, certamente haveria criados arrumando o palácio. Nenhum rosto apareceu nas janelas, não houve nenhum movimento nos pátios.

John deu a volta até a entrada dos cômodos da cozinha e padaria. O fogo estava apagado, estava tudo silencioso. Uma pilha de cinzas e alguns utensílios espalhados mostravam que os cavalarianos tinham comido antes de partir, mas a comida toda tinha sido devorada pelos ratos e seus excrementos estavam amontoados até mesmo nas mesas.

John sacudiu a cabeça, espantado diante da desolação do lugar, de sua transformação do apogeu da vida social do reino, com a rainha cantando o ideal platônico e o rei indo caçar montado em seus cavalos árabes puro-sangue, nessa ruína. Virou-se e atravessou penosamente o campo de boliche até a casa dos bichos-da-seda.

Johnnie tinha trazido os vasos.

— Bom garoto — disse John com prazer, feliz com a chance de começar seu trabalho e restaurar a normalidade, pelo menos nos canteiros de flores. — Vamos levá-los para o jardim real. Pelo menos isso estará com uma boa aparência daqui a uns dois dias.

Trabalharam com afinco, lado a lado, e John gostou da companhia do filho. O menino tinha herdado o talento Tradescant para lidar com plantas, manuseava-as como se amasse o toque das raízes brancas sedosas, a carícia da terra úmida. Quando suspendia um vaso, era capaz de dizer, por seu peso, se precisava ser regado. Quando virava uma planta na palma da sua mão, nunca machucava as flores. Quando a punha no buraco e pressionava a terra, havia um quê em seu toque que era a um só tempo precisamente avaliado e completamente inconsciente.

— Talvez você seja o melhor jardineiro de nós todos — disse John no fim do segundo dia, a caminho de casa, com as ferramentas nos ombros. — Não creio que tivesse o seu jeito com plantas quando tinha a sua idade.

Johnnie ficou radiante.

— Amo as plantas. E não tanto as curiosidades — disse ele.

— Não gosta das curiosidades? — perguntou John, perplexo.

Seu filho sacudiu a cabeça.

— O que gostaria de fazer, mais do que tudo, seria coletar novas plantas, ir com você para as Américas, as Índias Ocidentais, viajar, descobrir coisas, trazê-las para casa e cultivá-las. As curiosidades, bem... elas simplesmente ficam ali, não ficam? Uma vez num lugar, não há mais nada a fazer com elas, exceto mantê-las sem pó. Mas plantas crescem e florescem, dão frutos e sementes, e no ano seguinte as plantamos de novo. Gosto de como mudam.

John assentiu com a cabeça.

— Entendo.

Estava para dizer que as curiosidades desempenhavam seu papel na fortuna da família Tradescant quando ouviu batidas de cascos na estrada.

— O que é isso? — perguntou ele.

— Pode ser o rei?

— Pode.

John virou-se e correu para a casa de bichos-da-seda, largou suas ferramentas, pegou seu casaco e se virou para correr de volta ao palácio. Johnnie se agitou.

— Posso ir? Posso ir?

— Sim. Mas não se esqueça do que eu disse sobre se manter calado.

Johnnie pôs-se atrás do pai, imitando seu passo largo, compôs seu rosto, assumindo uma carranca que esperava significar discrição digna, e estragou o efeito um pouquinho por dar um pulo a cada três passos quando a excitação era demais para ele.

Contornaram as cavalariças, e ali, na baia suja, estava o cavalo árabe do rei e mais uma dúzia de outros cavalos de sua escolta.

— O rei está aqui? — perguntou John a um cavalariano.

— Acaba de chegar — replicou o homem, afrouxando a cilha de seu cavalo. — Tivemos de parar em cada aldeia, para ele tocar no povo.

— Tocar no povo?

— Apareciam às dezenas — disse o homem abruptamente. — Com todo tipo de doenças e feridas e Deus sabe mais o quê. E ele tinha de ficar parando e tocando neles, para que se curassem. E todos voltavam para seus casebres, para seu mingau de água e nada mais, achando que ele tinha lhes prestado um grande favor e que éramos alguma espécie de animais por tê-lo aprisionado.

John balançou a cabeça, entendendo.

— Quem é você? — perguntou o homem. — Se quiser um favor dele, ele o fará. É o homem mais encantador, mais generoso e mais agradável que já levou um país ao desastre e à morte e a quatro anos de guerra.

— Sou o jardineiro — respondeu John.

— Então irá vê-lo — disse o homem. — Ele está no jardim com seus companheiros, enquanto alguém prepara o seu jantar, varre sua câmara, e prepara tudo para que ele possa jantar e dormir confortavelmente. Enquanto eu e meus homens ficamos sem nada.

John virou-se e foi para a área real.

O rei estava sentado em um banco, de costas para o muro de tijolos aquecido, olhando o jardim recém-capinado, recém-plantado. Atrás dele, estavam dois cavalheiros que John não conhecia, outro estranho passeava pelos caminhos recentemente roçados. Quando o rei ouviu os passos de John, ergueu o olhar.

— Ah... — Por um momento não conseguiu se lembrar do nome. — Jardineiro Tradescant.

John baixou sobre um joelho e ouviu Johnnie, atrás, fazer a mesma coisa.

— T-tra-balho seu? — perguntou o rei gaguejando ligeiramente, indicando o canteiro.

John curvou a cabeça.

— Quando soube que estava vindo para Oatlands, vim fazer o que era possível, Majestade. Com meu filho, John Tradescant.

O rei balançou a cabeça, os olhos semicerrados.

— Obrigado — disse ele languidamente. — Quando eu reassumir minha posição, farei com que reassuma a sua.

John baixou de novo a cabeça e esperou. Como nada mais foi dito, ergueu o olhar. O rei fez um breve gesto com a mão dispensando-o. John levantou-se, fez uma reverência, e caminhou para trás. Johnnie saltou nervosamente para sair do seu caminho, de repente invertido, e depois rapidamente imitou-o. John fez outra reverência ao chegar ao portão do jardim e retrocedeu até ficar fora de vista.

Virou-se e se deparou com a cara estupefata de Johnnie.

— Só isso? — perguntou Johnnie. — Depois de virmos sem sermos chamados, trabalhado sem receber por todo esse tempo, só para que o jardim ficasse bonito para ele?

John achou graça e se pôs a andar de volta à casa dos bichos-da-seda.

— O que esperava? Receber o título de cavaleiro?

— Achei que... — começou Johnnie, mas se interrompeu. — Acho que pensei que ele teria uma tarefa para nós, ou que ficaria feliz conosco, que ele visse que fomos leais e nos agradecesse...

John achou graça de novo, e abriu a pequena porta branca de madeira.

— Esse não é um rei que tenha planos ou agradeça — disse ele. — Esta é uma das razões para ele estar onde está.

— Mas ele não se dá conta de que você não precisava ter vindo?

John fez uma pausa e olhou para o rosto magoado do seu filho.

— Ah, Johnnie — disse ele baixinho. — Esse não é o rei das baladas nos cartazes e dos sermões na igreja. Esse é um homem tolo que deflagrou a guerra porque não aceitou conselhos, e quando passou a aceitar, passou sempre a escolher as pessoas erradas para orientá-lo. Eu vim hoje tanto por meu pai quanto pelo rei. Vim porque meu pai teria querido saber que quando o rei voltasse, visse que os jardins tinham sido roçados. Teria sido uma questão de dever para ele. Foi uma questão de orgulho para mim. Se eu tivesse sido livre para escolher o meu caminho, teria defendido os direitos dos trabalhadores, e não do rei. Mas eu não estava livre para escolher. Eu estava a seu serviço, e houve dias, quase todos, em que mesmo ao ver que era um tolo, senti pena dele sinceramente. Porque é um tolo que não consegue evitar sê-lo. Ele não sabe como ser sábio. E a sua insensatez custou-lhe tudo o que tinha.

— Pensava que ele era um grande homem, um herói — falou Johnnie.

— Apenas um homem comum em uma posição extraordinária — disse John. — E tolo demais para perceber isso. Foi ensinado desde que nasceu que era metade divino. E agora ele acredita que é. Pobre rei idiota.

John e Johnnie passaram o mês trabalhando em Oatlands. O cozinheiro que o Parlamento tinha enviado com o rei precisava de vegetais e frutas frescos da horta da cozinha, e colhendo e selecionando nos canteiros cobertos de vegetação, os dois Tradescant providenciaram alimentos frescos para a casa todos os dias. O rei estava cercado de uma pequena corte e seu aprisionamento parecia mais uma guarda de honra. Caçava, praticava arco e flecha, ordenou que John nivelasse o campo de boliche, para que pudessem jogar.

John estava pensando em pagar alguns garotos para ajudar a capinar e plantar verduras no inverno, quando chegou a notícia de que o rei seria levado para Hampton Court. Em algumas horas, os cavalos foram selados e o séquito estava pronto para a mudança.

O rei estava no jardim, esperando ser informado de que sua escolta estava pronta. John não conseguiu conter a excitação de acompanhar os grandes eventos, e levou suas ferramentas de poda até as trepadeiras no muro extremo do jardim real.

O rei, andando com dois de seus cortesãos, se deparou com John e parou para observá-lo trabalhar, enquanto os dois homens se punham de lado.

— Vou providenciar para que seja recompensado por isso — disse ele simplesmente. Deu um leve sorriso malicioso. — Talvez mais cedo do que imagina.

John pulou da escada e apoiou-se sobre um joelho.

— Majestade.

— Podem ter derrotado meu exército, mas agora se dividiram — disse o rei. — Tudo o que tenho de fazer é esperar, esperar pa-pacientemente, até me pedirem para me sentar no trono e pôr tudo em ordem.

John arriscou erguer o olhar.

— Mesmo, Majestade?

O sorriso do rei transformou-o.

— S-sim. Mesmo. O Exército destruirá o Pa-Parlamento, e depois se dividirão. O Parlamento já agora só faz o que o Exército manda. Sem ter nenhum inimigo, não têm uma cau-causa comum. Tudo o que podem fazer é destruir, é preciso um r-rei para re-reconstruir. Eu os c-conheço. Há La-Lambert. Ele lidera a fa-facção contra o Parlamento. Ele va-vai liderar o Exército contra o Pa-Parlamento, e depois eu te-terei vencido.

John precisou de um tempo para encontrar as palavras para replicar.

— Então Sua Majestade vai recebê-los bem quando vierem? E fazer um acordo com eles?

O rei deu uma risada.

— Vo-vou vencer a d-discussão, embora te-tendo perdido a batalha — replicou ele.

Um cavalariano surgiu no portão do jardim.

— Estamos prontos para partir, Majestade — disse ele.

O rei Carlos, que nunca antes desse ano obedecera ao comando de outro homem, virou-se e saiu do jardim de Tradescant.

John e seu filho desceram até a guarita para o verem partir. John esperava ser intimado a acompanhá-lo a Hampton Court, mas o rei passou, demonstrando levemente reconhecer que seu jardineiro estava ajoelhado na margem da estrada.

— É só isso? — Johnnie perguntou de novo.

— Só isso — replicou John tranquilamente. — Serviço real. Arrumaremos nossas coisas amanhã, e partiremos depois de amanhã. Nosso trabalho aqui acabou.

Só descobriram por que o rei tinha sido removido ao chegarem em casa. A City estava convulsionada com os aprendizes se insurgindo a favor do retorno do rei, e o exército tinha achado mais seguro mantê-lo em Hampton Court, com uma guarnição maior para vigiá-lo. Alexander Norman tinha enviado Frances à Arca, por medida de segurança, e a proibido de voltar a Londres enquanto as revoltas não acabassem — até que cessassem ou com o retorno do rei a seu trono ou com a tomada do controle pelo Parlamento ou com a chegada do exército de Cromwell. Havia agora três jogadores no jogo pela Inglaterra. O rei, pondo um lado contra o outro e esperando; o Parlamento, cada vez mais sem direção e temeroso de seu futuro; e o Exército, que parecia ser a única força com uma visão de futuro e disciplina e determinação para fazê-la acontecer.

Os soldados sob o comando de Cromwell tinham forjado a fé em si mesmos, em sua causa e em seu Deus durante os longos anos de luta; não eram homens que agora aceitassem fazer concessões. Queriam a retribuição, mas também queriam o país refeito. Tinham elaborado suas convicções e filosofia entre batalhas, em marchas forçadas, em noites escuras quando a chuva apagava suas fogueiras. Tinham aberto mão de quatro anos de vida pacífica em casa para lutar pelas causas da liberdade religiosa e política. Queriam um mundo novo em troca de seu sacrifício. Estavam sob o comando de Thomas Fairfax e John Lambert, dois grandes generais que os compreendiam e partilhavam de suas convicções, e que entraram com eles na desleal e temida cidade de Londres para garantir que o Parlamento não se curvasse à pressão e fizesse a paz com um rei que deveria estar desesperado e não radiante de esperanças.

Frances levou a carta de seu marido a seu pai, que estava capinando o novo canteiro de verduras. Ele a examinou brevemente, e a devolveu a ela.

— Você vai ficar aqui — disse ele.

— Se me permitir.

Ele baixou o chapéu sobre os olhos e sorriu largo para a filha.

— Acho que podemos suportar a sua companhia. Vai ficar de olho em Johnnie por mim? Não o quero marchando contra o Parlamento com uma podadeira sobre o ombro, achando que trará sozinho o rei para casa.

— Mamãe tem mais medo que seja você a fugir para se alistar.

John sacudiu a cabeça.

— Nunca mais pegarei em armas — disse ele. — Não é uma profissão que eu faça bem. E o rei não é um senhor cativante.

Alexander escrevia quase que diariamente, relatando as flutuações do humor da cidade. Mas foi tudo resolvido em agosto, quando o exército, sob o comando do general John Lambert, entrou em Londres e declarou que podiam e fariam a paz com o rei. Com a Câmara dos Lordes, redigiram propostas que qualquer rei aceitaria. O próprio Cromwell levou-as ao rei Carlos, em Hampton Court.

— Ele vai concordar e reassumir o trono — disse Alexander Norman, tomando um bom vinho na varanda. Frances estava sentada em um banco aos pés do seu marido, e ele pôs a mão sobre o seu cabelo castanho-dourado.

Hester sentou-se no lado oposto a John, que estava na cadeira de seu pai — de frente para o jardim, observando as frutas no pomar, douradas com os últimos raios de sol. Johnnie sentou-se no alto da escada da varanda. Ao ouvir as palavras de Alexander, ele deu um sorriso radiante.

— O rei terá seus palácios de volta — disse ele.

— Se Deus quiser — disse John. — Se Deus quiser, o rei entenderá o que deve fazer. Ele disse-me que poria o Exército contra o Parlamento e conquistaria os dois.

— Não com John Lambert no comando — disse Hester. — Esse homem não é nenhum tolo.

— Tudo pode voltar a ser como era? — perguntou Frances. — A rainha retornar e a corte ser restaurada?

— Vão faltar alguns rostos — destacou Alexander. — O arcebispo Laud, o conde Strafford.

— Então, para que foi tudo isso? — perguntou Hester. — Todos esses anos de privações?

John sacudiu a cabeça.

— No fim, talvez sirvam para o rei e o Parlamento se darem conta de que têm de agir juntos, que não podem ser inimigos.

— Um preço alto a pagar — disse Frances, pensando nos anos em que ela e Hester tiveram de lutar sozinhas na Arca — para meter algum juízo nessa cabeça real obtusa.

Outono de 1647

— Ele desapareceu — disse Alexander, sem rodeios, assim que entrou pela porta da cozinha e surpreendeu os Tradescant no desjejum. Seu cavalo suado estava no pátio. — Vim contar imediatamente. Vim a cavalo. Não aguentei esperar. Mal acreditei.

— O rei? — John ficou em pé com um pulo e foi até a porta, verificou se havia alguém e voltou.

Alexander confirmou com a cabeça.

— Escapou de Hampton Court.

— Uau! — gritou Johnnie.

— Meu Deus, não — disse John. — Para os franceses? Não quando estavam tão perto de um acordo. Os franceses o salvaram? Eles o sequestraram?

Alexander sacudiu a cabeça e se deixou cair sentado na cadeira deixada vazia por John. Frances colocou uma caneca de *ale* ao seu lado, ele pegou sua mão e a beijou, agradecendo.

— Ouvi a notícia hoje pela manhã e vim direto para cá. Não consegui esperar nem mesmo para escrevê-la. Que tempos estamos vivendo! Essas surpresas não têm fim!

— Quando teremos paz? — murmurou Hester, um olho no marido, que estava em pé à janela, olhando para fora, como se ele próprio estivesse pronto para fugir.

— Quem o pegou? — perguntou John. — Os irlandeses?

— Ele simplesmente escapou sozinho, ao que parece. Não foi levado por soldados. Simplesmente se foi com seus cavalheiros.

— Sir John Berkeley — sugeriu John.

Alexander deu de ombros.

— Talvez.

— E foi para onde? França? Para a rainha e o príncipe Carlos?

— Se tivesse algum juízo — replicou Alexander. — Mas por que fugir agora, quando as coisas iam tão bem? Quando estavam tão perto de concordar com o que ele queria? Quando ele tinha um acordo com o Exército que ele poderia assinar? Tudo o que tinha a fazer era esperar. Londres está do lado dele, o Parlamento está do lado dele, o Exército só faz exigências justas, Cromwell destruiu a oposição. Ele praticamente venceu.

— Porque ele sempre pensa que pode fazer melhor — exclamou John. — Ele sempre acha que pode fazer um pouco mais com um gesto grandioso, uma grande chance. Meu pai o viu cavalgar para a Espanha com o duque de Buckingham quando era um jovem príncipe, imprudente. Ele nunca aprendeu a linha que separa assumir um risco e o destino. Ninguém o ensinou a tomar cuidado. Ele gosta de mascarada, do estilo e da ação. Nunca percebeu que é tudo fingimento. Que a vida real não é assim.

Hester afundou-se na cadeira e olhou de relance para seu enteado. Johnnie estava parecendo revoltado. Ela estendeu a mão para recomendar-lhe que ficasse calado, mas o garoto explodiu:

— Isso é fantástico! Não veem? Ele agora deve estar a salvo na França, e podem lhe pedir perdão de lá! A rainha vai ter um exército pronto para ele comandar, o príncipe Rupert vai assumir a cavalaria de novo. Disseram que foi derrotado, mas ele não foi!

John lançou um olhar carregado ao filho.

— Você está certo em apenas uma coisa — disse ele sombriamente. — Ele não foi derrotado.

— Isso é a coisa maravilhosa nele!

John sacudiu a cabeça.

— É a pior.

Alexander ficou para o desjejum, depois aceitou passar o resto da semana. John passou o dia todo irrequieto, e na metade da tarde, foi procurar Hester.

Ela estava no gabinete de curiosidades, atualizando o registro das plantas no grande livro de jardins.

— Não consigo ficar aqui sem saber o que está acontecendo — disse John. — Vou a Whitehall, ver se descubro alguma coisa.

Ela largou a pena e sorriu para ele.

— Sabia que você iria — disse ela. — Volte para casa, não seja pego no que quer que esteja acontecendo lá.

Ele parou à porta.

— Obrigado — disse ele.

— Ah! Por quê?

— Por me deixar ir sem me atormentar com dezenas de perguntas, sem me alertar milhares de vezes.

Ela sorriu, mas o sorriso não chegou aos seus olhos.

— Já que você iria mesmo, com ou sem a minha aprovação, posso deixar que vá.

— Isso é bem verdade! — disse John, alegremente, e saiu da sala.

Whitehall estava excitadíssimo com as fofocas e especulações. John foi a uma taverna, onde pudesse encontrar um conhecido, comprou uma caneca de ale e procurou com os olhos algum rosto familiar. Em uma mesa próxima, estava um grupo de mercadores africanos.

— Sr. Hobhouse! Alguma novidade? Vim de Lambeth especialmente para isso, e tudo o que consegui foi o que já sabia.

— Sabe que ele foi para a Ilha de Wight?

John retraiu-se.

— O quê?

— O Castelo de Carisbrooke. Instalou-se no Castelo de Carisbrooke.

— Mas por quê? Por que faria isso?

O mercador encolheu os ombros.

— Não é um mau plano. Não se pode confiar na marinha, e se se declararem a seu favor, como o exército de Cromwell vai capturá-lo? Pode se instalar com bastante conforto em Carisbrooke, criar a sua corte, construir seu exército e, quando estiver pronto, embarcar em um navio para Portsmouth. Deve ter feito algum acordo secreto com o governador Robert Hammond, embora todo mundo achasse que Hammond fosse homem convicto do Parlamento. O rei deve ter elaborado um plano astuto. Vai estar esperando pelo exército da rainha, que virá da França, e então estaremos em guerra de novo, se é que alguém terá estômago para isso.

John fechou os olhos brevemente.

— É um pesadelo.

O mercador sacudiu a cabeça.

— Não pode calcular o dinheiro que perco por cada dia que essa situação prossegue — disse ele. — Não consigo persuadir homens a trabalhar, meus navios são atormentados por piratas na própria foz do Tâmisa, e nunca sei, quando chega um navio, que preço devo exigir no cais ou que taxas terei de pagar. Estes são tempos malucos. E temos um rei maluco para nos governar.

— Outra guerra não — disse John.

— Ele deve ter planos muito secretos — disse o mercador. — Prometeu concordar com Cromwell e Ireton apenas um dia antes, deu sua palavra de rei. Estava prestes a assinar o acordo. Que homem! Que homem falso! Sabe, nunca faríamos negócios com ele. Como eu administraria meus negócios se desse minha palavra e depois fugisse?

— Planos secretos? — perguntou John, aceitando o fato improvável.

— É o que dizem.

Um dos outros mercadores ergueu o olhar.

— Sabe de mais alguma coisa, Sr. Tradescant? Esteve em Oatlands com ele, não esteve?

John percebeu a repentina intensidade do interesse.

— Estava trabalhando no jardim. Ele mal falou comigo. Eu o vi passar, nada mais.

— Bem, que Deus o proteja de seus inimigos — disse um dos homens, resolutamente, e John percebeu que enquanto apenas alguns meses antes o homem teria sido mandado se calar ou até mesmo sido enxotado da taverna, agora alguns outros murmuraram "Amém", e ninguém os contestou.

— E o que vai acontecer agora?

— Ficaremos à mercê de seu capricho — um dos mercadores replicou acremente. — Como temos feito há um ano e meio. Ele foi claramente derrotado, mas continua a circular pelo país e continuamos a ter de esperar até ele nos dizer o que aceitará. Para mim, isso não faz o menor sentido.

— Ele só vai se sujeitar quando estiver morto — um dos homens disse francamente. — Queira Deus que ele adoeça e morra, e aí só teríamos de lidar com seu filho, qualquer um de seus filhos. Qualquer um que não esse homem.

— Eu não lhe desejo mal — disse outro homem.
— Então, por que ele não vem à City e faz um acordo? — perguntou alguém. — Deus sabe como tudo o que todos nós queremos é que haja paz.

John olhou de um rosto enfurecido e preocupado a outro, e bebeu sua *ale*.
— Tenho de voltar ao meu jardim — disse ele. Experimentou uma sensação de alívio ao pensar em seu gabinete de curiosidades restaurado e o jardim preparado para o outono. — Independente do rei retornar ou não ao seu trono, tenho trabalho a fazer.
— Não vai jardinar para ele em Carisbrooke? — perguntou um dos homens, maldosamente.

John não mordeu a isca.
— Bom-dia a todos — disse ele cordialmente, pegou seu chapéu e saiu.

Foram tomando conhecimento do resto das notícias aos pouquinhos, durante a semana. O rei não tinha nenhum plano secreto, como John já suspeitara. O rei Carlos tinha dado um salto impulsivo para a liberdade no exato momento em que assinaria o acordo com Cromwell, acordo que faria a paz entre o rei e o Parlamento, e traria estabilidade ao reino, dividido pela guerra civil.

Cromwell tinha subjugado seu próprio exército, os homens que haviam lutado por ele na guerra longa e amarga. Os homens tinham dito a seu comandante e ao Parlamento que esperavam mais da paz do que um rei de volta ao seu trono, eles queriam mudanças. Queriam justiça para as pessoas comuns, e um salário mínimo para viver. Queriam que o Parlamento representasse todos os trabalhadores do país e não somente a pequena nobreza. Cromwell tinha sido firme contra eles, defendendo o rei contra seus próprios homens. Tinha matado os líderes do motim, tinha obrigado os homens a jogar seus panfletos na lama, e depois retornado a Hampton Court com o sangue de seus soldados nas mãos, para se encontrar com Carlos e concluir o outro lado da barganha, que traria o rei de volta para casa. Cromwell tinha derrotado os homens que teriam se manifestado contra a restauração do rei, e depois retornado a ele, para que assinasse o documento, como ele concordara fazer.

Mas Carlos tinha desaparecido. Dera a sua palavra, a sua palavra de honra como rei, e depois fugido na noite. Cavalgou com dois cavalheiros até New Forest, onde tinha caçado tantas vezes com Buckingham, nos velhos tempos, e pego um barco para a Ilha de Wight, contando com que o governador, Robert

Hammond, o apoiaria, com base no que Hammond dissera uma vez: que não gostava dos igualitários no Exército porque era sobrinho de um dos capelães do rei e primo distante da marquesa de Winchester.

— Confiou em um homem porque conhece seu tio? — perguntou John a Hester, pasmo, quando estavam sentados ao lado da lareira, antes de irem para a cama.

Ela sacudiu a cabeça.

— Ah, John. O que mais ele poderia fazer a não ser ficar se esquivando, se evadindo?

— Poderia aceitar um acordo! — exclamou John. — E ter seu trono de volta!

Ela pegou a costura que estava no seu colo.

— Ele é o rei — replicou ela. — Ele não acha que tem de concordar com nada. Sempre achou que os outros é que teriam de concordar com ele.

Hester tinha razão. Quando o rei chegou ao Castelo de Carisbrooke e viu que o governador Hammond o deteria como seu prisioneiro, em vez de saudá-lo como herói, deu sua palavra e começou, imediatamente, a conspirar. Enviou mensagens secretas aos escoceses, dizendo que agora estava disposto a concordar com o que ele jurara nunca aceitar, quando era seu prisioneiro. Os escoceses tentados pela ideia de um rei que aceitasse seu Parlamento e sua Igreja, traíram, secretamente, seus aliados, o Parlamento inglês, e fizeram um contrato solene secreto para pôr Carlos em seu trono. Em troca, ele jurou que, por um período de experiência de três anos, aboliria a posição de bispos e dirigiria a igreja inglesa segundo o modelo escocês. Ele prometeu que todos os postos mais antigos no país (e seus proventos generosos) seriam concedidos a escoceses.

Mas Carlos não era melhor em guardar seus segredos do que em manter sua palavra. A notícia do acordo logo vazou, especialmente quando uma proposta do Parlamento inglês foi ofensivamente rejeitada pelo rei, que se mostrava ostensiva e excessivamente cheio de si. Logo todo mundo soube que o rei estava sendo falso de novo.

— Ele ia fazer uma aliança com os escoceses presbiterianos? — perguntou Johnnie, perplexo, a seu pai. — Mas ele recusou suas propostas durante todos aqueles meses em Newark.

— Ele mudou de ideia — replicou John, calmamente. — Ele quer fazer um novo acordo. Ele quer vencer o Parlamento e o exército de Cromwell a qualquer preço. Ele odiava os escoceses presbiterianos e não podia concordar com eles, mas agora eles são os únicos aliados que pode conseguir. Está concordando com coisas que ele negava completamente há apenas alguns meses. Recusou-lhes a proposta quando era seu prisioneiro, mas agora que foi aprisionado pelo exército inglês, voltou a olhar os escoceses com generosidade.

Johnnie fez uma carranca.

— Então no que ele acredita *realmente*? — perguntou ele, exasperado. — Achei que nunca abriria mão da igreja inglesa e dos bispos. Você me disse que esse era um ponto sagrado para ele. Você me disse que ele nunca abriria mão de seus direitos como rei.

— Acho que agora ele está procurando sobreviver — disse John, sombriamente. — E se ele puder voltar ao trono, quem poderá forçá-lo a manter acordos que fez quando estava preso?

— Ele vai ser desleal?

John abrandou ao ver a aflição de seu filho.

— Um rei tem de estar em seu trono — replicou ele, calmamente. — Pode-se entender que ele pense que tudo é válido quando se trata de reaver o seu posto.

— E ele vai fazer isso? — perguntou Johnnie. — Vai voltar para Londres? Nós vamos vê-lo em seu trono?

John sacudiu a cabeça.

— Não o deixarão sair da Ilha de Wight — replicou ele. — Eu não deixaria, se fosse o general Cromwell.

Primavera de 1648

John estava no jardim, plantando as curiosidades frágeis que tinham passado o inverno na estufa. A grande moita de margaridas americanas apresentava botões em seu invólucro de folhas, e a videira virgem estava projetando brotos escarlates sinuosos e pequenas folhas verdes, de seu tronco seco, que parecia morto. John pensou um momento em Suckahanna com as madressilvas vermelhas no cabelo escuro, e no perfume que exalavam à noite, na plataforma em que dormiam, quando ele beijava o seu pescoço e esmagava as flores com sua bochecha. Deu tapinhas delicados na terra ao redor das raízes, viu que a trepadeira tinha como se estender e se fixar nos fios presos no muro rústico e, então, deu-lhes as costas, para admirar os canteiros de tulipas.

— Não há nada, mas *nada* mesmo, que se compare a elas — observou ele a Hester, quando ela descia o caminho na sua direção. Interrompeu-se abruptamente ao ver sua expressão. — O que houve?

Ele relanceou os olhos para a alameda, como se temesse se deparar com uma unidade de cavalaria. Até mesmo com o rei prisioneiro no Castelo de Carisbrooke, nenhum homem poderia ter certeza de que o país estaria em paz. Havia nações demais que gostariam de interferir, havia exércitos demais que a rainha ou o príncipe Carlos poderiam reunir.

— Não sei — respondeu Hester, tirando uma carta do bolso do seu avental. — Uma carta. Para você. Dos comissários do Parlamento.

John franziu o cenho e estendeu a mão. Rompeu o selo, abriu o papel, leu-o, releu-o. Deu um risinho incrédulo.

— O que foi? — perguntou Hester, tentando ler a carta de cabeça para baixo.

— Vou para Oatlands, e bem — disse John. — Quem teria imaginado? Querem que eu conserte as alamedas no vinhedo e que ceife o campo de boliche, e serei pago. — Fez uma pausa e olhou para ela. — Como os tempos mudam, e ainda assim não mudam absolutamente nada — disse ele. — Parece que continuo a ser o jardineiro do Palácio de Oatlands, embora não haja nem rei nem corte para ver o meu trabalho.

— Você vai... — sugeriu ela, olhando para ele circunspecta.

Ele dobrou a carta, metodicamente.

— Pensei que não aceitaria trabalhar para eles onde trabalhou para o rei, e para ela.

John sacudiu a cabeça. Inconscientemente ele estendeu a mão e enfiou um ramo que se soltara da videira sob um pedaço entrelaçado, pregado no muro.

— Passei a vida dividido, Hester. Estou cada vez mais conformado com lealdades divididas.

— Vai ser difícil para Johnnie — disse ela. — Ele sempre pensou em ser um dos jardineiros do rei.

— Somos jardineiros dos melhores jardins do reino — replicou John, com firmeza. — E Oatlands sempre foi um dos melhores. Permanecerei fiel ao meu jardim antes de ser fiel a qualquer senhor, você sabe disso. Especialmente um senhor tão desleal e leviano quanto o rei. O jardim vem primeiro, Hester. Se alguém me pagar para plantar e cuidar dele, irei imediatamente, e levarei Johnnie para me ajudar. Ele tem de aprender. Com ou sem rei, temos de trabalhar para o nosso sustento. E o nosso sustento são os jardins. Nossa grande dívida é com os jardins.

— Mas por que o Parlamento se incomodaria com jardins? — cismou Hester. — Com tanto mais o que fazer? E eram os jardins da rainha. Será que o estão preparando para a sua volta? Será que existe um acordo secreto?

John sacudiu a cabeça.

— Pode ser. Ou talvez sejam apenas homens de sensibilidade. Se o rei nunca retornar e o Parlamento se apossar de Oatlands e de todos os outros palácios reais, então terão mais lucro se os venderem situados em um belo jardim do que na selva. Mas se o rei voltar e encontrá-lo tomado pelo mato, os farão pagar para ajeitá-lo.

— Vai ficar fora muito tempo? — perguntou ela.

— Pelo menos, um mês — replicou ele. — Tenho obrigações, Hester. Sou jardineiro dos comissários do Parlamento! Sou um homem do Parlamento!

Ela riu com ele.

— Mas talvez Johnnie não ache assim tão fácil mudar de patrão — avisou ela.

— Johnnie vai ter de aprender — declarou ele. — Uma coisa é ser um menino e adorar histórias do príncipe Rupert. Outra coisa é ser um homem e saber que se serve a um senhor que muda tão frequentemente como o clima, e que então é melhor não se apegar demais a ele. O rei está girando como um cata-vento. O resto de nós deve cuidar da própria vida.

Abril de 1648, Palácio de Oatlands

Uma unidade de cavalaria do Parlamento ainda estava alojada em Oatlands e o primeiro ato de John, depois de ter aberto sua velha casa ao lado da casa de bichos-da-seda, foi procurar o comandante e exigir que os cavalos fossem proibidos de pastar em qualquer grama dos jardins e do campo de boliche.

O comandante concordou com alegria e ofereceu a John quantos soldados precisasse para ajudá-lo a capinar e pôr o jardim em ordem.

— Visitei seu jardim dez anos atrás — disse ele. — Uma visão maravilhosa. Ainda tem aquela sorveira? Lembro-me tão bem dela.

— Sim — replicou John. — Continua a crescer. E temos muitas outras árvores raras que eu trouxe da Virgínia. Tenho um tulipeiro com grandes folhas verdes que dá uma flor como a tulipa, mas do tamanho da sua cabeça. Tenho um bordo que tem folhas vermelhas. Tenho uma trepadeira chamada de flor-da-paixão, porque dizem que expõe as chagas de Jesus. Tenho um belo convólvulo, posso lhe vender as sementes, e uma dedaleira da Virgínia.

— Assim que for dispensado e voltar para a minha casa, irei ver o que tem para vender — prometeu o oficial.

— Onde fica a sua casa? — perguntou John.

— Em Sussex, no oeste do condado — replicou o homem. — Tenho um terreno arenoso muito fértil e fácil de trabalhar. Talvez um pouco seco no verão, e estou na beira das South Downs, portanto venta frio no inverno. Meus lírios Lenten só vicejam na Páscoa. Mas minhas flores de verão duram mais tempo do que as dos meus vizinhos.

— Pode cultivar quase qualquer coisa, então — disse John, de maneira encorajadora. — Algumas de minhas novas plantas da Virgínia suportam o clima muito frio e verões muito quentes, já que esse é o clima de sua terra. Elas se darão bem na sua terra. Tenho uma trepadeira com folhas que se tornam vermelhas como o manto de um cardeal, no outono. Fica bem em qualquer muro, vermelhas como uma rosa.

— Gostaria de vê-la — disse o homem. — E o que vai fazer aqui?

— Apenas pôr o lugar em ordem de novo — replicou John. — Não recebi ordens de plantar nada.

— Sua Majestade virá para cá? — perguntou Johnnie, interrompendo.

O oficial percebeu a adoração do herói na voz do menino e olhou severamente para ele.

— Acho que todos deveríamos rezar para que ele nunca se aproxime de nenhum desses lugares de novo — replicou ele com austeridade. — A sua cobiça afastou a mim e a todos os meus homens de nossos lares, de nossas famílias e de nossos jardins por seis longos anos. Se depender de mim, ele pode apodrecer no Castelo de Carisbrooke.

John segurou no ombro de seu filho que, obedientemente, não falou mais nada, somente o rubor até suas orelhas mostrava a sua aflição.

— Mas vocês estiveram a seu serviço — disse o homem, irritado. — Suponho que sejam todos monarquistas.

— Somos jardineiros — replicou John, com firmeza. — E agora estou trabalhando para o Parlamento. Continuo jardinando. Meus inimigos são o clima inclemente e as pragas. Não preciso de mais.

Com relutância, o comandante riu.

— Não conheço piores, realmente — disse ele.

Verão de 1648

Em meados de maio, bateram à grande porta da frente da Arca, e Hester, tirando seu avental de trabalho, foi abri-la com a apreensão habitual. Mas quando viu o visitante, sua expressão assumiu um ar de prazer.

— Major Lambert! — exclamou ela. — Veio ver nossas tulipas?

— Sim, realmente. Não resisti. — Entrou e se curvou sobre a mão dela.

— Continua major? — perguntou ela, olhando para a bela pluma em seu chapéu e o couro polido de suas botas.

— Ah, não! — disse ele com um floreio. — Agora sou general, Sra. Tradescant. E antes de deixar tudo isso, serei membro do Parlamento e vou lhe conferir um título de baronete por seus serviços a jardineiros. Ou um ducado. O que quiser.

Hester deu um risinho.

— Então, venha ver as tulipas — disse ela. — Estão lindas neste ano. Meu marido retornou na primavera passada e tem várias espécies novas que vai gostar de ver, algumas belas plantas da Virgínia. Não vai resistir ao nosso tulipeiro.

— Perdão?

Hester riu.

— Juro. Uma árvore belíssima que brota flores brancas com a forma exata de uma tulipa. Ainda não as vi, pois só temos duas árvores novas, mas temos mudas e meu marido jura que vingarão.

John Lambert seguiu-a pela casa e parou na varanda, para olhar o jardim. Era a primeira vez que o via apropriadamente roçado e podado, parecendo em seu apogeu.

— É como um pedacinho do paraíso — disse ele, seus olhos passando pelas flores das árvores frutíferas, pelos canteiros de flores diante da casa. — Escolheram bem seu nome, Arca. Fora desses muros, foi uma enxurrada de terror, e ainda assim, aqui, parece sempre em paz.

Hester ficou quieta e recebeu o elogio como uma bênção.

— Passei minha vida tentando fazer que fosse assim — disse ela. — Fico feliz que veja dessa maneira.

Ele a olhou de relance, como se os dois se entendessem muito bem.

— Se pudermos tornar o país tão pacífico e fértil como este jardim, Sra. Tradescant, tudo terá valido a pena. Se eu puder fazer de cada jardim de uma pequena casa um lugar seguro como este, e conseguir que todo bom trabalhador do país tenha o direito legal a sua casinha e a um jardim, então terei cumprido o meu dever assim como cumpriram o seu.

Ela olhou com curiosidade.

— Estes não são sentimentos igualitários? — perguntou ela. — Achei que a causa igualitária tivesse sido erradicada.

Ele sorriu, mas não a contestou.

— Não dos corações e mentes. Acho que todo homem que viu como os pobres sofrem neste país, e viu a maneira como os pobres lutam por seus direitos, quer que as grandes extensões de terras incultas e parques se tornem acessíveis, para que o povo desabrigado possa construir casas e o povo faminto possa plantar alimento. Sou um proprietário de terra, Sra. Tradescant. Não quero que os muros do meu jardim sejam derrubados. Mas não quero parques imensos murados para alimentarem e abrigarem cervos, enquanto homens e mulheres passam fome do lado de fora.

Hester concordou com a cabeça e guiou o caminho para o jardim, na direção do esplendor de cor que eram os canteiros de tulipas. Olhou para trás, com um meio sorriso, para a expressão pasma de John Lambert.

— São bonitas, não são?

— São soberbas — replicou ele. — Tenho, *tenho* de levar algumas delas.

— Vou buscar pena e papel para anotar sua encomenda — disse Hester, com satisfação. — E deve voltar no próximo mês, para ver as rosas. Ficarão lindas este ano. Gosto ainda mais das nossas rosas do que das nossas tulipas.

Ele sacudiu a cabeça, e algo nesse gesto alertou-a de que ele não estava tão despreocupado quanto queria demonstrar.

— Receio estar ocupado em junho — disse ele.

Hester compreendeu o que John Lambert tinha querido dizer quando, um dia depois de sua visita, chegou a notícia de que bandos monarquistas estavam se alistando em cada cidade e aldeia de todo condado. Homens que largaram suas lanças pensando que a guerra tinha terminado estavam montando e indo de novo para as estradas, convocando mais homens para lutarem pelo rei, que só precisava vencer uma batalha contra o Parlamento desmoralizado e dividido e para o Exército ser reconhecido. A Marinha, de súbito, se declarou a favor do rei, se posicionou ao longo do litoral sul e declarou todos os portos monarquistas. Por todo o país, os oficiais monarquistas reformados voltaram para a ativa, chamando os homens às armas. Cada condado, cada cidade, cada aldeia tinha o seu próprio quartel-general monarquista, seus próprios soldados monarquistas. A nação estava em guerra mais uma vez, espontaneamente, naturalmente, e o prêmio era a libertação do rei e a restauração do seu trono em uma manifestação de nostalgia pelos dias de paz anteriores à guerra.

Homens que tinham aguardado e assistido ao exército de Cromwell obter a vitória na primeira guerra do rei, estavam agora de tal modo impacientes pela paz que passaram a apoiar Carlos certos de que somente ele reassumindo o trono a conseguiria. Homens que tinham sido soldados indiferentes sob o comando de Cromwell viraram a casaca e esperaram pagamento e vitória sob o comando dos monarquistas. E aqueles que lutaram pelo rei durante os quatro longos anos de sua guerra, que sofreram e temeram nos dois anos desde então, rezaram para que essa última chance pudesse resgatar suas fortunas de antes.

Não foram convocados por uma mensagem. Responderam quase individual e espontaneamente, em uma insurreição que era tanto uma exigência irritada do retorno a um tempo mais pacífico quanto uma luta de princípios sobre a existência de bispos.

Parecia inacreditável a Hester que o rei pudesse ser o centro de uma segunda catástrofe, mesmo estando preso. Mesmo sem estar em liberdade, a sua presença conseguia ser foco de inquietação, e o país que estava em paz há quase dois anos, de repente voltava a estar em guerra. Era uma guerra maciça, travada em uma centena de batalhas intensas e diferentes, por todo o reino. E então chegaram a Lambeth notícias de que lorde Norwich estava sitiando a cidade de Londres, e provavelmente a tomaria para o rei. Se Londres caísse, o Parlamento seria dominado, e então a guerra deveria se encerrar e o rei ser o vitorioso.

Hester pegou Johnnie selando o cavalo furtivamente, um fardo ao seu lado. Sua determinação de repente foi abalada.

— Aonde diabos pensa que está indo?

Ele virou-se para ela.

— Não pode me impedir. Vou lutar pelo rei.

— Você é uma criança.

— Tenho quase 15, idade bastante para lutar.

Foi essa centelha que inflamou o disparo. Hester se lançou sobre ele, agarrou-o pela gola da camisa e o arrastou, como um menininho, pelo caminho do jardim, passou pelos belos canteiros de rosas que perfumavam o ar, e chegou ao pomar, onde John estava no alto de uma escada podando uma macieira.

— O rei precisa de tolos! — exclamou Hester. — Um exército de tolos para um rei tolo.

— Eu vou! — proclamou Johnnie, tentando se soltar dela. — Não vou receber ordens suas. Sou um homem. Vou fazer a minha parte.

Hester o empurrou para o pai.

— Ele tem 14 anos — disse ela bruscamente. — Diz que é um homem. Não posso mais controlá-lo. Você vai ter de decidir. Ele vai servir ao rei ou não?

John desceu devagar os últimos degraus da escada e olhou para o filho.

— O que houve?

Johnnie não desviou o olhar, continuou encarando o pai como um cervo jovem encara o líder do rebanho.

— Quero cumprir o meu dever — disse ele. — Quero servir ao rei.

— O rei não é servido por desordens e tumultos, por ingleses matando uns aos outros nas ruas de Maidstone e Canterbury — falou John calmamente.

— Se isso for preciso...

John sacudiu a cabeça.

— A paz em um reino é feita trabalhando-se incessantemente por um acordo — replicou ele. — Não passou toda a sua infância em um país em guerra e viu que no fim nada foi acertado, nada avançou?

— Quero cumprir o meu dever!

John pôs a mão no galho da macieira, como se para daí tirar força.

— O seu dever é com o seu Deus, com o seu pai e a sua mãe — disse ele.

— Você nem mesmo acredita em Deus — retrucou Johnnie. — Não acredita em nada. Não cumpriu o seu dever como pai. Você nos abandonou por anos. É homem do rei, mas não luta por ele, é pago pelo Parlamento e faz piada com o fato de ser jardineiro do Parlamento. É um plantador da Virgínia, mas fica em casa, em Lambeth. Não é você que vai dizer qual é o meu dever!

Hester avançou para proteger o enteado do tapa que deveria acontecer. Mas se deteve, recuou. John não bateu em Johnnie, mas ficou paralisado, a mão apertada no galho da macieira, até suas juntas ficarem brancas.

— Lamento que pense tão pouco de mim — disse John baixinho. — E o que disse é verdade. Perdi minha fé em Deus quando sua mãe morreu e eu não pude sequer segurá-la, com medo de passar a infecção para vocês. Tentei respeitar a fé dos outros. Mas a convicção me abandonou. Realmente, deixei você e Frances e sua madrasta em um momento em que deveria ter ficado e os protegido. Mas achei que o rei me convocaria para lutar, e nunca me dispensaria. E estava certo ao temer isso: ele convocou a quantidade de quatro reinos de homens para lutar e nunca mais os liberou. Tenho uma terra na Virgínia, mas eu só conseguiria mantê-la se matasse pessoas que tenho todos os motivos para amar e respeitar. Lá também havia uma guerra entre compatriotas.

Johnnie estava prestes a falar, e Hester, que o conhecia tão bem, sabia que estava lutando para não cair em prantos e se jogar nos braços do pai. Manteve-se muito quieto, rígido como um soldado debaixo de fogo.

— Mas tenho o direito de falar — disse John. — Porque sei coisas que você não sabe. Porque refleti durante todo esse tempo. Lutei com uma lealdade contra outra, com um amor contra outro. Talvez me ache um fraco, mas foi assim que a vida me aconteceu. Não é uma vida simples, de lealdades simples. Não sou como o meu pai. Ele teve vários senhores a quem amou e seguiu com um coração leal. Ele amava Sir Robert Cecil, depois, o duque de Buckingham, e depois, o rei. Ele nunca os questionou por serem os senhores, e ele o homem. Mas não é assim comigo. E não será assim para você. O mundo mudou, Johnnie. Agora não basta falar em dever e se alistar ao ouvir o tambor de recrutamento. Tem de pensar por si mesmo, tem de escolher o seu próprio caminho.

Houve um longo silêncio no pomar. Nos galhos altos de uma das árvores, um melro começou a cantar.

— Peço perdão pela maneira como falei — disse Johnnie, duro. — E peço sua permissão, como seu filho obediente. Quero ir servir ao rei. Esse é o meu caminho. Refleti muito. Quero lutar pelo meu rei.

John lançou um olhar a Hester, como se perguntando se ela via alguma outra alternativa. Um olhar foi o bastante. A expressão de Hester era trágica, as mãos apertadas uma na outra, por baixo do avental.

— Então, que Deus o abençoe e proteja — replicou John, devagar. — E volte para casa assim que tiver uma dúvida, Johnnie. Você é o único herdeiro Tradescant, e muito querido por nós.

Johnnie baixou lentamente sobre um joelho para receber a bênção de seu pai. Por sobre a sua cabeça baixa, John olhou para Hester e viu que tinha dito a coisa certa — tinham de deixar seu filho ir para a guerra.

Queridos mãe e pai,
Escrevo na estrada para Colchester. Estou cavalgando com lorde Norwick e meia dúzia de cavalheiros, e uma bela unidade da cavalaria, com mais de mil homens. Fomos repelidos em Londres — cheguei quando estavam partindo, infelizmente para mim —, mas pelo menos estou em uma unidade que reúne recrutas pelo caminho.

A égua está aguentando bem e não deixo de alimentá-la toda noite. Temos de pegar a forragem nós mesmos, o que é difícil de fazer em algumas das fazendas, que já eram muito pobres antes de chegarmos, e que ficam piores depois que partimos. Alguns dos cavalheiros exploram muito os fazendeiros e trabalhadores, e isso nos torna cada vez menos bem-vindos à medida que avançamos.

Os navios vão nos suprir quando estivermos em Colchester e um exército está vindo em nosso socorro da Ânglia Oriental. Não há dúvida de que venceremos.

Meu amor a Frances e seu marido. Pode pedir a Alexander para atrasar seu suprimento de barris de pólvora como um favor a mim. Espero que estejam todos bem.

Seu filho que os ama, John.

— Ele assina John, não Johnnie — observou Hester.

— Ele parece bem — respondeu John.

Ficaram juntos no vestíbulo, lendo e relendo a breve carta.

— É uma boa égua, ela o protegerá — disse John.

— Ele não parece muito satisfeito com a tropa.

John deixou a carta com ela e se dirigiu ao jardim.

— Como poderia estar? Um menino que viu tão pouco do mundo, e que de repente vai para a guerra?

— Você vai buscá-lo? — perguntou Hester.

John fez uma pausa, sentindo a saudade em sua voz.

— Não posso — replicou ele.

Ela ia argumentar, mas ele a impediu com um gesto da mão.

— Não me reprove, Hester. Significa tanto para mim quanto para você ver meu filho enredado nessa guerra. Rezei com tanta fé quanto você para que tivéssemos a paz antes de ele chegar à idade adulta. Achei que tinha acabado. Estava certo de que tinha acabado. Mas não posso buscá-lo para trazê-lo para casa como um menino traquinas. Ele tem de percorrer o seu próprio caminho.

Ele olhou para ela e viu a agonia em seu rosto.

— Ele é meu filho! — disse ela, com paixão. — Brincando com pólvora.

John fez uma pausa, gélido de preocupação, assentiu com um movimento da cabeça, e foi para o seu jardim.

Julho de 1648

Frances ficou na Arca durante os meses de peste no verão e Hester percebeu que a companhia de sua enteada era a única que ela conseguia suportar enquanto esperavam notícias de Johnnie. A guerra estava favorecendo o rei e ela esperava que Johnnie entrasse em Londres como parte de um exército real triunfante. Em julho, os escoceses confirmaram, da maneira mais dramática, que tinham mudado de lado e eram agora a favor do rei, ao atravessarem a fronteira com um exército de 9 mil homens para atacarem as forças do Parlamento, mal pagas e decepcionadas, cansadas de batalhas.

Foi um verão espantosamente úmido. As rosas no jardim se encharcaram com a chuva e os brotos apodreceram. Os caules dos morangos e framboesas se transformaram em uma pasta. Hester passava os dias observando a chuva cair pela vidraça das grandes janelas venezianas, no gabinete de curiosidades, olhando o jardim inundado, o seu marido chapinhando na lama pelos tornozelos, cavando valas para escoar a terra ensopada para o curso de água fora da casa, que já transbordava na pequena ponte, e não parava de encher.

Extraordinariamente, Hester não jogou a capa mais rústica sobre sua roupa e saiu para ajudá-lo. Passava o tempo sentada à escrivaninha, sem livros à sua frente, sem costura nas mãos. Nem mesmo conversava com os poucos visitantes que apareciam para ver as curiosidades, se bem que com a inundação do rio e o país de novo em guerra, pudessem muito bem ter fechado a Arca. Hester ficava em silêncio, observando a chuva, Frances ao seu lado, também em silêncio.

Receberam a notícia de que as tropas inglesas monarquistas tinham sido atacadas na estrada para Colchester e sido obrigadas a correr para a cidade, em busca de abrigo. Houve uma batalha breve e terrível, enquanto os monarquistas eram empurrados de volta à cidade, até conseguirem fechar os portões e os soldados parlamentaristas ficarem do lado de fora. Centenas de homens foram mortos na luta corpo a corpo, que foi mais sangrenta e violenta do que qualquer outra na Inglaterra até então. Os nomes de centenas dos soldados mortos nessa escaramuça odiosa foram perdidos. Hester ficou sentada observando a chuva, sem saber se seu enteado estava vivo ou caído na lama do lado de lá dos portões de Colchester.

Não foi um cerco, foi um massacre. O general Fairfax e John Lambert estavam no comando do exército do Parlamento e tinham circundado a cidade com uma muralha e um fosso com dez fortes guarnecendo o seu perímetro. Ninguém conseguiria sair de lá vivo. A cidade não estava apenas sitiada, tinha sido capturada.

— John Lambert está lá? — perguntou Hester quando Frances trouxe a folha de jornal e leu a reportagem do cerco.

— Sim — replicou Frances, e olhou para a sua mãe.

— Que tempos estamos vivendo, com John Lambert em um exército e o meu menino no outro — disse ela bem baixinho.

Outro exército monarquista foi levantado em Kingston upon Thames, comandado por lorde Holland, apoiado pelo duque de Buckingham, filho do antigo senhor dos Tradescant. John franziu o cenho ao ouvir a menção ao seu nome e saiu para pôr sacos de areia na porta da frente da Arca. A estrada para Lambeth estava completamente inundada e o riacho diante da casa tinha rompido suas ribanceiras e estava se espalhando e penetrando no pomar Tradescant. John receava que o rio Tâmisa transbordasse e sua água salgada contaminasse sua terra no lado norte da estrada, mas não havia nada que ele pudesse fazer para impedir isso.

O novo exército monarquista reuniu alguns homens. Pouco mais de quinhentos foram para a chuva e marcharam primeiro para Londres, depois para o Castelo de Reigate, depois bateram em retirada, o que logo se tornou uma debandada pelas aldeias ao norte de Londres até a derrota em Surbiton. O conde de Holland foi capturado pelo exército do Parlamento e enviado para Londres. O Parlamento decretou que ele seria decapitado por traição a seu país. O duque de Buckingham escapou para a Holanda.

— Era o que se esperava — disse Tradescant, com uma carranca.

De repente, a febre monarquista pareceu ter passado tão abruptamente quanto tinha começado. Não houve mais tumultos na Inglaterra. Tudo ia depender dos escoceses: ou chegariam a Colchester a tempo de libertar a cidade, ou marchariam direto para o sul e entrariam na própria cidade de Londres.

Os monarquistas sitiados em Colchester, suas rações escasseando e sem nenhuma esperança de libertação, pediram salvo-conduto para as mulheres e crianças, abriram a porta de saída da fortaleza e os enviaram para o exército do Parlamento. Para seu horror, as mulheres foram despidas e surradas e mandadas de volta para o forte. A Inglaterra nunca tinha visto tamanha selvageria. As normas de guerra tinham sido suspensas. Homens que seriam cavalheiros com o inimigo derrotado seis anos atrás, estavam agora tomados de um furor assassino porque a guerra tinha sido deflagrada de novo. Corriam boatos de que quando os sitiados saíssem de Colchester, assim que fossem obrigados, seriam cortados ali mesmo. Não haveria clemência, não haveria prisioneiros. Não haveria julgamentos por traição. Quando os homens entregassem as armas, a cavalaria do Parlamento passaria por cima deles.

Hester não disse nada quando John lhe contou essas notícias, ela não chorou, não murmurou o nome de Johnnie. Ela olhou pela janela e disse apenas:

— Será que nunca vai parar de chover?

John saiu para o jardim e a deixou olhando as gotas correrem pela vidraça.

Ficaram felizes com a chuva, em Colchester. Era a sua única água para beber. Para ter carne, tiveram de matar os cavalos, depois os cachorros, os gatos, os ratos, qualquer coisa que conseguissem pegar. Não havia farinha para pão, não havia restado nenhuma fruta nem verdura na cidade. Homens começaram a adoecer, todos passaram fome.

Hester pôs o pano rústico sobre os ombros e saiu para o jardim para ver as alfaces, as cebolas, as pimentas, o feijão, as ervilhas e as ervas ensopadas pela chuva nos canteiros tão bem cuidados.

— Ele nunca vai passar fome — disse ela baixinho, para si mesma. — Criado do lado da nossa horta, talvez lhe falte carne, de vez em quando, mas ele sempre terá frutas e verduras. Ele nunca ficou sem, antes.

Hester estava esperando que os escoceses marchassem para o sul rapidamente, e libertassem Colchester, como seu primeiro objetivo. Atravessaram a fronteira parecendo uma força vitoriosa e alcançaram Preston Moor, apenas pouco mais de 1 quilômetro ao norte de Preston, sem esbarrarem com nenhuma resistência. Mas ali se encontraram com o exército do Parlamento, comandado pelo próprio Cromwell, com John Lambert ao seu lado, comandando a cavalaria. Quando Hester soube que era John Lambert contra o único homem que poderia salvar o seu filho, pôs as mãos na cabeça, à mesa da cozinha, e ficou imóvel por um bom tempo, como se tivesse adormecido.

Quando a notícia da derrota dos escoceses chegou a Colchester, nenhuma esperança lhes restou. A guarnição rendeu-se a um vencedor cruel e implacável. A guerra tinha acabado, o rei tinha sido derrotado mais uma vez, e os Tradescant não tinham nada a fazer a não ser esperar e ver se Johnnie voltaria para casa, ou se ele estaria entre as muitas centenas que nunca mais retornariam.

Hester deixou seu lugar diante da janela veneziana e colocou uma cadeira e uma mesa na porta da frente, que dava para a estrada de Lambeth. Pôs a cesta de costura na mesa e parecia, a um transeunte casual, que estava fazendo seu trabalho e desfrutando o sol de setembro depois dos dias úmidos do verão. Somente John e Frances sabiam que a camisa que ela tinha no colo não estava diferente no fim de setembro do que era no dia negro da rendição de Colchester.

Outono de 1648

O carroceiro o trouxe, um homem que tinha visitado a Arca quando era garoto e se lembrava de lá como um palácio de tesouros, e tinha afeição pelo nome Tradescant. Johnnie, pálido, que sacolejara pelas estradas acidentadas, extremamente magro, e com uma cicatriz escura e ainda aberta que ia do seu osso ilíaco à sua costela, estava deitado atrás sobre uma pilha de sacas.

Hester ouviu as rodas e ergueu o olhar de suas mãos ociosas que seguravam a camisa não costurada. Largou-a, derrubou a cadeira ao se levantar e correr para a estrada.

— Johnnie! — exclamou ela ao perscrutar por cima da parte traseira da carroça.

Ele conseguiu dar um ligeiro sorriso.

— Mãe.

— Dê a volta para os fundos — ordenou Hester ao condutor, seus meses de silêncio passivo agora esquecidos. Ela pulou para o degrau da carroça, seus olhos fixos em seu enteado, e se segurou quando sacolejaram por cima da pequena ponte, passaram pela varanda da casa para as cavalariças. John, que colhia maçãs, olhou na direção da casa e viu a carroça virando para o pátio, com sua mulher agarrada como um moleque na cobertura traseira. Deu um salto da escada e andou na direção da casa. Não correu. Estava com muito medo do que poderia encontrar.

O carroceiro e Hester puseram Johnnie em pé, andando devagar em direção à porta da cozinha, um braço ao redor de cada um. Cook abriu a porta de imediato, e Hester guiou-os pela sala e sentou Johnnie na cadeira de seu pai ao lado da lareira.

Estava muito pálido, os lábios descorados em sua face lívida. Hester bateu no ombro de Cook:

— Vá buscar o conhaque.

E Cook obedeceu correndo. John entrou, arrastando lama no piso de madeira encerada.

— Filho?

Johnnie olhou para o pai e algo nesse olhar, algo vulnerável e injustamente ferido, lembrou tanto Jane, sua mulher morta, que a piedade por seu filho e sua antiga dor por ela o atingiram como um novo golpe. Caiu de joelhos e pegou as mãos de seu filho.

— Está seguro agora — disse ele.— Está seguro em casa. Está muito machucado?

— Um golpe de lança — sussurrou Johnnie. — Doeu um bocado e sangrou um bocado. Mas agora está sarando.

Hester levou o copo de conhaque aos seus lábios, e Johnnie bebeu.

— Vamos pô-lo na cama em um instante — prometeu ela. — E terá um jantar decente. — Passou as mãos em seu cabelo louro comprido afastando-o de sua testa. — Meu menino — disse ela, com ternura. — Meu pobre menino.

Cook retornou.

— A cama está pronta e os lençóis aquecidos.

O carroceiro e Hester avançaram para ajudá-lo, mas John os rechaçou.

— Posso fazer isso — disse ele, com a voz rouca, e pegou o filho no colo.

O garoto pesava pouco mais do que quando tinha 10 anos. Tradescant franziu o cenho ao sentir a leveza do corpo e foi para a escada. Hester correu na frente e abriu a porta do quarto, puxou os lençóis.

— Estou cheio de piolhos — protestou Johnnie. — E coberto de pulgas.

— Não faz mal — disse Hester, tirando suas botas e baixando seu calção.

Ele deu um leve gemido de dor quando ela tirou sua camisa por sua cabeça e viu que o tecido sujo tinha grudado na ferida em carne viva.

— Logo vai ficar bom de novo — disse ela.

Seu marido e seu filho ouviram a antiga determinação na voz de Hester.

— Logo vai ficar bom de novo.

O rei Carlos celebrou alegremente seu 48º aniversário em Newport e recebeu negociadores parlamentares enviados de Londres para fazer um novo acordo de paz com um rei que havia quebrado todos os acordos que tinha feito antes. Dessa vez ele se mostrou mais afável do que nunca, mas não permitiria, jurou que não podia, a venda das terras e palácios dos bispos. Os bispos não podiam ser abolidos, sua posição deveria ser mantida. O máximo que aceitaria seria governar sem eles durante três anos, promessa que já havia feito aos escoceses. Mas o Parlamento foi mais firme do que os escoceses. Não aceitariam nada menos do que a extinção total de todos os bispos e a liberação de sua riqueza e terras.

Alexander Norman e Frances, em visita à Arca, em novembro, encontraram Johnnie sentado ao lado da lareira, bem agasalhado em um camisolão, com seu pai e sua mãe ao seu lado, discutindo o destino do rei.

— Alguma novidade? — perguntou John a seu genro.

— Os igualitários estão se tornando influentes no Exército — replicou Alexander. — E exigem que nunca mais haja rei e que o Parlamento seja eleito de três em três anos por todo homem com interesse no país.

— O que isso significa para o rei? — perguntou John.

Alexander sacudiu a cabeça.

— Se conquistarem o controle do Parlamento, poderá significar que seja mandado para o estrangeiro. Não haveria lugar para ele.

— Talvez ele concorde — sugeriu Hester, de olho no seu filho. — Talvez o rei e o Parlamento entrem em acordo em Newport.

— Ele tem de concordar — replicou Alexander. — Ele tem de ver que é obrigado a aceitar. Ele lutou duas guerras contra o seu próprio povo, e perdeu as duas. Tentou a aposta mais alta que podia nesse seu jogo: pôs os escoceses contra seus próprios compatriotas. E perdeu. Agora ele tem de concordar.

Johnnie corou e se moveu constrangido na cadeira.

— Como ele pode fazer isso? Como pode concordar em ser nada? Ele é o rei diante de Deus. Vai chamar Deus de mentiroso?

Frances foi até ele e pegou sua mão.

— Agora chega — disse ela, com a determinação de uma irmã mais velha. — Você fez sua parte por ele. Fez muito e isso não adiantou nada para ninguém. O rei tem de tomar a sua própria decisão, não tem nada a ver com você agora, ou com nenhum de nós.

O rei decidiu seguir a estrada nobre do princípio — ou talvez tenha decidido que jogaria mais uma vez — ou talvez tenha decidido que faria um gesto teatral orgulhoso e veria no que dava. Rejeitou as propostas do Parlamento de maneira corajosa, temerária e franca. E, então, esperou para ver o que aconteceria a seguir.

O que aconteceu o surpreendeu. Os homens do exército de Cromwell, os homens de Lambert, os homens de Fairfax, furiosos com os atrasos e oportunidades perdidas, certos em suas próprias mentes de que o que deveria vir em seguida era uma paz indestrutível e uma reforma das leis da terra em favor do povo comum trabalhador, invadiu a Câmara dos Comuns, excluiu os membros do Parlamento conhecidos por simpatizarem com o rei, e insistiram em que o rei deveria ser julgado por traição contra seus súditos.

Hester levou as notícias a John quando ele regava as plantas na estufa. O gelo estava derretendo, e a vidraça estava úmida e opaca. As árvores cítricas, seus galhos repletos das últimas laranjas e limões da estação, perfumavam o ambiente, o carvão na lareira se movia e crepitava inflamado. Hester parou no limiar da porta, relutando romper a sensação de paz. Então entrou.

— Levaram o rei da Ilha de Wight e o estão trazendo para Londres. Ele será julgado — disse ela de maneira direta. — Foi acusado de traição.

John imobilizou-se onde estava, o regador pingando água fria em sua bota.

— Traição? — repetiu ele. — Como um rei pode ser acusado de traição?

— Dizem que ele tentou tirar a liberdade do povo e instalar a tirania — replicou Hester. — E fazer guerra contra seu povo é considerado traição.

A água formou uma pequena poça ao redor dos pés de John, mas ele não notou, nem Hester, seu olhar fixo no rosto atônito dele.

— Onde ele está? — perguntou John, transido.

— Na estrada para Londres, é o que dizem em Lambeth. Acho que o colocarão na Torre, ou talvez sob prisão em um dos palácios.

— E depois?

— Dizem que será julgado por traição. Perante um tribunal. Um tribunal apropriado.
— Mas a punição por traição...
— É a morte — completou Hester.

Logo antes do Natal, bateram à porta. Johnnie, ainda nervoso, sobressaltou-se com o barulho, e Hester, ao correr para atender, sussurrou uma blasfêmia a quem quer que tivesse perturbado seu filho.

Quando ela abriu a porta, compôs o rosto com uma serenidade austera ao ver o homem armado.

— Mensagem para John Tradescant, que era jardineiro do rei — disse o homem.

— Não está — disse Hester com sua cautela habitual.

— Vou deixar a mensagem com você, então — disse o homem animadamente. — O rei quer vê-lo. Em Windsor.

— Ele está sendo chamado a Windsor pelo rei? — perguntou Hester, sem acreditar.

— Ele pode fazer como quiser — disse o homem, desrespeitosamente. — O rei ordena que ele vá, ele pode ir ou não, como quiser, até onde me diz respeito. Recebo ordens do coronel Harrison, que vigia o rei. E suas ordens foram dizer ao Sr. Tradescant que o rei o está chamando. E agora já cumpri a ordem. E vou embora.

Fez um movimento cordial com a cabeça e atravessou a pequena ponte que dava na estrada, antes de Hester ter tempo de dizer outra palavra. Ela observou-o subir a estrada para a balsa em Lambeth, antes de fechar a porta e procurar John no jardim.

Ele estava podando as rosas com uma faca afiada, suas mãos uma massa de arranhões, por causa do trabalho.

— Por que não usa luvas? — disse Hester, com irritação.
Ele sorriu.
— Sempre penso em usar, depois começo a trabalhar e acho que posso fazer sem me arranhar, depois, não consigo parar e ir procurá-las, e então sangro e concluo que não adianta mais buscá-las.

— Nunca vai adivinhar quem bateu à nossa porta.
— Está bem. Nunca.

— Um mensageiro do rei — disse ela, observando sua reação.

Ele enrijeceu, como um velho cão de caça ao ouvir a corneta da caça.

— O rei mandou me chamar?

Ela confirmou com um movimento da cabeça.

— Para ir vê-lo em Windsor. O homem foi claro ao afirmar que não precisa ir, a menos que queira. O rei não tem nenhum poder para ordenar você a obedecer. Mas ele trouxe a mensagem.

John atravessou com cuidado as roseiras, soltando seu casaco quando se prendia em um espinho, sua mente já em Windsor.

— O que ele pode querer de mim?

Ela encolheu os ombros.

— Algum plano estouvado de fuga?

Ele sacudiu a cabeça.

— Certamente não. Mas não há nada que interesse a ele no jardim nesta época do ano.

— Você vai?

Ele já estava andando na direção da casa, a faca de podar no cinto, suas rosas quase esquecidas.

— É claro que tenho de ir — replicou ele.

Não tinham cavalo, não havia dinheiro suficiente para substituir a égua que levara Johnnie a Colchester e que tinha sido abatida para fornecer carne durante o cerco. John andou até a balsa em Lambeth e pegou um barco para Windsor.

O castelo parecia o mesmo: uma guarda de soldados na porta, a agitação e o trabalho usual que cercava a corte real. Mas estava tudo estranhamente diminuído: mais silencioso, com menos excitação, como se até mesmo as criadas da cozinha não mais acreditassem que estavam cozinhando a carne para o representante de Deus na terra, e sim trabalhando na cozinha para um mero mortal.

John fez uma pausa antes de passar pelas lanças dos homens de guarda.

— John Tradescant — disse ele. — O rei mandou me chamar.

As lanças foram levantadas.

— Ele está jantando — disse um dos soldados.

John atravessou o portão, o pátio interno, e entrou no salão.

Houve uma sensação sinistra, como de uma vida vivida de novo. Havia o dossel real ondulando um pouco com a corrente de ar soprada pelas janelas abertas. Sob ele, estava o rei sentado, a grande cadeira diante da grande mesa, e a mesa repleta de pratos. Havia o povo comum, apinhado no corredor, observando o rei, como era de praxe. Havia o criado do rei que anunciava que a mesa estava pronta para ser servida, o criado para estender a toalha, o criado da copa para dispor as facas compridas, colheres, sal e a tábua para a carne, o criado da adega atrás da cadeira com o decanter de vinho. Havia tudo que devia haver, e ainda assim era completamente diferente.

Não havia os risos e chistes constantes, não havia nenhuma disputa pelo olhar do rei. Não havia nenhuma rainha rechonchuda, com o cabelo em cachos, ao seu lado, e nenhum dos retratos e tapeçarias gloriosas que sempre estavam pendurados para que ele visse.

E o próprio Carlos estava mudado. Seu rosto estava marcado de desapontamento, bolsas profundas sob os olhos, sulcos pela testa, o cabelo mais ralo e grisalho, o bigode e a barba ainda perfeitamente penteados, porém mais claros, com fios brancos onde tinham sido castanhos.

Ele viu John, mas a sua desconfiança habitual não permitiu que saudasse um rosto amigável. Simplesmente balançou a cabeça e com um gesto quase imperceptível indicou que John esperasse.

John, que se ajoelhara ao entrar no salão, levantou-se e se sentou a uma mesa.

— Por que está se ajoelhando? — perguntou um homem, em tom de crítica.

John hesitou.

— Por hábito, acho. Não se ajoelha na sua presença?

— Por que deveria? Ele não passa de um homem, como eu.

— Os tempos estão mudando — observou John.

— Vai comer? — disse outro homem.

John olhou em volta. Não havia os cortesãos elegantes que costumavam comer no salão. Esses eram soldados do exército de Cromwell, indiferentes ao ritual. Homens com fome, genuínos, francos, jantando.

John puxou uma tábua de carne e se serviu da tigela comum.

Quando o rei acabou de comer, um criado se aproximou e lhe ofereceu uma tigela para ele lavar as pontas dos dedos, enquanto outro, uma toalha de puro linho pra ele secar as mãos. Nenhum dos dois se ajoelhou, John reparou, e se perguntou se o rei recusaria o serviço deles.

Ele nem mesmo se queixou. O rei aceitou o serviço como se tivesse sido oferecido a um simples senhor do solar. Nem mesmo mencionou não terem se ajoelhado. John viu o mistério da realeza se contrair diante de seus olhos.

John levantou-se, esperando uma ordem. O rei dobrou o dedo e John aproximou-se da mesa no alto, e fez uma reverência.

O rei Carlos levantou-se da cadeira, saiu da plataforma e estalou os dedos chamando um pajem, que o seguiu.

— Ja-jantei melão duas noites atrás — observou ele a John, como se não tivesse passado tempo nenhum desde que John, a rainha e o rei haviam planejado juntos o que plantar em Oatlands. — E a-a-achei que tínhamos decidido que sempre teríamos m-melão em Wimbledon. Guardei as sementes para serem p-plan-plantadas.

John baixou a cabeça, sua mente em torvelinho.

— Majestade?

O pajem avançou e deu a John uma caixinha de madeira cheia de sementes.

— Cre-crescerão em Wimbledon? — perguntou o rei ao passar por John, a caminho de sua câmara.

— Eu diria que sim, Majestade — replicou John. E esperou.

— Ótimo — disse o rei. — Sua Majestade, a rainha, vai gostar, quando e-ela v-vir. Quando ela vo-voltar para casa.

— E então ele se foi — disse John a uma Hester e um Johnnie atônitos, sentado ao lado da lareira depois de uma longa e fria viagem de barco de volta a Lambeth.

— Ele o chamou tão longe só para lhe dar sementes de melão? — perguntou Hester.

— Achei que haveria algo secreto — confessou John. — Vasculhei a caixa e esperei o dia inteiro, para o caso de ele me enviar uma mensagem secreta, já que sabia que eu estava no castelo. Rocei o canteiro de flores debaixo da janela de seus aposentos privados, para que ele soubesse que eu estava lá. Mas... nada. Foi realmente apenas para as sementes de melão.

— Ele vai ser julgado por traição e está pensando em plantar melões? — admirou-se Hester.

John confirmou com a cabeça.

— Esse é o rei, sem dúvida — disse ele.
— Vai plantá-las? — perguntou Johnnie.
John olhou para o rosto tenso do filho, para as olheiras sob seus olhos e o franzido contínuo do cenho, por causa da dor.
— Gostaria de me ajudar? — perguntou com ternura. — Poderíamos fazer um belo canteiro de melão em Wimbledon. Meu pai me ensinou como, ele aprendeu com lorde Wootton, em Canterbury. Estávamos lá, quando eu era menino. Gostaria que eu lhe ensinasse como fazer isso, Johnnie? Quando a primavera chegar e você estiver forte de novo?
— Sim — replicou Johnnie. — Gostaria de plantá-los para o rei. — Fez uma pausa. — Acha que ele vai vê-los crescer?

Janeiro de 1649

John arrumou uma valise. Hester, observando-o da porta, sabia que era impotente para detê-lo.

— Tenho de estar lá — disse ele. — Não posso ficar sentado em casa enquanto está sendo julgado. Tenho de vê-lo. Não aguento ficar sem saber o que está acontecendo.

— Alexander pode enviar mensagens diariamente, contando o que acontece — sugeriu Hester.

— Tenho de estar lá — repetiu John. — Trata-se do senhor do meu pai, e meu também. Eu estava lá no começo de tudo. Tenho de ver o final.

— Quem sabe quando o julgamento vai ter início? — perguntou ela. — Deveria ter começado neste mês, mas a data foi sendo prorrogada. Talvez não pretendam julgá-lo, mas apenas assustá-lo para que concorde com os termos.

— Tenho de estar lá — insistiu John. — Se não houver julgamento nenhum, então terei de ver que não haverá. Vou esperar até acontecer. Se acontecer.

Ela assentiu, resignada.

— Mande notícias, então — disse ela. — Johnnie está louco de apreensão.

John pôs a capa sobre o ombro e pegou sua valise.

— Ele é jovem, vai se recuperar.

— Ele ainda acha que deveriam ter resistido por mais tempo em Colchester, ou lutado para saírem — disse ela. — Quando penso no que essa guerra fez a

Johnnie, desejo que o rei seja acusado de traição. Ele partiu corações em todo o país. Ele virou-se contra o seu povo.

— Johnnie vai se restabelecer — disse John. — Não se parte coração aos 15 anos.

— Não — disse ela. — Mas quando ele deveria estar na escola ou brincando nos campos, o país estava em guerra e tive de mantê-lo dentro de casa. Quando você deveria estar em casa para orientá-lo, estava longe porque sabia que o rei o manteria a seu serviço, aonde quer que esse serviço pudesse levar. Então, quando ele deveria ter sido seu aprendiz e feito belos jardins, ou viajado e coletado plantas, ficou preso no cerco de Colchester, lutando em uma batalha que não podia ser vencida nem perdida. Johnnie nunca teve uma chance de se libertar do rei e das guerras do rei.

— Talvez nós todos nos libertemos dele, no fim — disse John, inflexivelmente.

John não encontrou quarto em nenhuma hospedagem perto de Westminster. Não encontrou uma cama. Não conseguiu dividir uma cama. Estavam alugando estábulos, montes de feno, como acomodações para dormir, para milhares e milhares de pessoas que afluíam para ver o julgamento do rei.

Se tivesse havido a metade da simpatia que o rei esperava com tanta confiança, teria havido uma revolta ou, pelo menos, a intimidação dos comissários. Mas não havia o sentimento de ultraje entre os homens e mulheres que se amontoavam no centro de Londres, como arenques em um barril. A sensação era a de serem espectadores do evento mais notável no país, de estarem sentados, em segurança, na primeira fila de um circo, para assistirem a um cataclismo. Eram pássaros acima de um terremoto, eram peixes em uma inundação. A coisa pior que podia acontecer a um reino estava acontecendo nesse momento. E eles podiam assistir.

Depois que uma multidão sentia o gosto da história, não havia como lhe resistir. Tinham ido assistir ao evento mais extraordinário em uma década extraordinária, e queriam voltar para casa tendo-o visto. Uma inversão em favor do rei que resultava em seu acordo com o Parlamento e repousar seguro em sua cama teria deixado a multidão, até mesmo os monarquistas entre eles, com uma sensação de terem sido enganados. Tinham ido para ver o rei ser julgado. A maioria até mesmo admitia ter ido ver o rei ser decapitado. Qualquer coisa inferior a isso seria uma decepção.

John desceu o rio até a Torre e bateu na porta de Frances, admirando o heléboro branco que ela tinha plantado de um lado.

— Um dos meus? perguntou ele, quando ela abriu a porta.

Ela abraçou-o enquanto respondia.

— É claro. Não sabia que tinha sido roubado?

— Não tenho ficado muito pelo jardim — replicou ele. Foi uma declaração de sua profunda aflição, que ela entendeu no mesmo instante.

— O rei?

— Vim ver seu julgamento.

— Faria melhor não vindo — replicou ela com franqueza, conduzindo-o ao pequeno hall e depois à sala, onde uma pequena lareira a carvão estava acesa.

— Preciso ir — disse John, simplesmente.

— Vai passar esta noite aqui?

Ele assentiu com a cabeça.

— Se eu puder. Não restam nem camas para alugar em Londres, e não quero voltar para casa.

— Alexander vai, mas eu não quero ver isso. Lembro-me de quando o rei foi à Arca, e o vi, e vi a rainha. Eram os dois tão jovens, e tão ricos. Estavam envolvidos em seda e pele de arminho.

John sorriu, pensando na menininha que se sentara no muro baixo até seus dedos ficarem azuis de frio.

— Você quis que ele a designasse o próximo jardineiro Tradescant.

Ela inclinou-se à frente e mexeu no carvão, para atiçar a chama.

— É inacreditável que tudo tenha mudado tão radicalmente. Não espero ser jardineira, mas é impossível pensar na possibilidade de não haver nenhum rei.

— Você poderia ser uma jardineira agora — convidou John. — Nestes tempos estranhos é possível, acho. Há mulheres pregando, não há? E há mulheres lutando. Há centenas de mulheres que tiveram de se encarregar dos negócios de seus pais e de seus maridos, enquanto os homens estavam fora, na guerra, e muitas continuam trabalhando porque os homens não voltarão para casa.

Frances assentiu com a cabeça, a expressão grave.

— Graças a Deus o trabalho de Alexander era aqui, e que Johnnie era jovem demais, a não ser no fim.

— Amém — disse John baixinho.

— E Johnnie, está sendo difícil para ele aceitar?

— Está determinado — disse John. — Não o deixei ver o fim. Mas precisava vê-lo por mim mesmo.

— Está bem, então — disse ela mais animadamente. — Vou providenciar para que seja preparado um jantar especial para você. E vai ter de se levantar cedo amanhã, se quiser encontrar lugar no tribunal.

Sábado, 20 de janeiro de 1649

Alexander e John foram juntos a Westminster Hall, aberto ao público, que foi agrupado em uma espécie de cercado na parte principal do hall, para impedir um ataque aos juízes ou o resgate do rei. Somente os espectadores ricos estavam sentados nas galerias que circundavam a sala. John e Alexander escolheram se comprimirem no térreo.

— É como ficar no poço da orquestra em um teatro — queixou-se Alexander, ao serem acotovelados e empurrados.

As galerias começaram a encher ao meio-dia, e depois houve um tumulto violento quando retardatários tentaram abrir caminho até a frente. Tradescant e Alexander lutaram para conservar seus lugares e a confusão estava prestes a desencadear uma luta de verdade quando as portas se abriram e os juízes entraram.

A espada e o martelete foram introduzidos primeiro, quando o lorde-presidente Bradshaw ocupou o seu lugar, com um comissário para aconselhá-lo sobre a lei de cada lado. Seu grande chapéu preto estava enfiado até suas orelhas. Alexander Norman cutucou John.

— Mandou alinhá-lo com chapas de ferro — sussurrou ele. — O chapéu. Receia que um monarquista dispare contra ele.

John caiu na risada e relanceou os olhos para onde Cromwell apareceu, a cabeça exposta, a expressão inflexível.

— Tem-se de admirar esse homem — disse ele. — Se alguém estivesse para receber um tiro, esse alguém seria ele.

A acusação foi lida, Bradshaw fez um sinal com a cabeça para o prisioneiro ser trazido perante o tribunal. John sentiu o calor e a pressão do público.

— Você está bem? — perguntou Alexander. — Está lívido.

Os soldados afastaram a multidão para abrir caminho para a cadeira de veludo vermelho colocada diante dos juízes. Então, o rei entrou. Estava vestido elegantemente, todo de preto — colete, calção, manto pretos, no ombro a estrela de prata deslumbrante da Ordem da Jarreteira. Ele não olhou para a multidão, mal relanceou os olhos para seus juízes. Atravessou a multidão com a cabeça ereta, dramaticamente régia, os saltos bordados com joias batendo no assoalho, o bastão na mão. Sentou-se na cadeira de veludo vermelho, de costas para a audiência, o chapéu firme em sua cabeça, como se estivesse para assistir a uma peça no Palácio de Oatlands.

John expirou, e percebeu que seu murmúrio bem baixo era parte de um suspiro, quase um gemido da multidão, quando o rei ocupou seu lugar, diante dos homens que poderiam condená-lo à morte.

Bradshaw apertou o chapéu blindado na cabeça, pegou o papel e leu a acusação, nomeando o rei como o réu. John Cook, o advogado que conduzia a acusação, levantou-se para ler as acusações.

— Espere um pouco — disse o rei em voz baixa.

— Milorde, em nome dos Comuns da Inglaterra e de todo o seu povo, acuso Carlos Stuart, aqui presente, de alta traição e...

O rei levantou seu bastão e bateu no braço de John Cook.

John, oculto na multidão, disse baixinho:

— Ah, não.

Cook ignorou completamente o rei e continuou a ler a acusação, aumentando a voz como se para sobrepujar a distração provocada pelo bastão e seu próprio espanto por um réu ter sido capaz de se comportar dessa maneira.

O rei estendeu o braço e desferiu na manga da toga de Cook um vigoroso golpe com seu bastão. A multidão arfou. Cook interrompeu abruptamente a leitura. A cabeça de prata do bastão se soltou e rolou ruidosamente pelo assoalho de tábuas até parar a alguns centímetros da cadeira do rei. Carlos olhou em volta, procurando com os olhos um criado para pegá-la. Ninguém se moveu. Precisou de um longo momento para perceber que ninguém a pegaria, e então encolheu os ombros, como se o pouco caso lhe fosse indiferente, e se abaixou para pegar ele mesmo.

John sentiu os ombros se curvarem, como se estivesse envergonhado. Bradshaw, o presidente do tribunal, assumiu o comando da situação.

— Sir, a corte ordena que a acusação seja lida. Se tiver alguma coisa a dizer depois, será ouvido.

John sabia que o rei consideraria qualquer restrição a seu discurso um insulto. Uma vez, teria sido traição. Surpreendentemente, ele ficou em silêncio, e Cook começou a ler as acusações.

Depois de todos os boatos e acusações foi estranho ouvi-las colocadas de maneira tão simples. John percebeu que ele estava atento para ouvir cada palavra, uma mão sobre os olhos, tentando se concentrar. O rei foi acusado de tentar derrubar os direitos e liberdade do povo ao se tornar um tirano. Acusaram-no de travar a guerra contra o seu próprio povo e listaram as batalhas que ele comandara pessoalmente. Depois o acusaram de conspirar contra o reino com potências estrangeiras. Não havia nada de interesse, era tudo prosaico. O rei sem dúvida tinha feito todas aquelas coisas.

O rei virou-se em sua cadeira, como se a longa leitura de seus crimes não fosse de seu interesse, e ergueu o olhar para as galerias, para os vários rostos que conhecia, e para o corpo da corte. John ergueu a cabeça; o olhar do rei passou por ele com a indiferença habitual. John teve de conter o desejo de chamá-lo — além de saber que não havia nenhuma palavra para gritar.

A acusação de Cook prosseguiu até o que parecia ser o pior, o mais grave de todos os seus crimes — a renovação da guerra depois da derrota do rei. Houve um gemido baixo nessa altura da leitura, muitos homens e mulheres tinham pensado que as batalhas tinham acabado e a paz sido feita no ano anterior. Nenhum deles perdoaria Carlos por seu lance de dados final, que tinha custado tantas vidas a mais e havia ensinado a selvageria aos homens que lutaram.

— Meu Deus — murmurou Alexander. — Querem matá-lo. Eles o estão derrubando por traição.

John concordou com a cabeça. Assim que viu o rei vestido de preto, de mártir, com aqueles diamantes estupendos no ombro, tinha percebido que essa era a maior mascarada que Carlos já representara. Não havia interlúdio alegre, era uma tragédia do começo ao fim, e tanto o rei quanto o tribunal a representariam inteira.

— Por essas razões — concluiu Cook —, em nome do povo da Inglaterra, declaro o citado Carlos Stuart tirano, traidor e assassino, e um inimigo público e implacável da Commonwealth da Inglaterra.

Houve um silêncio absoluto no tribunal, enquanto o povo absorvia a acusação e compreendia que Cromwell e seu tribunal estavam pedindo a pena máxima: a decapitação do rei. O silêncio foi rompido por uma gargalhada estrepitosa, convincente. O rei estremecia na sua cadeira, rindo como se tivesse acabado de ouvir uma piada deliciosa e absurda. Jogou a cabeça para trás e sacudiu seus cachos. A gargalhada prosseguiu, de maneira horrível, prolongou-se além de uma graça verdadeira, o barulho de um homem desafiando o seu próprio medo.

— Senhor — disse Bradshaw, com firmeza. — Ouviu a acusação e o tribunal espera a sua resposta.

O povo todo presente inclinou-se à frente. Os leques das damas nas galerias se paralisaram. Todos ficaram atentos ao que o rei iria dizer.

— Gostaria de saber por que poder fui chamado aqui — perguntou ele. — Gostaria de saber por que autoridade... quero dizer, *legítima*.

O resto de sua resposta foi abafado por uma excitação de vozes.

— Vai desafiá-los até o fim — gritou Alexander, acima do barulho, para John.

— Ah, Deus, não! Se ele simplesmente acatasse, se simplesmente pedisse misericórdia...

O rei continuava a falar, mas não era ouvido por causa do barulho de vozes.

Bradshaw bateu o martelo pedindo ordem e replicou ao rei. John o viu sacudir a cabeça e falar de novo.

Bradshaw fez um gesto: o rei seria levado do tribunal. Quando ele se levantou, os soldados no tribunal de repente gritaram "Justiça! Justiça!" e John viu o rei fazer menção de retornar e percebeu que ele temia uma disputa e a morte em uma luta mais do que qualquer outra coisa.

— Ele quer o cadafalso — disse John, entendendo tudo de súbito. — Para que passe a coroa para o príncipe Carlos. De modo que morra como um homem que foi martirizado por suas convicções. Não está interessado em sua própria vida, mas na condição da própria realeza.

Carlos fez uma pausa diante da mesa dos juízes.

— Não mostraram nenhuma autoridade legítima para satisfazer qualquer homem racional — disse ele, com austeridade, a Bradshaw.

— Nós estamos satisfeitos.

— Não temo *isso* — disse o rei, zombeteiramente.

Virou-se e deu um meio sorriso ao povo presente, como um ator faz quando diz a sua melhor fala.

— Deus salve o rei! — gritou alguém, e outros o seguiram:

— Deus salve o rei!

O rei sorriu ao ouvir o grito e se deixou levar calmamente por sua escolta armada para os corredores superlotados de Westminster. A multidão começou a sair para o dia frio de janeiro. John e Alexander pararam no lado de fora, alguns flocos de neve caíam dos telhados e do céu cinza.

— Vou para casa — decidiu John. — Não vai acontecer nada novo até segunda-feira.

— Virei de novo na segunda-feira — concordou Alexander. — Se eu não tivesse visto o que aconteceu, não teria acreditado.

John sacudiu a cabeça.

— Eu ainda não acredito — replicou ele.

Hester e Johnnie correram para John assim que ele atravessou a porta da frente.

— Quais são as novidades?

— Nada ainda — replicou ele. — Iniciaram a audiência, mas o rei não reconhece a corte, e não fizeram outra coisa que não ler a acusação contra ele.

— Não reconhece a corte? — perguntou Hester. — O que ele acha que está fazendo?

John jogou seu manto sobre o baú ao pé da escada.

— Só Deus sabe. Estou congelado, o clima está inclemente.

— Vou buscar um pouco de ale quente — disse Hester. — Venha à cozinha comigo, tenho de saber o que aconteceu.

John seguiu sua mulher, Johnnie atrás.

— Como ele estava? — perguntou Johnnie quando o pai se sentou no banco diante da mesa e Hester preparou ale temperado e aquecido, sopa quente e uma tábua de pão e queijo.

— Parecia bem — disse John, pensando bem. — Vestiu-se para o seu papel. Estava todo de preto, a não ser pela insígnia da Ordem da Jarreteira refulgindo em seu ombro. Segurava seu bastão... e bateu com ele no advogado...

— Bateu nele? — falou Hester.

— Não com força, mas foi um momento constrangedor — confessou John.

Os olhos de Johnnie estavam imensos em seu rosto pálido.

— Ninguém gritou defendendo-o?

— Uma mulher gritou da galeria "Deus salve o rei", mas os soldados abafaram sua voz com gritos por justiça — replicou John.

— Queria ter ido — disse Johnnie, com ardor. — Eu gritaria a seu favor.

— Por isso não foi — replicou John, com firmeza. — Eu mantive a cabeça baixa e guardei meus pensamentos para mim mesmo. Estavam procurando testemunhas da luta ao lado do rei.

— Alguém reconheceu você? — perguntou Hester.

John negou sacudindo a cabeça.

— Sou mais discreto do que rato bem alimentado — replicou ele. — Não tenho a menor vontade de ser chamado para depor sobre nenhum dos lados. Meu único desejo é ver o fim disso.

— Ele é o rei! — irrompeu Johnnie, com veemência.

— Sim — replicou John. — E se consentisse em ser um pouco menos, poderia escapar disso. Poderia se retirar e oferecer seu filho em seu lugar. Ou aceitar governar com o assentimento deles, e não seu próprio. Mas ele quer ser rei. Prefere ser um rei morto do que um homem sensível vivo.

— Quem eram os comissários? — perguntou Hester. — Alguém que nós conhecemos?

— Algumas caras familiares — disse John. — Mas somente metade dos nomeados e convocados teve coragem de participar do julgamento do seu rei. Há muitos homens com assuntos urgentes a tratar em outro lugar.

— John Lambert? — perguntou ela, de maneira deliberadamente casual.

— Com o exército no norte — replicou ele. — Mas seu nome está indicado como comissário. Por que pergunta?

— Odiaria vê-lo metido nisso — respondeu ela.

— Ele não faria isso — afirmou Johnnie. — Ele sabe que não é certo.

John sacudiu a cabeça.

— É a única saída para todos, agora — disse ele. — Rei e o povo comum. Ele não nos deixou outra alternativa.

Segunda-feira, 22 de janeiro de 1649

Na segunda-feira, John e Alexander se encontraram nos degraus da frente de Westminster Hall e entraram com a multidão quando as portas foram abertas. A pressão de homens e mulheres empurrou John para o lado extremo do hall, onde dava para ele ver o perfil do rei contra o veludo vermelho de sua cadeira. Carlos parecia tenso e cansado, era difícil ele dormir sendo vigiado constantemente, e agora sabia que as chances de uma fuga miraculosa diminuíam a cada dia.

O lorde-presidente Bradshaw fez sinal com a cabeça para o promotor John Cook começar, mas ele tinha se virado, para falar com um dos advogados. O rei, com toda a sua atitude imperiosa, cutucou bruscamente com seu bastão Cook nas costas, e o homem se virou de susto, sua mão indo, instintivamente, para onde sua espada deveria estar. Um arfar percorreu a sala do tribunal.

— Por que ele faz isso? — perguntou Alexander.

John sacudiu a cabeça.

— Duvido que algum homem já tenha lhe dado as costas antes — respondeu baixinho. — Ele não consegue aprender a ser tratado como um mero mortal. Foi criado como o filho de Deus ungido. Simplesmente não consegue entender a profundidade de sua queda.

John Cook ajeitou, ostensivamente, sua roupa, e ignorou completamente o golpe. Aproximou-se da mesa dos juízes e pediu-lhes para que consentissem em que, como o rei não se manifestava em defesa própria, que o seu silêncio fosse considerado uma confissão de culpa.

O rei replicou. John percebeu que nesse momento decisivo de sua vida, a gagueira tinha desaparecido. Sua falta de confiança para falar diretamente ao povo tinha, finalmente, desaparecido. Foi claro e vigoroso ao dizer, com um tom de voz alto o bastante para ser escutado na sala do tribunal e pelos homens que anotavam cada palavra, que ele estava defendendo seus próprios direitos, mas também os direitos do povo da Inglaterra.

— Se um poder sem lei pode fazer leis, então quem pode ficar seguro de sua própria vida, seguro de qualquer coisa que chame de seu?

Houve um murmúrio baixo na sala, e algumas cabeças assentiram nas galerias, onde homens com propriedades estavam especialmente suscetíveis à ameaça de um parlamento que, sem rei e sem tradição, pudesse elaborar leis que não conviessem a homens com terras e fortuna. Havia igualitários bastantes para assustar homens de posses e impeli-los a tomar de novo o partido da monarquia. Esses mesmos que pediam a execução do rei hoje, podiam, amanhã, exigir que os muros dos parques fossem derrubados, uma lei que tratasse o povo comum e os nobres igualmente, e um parlamento que representasse o trabalhador.

O lorde-presidente Bradshaw, seu chapéu blindado ainda enfiado na cabeça, ordenou que o rei se calasse, mas Carlos argumentou com ele. Bradshaw ordenou ao escrivão que fizesse o prisioneiro responder à acusação, mas o rei não se calou.

— Removam o prisioneiro! — gritou Bradshaw.

— Exijo...

— Um prisioneiro não tem de exigir...

— Senhor, não sou um prisioneiro comum.

Os guardas o cercaram.

— Não, meu Deus! — murmurou John. — Não permita que o empurrem.

Por um momento, voltou ao pátio do Palácio de Whitehall, com o rei na carruagem e a rainha com sua caixa de joias. Tinha achado então que se uma única mão tocasse na carruagem, todo o mistério de majestade seria destruído. Pensou agora que se um único soldado pegasse o punho de sua lança e, com irritação, golpeasse Carlos Stuart, então ele cairia, e todos os seus princípios cairiam com ele.

— Senhor — disse o rei, levantando mais a voz. — Nunca peguei em armas contra o povo, mas pelas leis...

— Justiça! — gritaram os soldados. Carlos levantou-se de sua cadeira e pareceu querer falar mais.

— Apenas *vá embora* — suplicou John, as mãos sobre a boca para impedir que as palavras fossem ouvidas. — Vá antes que algum tolo perca a paciência. Ou antes que Cook o empurre.

O rei virou-se e saiu da sala. Alexander olhou para John.

— Um caso confuso — disse ele.

— Um caso infeliz — replicou John.

Terça-feira, 23 de janeiro de 1649

As portas só foram abertas ao meio-dia. John e Alexander estavam gelados e aborrecidos quando abriram caminho para dentro. No mesmo instante os olhos de John foram atraídos por um grande escudo, branco com a cruz vermelha de São Jorge, pendurado acima da mesa dos comissários e coberto por um tapete turco colorido.

— O que significa isso? — perguntou ele a Alexander. — Vão condená-lo sem dizer mais nada?

— Se decidem que o seu silêncio significa culpa, ele não pode falar — replicou Alexander. — Depois que a sentença for proferida, ele simplesmente será levado. É assim que todos os tribunais funcionam. Não há mais nada a dizer.

John balançou a cabeça em silêncio, o rosto sombrio.

Houve um murmúrio solidário quando os guardas trouxeram o rei. John percebeu vestígios de tensão no rosto do monarca, especialmente ao redor de seus olhos solenes, sombrios. Mas isso não o impediu de olhar para os comissários como se os desprezasse, e se deixou cair na cadeira, como se fosse conveniente para ele se sentar perante eles.

John Bradshaw, o homem incumbido da tarefa mais difícil na Inglaterra, puxou a aba do chapéu para cima das sobrancelhas e olhou para o rei como se estivesse prestes a lhe pedir para ser racional. Falou calmamente, lembrando o rei de que o tribunal estava lhe pedindo mais uma vez para responder às acusações.

O rei, que girava um anel no dedo, ergueu o olhar.

— Quando eu estava respondendo ontem, fui interrompido — disse ele, com uma carranca.

— Pode fazer a defesa da melhor forma que puder — prometeu Bradshaw. — Mas só depois de dar uma resposta positiva às acusações.

Foi aberta uma porta para o rei, e imediatamente ele assumiu o ar majestoso.

— Para as acusações, eu não dou a menor importância... — começou ele.

— Apenas alegue inocência — sussurrou John. — Apenas negue tirania e traição.

Ele poderia ter gritado seu conselho bem alto que nada teria detido o rei. O próprio Bradshaw tentou interrompê-lo.

— Em seu próprio benefício, não deve me interromper. Como cheguei aqui, não sei. Não existe lei que permita tornar seu rei um prisioneiro.

— Mas... — começou Bradshaw.

O movimento da mão do rei significou que Bradshaw devia se calar. O lorde-presidente da corte tentou de novo deter a torrente do discurso do rei. Desistiu e fez um sinal com a cabeça para o escrivão da corte ler a acusação.

John olhou para onde Cromwell estava sentado, o queixo nas mãos, observando o rei dominar o próprio julgamento, sua expressão severa.

O escrivão leu a longa e prolixa acusação de novo. John percebeu sua voz tremer de constrangimento por ser obrigado a ler tudo de novo a um homem que o ignorava.

— Está diante de uma corte de justiça — declarou Bradshaw.

— Vejo que estou diante de um poder — disse o rei, de maneira provocadora. Levantou-se e fez aquele pequeno gesto com a mão de novo, o sinal para um criado fazer a reverência e retirar-se. John reconheceu-o imediatamente, mas achou que nenhum outro homem presente perceberia que tinha sido dispensado. O rei não se deu ao trabalho de ficar por mais tempo.

— Responda às acusações — sussurrou John quando os guardas o cercaram e o rei saiu da sala do tribunal.

Quarta-feira, 24 de janeiro de 1649

John passou ociosamente a quarta-feira na Minories, com Frances. A corte não se reuniu em sessão.

— O que estão fazendo, então? — perguntou Frances. Ela estava fazendo massa de pão na mesa da cozinha, John sentado em um banco a uma distância segura do círculo de farinha. Frances tinha aprendido suas habilidades domésticas com Hester, de modo que sempre seria uma cozinheira competente, mas seu estilo era mais entusiasmado do que preciso, e Alexander, ocasionalmente, tinha de mandar buscar o jantar fora, depois de uma catástrofe no forno de pão ou de uma panela queimada.

— Estão ouvindo as testemunhas — disse John. Para dar uma aparência de legitimidade ao processo todo. Todos sabem que ele ergueu o estandarte em Nottingham. O relato de testemunhas sob juramento é mera formalidade.

— Não vão chamar você? — perguntou ela.

Ele sacudiu a cabeça.

— Estão buscando as coisas mais insignificantes. Estão chamando o homem que pintou o pau do estandarte. E para as batalhas, estão usando o testemunho de homens que lutaram durante todo o tempo. Só estive lá no comecinho, não se esqueça. Estive em Hull, de que todos já se esqueceram agora. Nunca presenciei uma batalha de verdade.

— E agora lamenta? — perguntou ela, com a franqueza de sua madrasta.

— Gostaria de ter ficado ao seu lado?

John sacudiu a cabeça.

— Odeio ver a situação chegar a esse ponto, mas não foi uma boa estrada, independente de onde desse — replicou ele francamente. — Estaríamos em uma situação bem pior hoje se ele tivesse vencido, Frances. Eu sei disso.

— Por causa dos papistas? — perguntou ela.

John hesitou.

— Sim, acho que sim. Embora ele próprio não seja um papista, a rainha certamente é, e metade da corte junto com ela. As crianças, estariam destinadas a ser. Portanto, o príncipe Carlos talvez seja, e seu filho, depois dele. E então a porta se abre de novo ao papa, padres, mosteiros, conventos, e a carga toda de uma fé que é imposta pelos senhores.

— Mas você nem mesmo reza — lembrou ela.

John sorriu largo.

— Sim. E gosto de *não* rezar à minha própria maneira. Não quero não rezar à maneira papista. — Interrompeu-se com o risinho dela. — Viajei até muito longe e vi coisas demais para acreditar em qualquer coisa prontamente. Sabe disso. Vivi com pessoas que rezavam com muita fé à Grande Lebre e rezei com elas, e acho que, às vezes, minhas preces foram ouvidas. Não consigo mais só ver uma única maneira. Sempre vejo dezenas de maneiras. — Ele deu um suspiro. — Isso me deixa desconfortável comigo mesmo, isso me torna um marido e um pai insatisfatório, e só Deus sabe como me torna um mau cristão e mau servo.

Frances interrompeu seu trabalho e olhou para ele com amor.

— Não acho você um mau pai — disse ela. — É como você diz. Viu coisas demais para ter uma única visão das coisas e uma única simples crença. Ninguém teria vivido como você, tão longe do seu próprio povo, e voltado para casa sem se sentir um pouco incomodado.

— Meu pai viajou para mais longe e viu coisas mais estranhas, mas amou a seus senhores até o dia de sua morte — disse John. — Nunca o vi ter uma única dúvida.

Ela sacudiu a cabeça.

— Eram outros tempos — disse ela. — Ele viajou para muito longe. Mas você viveu com o povo da Virgínia. Comeu o pão deles. É claro que vê duas maneiras de viver. Você viveu de duas maneiras. E neste país, tudo mudou no momento em que o rei pegou em armas contra seu povo. Antes disso, não havia escolhas a serem feitas. Agora você, e muitos outros, veem uma dúzia de maneiras porque *há* uma dúzia de maneiras. Seu pai tinha apenas uma maneira: obedecer a seu senhor. Hoje, você pode seguir o rei ou seguir Cromwell ou seguir o Parlamento ou seguir o Exército ou se tornar um igualitário e pregar uma nova terra para todos nós, ou um *clubman* e só lutar para defender sua própria aldeia, ou virar as costas para todos eles e emigrar, ou fechar a porta do seu jardim e não ter mais nada a ver com nenhum deles.

— E o que você vai fazer? — perguntou John, secretamente impressionado com o discernimento político de sua filha.

— Não preciso escolher — replicou ela com um sorriso maroto. — Por isso me casei com Alexander.

— E a que lado ele serve?

Ela riu com franqueza.

— Ele serve a quem paga as contas — disse ela. — Como faz a maior parte das pessoas. Você sabe disso.

Quinta-feira, 25 de janeiro de 1649

A Corte Suprema estava reunida na Câmara Pintada no Palácio de Westminster. John conhecia a sala dos seus tempos no serviço real e guiou Alexander pelo labirinto de salões, salas de espera, salas aonde se retirar depois da refeição, até conseguirem entrar furtivamente por uma porta lateral. O dia seria dedicado à leitura dos depoimentos assinados de testemunhas que haviam deposto perante os comissários, no dia anterior. Não despertaram muito interesse — os relatos imperfeitos do rei montado em seu cavalo passando pelos feridos sem se importar com seu estado. Acusações de que oficiais monarquistas tinham permitido a pilhagem de armas dos homens mortos, e o furto de pertences dos bolsos dos feridos.

— Isso é muito grave — disse Alexander, baixinho, a John. — Cromwell é muito severo em relação a isso. Ele não permite pilhagem. Isso vai pesar muito contra o rei.

— Não importa tanto — replicou John, sombriamente. — Não quando se pensa que é acusado de tirania e traição.

Uma testemunha, Henry Gooch, apresentou prova de que o rei estava tentando formar um exército estrangeiro para invadir a Inglaterra, até mesmo quando estava negociando com o Parlamento um acordo pra o seu retorno ao trono.

— Pode ser mentira — disse John.

Alexander encolheu os ombros.

— Sabemos que ele estava formando um exército na Irlanda e pedindo para os escoceses. Sabemos que a rainha estava tentando fazer o exército francês tomar o seu partido, antes de o povo de Paris se manifestar contra seu próprio rei e expulsá-lo da cidade. São provas do óbvio.

— O que vai acontecer agora? — perguntou John a um dos soldados da guarda, enquanto o escrivão continuava a ler o testemunho.

— Têm de declará-lo culpado e pronunciar a sentença — respondeu o homem, solenemente.

— Mas ele não se confessou culpado! — exclamou John.

O homem desviou o olhar.

— Se ele escolheu se calar, então assumiu a culpa — disse ele. — Não haverá nada para ver ou ouvir até estarem prontos para proferir a sentença.

— Ele sabe disso? — perguntou John a Alexander. — Acha que ele sabe que se insistir em se recusar a se declarar inocente, eles simplesmente vão executá-lo? Como se tivesse admitido a culpa?

— É a lei — replicou Alexander, impacientemente. — Homens foram executados por ordem sua. Ele deve saber o que está fazendo.

John sentiu um arrepio, como um homem com água fria escorrendo por sua espinha.

— Vou esperar — disse ele a Alexander. — Posso ficar com vocês por mais alguns dias?

Sexta-feira, 26 de janeiro de 1649

John e Frances caminharam juntos para a Torre e, depois, tomaram o caminho à margem do rio.

— Posso ir e ficar com mamãe por alguns dias — disse ela, olhando a água brilhante.

— Por quê? — perguntou John. — Estou ocupando seu lugar?

— Não quero estar aqui quando fizerem — replicou ela.

Por um momento, ele não compreendeu.

— Fizerem o quê?

— Quando o decapitarem. Vai ser aqui, não vai? Na Torre? E vão colocar sua cabeça na Tower Bridge? Não quero ver isso. Sei que ele errou, mas me lembro do dia em que foi à Arca, e estava tão bonito, e ela estava tão bonita e tão elegante. Não quero ouvir os tambores rufarem, e depois silenciarem para ele.

— Eu tenho de ver — disse John. — Sinto que tenho de ver o fim disso.

Frances assentiu.

— Acho que vou ficar com mamãe por algum tempo, irei quando começarem a construir o cadafalso.

Sábado, 27 de janeiro de 1649

Westminster Hall estava mais cheio do que nunca, John e Alexander foram pressionados contra os parapeitos e empurrados, continuamente, para as costas largas de um sentinela. Um pouco depois do meio-dia, os comissários entraram na sala: 68 deles estavam presentes, inclusive Cromwell. Quando John Bradshaw entrou com seu chapéu, John viu que estava usando a toga vermelha, o vermelho de cardeal, o vermelho sangue.

Houve um silêncio absoluto quando o rei Carlos entrou, vestido elegantemente de preto. Caminhou com determinação, seu rosto estava brilhante. Não parecia mais um homem exausto, em seu limite de resistência, parecia determinado e cheio de confiança. John, observando a postura e a expressão do rei, sussurrou para Alexandre:

— Ele tem um plano, ou algo no gênero. Ele encontrou uma saída.

Carlos não se sentou com aquele ar de indiferença na sua cadeira, como fazia. Sentou-se e inclinou-se para a frente, sério, e falou imediatamente:

— Desejo que me ouçam — começou.

Bradshaw recusou no mesmo instante. Os procedimentos eram rígidos, o rei não podia falar simplesmente porque assim desejava. Em vez disso, o próprio Bradshaw começou a repetir a acusação, quando houve uma agitação nas galerias, onde duas mulheres mascaradas estavam sentadas.

— Oliver Cromwell é um traidor! — gritou, claramente, uma das mulheres.

— Apontar! — gritou o comandante da guarda, e, no mesmo instante, os soldados apontaram seus mosquetes para a galeria. Houve um grito e uma fuga apressada do alvo dos homens armados, Alexander tropeçou e se segurou no gradil. As mulheres foram empurradas para fora e os guardas retomaram suas posições. Alexander ajeitou o casaco e passou a mão no calção.

— Isto é intolerável — disse ele a John. — Achei que íamos morrer em um tumulto

John concordou com a cabeça.

— Olhe para Cromwell — disse ele.

Cromwell estava de pé, os olhos perscrutando a multidão, atentos às janelas reforçadas com chumbo, através das quais poderia acontecer um ataque à sala do tribunal. Não aconteceu nada. Tinha sido apenas uma única mulher gritando a favor do rei.

Devagar, Cromwell voltou a se sentar e relanceou os olhos para o rei. Carlos ergueu as sobrancelhas, e sorriu ligeiramente. Cromwell fechou a cara.

Bradshaw, lutando para recuperar a atenção do tribunal, declarou que a recusa do rei em falar era considerada uma confissão de culpa, que seria considerada uma declaração de culpa. Mas como a acusação era tão grave, eles o ouviriam falar em defesa própria contanto que não desacatasse a autoridade do tribunal.

— Estão fazendo de tudo para lhe dar uma chance justa — sussurrou Alexander a John. — Não há precedente para deixarem que fale em sua defesa, sem ele ter dito se se considera culpado ou inocente.

O rei inclinou-se à frente em sua cadeira, a sua confiança cada vez maior.

— Pela paz do reino e pela liberdade do povo, não direi nada sobre a jurisdição do tribunal — disse ele, claramente. Mais uma vez, não houve nem vestígio de sua gagueira. — Se eu me importasse mais com a minha vida do que com a paz do reino e a liberdade dos súditos, eu teria promovido um debate e atrasado uma sentença torpe. Tenho algo a dizer, algo que gostaria que fosse ouvido antes da sentença ser proferida. Desejo ser ouvido na Câmara Pintada perante os Lordes e os Comuns, antes de se pronunciar a sentença.

— O quê? — perguntou John.

— O que ele está querendo? — sussurrou Alexander. — Uma proposta de paz, finalmente? Algum tipo de tratado?

John balançou a cabeça, sem tirar os olhos do rei.

— Olhe para ele, acha que tem a resposta.

Bradshaw recusou, insistindo na determinação do tribunal de não ser atrasado de novo, quando um comissário — John Downes — se manifestou.

— Vocês têm coração de pedra? Somos humanos? — perguntou ele.

Dois juízes, um de cada lado dele, o puxaram para que se sentasse.

— Se eu morro por isso, devo falar contra isso! — gritou ele.

Cromwell, sentado na sua frente, virou-se, com a expressão furiosa.

— Ficou maluco? Não pode ficar sentado quieto?

— Senhor, não! Não posso me calar! — Aumentou a voz para que fosse ouvido por todos na sala. — Não estou satisfeito!

John Bradshaw examinou com os olhos os 68 comissários, percebeu meia dúzia de rostos indecisos, uma dúzia de homens desejando estar em qualquer outro lugar, uns vinte homens que seriam persuadidos a recomeçarem tudo de novo, e anunciou que o tribunal se retiraria para deliberar.

O rei foi o primeiro a sair, o passo leve, a cabeça ereta, um leve sorriso triunfante no rosto. Os comissários saíram em fila atrás dele, falando em murmúrios uns com os outros, claramente contrariados com essa concessão tardia. Uma corrente de ar frio varreu a sala do tribunal quando as portas duplas se abriram, no fundo, e parte da multidão saiu.

John e Alexander permaneceram em seus lugares.

— Não vou embora — disse John. — Posso jurar que ele vai escapar do carrasco. Vão retornar com um acordo. Ele conseguiu de novo.

— Eu não apostaria na possibilidade contrária — disse Alexander. — Ele poderia fazer isso facilmente. Os comissários estão todos hesitantes, Cromwell parece pronto para assassinar. O rei está em vantagem.

— O que acha que estão fazendo agora? — perguntou John.

— Cromwell não pode se livrar deles, pode? — especulou Alexander. — Livrar-se de Downes e de qualquer um que concorde com ele, pode? Ele já ficou livre do Parlamento, por que não do tribunal?

John estava para responder quando as portas no fundo da sala se fecharam ruidosamente, o sinal usual de que a corte estava para se reunir novamente, e então o rei foi introduzido de novo, sorrindo ligeiramente, como um homem que está representando um papel, que é absurdamente fácil demais para ele levar a sério, e sentou-se em sua cadeira vermelha. Então, os comissários retornaram. Downes não estava entre eles.

— Ele não está lá — disse Alexander, rapidamente. — Isso não é nada bom.

A expressão de John Bradshaw era severa como a de Cromwell. Anunciou que o tribunal não aceitaria mais prorrogações. Não haveria convocação dos Comuns e dos Lordes. A corte prosseguiria declarando a sentença.

— Mas um pequeno adiamento, de um ou dois dias, poderá trazer a paz ao reino — interrompeu Carlos.

— Não — disse Bradshaw. — Não adiaremos.

— Se me ouvirem — disse o rei docilmente —, darei uma satisfação a todos vocês, e depois, ao meu povo.

— Não — disse Bradshaw. — Daremos prosseguimento à declaração da sentença.

O rei pareceu atônito, não achou que resistiriam à tentação de um acordo. Recostou-se na sua cadeira por um momento e John percebeu, por sua expressão absorta e o tamborilar de seus dedos no braço da cadeira, que ele estava pensando em outro plano, em outra abordagem.

Foi o grande momento de John Bradshaw. Tinha um discurso na mão, e começou a recitá-lo. Leu devagar o bastante para ser anotado por todos os redatores de jornais. Citou o dever tradicional do Parlamento e o dever do rei, e a alegação de que reis podiam ser responsabilizados por seus crimes. A multidão foi ficando irrequieta com as longas citações legais, mas Bradshaw chegou ao momento decisivo — que o rei, ao pegar em armas contra o seu povo, tinha destruído o acordo entre um rei e seu povo. Ele existia para proteger o seu povo, não para atacá-lo.

— Só gostaria de uma única palavra antes de declarar a sentença — interrompeu o rei.

— Mas senhor, não nos reconheceu como um tribunal, não precisávamos ter ouvido sequer uma palavra sua.

O rei afundou em sua cadeira quando Bradshaw fez um sinal para o escrivão.

— Carlos Stuart como tirano, traidor, assassino e inimigo público deve receber a pena de morte tendo sua cabeça decepada do seu corpo.

Em silêncio, 67 comissários se levantaram.

— Pode ouvir uma palavra minha, senhor? — perguntou o rei cordialmente, como se nada tivesse acontecido.

— *Não* será ouvido depois da sentença — disse Bradshaw, e fez um gesto para que os guardas o levassem.

O rei inclinou-se à frente, de maneira mais urgente. Não tinha se dado conta de que não o ouviriam depois da declaração da sentença. Conhecia tão pouco as leis de seu próprio país que não compreendeu que um homem sentenciado não tinha direito de falar.

— Posso falar depois da sentença... — argumentou Carlos, a voz um pouco mais aguda por causa da apreensão. — Senhor, posso falar depois da sentença.

Os guardas se aproximaram. John achou que ele estava se encolhendo, uma mão sobre a boca, como uma criança assustada.

Carlos insistiu:

— Espere! A sentença, senhor, eu...

Os guardas o cercaram, forçando-o a se levantar. Carlos gritou por cima de suas cabeças a uma audiência perplexa:

— Se a mim forçaram a isto sem que eu pudesse me defender, imaginai o tipo de justiça que as pessoas comuns obterão.

Foi levado à força do salão, houve gritos confusos, alguns a favor, outros contra ele. Os comissários saíram em fila atrás deles, John os viu como se fossem embora flutuando, a toga vermelha e o chapéu ridículo de Bradshaw como a imaginação, em um sonho.

— Nunca pensei que fariam isso — disse John. — Nunca pensei.

Domingo, 28 de janeiro de 1649

John não foi à igreja com Frances e seu marido. Sentou-se à mesa da cozinha, um copo de *small ale* na frente, enquanto os sinos tocavam, silenciavam e voltavam a tocar.

Frances, chegando apressada para preparar o almoço de domingo, se deteve ao ver seu pai, extraordinariamente ocioso.

— Está doente?

Ele sacudiu a cabeça.

Alexander seguiu sua mulher até a cozinha.

— Dizem que ele está rezando com o bispo Juxon. Teve permissão de ver seus filhos.

— Nenhuma clemência? — perguntou John.

— Estão construindo o cadafalso em Whitehall — replicou Alexander, simplesmente.

— Não vai ser aqui? — logo perguntou Frances.

Alexander pegou sua mão e a beijou.

— Não, minha querida. Em nenhum lugar perto de nós. Estão fechando a rua diante da Banqueting House. Estão fortificando-a contra uma tentativa de salvá-lo.

— Quem o salvaria? — perguntou John, tristemente. — Ele traiu todos os seus amigos, em um momento ou outro.

Terça-feira, 30 de janeiro de 1649

Era uma manhã muito fria e desagradável, e John teve a sensação de que o gelo no telhado e na calha tinha se introduzido em suas próprias veias e estava congelando sua barriga e ossos, enquanto ele esperava na rua. O rei seria executado antes do meio-dia, e apesar de as ruas estarem ladeadas por três fileiras de soldados, os dois carrascos estarem esperando, ao abrigo do vento, no cadafalso coberto de preto, e os que tomariam notas e os artistas que fariam os esboços já tivessem se reunido na sua base, não havia sinal do rei.

A rua, apinhada de gente comprimida atrás do cordão de isolamento formado pelos soldados, ecoava de maneira estranha, com o som das conversas, orações e os gritos dos vendedores de baladas apregoando os títulos de suas novas canções, batendo nos muros dos edifícios sem janelas e estrondeando no ar frio.

Olhou para a multidão comprimida atrás dele e depois para a plataforma a sua frente, pensou que parecia um exercício de perspectiva, como o cenário pintado de Inigo Jones para uma mascarada, a penúltima cena de uma mascarada que seria seguida da ascensão, com Jeová descendo de uma grande nuvem e as servas da Paz e da Justiça dançando juntas.

Os dois carrascos subiram os degraus da plataforma e houve um arfar da multidão ao vê-los. Estavam fantasiados, com perucas e barbas falsas, gibão e calção marrons.

— O que estão vestindo? Roupas de mascarada? — perguntou Alexander ao homem à sua esquerda.

— Estão disfarçados para ocultar a identidade deles — replicou o homem. — É Brandon o carrasco escondido sob aquela barba, a menos que seja o próprio Cromwell.

John fechou e abriu os olhos. A cena não tinha mudado; continuava insuportável. O carrasco principal posicionou o tronco, largou o machado e recuou, os braços cruzados, esperando.

Foi uma longa espera, a multidão foi ficando indócil.

— Uma suspensão de pena? — sugeriu Alexander. — O plano que ele tinha para a paz foi finalmente ouvido e aceito?

— Não — disse alguém que estava perto. — Foi morto com uma punhalada pelo próprio Cromwell.

— Ouvi falar que houve uma fuga — outro disse. — Ele deve ter escapado. Se estivesse morto, mostrariam o corpo.

Os rumores e as especulações prosseguiram durante toda a manhã em um remoinho de murmúrios ao redor de John, que permaneceu frio e calado no meio de tudo isso.

— Vou procurar algo para comer — disse Alexander. — Estou faminto.

— Não quero nada — disse John.

— Deve estar morrendo de fome, e frio — exclamou Alexander. — Vou lhe trazer um pedaço de pão, quando comprar o que comer para mim mesmo.

John sacudiu a cabeça.

— Não sinto nada — replicou. — Absolutamente nada.

Alexander sacudiu a cabeça e abriu caminho se contorcendo pela multidão, até onde um padeiro vendia pãozinho quente sobre uma bandeja. Levou mais de uma hora para recuperar o seu lugar ao lado de John, e ainda nada tinha acontecido.

— Trouxe um pouco de pão para você — disse ele animadamente. — E enchi meu cantil com rum.

John pegou o pão, mas não o comeu. Seus olhos estavam fixos no cadafalso.

— Estão dizendo que os escoceses visitaram o coronel Fairfax, que foi contra isso desde o começo, e que irão todos pedir a suspensão da pena a Cromwell. O rei poderá ficar livre para viver no exterior, até mesmo na Escócia.

John sacudiu sua cabeça.

— Sei — disse Alexander. — Se lhe derem a menor chance, ele vai formar um exército e retornar. Se pode conspirar da prisão, quando está comprometido por sua palavra de honra, do que não será capaz solto no meio das cortes da Europa? Ele sempre poderá retornar. Não podem deixá-lo vivo.

— Convocaram o Parlamento — disse um homem ao lado deles. — Esta é a razão do atraso. Estão votando uma lei às pressas, para que ninguém mais possa ser proclamado rei. De nada adianta decapitar um rei se outro aparece para ocupar o seu lugar, adianta? E temos um de seus filhos na Inglaterra e outros dois na França, e seu sobrinho que fica rondando como um cachorro na porta de um abatedouro. Temos príncipes o bastante para ficarmos passando a coroa eternamente. Agora temos de quebrar esse hábito. Por isso estão aprovando uma lei dizendo que nenhum rei poderá ser proclamado na Inglaterra, nunca mais.

A frase tirou John de seu estado absorto.

— Nenhum rei poderá ser proclamado na Inglaterra, nunca mais — repetiu ele.

— Sim — disse o homem. — Interessante, hein? Faz a gente sentir que a luta valeu a pena. Ficaremos livres deles para sempre. Não haverá outro homem para se colocar acima de todos os outros. Nunca mais haverá outra família que se ache melhor do que o resto de nós por causa da cama em que nasceram. Todo governante que tivermos no futuro vai ter de conquistar seu lugar. Terão de ser homens a que escolhemos servir porque são mais sábios ou melhores ou até mesmo mais ricos do que nós. E não porque nasceram para isso. Esse é Carlos, o Último. Depois dele será a liberdade.

— Carlos, o Último — repetiu John. — Carlos, o Último.

Os relógios bateram 12 horas, depois 13, 14, até haver uma agitação entre os soldados, que contaminou rapidamente a multidão, e então um grito: "Ele está vindo!"

John não se moveu. Permaneceu quieto e calado, como ficara o dia todo. A multidão à sua volta empurrava com violência, mas John segurou firme no gradil à sua frente. Alexander viu que suas juntas estavam brancas. E também suas mãos, seu rosto, seu corpo todo estava lívido de frio e angústia.

Uma janela no Banqueting Hall foi aberta e o rei pisou na plataforma. Estava vestido com simplicidade de preto de novo: uma capa preta, um chapéu preto alto, calção preto e camisa branca. A Ordem da Jarreteira era um fulgor de cor, em um contraste dramático. Ele olhou para a multidão, John sentiu aquele olhar sombrio escuro passar por ele e teve vontade de levantar a mão, de ser reconhecido por um momento. Manteve as mãos e a cabeça baixas.

O rei pegou umas anotações no bolso e falou calmamente com os homens na plataforma. John, aguçou os ouvidos, só conseguiu captar fragmentos do discurso. Apenas as últimas palavras soaram claras: "Sou um mártir do povo."

John ouviu um silvo de respiração na majestade e na insensatez irresistível e infindável do homem, e percebeu que era ar frio por seus dentes. O rei jurou que morria com a fé de seu pai, como um cristão, e depois falou em tom baixo com o carrasco.

— Ah, Deus, não permita que ele estrague isso — sussurrou John, pensando não no carrasco, que havia feito esse trabalho uma centena de vezes, mas no rei, que devia fazer isso bem uma única vez.

O rei virou-se para o bispo Juxon que o ajudou a pôr o cabelo comprido sob o capuz para deixar seu pescoço exposto para a lâmina. Carlos entregou o São Jorge e a liga da Ordem da Jarreteira ao bispo e tirou o anel do dedo.

— Não, isso não, não, não — murmurou John. Os detalhes foram insuportáveis. John tinha-se preparado para uma execução, não para ver um homem se despir como na intimidade doméstica, afastando o cabelo de seu pescoço claro e frágil. — Ah, Deus, por favor, não.

Carlos tirou o gibão, mas pôs a capa de novo sobre os ombros, como se não pudesse se resfriar. Parecia estar se queixando do tronco do carrasco. O carrasco, uma figura aterradora em seu disfarce, parecia estar pedindo desculpas. John, lembrando-se da habilidade do rei para se atrasar e se mostrar ambíguo, percebeu que estava sacudindo o gradil com uma impaciência aflita.

O rei recuou e olhou para o céu, as mãos levantadas. John ouviu o ruído de um lápis atrás de si, enquanto um desenhista capturava a imagem do rei, o mártir do povo, seus olhos no céu, os braços abertos como uma estátua de Cristo. Então, o rei deixou a capa cair, ajoelhou-se diante do tronco e esticou o pescoço.

O carrasco teve de esperar o sinal; o rei teve de abrir os braços, dando o consentimento. Por um tempo, ficou ali ajoelhado, sem se mover. O carrasco inclinou-se à frente e afastou uma mecha do cabelo. Esperou.

— Por favor, faça — sussurrou John a seu antigo senhor. — Por favor, por favor, apenas faça.

Houve uma espera do que pareceu horas, depois com o gesto de um homem mergulhando em um rio fundo, o rei abriu bem os braços e o machado traçou um belo arco batendo no osso de seu pescoço, e sua cabeça caiu certinha.

Um gemido profundo veio da multidão — o som que um homem emite em sua morte, o som que um homem emite no ápice de seu prazer. O som de algo terminando, que não pode nunca se repetir.

No mesmo momento, ouviram batidas determinadas de cascos e o povo gritando e se empurrando para fugir.

— Vamos! — gritou Alexander, puxando a manga de John. — A cavalaria está vindo, vamos sair do caminho, ou seremos atropelados.

John não o escutou. Continuava a olhar para a cena, esperando o ato final, quando o rei, elegantemente vestido de branco, desceria do palco e dançaria com a rainha.

— Vamos! — disse Alexander. Agarrou o braço de John e o arrastou para o lado. A multidão se alvoroçou, correndo para os lados da rua, muitos correndo para o cadafalso, para pegar um pedaço do manto, para raspar um pouco da terra debaixo da plataforma, até mesmo para molhar seus lenços no jato de sangue quente escarlate. John, puxado por Alexander, e empurrado pelo povo atrás dele, que tentava escapar do avanço da cavalaria inclemente, perdeu o equilíbrio e caiu. Foi chutado na cabeça no mesmo instante, alguém pisou na sua mão. Alexander o arrastou.

— Vamos, homem! — disse ele. — Aqui não é lugar para se ficar muito tempo.

John desperto, esforçou-se para se levantar, correu com Alexander para a margem da rua, pressionaram-se contra o muro quando a cavalaria passou a caminho do cadafalso, e então escaparam. No alto da via, ele parou e olhou para trás. Tinha acabado. Já tinha acabado. O bispo Juxon tinha desaparecido, o corpo do rei tinha sido erguido pela janela da Banqueting House, a rua estava quase desimpedida, os soldados tinham formado um cordão ao redor da plataforma. Era um teatro abandonado no fim do espetáculo, havia aquele silêncio depois do fim das falas e da representação. Tinha acabado.

Tinha sido feito, mas não acabado. John, ao voltar para casa, encontrou-a sitiada por vizinhos que queriam ouvir cada palavra, cada detalhe do que ele tinha visto, do que tinha sido dito. Só Johnnie não estava lá.

— Onde ele está? — perguntou John a Hester.

— No jardim, em seu barco no lago — replicou ela. — Ouvimos os sinos da igreja em Lambeth, e ele soube por que tocavam.

John balançou a cabeça compreendendo, desculpou-se e se afastou das fofocas da cidade e desceu para o jardim frio. Seu filho não estava em lugar nenhum. John desceu a alameda e virou à direita, para o lago onde as crianças costumavam ir alimentar os patos quando eram pequenas. Os íris e o junco plantados no solo úmido na margem estavam belamente cobertos pela geada. No meio do lago, o barco estava à deriva, Johnnie envolvido em sua capa, sentado na popa, os remos cada um de um lado.

— Oi — disse John da plataforma.

Johnnie ergueu o olhar e viu o pai.

— Viu ser feito? — perguntou ele, direto.

— Sim.

— Foi feito rapidamente?

— Foi feito corretamente — replicou John. — Ele fez um discurso, pôs a cabeça no tronco, deu o sinal, e foi feito com um único golpe.

— Então acabou — disse Johnnie. — Nunca servi a ele.

— Acabou — disse John. — Venha, Johnnie, haverá outros senhores e outros jardins. Em algumas semanas, as pessoas estarão falando de outra coisa. Não vai ter de ouvir sobre isso. Venha para casa, Johnnie.

Primavera de 1649

John estava enganado. A execução do rei não foi simplesmente uma sensação de momento, mas se tornou, em pouco tempo, tema de toda conversa, de toda balada, de toda prece. Dali a alguns dias, já levavam a John os relatos do julgamento e as descrições de testemunhas oculares da execução, impressos às pressas, e lhe perguntavam se era verdade. Somente os parlamentaristas mais insensíveis escaparam do humor melancólico que assombrava o ar, como se a morte de um membro da família real fosse uma perda pessoal — independente do caráter do homem, independente da razão da sua morte. Na verdade, ninguém se importava com o motivo pelo qual o rei tinha de morrer. O que realmente deixava todo mundo aturdido era o fato do rei ter sido morto, independentemente de tudo.

John achava que talvez outros pensassem como ele: que um rei com saúde simplesmente não podia morrer. Que alguma coisa interviria, que Deus impediria um ato desse tipo. Que mesmo agora, o tempo podia retroceder e o rei voltar a estar vivo. Tinha a impressão de que acordaria uma manhã e o encontraria em seu palácio, e a rainha exigindo algum projeto absurdo de jardim. Era quase impossível aceitar que ninguém nunca mais fosse vê-lo. Livros de contos populares, baladas, retratistas, todos fomentavam a ilusão da presença do rei sobrevivente. Houve mais retratos do rei Carlos, e histórias sobre ele agora do que quando estava vivo. Era mais amado agora do que jamais tinha sido quando fora um ocioso, tolo, imprudente. Cada erro que tinha cometido apagara-se pelo simples fato de sua morte e pelo nome que dera a si mesmo: o Rei Mártir.

Depois, vieram os relatos dos milagres realizados por suas relíquias. Pessoas foram curadas de convulsões, enfermidades, erupções da pele, como o sarampo, com o toque de um lenço que se molhara no seu sangue. Os canivetes feitos do metal derretido de sua estátua curavam feridas ao serem encostados nelas, protegiam o bebê de uma morte violenta se fossem usados para cortar o cordão umbilical. Um leão doente no zoológico foi confortado com o cheiro de seu sangue em um pano. Todo dia havia uma história nova sobre o santo, o santo do povo. A cada dia sua presença no país se tornava mais forte.

Ninguém estava completamente indiferente. Mas Johnnie, ainda enfraquecido por sua ferida e a derrota em Colchester, estava profundamente abalado. Passava dias seguidos deitado em seu barco no pequeno lago, envolvido em sua capa, as pernas compridas dobradas sobre a popa, e os saltos das botas na água, enquanto o barco ficava à deriva, tocando em uma margem, depois na outra, e ele olhando para o céu frio, sem falar nada.

Hester foi buscá-lo para o almoço e o encontrou remando devagar para a pequena plataforma de desembarque.

— Ah, Johnnie — disse ela —, você tem toda uma vida pela frente, não há necessidade de sofrer tanto por isso. Você fez o que podia, foi leal a ele, fugiu para lhe servir e foi tão valente quanto qualquer um de seus cavaleiros.

Ele olhou para ela com seus olhos Tradescant escuros e ela percebeu a mesma lealdade apaixonada de seu avô, sem a segurança do mundo estável em que este vivera.

— Não sei como poderemos viver sem um rei — disse ele simplesmente.
— Não é apenas ele. É o lugar que ele ocupava. Não consigo acreditar que não o veremos de novo. Seus palácios continuam lá, assim como seus jardins. Não consigo acreditar que ele não esteja lá também.

— Você devia voltar a trabalhar — disse Hester, agarrando-se a qualquer coisa. — Seu pai precisa de ajuda.

— Somos jardineiros do rei — replicou Johnnie simplesmente. — O que vamos fazer agora?

— Há o comércio com Sir Henry, em Barbados.

Ele sacudiu a cabeça.

— Nunca serei um comerciante. Sou inteiramente um jardineiro. Nunca fui outra coisa.

— As curiosidades.

— Vou ajudar, se quiser, mamãe — disse ele obedientemente. — Mas não são as mesmas, são? Desde que as embalamos e desembalamos. Não é mais o gabinete. Temos quase todas as coisas, e deveria estar tudo igual. Mas parecem diferentes, não parecem? Como se as embalando e escondendo, depois as desembalando, depois escondendo-as de novo, de alguma maneira as tivéssemos danificado. E as pessoas não têm vindo, como vinham antes. É como se tudo estivesse mudado, e ninguém ainda soubesse para o quê.

Hester pôs a mão no seu braço.

— O que eu quis dizer foi apenas que você devia parar de ficar cismando e voltar ao trabalho. Há um tempo para o luto, e não ganhamos nada se o excedemos.

Ele assentiu com a cabeça.

— Vou parar — prometeu ele —, se você assim quer. — Hesitou como se não encontrasse palavras para expressar seu sentimento. — Nunca pensei que um dia me sentiria tão deprimido.

Os três estavam jantando quando bateram na porta. Hester virou a cabeça e ouviram os passos irritados da cozinheira no corredor indo abri-la. Houve um som de discussão.

— Deve ser um marinheiro vendendo alguma coisa — disse Hester.

— Vou ver o que é — disse Johnnie, afastando sua cadeira para trás. — Terminem de jantar.

— E me chame antes de fechar um preço — avisou John.

Johnnie fez cara feia para a falta de confiança de seu pai, e saiu.

Ouviram-no gritar uma imprecação, depois o som de seus passos atravessando o hall correndo e a porta da varanda batendo, quando ele saiu para o jardim.

— Deus do céu, o que foi agora? — John ficou em pé com um pulo e foi para a porta da frente. Hester parou à janela para ver Johnnie, de cabeça baixa, correndo às cegas para o lago. Hesitou e, então, seguiu o marido.

Um homem perplexo estava na porta da frente.

— Ofereci-lhe isto para vender — disse ele, mostrando um pedaço de pano preto sujo. — Achei que era o tipo de coisa de que gostariam para a sua coleção. Mas ele se retraiu como se fosse veneno e fugiu de mim. O que o garoto tem?

— Está doente — replicou Hester, bruscamente. — O que é isto?

O homem, de repente, ficou entusiasmado.

— Um pedaço da mortalha do cadafalso do Rei Mártir, Sra. Tradescant. E se gostarem, podem levá-lo junto com um canivete feito com o metal de sua estátua. E posso conseguir um pouco da terra encharcada com seu sangue sagrado. Tudo muito razoável, considerando-se a sua raridade e o preço que poderão cobrar aos que vierem vê-los.

Hester, instintivamente, se retraiu de asco. Olhou para John, cuja expressão era de reflexão.

— Não aceitamos esse tipo de coisas — disse ele, calmamente. — Compramos curiosidades, não relíquias.

— Vocês têm as luvas de caça de Henrique VIII — destacou o homem. — E a camisola da Rainha Anna. Por que não isto? Especialmente se podem fazer sua fortuna com estas peças?

John afastou-se rapidamente da porta da frente para o hall. O homem tinha razão, qualquer coisa relacionada ao rei seria uma mina de ouro para a Arca, e justo em uma época que só estavam conseguindo ganhar o bastante para pagar os salários de Cook e Joseph.

Voltou à porta da frente.

— Agradeço, mas não. Não exibiremos os restos do rei.

Hester, aliviada, percebeu que seus ombros tinham se enrijecido enquanto esperava a decisão do marido.

— Mas por favor, traga-nos quaisquer outras coisas raras que tiver — disse ela amavelmente, e fez menção de fechar a porta.

O homem pôs o pé à frente e impediu que a porta fosse fechada.

— Estava certo de que me pagariam um bom preço por isto — disse ele. — Há outros colecionadores que pagariam generosamente. Fiz um favor a vocês vindo aqui primeiro.

— Agradeço — disse John abruptamente. — Mas não aceitamos nada que resta do rei. — Hesitou. — Ele nos visitou pessoalmente — prosseguiu ele, como se para esclarecer a decisão. — Não seria correto expor essas peças.

O homem encolheu os ombros, tirou o pé da porta, e se foi. Hester fechou a porta e olhou para John.

— Fez muito bem — disse ela.

— Acha que conseguiríamos fazer Johnnie trabalhar no gabinete com o sangue do próprio rei em um pote? — perguntou John, irritado, e saiu para o jardim, deixando seu jantar intocado na mesa.

Nem quando o clima esquentou a melancolia de Johnnie se desfez como Hester tinha esperado. Em março, quando John estava plantando sementes de nastúrcio, ervilha-de-cheiro, e sua *amaracock* virginiana em vasos de barro na estufa, o Parlamento declarou que nunca mais haveria um rei ou uma rainha colocados acima do povo inglês. A realeza foi abolida para sempre na Inglaterra. Johnnie entrou na sala aquecida com uma caixa pequena na mão, e uma expressão grave.

— O que tem aí? — perguntou John, cautelosamente.

— As sementes do rei — replicou Johnnie, baixinho. — As que ele lhe deu para plantar em Wimbledon.

— Ah, as sementes de melão. Sabe, tinha esquecido completamente delas.

Um olhar rápido, ansioso, de Johnnie, indicou que ele não se esquecera, e que pensava menos de seu pai por seu esquecimento.

— Foi uma das últimas ordens que deve ter dado — disse Johnnie, em tom baixo, com reverência. — E mandou chamá-lo só para pedir que as plantasse para ele. Foi como se quisesse designar uma tarefa, fazer um pedido pelo qual se lembrasse dele.

— São apenas melões.

— Ele mandou chamá-lo, guardou as sementes no prato de seu próprio jantar e pediu que você fizesse isso. Ele separou as sementes de seu próprio jantar e as deu a você.

John hesitou, desalentado com o tom de adoração na voz de Johnnie. O ceticismo que o país todo partilhara quando Carlos, o Embusteiro, mentia e renegava os acordos que fizera, tinha praticamente desaparecido com a sua morte, quando se tornou Carlos, o Mártir. John reconhecia, contra a vontade, que Carlos agira melhor do que qualquer um teria imaginado, ao tornar o trono, mais uma vez, sagrado, pois ali estava Johnnie, que tinha todo o direito de estar decepcionado depois de um sítio sem esperança e um ferimento grave, com os olhos inflamados ao pensar no rei morto.

John pôs a mão no ombro do filho e sentiu o tendão forte e o osso. Não sabia como lhe explicar que o capricho de um homem acostumado a mandar durante toda a sua vida não poderia ser considerado tão significativo. Carlos, o Último, alimentava a fantasia de que viveria para comer os melões que seriam plantados em Wimbledon na primavera, e não era nenhum problema para ele mandar um criado de Windsor a Lambeth, para buscar John, e que John fosse de Lambeth a Windsor, depois voltasse de novo para casa, para representar a cena dessa fantasia.

Nunca teria lhe ocorrido que pudesse ser inconveniente para um homem que não estava mais a seu serviço e não mais recebia um salário da realeza ser chamado para mais um trabalho não pago. Nunca teria lhe ocorrido que o seu comportamento estivesse sendo arrogante ou voluntarioso. Não teria lhe ocorrido que, ao nomear John seu jardineiro e lhe confiar essa incumbência, o identificaria como um criado real em um momento em que os criados reais eram olhados com suspeita. Tinha colocado John em uma posição delicada, poderia tê-lo colocado em grave perigo — mas ele simplesmente nunca teria pensado nisso. Era um capricho e sempre fora um homem que ficava feliz por outros acatarem seus caprichos.

— Gostaria de plantá-las? — perguntou John, procurando uma saída para esse dilema.

O rosto de Johnnie mostrou a intensidade de sua emoção.

— Você deixaria?

— É claro. Pode plantá-las, se quiser, e quando estiverem prontas, as transplantaremos para o canteiro de melões.

— Quero fazer canteiros de melões em Wimbledon — disse Johnnie. — É lá que ele queria que ficassem.

John hesitou.

— Não sei o que está acontecendo em Wimbledon — disse ele. — Se o Parlamento quiser que eu continue a trabalhar lá, então é claro que plantaremos os melões. Mas ainda não sei de nada. Talvez vendam a casa.

— Temos de plantá-los — disse Johnnie, simplesmente. — Não podemos desobedecer sua ordem, foi a última ordem que nos deu.

John virou-se de costas para os nastúrcios e cedeu.

— Ah, está bem — disse ele. — Quando estiverem prontos para serem transplantados, nós os levaremos para Wimbledon.

Aos poucos, a vida foi voltando ao normal. Houve um aumento de receita com visitantes ao gabinete de curiosidades e encomendas dos que agora se viam na posse das propriedades sequestradas de monarquistas mortos ou que tinham fugido ou que viviam discretamente na pobreza. Esses novos homens, oficiais do exército de Cromwell e os políticos astutos que se posicionaram contra o rei na hora certa, entravam em algumas belas casas e jardins e logo semeavam tudo o que pudesse restaurar a beleza.

Um por um, os visitantes começaram a retornar à Arca e a admirar as flores nas árvores, os brotos de narcisos. O Dr. Thomas Wharton, homem com que John tinha afinidades, foi ver as curiosidades e propôs a John separar uma parte de seu jardim para o Colégio de Médicos. Eles o pagariam para cultivar ervas e plantas medicinais.

— Agradeço — replicou John francamente. — Têm sido anos improdutivos para nós. Um país em guerra não tem interesse em jardinagem nem em curiosidades.

— O país agora será governado por homens cuja curiosidade não será reprimida — replicou o médico. — O Sr. Cromwell é um homem que gosta de mecanismos engenhosos. Ele drenou sua fazenda e usa bombas holandesas, movidas a vento, para impedir a entrada de água, e acredita que a terra inglesa pode se tornar tão fértil quanto os Países Baixos, até mesmo as terras agrestes.

— É uma questão de não exaurir o solo — replicou John, zelosamente. — E de mudar as safras para que as pragas não dominem. Sabemos que em jardins e hortas, como fazem em todo jardim de convento e mosteiro, move-se as safras de um canteiro para outro todos os anos, o que é válido para produtos agrícolas também. Como restaurar a fertilidade do solo é que é o problema. Na Virgínia, o Povo também não usa o mesmo campo por mais de três estações.

— Os plantadores?

— Não, os powhatan. Mudam seus campos a cada estação. Eu achava que era um erro, até ver como suas safras rendiam.

— Muito interessante — disse o Dr. Wharton. — Gostaria de vir à minha casa e falar mais sobre isso? Reúno-me com amigos uma vez por mês para discutir invenções, curiosidades, e ideias.

— Seria uma honra — replicou John.
— E o que usa para tornar a sua terra fértil? — perguntou o Dr. Wharton.
John riu.
— Uma mistura inventada por meu pai — disse ele. — Urtiga, confrei e esterco misturados. E se eu estiver com vontade de urinar, acrescento a minha urina à mistura.
O médico deu um risinho.
— Poderia ser usada em centenas de acres?
— Mas há safras que nutrem o solo — replicou John. — Confrei ou trevo. Deve começar com um pequeno pedaço de terra, e plantar um campo maior a cada ano.
O médico deu-lhe um tapinha no braço.
— Esse é o seu futuro — disse ele. — Se por um lado o novo Parlamento não dá muita importância a jardins ornamentais, por outro dá muita importância para a fertilidade das terras. Se quisermos impedir os igualitários de nos botarem para fora das nossas próprias casas, teremos de alimentar o povo com os nossos acres, usando o arado. O país tem de ser alimentado, o país tem de ter paz e prosperidade. Se puder escrever um panfleto sobre como pode ser feito, o Parlamento o recompensará. — Hesitou. — E seria visto como trabalhando para o bem do Parlamento, do Exército e do povo — disse ele. — Nada mau agora que seu antigo senhor está morto.
John ergueu o sobrolho.
— Alguma notícia do príncipe?
— Carlos Stuart — corrigiu-o, delicadamente. — Na França, pelo que eu soube. Mas com Cromwell na Irlanda, ele pode tentar voltar. Pode desembarcar a qualquer momento e reunir um exército de umas duas centenas de tolos. Sempre haverá tolos prontos para defender um estandarte real.
Fez uma pausa para ver se John discordava que Carlos só seria servido por um exército de tolos. John teve o cuidado de não falar nada.
— Agora ele é chamado de Carlos Stuart — lembrou-lhe o Dr. Wharton.
John abriu um sorriso largo.
— Sim — disse ele. — Não vou esquecer.

Em abril, John Lambert entrou no jardim sorrindo para Joseph, o jardineiro, e fazendo uma reverência para Hester.
— General Lambert! — exclamou ela. — Achei que estava em Pontefract.

— Estava — replicou ele. — Mas acabei o que tinha de fazer lá. Vou passar os próximos meses em Londres com minha família, na casa de meu sogro, de modo que vim gastar os frutos da vitória. Ele tem apenas um pequeno jardim, por isso não posso ser tentado por uma de suas árvores grandes. O Sr. Tradescant tem alguma novidade?

— Venha ver por si mesmo — replicou Hester, e guiou o caminho atravessando as portas de vidro que davam para a varanda, e de lá desceram para o jardim.

— As tulipas estão no seu melhor momento. Poderia ter algumas em vasos. Vai sentir falta das suas em Carlton Hall.

— Talvez eu as pegue no fim de seu florescimento. A estação se atrasa em Yorkshire.

Caminharam juntos até a frente da casa e Hester fez uma pausa para desfrutar seu deleite ao se deparar com as tulipas em flor nos grandes canteiros duplos.

— Todo ano fico pasmo — disse ele. — É como um mar de cores.

Hester passou a mão nos quadris sob o avental.

— Eu sei — disse ela contente.

— E quais novidades vocês têm? — perguntou John Lambert, ansiosamente. — Algo novo?

— Uma "*satin tulip*", uma tulipa acetinada, de Amsterdã — replicou Hester, erguendo, tentadoramente, um vaso. — Veja o brilho.

Ele pegou o vaso nos braços, sem se importar com a sua jaqueta de veludo e a rica renda em seu pescoço.

— Que beleza! — exclamou ele. — As pétalas são como um espelho!

— Aí está meu marido — disse Hester, controlando a sua irritação com o fato de John estar empurrando um carrinho, em mangas de camisa, com o chapéu torto na cabeça.

Lambert recolocou o vaso cuidadosamente no seu lugar.

— Sr. Tradescant.

John largou o carrinho, subiu os degraus da varanda, e fez uma mesura ao visitante.

— Não vou apertar sua mão. Estou sujo.

— Estou admirando suas tulipas.

John balançou a cabeça.

— Teve sorte com a sua? Hester me disse que ia fazer uma tentativa com as Violetten.

— Tenho ficado muito tempo longe de casa para cuidar das flores e fazê-las desenvolver uma cor verdadeira. Mas a minha mulher me disse que apresentam um belo espetáculo de tons de malva e púrpura.

No extremo do pomar, Hester viu Johnnie erguer os olhos e, ao ver Lambert, pegou o regador e, afetando indiferença, percorreu o caminho sob os botões escuros e viscosos dos castanheiros.

— Bom-dia — disse o general Lambert.

Johnnie parou e fez uma ligeira reverência.

— O general Lambert está procurando algo para o jardim do seu sogro em Kensington — disse Hester a seu marido. — Eu o estou tentando com a nova tulipa.

— Não é linda? — disse John. — Tem um lustro como o pelo de um cavalo baio. Seu sogro tem árvores frutíferas? E poderia se arriscar a plantar rosas, se fosse já.

— Gostaria de algumas rosas — disse Lambert. — Ele já tem algumas "*Rosamund roses*". Têm alguma em branco puro?

— Tenho uma *Rosa alba* — replicou John. — E uma ramificação que cultivei a partir dela com pétalas bem espessas.

— Perfumadas?

— Um perfume muito leve, muito agradável. E tenho uma rosa virginiana, há somente duas delas em todo o país.

— E temos uma rosa-de-cão branca — ofereceu Johnnie. — Já que é de Yorkshire, senhor.

Lambert riu.

— Uma boa ideia, obrigado. — Olhou para Johnnie, depois mais atentamente. — E então, meu jovem, esteve doente? Não está tão animado quanto da última vez que o vi.

Houve um silêncio constrangedor.

— Ele esteve na guerra — disse Hester, francamente.

Lambert percebeu a inclinação dos ombros de Johnnie, e sua cabeça loura baixa.

— Onde foi isso, garoto?

— Colchester.

O general balançou a cabeça.

— Um mau momento — disse ele. — Deve ter ficado triste com como tudo terminou. Mas graças a Deus agora temos paz, finalmente.

Johnnie lançou-lhe um olhar no mesmo instante.

— Não foi ao seu julgamento — observou ele.

Lambert sacudiu a cabeça.

— Estava cumprindo o meu dever em outro lugar.

— O senhor o teria julgado?

Hester chegou à frente para calar Johnnie, mas Lambert a impediu com um gesto da mão.

— Deixe o garoto falar — disse ele. — Tem o direito de saber. Estamos fazendo o país que ele vai herdar, ele pode perguntar por que fizemos nossas escolhas.

— O senhor o teria julgado culpado e o executado?

Lambert refletiu por um momento, depois relanceou os olhos para John.

— Posso conversar com o garoto?

John assentiu com a cabeça e Lambert pôs um braço ao redor dos ombros de Johnnie e os dois se puseram a caminhar, desceram a pequena alameda sob os galhos resistentes do castanheiro, depois prosseguiram para o pomar, sob os galhos com botões de flores da macieira, da cerejeira, do damasqueiro e da ameixeira.

— Eu não teria assinado a sua sentença de morte no meu depoimento — replicou Lambert, com brandura, a Johnnie. — Achei o julgamento mal conduzido. Mas teria usado toda a minha influência para fazê-lo reconhecer que o rei tem de aceitar alguns limites. O problema dele era ser um homem que não admitia nenhum limite.

— Ele era o rei — disse Johnnie, obstinadamente.

— Ninguém está negando isso — replicou Lambert. — Mas olhe em volta, Johnnie. O povo deste país morre de fome enquanto seus lordes e reis engordam à custa de seu trabalho árduo. Não haverá justiça enquanto existir um homem maior do que eles. Os lucros das propriedades, os impostos, todo o comércio, eram doados ao rei e esbanjados com os homens que o divertiam ou que agradavam à rainha. Um homem podia ter suas orelhas cortadas por se manifestar, sua mão decepada por escrever. Mulheres podiam ser estranguladas por bruxaria, com base em fofocas da aldeia. Há injustiças muito graves que só podem ser corrigidas com uma verdadeira mudança. Vai haver um parlamento eleito pelo povo. Tem de ser empossado pela lei e não pelo capricho do rei. Tem de proteger os direitos do povo e não os do dono da terra. Tem de proteger os direitos dos mais pobres, daqueles sem poder. Eu não tinha nada contra o rei, exceto que não era digno de confiança tanto no poder quanto fora dele, mas sou inteiramente contra um rei que governa sozinho.

— O senhor é igualitário?

Lambert sorriu.

— Certamente essas são convicções igualitárias, sim. E tenho orgulho de chamar meus camaradas de igualitários. Tenho alguns dos homens mais leais e verdadeiros sob meu comando. Mas sou um homem que também tem propriedades. Não vou tão longe quanto alguns deles que querem que tudo seja dividido. Mas na busca de justiça e da chance de escolhermos o nosso próprio governo, sim, isso me torna um igualitário, acho.

— Tem de haver um líder — disse Johnnie, obstinadamente. — Designado por Deus.

Lambert sacudiu a cabeça.

— Tem de haver um comandante, como num exército. Mas não acreditamos que Deus designe um homem para nos dizer o que temos de fazer. Se fosse assim, deveríamos obedecer também ao papa, e pronto. Sabemos o que fazer, sabemos o que é certo, sabemos que os trabalhadores deste país precisam ter certeza de que suas terras estão seguras, e que seu senhorio não os venderá a outros, como gado ou, de repente, meter na cabeça que a sua aldeia está no seu caminho e os expulsar como coelhos de uma coelheira.

Johnnie hesitou.

— Quando foi para Colchester ficou alojado em fazendas pobres que nada tinham além do que consumiam? — perguntou Lambert.

— Sim.

— Então viu como alguns homens vivem mal no meio da fartura. O aluguel que têm de pagar é maior do que o que conseguem com suas colheitas. Não podemos ter pessoas sempre lutando para preencher essa lacuna. Tem de haver um equilíbrio. As pessoas têm de receber um pagamento justo por seu trabalho. — Fez uma pausa. — Quando ficou alojado em uma fazenda pobre, alimentou seu cavalo e teve uma galinha para o seu jantar e não os recompensou com nada?

Johnnie enrubesceu e, envergonhado, confirmou com a cabeça.

— Essa é a maneira real — disse Lambert, asperamente. — Essa é a maneira de um rei se comportar.

Johnnie ruborizou-se.

— Eu não queria fazer isso — disse ele. — Mas não recebia nenhum pagamento.

Lambert pegou seu braço.

— É assim que acontece — disse ele. — Se toda a riqueza fica concentrada no rei, na corte, haverá pobreza em todo o resto. O rei formou um exército, mas não tinha fundos, por isso não lhe pagou, por isso você teve de se alimentar sem pagar, por isso, no fim da fila, há alguma pobre viúva com uma galinha e o homem do rei passa e leva todos os ovos.

Hester observou seu enteado e Lambert andarem até o fim do pomar, depois se virarem na direção do lago.

— Espero que ele possa dizer algo que dê paz a Johnnie. Tenho receado que ele nunca mais volte a ser feliz.

— Ele pode — confirmou John. — Teve o comando de vários homens. Já teve de lidar com garotos como Johnnie antes.

— É uma delicadeza dele se dar a esse trabalho — disse ela.

John deu um sorriso contorcido.

— Imagino que ele vá levar um vaso de minhas melhores tulipas como pagamento, estou certo?

Hester riu.

— Não as Semper Augustus, de jeito nenhum — prometeu ela.

Verão de 1649

Com a chegada do verão, o número de visitantes à Arca aumentou e a vida social de Londres foi restaurada. Houve uma explosão de debates sobre como a nova sociedade deveria ser construída, o que seria permitido e o que seria proibido. Panfletos, sermões, discussões exaltadas e jornais irrompiam das pequenas gráficas que haviam surgido por toda parte durante os anos de guerra — novas peças tinham sido escritas, novos poemas tinham sido encomendados. Havia uma grande excitação no ar, a sensação de estarem no cerne de uma grande mudança, na iminência de um mundo novo, um mundo que ninguém nunca tinha experimentado antes. Reis já tinham sido mortos, não apenas na Inglaterra, mas também em outros lugares, e seus tronos, usurpados por outros pretendentes — mas somente em campos de batalha ou secretamente. Nunca antes o sistema monárquico havia sido questionado e tão pouco considerado a ponto de o povo escolher destruí-lo e não pôr nada no seu lugar.

Oliver Cromwell seria nomeado presidente do Conselho de Estado, e não haveria mais outro rei da Inglaterra. Mesmo então, para muitos, o novo Estado ainda não tinha ido longe o bastante. Não tinha havido nenhuma abertura do eleitorado: os homens pobres continuavam sem voz no planejamento da nação. Não tinha havido a abolição dos dízimos, pela qual tantos haviam lutado. Não tinha sido realizada a reforma da lei de propriedade da terra. As Câmaras do Parlamento continuavam uma Câmara dos Lordes e uma Câmara dos Comuns, apinhadas de cavalheiros proprietários de terras que continuavam a agir, antes de qualquer coisa, em benefício de suas próprias necessidades. A justiça esperada com tanta paixão por John Lambert estava, portanto, ainda distante.

Mas o senso de excitação e otimismo era tão palpável quanto o clima mais quente de maio e junho. Pairava a sensação de mudanças se aproximando, de esperança, de uma chance de transformar a Inglaterra em um país próspero para muitos, e não para poucos. Famílias que haviam se dividido, lutando por exércitos adversários, reataram a amizade. Igrejas que tinham se esvaziado por causa de argumentos doutrinários haviam agora sido restauradas com um estilo novo, mais livre, informal, de pregar. Homens estavam fartos da cerimônia, do artifício, queriam falar livremente com seu Deus e falar livremente uns com os outros.

Uma associação informal de filósofos, botânicos, matemáticos, médicos e astrônomos reunia-se regularmente para debater as questões, inclusive o Dr. Thomas Wharton e John Tradescant. Como estava em Londres desde março, John Lambert raramente faltava a uma reunião, atraído pela discussão de ciência e botânica. Muitos deles foram visitar a Arca nesse verão, andar ao redor do jardim, sentar-se à margem do lago, admirar qualquer coisa nova e interessante no gabinete de curiosidades, e ficar para o jantar.

Hester, em seu ardor de dona de casa, sentia orgulho por ser capaz de prover, a qualquer momento, jantar para vários homens e cama para metade deles, e orgulho da casa e do jardim dos Tradescant por serem um centro de atração.

A conversa adentrava a noite, e à medida que o nível do vinho do Porto baixava nas garrafas, a especulação sobre tudo — das funções das partes do corpo à existência de anjos, ao movimento dos planetas em suas esferas e ao aumento e queda da seiva de açúcar — se tornava mais arrojada e mais criativa. Elias Ashmole, um advogado erudito, jurou, certa noite, que podia prever a hora da morte de um homem se as parteiras tivessem a ideia de registrar a hora exata do nascimento, para que a carta astrológica fosse traçada com rigor.

— Mas você iria querer saber? — perguntou John, com um leve tom de reprovação.

— Quero saber tudo — replicou Elias. — Por isso sou homem de ciência. Por exemplo, nasci sob o planeta Mercúrio, e dá para ver que sou um homem completamente mercuriano. Sou inteligente e versátil.

— E parece uma lesma prateada, exatamente como o metal! — interveio alguém, a meia-voz.

— Mas um homem tem de separar o pessoal do investigativo em sua vida — observou um médico, um tanto confusamente. — Quero saber como o sangue corre pelas veias. Mas não vou abrir meu próprio braço para investigar. Não sou o meu próprio experimento.

— De jeito nenhum! — outro homem interrompeu com veemência. — Se não estiver disposto a penetrar, mesmo que seja em seu próprio coração, não estará realizando uma investigação. Sua atitude será uma mera diversão.

— Ah, sim! Se quiser morrer da peste em um experimento para ver se é infecciosa!

— Realmente, não se pode estudar pacientes a distância — falou o Dr. Wharton. — Quando a peste estava em Londres, eu...

— E o que mais fizemos no corpo político a não ser uma mudança e ver o que fluirá dela? A não ser cortar fora o coração e ver se o cérebro continuará a pensar?

— Isso não foi um experimento! Foi uma decisão a que fomos levados. Não vejo Cromwell como um grande médico do Estado! Ele agarrou-se forte quando o cavalo disparou!

— Não foi isso o que eu quis dizer — falou John, defendendo com dificuldade o seu primeiro pensamento. — O que perguntei é se sempre quer saber o seu futuro. Como suportaria isso?

— É claro que se pode conhecê-lo — replicou Elias. — Tracei minha própria carta, e posso dizer, por exemplo, que serei um homem consideravelmente famoso. Fiz minhas próprias predições que me disseram claramente que vou trabalhar por uma fortuna com uma esposa, e a conseguirei.

— Uma viúva rica? — perguntou alguém do extremo da mesa.

— Lady Margaret Manwaring — murmurou outro. — Com idade suficiente para ser sua mãe. Ele a tem aconselhado. Adivinha o quê?

— Serei lembrado — insistiu Ashmole. — Terei meu lugar no templo da história.

— Pelo quê? — perguntou um dos matemáticos, e arrotou baixinho. — Desculpe-me. O que o fará conquistar seu lugar no templo da história? Misturar as ervas de John? Colher suas flores para poções? Não imagino que vá, de repente, conquistar todo esse ouro com a pedra filosofal em seu laboratório. Tenho a impressão de que, de todos nós, é o nome de John que será lembrado.

John riu.

— Eu apenas coleciono — replicou ele modestamente. — Não me considero um cientista. Evidentemente, me admiro com a maneira como as coisas se desenvolvem. Não acredito que tudo tenha sido feito por Deus em uma semana. Vejo que o homem pode fazer novas plantas com sua própria aptidão. Vejo que podemos tornar a terra mais produtiva, que podemos fazer as plantas se desenvolverem melhor. Tenho algumas cebolas, por exemplo...

— O Sr. Ashmole tem uma reputação, incontestável, em astronomia e astrologia... — começou um dos médicos.

— Só estou dizendo que as cebolas do Sr. Tradescant, ou mesmo as tulipas, provavelmente renderão uma alegria mais duradoura ao povo deste país do que todas as pesquisas do Sr. Ashmole sobre a história da ordem maçônica!

John sacudiu a cabeça.

— Se alguma coisa restar, serão as árvores — disse ele, peremptoriamente. — A alegria maior que um homem pode ter na Inglaterra é a visão de um dos castanheiros-da-índia florido. E temos de agradecer a meu pai por isso.

— Cale-se — disse Ashmole. — Eu nunca falei da ordem maçônica.

— O trabalho do Sr. Ashmole em Brasenose...

— É incontestável. E ele é meu convidado. — John lembrou-se de seus deveres como anfitrião. — Passe a garrafa, Stephen.

Johnnie participava dos jantares, mas geralmente ficava calado. John percebia o olhar atento e sombrio do filho se mover de um homem para outro, escutando o argumento, pesando-o, e então sorrindo ao concordar ou sacudindo a cabeça ao discordar. Era tão franco quanto uma criança, apesar de estar com quase 16 anos, mas tinha a discrição e a polidez de não interromper com suas próprias opiniões.

Observava e escutava atentamente durante a noite toda, mas sempre que o tema era política, ele se levantava e deixava a sala. A maioria dos convidados de John eram homens que achavam, como John Milton, que o rei tinha sido um obstáculo ao futuro do país, que removê-lo tinha sido como arrancar um botão tomado de uma praga em um galho saudável. Mas Elias Ashmole e alguns dos eruditos de Oxford continuavam a apoiar a causa do rei, apesar de manifestarem sua posição com cautela. A grande obra do próprio Ashmole era pesquisar a história da Ordem da Jarreteira que parecia à maior parte daqueles sentados à mesa um tema acadêmico condenado, já que agora não havia nenhum rei na Inglaterra, e nenhuma Ordem da Jarreteira.

Ashmole explicava que, estivesse o rei presente ou não, a noção de realeza permanecia, e não seria facilmente desprezada. Em momentos como esse, o rosto de Johnnie enrubescia e ele se inclinava à frente para escutar. Mas quando os outros homens contestavam esse argumento e afirmavam que o rei estava morto e que a realeza tinha acabado para sempre, então ele se afastava silenciosamente.

Johnnie ainda não conseguia ouvir o rei ser mencionado sem se retrair. Era como se a imagem que tinha dele tivesse se apossado do seu coração, e a verdade sobre o homem morto, sua falibilidade, sua inconfiabilidade e, no fim, a arrogância de sua absoluta desonestidade, não fosse o bastante para mudá-la.

— Essa lealdade inflexível! — exclamou John a Hester, quando estavam na varanda, certo fim de tarde, observando o sol se pôr em faixas de nuvens amarelas e cor de pêssego. — É uma maldição para ele não conseguir deixar o passado para trás e seguir em frente.

Ela estava costurando uma gola para Frances, e então ergueu o olhar e sorriu.

— Ele se parece muito com o seu pai.

— Sim. — John pareceu impressionado. — É claro. Eu não tinha pensado nisso. Meu pai amava Robert Cecil à maneira antiga: um homem e seu senhor. E depois, o duque de Buckingham também. Quando todos na cidade gritavam pela cabeça do duque, meu pai continuou a obedecer às suas ordens. Estava pronto para embarcar com ele para a França, quando ele foi morto. E sofreu, enquanto todos na cidade bendiziam o assassino.

— Frances também é assim — disse Hester. — Também tem a capacidade de amar sem dúvidas. Para ela, é Alexander, ela não tem interesse em seguir um senhor. Esse talento para amar um homem e sua causa é um dom, que eu realmente admiro. Ainda mais, eu acho, por não tê-lo. Envergonho-me de dizer que sou uma autêntica vira-casaca. Passei grande parte da minha juventude na corte, e a maior parte da minha família e de meus amigos era do partido do rei. Mas tudo o que quero agora é paz, para podermos vender plantas e mostrar as curiosidades.

— Um dom que tem um preço a pagar — observou John. — Johnnie não consegue aceitar que o rei esteja morto e que tudo acabou. Torci para que o general Lambert o tornasse um homem do Parlamento, se não um igualitário. Preferiria vê-lo apaixonado pela liberdade do que por um rei morto.

— Tudo isso vai fazê-lo crescer — replicou Hester com tranquilidade. — Foram anos difíceis para ele. Durante toda a sua meninice teve certeza de que o rei venceria a guerra. Achava que, no último momento, o rei Carlos triunfaria. Penso que até mesmo depois de Colchester continuou a achar que o rei venceria. Mas ele sabe que agora tudo acabou.

Em junho, Johnnie levou para o rio, na carroça, as mudas de melão em seus últimos vasos maiores e as carregou em um pequeno barco para transportá-las para Wimbledon. Foi sozinho, não disse nem mesmo a seu pai que estava indo, antecipando, corretamente, que John pensaria que as mudas estavam esquecidas e que cresceriam entre as outras, nos canteiros da Arca.

Johnnie levou também algumas tábuas para construir a estrutura, uma refeição de pão e queijo, uma serra, um martelo e um punhado de pregos no seu cinto.

— Construindo uma casa e plantando um jardim? — perguntou o barqueiro com um largo sorriso.

Johnnie não sorriu de volta.

— Estou cumprindo uma incumbência — replicou ele, solenemente. — Que me foi dada pelo meu senhor.

Na casa, ele encontrou o jardim e a horta da cozinha tomados pelo mato. Mas havia um muro aquecido, de frente para o sul, e Johnnie passou a manhã armando sua estrutura de madeira e cavando a terra para o canteiro de melão. Finalmente, plantou as mudas preciosas, deixando um bom espaço de uma para a outra. Depois, transportou a água — retirada pressionando a bomba no pátio da cozinha — nos vasos vazios, tampando com um dedo o buraco embaixo.

Johnnie era bem filho do seu pai; foi difícil para ele abandonar o resto do jardim e só roçar o canteiro de melões. Viu as características que autenticavam um jardim Tradescant sendo aos poucos suprimidas. A face sul da casa tinha uma grande varanda pavimentada na frente e uma escada dupla impressionante, em forma de semicírculo. Johnnie viu os vasos de pedra no terraço e sentiu que seu pai os teria enchido com árvores cítricas, podadas na forma de bolas verdes brilhantes. Ao pé da escada teria havido canteiros de flores, ainda dava para ver as folhas mortas das tulipas que tinham conseguido crescer pelas ervas daninhas, oferecendo suas taças às janelas acima. Havia fontes e cursos de água onde antes tinham sido plantados íris e margaridão, e que agora estavam tomados por ervas daninhas aquáticas. Havia um lago ornamental que agora estava verde, mas que conservava as pétalas brancas e rosadas de lírios-d'água na superfície espumosa. Havia um antiquado jardim formal. Mas o padrão das sebes estava indefinido com o crescimento das plantas silvestres, e as pedras brancas estavam sujas. John olhou a desolação em volta do jardim de verão, que havia sido cuidadosamente plantado para ser o refúgio especial da rainha, e percebeu que a causa real estava realmente perdida.

Concluiu que não havia nada que pudesse fazer pelo jardim. Porém, quando os melões florescessem, no fim do verão, ele voltaria e cuidaria para polinizar as flores. E quando estivessem dando frutos, ele traria os caros domos de vidro para melões de seu pai e os colocaria sobre cada um, para que amadurecessem. Não tinha pensado no que faria com as frutas depois. O rei tinha ordenado claramente, portanto somente o rei ou seu filho poderiam comê-los. Talvez fosse seu dever levá-los para a França, procurar seu filho, e entregar-lhe essa parte excêntrica de sua herança.

Johnnie encolheu os ombros, as frutas eram um problema para o futuro. Sua tarefa era a de cumprir a última ordem do rei. O rei Carlos tinha ordenado a um Tradescant fazer-lhe um canteiro de melão em sua casa em Wimbledon. E estava feito.

Quando Johnnie chegou em casa, viu que seu pai estava irritado com a perda de um dia de trabalho, e relutante em prometer o empréstimo dos domos de vidro, mas a sua madrasta o defendeu.

— Deixe-o — aconselhou ela a John, enquanto trançava o cabelo antes de se deitar, naquela noite. — Ele não está fazendo nada além de pôr flores no túmulo. Deixe-o fazer essa última coisa pelo rei, e depois talvez ache que fez tudo o que deveria ser feito. Depois, ele vai achar que sua defesa do rei se encerrou, e que pode ser feliz e gozar a paz.

Verão de 1650

Talvez Hester tenha predito os sentimentos de Johnnie com a mesma exatidão de uma projeção astrológica de Elias Ashmole, exceto por uma única coisa: a interminável determinação dos Stuart de recuperarem a coroa.

Em julho, Carlos Stuart chegou a Edimburgo e forjou uma nova aliança com os escoceses, que continuavam a se sentir atraídos pela tentação de um de seus próprios reis Stuart e pelas vantagens que um monarca inglês agradecido poderia lhes oferecer. Ele prometeu conceder tudo o que pediram e, em troca, lhe prometeram um exército para conquistar a Inglaterra e coroá-lo rei.

Joseph trouxe as notícias de Lambeth e entrou na sala de jantar para contá-las. A família estava tomando o café da manhã. Frances e Alexander Norman, cada um de um lado da mesa, Philip Harding, um matemático, e Paul Quigley, um artista, também estavam presentes. O silêncio atônito provocado pela notícia foi rompido pelo ruído de Johnnie largando sua colher, arrastando sua cadeira para trás e se levantando da mesa.

— De novo não! — exclamou John. — Quando isso vai parar? Será que ele não vê que foi derrotado, que sua causa foi derrotada, e que deve a este país, se é que nos deve alguma lealdade ou amor, nos deixar viver sem outra guerra?

— Eu vou — disse Johnnie com determinação. — Com certeza ele marchará para a Inglaterra e tenho de estar lá.

— Cale-se — interrompeu Hester, bruscamente, incerta da segurança de tal declaração.

Os dois convidados levantaram-se, com discrição.

— Vou dar uma volta no jardim — disse Philip Harding.

— Vou com você — disse o Dr. Quigley.

A porta fechou-se atrás deles.

— Isto foi imprudente — disse Alexander Norman, com brandura, a Johnnie. — Qualquer que seja a sua opinião, nunca deve dizer que seu pai nutre sentimentos monarquistas e que permite que sejam expressos em sua mesa.

Johnnie enrubesceu.

— Peço desculpas — disse ele a seu pai e a Hester. — Não vou fazer de novo. Foi o choque da notícia.

— Joseph não devia ter falado assim, sem pensar — disse Frances, com irritação. — E você não pode ir, Johnnie. É longe demais. E é algo fadado a fracassar.

— Por quê? — perguntou ele exaltado. — Por que fracassaria? O exército escocês foi mais forte do que o inglês no último confronto. E, antes de tudo, o Parlamento nunca teria derrotado o rei se não tivesse feito uma aliança com os escoceses. Poderiam entrar em Londres levando o rei.

— Não com o general Lambert no caminho — observou Alexander.

Johnnie se deteve repentinamente.

— Ele vai? Os escoceses nunca venceram Lambert.

— Fatalmente irá. Penso que Cromwell comandará com Lambert como seu segundo.

— Isso não faz diferença para mim! — declarou Johnnie. — É o retorno do príncipe. Tenho de estar lá.

Fez-se silêncio, Frances virou-se para o seu pai, que ainda não tinha-se manifestado. O silêncio prolongou-se. Johnnie olhou para o pai na cabeceira da mesa.

— Ele é o rei — disse Johnnie, obstinadamente. — Rei coroado.

— Não foi coroado na Inglaterra — replicou Hester, bruscamente. — Ele não é nosso rei.

— É o terceiro rei da Inglaterra que esta família foi chamada a servir — insistiu Johnnie. — E sou a terceira geração no serviço real. Essa é a minha vez, esse é o meu rei. Devo servir a ele como você serviu a seu pai e meu avô serviu ao seu avô.

Houve um silêncio demorado. Todos esperaram que John falasse.

— Você conhece o meu coração — disse Johnnie, com uma reverência prudente, a seu pai. — Espero que me autorize a partir.

John olhou para o filho e percebeu a intensidade do brilho em sua expressão. Tinha-se restabelecido. Voltara a ser o mesmo Johnnie que tinha cavalgado para o sítio de Colchester, nada parecido com o fantasma que haviam mandado de volta. John evitou, cautelosamente, o olhar ameaçador de Hester e falou calmamente com seu filho passional.

— Tenho de pesar sua segurança e seu desejo de servir ao rei. Não é a minha causa, Johnnie, e vejo que é a sua, porém, você agora não é mais uma criança, e sim o único herdeiro, o único Tradescant a transmitir o nome...

Johnnie pigarreou.

— Sei disso — replicou ele. — Mas é uma causa importante. Vale o sacrifício.

Hester se agitou como se fosse protestar contra a ideia de Johnnie ser sacrificado a uma causa, por maior que fosse. Mas John continuou sem olhar para ela.

— Se os escoceses conseguirem avançar para o sul até York — disse ele com cuidado —, então poderá se unir a eles. Não vai querer lutar pelo rei na Escócia, Johnnie, isso é assunto deles. Não quero vê-lo lutando no solo deles. Mas se alcançarem York, comprarei um cavalo para você, e todo o resto, e poderá se alistar. E ficarei orgulhoso de vê-lo partir.

Ouviu-se um arfar e o movimento de seda cinza no extremo da mesa, quando Hester se levantou.

— E sua madrasta concorda comigo — declarou John, antecipando-se a uma exclamação impaciente.

— Posso ver que sim, pai — replicou Johnnie gravemente, um estremecimento de riso na voz.

— Ela concorda realmente — repetiu John.

Hester voltou a se sentar, as mãos segurando a beirada da mesa, como se a força física fosse a única maneira de impedi-la de se manifestar.

— E vai ter de prometer que não partirá sem a minha permissão e a minha bênção — estipulou John. — Já esteve na guerra, Johnnie, e sabe como é duro. Sabe que é centenas de vezes mais duro para um homem sem um pouco de dinheiro no bolso e o equipamento certo: uma boa espada, uma capa quente, um cavalo resistente. Se esperar até os escoceses alcançarem York, poderá se unir a eles, como oficial. Tenho a sua palavra?

Johnnie hesitou somente por um instante.

— Tem — respondeu ele. — Mas vou começar a me preparar hoje, de modo a estar pronto quando tiver de partir.

— Como pode? — interrompeu Frances, exaltadamente. — Como pode até mesmo pensar nisso, Johnnie? Depois do que aconteceu da outra vez?

Ele inflamou-se diante do desafio na voz dela.

— Você não entenderia — replicou ele. — É uma garota.

— Mas sei que quase matou mamãe de tristeza e que nenhum de nós tem sido feliz desde que retornou de Colchester — disse ela, furiosa. — Sei que esteve muito doente desde essa derrota. Por que ir? Por que sentir todo o desespero de novo? E se for ferido tão longe de casa? Nunca nem mesmo ficaremos sabendo! E se a sorte o abandonar e for morto em uma dessas batalhas estúpidas em uma aldeia de que nunca saberemos o nome?

Alexander Norman, olhando de sua jovem esposa enraivecida para seu irmão mais novo, que ainda não completara 17 anos, torceu para que os dois brigassem como quando crianças e a questão toda se perdesse na confusão de palavras e explosões de raiva. Johnnie ficou em pé com um pulo, pronto para revidar a Frances, mas então controlou sua fúria e olhou para o pai.

— Obrigado por sua permissão, senhor — disse ele formalmente, e saiu da sala.

Hester esperou em silêncio até ouvirem seus passos atravessarem o corredor e saírem pela porta dos fundos. Então falou asperamente com o marido:

— Como pôde? Como pôde concordar com a sua partida?

John olhou para o genro por cima do caneco de ale.

— Pergunte a Alexander — aconselhou ele. — Ele sabe como pude.

Hester, a face inflamada, virou-se para Alexander.

— O quê? — disse ela, exasperada.

— Nunca chegarão a York — predisse Alexander. — Cromwell não pode se arriscar a ter um exército inimigo em solo inglês. Não pode nem mesmo correr o risco de ter um exército escocês marchando contra ele. Não depois de ter manchado sua espada de sangue na Irlanda para subjugar o povo. Ele terá de trazer a paz ao país, ou perder tudo. Perde um reino e perde todos os quatro. Vai combatê-los na Escócia e derrotá-los na Escócia. Nunca os deixará vir para o sul.

— Mas o rei vai reunir os clãs — falou Hester com um sussurro. — Homens que marcharão a noite toda para morrer por ele e por seu chefe. Homens bárbaros que lutarão feito selvagens.

— Os clãs não sairão da Escócia, nunca saem — previu John. — Não chegarão mais longe ao sul do que um pelotão de incursão.

— E estarão mal equipados — concordou Alexander. — Usarão adagas e forcados e se confrontarão com Cromwell, Lambert e um Exército-Modelo, com cavalaria e canhão, mosquetes e lanças. Tenho de retornar a Londres hoje, haverá mais encomendas de barris. Mas podem ter certeza de que receberei ordens para despachar a artilharia por mar para a Escócia. Vai ser lá que Cromwell escolherá seu campo de batalha.

Hester virou-se para a janela e olhou para o jardim. Os canteiros diante da casa estavam cheios de cravos, de goivos e a nova tradescância em flor. As rosas nos muros espalhavam pétalas enquanto floresciam. Johnnie descia a aleia, a cabeça ereta, os ombros para trás, sua languidez e tristeza tendo desaparecido.

— Como suportar isso? — perguntou ela baixinho. — Como pode lhe dar permissão e a sua bênção para ele se pôr de novo em perigo?

John estava a seu lado e passou o braço ao redor de sua cintura. Ela deixou, com uma certa relutância, que ele a segurasse.

— Estou fazendo a única coisa que acho que o manterá a salvo — replicou ele. — Essa foi a minha única intenção.

Johnnie passou julho e agosto ansioso por notícias, aflito para se preparar para o momento que seu pai tinha dito que ele poderia partir. Convenceu John a lhe comprar um cavalo de guerra resistente chamado Caesar, com ancas grandes e fortes, dorso largo, como se fosse transportar Johnnie por centenas de quilômetros.

Amarrou um saco cheio de feno no galho baixo de uma árvore e praticou ataque e defesa, perfurando-o com sua lança. Nas primeiras vezes, acompanhou seu cavalo de volta ao estábulo depois de algumas quedas. Mas então aprendeu o jeito de impulsionar e retirar a lança em um movimento suave, de modo que o cavalo e ele continuassem juntos.

Compruu uma capa de viagem e uma bolsa que poderia atar na parte de trás da sela, e as guardou junto com tudo do que precisaria, de modo que estivesse com tudo pronto para o momento de partir. Mostrava-se cheio de vida com a excitação e determinação, e na casa toda ressoava o som de sua voz cantando, assobiando, correndo para cima e para baixo da escada de madeira em suas botas de montar, espalhando lama e criando desordem com toda essa energia.

John tinha feito com que prometesse não comentar com ninguém sobre o acordo entre os dois, e Johnnie, que se lembrava bem do perigo de viver como suspeitos monarquistas, enquanto o exército do rei estava em marcha, tomou cuidado para não fazer nenhuma referência direta a que lado ele se uniria assim que seu pai o autorizasse a partir. Estava excitado como uma criança, mas não era nenhum tolo. Nunca mais deixou escapar diante de visitantes que estava esperando apenas por notícias de Yorkshire para selar seu cavalo de guerra e partir para o norte para se unir ao novo rei, ainda não coroado.

A família dependia de Alexander Norman para lhes contar como a guerra estava se desenvolvendo. Vivendo no centro da cidade e perto da Torre, era de qualquer maneira sempre o primeiro a ouvir os rumores. Ao cumprir as ordens de suprimento de munição para Cromwell, sempre sabia a posição mais recente do Exército-Modelo, embora fosse impossível afirmar como estavam se saindo.

— Mas essa não é a questão — lembrou Johnnie ao pai, apreensivamente, ao encontrá-lo no gabinete de curiosidades com uma bandeja de moedas estrangeiras recentemente compradas.

— Estamos ficando sem espaço — disse John. — Temos de comprar novos itens, as pessoas gostam de ver coisas diferentes. Mas não podemos mostrar adequadamente, agora, tudo o que temos. Talvez devêssemos começar a pensar em construir outra sala.

— A questão não é se os escoceses estão vencendo ou perdendo, e sim o quanto avançaram — insistiu Johnnie. — Foi o nosso acordo, não foi? Porque mamãe está dizendo que se chegaram a York mas foram derrotados, eu não devo ir. Mas não foi isso que combinamos, foi?

John olhou para a expressão impaciente do filho.

— O nosso acordo foi certamente de que poderia ir se alcançássemos York — replicou ele. — Mas também com certeza, Johnnie, não vai querer se unir a um exército derrotado. Você se ofereceria a uma causa perdida?

O jovem não hesitou sequer por um momento.

— É claro que sim — respondeu simplesmente. — Não se trata de calcular que lado será o vencedor e se unir a ele. Não se trata de aderir ao lado vencedor como metade dos homens agora no Parlamento. Trata-se de servir ao rei, seja ele vencedor ou não. Seu pai não abjurou quando viu o cadafalso. Nem eu farei isso.

John pôs a bandeja de moedas bruscamente nas mãos de seu filho.

— Encontre um canto para isso e escreva as etiquetas — disse ele. — Também precisam ser limpas e polidas. E não me fale de cadafalsos.

— Mas se chegarem a York, mesmo que estejam batendo em retirada...

— Sim, sim — interrompeu-o John. — Lembro-me do nosso trato.

Outono de 1650

Apesar de toda a confiança de Alexander Norman no Novo Exército-Modelo, era um jogo desesperado o que John estava assumindo com a segurança de seu filho. Às vezes pensava em Carlos Stuart e em si mesmo, em extremos opostos do país, ambos fazendo apostas desesperadas — um pela coroa da Inglaterra, outro pela vida de seu filho. Não incomodava John estar torcendo pela derrota de Carlos Stuart. A lealdade de John aos reis, sem ser uma chama intensa, tinha ardido vacilante durante toda a guerra do primeiro rei e se apagado quando a guerra foi reiniciada, não uma vez, mas duas, depois de sua derrota. Sua vigília na sala do tribunal e no cadafalso tinha sido a despedida a um homem a quem servira, não o ato de um monarquista leal. As simpatias de John sempre tinham sido independentes e agora, como cidadão de uma República, podia se dizer um republicano.

Mais do que qualquer outra coisa, John queria a paz, uma sociedade em que pudesse jardinar e ver seus filhos se tornarem adultos, se casarem e terem seus próprios filhos. Seria muito difícil ele perdoar qualquer homem que rompesse a paz do novo Estado. E Carlos Stuart não parecia ser um homem excepcional. O próprio Cromwell queixou-se de que o príncipe era tão libertino que arruinaria o país inteiro. As notícias da corte do príncipe eram de papismo, leviandade e depravação.

Mas foi apertado. O exército escocês confrontou-se com o inglês logo ao sul de Edimburgo para a batalha em solo escocês que Alexander tinha previsto. Os escoceses estavam em boa forma e muito confiantes, com a presença do jovem rei. O exército inglês estava cansado depois da longa marcha para o norte, perdendo homens durante o caminho, soldados que mudavam de ideia e retornavam para casa, ao sul. O comandante em chefe, Cromwell, estava com o humor sombrio, o que acontecia sempre que tinha dúvidas da capacidade de seus homens e, pior ainda, da sua própria. A voz de Deus que o guiava com tanta clareza tinha-se silenciado repentinamente, e Cromwell estava caindo em um de seus acessos incapacitantes de desespero. O otimismo inabalável de John Lambert foi o que manteve a marcha do exército para o norte.

Depois, quase perderam Lambert na batalha de Musselburgh, ao sul de Edimburgo, quando seu cavalo foi morto e ele, ao cair, recebeu um golpe de lança na coxa. A infantaria escocesa o localizou, e um grupo deles o arrastava para fora do campo de batalha quando seu próprio regimento, a maioria consistindo em homens de Yorkshire, emitiu um grito de horror que fez até mesmo os montanheses pararem, e se arremessou por entre homens para resgatá-lo.

Os escoceses deslocaram-se para o sul, para Londres; o exército inglês perseguiu-os até eles escolherem o terreno e enfrentarem seus perseguidores na periferia de Dunbar. Os ingleses eram em menor número. Ferimentos, doenças e deserções tinham provocado perdas dramáticas. Cromwell não sabia se prosseguia e atacava os escoceses ou se recuava. Foi Lambert que fincou pé e disse que deviam combatê-los já.

Enquanto Cromwell baixava a aba de sua tenda para chorar e rezar em privacidade, John Lambert reuniu o exército e disse aos soldados, franca e claramente, que os escoceses os excediam na proporção de dois para um e que portanto teriam de lutar com o dobro de bravura, o dobro de persistência e o dobro de fé. Havia cerca de 22 mil escoceses em formação e apenas 11 mil deles. Com o sorriso que Hester Tradescant amava secretamente, Lambert tirou seu chapéu com plumas e sorriu para os soldados.

— Não acho que isso seja uma dificuldade — gritou ele. — Em frente, meus bravos!

No começo de setembro, Alexander enviou a John um bilhete com uma única frase:

Escoceses derrotados em Dunbar.

— Graças a Deus — disse Hester piamente quando John lhe estendeu a mensagem na estrebaria. Ela pôs a mão no bolso e deu uma moeda ao garoto enviado por Alexander.

— Já lhe paguei — observou John.

Hester sorriu.

— Eu seria capaz de dar 10 xelins por esta notícia — replicou ela.

— Você conta a Johnnie ou eu conto?

Ela hesitou.

— Onde ele está?

— Na outra margem da estrada, colhendo castanhas.

— Vai você — disse ela. — Foi o seu acordo com ele que o manteve a salvo.

— Deus seja louvado — disse John. — Há noites que não durmo.

Deu a volta na casa saboreando o calor do sol refletido das paredes, olhando para cima ao passar pelo timbre ostentoso que seu pai tinha, ilegalmente, composto e reivindicado. Agora não importava, pensou John com satisfação. Havia tantos títulos criados e tal confusão em relação a quais tinham passado a existir, que podiam afirmar ser baronetes que ninguém questionaria. Na verdade, Johnnie, um dia, poderia muito bem vir a ser Sir John Tradescant como seu avô sempre desejara. Quem podia saber o que esse novo mundo traria? Contanto que a família pudesse conservar seu lugar, o negócio, as plantas; contanto que os castanheiros florescessem todo ano e espalhassem seus frutos como uma chuva pródiga de riqueza, contanto que sempre houvesse um herdeiro Tradescant para colhê-las e enterrá-las fundo em vasos umedecidos.

John atravessou a pequena ponte sobre o córrego à margem da estrada e foi para o outro lado. Tinha plantado uma sebe de azevinho espessa para servir de quebra-vento e proteger os canteiros de passantes curiosos, e achou que, nesse ano, a podaria para adensá-la, e apararia o topo em forma quadrada, como um belo muro de vegetação. Fez uma pausa e olhou para cima. Precisaria de mais de uma semana de trabalho para cortar os ramos do alto da sebe, o que seria uma tarefa dolorosa e complicada. Sorriu ao pensar que, pelo menos, Johnnie estaria em casa para ajudá-lo, e então abriu a porta sob o dintel de tijolos na sebe e entrou no jardim.

Era em parte um jardim de ervas medicinais e em parte uma horta, um novo tipo de jardim para uma nova era, que valorizava mais a ciência e a medicina do que o fausto e a beleza.

Mas pelo hábito arraigado, John fizera os canteiros de ervas e legumes obedecendo ao padrão de um jardim formal, as plantas estritamente alinhadas em relação a um ponto central onde ele tinha cavado um buraco fundo, que demarcou com barro e encheu de água, para ser usado como um tanque para regar as plantas. Os canteiros mais próximos deste tanque estavam todos plantados com as ervas mais raras e sensíveis que o Colégio de Médicos havia pedido para cultivar. Tinha plantado a orla com lavanda para afastar insetos nocivos, e como a lavanda era bem paga, os capítulos sempre podiam ser vendidos aos perfumistas e aos droguistas. Para longe do tanque central se propagavam outros canteiros de forma geométrica de verduras e brássicas, cebolas, ervilhas, nabos, batatas de flores brancas e púrpura — a safra de alimentos que John estava cultivando e cruzando, tentava livrá-los da tendência para secar, procurando os produtos maiores e mais nutritivos.

Se chegassem a ser visitados por um dos radicais ou sectários mais obstinados que se queixasse do excesso de riqueza e cor no gabinete de curiosidades ou no jardim ao redor da casa, John o levaria até ali e lhe mostraria como, nesses canteiros, ele estava usando a sua aptidão a serviço do povo e de Deus.

Johnnie estava no extremo do jardim onde tinham plantado renques e renques de árvores novas, prontas para a venda, e onde havia um castanheiro em cada canto. Lençóis brancos tinham sido colocados sob as árvores e Johnnie ia todos os dias, ao amanhecer e ao entardecer, catar os melhores frutos, antes de os esquilos os comerem.

— Ei! — chamou John da porta do jardim. — Mensagem de Alexander.

Johnnie ergueu o olhar e atravessou o jardim correndo, o rosto brilhando de alegria e esperança.

— O rei chegou a York? Posso ir ao seu encontro?

John sacudiu a cabeça e estendeu o bilhete sem falar nada.

Johnnie pegou-o, abriu-o, e o leu. John viu a energia e a alegria se esvaírem de seu filho como se uma sanguessuga dolorosa tivesse, de súbito, se fixado no seu coração.

— Derrotado — disse ele, como se a palavra não fizesse sentido. — Derrotado em Dunbar. Onde fica Dunbar?

— Na Escócia — respondeu John, rispidamente. — Ao sul de Edimburgo, acho.

— O rei?

— Como está vendo, ele não diz. Mas acabou — disse John, calmamente. — Foi o seu último lance de dados. Acho que ele vai voltar para a França.

Seu filho ergueu o olhar para ele, seu jovem rosto perplexo.

— Acabou? Acha que ele não vai tentar nunca mais?

— Não pode continuar tentando — exclamou John. — Não pode continuar a voltar e desnortear o país. Ele tem de saber que acabou para o seu pai e acabou para ele. Seu tempo passou. Os ingleses não querem mais ter um rei.

— Você me fez ficar e esperar — disse Johnnie com um ressentimento amargo repentino. — E fiquei e esperei, como centenas, talvez milhares, de outros homens. E enquanto esperei, ele não tinha homens o suficiente. Ele foi derrotado enquanto eu ficava em casa, aguardando a sua permissão para partir.

John pôs a mão no ombro de seu filho, mas o rapaz a retirou e se afastou.

— Eu o traí! — gritou ele, sua voz falhando. — Fiquei em casa, obedecendo ao meu pai, quando deveria ter partido para obedecer ao meu rei.

John hesitou, escolhendo as palavras com cuidado.

— Não creio que centenas de homens tivessem feito diferença. Pois, desde que Cromwell e Lambert comandam o exército, raramente perderam uma batalha. Não acho que teria feito diferença você ter estado lá, Johnnie.

Johnnie olhou para o pai e seu belo rosto, jovem e sombrio, demonstrou reprovação.

— Teria feito diferença para mim — replicou simplesmente, com dignidade.

Chegou para jantar em silêncio. Em silêncio, foi para a cama. Na manhã seguinte, durante o desjejum, seu olhar era sombrio e estava com olheiras. A luz o abandonara mais uma vez.

Hester pôs a mão em seu ombro ao se levantar para buscar mais ale.

— Por que não vai a Wimbledon hoje? — perguntou ela amavelmente. — A safra de melões deve estar quase madura.

— O que eu faria com as frutas? — perguntou ele, infeliz.

Hester relanceou os olhos para John, pedindo ajuda, e percebeu-o dar de ombros.

— Por que não as empacota? — sugeriu ela. — E as envia a Carlos Stuart, em Edimburgo? Não ponha seu nome dentro — estipulou cautelosamente. — Mas poderia, pelo menos, enviá-las para ele. E então teria lhe servido como deveria. Você não é um soldado, Johnnie, é um jardineiro. Poderia lhe enviar as frutas que plantou para ele. É assim que servirá a ele. É como seu pai serviu ao pai dele, e seu avô serviu ao próprio rei Jaime.

Johnnie hesitou só por um instante, e então olhou para o pai.

— Posso ir? — perguntou, esperançoso.

— Sim — replicou John, aliviado. — É claro que pode. É uma boa coisa a fazer.

Primavera de 1651

Nos dias frios e escuros de fevereiro, John se sentiu feliz em ir a Londres e ficar com Frances ou com Philip Harding ou Paul Quigley, e participar de suas discussões. Às vezes, um dos médicos conduzia um experimento e chamava os cavalheiros para observarem de modo que pudesse comentar suas descobertas. John participou de uma noite em que um dos alquimistas tentou cozer uma nova vitrificação para porcelana.

— John deve ser o juiz — disse um dos senhores. — Tem porcelana na sua coleção, não tem, John?

— Tenho alguns pratos de porcelana — respondeu John. — Os tamanhos vão dos grandes como uma tábua para trinchar carne a pequeninos, que poderiam servir a camundongos.

— Muito finos? — perguntou o homem. — Pode ver a luz através deles, não pode?

— Sim — replicou John. — Mas resistentes. Nunca vi iguais neste país. Acho que não temos argila pura o bastante.

— É o esmalte — disse outro homem.

— O calor da fornalha — propôs outro.

— Esperem — disse o alquimista. — Esperem até a fornalha esfriar o suficiente, e verão.

— Uma bebida enquanto esperamos? — sugeriu alguém e a criada trouxe uma garrafa de vinho das Canárias e taças, e puxaram bancos altos para se sentarem ao redor da bancada de trabalho do alquimista.

— Ouviu falar que o Palácio de Oatlands vai ser demolido? — perguntou um dos homens a John. — Você cuidava do jardim de lá, não cuidava?

John interrompeu sua bebida.

— Demolido? — repetiu ele.

Outro homem balançou a cabeça confirmando.

— Não podem vendê-lo. É grande demais para uma residência particular, e precisa de muito trabalho para ser conservado. Vai ser demolido.

— Mas... e os jardins? — gaguejou John.

— Você deve fazer uma petição ao Parlamento — recomendou um dos matemáticos. — Peça-lhes para remover as plantas antes de iniciarem a demolição. Há raridades ali, não?

— De fato, sim — replicou John, atônito. — Há coisas realmente preciosas nos terrenos reais. — Sacudiu a cabeça. — Todo dia acontece uma novidade, mas nunca imaginei que destruiriam Oatlands.

John levantou a questão dos jardins de Oatlands com um homem do Parlamento que visitou a Arca, para ver as curiosidades, e dali a alguns dias recebeu uma comissão para supervisionar a venda das plantas antes da demolição da casa. Ele receberia um dízimo do lucro e todas as plantas que escolhesse como pagamento pelo incômodo, e ordenaram que vendesse o resto.

— Ficarei lá por mais ou menos uma semana, até terminar o trabalho — disse ele a Hester.

— Vou sentir saudade da nossa casinha lá — disse ela. — Gostava de saber que tínhamos um lugar fora da cidade, um refúgio.

— Um desperdício — disse John. — Todo o trabalho nos jardins, toda aquela beleza na casa. E a nova estufa, a casa dos bichos-da-seda! Tudo por nada.

— Vai levar Johnnie com você? — perguntou Hester. — Talvez fizesse bem para ele mudar de ares.

— Sim — replicou John. — Também vou levar a carroça. Trarei de volta alguns dos castanheiros, se é que sobreviveram ao inverno. E havia trepadeiras lindas, que posso remover dos muros e transplantar.

Atrelaram Caesar, o cavalo de guerra de Johnnie, à carroça, e John pensou que o belo animal puxando uma carroça de jardineiro a um lugar que seria demolido poderia servir de ilustração para um livro de contos populares intitulado "Como os poderosos estão arruinados". Um cavalo de guerra arreado para puxar uma carroça não lhe parecia um símbolo de paz e prosperidade quando seu filho se sentou ao seu lado com olhos fundos e tristes. Até mesmo o cavalo abaixou a cabeça ao sentir o peso não familiar pressionando seus dorsos. Era como se garoto e cavalo devessem ser libertados do trabalho penoso para partir em algum romance imaginado por eles mesmos. Os tempos eram pobres e mesquinhos demais para eles. Eram criaturas belas, deveriam ser livres para seguirem seus próprios caminhos.

John achou que o trabalho árduo poderia restaurar um pouco do ânimo de Johnnie, e o pôs removendo as rosas do jardim. Não havia tempo para se preocupar com outras além das plantas mais preciosas no jardim, as árvores no pomar. A grande riqueza de 9 acres e os pátios pavimentados não poderiam ser desenraizados e poupados nos dias curtos de fevereiro.

John trabalhou com as lembranças potentes de si plantando para o rei e para a rainha, relembrando que planta estava na sua mão quando ela o deteve no caminho, os bulbos preciosos armazenados nas redes suspensas nos telhados dos galpões.

À noite, planejavam o trabalho para o dia seguinte, e Johnnie ficava perguntando por que a rainha tinha escolhido essa ou aquela planta, se o rei tinha comido frutas dessa ou daquela árvore. Contra a vontade, John percebeu que estava relembrando com afeto a beleza do jardim e a frivolidade da corte. Apesar de seu ceticismo, formou uma imagem de uma época áurea, jardinando no verão para um rei e uma rainha que gastavam dinheiro como se caísse do céu e que caminhavam de braços dados pelas sendas primorosas, bem cuidadas.

John e seu filho passaram uma semana removendo as plantas mais raras e preciosas, colocando-as em vasos, depois na carroça. Dia sim dia não, levavam a carroça até o rio e transferiam os vasos para uma balsa que os transportaria à Arca, em Lambeth.

— Hester não vai ficar nada satisfeita — comentou John quando mais um carregamento de plantas partia rio abaixo. — Ela e Joseph não terão tempo para fazer mais nada nesta semana a não ser descarregar e regar vasos.

— Temos de fazer isso — disse Johnnie, com veemência. — Somos seus jardineiros. Temos de salvar tudo o que pudermos de seu jardim.

Um quê renhido em sua voz alertou John. Pôs a mão no braço de seu filho.

— Estamos fazendo isso pelas plantas, não pelo rei — disse ele. — Algumas são da melhor qualidade, algumas delas são raras e preciosas. Eu não conseguiria deixá-las se perderem. Este trabalho é pelas plantas e pela Arca.

Johnnie olhou para o pai.

— São plantas do rei — replicou ele com a emoção reprimida. — Estamos cuidando do seu jardim como sempre fizemos. Era o nosso dever plantá-las e protegê-las. Agora é nosso dever salvá-las para ele. Quando ele retomar seu trono, poderá se sentar debaixo da cerejeira de seu pai, colher rosas para a sua mãe de sua árvore favorita. Foi coroado rei na Escócia, não foi? Eles o declararam seu rei, embora antes tivessem feito seu pai prisioneiro e o tivessem entregado à sua morte. Mas Carlos é, mais uma vez, um rei ungido, em um reino que o reconhece como tal, não é?

— Mas a que preço — murmurou John. — Ele concordou com todas as exigências feitas pelos escoceses, e traiu homens que lutaram por ele nas Terras Altas durante anos. Seu antigo herói, Monrose, foi capturado e executado, e o rei jantando com a Kirk, a Igreja Presbiteriana da Escócia, sua antiga inimiga, olhou pela janela e viu a mão de Monrose presa com pregos na porta. Não disse nada. Continuou a jantar.

— Ele faz o que tem de fazer — replicou Johnnie, inflexivelmente.

Depois de resgatarem os espécimes selecionados e revolvido o solo frio em busca de bulbos esquecidos, declararam a venda de plantas em Weybridge. O pregoeiro da cidade proclamou a notícia que se propagou de um jardim de mansão a outro, de um chalé a outro, até todos em Surrey desejarem ter uma flor do jardim do rei.

No sábado, John armou um estande na porta da frente do palácio e deixou que as pessoas viessem com suas próprias pás remover as plantas que escolhessem. Ele e Johnnie inspecionaram a pilhagem e estabeleceram o preço mínimo das árvores que passavam por eles, dos pequenos vasos com amores-perfeitos e ervas, das trepadeiras arrancadas dos muros, das intermináveis rosas em botões escarlates.

Foi triste ver o jardim ser levado, como se até mesmo as plantas estivessem partindo para o exílio, e John lamentou ter exposto seu filho a essa visão. Ele tinha pensado que o trabalho seria um projeto a realizarem juntos, que Johnnie perceberia que o jardim tinha acabado, que o lugar tinha sido destruído, que o rei e a realeza tinham desaparecido para sempre. Mas em vez disso, a forte sensação gerada pela venda foi de perda. Mais de um homem e uma mulher pararam à banca de John, indicaram sua compra e perguntaram com reverência: "Ele realmente gostava desta, não? Lembra-se de se ele colheu uma flor dela? Ele tocou nela?"

John percebeu que somente metade das pessoas estava comprando plantas para aproveitar o preço baixo; a outra metade estava comprando relíquias, honrando a memória do rei morto, plantando um pedacinho do martírio dele em seu próprio jardim.

Durante todo o dia cinzento e frio Johnnie deu o preço, recebeu o dinheiro, respondeu perguntas com uma paciência inabalável. Mas John, observando-o, viu sua cabeça baixar quando a luz diminuiu no céu.

— Você está cansado — disse ele, bruscamente, às 5 horas, quando o crepúsculo os envolvia. — E também com frio. Sei que eu estou. Vamos até a taverna comer um bom jantar. De qualquer maneira, quero deixar o dinheiro com o ourives. Não quero deixá-lo aqui.

Johnnie estava pálido.

— Sim.

— Está passando bem? — perguntou John.

Johnnie sacudiu a cabeça.

— Muito cansado — replicou ele. — Não nasci para ser vendedor ambulante. Odeio isso. Não acabavam nunca, não é? E quanto menor a planta mais pechinchavam.

John riu ansiosamente.

— Sim. Foi um longo trabalho. Mas amanhã iremos embora.

— E então eles demolirão a casa e será como se nunca tivesse existido — disse Johnnie, como se devaneasse.

John amarrou o cordão da bolsa de dinheiro e a colocou no fundo do seu bolso.

— Vamos — disse ele, animadamente. — Antes de escurecer completamente.

Percorreu lepidamente a alameda com Johnnie ao lado. Estavam aquecidos quando viram a luz amarela da taverna e sentiram o cheiro da fumaça da lenha misturado com o de bacon frito.

— Entre você — disse John. — Vou levar o dinheiro para o ourives guardar no cofre.

Johnnie assentiu com um movimento da cabeça e seguiu na frente. John ficou para trás e observou seu filho.

— Johnnie! — chamou, de súbito.

O rapaz hesitou e se virou, seu rosto um borrão pálido na luz do entardecer.

— É nos desvencilhando do antigo que nos preparamos para o novo — disse John. — Um batismo. Não um funeral, sabe?

Foi melancólico na manhã seguinte, apesar de toda a animação forçada de John. Carregaram a carroça com as ferramentas e vasos que restaram, que encheram com as plantas salvas durante sua estada, depois foram dar uma última olhada no jardim, pomar e estufa para ver se haviam esquecido alguma coisa.

O jardim de rosas era um deserto de buracos, como o rosto de uma mulher amada coberto de cicatrizes. Até mesmo a forma do jardim tinha desaparecido. As árvores que haviam lhe dado uma estrutura tinham sido desencavadas. Os caramanchões sustentados por treliças que tinham sido derrubados quando as pessoas cortaram as rosas, transformaram-se em madeira despedaçada na lama. As bordaduras de lavanda estavam em pedaços, faltando plantas, outras pisoteadas. Alguns galantos, que haviam, com esforço, conseguido se firmar na base do muro do pátio da rainha, tinham sido esmagados por alguém com pressa de cortar a trepadeira. Um vaso havia caído e se espatifado, e os cacos tinham sido deixados ali mesmo, atravancando o caminho. O lugar inteiro, antes cheio de rosas no muro de tijolos, e tão imaculadamente plantado, com relva macia e pérgulas esculpidas, era agora um emaranhado de sebes crescidas demais e lama revolvida. Até mesmo a pista de boliche, antes o grande orgulho de John, estava esburacada, com ervas daninhas, e o verde intenso do musgo de inverno brilhava nas trilhas molhadas no meio do verde mais pálido da relva frágil.

Começara a chover, uma garoa gelada, penetrante, e as nuvens se espalhavam pesadas sobre o telhado do palácio. Já há muito tempo o vidro havia sido roubado das janelas ou quebrados pelas tropas que se alojaram, sucessivamente, no palácio. O cheiro de reboco úmido e a decadência infiltrava-se nos pátios, vindo do edifício abandonado.

— Vamos — disse John. — Está tudo acabado.

Johnnie balançou a cabeça, assentindo em silêncio, e seguiu seu pai até a carroça. Subiu ao assento do condutor e pegou as rédeas do cavalo que teria sido o seu cavalo de guerra, para partir do palácio que teria sido do rei. A alameda já havia desaparecido havia muito, derrubada para fornecer madeira. Passaram entre cepos, onde grandes árvores antes sombreavam a estrada.

— Foi uma tarefa muito triste — disse John sinceramente, querendo que Johnnie concordasse e que pudessem partilhar a tristeza e, depois, deixá-la para trás.

— Foi o mesmo que enterrá-lo e a suas esperanças, tudo de novo — replicou Johnnie sombriamente. E então não falou mais nada.

Verão de 1651

Johnnie não se esqueceu dos melões em Wimbledon. Da remessa para o norte, para Carlos Stuart, tinha ficado com uma fruta, cujas sementes insistiu em plantar no canteiro de Lambeth e em levar para Wimbledon quando germinassem.

— Agora pode cultivá-los aqui — observou Hester, sensatamente, quando o viu levar os vasos de barro para a cesta de transporte. — Não tem por que levá-los para tão longe.

— É claro que tenho de plantá-los em Wimbledon — replicou ele apaixonadamente. — Foi seu pedido.

— O jardim deve estar coberto de mato.

— Perderam o viço e a força — disse ele — e as vidraças das janelas da casa foram roubadas. Mas dá para ver que foi um lugar adorável, dá para ver que foi um de nossos jardins. Volta e meia eu passava por alguma flor especial lutando para se sobrepor às ervas daninhas, pelas dedaleiras da Virgínia, plantadas por papai, e os castanheiros plantadas por vovô em uma pequena aleia em um dos terrenos.

— Não podemos fazer nada pelo lugar — disse ela. — Temos de esquecer os antigos palácios. Seu pai foi durante anos o jardineiro em Hatfield, e depois que partiu nunca mais voltou, e a mesma coisa em New Hall. Oatlands não passará de um nome daqui a um ou dois anos, e mais alguns anos e ninguém mais se lembrará nem mesmo de onde se localizava.

— Sei disso — replicou ele. — Simplesmente planto os melões. Não nego que tudo mudou, por enquanto.

— Você não muda — observou ela.

Por um momento sua melancolia o abandonou. Ele lançou-lhe um breve sorriso matreiro, como se não se atrevesse a lhe confiar a esperança que acalentava.

— Bem, tudo vai mudar de novo um dia, não vai? E então ficarei feliz por ter-me mantido fiel.

Johnnie teve razão ao sugerir que tudo poderia mudar mais uma vez. A derrota em Dunbar não foi a última batalha combatida na Escócia, o exército escocês não debandou, e sim bateu em retirada, e a instável aliança entre a Kirk e o príncipe dissoluto não foi totalmente rompida. Pelo contrário, a estatura do príncipe cresceu e os escoceses se afeiçoaram a ele. Durante o ano inteiro, relatos de uma campanha contínua chegaram a Londres, falando da tentativa de Cromwell, sem apoio e em um país essencialmente hostil, de obter uma vitória decisiva. Então, em meados do verão, o exército escocês, com Carlos na liderança, fez o que ninguém imaginaria. Cruzou a fronteira da Escócia.

— Podemos esconder isso dele? — perguntou Hester com apreensão, quando John deu a notícia na cozinha.

Ele negou sacudindo a cabeça.

— Fatalmente, mais cedo ou mais tarde, ficará sabendo, e não quero que ele me acuse de desonestidade.

— Você jurou que não viriam para o sul — acusou ela. — Disse que Cromwell os derrotaria em solo escocês.

O rosto de John estava tenso de preocupação.

— Foi um jogo — disse ele. — E que nos serviu. Têm de ultrapassar York, não se esqueça. Esse foi o acordo.

— Lambert continua lá? — perguntou ela, como se ele fosse um talismã contra o avanço do rei.

— Ah, pelo amor de Deus! — exclamou John rispidamente, e se virou e foi para o jardim à procura do filho.

Encontrou-o cortando as rosas e jogando as pétalas em um cesto fundo para vendê-las nos mercados de Londres aos perfumistas ou confeiteiros. Frances, que estava na Arca para evitar os meses de praga na cidade, trabalhava no extremo oposto do canteiro. John ouviu a conversa casual dos dois e se deteve por um instante, para conservar o momento na memória: seus dois filhos fazendo seu trabalho, o trabalho da família, em tal harmonia, ao sol, em sua própria terra, em um país tão próximo da paz.

Ergueu os ombros e avançou.

— Johnnie...

O rapaz ergueu o olhar.

— Pai?

— Tenho novidades. Eu a ouvi em Londres. Carlos Stuart está liderando uma tropa que atravessou a fronteira. Lambert está perseguindo-o, mas parece que ele escapou da Escócia e está determinado a invadir.

— Está ao sul de York? — perguntou Johnnie. Por um momento John achou que o rapaz estava ressoando, como uma corda de harpa esticada demais. — Está ao sul de York? Posso me unir a ele?

— Está vindo para o sul — replicou John cautelosamente. — Saberemos ao certo assim que Alexander nos escrever.

Alexander veio pessoalmente em agosto.

— Sabia que gostariam de saber logo que eu soube — disse ele. A família estava tão ansiosa por notícias que o receberam no hall, assim que atravessou a porta, Johnnie na frente. — Estavam seguindo para Londres, mas viraram para o oeste. Estão provavelmente esperando reunir recrutas de Gales, antes de enfrentarem Lambert.

— E onde está Lambert?

— Em marcha acelerada atrás deles — replicou Alexander. — Não há nenhum outro general no mundo que possa deslocar seus homens na velocidade que ele consegue. Vai alcançar o exército escocês, disso não se tem dúvida. E será ele a escolher o terreno.

— Ele está ao sul de York? — perguntou Johnnie.

Alexander olhou para a expressão angustiada de Hester.

— Lamento, Hester — foi tudo o que ele disse.

Johnnie subiu correndo a escada, para buscar sua trouxa de campanha, gritando para Joseph mandar o cavalariço aprontar seu cavalo. John virou-se para a sua mulher e ela pôs a cabeça em seu ombro.

— Detenha-o — sussurrou ela. — Detenha-o.

John sacudiu a cabeça.

— Nenhum poder na terra pode detê-lo — disse ele. Olhou para Alexander.
— Podem vencer?

Alexander tinha puxado Frances para o seu lado.

— São sortes da guerra — disse ele. — Sabe tão bem quanto eu que pode acontecer qualquer coisa, que qualquer um dos lados pode vencer. Mas Cromwell e Lambert venceram esse exército uma vez, e em seu próprio território. A milícia do norte vai se manifestar agora que os escoceses invadiram a Inglaterra, e os homens do norte odeiam os escoceses mais do que qualquer outra coisa. O sentimento contra o rei será forte agora que ele tem um exército movendo-se na Inglaterra: ninguém se esqueceu da última guerra. Uma coisa é prantear a morte de um rei, outra coisa é virar o país de cabeça para baixo de novo por causa das reivindicações de um rei vivo. Acho que serão derrotados. Mas não posso afirmar. Ninguém pode.

— E que importância tem? — disse Hester, o rosto ainda oculto, a voz agoniada. — O que importa se perdem ou ganham? Johnnie pode ser morto, não pode? Vençam ou não!

John abraçou-a mais forte.

— Vamos ter de rezar — disse ele, e isso foi sinal de seu próprio desespero. — É tudo o que podemos fazer agora.

Reuniram-se na cavalariça para vê-lo partir. Ele beijou a irmã, beijou a madrasta, que se agarrou a ele por um instante, como se fosse lhe pedir para ficar. Ela o cheirou, a roupa recém-lavada que havia sido guardada com saquinhos de alfazema, o cheiro agradável de palha do seu cabelo, o calor de sua pele, o restolho macio na sua bochecha, o bigode macio que começava a crescer. Abraçou-o e pensou na criança que tinha sido quando ela começara a cuidar dele, e pensou no imenso abismo em sua vida se o perdesse.

— Deixe-o ir — disse John, baixinho, atrás dela.

Johnnie abraçou forte Alexander e depois se virou para o seu pai. Baixou a cabeça e fez menção de se ajoelhar para receber sua bênção.

— Não se ajoelhe — disse John rapidamente, como se molhar a roupa de seu filho no joelho importasse de alguma maneira quando o garoto estava partindo para lutar em uma batalha condenada. Abraçou-o com toda a força.

— Que Deus o abençoe e o proteja — sussurrou ele apaixonadamente.
— E volte para casa assim que sentir que pode. Não se demore, Johnnie. Quando a batalha termina, não é vergonha nenhuma partir.

O garoto estava inflamado de alegria, não podia ouvir palavras de cautela. Montou seu cavalo segurando as rédeas com firmeza. O antigo cavalo de guerra, Caesar, conhecia os sinais, bateu com as patas no chão, arqueou o pescoço e se moveu um pouco de lado, ansioso por partir.

Hester sentiu seus joelhos cederem, pôs a mão no braço de John, apoiando-se nele.

— Estou indo! — gritou Johnnie. — Eu escrevo! Adeus!

Hester mordeu o lábio superior e levantou a mão para acenar.

— Boa sorte! — gritou Frances. — Que Deus o abençoe, Johnnie!

Reuniram-se na entrada do pátio da estrebaria para vê-lo partir, e o seguiram, sob o muro com o brasão de pedra esculpido, sobre a ponte, e depois a este, ao longo da estrada para a balsa de Lambeth e as estradas do norte.

— Que Deus o abençoe — gritou John.

As ancas polidas do cavalo se moviam com vigor. Quando firmou o passo na estrada, Johnnie deixou o animal trotar, depois prosseguiu a meio galope. Para Hester, ele estava cavalgando rápido demais, o passo do cavalo o levava embora rápido demais.

— Johnnie! — gritou ela.

Mas ele não a ouviu, e em um instante, tinha desaparecido.

Outono de 1651

Depois, não havia nada a fazer a não ser esperar. A City estava cheia de boatos e alegações contraditórias de batalhas, debandadas, ataques, vitória do príncipe ou vitória do Exército-Modelo. John evitava o máximo possível que as notícias chegassem a Hester, e a incumbia de dezenas de tarefas no gabinete de curiosidades, no jardim, para mantê-la ocupada e afastada da constante litania de más notícias na cozinha entre a cozinheira e Joseph. Mas nada conseguia aplacar a saudade que ela sentia do filho. Frances e Hester acenderam uma vela na janela na noite que Johnnie tinha partido, e Hester não deixava que a veneziana se fechasse sobre ela, que a escondesse da estrada, nem mesmo que se extinguisse. Toda manhã ela pessoalmente a renovava, uma grande vela de cera, mais apropriada para uma igreja do que para uma casa; toda noite ela verificava se estava ardendo com segurança e se sua luz poderia ser vista da estrada de Lambeth, onde Johnnie havia desaparecido.

John apenas apontou que havia o risco de incêndio se a vela fosse derrubada por uma rajada de vento, e depois disso ela pôs o castiçal em um prato com água. Mas nada a persuadiria a não expor a luz, como se uma única vela pudesse guiar seu filho de volta à casa, pelas estradas escuras e inseguras.

Na primeira semana de setembro, Alexander Norman subiu o rio e foi rapidamente do píer à Arca. Encontrou John sozinho no jardim de ervas medicinais.

— Notícias — disse ele concisamente.

John se levantou no mesmo instante e esperou.

— Houve uma batalha no dia 3, aniversário da derrota de Dunbar. Cromwell é excelente em aniversários.

— E?

— Derrota. Os escoceses debandaram e Carlos Stuart desapareceu.

— Morto? — perguntou John. — Morto, finalmente?

— Desaparecido. Há um preço por sua cabeça e o país inteiro está procurando por ele. Deve ser apanhado a qualquer momento. Os escoceses fugiram para a Escócia e os voluntários ingleses estão retornando às suas casas. Cromwell escreveu que está trazendo seu exército de volta e dispersando a milícia. Deve achar que está completamente seguro. Nós pensamos que sim.

— Uma derrota — disse John.

— Não significa nada para um único soldado — disse Alexander imediatamente. — Ele pode estar a caminho de casa neste momento.

John anuiu.

— É melhor eu contar a Hester, antes que algum idiota fale alguma coisa sem pensar.

— Onde está Frances?

— Devem estar juntas — predisse John. — Este verão tem sido uma longa vigília para as duas.

John juntou suas ferramentas e os dois homens cruzaram a via. Instintivamente, os dois olharam na direção este, para Lambeth, como se pudessem ver o grande cavalo e o alegre rapaz cavalgando de volta para eles.

— Eu sempre o procuro — disse John asperamente. — Todos nós ficamos olhando, na esperança de vê-lo.

Não receberam nenhuma palavra dele, não conseguiram nenhuma notícia. Cromwell retornou ao país, mas Lambert permaneceu na Escócia, governando de Edimburgo, conformando, gradativamente, os escoceses a uma Inglaterra republicana. Enviou um pedido de tulipas para serem cultivadas em vasos em suas salas, e Hester, ciente de estar pondo em risco o seu meio de sobrevivência e a vida de toda a sua família, escreveu-lhe um bilhete que escondeu no meio dos bulbos, e entregou os vasos ao mensageiro.

545

Perdoe-me por pedir a sua ajuda, mas um ente muito querido talvez tenha sido capturado em Worcester. Pode me dizer como devo fazer para descobrir o que aconteceu com ele, ou onde ele está agora?

— Devo encomendar mais velas? — perguntou a cozinheira, ao preparar a lista do mercado. — Ou...

— Ou o quê? — replicou Hester rispidamente.

A sugestão de que não fazia muito sentido acender uma vela toda noite para Johnnie era grave demais para ser expressa.

— Nada — replicou a cozinheira.

John Lambert respondeu pelo próximo mensageiro em viagem a Londres, em um bilhete que mostrava que ele compreendia perfeitamente quem deveria ser o ente querido de Hester que tinha estado em Worcester.

Cara Sra. Tradescant,

Lamento saber de sua apreensão. A cavalaria escocesa não se envolveu intensamente na batalha e retirou-se em bom estado para a Escócia. Lá, se dispersou. Talvez ele tenha ido com eles até chegar a ordem de dispersar, portanto há motivos para se esperar seu retorno em alguns meses. Foram muito poucos os capturados e ele não está entre eles. Eu perguntei especificamente sobre seu nome. Ele não é nosso prisioneiro. Foram mortos muito poucos.

Agradeço pelas tulipas. Parece que colocou mais meia dúzia de bulbos do que paguei. Gostaria de retribuir com algo maior, mas ficarei alerta a qualquer nome familiar e escreverei novamente se tiver alguma notícia.

Hester levou a carta para o gabinete de curiosidades, onde o fogo era mantido aceso, por causa do inverno, e a enfiou bem fundo na lenha em brasa. Queria muito guardá-la, pelo pequeno conforto que lhe proporcionava, mas sabia que não devia.

Inverno de 1651

Em uma tarde escura de dezembro, quando Hester estava fechando as venezianas no gabinete de curiosidades e na sala, ouviu um cavalo subindo com passo regular a estrada. Ela foi à janela e olhou para fora, como sempre fazia ao ouvir alguém a cavalo próximo da casa. Olhava sem esperança de ver seu filho, mas olhava, assim como acendia a vela: porque ele sempre seria esperado, porque haveria sempre uma vigília por ele.

Quando percebeu o tamanho e a solidez do cavalo, hesitou e esfregou os olhos, pois pensou, por um momento, que poderia ser Caesar. Mas achava que tinha visto Caesar tantas vezes antes, que não correu nem gritou.

Ele aproximou-se no passo estável e ela viu que era realmente Caesar, e que em seu lombo, curvado na sela, estava Johnnie, a capa ao redor de seu corpo, a cabeça descoberta, dirigindo-se para casa pela estrada escura, tanto pela memória quanto pela visão.

Ela não gritou nem chorou nem correu; Hester não era o tipo de mulher que gritava, chorava ou corria. Foi calmamente para a porta da frente e a abriu, abriu o portão do jardim e atravessou silenciosamente a pequena ponte sobre o riacho, que dava na estrada. Caesar foi alertado pelo ruído de sua saia, cinza à luz do crepúsculo, e apressou o passo. Johnnie, que estava semiadormecido na sela, ergueu os olhos e viu a figura de uma mulher aguardando na via, como se o tivesse esperado no mourão desde que ele partira.

— Mãe? — Sua voz estava um pouco rouca.
— Meu filho.

Ele puxou as rédeas e se deixou cair da sela. Largou as rédeas e foi para seus braços estendidos. Ela sustentou seu peso no abraço, e as pernas dele se dobraram ao atingirem o chão.

— Meu filho, meu filho — disse ela.

Seu cheiro era diferente. Ele tinha partido cheirando a um garoto bem asseado, tinha voltado cheirando a um trabalhador braçal. Havia um odor forte de fumaça em seu cabelo, que estava emaranhado. Sua capa de lã estava pesada de fuligem, suas botas estavam enlameadas. Estava mais magro, porém mais musculoso, ela sentiu a força em seus ombros e costas ao abraçá-lo apertado.

— Mãe — repetiu ele.

— Que Deus seja louvado — sussurrou ela. — Agradeço a Deus ter ouvido minhas preces e o mandado de volta a casa.

Achou que não conseguiria largá-lo, mas dali a um instante, recuou e o conduziu para a casa. Caesar, sabendo que estava em casa, dirigiu-se, sem cavaleiro, para a estrebaria. Quando Hester e Johnnie chegaram à porta da frente, houve uma grande barulheira no pátio, quando o cavalariço e John reconheceram o cavalo e correram para a casa.

— Ele chegou! — gritou John, como se mal acreditasse.

Atravessou a cozinha e o corredor a passos rápidos, detendo-se então ao ver o rosto exausto e as roupas sujas de seu filho. Abriu os braços e abraçou Johnnie com força.

— Em casa — disse ele.

Outono de 1652

O garoto estava de volta à casa, o país estava em paz. Oliver Cromwell governava o Parlamento com tal poder e domínio que poderia muito bem ser um rei. A Escócia deixou de ser um reino independente, e foi anexada à Inglaterra, e o general George Monck estava deixando marcas no orgulho e na coragem montanhesas que talvez nunca se cicatrizassem. Carlos Stuart estava longe, na França, ou nos Países Baixos, ou onde quer que pudesse ganhar a vida sem fazer nada além de usar de seu encanto.

A paz levou jardineiros de volta aos pomares e canteiros de flores, e homens de mentes investigadoras às coleções de curiosidades. As visitas aumentavam a cada dia, e o livro de encomendas de flores, arbustos, árvores, hortaliças Tradescant estava cheio. A reputação de John quanto a plantas estranhas, belas e exóticas estava estabelecida e ele conquistava cada vez mais respeito por seus experimentos com novos vegetais e frutas. Cultivava batatas e milho, pêssegos, nectarinas, cerejas, uvas para comer e fazer vinho e serem ressequidas como passas, e os cientistas e filósofos que jantavam na Arca pediam para experimentar os novos produtos.

No outono, John Lambert retornou da Escócia e visitou o jardim da Arca e admirou a nova coleção de cíclames, em um novo canteiro debaixo dos castanheiros. Lambert ajoelhou-se na terra da alameda para examiná-los, suas pétalas delicadas dobradas como a touca de uma freira. Cumprimentou Johnnie sem fazer nenhum comentário sobre a cicatriz debaixo de seu olho, e beijou a mão de Hester sem mencionar o despacho das tulipas ou o bilhete confidencial.

— Fico feliz em ver seu filho em casa — foi tudo o que lhe disse.

— Obrigada — respondeu ela. — E fico feliz por saber que agora é lorde Lambert.

— Não sou importante? — perguntou ele com um sorriso e se virou para percorrer os canteiros de flores com John.

— Foi jardineiro da rainha em Wimbledon, não foi? — perguntou quando se sentaram na varanda, observando os crisântemos plantados nos canteiros em frente, para dar à casa o colorido do começo do outono.

— Sim — replicou John. — Nós planejamos o jardim e até mesmo plantamos os canteiros perto da casa, um jardim formal e um córrego. Mas eles passaram muito pouco tempo lá. Ela o queria como um retiro, eu ia fazer uma campina florida à margem do rio, mas acho que agora é um prado de forragem.

— O que acha do solo e do lugar? Algumas boas plantas continuam crescendo.

— Teria sido um jardim muito bonito — replicou John. — Ainda tenho os planos de como seria plantado. Johnnie vai até lá todo verão.

— Comprei para ser minha própria casa. Quero uma casa no campo não muito distante de Londres. Gostaria de ver o que tinha planejado para ela.

— Comprou-a? Bem, isso é... — John interrompeu-se.

— Uma surpresa — concluiu John Lambert, habilmente. — Para mim também. Nunca tinha sequer pensado em me ver na casa de uma rainha, mas acho que me convém perfeitamente. Estava especialmente interessado em saber se alguma de suas plantas tinha sobrevivido. Lamentaria estragar um canteiro de raridades por minha própria ignorância.

— Johnnie me disse que algumas coisas continuam lá. Sei que as árvores se saíram bem, e Johnnie me disse que os castanheiros-da-índia estão se desenvolvendo, assim como as árvores frutíferas nos pomares.

— Castanheiros-da-índia? — perguntou John Lambert com entusiasmo.

— Sim.

— Maduros?

John refletiu por um momento.

— Devem estar com... 15 anos, agora. — Riu. — Vão florir, estarão no auge de sua beleza. Acho que vai descobrir que fez uma bela compra de jardim. Eu tinha plantado ameixas, nêsperas, marmelos, e peras. Além das grandes amoras-pretas Tradescant e pêssegos em espaldeiras.

Hester apareceu com uma garrafa de vinho e duas taças, e Johnnie, lavado e arrumado, atrás dela.

— Vai ficar para o jantar, lorde Lambert? — perguntou ela. — Elias Ashmole e sua mulher estão conosco neste momento, e esperamos mais convidados.

— Obrigado, eu gostaria — replicou ele.

— Lorde Lambert comprou a Wimbledon House — disse John. — Johnnie, pode buscar para mim os planos para o jardim? Estavam com os documentos no gabinete de curiosidades. — Olhou diretamente para o filho e falou enfaticamente: — Devemos ficar felizes com que um de nossos jardins tenha sido comprado por um homem que cuidará dele — complementou com firmeza.

Foi como se o garoto não o tivesse escutado.

— Essa é a casa da rainha — disse Johnnie bruscamente.

Lambert percebeu a paixão contida por trás das palavras e replicou com muita calma.

— Foi confiscada, como todas as casas e palácios reais. E eu a comprei. Paguei um bom dinheiro por ela, Johnnie. Foi uma transação correta, não foi pilhagem. Eu não a roubei.

— Não era a casa do rei, era a casa da rainha — insistiu Johnnie. — Ela nunca foi acusada nem julgada por traição, suas propriedades não foram sequestradas. Como alguém pode ficar com a sua casa? Não tem nada a ver com palácios reais. É a casa dela.

Hester relanceou os olhos para John.

— A sua fortuna acompanha a do seu marido — respondeu Lambert. — É a lei, Johnnie. E todos os monarquistas perderam suas casas.

— Vá buscar os planos para mim. — John tentou conter o gênio de seu filho.

— Busque esses malditos planos você mesmo! — explodiu Johnnie. — Não vou participar do roubo à rainha. Não vou fingir que não é roubar viver no palácio da rainha e comer suas frutas! Isso não passa de um saque! São bens de um rei morto!

Foi para fora e desceu correndo os degraus para o jardim. Eles o viram percorrer a alameda e passar pelo portão em direção ao lago. Houve um silêncio de espanto.

— Peço desculpas — disse John. — Ele será punido. Pedirá desculpas a milorde pessoalmente. Ele não percebe a gravidade do que está dizendo. —

John lançou um olhar rápido a Hester, pedindo ajuda. Na melhor das hipóteses, Johnnie era culpado de uma grosseria temível. Na pior, de traição.

— Lamento muito — disse Hester com um sussurro. — Ele é ainda muito jovem, entende? E angustiado. Eu não teria tolerado que ele falasse assim com ninguém, muito menos com milorde. Ele sabe que a guerra acabou. Não é um monarquista ativo. Somos todos leais ao Parlamento.

Lambert recostou-se na cadeira e pegou seu copo de vinho.

— Ah, não precisa se desculpar — disse ele, cordialmente. — Há muitos que pensam como ele, por todo o país. Vai levar algum tempo para esses sentimentos arrefecerem. E já houve bastante julgamentos por traição. O garoto tem sentimentos intensos e é difícil perder duas batalhas aos... quantos anos?... Vinte? Essa cicatriz foi feita em Worcester?

— Sim. Um arranhão de lança — replicou Hester. — Graças a Deus não atingiu seu olho. Estava quase fechado quando chegou em casa. E ele só tem 18 anos. Sinto muito, milorde. Ele passou a juventude na sombra da guerra.

— Nessa idade, só vemos as coisas em preto e branco — disse Lambert, com descontração. — Nada é tão simples na vida real. Se Carlos Stuart nos fizesse a metade das promessas que fez aos escoceses, poderia ter retornado e assumido o trono. Mas não podemos confiar nele. Aqueles de nós que lidaram com seu pai não se esqueceram de que os Stuart acham mais fácil prometer do que cumprir. E o filho é até mesmo pior do que o pai por trair seus deveres e sua palavra. Ele não é um modelo a que Johnnie deva se afeiçoar.

— Eu sei — disse Hester com tristeza. — Mas não consigo persuadi-lo.

Johnnie não voltou para o jantar e Hester pôs a mesa, serviu os cavalheiros, e jantou sozinha na cozinha antes de sair para procurá-lo.

Sabia aonde ir. Ele estava deitado no pequeno barco a remo, suas pernas compridas sobre a popa, olhando fixamente o céu, onde algumas estrelas prateadas despontavam no azul pálido.

Hester sentou-se ao pé de uma árvore, aonde costumava levá-lo para alimentar os patos quando ele era um menino feliz. Observou o movimento delicado do barco por alguns instantes, até falar.

— Não fez bem, Johnnie. Vai ter de se desculpar com lorde Lambert. Ele é um homem bom e foi generoso comigo.

O barco balançou um pouco quando ele se inclinou para a frente, a viu, e depois voltou a se recostar.

— Sei que errei. Vou pedir perdão pela maneira como falei.

— É tolice perder o controle dessa maneira. Hoje, você falou o bastante para ser julgado por traição.

— Não mais do que milhares de outros.

— Ainda assim.

O balanço da pequena embarcação diminuiu.

— Eu sei — replicou Johnnie. — Desculpe. Pedirei desculpas a papai e a seu milorde. Não farei isso de novo.

Ela esperou um pouco. No jardim, uma coruja gritou tristemente.

— Não está com frio?

— Não.

— Fome?

— Não.

— Vai entrar?

— Daqui a pouco.

Hester fez uma pausa.

— Sabe, Johnnie, duvido que até mesmo Carlos Stuart se aflija tanto quanto você. Pelo que eu soube dele, é um homem despreocupado que passa da conspiração à dança sem esquentar a cabeça, e que prefere a dança. Ele perde no jogo o dinheiro que o povo levanta arriscando a vida. Seus amigos deram o que ganharam e mesmo suas vidas por ele, e ele continua a usar as melhores roupas, a frequentar bailes, correr atrás de mulheres sem a menor vergonha. Ele é um beberrão, um jogador e um devasso. Ele é jovem como você, um rapaz. Mas considera sua causa de maneira muito leviana. Por que sofre por ele? Por que sofrer mais do que ele próprio?

— Não é isso. — A voz de Johnnie ressoou sobre a água parada, e ela mal podia ver o barco no lusco-fusco. — Tudo o que diz é verdade. Estive com ele em Worcester tempo bastante para ver que é frívolo, como a senhora diz. Superficial e inconsequente. Mas não sofro pela perda dele como homem, sofro pela perda de tudo o que a realeza significa. A perda da corte, a perda de uma nação governada por um único homem, a perda da beleza da Igreja, da música e da cor, a perda da certeza de que todo homem tem um senhor. A perda dos jardins, a perda dos palácios. A perda dos *nossos* jardins.

— Ainda temos a Arca — disse ela.

— Um pequeno jardim, que mais parece uma granja do que um jardim — replicou ele, com desprezo. — Estamos conquistando uma grande reputação por cultivarmos cebolas. Isso não é nada para uma família que teve Oatlands, ou Hatfield, ou Theobald. Até mesmo Wimbledon. Tudo o que temos agora é um pedaço minúsculo de terra e ninguém mais planta grandes jardins.

— Voltarão a plantar — disse ela. — O país está em paz de novo, voltarão a plantar jardins.

— Plantarão nabos — predisse Johnnie. — E abobrinhas. Como papai está cultivando para eles. Vi o Palácio de Oatlands e como desenterravam, rosa por rosa. E agora o edifício foi derrubado e fizeram um leito de canal com a pedra. Nem mesmo tentaram fazer outro belo edifício. Não tenho nada a fazer na vida, não há mais nada a fazer neste país. Sou jardineiro, e um jardineiro que precisa de grandes palácios. Um jardim de ervas medicinais e uma horta não são suficientes para mim.

— Você vai encontrar alguma coisa — argumentou Hester. — Vai encontrar o seu próprio caminho, mesmo que não seja o nosso jardim nem um jardim adequado a um rei. Você é jovem, vai encontrar o seu caminho.

— Nunca serei o jardineiro de um rei, na Inglaterra — replicou ele, brandamente. — Essa foi a minha herança e não posso tê-la. Nada restou para mim.

O barco derivou para o outro lado do lago. Hester fez uma pausa, inspirando a tranquilidade da cena: o céu mudando vagarosamente do azul para o índigo, a cor da tradescância. As estrelas pareciam cabeças de alfinetes prateados. O ar do entardecer era frio em sua face, agradável com o perfume das maçãs derrubadas pelo vento e dos goivos que floresceram tardiamente.

— Passávamos horas seguidas aqui, juntos, quando você era pequeno — disse ela com ternura. — Você sempre pedia para vir aqui, para alimentar os patos. Lembra-se?

— Sim — replicou ele, a voz pouco mais que um sussurro. — Lembro-me de dar comida aos patos.

Ela esperou, e como ele não acrescentou mais nada, levantou-se.

— Quer que eu fique com você? — perguntou ela, carinhosamente. — Gostaria de companhia?

— Não — respondeu ele, e sua voz pareceu vir de muito longe, por sobre a água quieta. — Vou ficar um pouco sozinho, mãe. Voltarei para casa quando me sentir alegre de novo.

Johnnie não apareceu para o desjejum.

— Onde ele está? — perguntou John. — Esperei que viesse se desculpar com lorde Lambert ontem à noite.

— Ele deve ter ido a Lambeth e dormido tarde — replicou Hester, com tato, e falou por cima do ombro: — Por favor, Cook, pode chamar Johnnie?

Mary Ashmole, uma hóspede durante a estação, serviu-se de uma fatia de presunto.

— Jovens — observou com indulgência.

Ouviram Cook subir a escada, depois o ranger do assoalho acima quando ela abriu a porta de Johnnie. Depois a ouviram descer novamente. Sua expressão, ao entrar na sala de jantar, era maliciosa.

— Ele não está no quarto! — comunicou, sorrindo. — E não dormiu na sua cama.

O primeiro pensamento de Hester não foi para as tavernas de Lambeth, mas que ele tivesse fugido para se unir à corte de Carlos Stuart, ido a cavalo até as docas e embarcado em um navio para a Europa, para ficar com o príncipe.

— Seu cavalo está no estábulo? — perguntou ela com urgência.

John percebeu seu rosto pálido e saiu rapidamente da sala. Mary Ashmole levantou-se, hesitou.

— Por favor, não se incomode, Sra. Ashmole — disse Hester, recobrando o controle. — Termine seu desjejum. Creio que meu filho ficou com amigos e se esqueceu de mandar uma mensagem avisando.

Foi com John ao estábulo. A cabeça de Caesar balançava acima da porta da baia. John estava interrogando o cavalariço.

— Ele não pegou seu cavalo ontem à noite — disse John a Hester. — Ninguém o viu desde ontem.

— Mande o garoto a Lambeth, para ver se ele foi para lá — disse Hester.

— Pode ser muito barulho por nada — alertou John. — Se está bêbado debaixo de uma mesa na taverna não vai gostar nada de termos mandado um destacamento procurá-lo.

Ela hesitou.

— Se ele não voltar até o meio-dia, irei a Lambeth eu mesmo — decidiu John.

Ao meio-dia, John montou Caesar e foi até a aldeia, mas logo voltou para casa. Johnnie não tinha estado na taverna e não estava com nenhum de seus amigos na aldeia.

— Talvez tenha caminhado na direção de Lambeth e sofrido algum acidente na estrada — sugeriu Hester.

— Ele não é nenhum bebê — replicou John. — Sabe lutar. E correr. Além disso, conhece Johnnie: sempre preferiu montar a caminhar. Se fosse a qualquer lugar mais distante, teria levado seu cavalo.

— E se esbarrou com um bando de ladrões? — disse Hester. — Ou um destacamento de recrutamento forçado?

— Esses destacamentos não o levariam, ele é claramente um cavalheiro — disse John.

— Então, onde ele pode estar? — perguntou Hester.

— Você o viu depois do jantar — disse John. — Ele disse alguma coisa?

— Ele estava no barco — replicou ela. — Sempre vai para lá quando quer ficar só e pensar. Ele sabia que tinha errado ao falar daquela maneira com lorde Lambert, prometeu que pediria desculpas a você e a ele. Perguntei se queria que eu lhe fizesse companhia e ele respondeu que voltaria para casa mais tarde.

Fez uma pausa.

— Ele disse que para casa — repetiu ela. Sua voz soando cada vez menos segura. — Disse que voltaria quando se sentisse alegre de novo.

John, de repente, franziu o cenho, como se tivesse sido atacado de uma dor. Atravessou o pátio e pegou a mão dela.

— Entre e fique com Mary Ashmole — ordenou ele.

— Por quê?

— Vou só dar uma volta por aí, só isso.

— Você vai ao lago — disse ela simplesmente.

— Sim, vou. Vou ver se o barco está amarrado e os remos guardados, e então saberemos que remou até a margem e aconteceu alguma coisa ou mudou de ideia quanto a ir para casa.

— Vou com você — disse Hester.

John percebeu a impossibilidade de mandá-la para dentro de casa e seguiu para a alameda, com Hester ao seu lado.

Mesmo no outono o pomar estava muito viçoso para o lago ser visto da aleia principal. Hester e John tiveram de desviar dos castanheiros até a trilha que seguia para o oeste, antes de poderem ver a superfície lisa e escura da água.

Estava tudo muito quieto. Os pássaros cantavam. Ao ouvir passos, uma garça levantou-se da beira da água e se afastou, suas pernas desajeitadas se arrastando e seu pescoço comprido se movendo como o cabo de uma bomba, a cada árdua batida de asa. A superfície parecia um espelho, refletindo o céu azul, imperturbável por qualquer movimento, exceto os salpicos de moscas e o ruído ocasional de algum peixe voador. O barco flutuava no meio do lago, os remos fixados, o cabo de atracação na água, amarrando-o ao seu reflexo se balançando embaixo.

Por um momento Hester pensou que Johnnie tivesse adormecido no barco, encolhendo suas pernas compridas e que quando o chamassem, ele se levantaria, esfregaria os olhos, e riria de sua tolice. Mas o barco estava vazio.

John se deteve por um instante, depois percorreu o pequeno píer e olhou a água. Viu algas verdes e o brilho de uma truta marrom, nada mais. Virou-se e caminhou com firmeza de volta à casa.

— O que está pensando? O que está fazendo? — Hester desviou o olhar do barco parado e da água quieta e o seguiu. — Aonde está indo, John?

— Vou buscar um gancho e puxar o barco — replicou ele sem relaxar o passo. — Depois vou pegar uma vara e sondar o fundo do lago. Depois talvez eu precise de uma rede, e em seguida talvez tenha de drenar o lago.

— Mas por quê? — exclamou ela. — Por quê? O que está dizendo?

Ele não diminuiu o passo nem virou a cabeça.

— Hester, você sabe por quê.

— Não sei — insistiu ela.

— Espere por mim em casa. Fique com Mary Ashmole. Virei lhe contar assim que souber.

— Souber o quê? — insistiu ela. — Responda o quê?

Tinham chegado à varanda. Mary Ashmole estava esperando por eles. John olhou para ela e ela se retraiu diante da sua expressão.

— Leve Hester para dentro — disse ele com firmeza. — Virei assim que soubermos onde Johnnie está.

— Você não vai procurá-lo no lago — disse Hester. Ela riu, um barulho estranho, melancólico. — Não pode estar pensando que ele caiu do barco!

Ele não respondeu, e se dirigiu com o mesmo andar penoso, de cabeça baixa, à estrebaria. Hester e Mary o ouviram chamar o cavalariço e esperaram em silêncio absoluto os dois retornarem pela aleia. John estava levando uma vara comprida, sua podadeira. O garoto estava levando uma rede que usavam geralmente para firmar os vasos na carroça, e corda.

Mary Ashmole pegou a mão gélida de Hester.

— Tenha coragem, minha querida — disse ela inadequadamente.

John andou até o lago como se estivesse para cumprir uma tarefa de jardinagem desagradável, mas essencial, como fazer uma cerca ou abrir uma vala. O garoto lançou um olhar de soslaio para o seu perfil austero e não disse nada.

John foi até a ponta do píer e esticou-se com a podadeira. A lâmina alcançou o cabo de atracação que se arrastava na água, e na segunda tentativa conseguiu puxá-lo.

— Espere aqui — disse ele ao garoto, e subiu no barco. Remou até o meio do lago, fixou os remos e olhou para baixo. Delicadamente, com um cuidado meticuloso, inverteu a podadeira e a baixou para a água, e tenteou com o cabo. Como não encontrou nada, remou para o lado e repetiu o processo em um círculo mais amplo.

O garoto, que tinha estado com a atenção presa pelo horror de sua tarefa, começou a se entediar e a ficar irrequieto, mas nada abalava a concentração de John. Ele não estava pensando no que poderia encontrar. Não estava nem mesmo pensando no que estava fazendo. Apenas completava cada círculo e então o aumentava, como se fosse algum tipo de exercício espiritual, como um papista rezando o terço, como se isso tivesse de ser feito para repelir algum mal. Como se não tivesse sentido em si, mas que tivesse de ser feito como prevenção.

Repetidamente, remou e depois sondou a água escura. No fundo da sua mente, pensava que Johnnie provavelmente já estava em casa, depois de uma noite de farra na City, ou que uma mensagem logo chegaria da casa de sua irmã dizendo que ele tinha resolvido fazer uma visita repentina, ou que ele reapareceria com um velho camarada do exército derrotado de Worcester. Havia tantas outras explicações mais prováveis do que essa, que John sondava a água do lago sem se permitir pensar no que estava fazendo, sem preocupação, quase gostando de remar e do movimento do cabo da podadeira molhado.

Quando sentia alguma coisa com a vara, lastimava por um momento ter de interromper o movimento, pois tinha uma nova tarefa a cumprir. Delicadamente, com infinito cuidado, sondou de novo, e sentiu o objeto se mover.

— Um bando de trapos — sussurrou para si mesmo, tentando adivinhar a dimensão e peso. — Bens domésticos escondidos — assegurou a si mesmo.

Virou-se para olhar para o cavalariço.

— Jogue-me a corda — disse ele, a voz firme, inabalável.

O garoto, que se sentara entediado no píer, levantou-se e tentou, inabilmente, jogar a corda para John. Na primeira tentativa, a corda caiu na água e borrifou John, na segunda, o golpeou enrolada e molhada.

— Palerma — disse John, e gostou da normalidade da incompetência do garoto. — Idiota.

Amarrou a corda na cavilha na proa do barco.

— Quando eu mandar, me puxe com cuidado — ordenou ele.

O garoto balançou a cabeça assentindo, e segurou firme a corda.

John retirou a podadeira da água. Pegou a manopla de couro, que estava no bolso grande de seu casaco e a colocou sobre a lâmina afiada. Então mergulhou o cabo de novo na água, primeiro com o gancho protegido. Prendeu-se no objeto, soltou-se, e depois segurou-o.

— Já — gritou John ao garoto. — Mas suavemente.

O garoto estava com tanto medo de fazer errado que se pôs a puxar devagar demais. Por um momento nada aconteceu, mas então o pequeno barco começou a deslizar para o píer e John sentiu o peso do objeto submerso no extremo do cabo da podadeira. Suavemente, o barco flutuou em direção ao píer, John segurando com firmeza a vara e esperando para ver o objeto se revelar na água rasa.

Primeiro viu um casaco, que se tornara uniformemente preto pela água, depois a camisa branca de Johnnie e, então, seu rosto pálido, muito pálido, os olhos escuros abertos, e o movimento circular de seu cabelo louro.

— Pare — ordenou John, a voz enrouquecida.

O garoto parou imediatamente.

O barco balançou, o movimento da correnteza que havia trazido Johnnie à superfície se desfez e seu rosto afundou e desapareceu de novo. Por um momento, John achou que poderia mandar o mundo parar, naquele instante preciso, exatamente como dava ordens ao seu ajudante, e então nada do que estava por vir aconteceria. Poderia dizer "pare" e não haveria nenhum filho afogado, nenhuma tristeza, nenhum fim da linhagem Tradescant, nenhum silêncio onde Johnnie deveria estar cantando, nenhum abismo terrível onde o jovem deveria estar.

John esperou por um longo momento, tentando compreender a realidade e então a imensidão terrível de sua perda. O primeiro passo em sua dor foi a percepção de que não podia ser medida. A sua perda era grande demais, além de sua imaginação.

O garoto segurando a corda permanecia como uma estátua, uma libélula zumbiu ruidosamente sobre a superfície da água e se assentou por um instante.

— Continue — sussurrou John, como se esse não fosse seu trabalho, e sim estivesse obedecendo a alguém. — Tudo bem. Continue.

O garoto pôs seu peso na corda e, mais uma vez, o barco deslizou para o píer, rebocando sua carga terrível. Ao chegar ao píer e parar com um solavanco, John disse calmamente:

— Amarre firme. — E esperou até o garoto fazer o que tinha mandado.

— Pegue a vara — disse John, e quando o garoto segurou uma ponta dela, John saiu do barco com a água até a cintura, escorregou a mão até a outra ponta e pôs o corpo de seu único filho homem nos braços.

— Afaste-se para o lado e espere — disse ele baixinho para o cavalariço. O garoto desviou os olhos da terrível visão do corpo encharcado e, obedientemente, escapou para o abrigo da macieira, onde as vespas se embriagavam com as frutas caídas.

John chapinhou na água até a margem, o peso de Johnnie fazendo-o cambalear ao saírem da água. Ele caiu de joelhos e aninhou o rosto lívido em seus braços, e olhou seus olhos cegos e seus lábios sem cor.

— Meu Johnnie — sussurrou ele. — Meu garoto.

Ficaram juntos por um longo tempo, até John se lembrar de que Hester estava esperando com uma apreensão dolorosa, e que havia muito trabalho a fazer.

Estendeu o corpo e pôs seu paletó sobre o rosto do filho.

— Cuide dele — disse ao cavalariço. — Vou buscar a carroça.

Devagar, percorreu a picada gramada e tomou a aleia principal para a casa. Viu Hester de lá para cá na varanda, mas ao vê-lo e perceber seus ombros caídos e sua roupa molhada, e que estava sem o paletó, paralisou-se.

John foi até ela, o rosto entorpecido, sem conseguir falar. Então pigarreou e disse em tom calmo, coloquial:

— Encontrei-o. Afogou-se. Vou buscar a carroça.

Ela assentiu com um movimento da cabeça, tão calma quanto ele, e Mary Ashmole, observando-os, achou-os completamente insensíveis, que não deveriam ter amado seu filho, já que se mostravam tão indiferentes à sua morte.

— Eu sabia — disse Hester, com brandura. — Soube assim que vi o barco, como você. Vou arrumar a sala para ele. — Fez uma pausa. — Não. Ele vai ficar no gabinete de curiosidades. Ele foi a coisa mais preciosa que esta casa já teve.

John concordou com a cabeça, e prosseguiu com seu andar penoso, lento e estranho, até a cavalariça, onde teve a ideia de não atrelar o cavalo de carga, mas tirou Caesar da baia e o colocou entre os varais da carroça para que trouxesse o seu dono para casa.

Sepultaram-no ao lado do seu avô e de sua mãe em St. Mary's, Lambeth. O novo vigário foi generoso não perguntando como um jovem saudável tinha-se afogado em seu próprio lago. Supôs que Johnnie tivesse se embriagado ou batido a cabeça ao cair do barco. Somente John sabia que o barco não virara, mas flutuara tranquilamente, com os remos fixados. Somente John sabia que os bolsos de seu filho tinham sido carregados de cacos de vasos. Somente Hester sabia que Johnnie acreditava que não havia mais lugar na Inglaterra para os jardineiros do rei. Mas nenhum deles contou ao outro o que sabia. Um achou que o outro já estava sofrendo demais.

Primavera de 1653

Não se recuperaram facilmente. Nenhuma família se recupera da perda de um filho, e esse tinha sido um filho que havia sobrevivido, nos seus primeiros anos, a tempos de peste, sobrevivido, na infância, às guerras do rei, na adolescência, a duas batalhas perigosas, e então morrido quando o país estava em paz. Por algum tempo, ficaram desnorteados, se cumprimentavam na hora das refeições, iam à igreja juntos, passavam pelo túmulo belamente esculpido do pai de John, e pelas cruzes que marcavam as sepulturas de Johnnie e de sua mãe, e mal se falavam.

As reuniões dos filósofos e cientistas, que haviam tornado a Arca o centro da vida intelectual, foram interrompidas e se mudaram para outro lugar. John percebeu que não conseguia se concentrar em nenhum argumento por mais de alguns instantes, e de qualquer maneira tudo parecia sem sentido.

Até mesmo o tumulto gerado pelo fim do Parlamento e a decisão súbita de Cromwell de formar um parlamento de santos, designando bons homens de opiniões e santidade reconhecidas, que introduziriam as mudanças de que o país precisava tanto, não conseguiu tirar John de seu devaneio passivo.

Lorde Lambert foi encomendar tulipas na primavera, e disse a John que uma nova era se iniciava na Inglaterra, onde haveria o direito de todo homem votar seu parlamento, o sistema legal seria reformado para se tornar mais justo, os pobres seriam apoiados e nenhum proprietário teria permissão de cercar locais públicos e expulsar intrusos em terras desocupadas e pobres para as ruas. Interrompeu-se no meio de sua explicação e disse:

— Desculpe-me, Sr. Tradescant. Está doente?

— Perdi o meu filho — replicou John calmamente. — E nada mais me importa. Nem mesmo o novo Parlamento.

Lorde Lambert ficou perplexo por um momento.

— Johnnie? Eu não sabia! O que aconteceu?

— Afogou-se em nosso lago — respondeu John, proferindo as palavras pelo que lhe parecia a milésima vez. — Foi na noite que jantou conosco.

Lambert conteve-se.

— Quando ficou tão aflito por eu ter comprado Wimbledon?

John confirmou com a cabeça.

— Foi naquela noite.

John Lambert pareceu em choque.

— Não por causa do que eu disse! Ele não se afogou por causa disso, ou foi?

John negou sacudindo a cabeça.

— Porque ele sabia que a sua causa estava perdida. Se não fosse naquela noite, seria em outra. Não conseguia ver uma maneira de viver no mundo que Cromwell e você e eu fizemos. Queria ser jardineiro do rei, não aceitava que reis não eram bons. Johnnie não conseguia enxergar isso. E eu não fui capaz de fazê-lo enxergar. — John fez uma pausa, ao perceber a inutilidade dos remorsos. — Sempre fui um homem de poucas certezas, portanto, quando meu filho se convenceu de um equívoco, eu não pude corrigi-lo. Ele dedicou sua lealdade ao mais frívolo dos príncipes, filho de um rei frívolo. E eu não consegui lhe dizer que quando estamos a serviço de um rei, uma das primeiras coisas que aprendemos é não levá-lo a sério demais, não amá-lo demais. Johnnie estava familiarizado com o serviço ao rei, mas não o bastante para vê-lo como era realmente.

Relanceou os olhos para Lambert. O general estava escutando atentamente. John forçou um ligeiro sorriso.

— Estas são dores íntimas — disse ele. — Não quero sobrecarregá-lo com elas, milorde. Dê uma volta no jardim e pode encomendar o que quiser. Joseph anotará, minha mulher não está em casa.

— Por favor, diga-lhe que sinto muito — pediu Lambert, seguindo na direção da porta do jardim. — Diga-lhe que estou profundamente triste com a sua perda. Ele era um bom rapaz. Merecia uma causa melhor.

— Era, não era? — disse John, sua expressão se abrandando por um instante.

Lambert confirmou com a cabeça e saiu, em silêncio, para o jardim, para olhar a aleia de castanheiros, os canteiros das belas e raras tulipas, e se perguntou se algum dia proporcionariam alegria de novo a John, agora que não havia mais um Tradescant para herdar o jardim.

Inverno de 1654

O novo Parlamento teve vida curta. Seu programa de justiça social era radical demais para o temperamento de muitos dos homens influentes, cuja principal esperança de reforma tinha sido uma grossa fatia da riqueza e do poder do rei, e que nunca tinham ido tão longe quanto os soldados do Exército que haviam lutado pelo fim da ganância e tirania e que acreditavam genuinamente em um novo mundo a ser gerado por suas batalhas.

Quando Cromwell viu que havia tentado um parlamento de homens justos selecionados que teriam imposto a justiça em um país preguiçoso demais para se tornar pio, depois tentado um parlamento escolhido pelos eleitores que só agiam em interesse próprio, parte de sua alegria o abandonou. Adotou o título de Lorde Protetor, isto é, governador supremo da Commonwealth, e assumiu a carga do poder com um sentimento de frustração e decepção, e nunca mais pensou que poderia ver a nova Jerusalém em Londres.

— Não entendo para que serviu a luta se meramente substituímos um rei por um Lorde Protetor — disse John, cansado, a Hester, quando se sentaram para jantar.

— Não — replicou ela baixinho.

Ficaram em silêncio, agora sempre uma presença constante à mesa. Era como se sem Johnnie, para quem fazer planos, não houvesse nada a ser discutido. A receita de visitas era boa, os livros de encomendas estavam cheios. Mas Hester tinha praticamente se afastado do negócio e perdido o interesse pelo jardim. Ela nunca se queixava, mas sentia como se tivesse lutado muito e por muito tempo e que, no fim, tinha sido por nada.

— Tenho pensado na Virgínia — disse John, com hesitação. — Bertram Hobert, meu velho amigo de lá, veio me ver hoje.

Hester ergueu a cabeça.

— Hobert, que quase morreu por lá?

John confirmou com um movimento da cabeça.

— Finalmente ele obteve uma boa safra de tabaco e veio vendê-la. Ao fazer a viagem com sua mulher, ganhou mais duas terras, ele quer aumentar a plantação. Contratou trabalhadores que já receberam suas terras também. Está muito confiante. Vai retornar com a família Austin e tem lugar em seu navio.

John fez uma pausa.

— Estava pensando se você não gostaria de ir comigo para lá. Poderia ver a nossa terra, talvez se interessasse por ela, e viajando juntos poderíamos reivindicar mais duas. Poderíamos vendê-las ou procurar alguém para plantar nelas por nós, ou quem sabe você não gostaria de construir uma casa e se estabelecer lá. Jamestown com certeza se desenvolveu muito desde a minha primeira visita e agora... — Interrompeu-se.

Estava para dizer: "E agora nada nos prende aqui." Mas não precisou. Hester, melhor do que qualquer um, sabia que nada restava em Lambeth, a não ser as curiosidades e as plantas.

— E aquela mulher, a mulher que você deixou lá? — perguntou ela, sem rodeios.

Ele curvou a cabeça.

— Nunca mais a verei — replicou ele. Não soou como uma promessa de um homem corrigido, sua voz tinha a determinação de um homem que sabe quando algo terminou. — Ela estará com o seu povo, e eu, com o meu. O tempo dos powhatan tratarem os plantadores com generosidade se encerrou há muito tempo.

Hester refletiu por um momento.

— Quem manterá a segurança deste lugar enquanto estivermos fora?

— Elias Ashmole ficará feliz em viver aqui por algum tempo — ressaltou John. — Ele prometeu ajudar a fazer um catálogo da coleção de curiosidades e tem grande interesse pelo jardim.

Hester fez uma ligeira careta.

— E se acontecer alguma coisa? — perguntou ela.

— Ele pode cuidar disso. É um homem viajado, capaz de administrar propriedades maiores do que esta, tão pequena.

— Por que ele se mostra tão prestativo? — perguntou ela francamente. — Por que nos servir dessa maneira?

— Ele gosta das curiosidades, gosta do jardim — replicou John. — Aqui pode realizar seus estudos de alquimia e astronomia. Pode usar minhas ervas para seus medicamentos.

— Gosto mais de sua mulher, Mary, do que dele — disse Hester, de maneira despropositada. — E ela não tem sido bem tratada por ele. Ela me contou que ele a maltratou e que agora que estão separados, ele não lhe dá nenhum dinheiro para que se mantenha. E o dinheiro era todo dela. Ele não tinha nada quando lhe propôs casamento, e agora a fortuna dela é dele.

John sacudiu a cabeça.

— Ele é advogado — disse ele. — Não me surpreende que não abra mão de nada. Ele seria um inimigo perigoso, mas é um bom amigo nosso. Cuidará daqui para nós enquanto estivermos fora.

Ela refletiu por um momento.

— Não — replicou, com relutância. — Ele administraria bem se nada acontecesse. Mas se houver um incêndio ou outra guerra, ou uma rebelião, nunca cuidará das coisas como nós. O Sr. Ashmole pensará na sua própria segurança, antes da coleção.

— Poderíamos encaixotar e guardar tudo — alegou John.

— De novo não — replicou ela. — Eu não suportaria. E mesmo que fizéssemos isso, e o jardim?

— Eu realmente quero ir — disse John. — Estou farto desta casa sem o nosso filho, e sinto a falta dele no jardim. Odeio o lago, não consigo ir até esse extremo do pomar, e não tenho energia para roçar, plantar, podar, e transplantar para os vasos. Em toda parte do jardim, esbarro com tarefas que passaria para ele, ou em que ele era especialmente habilidoso. Metade das plantas são suas plantas, cultivadas por ele quando eu estava longe. É como se me encontrasse com ele em toda parte.

Hester balançou a cabeça.

— Por isso vou ficar — disse ela calmamente. — Porque eu também sinto que o encontro em toda parte, e aqui posso proteger as coisas que ele amava e observar crescer lindamente o que plantou, é como se ele continuasse aqui.

John ergueu o sobrolho.

— Deverei ir sozinho? Você quer isso?

Ela enfrentou o desafio.

— Você voltaria de novo?

— Sim. Não há vida para mim lá. Poderia trazer mais algumas curiosidades, há tanto por descobrir.

— Vou esperar por você — prometeu ela. — E manter as curiosidades e o jardim para você.

Ele baixou a cabeça e beijou sua mão sobre a mesa.

— Não vai me culpar por deixá-la quando está sofrendo?

Ela tocou na cabeça dele com a outra mão, como uma bênção.

— Gostaria disso — replicou ela simplesmente. — Gostaria de passar algum tempo sozinha. Talvez eu me acostume a viver sem ele, se passar algum tempo sozinha.

— Está bem, então — disse ele, suavemente. — E prometo voltar para casa.

Primavera de 1654

John estava no mar, fugindo do sofrimento mais uma vez, e sabia que tinha feito a escolha certa. O movimento do navio embalava seu sono à noite, o barulho do vento nas velas e o ranger do madeiramento soavam como uma lamentação. Pensava constantemente em Johnnie e, longe do país e de Hester, sentia-se livre para pensar em Jane, sua primeira mulher, e sabia que, se existisse paraíso e comunhão de santos, ela estaria agora com seu filho. Enquanto a viagem de sete semanas prosseguia, sentiu que deixaria Johnnie partir, como antes havia deixado Jane ir, e o amaria somente em seu coração e recordação, e não com esse desejo violento de trazê-lo de volta.

Estava dormindo quando o navio avistou a costa da Virgínia e foi despertado pelo barulho e entusiasmo provocados pela chegada a Jamestown. Bertram Hobert bateu nas pequenas venezianas de madeira ao redor do beliche de John e gritou:

— Levante-se, homem! Chegamos!

E John saiu aos tropeços e se deparou com o navio em seu caos habitual, com os marinheiros afrouxando as velas e os vigias gritando a direção, os passageiros, ainda refestelados sob o convés tentando rearrumar suas coisas, que tinham sido espalhadas durante a longa viagem.

— Melhor desta vez do que da outra — disse Bertram, com otimismo. — Pelo menos, agora conhecemos os perigos, hein, John?

John olhou para o velho amigo. O rosto medonho encovado de fome tinha desaparecido e sido substituído por um rosado, redondo e auspicioso, mas a maioria de seus dentes tinha sido perdida, e os que restavam estavam pretos.

— Éramos novatos — replicou John. — Não sabíamos nada.

— Agora sabemos — disse Bertram. — Ainda serei um homem muito rico nesta terra, John. Serei um burguês e deixarei 500 acres de plantação.

— Que mudanças terão ocorrido desde a última vez que estivemos aqui?

— Só boas — replicou a Sra. Hobert por cima do ombro, pondo a roupa de baixo em uma bolsa. — Soube que os selvagens foram expulsos completamente e que há uma estrada que atravessa a floresta de Jamestown até o mar e na direção oeste, ao longo do barranco.

Um marinheiro levantou a escotilha acima deles e gritou que podiam subir para o convés. John passou o baú de seu amigo pela escotilha e pegou sua trouxa de roupa.

— Está viajando com pouca coisa — comentou Bertram.

— É na volta para casa que espero estar carregado — disse John.

Saíram para o convés e fizeram uma pausa perplexos. Por um momento, John achou que alguma coisa tinha dado comicamente errado e tinham chegado ao lugar errado. E então percebeu que o velho forte de madeira tinha desaparecido, a mistura de posto militar e cidade tinha mudado. Diante dele estava uma nova cidade, uma cidade elegante, bela, sólida, construída para durar.

Casas de pedra com pequenos jardins na frente se alinhavam na estrada ao longo da margem do rio e davam para o cais. Árvores grandes haviam sido deixadas para fornecer sombra à estrada, e ao redor de cada árvore tinham construído bancos circulares graciosos, de modo que os passantes pudessem repousar na sombra. Cada casa tinha, na frente, uma nova cerca de madeira, uma ou duas tinham até mesmo muros baixos de pedra para marcar a divisão entre o jardim e a rua.

Havia uma calçada ligeiramente elevada, com vigas de madeira para manter secos os sapatos das mulheres e uma calha para a água da tempestade e do esgoto, que escoava para o rio.

As casas tinham dois, até mesmo três, andares, tão próximas que se uniam, e tinham sido construídas como as boas casas de Londres, e não feitas juntas com madeira e barro, mas bem planejadas, casas decentes com uma entrada central, uma janela de cada lado com venezianas bem colocadas e vidraça.

As pessoas de lá para cá na rua e descendo ao cais também tinham mudado. A nítida divisão entre um ou dois homens ricos e o resto, homens famintos, miseráveis endurecidos pelo trabalho, tinha acabado. Havia uma gradação mais sutil de riqueza e status, que dava para perceber pelas camisas e coletes dos trabalhadores e o tecido elegante e escuro feito em casa dos artesãos e pequenos plantadores, às sedas e cetins usados pela pequena nobreza.

E agora havia escravos. John se surpreendeu com o número de negros e negras carregando coisas, correndo a trote brando, obedientemente, atrás de uma carroça, apanhando os cabos na zona portuária, subindo correndo a prancha de desembarque, descarregando carroças, retirando os fardos de algodão, e mulheres com bandejas nas cabeças, atravessando a multidão com produtos frescos para vender. Muitos deles tinham sido marcados a ferro quente por seus donos na testa ou na bochecha. Muitos tinham cicatrizes das chibatadas nas costas. Mas alguns, como as mulheres comerciantes, estavam claramente livres para vender seus próprios produtos, e andarem em seu próprio ritmo com um rebolado arrogante dos quadris sob vestidos com estampas coloridas.

Um marinheiro abriu a grade da amurada, certificou-se de que a prancha de desembarque estava segura e recuou. John desceu para a nova terra.

Não tinha acreditado que fosse encontrá-la de novo, e sabia que ela não o procuraria. Mas não esperava que o país tivesse sido esvaziado do povo de Suckahanna. A última guerra indígena tinha sido realmente a derradeira. A execução de Opechancanough tinha sido a morte do Povo, assim como a morte de seu maior e último líder guerreiro. Alguns foram para o interior do país, em busca de outras nações que os aceitariam, e depois, também eles tiveram de se mudar, sempre para o oeste, sempre para longe do litoral e dos homens brancos usurpadores, do barulho de árvores derrubadas e da escassez de caça. Outros se ofereceram para o trabalho, na verdade a escravidão, já que não recebiam salário e não tinham nenhuma liberdade, trabalhando até morrerem sem nenhuma recompensa. Alguns foram aprisionados pelo crime de se sublevarem para defender suas aldeias e cumpriram suas sentenças até a doença e o desespero concluírem o trabalho iniciado pela guerra.

John parava cada uma das poucas mulheres e crianças powhatan que via em Jamestown e perguntava por Suckahanna e por Attone, mas todos sacudiam a cabeça para o homem branco estranho e fingiam não compreender a sua língua, embora ele falasse em inglês e em powhatan. A ignorância e a surdez eram as suas últimas defesas, e fingiam ignorância e surdez, e esperavam sobreviver de alguma maneira, se agarrando à vida em uma terra que antes tinha sido, inquestionavelmente, sua.

John e os outros homens no navio foram ao escritório do governador onde os mapas do território eram guardados e reivindicou sua terra e depois a vendeu a William Lea, junto com o seu direito.

— Você não a quer? — perguntou Lea.

John negou sacudindo a cabeça.

— Não sou plantador — replicou ele. — Tentei antes e não tenho nem a habilidade nem a resistência. Sou jardineiro. Você pagou minha passagem e mais, e estou contente com isso, mas passarei o meu tempo aqui na floresta, colhendo as plantas mais interessantes que eu puder encontrar: minha carga para a viagem de volta.

Um cavalheiro virou-se ao ouvir a menção de plantas e olhou interessado para John.

— Ah! — exclamou ele. — Agora sei quem você é. Tenho certeza de que é o Sr. John Tradescant. Não sabia que vinha nos visitar mais uma vez.

John sentiu um quê de orgulho por seu nome ser conhecido.

— É um prazer, Sr...?

— Perdoe-me — disse o plantador. — Sou Sir Josiah Ashley. Vi seu jardim na última vez que fui a Londres e encomendei algumas plantas para o meu jardim aqui.

— Está cultivando um jardim? — perguntou John, sem acreditar. — Na Virgínia?

O homem riu.

— É claro, vai encontrar tudo muito mudado, diferente da última vez que esteve aqui. Tenho uma casa e, na frente, descendo até o rio, tenho um jardim. Nada comparável aos imponentes jardins que plantou, eu sei. Mas são uns 2 acres muito bonitos, e me dão muito prazer.

— E cultiva plantas inglesas? — perguntou John, precavido contra mais uma tentativa inútil de um jardim inglês em solo estrangeiro, como o esforço estéril em Barbados.

— Também cultivo flores e plantas da floresta — replicou Sir Josiah. — Tenho grande amor pelas plantas inglesas, é claro, elas nos lembram da nossa antiga pátria. Mas há algumas flores e arbustos primorosos que levei para casa e que floresceram muito bem.

— Gostaria muito de vê-los. E se tiver algum suprimento extra, eu oferecerei um preço justo.

Sir Josiah fez uma mesura.

— Deve vir e ficar conosco.

— Eu não imporia a minha presença — replicou John, timidamente.

— Estamos na Virgínia — o homem lembrou-lhe. — Hóspedes não são uma imposição. São a nossa única fonte de entretenimento. Será um grande prazer para nós. Estou certo que tem muitas notícias de Londres.

— Então, será um prazer para mim também.

— Retorno amanhã de carroça à minha casa — disse Sir Josiah. — Posso pegá-lo na sua hospedaria?

— De carroça? — perguntou John.

— Ah, sim, temos uma estrada que segue a margem do rio. O tabaco ainda é despachado por barco, é claro, mas geralmente venho à cidade na minha carroça.

John se surpreendeu.

— Sim, vejo que está tudo mudado, realmente. — Fez uma pausa. — Gostaria de fazer uma pergunta: quando estive aqui da última vez, passei algum tempo com o povo powhatan, antes da guerra. Eles me ajudaram na floresta quando eu coletava plantas.

— Ah, sim? — Sir Josiah estava vestindo as luvas e pondo o chapéu na cabeça. John percebeu que a convicção virginiana de que o próprio ar era um perigo ainda prevalecia.

— Eu me pergunto onde estarão agora?

— Mortos, provavelmente — replicou Sir Josiah sem remorso. — Fizeram um mau negócio. Poderiam ter vivido conosco em harmonia. Mas preferiram não. Um mau negócio, realmente.

— Todos eles?

— Tem a aldeia, é claro.

— Aldeia?

— Há uma aldeia powhatan a mais ou menos 15 quilômetros para o interior. Pode visitá-la, se quiser. Duvido que qualquer um que você reconheça obtenha permissão para sair, a menos que os ponha a seu serviço e afirme que será responsável por seu comportamento.

— Posso fazer isso?

Sir Josiah hesitou.

— Perdoe-me. Não pode trazer selvagens para a minha casa.

— Não tem escravos?

Sir Josiah riu.

— É claro que tenho. De que outra maneira eu poderia cultivar tabaco? Mas não quero nativos desta terra perto dos meus limites. Africanos são meus escravos, os outros não têm nenhuma utilidade para mim.

— Mas eu poderia ir à aldeia e ver se reconheço alguns deles?

— É claro. — Sir Josiah fez um sinal ao escrevente. — George, dê ao Sr. Tradescant um passe para ir ver os selvagens. Eu o assinarei. Quer ir hoje?

— Sim — respondeu John, calmamente. — Hoje. Já.

Disse à mulher na hospedaria que estaria de volta para jantar e partiria no dia seguinte.

— E aonde vai agora? — perguntou ela, com a liberdade que era permitida na nova colônia.

— Vou procurar alguém — respondeu John. — Na aldeia powhatan.

— Uma antiga criada? — sondou ela. — Se quer uma, pode comprar uma garota negra por pouco mais de 7 libras e ela vai lhe servir melhor do que uma índia. Os negros vivem mais tempo e são companhia mais animada. Eu ficaria com uma negra, se fosse você.

— Vou procurar uma pessoa em particular — replicou John, escolhendo as palavras com cuidado. — Não uma escrava. Pode me dizer qual é a estrada?

— Ah, claro — disse ela. — Existe somente uma estrada, na verdade. Há a estrada que vai daqui para o este, para o interior, e há a estrada que vai para o litoral, a oeste. A aldeia índia fica ao norte daqui. Pegue a estrada que sobe o rio e pergunte a qualquer um qual é a estrada. Qualquer um pode lhe indicar.

— Obrigado — disse John, e saiu.

Tinha pensado que poderia coletar alguns espécimes no caminho rio acima, mas não havia restado praticamente nada da floresta à margem do rio. A estrada passava por uma grande casa no meio de um campo depois de outro de tabaco, em seguida por outra. Algumas das casas ainda eram construções de madeira, no estilo de que John se lembrava, mas todas estavam se expandindo, com mais cômodos acrescentados de um lado e estábulos erigidos perto. As mais prósperas eram imponentes, com colunas imensas e belas varandas, como palácios em miniatura, e atrás delas, pequenas cabanas de madeira e telhado de junco, as cabanas dos escravos, pior construídas do que os estábulos. Cavalos eram muito mais valiosos do que escravos.

Havia plantas comuns na margem da estrada, mas o constante arar da terra para o tabaco tinha desenraizado qualquer coisa de qualquer tamanho. John achou inacreditável que a floresta onde Suckahanna tinha corrido quando era menina estivesse agora tão inativa e cercada quanto a margem em Surrey.

Passou por uma turma de escravos trabalhando na estrada, enchendo caldeirões com lascas de pedras, e que lhe apontaram a estrada: prosseguir, depois da próxima grande casa, virar à direita, para a aldeia dos selvagens. Depois que os deixou, o capataz conduziu seu cavalo até ele, o cumprimentou batendo na aba do chapéu e confirmou a direção, e depois voltou-se para os homens. John ouviu um grito breve de dor por um golpe casual, e prosseguiu sem olhar para trás.

Virou à direita, como tinham dito, e viu que a trilha o levava a um charco de água fétida. Era uma terra que ninguém tinha querido, longe da estrada e do rio, necessitando ser drenada e limpa, um projeto que poderia levar anos e nunca ser concluído. Havia árvores apodrecidas submersas bem fundo no pântano e, em seu abrigo, plantas aquáticas em botão. John hesitou em se afastar do passadiço e se molhar, mas prometeu a si mesmo que pararia e as coletaria no caminho de volta. Fez outra curva e viu uma pequena casa de madeira, construída como a sua própria choupana na Virgínia. De cada lado, corria uma cerca alta de madeira como se para cercar um campo imenso. A pequena cabana era uma guarita, a única maneira de entrar nos acres cercados. No pórtico estavam dois homens ociosos ao sol, usando o resto do que deveriam ter sido bons paletós, mascando tabaco e cuspindo em uma tigela de metal colocada convenientemente entre os dois. Observaram-no se aproximar, e John se sentiu pouco à vontade e desnecessariamente culpado quando o olharam, andando pela estrada abandonada em direção à aldeia que ninguém visitava.

— Bom-dia — disse John.

Um dos homens se pôs de pé e o cumprimentou com um movimento da cabeça.

— Vim procurar uma criada minha — disse John, cedendo ao preconceito do lugar. — Estive muito tempo na Inglaterra. Acho que ela pode estar aqui.

— Talvez — replicou o homem, sem ajudar muito. — Temos 162 deles aqui.

— E onde posso encontrar os outros? — perguntou John, olhando em volta, achando que poderia existir outra aldeia por perto.

— Esses são todos — replicou o homem. — Tem o passe?

John estendeu a carta de Sir Josiah.

— O que quero dizer é onde estão os outros powhatan? O resto deles.

O homem mal sabia ler, apenas olhou para o papel e o selo na parte de baixo.

— São todos os que restaram — disse ele, simplesmente.

John hesitou diante da enormidade do que o homem estava dizendo.

— Certamente há outra aldeia em algum lugar da colônia, com mais gente, não há? — perguntou ele. — Eram milhares quando estive aqui da última vez; milhares.

O homem sacudiu a cabeça.

— Cento e sessenta e dois, são todos os que restaram dos powhatan — disse ele. — A menos que comecem a ter bebês de novo. Mas não demonstram nenhuma disposição no momento.

O outro homem riu com escárnio.

— Muito sem vontade.

— Posso entrar? — perguntou John.

— Vou levá-lo — disse o soldado.

Acendeu a mecha de seu fuzil e segurou a arma contra o peito, o estopim entre seus dois dedos, o extremo em brasa. Então seguiu na frente ao entrarem na aldeia cercada.

John atravessou o portão e se deteve, surpreso. Era como a aldeia que ele tinha conhecido, mas em miniatura: as casas compridas eram muito poucas e pequenas demais. Havia um círculo de dança, mas estava comprimido contra um dos muros de madeira circundantes. Havia a rua central que levava à casa do chefe, mas podia ser percorrida com quarenta passos. Não viu nenhuma sauna. Ao redor das casas, plantados com o cuidado meticuloso das mulheres powhatan, estavam os alimentos comprimidos contra as casas. John reconheceu imediatamente as hastes do milho e o *amaracock* plantado entre elas, e o pequeno abrigo construído para inspecionar o campo onde as crianças esperavam suas mães terminarem o trabalho.

— Posso falar com eles a sós? — perguntou John ao soldado.

— Eles não falam inglês — replicou o homem. — É melhor só procurar por sua garota. Posso pô-las em fila para você. Eles entendem "revista".

— Não, não — disse John. — Sei falar powhatan. Deixe-me falar com eles.

O soldado hesitou.

— Grite, então, se precisar de ajuda — disse ele e voltou para o seu posto.

A mulher que estava trabalhando no campo não ergueu os olhos ao ouvir a conversa dos dois, e só olhou de relance para John. Mas John sabia que tinha observado cada detalhe dele, e que se Suckahanna ou Attone, ou qualquer um de seu povo, estivesse vivo nessa jaula, saberiam em minutos que ele estava lá.

Ele caminhou para o pequeno campo confinado e falou em powhatan:

— Irmã — disse ele. — Fui marido de Suckahanna e amigo de Attone. Eles me chamaram de Águia ao me aceitarem no Povo.

Ela não interrompeu seu trabalho, suas mãos continuaram na terra, assentando as pequenas plantas, deixando cair as sementes. Ela não ergueu os olhos para ele, podia muito bem ser surda.

— Vim procurar Suckahanna, ou Attone, ou qualquer um do meu povo — disse John. — Ou ter notícias deles.

Ela balançou a cabeça, mas não parou o movimento firme e rápido de suas mãos.

— Conheceu-os? — perguntou John. — Suckahanna. Attone. Qualquer um deles? Ela tinha um filho...

A mulher virou a cabeça e chamou um nome, Popanow, filha do inverno, e uma garota veio.

— Conheci Suckahanna — disse ela apenas. — Você deve ser o Águia. Eu não o teria reconhecido, eles falaram de um caçador, e você é gordo demais e velho demais.

John ocultou a ferida em sua vaidade e olhou para a garota.

— Não me lembro de você.

— Nasci na aldeia da água ruim — disse ela. — Você já tinha partido há muito tempo.

— Suckahanna?

Ela fez uma pausa.

— Por que quer saber, homem branco?

John hesitou.

— Sou um homem branco, eu sei — disse ele humildemente. — Mas fui um powhatan. Suckahanna era minha mulher e Attone era meu amigo. Diga-me, Popanow, o que aconteceu com minha mulher, meu amigo, com o meu povo? Não fiquei com eles por que me mandaram embora. Voltei para saber o que aconteceu com eles. Diga-me, Popanow.

Ela assentiu com a cabeça.

— Foi assim. Os soldados estavam nos perseguindo, a cada mês chegavam mais perto. Era como uma caçada para eles, apareciam na primavera. No inverno nos deixavam em paz, para morrermos de fome e frio, mas na primavera e no verão, eles apareciam e destruíam os nossos campos, quando os descobriam, e destruíam as caniçadas para peixes, e nos localizavam com seus cachorros.

John retraiu-se com a solidez prosaica de sua descrição.

— Attone queria nos levar rio acima, para o norte, para longe dos homens brancos. Achamos que outro Povo poderia nos aceitar, ou se não, enfrentaríamos os homens brancos e morreríamos lutando, em vez de matarem um de cada vez. Outros achavam que os homens brancos se cansariam do esporte de nos caçar e começariam a caçar alimento. Eles nos deixariam em paz por algum tempo. Acho que Suckahanna concordava com Attone. Ela achava que deveríamos ir.

"Começamos a nos mudar no inverno. Não tínhamos alimento suficiente armazenado e não era seguro acender fogueiras. Um escravo nos viu." De súbito, ela se inflamou de raiva, estimulada pelo ressentimento. "Um escravo negro que considerava seu senhor acima de qualquer outra coisa, o cachorro do homem branco, o bobo do homem branco, ele correu e contou a seu dono, que chamou outros plantadores e nos perseguiram pela neve, e era fácil seguir a nossa pista na neve funda, avançando devagar com velhos e bebês para carregar."

John balançou a cabeça, indicando que entendia.

— Eu me lembro. Eu estava com eles quando foram para a área pantanosa.

— Abandonamos os que não podiam acompanhar o nosso passo. Achamos que talvez os capturassem e levassem para Jamestown como criados. Mas não os pegaram para ser seus criados, mataram todos ali mesmo, na neve. Os homens brancos cortaram suas gargantas e os escalpelaram ali mesmo. Foi... — Ela fez uma pausa, buscando uma palavra para descrever aquilo, mas não encontrou nenhuma. — Feio.

"Attone disse que deveríamos enfrentar o grupo de caça e depois estaríamos seguros para prosseguir. Mandaram as mulheres mais velhas e os bebês prosseguirem, e o resto de nós armou uma cilada, um poço na estrada, depois nos escondemos nas árvores, e esperamos." Ela fez uma pausa. "Foi desesperado, cavando, tentando esconder o fosso com galhos e neve espalhada em cima, sabendo que eles estavam muito perto."

— Você estava lá?

— Eu estava lá. Estava com meu arco e minha aljava. Estava pronta para matar.

— E?

— Eles tinham cavalos, armas e cães — replicou ela. — Eram cães de caça, eles continuariam avançando mesmo com uma flecha no olho. Atingiram-me no ombro e me derrubaram. Achei que iam me comer viva. Dava para ouvir a mastigação do meu osso e sentir o cheiro do seu hálito em mim. — Jogou o cabelo para trás e John viu as cicatrizes irregulares onde uma mordida profunda arrancara parte do pescoço e do ombro. — É estranho sentir um animal lambendo seu sangue — disse ela.

— Meu Deus — sussurrou John.

— Meia dúzia de nós ainda estava viva, no fim, e nos obrigaram a caminhar de volta a Jamestown.

— Suckahanna?

— Morta.

— Attone?

— Morto.

— O filho de Suckahanna?

— Escapou — replicou ela. — Pode estar em qualquer lugar. Talvez morto na floresta.

— O bebê? A menininha?

— Morreu de fome ou da febre, ou de qualquer outra coisa antes de tentarmos partir da aldeia da água ruim.

Fez-se silêncio. John olhou para a garota que tinha visto tanto, que era, de fato, uma filha do inverno.

— Tenho de ir. — Fez uma pausa. — Tem alguma coisa que eu possa fazer por você ou pelo Povo?

— Eles nos libertariam se você pedisse?

— Não — respondeu John. — Não me escutariam.

— Acha que vão nos manter aqui para sempre? — perguntou ela. — Acha que pretendem que tenhamos terra suficiente para plantar, mas nada que possamos desfrutar, lugar nenhum onde possamos correr livres? Acham que nunca mais faremos nada a não ser nos agarrarmos à vida na margem da terra do homem branco?

— Não — replicou John. — Tenho certeza de que não. Há um novo governo na Inglaterra e que está empenhado em cuidar dos pobres e dos homens e mulheres que foram rechaçados de suas terras por cercas. Esse governo concede direitos a arrendatários e às pessoas que vivem na terra. Certamente darão os mesmos direitos a vocês, aqui.

Ela olhou para ele e, por um instante, John viu Suckahanna em seus olhos, com aquele senso delicioso do absurdo, que tantas vezes, e de maneira tão adorável, haviam sido dirigidos a ele.

— Ah, tem mesmo? — disse ela, e se virou e voltou ao trabalho.

John caminhou de volta com os pés enxutos em suas botas inglesas, atravessou o passadiço sem tocar na terra, esquecendo-se da flor no pântano, sem ver nada a não ser a batalha no inverno, travada na neve, e Suckahanna sendo derrubada, lutando até o último minuto, e Attone caindo ao seu lado.

Não viu mais nada durante a longa caminhada de volta a Jamestown, não viu as novas e belas casas nem os bonitos veleiros que os plantadores usavam agora, em vez de canoas, no rio, nem a prosperidade dos campos traçados como uma rede de quadrados sobre a paisagem, ignorando o contorno da colina, da encosta e do curso d'água, e impondo sua própria ordem à selva. Não viu as cercanias de Jamestown, com a pequena cidade de choupanas pobres de madeira nem o centro da cidade com a bela casa do governador e o novo salão de sessões para os burgueses, onde estavam fazendo o possível, segundo suas próprias opiniões e conhecimentos, para construir um novo país.

Naquela noite, quando foi para a cama, achou que sonharia com a batalha e a derrota dos powhatan, com a terrível morte de Suckahanna na neve fria, com cães abocanhando sua garganta.

Mas não. Sonhou com a Grande Lebre saltando sobre a neve, sua pele de um branco imaculado, o branco do inverno, e somente suas orelhas compridas com um pelo cor de chocolate, recolhendo seu amor, Suckahanna, e seu amigo, Attone, delicadamente com sua boca, e os levando de volta às trevas, longe do mundo que deixara de ser seguro para o Povo.

A casa de Sir Josiah era uma das mais imponentes casas de pedras, e seu jardim era mais suntuoso que John tinha imaginado. Sua mulher recebeu-os e mandou serverem rum, limões e água quente, apesar do calor, e então Sir Josiah conduziu John, com o copo de ponche na mão, ao jardim.

Era um jardim suspenso entre dois mundos. Em vários aspectos, era o jardim de um chalé inglês: nos extremos, havia plantas para mudas, para serem ressecadas, e para uso medicinal em uma mistura de opulência. John viu, em seu desenvolvimento primaveril, as familiares ervas e flores da Inglaterra, medrando nessa terra virgem.

Logo antes da casa, Sir Josiah tinha projetado uma forma sinuosa, uma tentativa da formalidade dos grandes jardins ingleses. Estava cercado e plantado com narcisos, e entre eles cresciam margaridas brancas. John admirou as cores e sentiu a emoção familiar de quando via bulbos da primavera, mas então examinou-as de mais perto.

— Trouxe estas margaridas da Inglaterra?

— Não — replicou Sir Josiah. — Eu as descobri aqui. Tem um lugar, rio abaixo, um pedaço de terra gramado, encontrei moitas inteiras delas, e as desencavei e plantei aqui. E cresceram e se multiplicaram.

John, ignorando a risada de Lady Ashley na varanda, caiu de joelhos e olhou com mais atenção.

— Acho que este é um novo tipo de margarida — disse ele. — Uma margarida virginiana.

— Pensei que fosse simplesmente uma margarida que eu poderia ter sem muito esforço — disse Sir Josiah com negligência.

— E é muito bonita — disse John. — Vou levar algumas quando voltar para casa. Gostaria de vê-las crescendo em Londres, tenho uma boa coleção de margaridas. Poderia me mostrar onde crescem na floresta?

— É claro — replicou Sir Josiah, entusiasmado. — Podemos ir hoje à tarde. E assim fará um passeio pela minha floresta. Quando vir tudo aqui, lhe darei uma carta de apresentação e poderá subir o rio e ficar com meus vizinhos, e ver o que têm que possa interessá-lo.

Lady Ashley atravessou a relva flutuando na direção deles.

— É a sua primeira vez na Virgínia? — perguntou ela, com aquele sotaque ligeiramente arrastado de todos os plantadores.

— Não — respondeu John. — Estive aqui há mais de dez anos, e fiquei por muito tempo.

— E veio para coletar plantas, na época?

— Sim — replicou John, com prudência. — Mas não foi assim.

Sir Josiah quis lhe emprestar um cavalo, mas John preferiu caminhar pela floresta.

— Perco coisas demais, se estou tão no alto e indo tão rápido — disse ele.

— Sei com certeza que há cobras — salientou Lady Ashley.

— Tenho boas botas, bem grossas — replicou John. — E fiquei muito tempo na floresta, na última vez que estive aqui.

Sir Josiah tinha poupado um bosque no norte de sua propriedade, e John começou de lá, acompanhando um curso de água que o levava cada vez mais para o interior. Caminhou como sempre fazia, como seu pai sempre tinha feito — lançando apenas um olhar de relance ocasional para o horizonte e o caminho à frente, mas na maior parte do tempo mantendo os olhos fixos nas botas e nas pequenas plantas sob seus pés. Tinha andado a manhã toda quando, de repente, proferiu uma exclamação e caiu de joelhos. Era uma azeda, mas o que o atraiu foram as denteações minúsculas de suas folhas. Era uma versão americana da planta que ele conhecia. John pôs a mochila no solo, pegou a espátula e, cuidadosamente, desenterrou a planta na terra úmida e escura, envolveu-a em uma folha larga e a pôs no bolso da mochila.

Levantou-se e prosseguiu a caminhada, relanceando os olhos para as árvores, depois os baixando para a trilha. Um pouco depois, no meio do zumbido da primavera virginiana, do canto dos pássaros e do ocasional grito esganiçado de patos levantando voo e gansos migrando, ouviu um novo som: um assobio dissonante e suave. John ficou feliz.

1655

John permaneceu na Virgínia por dois anos, viajando de uma casa bonita para outra, desfrutando meses seguidos da famosa hospitalidade virginiana. Quando penetrava mais no país e não havia grandes casas de pedras, com cabanas para escravos nos fundos, ficava com plantadores mais humildes que estavam construindo com madeira, mas esperando coisas maiores. John percebeu que preferia o tipo mais humilde de homem. Não se podia deixar de admirar a determinação que demonstravam ao atravessar um mar tão vasto em busca de uma nova terra, e a luta — que John conhecia bem — para sobreviver em um novo país.

Às vezes, dormia no chão de terra diante de uma fogueira, e nos dias quentes e úmidos do verão, dormia sob uma árvore na floresta. Não se deixava cair na tentação de tirar suas roupas inglesas e fazer uma veste indígena de couro. Ele se sentiria escarnecendo do Povo se se vestisse e vivesse como eles, quando continuavam a ser mantidos como doninhas em uma caixa. Mas não podia ignorar as habilidades que tinham lhe ensinado, e nem queria esquecê-las. Mesmo usando botas pesadas, movia-se pela floresta mais silenciosamente do que qualquer outro inglês. Seu olho para plantas e árvores era o olho treinado Tradescant, porém ainda mais aguçado, pois essa era uma floresta que ele tinha conhecido e amado como sua casa.

— Não tem medo da floresta? — uma das mulheres de plantadores lhe perguntou com curiosidade ao vê-lo pronto para partir para a plantação seguinte.

John sacudiu a cabeça negando.

— Não há o que temer — replicou ele.

— Há lobos, às vezes os ouço à noite.

John sorriu, pensando em seu antigo terror em sua pequena casa quando ouvia os lobos uivando e achava que entrariam pelas fendas nas paredes quando o fogo se extinguisse.

— Vivi aqui muito tempo atrás — disse ele. — Aprendi a amar este país, então. Parece-me tão familiar quanto meu próprio jardim em Lambeth.

A mulher balançou a cabeça compreendendo.

— Bem, se mantiver o caminho mais largo, não se perderá — assegurou ela. — A próxima plantação começa a apenas 5 quilômetros estrada acima. Restaram apenas um pequeno bosque de árvores entre os campos de seu tabaco e o nosso.

John despediu-se tirando o chapéu e partiu. Ela tinha razão, ali e por todo o país restavam apenas pequenos grupos de árvores entre as plantações à margem do rio. Para plantas raras, ele tinha de penetrar mais fundo na região, subir as colinas, acompanhando os rios e vivendo da terra. Alugou uma canoa por alguns meses e desceu o litoral para a área pantanosa que Suckahanna tinha-lhe mostrado quando era menina. Foi, até mesmo, ao lugar da água ruim, onde o Povo tinha tentado sobreviver antes de ser capturado. Ali, descobriu uma pequena planta, uma valeriana rara, e a envolveu cuidadosamente com folhas na terra úmida para levá-la para Jamestown. Pensou que se conseguisse fazê-la crescer em Lambeth, ela o lembraria do Povo, mesmo quando todos os outros vestígios dele tivessem desaparecido.

Retornou a Jamestown várias vezes durante sua visita, para embalar barricas de plantas e despachá-las para a Arca. Na segunda visita, encontrou uma carta de Hester.

Setembro de 1655.

Querido marido,

Seu novo bordo chegou bem e foi plantado no jardim perto de seu primeiro da Virgínia, de modo que possam compará-los e ver que é um pouco diferente. Escreverei contando se a cor de suas folhas também se torna escarlate no outono.

Algumas das margaridas foram estragadas pela água salgada e a negligência dos marinheiros, mas Frances plantou as outras em vasos e disse que vão sobrevi-

ver. Ela disse que seu convólvulo da Virgínia deve passar a se chamar Tradescância. Floresceu neste verão e está muito lindo com suas flores imensas muito bem marcadas. Vivem somente por um dia, mas são sucedidas por várias outras. Não sabemos como sobreviverá ao inverno, portanto o levamos para a estufa, além de coletarmos sementes e fazermos mudas. Lorde Lambert pediu com insistência algumas sementes para o seu jardim de plantas exóticas e lhe vendemos meia dúzia por 1 xelim.

Frances está bem e ficou para passar o verão comigo, e tem havido muitos outros hóspedes também, que vêm ver as curiosidades e desfrutar o jardim. Elias Ashmole tem sido um visitante constante, e muitos outros de seus amigos lhe mandam um abraço.

Talvez ainda não saiba, mas o Lorde Protetor estabeleceu a lei de generais de divisão — um para cada condado, para supervisionar o trabalho dos magistrados, dos curadores da Igreja Anglicana e dos inspetores das paróquias. A inovação não foi bem recebida em Lambeth, mas não direi mais nada por carta.

Estou cuidando de suas curiosidades e de seu jardim como sempre, e estou bem.

Com amor, sua esposa Hester.

Março de 1656

Em março, quando as tempestades de inverno tinham abrandado, John embarcou seus tesouros da Virgínia em um navio para Londres. Alguns plantadores tinham ido ao cais para vê-lo partir e pressioná-lo com encargos para completar em Londres. John aceitou embrulhos e incumbências, sem nunca tirar os olhos de suas barricas de plantas e caixas de raridades.

Estava importando uma dúzia de árvores novas em barricas que ficariam no convés protegidas do borrifo da água por uma pequena coberta tecida de juncos. Três delas eram novas nogueiras virginianas, nunca vistas na Inglaterra, as outras eram novos álamos e galhos de ciprestes virginianos. Embalados cuidadosamente em barricas com areia molhada estavam as raízes de algumas novas ásteres e novos gerânios, e uma nova videira. Lacradas com cera de vela em um baú à prova d'água estavam sementes que John tinha recolhido no outono anterior: de acônito, que os americanos chamavam de *wolfsbane*, ou mata-lobos, de salsa virginiana, da delicadamente bela columbina virginiana, de dorônico da América — uma flor parecida com a margarida, mas com a pétala laranja flamejante e o coração preto, tão brilhante quanto qualquer cravo-de-defunto.

John olhou para os seus tesouros com a alegria de um mercador rico levando ouro para casa. Pôs cartas e embrulhos nos bolsos fundos de seu casaco e recuou da amurada quando retiraram a prancha de desembarque.

— Adeus! — gritou ele.
— Quando o veremos de novo? — gritou Sir Josiah.

— Daqui a alguns anos! — gritou John de volta, por sobre o amplo abismo de água. — Quando a minha coleção estiver precisando de novas maravilhas.

— Não deixe de voltar! — disse Sir Josiah. — Esta é uma terra de maravilhas!

John riu, assentiu com a cabeça e acenou. Permaneceu no convés para observar a cidade recuar rapidamente, com a corrente e o vento carregando o pequeno navio rio abaixo, na direção do mar.

"Nunca teria imaginado", pensou ele, "na primeira vez que estive aqui. Nunca teria imaginado que poderiam sobreviver e construir uma cidade assim, quase um grande centro, na selva."

Os novos e bem cuidados barrancos do rio passaram deslizando rapidamente. John olhou rio acima, para onde a luz trêmula da água criava a ilusão de que nada tinha mudado.

— Adeus — disse ele, baixinho, à paisagem e à mulher que ele tinha amado.

Abril de 1656

John voltou ao seu jardim, à Arca e à sua esposa quando as tulipas começavam a vicejar e mostrar sua cor. A carroça ribombou na ponte familiar, e seguiu para a cavalariça. Hester, ouvindo o barulho e olhando pela janela do gabinete de curiosidades, vendo John sentado ao lado do carroceiro, desceu correndo para a varanda e se jogou nos braços de seu marido.

— Eu já devia saber que você não perderia mais uma primavera — disse ela. — Mas realmente não o esperava antes de meados do verão.

— Estava pronto para vir para casa — replicou John. — E tive sorte em conseguir um navio veloz.

Recuaram um pouco e examinaram um ao outro, como fariam velhos amigos depois de uma longa ausência. O cabelo de Hester sob a touca estava quase tão branco quanto o linho, e seu rosto mais fino e mais austero. Havia linhas de sofrimento na sua face, que ficariam ali para sempre. John, com a idade de 48 anos, estava mais magro e em melhor forma do que quando tinha partido. Os dias a cavalo e a pé o tinham bronzeado e dissolvido a gordura produzida pela vida confortável.

— Você está bem, mas seu cabelo ficou branco — disse ele.

Ela deu um ligeiro sorriso.

— Já tinha começado a ficar quando você partiu — replicou ela. — Com a morte de Johnnie.

John balançou a cabeça entendendo.

— Parei em sua sepultura, no caminho. Quis lhe dizer que estava de volta. Eu lhe prometi que iria comigo na próxima viagem. Alguém plantou narcisos.

— Frances — replicou ela. — E quando o convólvulo crescer, ela quer plantá-lo ao lado do túmulo do seu pai, de modo que suba ao redor. Disse que queria que os dois o vissem.

Deixaram o carreteiro e o garoto ajudante do jardineiro descarregarem a carroça e foram para casa, de braços dados. Deram a volta até a varanda e John apoiou-se na balaustrada e olhou o jardim.

Os canteiros de flores na frente da casa estavam avermelhados com a cor das primeiras tulipas. Para além delas, o pomar estava coberto de narcisos-dos-prados de cor amarela, e o branco e o laranja de outros narcisos. Acima deles, cerejeiras e damasqueiros apresentavam pequenos botões rosados, e os galhos grossos e resistentes dos castanheiros-da-índia estavam se ramificando lentamente, os botões grossos e viscosos irrompendo verdes e opacos de suas cápsulas.

— É bom estar em casa — disse John com prazer. — Quais são as novidades?

— Escrevi para você que Cromwell dissolveu o Parlamento e designou o Exército para nos governar diretamente.

Ele assentiu com a cabeça.

— E como está sendo?

Hester deu de ombros.

— Não sei em relação ao resto do país, mas tem dado certo em Lambeth. Fazem o trabalho que era feito pelos juízes de paz, porém com mais imparcialidade e justiça. Fecharam muitas tavernas e isso foi bom. São mais rigorosos com indigentes, mendigos e vagabundos, de modo que as ruas estão mais limpas. Mas os impostos! — Sacudiu a cabeça. — Mais altos do que em qualquer outra época, e agora não se esquecem de recolhê-los. São homens que trabalham duro, e isso será a sua ruína. O povo não liga para os esportes de domingo e a celebração da chegada da primavera, nem mesmo para o fechamento dos bordéis. Mas os impostos!

— Estamos tendo lucro? — perguntou John, olhando o florescimento do jardim.

— Em plantas — replicou ela, acompanhando o seu olhar. — Para ser franca, estamos indo muito bem. Mandar os membros do Parlamento de volta para suas casas só nos fez bem. A pequena nobreza e os cavalheiros rurais ficaram sem ter muito o que fazer a não ser cuidar de seus jardins. Os generais de divisão de Cromwell estão governando o país, não há nada para a pequena nobreza fazer em Londres e nenhum trabalho nos condados. Todo o trabalho dos nobres rurais e juízes de paz está sendo feito pelos homens do Exército. Tudo o que lhes restou foram seus jardins.

John deu um risinho.

— O prazer de uns é o desgosto de outros.

— Nem tanto desgosto — lembrou ela. — Cromwell trouxe a paz ao país.

Ele concordou com um movimento da cabeça.

— Tem visto lorde Lambert? O que ele diz?

— Esteve aqui há apenas algumas semanas para ver nossos narcisos. Ele tem uma queda por jardins em laranja, dourado e amarelo, e queria alguns lírios-amarelos. Ele não é um homem feliz. Estava trabalhando em uma nova constituição para o país, com o apoio do Exército. Queria que Cromwell se tornasse Lorde Protetor, com um parlamento eleito. Então Cromwell introduziu os generais de divisão e dissolveu o Parlamento. Penso que ele achou que isso cheira a tirania. Mas nunca disse nada. Permanece leal a Cromwell...

— Ele é sempre leal — interrompeu John.

— Mas há uma tensão — disse ela. — Ele não gosta de ver o Exército colocado acima do povo. Ele quer um parlamento eleito, não o governo de soldados.

John pôs o braço ao redor da cintura de sua mulher.

— E você? — perguntou ele, delicadamente, os lábios em sua touca limpa. — Está bem?

Ela confirmou balançando a cabeça, sem dizer nada. Ele não insistiu. Os dois sabiam que a resposta sempre seria que ela estava sofrendo por Johnnie. Eles dois sempre sofreriam por Johnnie.

— Seus amigos nos visitaram em sua ausência — disse ela, forçando a animação. — O Sr. Ashmole e os outros. O Sr. Ashmole tem estado muito ocupado trabalhando no catálogo da coleção, como você o pediu. Acho que está quase terminado. Está em latim. Ele mostrou-me algumas páginas, parece muito bom. Acho que você vai ficar satisfeito. Ele disse que podemos vender o catálogo na entrada, para guiar as pessoas no gabinete de curiosidades e no jardim. E que as pessoas, então, poderiam levá-lo, para estudar. Jardineiros poderiam ver o que estamos cultivando e nos fazer encomendas. Ele disse que poderíamos vendê-lo por 2 xelins.

— E Frances, está bem?

Hester confirmou com a cabeça.

— Alexander esteve doente no inverno, com uma tosse que não cedia. Ela ficou preocupada com ele por um bom tempo, mas agora, com o tempo mais quente, ele está melhorando.

John reprimiu seu ressentimento por sua jovem filha estar cuidando de um marido que sofria das indisposições de um velho.

— Nenhum sinal de outro bebê?

— Ainda não — replicou Hester.

John balançou a cabeça, relanceou os olhos mais uma vez para a beleza de seu jardim iluminado pelo sol, e virou-se para entrar em casa.

Verão de 1657

No começo do verão, John levou a carroça a Wimbledon House para fazer a entrega de bulbos e árvores novas a John Lambert. Encontrou-o em seu jardim de raridades — uma área murada de frente para o sul e o oeste reservada para as plantas exóticas —, diante de um cavalete, tintas sobre a mesa ao seu lado e uma primorosa tulipa branca em um vaso de porcelana azul. No centro do jardim, havia uma acácia recentemente plantada que atraiu imediatamente o olhar de John.

— É uma das minhas? — perguntou John.

— Não — respondeu Lambert. — Mandei vir de Paris no outono passado, do jardim dos Robin.

— Muito bonita — disse John, com um quê de inveja na voz. Lambert percebeu-o de imediato.

— Terá uma muda — prometeu ele. — Sei que tem muito pouca coisa. Sei que seu jardim é muito simples.

John sorriu largo e pesarosamente.

— Um verdadeiro jardineiro sempre dá um jeitinho de colocar mais uma planta. Bem, eu lhe trouxe algumas plantas cor de laranja, como pediu. Esta que chamam de dorônico floresce na Virgínia no outono: um laranja forte, muito lindo, com o coração tão escuro quanto chocolate. E os bulbos de lírios que encomendou. E alguns brotos de laranjeiras.

— Tenho uma preferência por jardim amarelo e laranja — explicou Lambert —, com laranjeiras em vasos no centro dos canteiros. E um fulgor de cor por todo lado. O que acha? Há flores laranjas o bastante?

— Cravos-de-defunto? — sugeriu John. — Ranúnculos? Girassóis? Nastúrcios? Tenho algumas tulipas que passariam por laranja e alguns novos narcisos com o coração laranja. Meu pai fez um jardim dourado muitos anos atrás, ele usou botões-de-ouro e ranúnculos na margem de riachos, e íris-amarelas. E meu trombeteiro virginiano é de um laranja realmente intenso.

— Vou querer todos — declarou Lambert. — E que lírios tem para mim? Quero plantar, em vasos grandes, bulbos de lírios no fundo de sua base, tulipas no meio, e galantos em cima, de modo que se sucedam da primavera à metade do verão.

John sacudiu a cabeça.

— Vai ter de replantar a cada três ou quatro anos — disse ele. — Não se desenvolverão em um espaço tão pequeno. Consumirão a força da terra. Mas nos dois primeiros anos pode deixá-los, e uma flor sucederá a outra, contanto que as mantenha úmidas com água de confrei.

— Mais alguma coisa nova? — perguntou Lambert no caminho do jardim exótico para a estrebaria, onde John tinha parado a carroça.

— Trouxe-lhe alguns lírios-de-um-dia e lírios-brancos, e há dois que poderia usar em seu jardim laranja: lírio vermelho e gloriosa. Passam por laranja e pode reproduzi-los, selecionando as cores mais laranja.

Lambert fez um sinal com a cabeça para seu empregado descarregar a carroça.

— Soube que tem ficado em casa — disse John, com tato, sondando o boato de que as diferenças entre Lambert e Cromwell tinham chegado ao ponto de romper as relações amistosas. O governo dos generais de divisão havia sido substituído por um novo parlamento que, de novo, não conseguira harmonizar as opiniões. Lambert, mais uma vez, tinha sido o porta-voz dos antigos soldados radicais do Exército que continuavam a resistir a toda tentativa de restituir à pequena nobreza e aos lordes o seu poder de antes. Havia uma grande suspeita de que Cromwell, em um esforço para assegurar a paz no país, estava seguindo o caminho dos reis Stuart, Jaime e Carlos, para um parlamento que serviria apenas aos lordes e à pequena nobreza, uma Igreja imposta que atendia as necessidades de um único governante: ele próprio, que podia, até mesmo, ser chamado de rei.

John Lambert tinha levado ao Parlamento uma petição do Exército expressando as antigas exigências de eleições livres, justiça para todos e uma oportunidade mais justa para os trabalhadores, como se os igualitários ainda mantivessem o equilíbrio de forças e pudessem fazer tais exigências. Ele esperou uma audiência justa de Cromwell, que já tinha sido um homem do Exército, como Lambert continuava a ser.

Mas Cromwell não era mais um homem do Exército. Tinha se deslocado das certezas claras, religiosas, das fileiras para as maquinações complexas dos homens de poder. Quando Lambert levou a petição pedindo as mudanças políticas pelas quais o exército tinha lutado e morrido, Cromwell agiu rapidamente. Reorganizou o Exército, pagou alguns salários atrasados, promoveu alguns homens, dispensou outros e destruiu companhias inteiras. Lambert teve de assistir aos líderes radicais do Exército serem designados a servir no estrangeiro — na Jamaica, na Irlanda — ou simplesmente serem exonerados.

Então, foi a sua vez. Cromwell destituiu-o de seu regimento, dos homens que sempre tinham lutado com ele nas guerras do rei e nunca antes tinham se separado de seu comandante. Lambert aceitou a ordem de Cromwell sem discutir, pois não desobedeceria ao seu comandante. Mas não fez o voto de lealdade a ele. E não o admirou quando o líder republicano apareceu com o manto cerimonial segurando um cetro.

Lambert franziu o cenho, mal vendo John.

— Tenho estado muito em casa — confirmou ele. — Como foi demonstrado, não tenho muita escolha. Parece que não tem lugar para mim em Westminster. E não há lugar para mim com meu regimento. Ele foi dado a lorde Fauconberg.

— O seu regimento? — perguntou John.

Lambert confirmou com a cabeça, fazendo uma carranca.

— Quem é lorde Fauconberg? Nunca ouvi falar dele.

— Um lorde nobre. Um monarquista que se tornou homem de Cromwell. Acho que meu regimento é seu dote — replicou Lambert com um certo sarcasmo. — Ele vai se casar com a filha, Mary, de Oliver. Cromwell está fazendo uma pequena dinastia, não? E com um homem que era monarquista, e que voltaria a sê-lo, especialmente se seu sogro vier a ser rei.

— Nunca imaginei que ele pudesse governar sem você — disse John, espontaneamente. — Nunca imaginei que ele se viraria contra o Exército.

— Ele foi ficando nervoso, apreensivo — explicou Lambert. — Não quer um parlamento cheio de ideias novas, não quer um exército que discuta com ele. Portanto dissolveu o Parlamento e me tirou o regimento.

— Não poderia ter objetado? — perguntou John. — Certamente tem mais influência do que ele, especialmente no Exército.

Lambert deu um sorriso triste.

— E fazer o quê? — perguntou ele. — Liderá-los para lutar contra ele? Mais uma guerra pelas mesmas causas, com os mesmos homens? Mais meia dúzia de anos de desgosto e sofrimento? Não sou homem de facção ou divisão. Minha tarefa foi unir o país, não o dividiria por ambições pessoais. Prometi que não provocaria um movimento contra ele se deixasse meu regimento em paz, unido. Negociei: meu trabalho e minha reputação pela integridade de meus homens. Cromwell concordou. Estão sob o comando de outro homem, mas nenhum deles foi posto na rua por pensar por si mesmo. Foi um acordo honesto, e tenho de respeitar a minha parte no contrato.

— Não poderia imaginar que estivessem pensando em Cromwell para rei — disse John. — Achei que estávamos construindo um novo país e agora parece que estamos apenas trocando um rei por outro. A família Stuart pela família Cromwell.

— A pessoa não tem importância — disse Lambert, com firmeza. — Tampouco o nome. O que importa é o equilíbrio. A vontade do povo no Parlamento, a reforma da lei, de modo que todos sejam tratados com justiça, e a limitação do rei, isto é, do Lorde Protetor, ou Conselho de Estado. Não importa como se chame o terceiro poder, mas tudo tem que funcionar em equilíbrio. Um com o outro. Um banco de três pernas.

— Mas o que fará já que o Lorde Protetor não quer o equilíbrio? — perguntou John. — E se ele quiser que a balança se incline toda para o lado dele? E se a leiteira em seu banco de três pernas for derrubada e o leite for todo derramado?

Lambert olhou para as laranjeiras sem vê-las.

— Não sei — replicou ele. — Teremos de rezar para que ele não tenha se esquecido completamente do que desejamos antes. — De repente, seu humor mudou e ele abriu um sorriso largo para John. — Mas que eu me dane se chegar a chamá-lo de Sua Majestade — disse ele, animadamente. — Juro, Tradescant, eu não conseguiria. Isso me asfixiaria.

Frances e Alexander permaneceram na Arca durante a primavera. A tosse de Alexander não melhorou e Frances quis que ficasse longe do cheiro e do barulho das ruas da cidade.

Certa noite, John despertou com ele tossindo em seu quarto e percebeu Frances descer silenciosamente a escada. Levantou-se da cama, pôs a capa ao redor dos ombros, por cima do camisolão, e desceu para a cozinha.

Frances estava mexendo o conteúdo de uma panela sobre as brasas do fogo.

— Estou preparando mulso para Alexander — disse ela. — Sua tosse é muito incômoda.

— Vou colocar um pouco de rum — disse John, e foi buscar a garrafa no armário na sala de jantar. Quando voltou, encontrou Frances em uma das cadeiras da cozinha, a panela deixada na parte lateral da lareira. Ele pegou-a e despejou uma boa dose de rum na mistura, depois um pouco em uma taça.

— Beba — disse ele.

Ela ia recusar, mas ele insistiu.

— Muito doce — disse ela.

— Beba mais um gole — disse ele. — Vai animá-la um pouco.

Ela obedeceu e ele viu a cor voltar ao seu rosto.

— Lamento — disse ele.

Ela o olhou francamente.

— Ele tem 67 — disse ela, sem rodeios. — Vivemos 12 bons anos. Nunca pensamos que seriam tantos.

John pôs a mão sobre a dela.

— E você nunca quis que eu me casasse com ele — disse ela com um certo ressentimento residual.

John sorriu com malícia.

— Queria lhe poupar esta noite — disse ele. — E as outras que virão, cuidando dele.

Ela sacudiu a cabeça.

— Não me importo — disse ela. — Estou cuidando dele agora, mas ele cuidou de mim desde que me lembro como gente. Gosto de ser eu a cuidar agora. Gosto de retribuir uma dívida de amor. Ele sempre me mimou, você sabe. Mimou-me com tanta ternura. Gosto de cuidar dele agora.

John verteu um pouco de mulso e rum para ela.

— Fique um pouco ao lado do fogo, e beba isso — ordenou ele. — Vou levar a bebida para ele.

Frances assentiu com um movimento da cabeça. John pegou uma das velas da cozinha, acendeu-a nas brasas e subiu rapidamente a escada para o quarto de Alexander.

Alexander estava apoiado nos travesseiros, respirando com dificuldade. Ao ver John, conseguiu sorrir para recebê-lo.

— Frances está bem? Não quero que ela fique preocupada o tempo todo à minha volta.

— Está bebendo uma dose de mulso e rum, à lareira — respondeu John. — Pensei em ficar um pouco com você, se quiser. — Alexander concordou com a cabeça. — Trouxe-lhe isto — prosseguiu John. — Se não ajudá-lo a dormir, então você tem a cabeça mais resistente do que as presas de meu unicórnio-do-mar.

Alexander deu uma risada sufocada e tomou um gole da bebida quente.

— Por Deus, John, isto é bom. O que tem aqui?

— Ervas fermentadas por mim mesmo — replicou John, inocentemente. — Na verdade, meu rum jamaicano.

— Ela terá uma vida segura — disse Alexander, de súbito. — Quando eu me for. Ficará em uma boa situação financeira.

— Ah, é mesmo?

— A tanoaria irá para o meu administrador, mas ele concordou em pagar um preço a ela, e assinou um documento. Está tudo acertado. Ela pode ficar com a casa, se quiser, mas acho que deveria viver em outro lugar, e não nas Minorities.

— Cuidarei dela — disse John. — Será como ela quiser.

— Ela deve se casar de novo — disse Alexander. — Com um homem mais jovem. Os tempos agora são melhores, finalmente. Ela vai poder escolher. Será uma viúva jovem e rica.

John olhou-o discretamente, mas Alexander falava sem amargura.

— Cuidarei dela — repetiu John. — Ela não fará uma escolha errada. — Fez uma pausa. — Ela não errou da primeira vez. Embora, na época, eu discordasse. Ela não errou ao escolher você.

Alexander deu uma breve risada que se transformou em tosse. John segurou seu copo até o acesso passar, e então lhe deu mais um pouco para beber.

— É gentil de sua parte — disse ele. — Eu sabia que não era a sua escolha. Mas parecia a melhor vida que ela podia ter na época.

— Eu sei — admitiu John. — Sei disso agora.

Os dois ficaram em silêncio, como dois camaradas, por um momento.
— Tudo certo, então? — perguntou Alexander.
John estendeu a mão e segurou a de Alexander.
— Tudo certo — replicou ele, com sinceridade.

Verão de 1657

Elias Ashmole e os médicos, matemáticos, astrônomos, químicos, geógrafos, botânicos e engenheiros voltaram a se reunir na Arca para argumentar, analisar e trocar ideias no primeiro domingo de cada mês do verão. Por comum acordo, evitaram o tema da política. Parecia à maioria que Cromwell pretendia se fazer rei. A maior parte da oposição tinha sido dispersada ou intimidada para se calar. O general George Mock, outro monarquista vira-casaca, controlava a Escócia para o Lorde Protetor com mão de ferro e a eficiência obstinada do soldado profissional. O filho do próprio Cromwell, Henry, controlava a Irlanda. Os Cromwell estavam se tornando uma dinastia poderosa, e o antigo idealismo tinha se perdido nas dificuldades de governar um país onde a liberdade de muitos era temida pelos poucos poderosos.

O grande medo não era da oposição política, mas do fanatismo religioso. Homens e mulheres que não davam nome à sua forma de adoração porque queriam que se espalhasse por toda parte, que fosse a natureza da própria vida, cresciam em número. Seus adversários os chamavam de *quakers*, aqueles que tremem, porque estremeciam e se sacudiam em êxtase religioso. Seus inimigos os chamavam de blasfemos, principalmente depois que um de seus membros, James Nayler, entrou na cidade de Bristol como Jesus em um burrico, com mulheres espalhando palmas na sua frente. A Câmara dos Comuns processou-o por blasfêmia e o puniu selvagemente; mas a mutilação de um indivíduo não deteve um movimento que jorrava adeptos por toda parte como papoulas em um trigal. Logo os visitantes de John baniram também a discussão de religião, como desviando excessivamente a atenção do trabalho que pretendiam.

Às vezes, lorde Lambert vinha de sua casa em Wimbledon para ver o que havia de novo no jardim ou no gabinete de curiosidades, e às vezes ficava para jantar e conversar com os outros convidados. Às vezes, os homens levavam curiosidades, ou coisas que tinham projetado ou construído. Com frequência, Ashmole liderava a discussão, a educação clássica e a mente arguta induzindo-o a assumir o papel de anfitrião na casa de John.

— Não gosto de como o Sr. Ashmole se coloca — comentou Hester com John, ao levar mais uma garrafa de vinho para a sala de jantar.

— Não age diferente de nenhum deles — replicou John.

— Age — insistiu ela. — Desde que catalogou a coleção age como se ela fosse dele. Gostaria que você lembrasse a ele que não é nada mais do que o seu assistente. Frances conhece a coleção melhor do que ele. Até mesmo eu conheço melhor. E Frances e eu a mantivemos segura por três guerras, enquanto ele estava em Oxford vivendo da riqueza da corte.

— Mas nem Frances nem eu sabemos latim como o Sr. Ashmole — lembrou-lhe John, delicadamente. — E ele trabalhou arduamente em troca de nada além de meus agradecimentos. Eu não conseguiria completar o trabalho sem ele, você sabe disso, Hester. E ele é um homem promissor, marque bem minhas palavras. Ele vai fazer coisas importantes.

Hester lançou-lhe um olhar breve e cético, não disse mais nada e voltou para a cozinha.

— Alexander vai descer hoje à noite? — perguntou John. Alexander passara a ter o hábito de se juntar aos homens depois do jantar, para ouvir a conversa. Usava um manto ao redor dos ombros para se proteger do ar frio noturno. Quase sempre não tinha fôlego para falar, mas gostava de escutar a discussão, gostava de acompanhar os argumentos, especialmente quando falavam de astronomia e das novas estrelas descobertas.

Hester negou sacudindo a cabeça.

— Está cansado demais, disse. Frances vai ficar com ele no quarto.

Os Norman passaram o verão na Arca, e ainda assim Alexander não melhorou. Todos nutriam a esperança generosa de que ele melhoraria quando começasse a esfriar, como antes tinham acreditado que ele passaria melhor quando sentisse o sol do verão.

Em agosto, quando ele disse que queria ir para casa, Frances não discutiu, embora os meses de verão fossem os mais perigosos para a peste na City. Ela simplesmente mandou o ajudante do jardineiro ao rio chamar um barco que os levasse à Torre, e deu ordem para o cavalariço preparar a carroça.

— Ele está muito mal — alertou-a Hester. — Está doente demais para fazer a viagem. Deviam ficar aqui.

— Eu sei — replicou Frances, simplesmente. — Mas ele quer estar em casa.

— Acomode-o em casa e assim que ele se sentir melhor, voltem para cá — disse Hester. — Há praga na City, preferia que ficassem aqui.

Frances sacudiu a cabeça.

— Pode ver tão bem quanto eu que ele não vai melhorar, nem mesmo em casa. Vou ficar com ele até o fim.

— Ah, Frances.

— Eu sabia que isso aconteceria, quando me casei com ele — disse Frances. Seus olhos estavam cheios de lágrimas, mas a voz, firme. — E ele também. Nenhum de nós dois foi tão tolo a ponto de achar que eu não o perderia. Estávamos preparados para isso desde o dia do nosso casamento. Ele me avisou. Não me arrependo de nada.

— Vou com você — decidiu Hester. — Vai precisar de alguém para cuidar da casa enquanto cuida dele.

— Obrigada — replicou Frances. — Vou querer você comigo.

Alexander morreu em sua cama, como tinha sido seu desejo, com Hester aos pés da cama e Frances segurando a sua mão. Ele sussurrou alguma coisa que ela não conseguiu ouvir. Ela inclinou-se para mais perto, para escutar suas palavras.

— O que, meu amor? Pode repetir?

— Você foi a mais doce... — Fez uma pausa para respirar e Frances aproximou-se mais. — Foi a flor mais linda e doce de todo o jardim de John. — Ele sorriu para ela, depois fechou os olhos e adormeceu.

Frances sepultou o marido na igreja onde tinham se casado e voltou para casa com seu pai e sua madrasta, cada um de um lado.

Hester havia encomendado uma refeição, e os aprendizes de Alexander, sua família de Herefordshire e os amigos da City, beberam à sua memória, comeram e partiram.

A casa ficou estranhamente silenciosa sem o ruído dos martelos no pátio e o som estridente contínuo das serras.

— Pensou no que gostaria de fazer? — perguntou John à sua filha. — Já pensou onde gostaria de morar? Alexander deixou-a em uma boa situação e pode vender esta casa. A venda do negócio já foi acertada.

— Pensei — replicou ela. — Se vocês permitirem... Gostaria de voltar para casa.

— Para a Arca?

— Sim.

John percebeu que sorria de prazer.

— Isso me daria muita alegria — replicou ele simplesmente.

Outono de 1658

No começo de setembro, John foi acordado de madrugada pelo barulho do vento.

— Fico feliz por não estar no mar hoje — disse ele a Hester.

Foi até a janela e viu as árvores no pomar e na alameda agitando seus galhos ao céu, onde as nuvens se moviam velozes.

— Volte para a cama — disse Hester, sonolenta.

Houve um ruído na estrebaria.

— Agora já despertei de vez — replicou John. — Vou ver se está tudo seguro. Vamos ter uma tempestade.

Ele passou o dia com o garoto e Joseph prendendo de novo as trepadeiras e fixando as plantas, que balançavam na terra, forçando suas raízes. Frances pegou uma faca afiada e rondou o jardim podando sem dó as rosas trepadeiras, de modo que os ramos compridos não arrancassem os caules do solo. Entrou em casa ao meio-dia para almoçar com os braços arranhados acima de suas luvas, e o cabelo, que se soltara, sobre os ombros.

— Frances Norman — disse Hester, censurando-a.

— Estava uma loucura lá fora — disse Frances. — Minha touca foi soprada para longe.

— Dá para ver que foi — disse Hester.

— Vamos perder metade das maçãs — disse John com irritação. — Que vento!

— E as ameixas — disse Frances. — Vou catar o máximo que puder hoje à tarde.

— Vou ajudar — disse Hester. — Não espero nenhum visitante nesta tarde, ninguém pegaria um barco com este tempo, a não ser em caso de urgência.

John tinha achado que o vento talvez amainasse ao cair da noite, mas se tornou mais forte e mais violento, e começou a chover. Hester fechou as venezianas da casa, mas continuaram a ouvir a batida do vento na vidraça chumbada, e no gabinete de curiosidades, as grandes vidraças rangiam nos caixilhos.

— Peço a Deus que não rachem — disse John. — Vamos fechar as venezianas atrás delas, pelo menos assim, se quebrarem, as curiosidades terão alguma proteção. Se eu soubesse, teria fechado a casa com tábuas, hoje de manhã.

Tiveram um jantar mal cozinhado. Uma forte rajada de vento soprou pela chaminé espalhando fuligem por toda a cozinha. Quando comiam, ouviram o ruído de uma telha de ardósia caindo no pátio da estrebaria.

Frances declarou que se deitaria cedo e colocaria a cabeça debaixo do travesseiro, e Hester seguiu o seu exemplo, mas John perambulou pela casa que chiava por quase toda noite, achando que sua Arca estava balançando em altomar e que seu dono deveria ficar acordado.

De manhã, os danos eram menores do que tinham receado. A trepadeira virginiana estava sem suas folhas rosadas e não atrairia compradores, e havia frutas caídas e galhos partidos por todo o pomar. As castanhas tinham sido arrancadas das árvores precocemente, e talvez não amadurecessem, e tinham perdido a maior parte das maçãs e ameixas. Mas a casa continuava de pé e as janelas intactas, com somente algumas telhas faltando no telhado.

— Vou a Lambeth chamar o construtor — disse John. — Ele estará bem ocupado hoje, acho.

Montou Caesar e desceu a via para Lambeth. Achou que a multidão no mercado estava irrequieta por causa das notícias dos estragos causados pela tempestade, até se aproximar e ouvir o que estavam dizendo.

— O que houve? — perguntou ele de sua sela. — O que disse, senhor?

— Não sabe? — Um homem virou-se para ele, prosa por ser o primeiro a lhe dar a notícia. — Não ouviu nada? Ele está morto!

— Quem?

— O Lorde Protetor, Oliver Cromwell. Morto em sua cama enquanto a tormenta chocalhava o telhado acima dele.

— Foi como se Deus estivesse irado — afirmou um homem, piamente. — Foi um sinal.

— Um sinal muito estranho, então, e atrasado — disse John irritado. — Se Deus não gostava de Cromwell, teve muito tempo para demonstrá-lo antes.

Uma cara inamistosa voltou-se para ele.

— Você é um dos seus antigos soldados? — perguntou alguém, com hostilidade. — Ou um criado dos generais de divisão? Ou um dos malditos coletores de impostos?

— Sou um homem que pensa por si mesmo — replicou John com determinação. — Não sirvo a nenhum senhor e não devo nada a homem nenhum. E tenho certeza absoluta de que Deus não derrubou as telhas do meu telhado na noite passada para me mostrar que Oliver Cromwell estava morrendo. Se Ele é onisciente, então deveria ter encontrado uma maneira de me dizer que não deixasse a chuva entrar.

Primavera de 1659

A tormenta que levou Oliver Cromwell para a sua recompensa no céu ou para os demônios no inferno não se mostrou muito útil não indicando seu sucessor. Muitos diziam que, em seu leito de morte, ele tinha nomeado seu filho Richard, mas John, lembrando-se do que seu pai dissera sobre a sucessão de reis, pensou que cortesãos nunca eram muito confiáveis em relação a confissões na hora da morte, e que o poder do governo supremo na Inglaterra ia para qualquer homem que tivesse a coragem de agarrá-lo.

O homem mais apto a sucedê-lo era John Lambert, amado pelo Exército, ainda a maior influência no país e comprovadamente um amigo da paz, tolerância e reforma. Mas Richard era considerado o herdeiro e o novo parlamento foi convocado para governar com o novo Protetor.

Mostraram-se bastante rudes em relação à tarefa. Richard só foi reconhecido como Lorde Protetor quando se sentiram obrigados a reconhecê-lo, de modo que enviasse a frota ao Báltico para proteger a carga inglesa contra os holandeses, em fevereiro. Depois, em abril, o Exército, impaciente por ser ignorado enquanto requeria o pagamento dos atrasados, e enfurecido com o comportamento cada vez mais arrogante dos monarquistas, impediu a entrada dos membros do Parlamento na Assembleia dos Comuns, Richard entre eles.

Ele podia ser um Cromwell, mas não tinha sido um soldado, e o Exército suspeitava de que a nova geração de políticos e líderes perdera a religiosidade e o fervor republicano daqueles que tinham sido obrigados a lutar por suas convicções.

John tinha prometido a Hester levá-la para ver o jardim laranja de Lambert em Wimbledon, na primavera. Pegaram um barco até o píer da casa e caminharam pela nova plantação até os jardins formais diante da casa. John hesitou quando viu lorde Lambert na varanda, sua mulher a seu lado. Na frente deles estavam dois soldados com o estandarte de seu antigo regimento, que havia sido dado ao genro de Cromwell.

— O que está acontecendo? — perguntou Hester a seu marido, em voz baixa.

John sacudiu a cabeça.

— Talvez devamos simplesmente acenar para eles e voltar para a plantação — sugeriu ela, com discrição. — Talvez seja um assunto particular.

— Ele está nos chamando — disse John. — Vamos.

Os Tradescant foram até o pé da escada da varanda. John Lambert sorriu para Hester de uma maneira que lhe lembrou, de modo pungente, Johnnie quando conseguia vencer uma argumentação.

— Chegaram em boa hora — disse-lhes ele. — Vejam, este é o estandarte do meu regimento. Foi-me devolvido.

— Devolvido? — perguntou Hester, subindo os degraus e fazendo uma ligeira mesura a Lady Lambert.

— Fauconberg e o resto foram destituídos de seus postos, e então meus homens vieram me devolver o estandarte. Estamos juntos de novo.

— Fico feliz — disse John. — Parabéns, lorde Lambert.

— General de divisão — disse Lambert, com orgulho. — Prefiro ser um general de divisão na chefia do melhor regimento do Exército do que um lorde sentado à lareira.

Verão de 1659

Em maio, o Parlamento foi dissolvido e um novo foi introduzido, liderado por um novo Conselho de Estado. No novo conselho estava John Lambert, que votou pela aposentadoria remunerada de Richard Cromwell, pelo pagamento dos atrasados ao Exército, pela limpeza das escolas e universidades de ministros ímpios e pela tolerância de todas as religiões, exceto os católicos e aqueles que trariam os bispos de volta à Inglaterra. O governo da família Cromwell tinha se encerrado, a Inglaterra era de novo uma verdadeira república.

— Ele pediu que eu cuidasse de suas tulipas neste outono — disse John a Hester quando estavam trabalhando juntos, lado a lado, no jardim de rosas. — Ele acha que passará o ano todo em Whitehall. Vai ser estranho trabalhar em Wimbledon de novo.

— Não vai ser seu jardineiro — disse Hester, atônita.

— Não, ele tem seus próprios jardineiros. Mas eu disse que removeria os bulbos de tulipas no outono. Ele quer que eu escolha as cores para o jardim laranja, e me confiou suas tulipas Violetten escuras.

Hester sorriu.

— Vai servir a alguém de novo, John?

— Nunca mais — replicou ele. — Nem mesmo a ele. Jurei que nunca mais serviria a ninguém, mas então a ordem veio do rei para o meu pai e para mim, e não podíamos lhe desobedecer. Se fosse qualquer outro eu teria recusado.

— E se Lambert se tornar rei? — perguntou ela. — Ele é o homem mais amado no país. Há muitos dizendo que poderia governar com um parlamento. E o Exército não tem outro modelo que não ele.

— Gostaria de ver um jardineiro no trono — falou John pensativamente. — Penso só no que seriam os jardins do palácio.

Hester deu uma risada.

— E esta é a sua principal consideração?

John sorriu largo, mas com relutância.

— A mais importante, com certeza.

Ouviram Frances chamar da casa, e olharam na direção da varanda. Ela estava lá com um cavalheiro ao seu lado. Fez um sinal chamando John.

— Quem é ele? — perguntou Hester, preocupada. — Não o reconheço.

— Talvez alguém querendo vender alguma coisa — replicou John, contornando cuidadosamente as roseiras e pegando a cesta cheia com as pétalas delicadas e deliciosamente perfumadas. Foi para a varanda e passou a cesta para Frances.

— Este cavalheiro diz que tem um assunto particular a tratar com você — disse Frances, concisamente.

John percebeu, como só um pai é capaz, que sua filha estava profundamente ofendida e determinada a não demonstrá-lo.

— O cavalheiro recusou-se a me dizer o seu nome — prosseguiu Frances, no mesmo tom controlado. — Devo levar isto para a estrebaria?

John sorriu tranquilamente para ela.

— Se não se importar — replicou ele.

— O cavalheiro pediu-me para lhe buscar um copo de vinho — continuou Frances, impassível. — Posso trazer alguma coisa para você, papai?

— Não, obrigado — disse John. — Mas por favor peça a Cook para servir o cavalheiro. Você está muito ocupada, Frances.

Ele recebeu um breve sorriso por isso, e ela saiu, as costas muito eretas, a cabeça alta. John voltou-se para o recém-chegado misterioso, que em tão pouco tempo tinha conseguido ofender mortalmente sua filha.

— Peço perdão — disse o homem. — Ela estava vestida com tanta simplicidade que pensei que fosse a sua criada. — Olhou para os calções enlameados do próprio John, de tecido grosseiro, para a sua camisa de linho, o colete de couro e suas mãos arranhadas e sujas.

— Somos jardineiros — disse John, afavelmente. — Um trabalho que suja. Pede roupas simples.

— É claro... — apressou-se em dizer o homem. — Não tive intenção de ofender a Srta. Tradescant.

John balançou a cabeça, sem se dar ao trabalho de corrigi-lo.

— Há muitas mulheres, jovens e velhas, tentando se intrometer nos negócios de homens — disse o homem, em um esforço para agradar. — Faz bem em mantê-la em casa, trabalhando em casa. O país seria um lugar melhor para todos nós se as mulheres fossem impedidas de pensar, prestar testemunho, rezar, pregar, e tudo o mais. O país será um lugar melhor quando as mulheres voltarem para a cozinha, e cada um estar de volta ao seu próprio lugar. Gosto de ver uma jovem vestida com tanta simplicidade quanto uma copeira. Demonstra que tem humildade.

— O que quer me falar, senhor? — interrompeu-o John. — Tenho de cuidar das roseiras, e de pétalas que têm de chegar frescas aos perfumistas.

O homem relanceou os olhos ao redor, como se receasse serem ouvidos.

— Podemos falar aqui?

— Pode falar qualquer coisa que for conveniente e legal — replicou John, bruscamente.

— Meu nome é Mordaunt. Venho da parte do rei.

John balançou a cabeça sem dizer nada.

— Visconde John Mordaunt — enfatizou o cavalheiro, como se John fosse se intimidar com um título.

John balançou a cabeça de novo.

— Vai haver uma rebelião. O país não pode ser governado por um conselho de zés-ninguém e um parlamento de gente sem nenhuma importância. Estávamos esperando a nossa hora, e agora o rei estipulou o dia.

— Não quero saber — replicou John bruscamente.

— Estamos contando com você para garantir Lambeth para o rei — disse Mordaunt, gravemente. — Sei com que lado simpatiza. Não deve pensar que essa é uma pequena conspiração que não nos levará a lugar nenhum, a não ser à Torre. Vai ser uma grande sublevação no dia 1º de agosto. E a sua parte será assegurar Lambeth e este lado do rio. Vai assegurar a balsa de cavalos e depois, rio abaixo.

— Não quero saber — repetiu John. — Minhas simpatias são com a paz e a ordem. Não vou reconhecer Carlos Stuart até que seja coroado rei na Inglaterra. Perdi um filho... — Interrompeu-se.

— Então vai querer ser vingado! — disse Mordaunt, como se isso encerrasse o assunto. — Seu filho lutou pelo rei, não lutou?

— Duas vezes — respondeu John. — E foi ferido duas vezes. Nunca foi pago, nunca recebeu um agradecimento sequer, e nunca foi vitorioso. Não quero saber da rebelião. Não me imponha segredos. Não quero participar da conspiração, seja ela grande ou pequena. Não me conte nada, e então não o trairei.

Mordaunt se deteve, de repente, quando Hester subia os degraus da pequena varanda de madeira.

— Psiu! Silêncio! — sussurrou ele.

Hester olhou interrogativamente para John.

— Este cavalheiro está indo embora — disse John. — Vou lhe mostrar a saída.

Mordaunt hesitou.

— Quando aquele de quem estamos falando retornar a Londres, vai se arrepender de não ter me ajudado — avisou ele.

John balançou a cabeça.

— Talvez — disse ele, e o conduziu pelas portas duplas da varanda para o hall. Frances surgiu da cozinha e ficou ao lado de Hester, enquanto John levava o visitante indesejado à porta da frente.

— Quando aquele de que falamos estiver de novo no lugar que lhe pertence, haverá um sério ajuste de contas — ameaçou ele. — Quando ele estiver onde deveria estar, vai querer saber onde você estava no dia que mencionei.

— Se está se referindo a Carlos Stuart — a voz de Frances ressoou claramente no hall —, então chamá-lo de "aquele de quem está falando" não é um disfarce brilhante. E se *essa* é a ideia que faz de sigilo, não antecipo grande sucesso no dia do qual falou, na verdade nem em qualquer outro dia.

Mordaunt trocou um olhar enfurecido com ela, enfiou o chapéu na cabeça e precipitou-se pela porta aberta.

— Quando aquele que de quem falamos estiver de novo no lugar que lhe pertence, então mulheres, especialmente solteironas intrometidas, serão mantidas no devido lugar — disse ele, irritado, a Frances, e saiu porta afora.

Frances levantou as saias e correu atrás dele, parando na escada da frente.

— E todas sabemos onde Carlos Stuart gosta de suas mulheres! — gritou ela para a rua, com ele se afastando rapidamente. — Em pé, contra a parede!

— Devo avisar o general Lambert? — perguntou John a Hester quando, naquela noite, se preparavam para dormir.

— Que Carlos Stuart está preparando uma rebelião? — perguntou ela. Torceu o cabelo em um coque e amarrou a touca na cabeça. — Ele já deve saber. Não houve outra coisa que não promessas de mais uma invasão desde a morte de Cromwell.

— Não gosto de ser um espião — disse John, pouco à vontade. — Mas não gosto de ser intimidado.

Hester deu um risinho.

— Duvido que voltem a lhe pedir ajuda depois do que Frances disse.

John sacudiu a cabeça, sorrindo.

— Que peixeira! — disse ele. — O que Alexander teria pensado?

— Ele a conhecia — replicou Hester. — Não lhe causaria nenhuma surpresa. Ela nunca foi uma garota dócil.

— Ela pragueja como um perfeito soldado. Acho que a criou muito mal, minha mulher.

Hester sorriu feliz e se deitou.

— Criei — replicou ela. — Mas é uma mulher que sabe o que quer. Dê-me o crédito por isso, pelo menos.

De manhã, John redigiu uma nota a John Lambert e a enviou a Whitehall.

Milorde,
 Soube que vai haver uma sublevação em defesa de Carlos Stuart em 1º de agosto. Não sei nada além disso, e preferia sinceramente não saber nem disso.

John Tradescant

Recebeu uma resposta trazida por um dos soldados de Lambert, um homem com a cabeça parecida com uma bala de canhão e um largo sorriso desdentado.

Sr. Tradescant,

Se essa foi a primeira vez que soube da rebelião, então está muito isolado de Lambeth. Tentaram me recrutar em junho.

De qualquer maneira, obrigado por sua lealdade à nossa grande República.

Lambert

Talvez Lambert fizesse pouco da indiscrição monarquista, mas houve muito apoio à sua causa, com rebeliões por todo o país. Cada aldeia, cada cidade, dividiu-se de novo entre homens que lutariam por suas liberdades e homens que lutariam pelo rei. Alguns deles queriam uma solução mais duradoura do que a sucessão de parlamentos controversos. Alguns queriam a volta aos tempos antigos de coleta ineficaz de impostos e de esportes no terreno da igreja, aos domingos. Alguns queriam as ricas recompensas que um monarca que sobe ao trono deve trazer. Alguns queriam conseguir reassumir suas antigas posições. Alguns eram católicos apostólicos romanos apostando na crença muito difundida de que os Stuart sempre tinham sido papistas. Um ou dois talvez, até mesmo, acreditassem que o libertino de Haia era a esperança do país. Nenhuma das revoltas ultrapassou algumas janelas quebradas e umas duas brigas, exceto no caso de Sir George Booth, em Chester.

O Parlamento, muito assustado com as notícias de uma revolta armada, ordenou cinco regimentos a marcharem para Cheshire, liderados pelo general de divisão Lambert. Lambert abandonou suas pinturas botânicas, seu jardim exótico, seu jardim laranja, e seus faisões ornamentais, despediu-se de sua mulher com um beijo, e montou na liderança de seu antigo regimento, rumando para o oeste.

Encontrou o exército de Sir George Booth na ponte de Winnington. Booth tinha mil homens sob o estandarte real e Lambert estava com seu regimento completo de 4 mil homens. O resultado não podia ser diferente. Houve uma batalha breve e eficiente, notável por sua economia e disciplina. Somente trinta homens morreram e a rebelião teve fim. Lambert controlou com firmeza os seus soldados e não houve crueldade nem pilhagem. O exército monarquista foi privado de suas armas com uma cortesia cuidadosa e mandado de volta para casa.

Sir George Booth fugiu do campo de batalha disfarçado de mulher, mas foi preso quando um estalajadeiro percebeu que a "sua hóspede" tinha chamado um barbeiro.

— Criativo — disse Lambert sucintamente, e ordenou que Sir George Booth fosse levado a Londres para ser julgado por traição.

A popularidade de Lambert cresceu e ele foi declarado o salvador da pátria em todas as tavernas na Great North Road. Mais especial foi o agradecimento dos *quakers* que ficaram sob a sua proteção enquanto ele punha fim à última rebelião monarquista. No fim de agosto, foi reconhecido como o homem mais importante do reino, e um Parlamento agradecido lhe concedeu mil libras.

Outono de 1659

Em setembro, no caminho de volta a Londres, pela North Road, Lambert enviou uma mensagem a Tradescant que dizia:

> *Talvez ainda não saiba que John Morduant partiu da Inglaterra para se unir à corte de Carlos Stuart, em Haia. Ele teve tantas decepções que acho difícil uma ser mais memorável que as outras. Independente do que acontecer no futuro, a inimizade de Mordaunt não será algo que temer.*

Antes de Lambert retornar a Londres, seu exército enviou outra petição para a Câmara dos Comuns. Sua lista de requisições estava passando a ser conhecida como a "Grande Antiga Causa", a causa dos *Ironsides*, a cavalaria de Cromwell, a causa dos igualitários, a causa dos republicanos. Exigiam reformas religiosas, uma estrutura de comando apropriada para o Exército, o Parlamento formado por membros eleitos, aconselhados por um senado, e a lei da corte marcial no Exército.

A Câmara dos Comuns, sempre uma amiga desleal quando a vitória estava garantida, decidiu que o Exército estava exigindo reformas e não solicitando, e que provavelmente invadiria o Parlamento para tomar o poder. Em um frenesi de pânico, ordenaram que as portas fossem fechadas e que o general de divisão Lambert, recentemente seu herói, fosse considerado inimigo do Parlamento e preso por traição.

No começo de outubro, John Tradescant recebeu uma encomenda grandiosa de bulbos da primavera, por parte de John Lambert, com o endereço de Wimbledon.

— Então, está exilado de novo — comentou John com Hester. — Não tiveram coragem de mandá-lo para a Torre, mas tampouco se atrevem a deixá-lo perto do Parlamento. Devem estar malucos não o tornando Lorde Protetor.

— Estão aterrorizados — disse ela. — Só estão pensando em salvar a própria pele. Um parlamento dirigido por Lambert reformaria a vida deles. Ele não tem paciência com oportunistas. Ele escreveu tudo isso para você?

— Não, é só uma encomenda de bulbos.

— Então como sabe que está exilado?

John sorriu largo.

— Ele sempre faz uma encomenda grande demais quando é destituído de poder. Não poderia plantar tudo isso se não passasse três outonos em prisão domiciliar.

John poderia ter mandado seu ajudante levar os três sacos de bulbos, mas a sua curiosidade era grande demais. Ele próprio conduziu a carroça até a estrebaria de Wimbledon, e depois foi direto ao jardim de faisões, onde milorde estava alimentando suas aves.

Lambert, segurando uma cesta de grãos, estava cercado por seus faisões ornamentais, a plumagem brilhante ao sol do outono. Virou-se rapidamente ao ouvir passos nos cascalhos atrás, mas ao reconhecer John, sorriu de sua maneira encantadora.

— Ah, Sr. Tradescant, trouxe meus bulbos pessoalmente?

— Sim, milorde — replicou John. — Lamento saber que está confinado aqui.

— Ah — disse Lambert, com serenidade. — A sorte sobe e desce, na política, assim como em batalhas. De qualquer maneira, encontrou-me dando adeus a meus pássaros porque espero ser convocado hoje.

— Para a batalha ou para a política? — perguntou John.

Lambert sorriu.

— É a mesma coisa. — Esticou o pescoço. — Ouça. Está ouvindo alguma coisa?

John prestou atenção e ouviu o ruído regular de uma cavalaria a trote e o tinido de armadura.

— Soldados — disse ele.

— Então, acho que é a minha convocação — observou Lambert, e John sentiu a alegria exultante em sua voz com a perspectiva de ação. — Faria o favor de pedir que selem meu cavalo de guerra, Sr. Tradescant? Acho que não vou poder plantar bulbos hoje.

— Posso ir também? — perguntou John.

Lambert riu.

— Se quiser. Faz alguma ideia de para onde estamos indo?

— Não — confessou John.

— Então, é tão sensato quanto eu.

John desatrelou Caesar da carroça, pediu emprestada uma sela ao cavalariço e esperou por alguns instantes ao lado da companhia de cavalaria de Lambert, até o general sair de casa.

— O que está acontecendo? — perguntou John a um dos soldados.

— Convocaram os outros regimentos contra nós — respondeu o homem, em poucas palavras. — O assunto é entre o nosso general de divisão e os membros do Parlamento. Renegaram todas as promessas que nos fizeram, e quando protestamos, chamaram de traição. Agora cercaram as Casas do Parlamento com dois regimentos e a Guarda Montada Parlamentar liderando a defesa e nos mandando dispersar. Mandaram depormos as armas como traidores. Nós que derrotamos o rei por eles, depois derrotamos os escoceses por eles, e depois derrotamos Carlos Stuart por eles, e no mês passado mesmo derrotamos George Booth por eles. Nós, dispersarmos! E entregarmos o general também! Para que o joguem na Torre do lado de Booth, que lutou contra nós!

— *E* deixou o campo de batalha vestindo anágua — alguém acrescentou ao ruído da gargalhada.

— E o que podem fazer? — perguntou John. — Eles são o Parlamento, e se usarem a Guarda Real Montada...

— Isto é, o que *ele* pode fazer — replicou o soldado, indicando Lambert com a cabeça, que montou e trotou até a frente de sua tropa.

— O que ele pode fazer? — perguntou John.

O soldado sorriu largo.

— O que ele quiser, é o meu palpite.

A tropa seguiu o general, freios ressoando, cascos batendo na estrada seca, e John, com a sensação deliciosa de que não deveria acompanhá-los como espectador, seguiu-os com Caesar puxando as rédeas, o pescoço arqueado e o rabo alto, diante da perspectiva de ação.

Quando alcançaram a Scotland Yard, ao lado do Palácio de Whitehall, ele viu que o soldado estava certo, e a sensação de que estaria mais seguro se tivesse ido direto para casa também. Não ia ser um belo espetáculo — seria uma batalha acirrada entre a Guarda Montada Parlamentar e o regimento de Lambert no portão das Câmaras do Parlamento. John puxou bem as rédeas de Caesar, que pressionava o freio como se, também ele, soubesse que deveria haver luta e estivesse pronto para o ataque.

— Alto — ordenou Lambert, e seu estandarte pessoal foi levantado e baixado como sinal. A tropa de cavalaria parou com o ruído dos cascos no pavimento de pedras.

O regimento diante das Câmaras do Parlamento firmaram suas lanças, sopraram o estopim de seus mosquetes e aguardaram a ordem de disparar. Um cavalo no regimento de Lambert movia-se irrequieto, contido por rédeas firmes, e o tinido do freio ressoou muito alto no silêncio. Houve uma longa pausa, um regimento inglês encarando o outro e esperando a ordem de atacar.

John, sentado em sua sela, ouvia sua própria respiração leve e rápida. A qualquer momento esperava ver os mosquetes serem erguidos e, em seguida, o terrível estrépito de seus disparos. Provavelmente também havia canhões por perto, e a Guarda Montada Parlamentar tinha a vantagem de estar na defesa, e do lado dos resistentes muros de Whitehall, enquanto os homens de Lambert estavam em formação na estrada.

A pausa, com as duas tropas se encarando, foi longa, e então John Lambert desmontou, suas esporas ressoando ao baterem na pavimentação de pedras. Jogou a rédea para o seu porta-bandeira e avançou, caminhando como se estivesse em seu jardim. Deixou as fileiras protetoras de seus homens e foi para o abismo que separava os dois regimentos, como se os homens no outro lado não estivessem posicionados para fazer mira, como se não estivessem esperando a ordem de disparar na direção dele. Lambert sorriu para eles, como se fossem o seu próprio regimento, os seus próprios homens leais. Sorriu para eles com tranquilidade e satisfação, como se estivesse feliz em vê-los, como se os estivesse saudando como velhos amigos.

— Meu Deus, o que ele vai fazer? — sussurrou John para si mesmo.

Lambert parou imediatamente à frente do comandante. Olhou para o oficial no alto de um grande cavalo, a mão apertada na espada, pronto para puxá-la e desfechar um golpe mortal. Era um cavalo grande. O homem estava 3 metros acima de Lambert, e o general teve de olhar para cima, seus olhos estreitados contra a luz do sol do entardecer.

— Desmonte — disse Lambert, de forma natural, quase coloquial. Houve um momento de pausa. Soldados das duas tropas suspenderam a respiração para ver qual seria o resultado. O oficial olhou para o homem desarmado diante dele, Lambert sorriu. Então, o oficial largou as rédeas e desmontou.

No mesmo instante houve um bramido de aprovação dos homens de Lambert e a guarda parlamentar rompeu as fileiras e trotou na direção do regimento deste, sendo recebida com sorrisos, apertos de mão e alegria. Lambert apertou a mão do oficial, trocaram algumas palavras, e ele voltou ao seu cavalo, montou-o e se virou para os seus homens.

— Em forma — disse ele, amavelmente, como se para uma revista de rotina. Fez sinal para seu porta-bandeira. — Leve meus cumprimentos aos Membros da Câmara dos Comuns e os advirta de que tenho as chaves para a Casa e que devem partir. Não são mais bem-vindos. O país será governado por um Comitê de Segurança. Teremos justiça e liberdade neste país. E isso começa agora.

Lambert não tinha feito concessões ao general George Monck, fora de contato na Escócia, e se mordendo de inveja de seu rival carismático. Assim que Monck soube do triunfo em Whitehall, enviou uma mensagem a Londres dizendo que, como comandante do exército parlamentar na Escócia, não aceitava o Comitê de Segurança e que estava declarando guerra e marchando para o sul para reintegrar os membros banidos do Parlamento.

— Guerra? — perguntou Hester. — Mas por quê?

— Ele diz que vai reintegrar o Parlamento — replicou John, lendo a folha de jornal mais recente.

— Então por que não fez isso antes? — perguntou Hester. — Por que não declarou guerra a Cromwell?

— Porque ele é um homem que pensa que pode ser Cromwell — replicou John, astutamente. — Acha que pode se pôr na liderança do Exército e, em pouco tempo, comandar também o Parlamento.

— Vamos ter de encaixotar as curiosidades? — perguntou Hester, com enfado.

John refletiu por um momento.

— Ainda não — replicou ele. — Mas talvez mais tarde. Os soldados do general Monck aprenderam sua disciplina queimando monarquistas na Escócia.

— Ele defende o Parlamento. Lutou contra Carlos Stuart — disse ela. — Por que não aceita que Lambert e o Comitê de Segurança realizem as reformas? Por que o povo deste país não pode ter a chance de ter o governo e a justiça que merece?

— Ele não acredita em nada, é um soldado profissional — disse John, causticamente. — Lutou pelo rei Carlos antes de perceber que Cromwell ia vencer, e então mudou de lado. Depois, viu o que Cromwell fez. Viu um único homem chegar ao poder, quase assumir a realeza na liderança do Exército. Ele acredita que John Lambert possa fazer o mesmo. E vai pensar que há uma chance para ele.

— John Lambert é o único homem em que se pode confiar com esse poder — disse Hester. — Ele nunca faltou com a palavra, nem mesmo uma única vez, durante todos esses tempos difíceis.

— E nos pagou os narcisos que levei para ele naquele dia — disse John. — Peço a Deus que ele possa plantá-los.

Lambert nunca plantou os narcisos que John lhes levou. Na época de plantar, em novembro, obedeceu às ordens do Comitê de Segurança para proteger a Inglaterra contra o general Monck, e marchou para o norte, ao seu encontro, na liderança de 8 mil homens.

Não atacaria imediatamente. O general Monck tinha sido um camarada de armas, e os dois eram parlamentaristas. Lambert acreditava, lealmente, que devia haver um mal-entendido. Escreveu para Monck para tentar explicar, para tentar convencê-lo dos planos do Comitê de Segurança, persuadi-lo de que, finalmente, a Inglaterra tinha a chance de fazer uma sociedade livre e justa.

Monck fingiu considerar, argumentou por carta com Lambert, enquanto o Comitê, em Londres, tentava conseguir dinheiro para pagar os soldados sob o seu comando. Não enviaram nada. Lambert foi pego entre a falsidade do general Monck e a incompetência do Comitê. Ele não atacaria o general

Monck quando ainda debatiam, e quando percebeu que o general estava prolongando a discussão como tática, seu exército tinha se dissolvido e o general tinha vencido sem nenhum disparo ter sido dado.

Quando deveria estar plantando seus narcisos de coração laranja em seu jardim laranja em Wimbledon, estava vendo seu exército desaparecer pela Great North Road, sabendo que tinha sido enganado por Monck e traído por Londres.

— O que vai lhe acontecer? — perguntou Hester a John.

John franziu o cenho.

— Monck fez com que fosse acusado de traição — replicou ele, infeliz. — Traição contra o antigo Parlamento, que foi tão preguiçoso e incompetente que ninguém se importou quando Lambert os pôs para fora. Agora vão se fazer de mártires, sem a menor dúvida. E vão chamá-lo de traidor. E quando ele estiver na Torre, o caminho será curto para o cadafalso.

Primavera de 1660

Em fevereiro, Lambert conduziu o restante de seu exército para o sul, para casa, em botas rotas. Não havia dinheiro para comprar provisões nem roupas adequadas. Monck estava muito à frente dele, na direção de Whitehall onde seria recebido por um silêncio apático.

George Monck não era homem de se abater com a impopularidade. Pôs seus soldados por todas as ruas de Londres, e eles estavam acostumados a cumprir seu dever no meio de uma população ressentida. Londres foi um quartel mais cooperativo do que Edimburgo, e em alguns dias já não restava nas ruas ninguém mais gritando por um parlamento livre e por John Lambert. Com um grande banquete grátis para celebrar a expulsão do Comitê de Segurança de Lambert foi possível incitar o entusiasmo pelo novo Conselho de Estado instaurado por Monck, e dirigido por ele mesmo.

Quando John Lambert trouxe de volta seu exército exaurido, estava tudo terminado. Ele recebeu ordens de ir para a sua casa em Wimbledon, e não se aproximar do Parlamento.

De Wimbledon, ele escreveu a John Tradescant. A mensagem chegou quando a família e convidados estavam jantando.

Por favor, envie-me, em vasos, seus melhores espécimes de tulipas desta estação no valor de £300.

— O que ele diz? — perguntou Hester a John, espiando por cima de seu ombro para ler a mensagem.

— *Diz* que quer as minhas melhores tulipas — replicou John. — O que isso significa é algo diferente.

— Significa que ele terá de se limitar a jardinar e a pintar — disse Elias Ashmole, animadamente. Serviu-se de mais uma fatia de presunto cozido. — Significa que a balança do poder está pendendo para George Monck e ele terá de decidir quem governa o país a partir de agora. E se entendi as previsões dos planetas corretamente, ele vai querer um rei ou, no mínimo, outro Lorde Protetor.

Hester olhou para Ashmole com antipatia.

— Então que Deus nos ajude — disse ela, de maneira cortante. — Pois se de todas as mulheres na Inglaterra ele escolheu uma lavadeira de boca suja para esposa, o que escolherá para rei?

Elias Ashmole não se afetou nem um pouco.

— Eu acho que é uma boa oportunidade para ele escolher o herdeiro legítimo — disse ele. — E então, veremos algumas mudanças.

— E então, veremos as mesmas coisas, de novo — disse Hester, asperamente. — Só que dessa vez as batalhas serão travadas sem o coração de ninguém nelas.

— Calma, minha mulher — disse John, em tom baixo, do extremo da mesa. — O Sr. Ashmole é nosso convidado.

— Um convidado muito frequente — observou Frances docilmente, a cabeça curvada sobre o prato, com uma modéstia afetada.

Na primavera, quando John Lambert deveria estar desfrutando os narcisos e os acônitos amarelos cobrindo o solo dos canteiros de seu jardim laranja, só pôde ver de sua janela na Torre um pequeno quadrado de céu azul, e George Monck era, incontestavelmente, o novo homem no poder em Londres. Lambert estava sendo julgado por nada, condenado por nada. Tinham-lhe imposto uma multa tão alta que nem mesmo um homem com a sua fortuna e com amigos como os seus poderia pagá-la. Era essencial para George Monck que o seu grande rival estivesse asseguradamente fora do caminho enquanto ele descobria, pela maior e última transição de sua vida, qual seria o lado vencedor dessa vez.

Monck tinha lutado como mercenário para qualquer um que estivesse disposto a contratar uma espada sem princípios. Tinha lutado pelo rei Carlos antes de ser recrutado por Cromwell para lutar pelo Parlamento. Ao contrário de John Lambert, que havia passado a vida em busca de uma constituição escrita para proteger os direitos dos ingleses, Monck tinha passado a vida meramente tentando estar no lado vencedor.

Em abril, ele decidiu que o lado vencedor seria, afinal, o dos Stuart e, com uma casa repleta de homens do Parlamento que concordavam com ele, enviou os termos de um acordo para Carlos Stuart, em Breda.

— É o fim, então — disse John a Hester, sentada na varanda olhando para o jardim, onde as árvores estavam viçosas, verdes, e o ar estava perfumado. — Acabou. Estão trazendo Carlos Stuart de volta, e toda a nossa luta durante todos esses anos não adiantou de nada. Quando escreverem a história, o nosso tempo não passará de um intervalo entre os Stuart, nem mesmo se lembrarão de que, por algum tempo, achamos que poderia haver outra saída.

— Contanto que tenhamos paz — sugeriu Hester. — Será que a única maneira de termos paz neste país não seria com um rei no trono?

— Devemos ser melhores que isso! — exclamou John. — Devemos querer mais do que uma comédia de cerimônia e caras bonitas. O que temos feito durante todos esses anos a não ser perguntar como os homens devem viver na Inglaterra? A resposta não pode ser "tão facilmente quanto possível".

— O povo quer a diversão de uma nova coroação — disse Hester. — Pergunte a eles no mercado de Lambeth. Querem um rei. Querem os divertimentos e entretenimentos, querem os corruptos coletores de impostos que podem ser subornados para olharem para o outro lado.

— Mas que rei! — observou John desdenhosamente. — Meia dúzia de bastardos espalhados pela Europa, seus gostos formados em cortes papistas, e nenhum conhecimento do povo inglês, exceto o que ficou sabendo quando era um fugitivo. Seu pai nos arruinou com sua devoção a seus princípios, seu filho nos arruinará por não ter nenhum.

— Então, ele governará mais facilmente do que o pai — salientou Hester. — Um homem sem princípios não irá a guerra. Um homem sem princípios não discute.

— Não — disse John. — Acho que os tempos heroicos se encerraram.

Houve um breve silêncio e os dois pensaram no filho que não conseguiu esperar para ver esse dia, e se tivesse vivido para vê-lo, talvez tivesse achado que faltava um pouco de glória.

— E o que vai acontecer com John Lambert? — perguntou Hester. — Vão libertá-lo da Torre antes de Carlos Stuart chegar?

— Certamente vão executá-lo — replicou John. — Eu diria que o general Monck mal pode esperar para assinar a ordem. Lambert é um herói aclamado demais pelo Exército e pelo povo. E quando o novo rei chegar, estarão procurando bodes expiatórios para lhe oferecer.

— Será o fim para ele? — perguntou Hester, sem acreditar. — Ele nunca fez outra coisa a não ser lutar pela liberdade dos ingleses.

— Acho que terá de ser — replicou John. — É um fim doloroso, muito doloroso, de todas as nossas esperanças. Um rei como Carlos restaurado, e um homem como Lambert no cadafalso.

Mas nessa mesma noite, John Lambert subiu a uma janela da Torre, amarrou seus lençóis uns nos outros e desceu caindo em uma barcaça que o aguardava no Tâmisa, e desapareceu na escuridão de abril.

— Tenho de ir até ele — disse John a Hester. Estava selando Caesar na estrebaria. Hester se pôs na entrada, bloqueando a sua passagem. — Tenho de ir. Essa é a batalha que testará tudo em que, finalmente, passei a acreditar, e tenho de estar lá.

— Como sabe que não é boato, algum boato absurdo? — perguntou ela. — Como sabe que ele levantou o estandarte, que está convocando um exército para lutar pela liberdade? Pode não ser nada mais do que o sonho de alguém.

— Porque só John Lambert escolheria Edgehill para levantar seu estandarte. E além do mais, se eu for até lá e nada estiver acontecendo, posso voltar para casa.

— E eu? E eu, se algo estiver acontecendo, se uma batalha estiver acontecendo e você ficar no meio dela e for morto? Vou ser deixada aqui para cuidar das curiosidades e conservar os jardins para sempre, sem filho e sem marido?

John afastou-se do cavalo, foi até a porta da estrebaria, e pegou as mãos frias de Hester.

— Hester, minha mulher, meu amor — disse ele. — Temos vivido uns dos tempos mais violentos e estranhos que este país já viu. Não me negue a oportunidade de lutar, só uma vez, no lado em que acredito. Em que, de certa maneira, sempre acreditei. Passei minha vida oscilando de uma opinião a outra, de um país a outro. Deixe-me estar inteiro nisso, por uma única vez. Sei que Lambert está certo. Sei o que ele quer para este país. Um equilíbrio de poder e justiça para os pobres, é disso que o país precisa. Deixe-me ir e lutar sob sua bandeira.

— Por que é sempre lutando? — gritou ela, com paixão. — Não aguento isso, John. Se perder você...

Ele sacudiu a cabeça.

— Quero voltar — disse ele simplesmente. — Quero voltar a Edgehill, onde o rei foi derrotado pela primeira vez, na primeira guerra. Não estava lá. Fugi, como fugi da guerra dos powhatan, na Virgínia.

Ela ia interrompê-lo, jurar que não era uma guerra, jurar que ele não era homem de fugir de conflito, mas ele a deteve.

— Não que eu tivesse medo, não disse que fugi como um covarde. Mas não havia nada que eu visse claramente o bastante por que morrer. Eu sabia que o rei não tinha razão, mas tive pena dele. Sabia que a rainha era uma tola, mas era uma tola encantadora. Não queria vê-la sendo obrigada a se exilar. Penso nela, às vezes, e não consigo acreditar que ela tenha caído tanto. Muitas mulheres são néscias e ainda assim, não pagam por sua frivolidade o preço tão alto que ela teve de pagar. A causa não me parecia totalmente certa. Não estava completamente clara para mim. Até o cadafalso, quando ele apareceu e o decapitaram, não me pareceu certo.

Hester ia tirar as mãos das dele, mas John a segurou com força.

— Você está falando como um monarquista — disse ela, ardentemente.

Ele sorriu, com tristeza.

— Eu sei. É o que eu estou dizendo. Sempre vi os dois lados ao mesmo tempo. Mas desta vez, pela primeira vez em minha vida, a primeira vez, Hester!, tenho uma causa em que acredito realmente. Não acho que Carlos Stuart deva retornar. Penso sinceramente que o povo deste país deve governar a si mesmo sem um rei ou bispos ou lordes. Acredito realmente, meu Deus, finalmente acredito, que somos um povo que conquistou sua liberdade e que merece ser livre. E quero ir lutar por essa liberdade. Lambert levantou seu estandarte pela liberdade, pela boa antiga causa. Quero estar lá. Quero lutar por isso. Se tiver de morrer por isso, morrerei.

Por um momento pareceu que ela ia protestar, mas então, ela foi para o lado e abriu a porta da estrebaria. Caesar, o cavalo de guerra, saiu levantando delicadamente seus grandes cascos para atravessar o limiar, e foi direto para o tronco de montar, onde parou, o pescoço arqueado, como se também ele quisesse participar da batalha pelos direitos dos ingleses nascidos livres.

John sorriu para o cavalo, depois olhou para Hester.

— Está com raiva de mim?

— Não — replicou ela, contrariada. — Estou orgulhosa de você, embora isso vá contra os meus interesses. Estou feliz em ver que, finalmente, sabe no que acredita e vai lutar por isso. Vou rezar para que vença. Sempre pensei que nada importava a não ser sobreviver nesses tempos, e é uma mudança para mim pensar, como você, que existe alguma coisa pela qual vale a pena lutar.

— Você acha que vale a pena lutar? — perguntou ele. — Para manter o rei afastado, para manter o Parlamento livre? Para se ter justiça para todos neste país?

A contragosto, ela assentiu com um movimento da cabeça e disse:

— Sim. E se algum homem é capaz de conseguir isso, este homem é Lambert. Disso eu sei.

John pegou de novo a mão dela, beijou-a e então abraçou-a forte.

— Vou voltar — disse ele, com paixão. — Confie em mim, Hester. Vou voltar para você. E, se for a vontade de Deus, faremos deste país um lugar onde os pobres serão livres.

Ele retornou duas semanas depois. Todos os três homens que tinham sido tão influentes na vida de Hester retornaram cada qual a seu destino: John Lambert à Torre, acusado de alta traição, Carlos Stuart a Dover, e a estrada de Londres flanqueada pelo povo que se apinhou para tocar sua mão sagrada, e John, a cabeça baixa, estava de volta à Arca.

Caesar trotou para sua estrebaria, as orelhas para trás, a cabeça baixa. John desmontou e caiu de joelhos, quando suas pernas dobraram. O ajudante de jardineiro correu para levantá-lo e gritou chamando Cook. Ela olhou pela porta da cozinha e chamou Frances e Hester, que estavam arrumando o gabinete de curiosidades.

Hester correu para a varanda, depois contornou a casa, até a estrebaria, e encontrou John sentado no trono de montar, friccionando seus músculos enrijecidos. Tentou ficar em pé quando a viu, mas ela se adiantou e pôs os braços ao redor dele.

— Está ferido?
— Infeliz.
— Ferido no seu corpo?
— Não.
— Suas pernas?
— Só estou enrijecido. Estou velho demais, Hester, para cavalgar o dia inteiro e a noite inteira.
— A batalha aconteceu?
— Foi uma escaramuça. Éramos em número muito menor. No dia mais importante, no dia em que isso importava mais do que qualquer outra coisa no mundo, não havia homens suficientes preparados para resistir e lutar por sua liberdade.

Ela abraçou-o e segurou sua cabeça exausta apoiada no seu coração. Percebeu que o embalava como fazia com Johnnie, quando ele despertava de um pesadelo.

— Não havia praticamente ninguém lá — disse John. — Lambert foi capturado quase que imediatamente. Eles nem mesmo se incomodaram conosco. Era ele que queriam. Ele teria fugido, mas seu cavalo estava cansado, estávamos todos cansados. E desestimulados. Pois quando realmente chegou o momento, não havia homens suficientes para lutar pela liberdade.

Ele recuou e olhou para ela, como se ela pudesse lhe responder:
— Por quê? — perguntou ele. — Por que as pessoas podem ver tão claramente quando se trata de sua segurança ou de sua riqueza ou de seu conforto e quando se trata de sua liberdade, deixam para outros a tarefa de defendê-la? Não sabem como conseguir sua liberdade. Não percebem que se os barqueiros em Wapping são tributados injustamente e os mineiros na Forest of Dean são privados de seus direitos, que se as pessoas comuns são retiradas da Câmara dos Comuns, e os ricos e poderosos a invadem, então *todos* nós estaremos em risco, até mesmo se não forem os nossos próprios jardins que estão tirando. Mesmo que ainda não sejam os nossos direitos que estejam sendo

ameaçados. Por que o povo não vê isso? Quando governos perseguem os doentes, os pobres, as mulheres, todo mundo tem de se levantar e defendê-los. Por que o povo não vê isso?

Hester olhou para o seu rosto enfurecido por um instante, e então puxou-o para si e o abraçou.

— Não sei — replicou ela, baixinho. — Era de se esperar que o povo agora soubesse que o mal ao acontecer deve ser detido imediatamente.

Verão de 1660

Carlos Stuart, que passaria a ser conhecido como Carlos II, voltou e encontrou um país louco de alegria. O povo queria o retorno de um sistema que todos já conheciam, muitos esperavam ganhar com uma mudança de governo: uma chance de desforra e de recuperar a antiga situação. *Quakers*, sectários, católicos romanos e mulheres velhas que podiam ser chamadas de bruxas por vizinhos maliciosos sentiram a carga da confiança popular, que esperava que o novo rei restaurasse as antigas perseguições, assim como liberdades. Pessoas comuns por todo o país abasteceram-se de lenha roubada das florestas reais e parques abandonados, e houve uma violenta onda de arrombamentos para roubar os palácios vazios antes de os novos criados reais chegarem para fazer o inventário.

O novo rei instituiu um novo Conselho Privado e o grande bolo de recompensas e posições foi fatiado e distribuído entre monarquistas e seus amigos. Mas Carlos teve o cuidado de providenciar que homens experientes e os de famílias ricas ou nobres fossem recrutados para postos de autoridade, independente do que tivessem feito nas guerras contra seu pai. Os que tinham participado do julgamento e execução de seu pai apenas perderam seus postos de autoridade e foram multados, se fugissem da Inglaterra.

— Acho que ele vai libertar John Lambert — disse Frances, curvada sobre o jornal aberto na mesa da cozinha. — Aqui diz que a Câmara dos Lordes pede a sua morte, mas que a Câmara dos Comuns quer a suspensão da sua pena.

— Ele será libertado? — perguntou Hester, erguendo os olhos das ervilhas debulhadas.

Frances sacudiu a cabeça.

— Aqui não diz. Mas se eu fosse Carlos Stuart, não sei se ia querer lorde Lambert na chefia de um regimento de novo.

Um mês depois de o rei assumir o trono, Elias Ashmole pediu e obteve o posto de Windsor Herald. Em visita à Arca, usando suas novas insígnias, propôs a John publicar uma nova edição do catálogo.

— Seria dedicada a Sua Majestade — insistiu ele com John, quando se sentaram na varanda, ao sol, diante do jardim que estava em toda a sua exuberância de verão. — Pense só se ele vier visitar a Arca! Seu pai veio, não veio?

— Sim — disse John. — Com a rainha.

— Soube que ele virá da França no outono — disse Ashmole, entusiasmado. — Deveríamos ter uma nova edição publicada nessa época. Eu pago, se quiser. Tenho algum dinheiro de reserva.

— Eu posso pagar! — replicou John, ofendido. — Vou compor uma dedicatória.

— Já tenho uma — disse Elias e tirou do bolso fundo do casaco um manuscrito dobrado. — Aqui está.

John abriu o papel sobre a mesa.

À sacra majestade de Carlos II
John Tradescant, o mais obediente e leal súdito de Suas Majestades, com humildade, oferece estas coleções.

Frances, olhando por cima do ombro de John, deu uma risadinha.

— Não sei se você é o súdito *mais* obediente — observou ela. — Ele certamente tem alguns súditos que não passaram as guerras o mais longe possível.

John reprimiu seu riso em uma tosse.

— Frances, isso não é assunto seu — disse ele com severidade, e virou-se para Elias. — Peço desculpas.

— Uma mulher caprichosa — disse Ashmole em tom de reprovação. — Mas se há alguma dúvida sobre a sua lealdade, não pode declará-la alto demais, você sabe, John.

John assentiu com um movimento da cabeça.

— Felizmente você tem o registro do serviço de seu filho — observou Elias. — Pode dizer que ele morreu em Worcester. Ou morreu aqui, em consequência de seus ferimentos.

Hester, chegando com uma bandeja e três copos de vinho da Madeira, parou ao ouvir isso e trocou um olhar chocado com seu marido.

— Não faríamos isso — replicou John, brevemente. Levantou-se e pegou a bandeja das mãos de Hester. — Veja o que o Sr. Ashmole preparou, para mim, para ser impresso. Uma nova dedicatória para o catálogo. Vai ser dedicado à Sua Majestade.

Ela curvou-se sobre a mesa e leu com cuidado. Para surpresa de John, quando ela se levantou, havia lágrimas em seus olhos.

— Hester?

Ela afastou-se um pouco da mesa, de modo que Elias Ashmole não visse seu rosto. John seguiu-a.

— O que foi? — perguntou ele em voz baixa.

— Estava pensando em como Johnnie teria ficado orgulhoso — disse ela simplesmente. — Ver o nosso nome na mesma página que o nome do rei. Ter a coleção dedicada ao rei.

John concordou com a cabeça.

— Sim, teria ficado — disse ele. — No fim, sua causa venceu a guerra. — Virou-se para Elias Ashmole. — Agradeço a sua ajuda, Elias. Vamos mandar imprimir agora mesmo.

Elias concordou.

— Deixarei com os impressores no caminho para casa — disse ele, animadamente. — Não é problema. Fico feliz por você ter aprovado.

Hester pegou um copo de vinho e se sentou com os homens.

— Temos convidados para o jantar, hoje? — perguntou ela. — O Dr. Wharton e os outros virão jantar?

— Sim, e há novidades sobre isso também! — disse Elias alegremente. — Vamos ter patronagem real. O rei está muito interessado em nossas ideias e descobertas. Vamos ser chamados de Sociedade Real! Imaginem só. Seremos membros da Sociedade Real! O que acha?

— É uma honra — replicou John. — Se bem que nunca teríamos nos reunido se não fosse a República. Sob o domínio dos bispos, metade do que discutíamos teria sido chamado de heresia.

Elias agitou a mão, dispensando o comentário.

— Velhos tempos — disse ele. — Histórias passadas. O que importa agora é que temos um rei que gosta de conversar e especular, e que está preparado para investir em homens de ciência e erudição.

— Então por que usa seu toque para curar tuberculosos? — perguntou Frances, em tom inocente, trazendo um prato de biscoitos que colocou perto do cotovelo de John. — Isso não é a superstição de um povo ignorante? Ele aprovaria uma investigação de tal absurdo?

Elias ficou desconcertado por um breve momento.

— Ele cumpre o seu dever. Ele faz tudo o que é certo, cortês e gentil — replicou ele com veemência. — Nada além de boas maneiras. Boas maneiras, Sra. Norman, são a espinha dorsal da sociedade civilizada.

— Se vocês são uma Sociedade Real, é melhor eu ordenar um jantar real — disse Hester, diplomaticamente. — Venha me ajudar, Frances.

Frances deu um sorriso largo para o pai e seguiu a madrasta para dentro de casa.

Foi um bom verão para a Arca. A sensação de segurança e prosperidade significou um número crescente de visitantes. O espírito de investigação que a Sociedade Real representava difundiu-se por toda Londres, e homens e mulheres foram ver os prodígios da coleção Tradescant, e depois caminhar nos belos jardins e pomares.

A alameda de castanheiros, que iam da varanda diante do gabinete de curiosidades ao fim do pomar, tinha agora 31 anos, com troncos amplos e galhos largos que se balançavam. Ninguém, ao ver as árvores em flor resistia a comprar uma muda.

— Vai ter um castanheiro em cada parque da cidade — disse John. — Meu pai sempre jurou que eram as árvores mais belas que ele já plantara.

Mas os castanheiros tinham seu rival no jardim. O tulipeiro de John, trazido da Virgínia, floresceu pela primeira vez no verão quente de 1660, e botânicos e pintores fizeram excursões especiais rio acima para ver as imensas flores em taças, com a folhagem escura e brilhante. John tinha algumas novas rosas, a *Warner's rose* e um belo novo exemplar da França que chamavam de rosa de veludo, por causa da cor escura e suave das pétalas. As árvores frutíferas tinham espalhado suas flores e estavam carregadas de frutas. As primeiras cerejas foram catadas por Frances, ao amanhecer, para salvá-las dos pardais, e serem vendidas pelo ajudante de jardineiro no portão. Uma parte do jardim de frutas estava agora separada para vinhas; John tinha enfileirado arbustos bem podados, crescendo baixos em arames, como seu pai os tinha visto crescer na França, com 14 variedades de videiras, inclusive a *fox grape* da Virgínia e a parreira-brava virginiana.

Nos canteiros de melões, John plantou algumas variedades de melão. Sempre separava uma fruta, que ele chamava de melão real, descendente das sementes que Johnnie tinha plantado em Wimbledon House. Na metade do verão, quando frutificaram, John enviou um grande melão perfumado ao rei, que estava caçando em Richmond, com os cumprimentos de John Tradescant. Ele se perguntou se esse não teria sido o segundo melão que Carlos Stuart tinha recebido, e se ele algum dia saberia da devoção com que a primeira fruta tinha sido cultivada.

Outono de 1660

Castle Cornet, Guernsey.

Caro Sr. Tradescant,

Por favor, envie-me, assim que colhê-las para serem transplantadas, seis tulipas Iris Daley, seis tulipas Tricolor Crownes e duas ou três tulipas que achar que eu gostaria e que sejam novas na sua coleção.

Se os novos inquilinos da casa em Wimbledon não fizerem objeção, gostaria que colhesse no meu jardim quaisquer espécimes que quiser para si mesmo. Acho que a acácia lhe foi prometida — muito tempo atrás. Eu gostaria, particularmente, de rever minhas tulipas Violetten. Tenho uma que acho que poderia assumir um púrpura muito escuro, quase preto.

Se for admitido no jardim, eu ficaria muito feliz em ter de volta alguns de meus bulbos de lírios, especialmente os do meu jardim laranja. Tenho muitas esperanças de cultivar uma nova variedade de lírio aqui e vou lhe enviar alguns bulbos na primavera. Vou chamá-la de lírio Lambert e minha pretensão à fama não será pela batalha pela liberdade, mas por uma flor de forma sofisticada e perfume adorável.

Lady Lambert uniu-se a mim, aqui, com as crianças, e o castelo se tornou menos parecido com uma prisão e mais com um lar. Tudo do que preciso são tulipas!

Meus cumprimentos à Sra. Tradescant e à Sra. Norman.

John Lambert

John passou a carta a Hester sem fazer nenhum comentário, e ela a leu em silêncio.

— Nós lhe levaremos suas *Violetten* — disse ela com determinação. — Se for preciso, pularei o muro do jardim de Wimbledon à meia-noite.

Inverno de 1660

Elias Ashmole visitou a Arca em meados do inverno, usando uma capa nova forrada de pele e muito prosa de sua nova posição. Chegou de carruagem, com alguns amigos, e trouxe uma caixa de vinho das Canárias para compartilhar com John. Hester acendeu as velas no gabinete de curiosidades e ordenou um jantar para todos eles, serviu-o, e comeu, ela própria, na companhia mais tranquila de Cook, na cozinha.

John pôs a cabeça pela porta da cozinha.

— Vamos dar uma volta até Lambeth — disse ele. — Para um copo de ale.

— Estarei na cama quando voltar — disse ela. — Se o Sr. Ashmole quiser ficar, a cama está feita em seu quarto de sempre, e há camas baixas de rodas para seus amigos.

John entrou na cozinha e deu-lhe um beijo na testa.

— Vou voltar tarde — anunciou ele com satisfação. — E sem dúvida, bêbado.

— Sem dúvida — replicou Hester com um sorriso. — Boa-noite, meu marido.

Voltaram para casa mais cedo do que ela esperava. Estava apagando as velas do gabinete de curiosidades e a lareira quando ouviu a porta da frente se abrir e John entrar, cambaleando, com Ashmole e seus companheiros.

— Ah, Hester — disse John, feliz. — Que bom que ainda está acordada. Elias e eu fizemos um trato e preciso que você seja a testemunha.

— Isso não pode esperar até amanhã de manhã? — perguntou Hester.

— Ah, assine agora e então não pensaremos mais nisso e tomaremos um copo de vinho do Porto — disse John. Abriu o papel na frente dela sobre a mesa do pintor, à janela do gabinete de curiosidades. — Assine aqui.

Hester hesitou.

— O que é isto?

— Um trato e precisamos de uma testemunha — disse Elias calmamente. — Mas se está receosa, Sra. Tradescant, podemos deixar para amanhã. Se quiser ler cada parágrafo e cada frase, podemos deixá-lo. Podemos procurar outra pessoa para nos servir de testemunha, se está relutante.

— Não, não — replicou Hester polidamente. — É claro que assino agora. — Ela pegou uma pena e assinou o papel. — E agora vou me deitar — disse ela. — Boa-noite, senhores.

John balançou a cabeça, estava abrindo uma caixa de moedas.

— Aqui está — disse ele a Ashmole. — De boa-fé.

Hester viu o xelim antigo cunhado a prensa passar para Elias.

— Está cedendo uma de nossas moedas? — perguntou ela, surpresa.

Ashmole fez uma mesura e guardou a moeda no bolso.

— Estou muito grato — disse ele. Parecia muito mais sóbrio do que John. — Eu a guardarei com muito cuidado, como um símbolo precioso e como penhor.

Hester hesitou, como se fosse lhe perguntar por que penhor, mas um dos homens abriu a porta para ela e fez uma reverência profunda. Hester fez uma mesura, saiu, e subiu para o seu quarto.

Foi acordada quando a porta do quarto bateu e John entrou aos tropeções, depois a sacudidela na cama quando ele caiu pesadamente nela. Hester abriu os olhos e viu que ele tinha adormecido imediatamente, deitado de costas, ainda vestido. Pensou, por um momento, em se levantar e despi-lo, e acomodá-lo melhor na cama. Mas então sorriu e se virou. As bebedeiras de John eram raras, mas ela não viu motivo para ele não acordar de manhã com um ligeiro desconforto.

Quando ele acordou no escuro, achou, por um momento, que tinha sonhado o pior dos pesadelos: de fracasso e incompetência para herdar a obra de seu pai e dar continuidade ao seu nome. Saiu da cama sem acordar Hester, que se virou e estendeu a mão, sobre o seu travesseiro.

Pôs os chinelos e desceu a escada. A sala, que tinha parecido tão iluminada e alegre apenas algumas horas antes, estava agora escura e nada receptiva, cheirava a cerveja choca e fumaça de tabaco, e o fogo estava reduzido a brasas escuras. Soprou os carvões e foi recompensado por um fulgor vermelho, depois lançou sobre eles um punhado de gravetos. A lenha seca se inflamou e as sombras saltaram alto.

Sobre a mesa estava o documento, e na parte inferior do papel, estava a sua própria assinatura, e do lado, a letra elíptica e elegante de Elias Ashmole. Tocou na cera do seu selo. Estava duro e seco, não tinha saída. A assinatura estava ali, o selo estava ali, o documento estava ali. Declarava claramente que com a morte de John Tradescant, Elias Ashmole herdaria toda a sua coleção do gabinete de curiosidades e todas as plantas do jardim. John tinha cedido o seu patrimônio, tinha cedido o seu nome, tinha cedido a sua herança, e todo o seu trabalho e o trabalho do seu pai tinham dado em nada.

— Eu não quis fazer isso — sussurrou ele.

Com o título da doação na mão, foi para o hall. Hester, em sua camisola branca, pareceu um fantasma descendo a escada.

— Está passando mal? — perguntou ela.

Emudecido, ele negou com um movimento da cabeça.

— Fiz a coisa mais terrível que podia ter feito, uma coisa terrível.

No mesmo instante os olhos dela se voltaram para o contrato na sua mão, que ela assinara a pedido seu.

— O negócio que fez com o Sr. Ashmole?

— Ele me disse que era um título de doação, doação das raridades à Universidade de Oxford, quando morrêssemos. Disse-me que colocariam o nosso nome na coleção e que todo mundo sempre saberia que tivemos a primeira coleção do mundo inteiro aberta a qualquer visitante, que tivemos as coisas mais raras, extraordinárias e belas. Disse-me que eu o estava tornando curador dos bens. Ele asseguraria que a universidade recebesse as raridades, e que as chamariam de Tradescantean.

Houve o rangido de uma porta se abrindo no andar de cima.

— Vamos lá para fora — sussurrou Hester, como se só pudessem ficar seguros no jardim. Ela abriu a porta que dava para a varanda, e saiu para a noite gelada, sem se importar por estar descalça. — Aí diz isso? O documento? Ele não se compromete a fazer isso?

— Eu simplesmente assinei — disse John, transido. — Simplesmente concordei com ele que seria bom deixar a coleção aos cuidados da universidade. Por isso assinei. E fiz com que você assinasse também.

— E *o que* o documento diz?

— Não o li com atenção como deveria. E ele é advogado. Ele fez com que não ficasse claro. Diz que a coleção passará para ele inteira. E não diz nada sobre a universidade. Ele não é o curador, ele vai herdar tudo sozinho. Ele terá tudo quando morrermos. Pode conservar tudo, como quiser. Ou dar para seus herdeiros. Meu Deus, Hester, ele pode romper tudo, e vender peça por peça.

Estarrecida, ela não disse nada. Seu rosto estava tão branco quanto sua touca de dormir, quanto sua camisola.

— E eu assinei também — disse ela, suas palavras quase inaudíveis.

John pegou a capa de jardinagem que estava pendurada perto da porta, a colocou sobre os ombros, virou-se e olhou para o jardim, apoiando-se na balaustrada da varanda. Pensou nas horas que seu pai tinha passado apoiado na mesma balaustrada olhando para as árvores, para a sua alameda de castanheiros tão querida.

A noite era gentil com o jardim, as árvores estavam belas, parecendo uma renda negra contra o céu que se tornava, gradativamente, azul. Em algum lugar, no meio dos raros pessegueiros, um tordo começou a cantar, seu canto espectral acentuando o silêncio. A distância, no pomar, um pato, perturbado em seu sono à margem do lago, grasnou uma vez, depois silenciou.

John apoiou a cabeça nas mãos e tentou esquecer o jardim.

— Ele vai ter tudo isso, quando eu me for, Hester. Ele era engenhoso e útil, e achei que eu estava sendo inteligente. E agora sei que minha cabeça está para estourar e sei que você se casou com um tolo. Não haverá coleção Tradescant para transmitir o nome do meu pai a gerações futuras. Ela será chamada de Ashmolean, e nós seremos esquecidos.

Por um momento, ele achou que ela o xingaria, bateria nele, mas Hester tinha-se virado e estava lendo o documento à luz da lua que se punha. Na palidez do luar, ela parecia esgotada com o choque.

— Quebrei a promessa que fiz a seu pai — disse ela em voz baixa. — Eu lhe disse que protegeria seus netos e as raridades. Perdi Johnnie e, agora, também perdi sua coleção.

John sacudiu a cabeça.

— Não perdeu nada — disse ele com veemência. — Johnnie morreu achando que reis eram heróis gloriosos, e não libertinos oportunistas. Morreu porque não suportou viver no novo mundo que os oportunistas estavam criando. E fui eu que fiz isso, não você. Fiz tudo isso por minha própria estupidez. Porque achei que Ashmole era mais inteligente do que eu. Por isso eu ficava feliz em ser seu amigo. Por isso eu quis a sua ajuda com o catálogo dos tesouros. E agora eu desejaria ter herdado a cautela do meu pai, além dos seus tesouros. Porque eu não poderia manter um sem o outro.

— Talvez não seja legítimo — disse ela. — Este... documento. Podemos dizer que você estava bêbado quando o assinou...

— Eu teria de provar mais do que a embriaguês. Teria de provar que estava louco para isso não ser legítimo — disse ele. — E ser um tolo não é o mesmo que ser louco.

— Podemos arrancar o selo, e a assinatura, e negar...

Ele sacudiu a cabeça de novo, levando um tempo para responder.

— Podemos tentar, mas ele tem a lei ao seu lado, e conhece os advogados. Acho que não tem saída para a minha estupidez. Falhei com você e falhei com meu pai. — Refletiu por um instante. — Não tenho herdeiro — prosseguiu, com profunda tristeza. — Ninguém para ficar depois de mim. E de qualquer maneira, não haverá nada aqui. Achei que o nome do meu pai, o meu nome, o nome dos meus filhos viveria para sempre — prosseguiu ele, perplexo, olhando para o jardim escuro, pensando na riqueza oculta no solo congelado, esperando o sol. — Achei que todo aquele que plantasse um jardim, conheceria nós três, ficaria feliz com o que tínhamos feito. Achei que todo jardim na Inglaterra cresceria com mais viço por causa das plantas que trouxemos para cá. Achei que contanto que as pessoas amassem seus jardins e as árvores, arbustos e flores, haveria quem se lembrasse de nós. Mas joguei tudo isso fora. O trabalho da minha vida, o trabalho da vida do meu pai: tudo isso nada significará. Elias Ashmole ficará com tudo e seremos esquecidos.

Hester aproximou-se e descansou a cabeça em seu ombro, o calor do corpo dela era familiar e reconfortante. Ele pôs o braço ao redor dela e a puxou mais para si. Uma ligeira brisa soprou no pomar e nas árvores Tradescant: 57 novas ameixeiras, 49 novas macieiras, 49 novas pereiras, 24 novas cerejeiras moveram seus galhos em uma dança delicada. Diante delas, os grandes galhos dos castanheiros se balançaram, seus ramos contendo os ocultos cachos doces de seus botões, seus troncos amplos e orgulhosos, fortes e imóveis. Na estufa, aquecidas, estavam as plantas raras e delicadas, as plantas exóticas, preciosas que os Tradescant, pai e filho, tinham trazido do mundo inteiro para serem amadas pelos jardineiros da Inglaterra.

— Seremos esquecidos — sussurrou John.

Hester inclinou-se para trás e colheu um botão de jasmim que florescia no inverno, um dos primeiros a crescer na Inglaterra. As pétalas se formando eram cor creme sob o luar amarelo. As lágrimas corriam quentes em sua face, mas a sua voz soou firme.

— Ah, não, eles não se esquecerão de você — disse ela. — Acho que os jardineiros da Inglaterra se lembrarão de você com gratidão daqui a cem, duzentos, até mesmo trezentos anos, e todo parque da Inglaterra terá um dos nossos castanheiros, e todo jardim terá uma das nossas flores.

Este livro foi composto na tipografia Minion, em
corpo 11/15, e impresso em papel off-white 80g/m^2
no Sistema Digital Instant Duplex da
Divisão Gráfica da Distribuidora Record.